suhrkamp taschenbuch 514

Milan Kundera, 1929 in Brno/Tschechoslowakei geboren, trat kurz nach Kriegsende in die Kommunistische Partei ein, die ihn nach den Umsturzereignissen des Jahres 1948 ausschloß. Der damalige Student war daraufhin in verschiedenen Berufen tätig, als Arbeiter, Musiker, bis er zur Literatur und zum Film gelangte und als Professor am Prager Institut für Filmwissenschaft Anhänger der »neuen Welle«, darunter Milan Forman, als Schüler hatte. Nach der russischen Invasion von 1968 wurde er seines Postens enthoben; seine Bücher verschwanden aus den öffentlichen Bibliotheken. Seit 1975 lebt Kundera in Frankreich.
Louis Aragon nennt dieses Buch »einen der größten Romane des Jahrhunderts« und schreibt: »*Der Scherz* ist ein Beweis dafür, daß der Roman für den Menschen so unentbehrlich ist wie das Brot.«
Ein Mann kehrt im Alter von 37 Jahren in die Kleinstadt in der Mährischen Slowakei zurück, wo er seine Kindheit und Jugend verbracht hat. Nicht das, was nun von Freitag bis Sonntagabend geschieht, ist das Entscheidende, sondern die Erinnerung an jene 18 Jahre seines Lebens, an das, was zwischen 1947 und 1965 sein Leben war. – Mit einer Geringfügigkeit begann es: der Student Ludvik Jahn war bemüht, seine Überlegenheit und seinen gelassenen Zynismus Markéta zu beweisen und schrieb ihr eine Karte ins Parteischulungslager. Ein Scherz sollte es sein; doch die Macht versteht keinen Scherz. Und so beginnt die Auseinandersetzung die er mit sich selbst und der sozialistischen Gesellschaft führt. 1948: es ist die Zeit der gesellschaftlichen Umwälzung in der ČSSR.
Kundera schrieb das Buch 1965. Nach dem Einmarsch der sowjetischen Truppen wurde es verboten. In zwölf Sprachen erschien es seither und in deutscher Sprache erstmals 1968.
Milan Kunderas Romane im Suhrkamp Verlag: *Das Leben ist anderswo* (1974), *Abschiedswalzer* (1977).

Milan Kundera

Der Scherz

Roman

Mit einem Nachwort
von Louis Aragon

Suhrkamp

Titel der Originalausgabe: *Žert*. Praha: Československý spisovatel 1967
Aus dem Tschechischen übersetzt von Erich Bertleff
Nachwort von Louis Aragon aus dem Französischen übersetzt von
Peter Aschner
Umschlagfoto: Vera Kundera

suhrkamp taschenbuch 514
Zweite Auflage, 7.–8. Tausend 1982

Lizenzausgabe mit freundlicher Genehmigung
des Verlags Fritz Molden, Wien-München-Zürich
Quellennachweis für das Nachwort am Schluß des Bandes
Suhrkamp Taschenbuch Verlag

Druck: Nomos Verlagsgesellschaft, Baden-Baden
Printed in Germany
Umschlag nach Entwürfen von
Willy Fleckhaus und Rolf Staudt

I

So befand ich mich also nach vielen Jahren wieder einmal zu Hause. Ich stand auf dem Hauptplatz (den ich unzählige Male überquert hatte, als Kind, als Knabe und als Jüngling) und fühlte keine Spur von Rührung; im Gegenteil, ich dachte mir, daß dieser flache Platz, dessen Dächer vom Rathausturm (einem Soldaten mit einem altertümlichen Helm ähnlich) überragt wurden, wie der große Exerzierplatz einer Kaserne aussah und daß die militärische Vergangenheit dieser südmährischen Stadt, die einst eine Bastion gegen die Einfälle der Magyaren und der Türken bildete, ihrem Gesicht den Zug unwiderruflicher Scheußlichkeit eingeprägt hatte.

Lange Jahre hindurch hatte mich nichts in meine Geburtsstadt gezogen. Ich sagte mir, daß ich ihr gegenüber gleichgültig geworden war, und das schien mir natürlich: lebte ich doch seit fünfzehn Jahren nicht mehr da, nur ein paar Bekannte oder Kameraden waren mir hier übriggeblieben (und denen wollte ich lieber aus dem Wege gehen), meine Mutter lag hier in einer fremden Gruft begraben, um die ich mich nicht kümmerte. Doch ich hatte mich getäuscht: das, was ich Gleichgültigkeit genannt hatte, war in Wirklichkeit Haß gewesen; seine Ursachen konnte ich nicht fassen, da mir in meiner Geburtsstadt gute wie böse Dinge widerfahren waren wie in allen anderen Städten, doch dieser Haß war vorhanden; er wurde mir gerade im Zusammenhang mit dieser Reise bewußt: Das Vorhaben, das mich hatte herfahren lassen, konnte ich schließlich und endlich auch in Prag in die Tat umsetzen, doch mich begann plötzlich unwiderstehlich die sich mir bietende Gelegenheit anzuziehen, es in meiner Geburtsstadt zu verwirklichen, gerade deshalb, weil es ein zynisches und parterren Regionen angehörendes Beginnen war, das mich spöttisch von dem Verdacht befreien würde, ich wäre aus sentimentaler Rührung ob der verlorenen Zeit hierher zurückgekehrt.

Noch einmal betrachtete ich hämisch den unschönen Hauptplatz, kehrte ihm dann den Rücken und ging durch eine Gasse in das Hotel, wo ich ein Zimmer reserviert hatte. Der Portier reichte mir den Schlüssel mit der hölzernen Birne und sagte: „Zweiter Stock." Das Zimmer war ungemütlich; an der Wand ein Bett, in der Mitte ein kleiner Tisch mit einem einzigen Sessel, neben dem Bett ein prunkvoller Toilettetisch aus Mahagoniholz, mit Spiegel, bei der Tür ein viel zu kleiner, zersprungener Waschtisch. Ich legte die Aktentasche auf den Tisch und öffnete das Fenster: die Aussicht bestand aus dem Hof und aus Häusern, die dem Hotel ihre nackten und schmutzigen Rücken zeigten. Ich schloß das Fenster, zog die Vorhänge vor und ging zum Waschtisch, der zwei Hähne hatte, der eine war rot gekennzeichnet, der andere blau; ich probierte sie aus, aus beiden floß kaltes Wasser. Ich sah mir den Tisch an; der war noch halbwegs in Ordnung, eine Flasche mit zwei Gläsern würde auf ihm wohl Platz finden, schlimmer war, daß am Tisch nur ein Mensch sitzen konnte, weil es im Raum keinen zweiten Sessel gab. Ich stellte den Tisch zum Bett und versuchte, auf dem Bett sitzend am Tisch Platz zu nehmen, doch das Bett war zu niedrig und der Tisch zu hoch; außerdem sank das Bett unter mir so tief ein, daß mir mit einem Schlag klar wurde, daß es nicht nur schwerlich als Sitzgelegenheit dienen, sondern daß es auch die Funktion eines Bettes dubios erfüllen würde. Ich stemmte mich mit den Fäusten gegen es; dann legte ich mich hinein, hob aber die beschuhten Füße vorsichtig in die Höhe, um die (recht saubere) Decke und das Leintuch nicht zu beschmutzen. Das Bett sank unter mir ein, und ich lag darin wie in einer Hängematte oder wie in einem sehr schmalen Grab: es war unvorstellbar, daß in diesem Bett noch jemand anders mit mir läge.

Ich setzte mich auf den Stuhl, betrachtete die verschossenen Vorhänge und dachte nach. In diesem Augenblick ertönten im Korridor Schritte und Stimmen; es waren zwei Menschen, ein Mann und eine Frau, sie plauderten, und man konnte jedes ihrer Worte verstehen: sie sprachen über irgendeinen Peter, der von zu Hause durchgebrannt war, und von einer Tante Klara, die blöd war und den Knaben verwöhnte; dann hörte man einen Schlüssel im Schloß, das Öffnen einer Tür, und die Stimmen fuhren im Nebenzimmer zu reden fort; man hörte das Seufzen der Frau (ja, sogar dieses Seufzen war zu hören!) und den Vorsatz des Mannes, mit Klara endlich einmal Fraktur zu reden.

Ich stand auf und hatte meinen Entschluß gefaßt; ich wusch mir noch im Waschbecken die Hände, trocknete sie mit dem Handtuch ab und verließ das Hotel, obwohl ich zunächst nicht wußte, wohin ich eigentlich gehen würde. Nur das eine wußte ich, daß, wenn ich nicht den Erfolg der ganzen Reise (einer recht weiten und anstrengenden Reise) allein wegen der mangelnden Eignung des Hotelzimmers aufs Spiel setzen wollte, ich mich, obwohl ich nicht die geringste Lust dazu hatte, mit meiner vertraulichen Bitte an irgendeinen hiesigen Bekannten wenden mußte. Ich ließ mir schnell alle alten Gesichter aus der Jugendzeit durch den Kopf gehen, doch ich verwarf sämtliche gleich wieder, schon deshalb, weil mich die Intimität der gewünschten Gefälligkeit zur mühseligen Überbrückung der vielen Jahre verpflichtet hätte, in denen ich sie nicht gesehen hatte — und dazu hatte ich überhaupt keine Lust. Doch dann erinnerte ich mich, daß hier wahrscheinlich ein Mensch lebte, ein Zuzügler, dem ich selbst vor Jahren hier einen Posten vermittelt hatte und der, wie ich ihn kannte, sehr froh sein würde, wenn er Gelegenheit bekäme, meine Gefälligkeit durch einen Gegendienst zu vergelten. Er war ein Sonderling, peinlich streng moralisch und zugleich seltsam unruhig und unstet, von dem sich, soweit ich wußte, seine Frau vor Jahren nur deshalb hatte scheiden lassen, weil er überall anderswo lebte, nur nicht mit ihr und mit ihrem Sohn. Jetzt hatte ich nur noch Angst, daß er wieder geheiratet haben könnte, denn das hätte die Erfüllung meines

Wunsches erschwert, und ich begab mich schnell ins Krankenhaus.

Das hiesige Krankenhaus, das war ein Komplex aus Gebäuden und Pavillons, die verstreut in einer weiten Gartenanlage lagen; ich betrat das kleine, unansehnliche Häuschen neben dem Tor und bat den Portier, der hinterm Tisch saß, mich mit der Virologie zu verbinden. Er schob mir das Telephon an den Rand des Tisches zu und sagte: „Null Zwo." Ich wählte also Null Zwo und erfuhr, daß Doktor Kostka gerade vor ein paar Augenblicken fortgegangen sei und unterwegs zum Ausgang sein müsse. Ich setzte mich auf die Bank neben dem Tor, um ihn nicht zu verfehlen, gaffte die Männer an, die hier in blauweiß gestreiften Spitalsmänteln herumlungerten, und dann erblickte ich ihn: er kam auf mich zu, gedankenversunken, groß, mager, sympathisch unscheinbar, ja, er war es. Ich erhob mich von der Bank und ging ihm entgegen, so, als wollte ich mit ihm zusammenprallen; er blickte mich betroffen an, doch gleich darauf erkannte er mich und breitete die Arme aus. Ich hatte den Eindruck, als wäre er fast glücklich verblüfft, und die Spontaneität, mit der er mich willkommen hieß, freute mich.

Ich setzte ihm auseinander, daß ich vor einer knappen Stunde wegen irgendeiner unwichtigen Angelegenheit angekommen sei, die mich hier etwa zwei Tage festhalten würde, und er zeigte sogleich freudiges Erstaunen, daß mich mein erster Weg zu ihm geführt hatte. Plötzlich war es mir unangenehm, daß ich nicht uneigennützig, allein seinetwegen zu ihm gekommen war und daß auch die Frage, die ich ihm nun stellte (ich fragte ihn scheinheilig, ob er bereits zum zweiten Male geheiratet habe), echte Anteilnahme nur vortäuschte und daß sie in Wirklichkeit berechnend praktisch war. Er sagte mir (zu meiner Befriedigung), daß er nach wie vor allein lebe. Ich sagte, wir hätten einander viel zu erzählen. Er pflichtete mir bei und bedauerte, daß er leider kaum mehr als eine gute Stunde Zeit habe, weil er noch ins Krankenhaus zurück müsse und dann am Abend die Stadt mit dem Autobus verlasse. „Sie wohnen nicht hier?" fragte ich bestürzt. Er versicherte mir, daß er hier wohne, daß er in einem Neubau eine Garçonniere besitze, daß es aber „nicht gut ist, daß der Mensch allein sei". Es stellte sich heraus, daß Kostka in einer anderen Stadt, zwanzig Kilometer von hier entfernt, eine Braut hatte, eine Lehrerin, angeblich sogar mit einer Zweizimmerwohnung. „Werden Sie später einmal zu ihr übersiedeln?“ fragte ich ihn. Er sagte, daß es wohl schwer sei, in einer anderen Stadt eine derart interessante Beschäftigung zu finden, wie hier zu bekommen ich ihm geholfen hatte, seine Braut wieder habe Schwierigkeiten, hier einen Posten zu erhalten. Ich begann (ganz aufrichtig) die Schwerfälligkeit unserer Bürokratie zu verfluchen, die nicht fähig ist, einem Mann und einer Frau entgegenzukommen, damit sie zusammen leben könnten. „Beruhigen Sie sich, Ludvík“, sagte er mit liebenswürdiger Nachsichtigkeit, „ganz so unerträglich ist das nicht. Ich verfahre zwar etliches Geld und etliche Zeit, doch mein Alleinsein bleibt unangetastet, und ich bin frei.“ „Wozu brauchen Sie Ihre Freiheit so sehr?“ fragte ich ihn. „Wozu brauchen Sie sie?“ lautete seine Gegenfrage. „Ich bin ein Schürzenjäger“, antwortete ich. „Ich brauche die Freiheit nicht wegen anderer Frauen, ich will sie für mich selbst haben“, sagte er und fuhr fort: „Wissen Sie was, kommen Sie auf einen Sprung zu mir und bleiben Sie, bis ich fahre.“ Ich hatte mir nichts anderes gewünscht.

Wir verließen also das Krankenhaus und gelangten bald zu einer Gruppe von Neubauten, die unharmonisch, einer neben dem anderen, im unplanierten, staubigen Terrain (ohne Rasen, ohne Gehsteige, ohne Straße) steckten und hier am Ende der Stadt eine trostlose Szenerie abgaben, die an die öden Flächen weiter Felder grenzte. Wir traten durch die Tür ein, stiegen die schmale Treppe empor (der Aufzug funktionierte nicht) und blieben erst im dritten Stock stehen, wo ich Kostkas Namen auf einer Visitenkarte sah. Als wir durch die Diele in das Zimmer traten, war ich höchst zufrieden: in der Ecke stand eine breite und bequeme Couch, über die eine schwarze, gemusterte Decke gebreitet war; außer der Couch gab es im Zimmer ein Tischchen, einen Klubsessel, eine große Bibliothek, einen Plattenspieler und ein Radio.

Ich lobte Kostkas Wohnung und fragte, wie es mit seinem Badezimmer aussehe. „Nicht gerade luxuriös“, sagte er, ob meines Interesses erfreut, und bat mich in den Vorraum, von dem eine Tür ins Badezimmer führte, das klein, aber recht gemütlich war, mit Wanne, Dusche, Waschbecken. „Wenn ich mir so Ihre

Wohnung hier ansehe, fällt mir etwas ein", sagte ich; „was machen Sie morgen nachmittag und abend?" „Leider", entschuldigte er sich zerknirscht, „morgen habe ich lange Dienst, ich werde erst gegen sieben nach Hause kommen. Und Sie? Am Abend haben Sie keine Zeit?" „Am Abend bin ich vielleicht frei", antwortete ich, „aber könnten Sie mir nicht vorher, für den Nachmittag, diese Wohnung leihen?"

Er war über meine Frage erstaunt, doch gleich (als fürchtete er, ich verdächtigte ihn der Ungefälligkeit) sagte er mir: „Ich will sie sehr gerne mit Ihnen teilen." Und er fuhr fort, als wollte er absichtlich keine Vermutungen über den Grund meiner Bitte anstellen: „Wenn Sie Schwierigkeiten mit der Unterbringung haben, können Sie schon heute hier schlafen, denn ich komme morgen erst in der Früh nach Hause, eigentlich nicht einmal in der Früh, weil ich direkt vom Bus ins Krankenhaus gehe." „Nein, das ist nicht nötig. Ich wohne im Hotel. Nur ist mein Hotelzimmer recht unfreundlich, und ich würde morgen nachmittag eine Wohnung mit angenehmerer Atsmosphäre brauchen. Selbstverständlich nicht, um darin allein zu sein." „Ja", meinte Kostka und senkte ein wenig den Kopf, „das habe ich mir schon gedacht." Nach einem Weilchen sagte er: „Ich bin froh, daß ich etwas Gutes für Sie tun kann." Dann fügte er noch hinzu: „Vorausgesetzt, daß es für Sie wirklich etwas Gutes ist."

Wir setzten uns dann an den Tisch (Kostka kochte Kaffee) und wir plauderten ein Weilchen (ich saß auf der Couch und stellte dabei mit Freude fest, daß sie fest war, sich nicht durchbog und auch nicht knarrte). Dann erklärte Kostka, daß er nun ins Krankenhaus zurück müsse, und weihte mich daher rasch in einige Geheimnisse seines Haushaltes ein: den Wasserhahn der Badewanne müsse man fest zudrehen, das warme Wasser fließe entgegen allem Herkommen aus dem Hahn, der mit dem Buchstaben K gekennzeichnet sei, die Steckdose für die Schnur des Grammoradios sei unter der Couch versteckt, und im Wandschrank sei eine gerade erst angebrochene Flasche Wodka. Dann gab er mir einen Bund mit zwei Schlüsseln und zeigte mir, welcher Schlüssel zur Haustür unten gehörte und welcher zur Wohnung. Ich hatte im Verlaufe meines Lebens, in dem ich in vielen verschiedenen Betten geschlafen und an vielen verschiedenen

Tischen gesessen hatte, einen besonderen Schlüsselkult entwikkelt, und auch Kostkas Schlüssel steckte ich mit stiller Fröhlichkeit in die Tasche.

Im Gehen sprach Kostka den Wunsch aus, daß mir seine Garçonniere „wirklich etwas Schönes" bescheren möge. „Ja", antwortete ich ihm, „sie wird es mir ermöglichen, eine wunderschöne Destruktion durchzuführen." „Glauben Sie, daß Destruktionen schön sein können?" sagte Kostka, und ich lächelte im stillen, weil ich ihn in dieser Frage (die sanft vorgebracht, jedoch kämpferisch gemeint war) genau als jenen wiedererkannte, der er gewesen war, als ich ihn vor mehr als fünfzehn Jahren kennenlernte. Ich mochte ihn, und gleichzeitig mußte ich ein wenig über ihn lächeln, und so antwortete ich ihm: „Ich weiß, daß Sie ein stiller Arbeiter an Gottes ewigem Bauwerk sind und daß Sie nicht gerne von Destruktionen hören, aber was soll ich tun: ich bin kein Maurer Gottes. Übrigens, wenn hier die Maurer Gottes Bauwerke aus wirklichen Mauern bauten, könnten ihnen unsere Destruktionen kaum etwas anhaben. Aber mir kommt es vor, daß ich überall anstatt Mauern nichts als Kulissen sehe. Und die Destruktion von Kulissen ist eine durchaus gerechte Sache."

Wir waren wieder dort angelangt, wo wir uns zuletzt (es mochte etwa vor neun Jahren gewesen sein) getrennt hatten; unser Streit hatte im gegenwärtigen Zeitpunkt eine recht abstrakte Gestalt, weil wir seine konkrete Grundlage genau kannten und sie nicht neuerlich aufs Tapet zu bringen brauchten; neuerlich aufs Tapet bringen mußten wir nur die Tatsache, daß wir uns nicht geändert hatten, daß wir beide nach wie vor einander unähnlich waren (wobei ich sagen muß, daß ich diese Unähnlichkeit an Kostka liebte und daß ich mit ihm gerade deshalb mit Vorliebe debattierte, weil ich mir immer wieder beiläufig klarmachen konnte, wer eigentlich ich selbst bin und was ich mir denke). Um mich also nicht im Zweifel über ihn zu lassen, antwortete er mir: „Das, was Sie da gesagt haben, klingt hübsch. Aber sagen Sie mir: Wenn Sie ein so großer Skeptiker sind, wo nehmen Sie dann diese Sicherheit her, daß Sie eine Kulisse von einer Mauer unterscheiden können? Haben Sie nie ein bißchen daran gezweifelt, daß die Illusionen, über die Sie sich lustig machen, tatsächlich nur Illusionen sind? Und wenn

Sie sich irren? Was, wenn es Werte sind und Sie also ein Zerstörer von Werten?" Und dann sagte er: „Ein mißachteter Wert und eine demaskierte Illusion haben nämlich den gleichen heruntergekommenen Körper, sie sind einander ähnlich, und nichts ist leichter, als sie zu verwechseln."

Ich begleitete Kostka quer durch die Stadt zurück zum Krankenhaus, ich spielte mit den Schlüsseln in der Tasche, und ich fühlte mich wohl in der Gegenwart des langjährigen Bekannten, der imstande war, mich wann immer und wo immer von seiner Wahrheit überzeugen zu wollen, etwa gerade jetzt, da wir über den holprigen Boden der neuen Siedlung schritten. Kostka wußte allerdings, daß wir morgen den ganzen Abend vor uns hatten, und deshalb schweifte er nach einer Weile vom Philosophieren auf die Sorgen des Alltags ab; abermals vergewisserte er sich, daß ich morgen in seiner Wohnung auf ihn warten würde, wenn er um sieben Uhr zurückkehrte (er selbst hatte keinen zweiten Schlüssel), und er fragte mich, ob ich wirklich nichts mehr brauche. Ich strich mir mit der Hand über die Wange und sagte, ich müsse dringend zum Friseur, weil ich einen argen Stoppelbart hätte. „Ausgezeichnet", sagte Kostka, „ich werde Ihnen eine Protektionsrasur sichern."

Ich widersetzte mich Kostkas Fürsorge nicht und ließ mich in einen kleinen Friseurladen führen, wo vor drei Spiegeln drei große Drehstühle prangten; auf zweien von ihnen saßen Männer mit gesenktem Kopf und mit Seife im Gesicht. Zwei Frauen in weißen Mänteln beugten sich über sie. Kostka trat zu einer von ihnen und flüsterte ihr etwas zu; die Frau wischte das Rasiermesser mit dem Handtuch ab und rief etwas nach hinten in den Nebenraum: von dort trat ein Mädchen in weißem Mantel heraus und nahm sich des einen, nunmehr verwaisten Mannes im Drehstuhl an, während die Frau, mit der Kostka gesprochen hatte, mich mit einem Kopfnicken begrüßte und mir mit der Hand andeutete, ich möge mich auf den letzten, freien Sessel setzen. Kostka und ich reichten einander zum Abschied die Hand, und ich nahm Platz, lehnte den Kopf nach hinten auf die Kopfstütze, und da ich nach so vielen Jahren mein eigenes Antlitz nicht gern betrachtete, wich ich dem Spiegel aus, der mir gegenüber angebracht war, hob die Augen in die Höhe und ließ sie über den weißen, fleckigen Plafond schweifen.

Mein Blick blieb auch noch an der Decke haften, als ich die Finger der Friseuse am Hals spürte, die mir ein weißes Tuch hinter den Hemdkragen steckten. Dann trat die Friseuse zurück, und ich hörte nur das Gleiten des Rasiermessers über den ledernen Schleifriemen und erstarrte in einer wonnigen Regungslosigkeit voll angenehmer Gleichgültigkeit. Nach einer Weile spürte ich Finger im Gesicht, feucht und glitschig, die mir die Rasiercreme auf den Wangen verrieben, und ich wurde mir der seltsamen und lächerlichen Tatsache bewußt, daß mich irgendeine fremde Frau, die mich nichts anging und die ich nichts anging, zärtlich streichelte. Die Friseuse begann dann die Seife mit dem Pinsel zu verreiben, und mir schien es, als säße ich gar nicht hier, sondern als steckte ich irgendwo in dem weißen, fleckigen Raum, in den ich meinen Blick richtete. Und da stellte ich mir vor (weil die Gedanken auch in den Augenblicken des Entspannens nicht in ihren Spielen innehalten), ich wäre ein wehrloses Opfer und der Frau, die das Rasiermesser abzog, völlig ausgeliefert. Und da mein Leib im Raum zerrann und ich nur mein von Fingern berührtes Gesicht fühlte, konnte ich mir mühelos vorstellen, daß diese zärtlichen Hände meinen Kopf so hielten (drehten, streichelten), als faßten sie ihn überhaupt nicht im Zusammenhang mit dem Körper auf, sondern lediglich für sich allein, so daß das scharfe Rasiermesser, das auf dem Tischchen bereitlag, diese schöne Selbständigkeit nur würde realisieren können.

Dann hörten die Berührungen auf, und ich vernahm, wie die Friseuse zurücktrat, wie sie nun tatsächlich das Rasiermesser in die Hand nahm, und da sagte ich mir (denn die Gedanken fuhren in ihren Spielen fort), daß ich sehen müßte, wie die Halterin (Emporheberin) meines Kopfes, meine zärtliche Mörderin, eigentlich aussähe. Ich löste den Blick vom Plafond und sah in den Spiegel. Und da erstarrte ich: das Spiel, mit dem ich mich vergnügt hatte, nahm plötzlich seltsam konkrete Züge an; es kam mir nämlich vor, als würde ich diese Frau, die sich im Spiegel über mich beugte, kennen.

Mit einer Hand hielt sie mein Ohrläppchen, mit der anderen kratzte sie vorsichtig die Seife von meinem Gesicht; ich betrachtete sie, und da begann die Identität, die ich vor einem Weilchen mit Erstaunen festgestellt hatte, langsam zu zerrinnen und zu schwinden. Dann beugte sie sich über das Waschbecken, schleuderte mit zwei Fingern eine Seifenflocke vom Rasiermesser, richtete sich auf und drehte ein wenig den Sessel herum; da begegneten unsere Blicke für den Bruchteil einer Sekunde einander, und abermals schien es mir, als wäre sie es! Sicherlich, dieses Gesicht hier war recht verschieden von jenem, als gehörte es ihrer älteren Schwester, es war grau, welk, etwas verfallen; aber es war ja fünfzehn Jahre her, daß ich sie zum letzten Male gesehen hatte! Seit jenen Tagen hatte die Zeit ihrem wahren Antlitz eine trügerische *Maske* aufgedrückt, aber es war zum Glück eine Maske mit zwei Öffnungen, durch die mich ihre richtigen und echten Augen wieder anblicken durften, so, wie ich sie kannte.

Aber dann begannen sich die Spuren neuerlich zu verwirren: ein neuer Kunde betrat den Laden, setzte sich hinter meinem Rücken in einen Sessel und wartete, bis er an die Reihe käme; plötzlich sprach er meine Friseuse an; er sagte etwas über den schönen Sommer und über das Schwimmbad, das am Stadtrand gebaut wurde; die Friseuse antwortete (ich nahm eher ihre Stimme denn ihre Worte wahr, die übrigens völlig belanglos waren), und ich stellte fest, daß ich diese Stimme nicht wiedererkannte; sie klang selbstverständlich, oberflächlich, nicht ängstlich, fast derb, es war eine ganz und gar andere Stimme.

Sie wusch mir nun das Gesicht, preßte die Handteller an meine Wangen, und ich begann (trotz der Stimme) wieder zu glauben, daß sie es sei, daß ich nach fünfzehn Jahren wieder ihre Hände auf meinem Antlitz spürte, daß sie mich wieder streichelte, lange und zärtlich streichelte (ich vergaß ganz, daß es kein Streicheln war, sondern ein Waschen); ihre fremde Stimme gab währenddessen fortwährend dem geschwätzigen Mann irgendwelche Antworten, doch ich mochte der Stimme nicht glauben, ich wollte lieber den Händen glauben, ich wollte sie an den Händen erkennen; ich bemühte mich, nach dem Maß der Zärtlichkeit ihrer Berührung festzustellen, ob sie es war und ob sie mich erkannt hatte.

Dann nahm sie das Handtuch und trocknete mein Gesicht ab. Der geschwätzige Mann lachte laut über einen Witz, den er selbst erzählt hatte, und ich wurde gewahr, daß meine Friseuse nicht lachte, daß sie also offensichtlich gar nicht richtig hinhörte, was ihr der Kerl da sagte. Das versetzte mich in Aufregung, weil ich darin den Beweis erblickte, daß sie mich erkannt hatte und daß sie insgeheim verstört war. Ich war entschlossen, sie anzusprechen, sobald ich mich vom Sessel erheben würde. Sie entfernte das Tuch, das in meinem Hemdkragen steckte. Ich stand auf. Ich zog einen Fünfkronenschein aus meiner Brusttasche. Ich wartete, wann unsere Blicke einander wieder träfen, um sie mit dem Vornamen ansprechen zu können (der Kerl quatschte noch immer etwas), doch sie hatte den Kopf gleichgültig abgewendet, den Fünfkronenschein nahm sie rasch und sachlich entgegen, so daß ich mir plötzlich wie ein Narr vorkam, der einem Phantom, einem Spuk aufgesessen war, und ich fand überhaupt nicht den Mut, sie anzusprechen.

Seltsam unbefriedigt verließ ich den Laden; ich wußte nur, daß ich nichts weiß und daß es eine große *Roheit* ist, die Gewißheit über die Identität eines einst so geliebten Antlitzes zu verlieren.

Es war allerdings nicht schwierig, die Wahrheit zu erfahren. Ich eilte ins Hotel (unterwegs erblickte ich auf dem gegenüberliegenden Gehsteig einen alten Jugendfreund, den Primas der Zimbalkapelle, Jaroslav, doch als würde ich vor dieser aufdringlichen und lärmenden Musik fliehen, wich ich rasch mit dem Blick aus), und aus dem Hotel rief ich Kostka an; er war noch im Krankenhaus.

„Hören Sie, bitte, diese Friseuse, der Sie mich anvertraut haben, heißt sie Lucie Šebetková?"

„Heute heißt sie anders, aber sie ist es. Woher kennen Sie sie?" sagte Kostka.

„Aus schrecklich fernen Zeiten", antwortete ich und ging nicht einmal zum Abendessen, ich verließ das Hotel (es dämmerte bereits) und bummelte noch ziellos herum.

II

1

Heute gehe ich früh zu Bett, ich weiß zwar nicht, ob ich einschlafen kann, aber ich gehe früh zu Bett, Pavel, mein Mann fährt am Nachmittag nach Preßburg, ich reise morgen sehr früh mit dem Flugzeug nach Brünn und dann weiter mit dem Bus, Zdenička bleibt zwei Tage allein zu Hause, stören wird sie das nicht, sie reißt sich nicht sehr um unsere Gesellschaft, das heißt, um meine Gesellschaft reißt sie sich nicht, Pavel vergöttert sie, Pavel ist der erste Mann, den sie bewundert, er versteht es ja auch, mit ihr umzugehen, wie er es mit allen Frauen verstanden hat, auch mit mir hat er es verstanden und versteht es nach wie vor mit mir, diese Woche begann er sich mir gegenüber wieder zu benehmen wie früher, vor langer Zeit, er streichelte mein Gesicht und versprach, er würde mich in Südmähren abholen, wenn er aus Preßburg zurückkehrte, er meinte, wir müßten uns endlich wieder einmal aussprechen, vielleicht hat er selbst erkannt, daß es so nicht mehr weitergeht, vielleicht wollte er, daß alles wieder werde, wie es zwischen uns einmal war, aber warum kam er erst jetzt darauf, da ich Ludvík kennengelernt habe? Es bangt mir davor, aber ich brauche nicht traurig zu sein, ich darf nicht, möge Traurigkeit nicht mit meinem

Namen verbunden werden, dieser Satz Julius Fučíks ist meine Parole, und es stört mich nicht, daß diese Parole heute aus der Mode gekommen ist, vielleicht bin ich wirklich dumm, aber jene, die mir das sagen, sind ebenfalls dumm, auch sie haben ihre Parolen und Vokabeln, Absurdität, Entfremdung, ich weiß nicht, weshalb ich meine Dummheit gegen ihre eintauschen sollte, ich will mein Leben nicht in der Mitte entzweibrechen, ich will, daß dieses mein Leben eins sei, eins vom Anfang bis zum Ende, und deshalb gefällt mir Ludvík so sehr, denn wenn ich mit ihm bin, muß ich nicht meine Ideale und meinen Geschmack ändern, er ist durchschnittlich, schlicht, heiter, klar, und das ist das, was ich liebe, was ich immer geliebt habe.

Ich schäme mich nicht dafür, wie ich bin, ich kann nicht anders sein, als ich war und bin, bis achtzehn kannte ich nur die Klosterklausur, Tbc, zwei Jahre Sanatorium, weitere zwei Jahre das versäumte Studium nachholen, nicht einmal die Tanzstunde habe ich kennengelernt, nur die ordentliche Wohnung ordentlicher Pilsner Bürger und lernen und lernen, das wirkliche Leben lag hinter sieben Mauern, als ich dann im neunundvierziger nach Prag kam, war plötzlich alles ein Wunder, eine solche Glückseligkeit, daß ich es niemals vergessen werde, und deshalb vermag ich auch Pavel nie aus meiner Seele zu löschen, auch wenn ich ihn nicht mehr liebe, auch wenn er mir weh getan hat, ich vermag es nicht, Pavel ist meine Jugend, Prag, die Fakultät, das Studentenheim, und vor allem das Lieder- und Tanzensemble Julius Fučík, heute weiß niemand mehr, was uns das bedeutet hat, dort habe ich Pavel kennengelernt, er sang Tenor und ich Alt, wir traten in Hunderten Konzerten und bunten Abenden auf, wir sangen sowjetische Lieder, Lieder über unseren Aufbau und natürlich Volkslieder, die sangen wir am allerliebsten, die mährischen Lieder lernte ich damals so lieben, daß ich, die Pilsnerin, mich als Mährin fühlte, sie wurden zum Leitmotiv meines Lebens, sie verschmelzen für mich mit jener Zeit, mit meiner Jugend, mit Pavel, sie erklingen mir jedesmal, wenn mir ein neuer Sonnenaufgang werden soll, und so erklingen sie mir auch in diesen Tagen wieder.

Und wie wir, Pavel und ich, einander näherkamen, das könnte ich heute gar nicht mehr sagen, es ist wie eine Lesebuchgeschichte, es war der Jahrestag der Befreiung, die große Kundgebung auf dem Altstädter Ring, unser Ensemble war ebenfalls dort, wir gingen überall geschlossen hin, ein kleines Häuflein Menschen unter Zehntausenden, und auf der Tribüne waren Staatsmänner, von uns und aus dem Ausland, es gab viele Ansprachen und viel Applaus, und dann trat auch Togliatti ans Mikrophon und hielt auf italienisch eine kurze Rede, und der ganze Platz antwortete wie stets mit Rufen, Klatschen, Skandieren. Zufällig stand Pavel in diesem Heidengedränge neben mir, und ich hörte, daß er selbst etwas in dieses Geschrei rief, etwas anderes, etwas Eigenes, ich sah auf seine Lippen und bemerkte, daß er sang, es war eher ein Schreien als ein Singen, er wollte, daß wir ihn hörten und uns ihm anschlössen, er sang ein italienisches Revolutionslied, es gehörte zu unserem Repertoire und war damals sehr populär, Avanti popolo, a la riscossa, bandiera rossa, bandiera rossa . . .

Das war ganz er selbst, er begnügte sich nie damit, mit dem Verstand allein zu attackieren, er wollte den Menschen auch in seinen Gefühlen treffen, es schien mir, daß es herrlich sei, hier auf einem Prager Platz den italienischen Arbeiterführer mit einem italienischen Revolutionslied zu begrüßen, ich wünschte mir innig, Togliatti möge gerührt sein, so wie ich schon im voraus gerührt war, ich schloß mich daher mit ganzer Kraft Pavels Lippen an, und weitere und weitere schlossen sich an, nach und nach schloß sich unser ganzes Ensemble an, aber das Geschrei auf dem Platz war unbeschreiblich laut, und wir waren eine Handvoll, wir waren fünfzig und die anderen mindestens fünfzigtausend, das war eine schreckliche Übermacht, das war ein verzweifeltes Ringen, während der ganzen ersten Strophe glaubten wir, daß wir untergehen würden, daß unseren Gesang niemand auch nur hören würde, doch dann geschah ein Wunder, allmählich schlossen sich uns weitere und weitere Stimmen an, die Menschen begriffen allmählich, und das Lied schälte sich langsam aus dem großen Lärm des Platzes heraus wie ein Schmetterling aus einer riesengroßen dröhnenden Puppe. Schließlich flog dieser Schmetterling, das Lied, wenigstens ein paar seiner letzten Takte bis zur Tribüne, und wir starrten mit angehaltenem Atem das Gesicht des grauhaarigen Italieners an und waren glücklich, als es uns vorkam, als reagierte er mit einer Handbewegung auf das Lied, und am Ende war ich mir sicher, obwohl ich das aus dieser Entfernung nicht sehen konnte, daß in seinen Augen Tränen standen.

In dieser Begeisterung und Rührung ergriff ich, ich weiß gar nicht, wie, Pavels Hand, und Pavel erwiderte meinen Händedruck, und als es dann auf dem Platz still wurde und wieder jemand anders vor das Mikrophon trat, hatte ich Angst, er könnte meine Hand loslassen, aber er ließ sie nicht los, wir standen Hand in Hand bis zum Ende der Kundgebung da und ließen einander auch nachher nicht los, die Menge zerstreute sich, und wir bummelten einige Stunden lang durch das blühende Prag.

Sieben Jahre später, als Zdenička schon fünf Jahre alt war, ich werde das nie vergessen, sagte er mir, *wir haben nicht aus Liebe, sondern aus Parteidisziplin geheiratet*, ich weiß, daß das im Streit war, daß es eine Lüge war, daß mich Pavel aus Liebe geheiratet hat, geändert hat er sich erst später, aber dennoch ist es schrecklich, daß er mir das sagen konnte, er selbst hat mir doch stets auseinandergesetzt, daß die Liebe von heute anders ist, daß sie keine Flucht fort von den Menschen ist, sondern eine Verstärkung im Kampf, so lebten wir sie auch, zu Mittag hatten wir nicht einmal Zeit zu essen, wir aßen im Sekretariat der Jugendorganisation ČSM zwei trockene Brötchen, und dann sahen wir einander manchmal wieder den ganzen Tag nicht, ich wartete bis gegen Mitternacht auf Pavel, da er von endlosen sechsstündigen oder achtstündigen Sitzungen heimkehrte, in meiner Freizeit tippte ich für ihn die Referate, die er auf den verschiedensten Konferenzen und Schulungen hielt, ihm war ungemein viel an all diesen Dingen gelegen, ich allein weiß, wieviel ihm am Erfolg seines politischen Auftretens gelegen war, hundertmal wiederholte er in seinen Ansprachen, daß sich der neue Mensch vom alten dadurch unterscheide, daß er den Zwiespalt zwischen dem Privaten und dem Öffentlichen aus seinem Leben tilge, und nach Jahren warf er mir dann plötzlich vor, die Genossen hätten damals sein Privatleben nicht in Ruhe gelassen.

Wir gingen fast zwei Jahre miteinander, und ich wurde schon ein wenig ungeduldig, daran ist nichts Besonderes, keine Frau kann sich mit einer bloßen Studentenliebe zufriedengeben, in jedem Mann steckt etwas von einem Egoisten, und es liegt an der Frau, sich selbst und ihre weibliche Sendung zu verteidigen, Pavel begriff das leider weniger als die Genossen aus dem Ensemble, vor allem einige meiner Freundinnen, die besprachen die Sache dann mit den anderen, und schließlich luden sie sich Pavel vor den Ausschuß vor, ich weiß nicht, was sie ihm dort gesagt haben, wir haben darüber nie gesprochen, aber man dürfte nicht viel Federlesens mit ihm gemacht haben, denn damals herrschte eine strenge Moral, man hat das übertrieben, aber vielleicht ist es doch besser, die Moral zu übertreiben und nicht die Unmoral, wie heute. Pavel ging mir lange Zeit aus dem Weg, ich glaubte, alles verpatzt zu haben, ich war verzweifelt, ich wollte mir das Leben nehmen, doch dann kam er zu mir, meine Knie zitterten, er bat mich um Verzeihung und gab mir als Geschenk ein Anhängsel mit dem Bild des Kremls, sein teuerstes Erinnerungsstück, nie werde ich es ablegen, es ist nicht nur ein Andenken an Pavel, es ist mehr, und ich begann vor Glückseligkeit zu weinen und vierzehn Tage später feierten wir Hochzeit und das ganze Ensemble war da, sie dauerte fast vierundzwanzig Stunden, es wurde gesungen und getanzt und ich sagte zu Pavel, wenn wir beide einander verrieten, verrieten wir alle jene, die mit uns Hochzeit feierten, wir verrieten auch die Kundgebung auf dem Altstädter Ring und Togliatti, heute möchte ich am liebsten lachen, was wir dann in Wirklichkeit alles verraten haben . . .

2

Ich überlege, was ich morgen anziehen soll, höchstwahrscheinlich den rosa Pullover und den blauen italienischen Regenmantel, in dem hab' ich die beste Figur, ich bin nicht mehr die Schlankeste, aber was tut das, vielleicht habe ich als Ausgleich für meine Falten einen anderen Zauber, den ein junges Mädel nicht hat, den Zauber des durchlebten Schicksals, für Jindra ganz bestimmt, der arme Kerl, fortwährend sehe ich ihn vor mir, wie enttäuscht er war, daß ich schon am Morgen fliege und er allein fahren wird, er ist glücklich, wenn er mit mir sein kann, er posiert gerne vor mir mit seiner neunzehnjährigen Reife, mit mir würde er sicherlich hundertdreißig fahren, damit ich ihn bewundere, ein häßliches Bürschchen, im übrigen ist er ein recht tüchtiger Techniker und Fahrer, die Redakteure nehmen ihn gern zu kleineren Reportagen ins Terrain mit, und eigentlich, was ist schon daran, es ist angenehm, wenn ich von jemandem weiß, daß er mich gerne sieht, in den letzten Jahren bin ich beim Rundfunk nicht sehr beliebt, angeblich bin ich sekkant, eine Fanatikerin, eine Dogmatikerin, ein Parteiwauwau und was weiß ich was noch alles, ich aber werde mich nie schämen, weil ich die Partei liebe und ihr all meine Freizeit opfere. Was bleibt mir schließlich denn schon sonst noch in meinem Leben übrig? Pavel hat andere Frauen, ich kümmere mich nicht mehr um diese Geschichten, unsere Kleine vergöttert den Vater, meine Arbeit ist schon seit zehn Jahren immer trostlos die gleiche, Reportagen, Interviews, Programme über erfüllte Pläne, über Kuhställe, übers Melken, der Haushalt ist genauso trostlos, allein die Partei hat sich mir gegenüber nie etwas zuschulden kommen lassen, und ich habe mir ihr gegenüber nichts zuschulden kommen lassen, selbst in jenen Stunden nicht, da fast alle sie verlassen wollten, als sechsundfünfzig Stalins Verbrechen an den Tag kamen, damals verloren die Menschen den Verstand, auf alles spuckten sie, es hieß, unsere Presse lüge, der verstaatlichte Handel funktioniere nicht, die Kultur verfiele, die Genossenschaften in den Dörfern hätten nicht gegründet werden sollen, die Sowjetunion sei das Land der Unfreiheit, und das allerschlimmste war, daß selbst Kommunisten auf ihren eigenen Versammlungen so redeten, auch Pavel redete so, und abermals klatschten ihm alle Beifall, Pavel klatschte man immer Beifall, schon seit seiner Kindheit wird ihm Beifall geklatscht, das einzige Kind, wenn seine Mutter schlafen geht, nimmt sie seine Photographie mit ins Bett, ein Wunderkind, doch als Mann nur Durchschnitt, er raucht nicht, er trinkt nicht, aber ohne Beifall kann er nicht leben, das ist sein Alkohol und sein Nikotin, und also war er froh, daß er wieder einmal die Menschen an ihren Herzen packen konnte, er redete von schrecklichen Justizmorden, er tat es mit so viel Gefühl, daß die Leute fast weinten, ich spürte, wie glücklich er in seiner Empörung war, und ich haßte ihn.

Zum Glück klopfte die Partei den Hysterikern auf die

Finger, sie verstummten, es verstummte auch Pavel, der Posten eines Hochschuldozenten für Marxismus war viel zu bequem, um mit ihm zu hasardieren, aber etwas blieb da in der Luft doch übrig, der Keim einer Apathie, eines Mißtrauens, eines Zweifelns, ein Keim, der still und heimlich wucherte, ich wußte nicht, was ich dagegen tun sollte, und ich schloß mich noch enger der Partei an als bisher, als wäre die Partei ein lebendiges Wesen, ein Mensch, und, sonderbar, als wäre sie eher eine Frau denn ein Mann, ja, eine kluge Frau, ich kann mit ihr ganz vertraulich sprechen, da ich mir eigentlich nicht nur mit Pavel, sondern auch sonst kaum mehr mit einem Menschen etwas zu sagen habe, auch die anderen mögen mich nicht sehr, das hat sich ja gezeigt, als ich jene peinliche Affäre zu erledigen hatte, einer von unseren Redakteuren, ein verheirateter Mann, hatte ein Verhältnis mit einer Technikerin von uns, einem jungen, unverheirateten Mädel, verantwortungslos und zynisch, und die Frau des Redakteurs wandte sich damals in ihrer Verzweiflung an unseren Ausschuß um Hilfe, wir verhandelten viele Stunden über den Fall, wir luden uns nacheinander die Gattin, die Technikerin und Zeugen von unserem Arbeitsplatz zu einer Unterredung vor, wir versuchten alle Seiten des Falles zu verstehen und gerecht zu sein, der Redakteur bekam eine Parteirüge, die Technikerin eine Ermahnung, und beide mußten vor dem Ausschuß versprechen, daß sie sich trennen würden. Leider sind Worte nur Worte, sie versprachen es nur, um uns zu beschwichtigen, und trafen einander auch weiterhin, doch Lügen haben kurze Beine, wir erfuhren bald davon, und ich war dann für die strengste Lösung, ich schlug vor, der Redakteur solle aus der Partei ausgeschlossen werden, wegen bewußter Irreführung und Hintergehung der Partei, was für ein Kommunist war das denn, wenn er die Partei belog, ich hasse die Lüge, aber mein Vorschlag drang nicht durch, der Redakteur bekam nur eine Rüge, dafür mußte die Technikerin vom Rundfunk fort.

Sie rächten sich damals gehörig an mir, sie machten aus mir ein Monstrum, eine Bestie, sie starteten eine richtige Kampagne, sie begannen in meinem Privatleben herumzuschnüffeln, das war meine Achillesferse, eine Frau kann ohne Gefühle nicht leben, sonst wäre sie ja gar keine richtige Frau, weshalb sollte ich es leugnen, ich suchte die Liebe anderswo, da ich sie daheim nicht mehr hatte, ohnehin suchte ich sie vergeblich, einmal kam man mir damit auf einer öffentlichen Versammlung, ich sei eine Heuchlerin, ich prangere angeblich andere Menschen an, daß sie Ehen zerstörten, ich versuchte sie auszuschließen, hinauszuschmeißen, zu vernichten, und selbst sei ich meinem Gatten untreu, wo ich nur könne, so sagten sie das bei der Versammlung, aber hinter meinem Rücken sagten sie es noch ärger, für die Öffentlichkeit sei ich eine Nonne und im Privatleben eine Hure, als könnten sie nicht begreifen, daß ich gerade deshalb, weil ich weiß, was das ist, eine unglückliche Ehe, daß ich also gerade deshalb gegen andere streng bin, nicht aus Haß gegen sie, sondern aus Liebe, aus Liebe zur Liebe, aus Liebe zu ihrem Zuhause, zu ihren Kindern, weil ich ihnen helfen will, ich habe doch ebenfalls ein Kind und ein Zuhause, und ich bange um sie!

Aber, schließlich, vielleicht haben sie recht, vielleicht bin ich tatsächlich eine schlechte Frau, und den Leuten soll man wirklich ihre Freiheit lassen, und niemand hat ein Recht, sich in ihre Privatangelegenheiten zu mischen, vielleicht haben wir tatsächlich diese unsere ganze Welt falsch erdacht, und ich bin wirklich ein widerlicher Kommissar, der in Dinge dreinredet, die ihn nichts angehen, aber ich bin nun einmal so und kann nicht anders handeln, als ich empfinde, jetzt ist es schon zu spät, ich habe doch immer geglaubt, daß das menschliche Wesen unteilbar ist, nur der Spießbürger ist heuchlerisch in ein offizielles Wesen und ein privates Wesen gespalten, das ist mein Bekenntnis, danach habe ich stets gehandelt, auch damals.

Und daß ich vielleicht bösartig war, das gestehe ich ohne Tortur, ich hasse die jungen Mädchen, diese Bälger, roh in ihrer Jugend, ohne eine Spur Solidarität zu einer älteren Frau, aber sie werden ja auch einmal dreißig sein und fünfunddreißig und vierzig, und niemand soll mir weismachen, daß sie ihn geliebt hat, was weiß die, was Liebe ist, sie geht mit jedem beim ersten Mal ins Bett. Hemmungen hat sie keine, sie hat kein Schamgefühl, es beleidigt mich zutiefst, wenn mich jemand nur deshalb mit solchen Mädchen vergleicht, weil ich als Verheiratete ein paar Verhältnisse mit anderen Männern hatte. Ich, ich habe nämlich immer die Liebe gesucht, und wenn ich mich irrte und sie nicht dort fand, wo ich sie suchte, wandte ich mich mit Gänsehaut ab und ging fort, ging anderswohin, obwohl ich weiß, wie einfach das wäre, seinen Jugendtraum von der Liebe zu vergessen, ihn einfach zu vergessen, die Grenze zu überschreiten und sich im Reich der seltsamen Freiheit zu befinden, wo es weder Schamgefühl noch Hemmungen noch eine Moral gibt, im Reich der seltsamen widerlichen Freiheit, wo alles erlaubt ist, wo es genügt, zu lauschen, wie im Inneren des Menschen der Sexus pulst, dieses Tier.

Und ich weiß auch, daß, wenn ich diese Grenze überschritte, ich aufhören würde, ich selbst zu sein, ich würde jemand anders werden, und ich weiß überhaupt nicht, wer ich dann wäre, und mir graut davor, vor dieser schrecklichen Verwandlung, und deshalb suche ich die Liebe, verzweifelt suche ich die Liebe, in die ich als jene eingehen könnte, die ich jetzt noch bin, mit meinen alten Träumen und Idealen, denn ich will nicht, daß mein Leben auseinanderbricht, ich will, daß es ganz bleibt vom Anfang bis zum Ende, und deshalb war ich so betäubt, als ich dich kennenlernte, Ludvík, Ludvík . . .

3

Das war eigentlich schrecklich komisch, als ich zum ersten Male seinen Arbeitsraum betrat, er machte gar keinen besonderen Eindruck auf mich, ich legte ohne die geringsten Hemmungen sofort los, welche Informationen ich von ihm brauchen würde, wie ich mir dieses Funkfeuilleton vorstellte, aber als er dann mit mir zu sprechen begann, fühlte ich plötzlich, wie ich mich verhaspelte, wie ich quatschte, wie ich dumm herumredete, und als er sah, daß ich verlegen war, begann er sofort über belanglose Dinge zu sprechen, ob ich verheiratet bin, ob ich Kinder habe, wohin ich auf Urlaub fahre, und er sagte auch, daß ich jung aussehe und hübsch bin, er wollte mich von meinem Lampenfieber befreien, das war nett von ihm, ich habe schon Schwätzer kennengelernt, die sich nur aufzuspielen verstehen, selbst wenn sie nicht ein Zehntel soviel können wie er, Pavel, der würde nur über sich sprechen, aber das war gerade das lustige daran, daß ich eine volle Stunde bei ihm war und über sein Institut soviel wußte wie vorher, ich stoppelte dann zu

Hause das Feuilleton zusammen, und es wollte und wollte nicht gehen, aber vielleicht war ich froh, daß es nicht ging, ich hatte wenigstens einen Vorwand, ihn anzurufen, ob er nicht lesen wolle, was ich geschrieben hätte. Wir trafen uns im Café, mein unglückseliges Feuilleton hatte vier Seiten, er las es, lächelte galant und sagte, es sei ausgezeichnet, er gab mir von Anfang an zu verstehen, daß ich ihn als Frau interessierte und nicht als Redakteurin, ich wußte nicht, ob mich das freuen oder kränken sollte, aber dabei war er nett, wir verstanden einander, er ist alles andere denn einer von den Glashausintellektuellen, die mir widerlich sind, er hat ein reiches Leben hinter sich, er hat auch in der Kohlengrube gearbeitet, ich sagte ihm, daß ich gerade solche Menschen mochte, Menschen mit einem gorkihaften Lebenslauf, aber am meisten staunte ich, daß er aus Südmähren stammte, daß er sogar in einer Zimbalkapelle gespielt hatte, ich wollte meinen Ohren nicht trauen, ich hörte das Leitmotiv meines Lebens, ich sah aus der Ferne meine Jugend auf mich zukommen, und ich spürte, wie ich Ludvík verfiel.

Er fragte mich, was ich eigentlich die ganzen Tage triebe, ich erzählte ihm dies und jenes, und er sagte mir, ständig höre ich seine Stimme, halb scherzend, halb mitleidig, Sie leben falsch, Frau Helena, und dann erklärte er, daß sich das ändern müsse, daß ich anders zu leben beginnen müsse, daß ich mich ein bißchen mehr den *Freuden des Lebens* widmen müsse. Ich sagte ihm, daß ich nichts dagegen hätte, daß ich stets eine Bekennerin der Freude gewesen sei, daß mir nichts widerlicher sei als alle diese modischen Traurigkeiten und Fadessen, und er antwortete mir, daß das nichts zu bedeuten habe, wozu ich mich bekennte, die Bekenner der Freude seien größtenteils die allertraurigsten Menschen, oh, wie recht Sie haben, wollte ich rufen, aber dann sagte er direkt, unverhüllt, daß er mich am nächsten Tag um vier vor dem Rundfunkgebäude erwarten würde, wir könnten irgendwohin ins Freie fahren, aus Prag hinaus. Ich widersetzte mich, ich sei doch eine verheiratete Frau, ich könne doch nicht so ohne weiteres mit einem fremden Mann in den Wald fahren, und Ludvík antwortete darauf mit einem Scherz, er sei gar kein Mann, sondern lediglich Wissenschaftler, aber dabei wurde er traurig, traurig wurde er! Ich sah das, und es überlief mich heiß vor Freude, daß er sich nach mir sehnte, daß er sich desto mehr nach mir sehnte, da ich verheiratet war, da ich ihm dadurch fernerrückte, und der Mensch sehnt sich stets nach dem am meisten, was ihm fernerrückt, ich trank gierig dieses Traurigwerden von seinem Antlitz und erkannte in diesem Augenblick, daß ich in ihn verliebt war.

Und am nächsten Tag rauschte auf der einen Seite die Moldau, auf der anderen stieg steil der Wald empor, es war romantisch, ich liebe Romantik, ich gab mich ein bißchen närrisch, vielleicht paßt das nicht zu der Mutter einer zwölfjährigen Tochter, ich lachte, ich hüpfte herum, ich nahm seine Hand und zwang ihn, ein Stückchen mit mir zu laufen, wir blieben stehen, mein Herz klopfte, wir standen einander Aug in Aug ganz nahe gegenüber, und Ludvík beugte sich ein wenig vor und küßte mich zart, sogleich entwand ich mich ihm und nahm ihn wieder an der Hand, und wieder liefen wir ein Stückchen, ich habe einen leichten Herzfehler, und mein Herz beginnt bei der allerkleinsten Anstrengung heftig zu pochen, es genügt, daß ich die Treppe einen Stock hochlaufe, und so verlangsamte ich bald den Schritt, mein Atem beruhigte sich allmählich, und ich begann plötzlich ganz leise die ersten Takte meines Lieblingsliedes zu singen, *Ej, fiel der Sonnenschein in unser Gärtelein . . .*, und als ich merkte, daß er mich verstand, begann ich aus voller Kehle zu singen, ich schämte mich nicht, ich fühlte, wie die Jahre von mir abfielen, die Sorgen, die Kümmernisse, Tausende graue Schuppen, und dann saßen wir in einer kleinen Schenke bei Zbraslav, wir aßen Brot und Knackwurst, alles war ganz gewöhnlich und alltäglich, der mürrische Wirt, das besudelte Tischtuch, und dennoch war es ein herrliches Abenteuer, ich sagte zu Ludvík, wissen Sie eigentlich, daß ich in drei Tagen in die Mährische Slowakei fahre, eine Reportage über den Ritt der Könige machen. Er fragte mich, in welchen Ort, und als ich es ihm sagte, erwiderte er, ausgerechnet dort sei er zur Welt gekommen, abermals so ein sonderbares Zusammentreffen von Umständen, daß es mir den Atem verschlug, und Ludvík sagte, ich nehme mir frei, ich fahre mit Ihnen hin.

Ich erschrak, ich erinnerte mich an Pavel, an jenes Fünkchen Hoffnung, das er in mir entfacht hatte, ich bin meiner Ehe gegenüber nicht zynisch, ich bin bereit, alles zu tun, um sie zu retten, schon wegen Zdenička, doch nein, wozu lügen, vor allem meinetwegen, wegen allem, was gewesen ist, wegen der Erinnerung an meine Jugend möchte ich sie retten, aber ich fand nicht die Kraft, um Ludvík nein zu sagen, ich fand diese Kraft nicht, und nun sind die Würfel längst gefallen, Zdenička schläft, ich habe Angst, Ludvík ist bereits in Mähren, und morgen wird er mich beim Autobus erwarten.

III

1

Nun, ich bummelte ziellos herum. Ich blieb auf der Brücke stehen, die über die March führt, und blickte stromabwärts. Wie häßlich ist die March (dieser Fluß, so braun, als führte er flüssigen Lehm und nicht Wasser), und wie trostlos ist ihr Ufer: eine Straße aus fünf einstöckigen Bürgerhäusern, die miteinander nicht verbunden sind und einzeln dastehen, eigenbrötlerisch und verwaist; vielleicht hätten sie den Kern eines Kais bilden sollen, dessen geplante Pracht nie Wirklichkeit wurde; zwei von den Häusern tragen Engelchen und kleine Szenen aus Keramik und Stukkatur, die heute allerdings schon zum Teil abgebröckelt sind; der Engel ist flügellos, und die Szenen sind da und dort bis auf die nackten Ziegel abgeblättert, so daß ihre Verständlichkeit verlorengegangen ist. Dann endet diese Straße aus einsamen Häusern, es gibt nur noch die Eisenmasten der Stromleitung, Gras, darauf einige verspätete Gänse, und dann Felder, Felder ohne Horizonte, Felder, die ins Nichts führen, Felder, in denen sich der flüssige Lehm der March verliert.

Städte haben bekanntlich die Fähigkeit, einander einen Spiegel vorzuhalten, und plötzlich glaubte ich in dieser Szenerie (ich kannte sie seit meiner Kindheit, und damals hatte sie mir überhaupt nichts gesagt) Ostrau zu erkennen, diese Grubenstadt, einem riesengroßen provisorischen Nachtasyl ähnlich, voll verlassener Häuser und schmutziger Straßen, die ins Nichts führen. Ich fühlte mich überrumpelt; ich stand hier auf der Brücke wie ein Mensch, der plötzlich einem MG-Feuer ausgesetzt ist. Ich wollte nicht länger auf die öde Straße aus fünf menschenscheuen Häusern blicken, weil ich nicht an Ostrau denken wollte. Und so machte ich kehrt und ging weiter, stromaufwärts.

Hier führte ein Weg, der auf einer Seite von einer dichten Pappelreihe gesäumt wurde. Rechts davon neigte sich das mit Gras und Unkraut überwucherte Ufer zum Fluß, und dahinter, jenseits des Flusses, waren auf dem gegenüberliegenden Ufer Magazine, Werkstätten und Höfe kleiner Fabriken zu sehen; links vom Weg war zunächst eine langgezogene Kehrichtstätte und dann weiter Felder, durchstochen von den eisernen Konstruktionen der Masten und von elektrischen Drähten. Ich ging den schmalen Alleeweg dahin, der über alldem lag, als schritte ich auf einem langen Steg über ein Gewässer — und wenn ich diese ganze Landschaft mit einem Gewässer vergleiche, so deshalb, weil mir Kälte aus ihr entgegenwehte; und weil ich durch diese Allee ging, als könnte ich von ihr irgendwohin in die Tiefe stürzen. Dabei wurde ich mir bewußt, daß diese seltsame Gespenstigkeit der Landschaft nur eine Umschreibung dessen war, woran ich nach der Begegnung mit Lucie mich nicht erinnern wollte; als würden die unterdrückten Erinnerungen in all das übersiedeln, was ich jetzt rund um mich sah, in die Öde der Felder und Höfe und Fabrikslager, in die Trübe des Flusses und in jene allgegenwärtige Kälte, die dieser gesamten Szenerie ihre Geschlossenheit verlieh. Ich begriff, daß ich den Erinnerungen nicht entrinnen würde; daß ich von ihnen umzingelt war.

2

Es wäre nicht schwierig, darüber, wie ich zum ersten Schiffbruch meines Lebens (und dank seiner unliebenswürdigen Vermittlung auch zu Lucie) gelangte, in einem leichtfertigen Ton, ja sogar mit einem gewissen Amüsement zu erzählen: und alles hatte meine unselige Neigung zu dummen Scherzen verschuldet sowie Markétas unselige Unfähigkeit, einen Scherz zu verstehen. Markéta gehörte zu jenen Frauen, die alles ernst nehmen (durch diese Eigenschaft verschmolz sie restlos mit dem Genius jener Zeit) und denen von den Parzen als stärkste Eigenschaft die Fähigkeit des Glaubens in die Wiege gelegt wurde. Damit will ich nicht euphemistisch andeuten, daß sie etwa dumm war; ganz und gar nicht: sie war recht begabt und klug, und im übrigen so jung (sie besuchte den ersten Jahrgang und war neunzehn), daß die naive Gutgläubigkeit eher zu ihrem Charme gehörte denn zu ihren Mängeln, um so mehr, als sich ihr unbestreitbare körperliche Reize zugesellten. Wir alle auf der Fakultät hatten Markéta gern und bemühten uns mehr oder minder intensiv um sie, was uns (zumindest einige von uns) nicht daran hinderte, gleichzeitig unseren linden und gutgemeinten Spaß mit ihr zu treiben.

Jedweder Spaß vertrug sich allerdings schlecht mit Markéta, und mit dem Geist jener Zeit noch viel schlechter. Es war das erste Jahr nach dem Februar neunzehnhundertachtundvierzig; ein neues Leben begann, ein wirklich völlig anderes, und das Antlitz dieses neuen Lebens, wie es mir in der Erinnerung haftengeblieben ist, war erstarrt ernst, wobei es das sonderbare an diesem Ernst war, daß er nicht finster dreinblickte, sondern sich ein lächelndes Aussehen gab; ja, jene Jahre behaupteten von sich, daß sie die freudigsten aller Jahre seien, und jeder, der sich nicht freute, wurde augenblicklich verdächtigt, daß ihn der Sieg der Arbeiterklasse bekümmere oder (was ganz und gar kein geringeres Verschulden war) daß er *individualistisch* in seine innere Trauer versunken sei.

Mich erfüllte damals nicht viel innere Trauer, im Gegenteil, ich hatte einen recht starken Sinn für Scherze, und dennoch kann man nicht sagen, daß ich vor dem freudigen Angesicht der Zeit ohne Vorbehalte bestanden hätte, denn meine Späße waren viel zu unernst, die Freude jener Zeit hingegen liebte keine Eulenspiegeleien und keine Ironie, es war, wie gesagt, eine ernste Freude, die sich stolz „historischer Optimismus der siegreichen Klasse“ titulierte, eine asketische und feierliche Freude, kurz Die Freude.

Ich erinnere mich, wie wir damals auf der Fakultät in sogenannten Studentenzirkeln organisiert wurden, die sich oft versammelten, um eine öffentliche Kritik und Selbstkritik aller ihrer Mitglieder vorzunehmen und dann auf Grund dieser Kritiken zu einem Werturteil über jeden einzelnen von uns zu gelangen. Ich hatte damals wie jeder Kommunist viele Funktionen inne (ich bekleidete eine wichtige Stellung im Verband der Hochschulstudentenschaft), und weil ich zugleich auch kein schlechter Student war, konnte ein solches Werturteil für mich auf keinen Fall böse ausfallen. Aber dennoch wurde den anerkennenden Sätzen, in denen meine Aktivität, mein positives Verhältnis zum Staat, meine Arbeit und meine Kenntnisse des Marxismus hervorgehoben wurden, meistens auch hinzugefügt, daß ich „Überreste des Individualismus" an den Tag lege. So ein Vorbehalt brauchte nicht gefährlich zu sein, weil es guter Brauch war, selbst in das allerbeste Kadergutachten irgendeinen kritischen Einwand zu schreiben; dem einen „geringes Interesse an der Revolutionstheorie" vorzuwerfen, dem anderen ein „kühles Verhältnis zu den Menschen", einem dritten zu geringe „Wachsamkeit" und wieder einem anderen „üble Einstellung den Frauen gegenüber"; im Augenblick allerdings, da so ein Satz nicht mehr allein für sich dastand, da sich ihm ein weiterer Vorbehalt anschloß, da der Mensch in irgendeinen Konflikt geriet oder das Opfer eines Verdachtes oder eines Angriffes wurde, konnten solche „Überreste des Individualismus" oder eine „üble Einstellung den Frauen gegenüber" zum Samenkorn des Verderbens werden. Und darauf beruhte der eigenartig fatale Charakter dieser Sache, daß so ein Samenkorn jeder von uns in seiner Kaderkarte mit sich herumtrug, ja, jeder von uns.

Manchmal (eher aus so etwas wie Sportgeist denn wegen tatsächlicher Befürchtungen) verteidigte ich mich gegen die Anschuldigung, Individualist zu sein, und verlangte, daß mir meine Kollegen beweisen, weshalb ich Individualist bin. Sie hatten dafür nicht sehr konkrete Beweise; sie sagten: „Weil du dich so verhältst." „Wie verhalte ich mich?" fragte ich. „Du lächelst dauernd so sonderbar." „Na und? Ich freue mich!" „Nein, du lächelst, als würdest du dir im stillen etwas denken."

Da die Genossen meinten, daß mein Verhalten und Lächeln intellektualistisch sei (ein weiteres berühmtes Pejorativum jener

Epoche), glaubte ich ihnen schließlich, denn ich konnte mir nicht vorstellen (es überstieg einfach das Maß meiner Chuzpe), daß sich alle anderen irrten, daß sich die Revolution selbst irrte, der Zeitgeist, daß hingegen ich, das Einzelwesen, recht haben sollte. Ich begann mein Lächeln ein wenig zu kontrollieren und bald darauf in mir einen kleinen Riß zu spüren, der sich zwischen dem auftat, der ich war, und zwischen jenem, der ich (laut Meinung des Zeitgeistes) sein sollte und zu sein mich bemühte.

Aber: Wer war ich damals tatsächlich? Ich will auf diese Frage aufrichtig antworten: Ich war der, der mehrere Gesichter hat.

Und der Gesichter wurden immer mehr. Etwa einen Monat vor den Ferien bahnte sich zwischen Markéta und mir eine Annäherung an (sie war im ersten, ich im zweiten Jahrgang), und ich bemühte mich, ihr auf die gleiche dumme Art zu imponieren, wie es zwanzigjährige Männer aller Zeiten stets versuchten: ich setzte mir eine Maske auf; ich gab vor, älter zu sein (an Geist und Erfahrungen), als ich war; ich gab vor, daß ich zu allen Dingen einen Abstand hätte, daß ich die Welt aus der Höhe betrachtete und daß ich über meiner Haut noch eine zweite, unsichtbare und kugelfeste Haut trüge. Ich ahnte (übrigens richtig), daß Scherzen ein verständliches Ausdrucksmittel des Abstandes ist, und wenn ich stets gerne scherzte, so trieb ich mit Markéta besonders eifrig, gekünstelt und ermüdend meine Späße.

Wer aber war ich denn nun tatsächlich? Ich muß es abermals wiederholen: Ich war der, der mehrere Gesichter hat.

Ich war ernst, begeistert und überzeugend bei den Sitzungen; bohrend und stichelnd unter den nächsten Kameraden; ich war zynisch und verkrampft geistreich bei Markéta; und wenn ich allein war (und an Markéta dachte), war ich ratlos und aufgeregt wie ein Pennäler.

War vielleicht dieses letztgenannte Gesicht das echte?

Nein. Alle diese Gesichter waren echt: Ich hatte nach Art der Heuchler nicht ein echtes Gesicht und daneben falsche Gesichter. Ich hatte mehrere Gesichter, und zwar deshalb, weil ich jung war und selbst nicht wußte, wer ich war und wer ich sein wollte. (Aber die Disproportion zwischen allen diesen Gesichtern machte mich unsicher; ich wuchs in kein einziges von ihnen wirklich hinein und bewegte mich unbeholfen und blind hinter ihnen.)

Die psychologische und physiologische Maschinerie der Liebe ist so kompliziert, daß sich der junge Mann in einem bestimmten Lebensabschnitt fast ausschließlich auf nichts anderes als auf ihre Bewältigung konzentrieren muß und ihm dann der eigentliche Gehalt der Liebe entrinnt — nämlich die Frau, die er liebt (ähnlich wie etwa ein junger Geiger sich nicht gut genug auf den Inhalt der Komposition konzentrieren kann, solange er nicht die manuelle Technik derart gut beherrscht, daß er beim Spielen aufhören kann, an sie zu denken). Wenn ich von pennälerhafter Aufregung sprach, sobald ich an Markéta dachte, muß ich in diesem Sinne ergänzen, daß sie weniger meiner Verliebtheit entsprang als meiner Ungeschicklichkeit und Unsicherheit, deren Last ich empfand und die, viel mehr als Markéta, zum Beherrscher meiner Empfindungen und Gedanken wurde.

Die Last dieser Zwiespälte und Ungeschicklichkeiten versuchte ich dadurch zu bewältigen, daß ich Markéta gegenüber überlegen tat: ich versuchte, eine andere Meinung zu vertreten als sie oder mich über alle ihre Ansichten direkt lustig zu machen, was nicht einmal so schwierig war, denn dieses Mädchen war bei all ihrer Klugheit (und ihrer Schönheit, die — wie jede Schönheit — der Umgebung scheinbare Unzugänglichkeit suggerierte) vertrauensvoll einfältig; sie vermochte nie *hinter* die Dinge zu blicken und sah nur das Ding an sich; die Botanik begriff sie vortrefflich, doch es kam vor, daß sie einen Witz nicht verstand, den die Kollegen erzählten; sie ließ sich von allen Enthusiasmen der Zeit mitreißen, doch im Augenblick, da sie Zeuge irgendeiner politischen Praktik wurde, die im Sinne von Der Zweck heiligt die Mittel geübt wurde, vermochte sie ebenso nichts zu begreifen, wie wenn sie mit den Witzen ihrer Kollegen konfrontiert wurde; deshalb kamen die Genossen ja auch zu dem Schluß, daß sie es nötig habe, ihre Begeisterung durch Wissen über Strategie und Taktik der revolutionären Bewegung zu festigen, und sie beschlossen, daß sie in den Ferien an einer vierzehntägigen Parteischulung teilnehmen solle.

Die Schulung kam mir sehr ungelegen, denn ich hatte beabsichtigt, gerade in diesen vierzehn Tagen mit Markéta allein in Prag zu sein und die Beziehung (die bislang aus Spaziergängen, Gesprächen und einigen Küssen bestand) zu konkreteren Enden zu führen und sie schließlich zu krönen; ich hatte keine

Wahl außer diesen vierzehn Tagen (weitere vier Wochen sollte ich an einer Landwirtschaftsbrigade teilnehmen, und die letzten vierzehn Tage der Ferien wollte ich bei meiner Mutter in der Mährischen Slowakei verbringen), so daß ich es mit schmerzlicher Eifersucht trug, als Markéta meinen Kummer nicht teilte und der Schulung keineswegs gram war, sondern mir sogar sagte, daß sie sich auf sie freue.

Von der Schulung (sie fand in irgendeinem Schloß in Mittelböhmen statt) schickte sie mir einen Brief, der genauso war wie sie selbst; voll aufrichtiger Zustimmung gegenüber allem, was sie erlebte; alles gefiel ihr, auch das Morgenturnen, die Referate, die Diskussionen und die Lieder, die gesungen wurden; sie schrieb mir, daß dort ein „gesunder Geist“ herrsche; und als Fleißaufgabe fügte sie noch eine Betrachtung darüber hinzu, daß die Revolution im Westen nicht mehr lange würde auf sich warten lassen.

Wenn man es so nimmt, stimmte ich eigentlich mit allem überein, was Markéta da behauptete, auch an die baldige Revolution in Westeuropa glaubte ich; nur mit einem war ich nicht einverstanden: daß sie zufrieden und glücklich war, während ich mich nach ihr sehnte. Und so kaufte ich eine Ansichtskarte, und ich schrieb (um sie zu verletzen, zu schockieren und zu verwirren): „Optimismus ist das Opium der Menschheit! Ein gesunder Geist mieft nach Dummheit. Es lebe Trotzki! Ludvík.“

3

Auf meine provokatorische Ansichtskarte antwortete mir Markéta mit einem kurzen Brief mit banalem Text, und auf meine weiteren Briefe, die ich ihr im Laufe der Ferien schickte, reagierte sie nicht mehr. Ich befand mich irgendwo im Böhmerwald, ich war mit der Hochschülerbrigade bei der Heuarbeit eingesetzt, und eine große Traurigkeit befiel mich ob Markétas Schweigen. Ich schrieb ihr von dort fast täglich Briefe, die voll flehender und melancholischer Verliebtheit waren; ich bat sie, sich doch wenigstens in den letzten vierzehn Tagen der Ferien mit mir zu treffen, ich war bereit, nicht nach Hause zu fahren, meine vereinsamte Mutter nicht zu sehen und wohin immer zu reisen, um mit Markéta zu sein; und das alles nicht nur deshalb, weil ich sie liebte, sondern vor allem, weil sie die einzige Frau innerhalb meines Horizontes war und weil ich diese Situation, ein Bursche ohne Mädchen zu sein, nicht ertragen konnte. Doch Markéta antwortete auf meine Briefe nicht.

Ich begriff nicht, was geschehen sein mochte. Ich kam im August nach Prag, und es gelang mir, sie daheim anzutreffen. Wir machten den gewohnten Spaziergang die Moldau entlang und auf die Insel — die Kaiserwiese (jene traurige Wiese mit Pappeln und leeren Spielplätzen), und Markéta behauptete, es habe sich zwischen uns nichts geändert, und sie verhielt sich auch so, aber gerade diese verkrampft statische *Gleichheit* (Gleichheit der Küsse, Gleichheit des Gespräches, Gleichheit des Lächelns) war deprimierend. Als ich Markéta für den nächsten Tag um ein Wiedersehen bat, sagte sie mir, ich solle sie anrufen, dann würden wir uns verabreden.

Ich rief an; eine fremde Frauenstimme am Telephon teilte mir mit, daß Markéta aus Prag abgereist sei.

Ich war unglücklich, so unglücklich, wie es nur ein zwanzigjähriger Bursche sein kann, der ohne Weib ist; ein noch recht schüchterner Bursche, der bislang die physische Liebe nur einige Male erfahren hatte, flüchtig und falsch, dabei befaßte er sich ununterbrochen mit ihr in Gedanken. Die Tage waren unendlich lang und sinnlos; ich konnte nicht lesen, ich konnte nicht arbeiten, ich ging dreimal täglich ins Kino, zu allen Nachmittags- und Abendvorstellungen, so wie sie einander folgten, nur um die Zeit totzuschlagen, nur um irgendwie die dumpfe Eulenstimme zu übertönen, die fortwährend aus meinem Inneren drang. Ich, von dem Markéta (dank meiner eifrigen Großtuerei) den Eindruck hatte, daß ich der Frauen schon fast überdrüssig war, wagte es nicht, Mädchen anzusprechen, die ich auf der Straße gehen sah, Mädchen, deren schöne Beine mir in der Seele weh taten.

Deshalb begrüßte ich es sehr, als endlich der September kam und mit ihm wieder die Schule und bereits ein paar Tage zuvor meine Tätigkeit im Studentenverband, wo ich meinen eigenen Arbeitsraum hatte und wo viel mannigfaltige Arbeit auf mich wartete. Doch schon am zweiten Tag rief man mich telephonisch ins Parteisekretariat. Von diesem Augenblick an ist mir alles bis zur letzten Einzelheit im Gedächtnis haftengeblieben. Es war ein sonniger Tag, ich verließ das Gebäude des Studentenverbandes und fühlte, daß die Trauer, von der ich die ganzen Ferien über erfüllt gewesen war, allmählich von mir abfiel. Ein Mann hat glücklicherweise außer seinen privaten Leidenschaften auch die Leidenschaft der öffentlichen Betätigung, und ich war froh, daß mich diese Leidenschaft wieder in ihre Arme nahm, so daß ich mit wohliger Neugier ins Sekretariat ging. Ich läutete, und die Tür wurde mir vom Vorsitzenden des Ausschusses geöffnet, einem hochgewachsenen Jüngling mit schmalem Gesicht, hellem Haar und eisblauen Augen. Ich grüßte mit dem Parteigruß, er erwiderte den Gruß nicht und sagte: „Geh nach hinten, man erwartet dich." Hinten im letzten Raum erwarteten mich drei Mitglieder des Hochschulausschusses der Partei. Sie sagten, ich solle mich setzen. Ich setzte mich und wußte, daß etwas Unheilvolles im Anzug war. Alle drei Genossen, die ich gut kannte und mit denen ich mich vergnügt zu unterhalten gewohnt war, machten zugeknöpfte Mienen; zwar duzten sie mich (wie das unter Genossen die Regel ist), aber es war plötzlich kein *freundschaftliches* Duzen, sondern ein amtliches und *drohendes* Duzen. (Ich gebe zu, daß ich seit jener Zeit eine Aversion gegen das Duzen habe; es sollte eigentlich der Ausdruck vertraulicher Verbundenheit sein, doch wenn die sich duzenden Menschen einander fremd sind, gewinnt es augenblicklich die gegenteilige Bedeutung, es ist der Ausdruck von Grobschlächtigkeit, so daß eine Welt, in der die Menschen einander allgemein duzen, nicht eine Welt allgemeiner Freundschaft, sondern eine Welt allgemeiner Geringschätzung ist.)

Ich saß also diesen drei duzenden Hochschülern gegenüber, die mir die erste Frage stellten: ob ich Markéta kenne. Ich sagte, ich kenne sie. Sie fragten mich, ob ich mit ihr korrespondiert habe. Ich sagte ja. Sie fragten mich, ob ich mich vielleicht erinnere, was ich ihr geschrieben habe. Ich sagte, daran erinnere ich mich nicht, aber die Ansichtskarte mit dem provokatorischen Text tauchte in dieser Sekunde vor meinen Augen auf, und ich begann bereits zu ahnen, worum es ging. Kannst du dich nicht erinnern? fragten sie mich. Nein, sagte ich. Und was hat dir Markéta geschrieben? Ich zuckte mit den Achseln, um den Eindruck zu erwecken, daß sie mir über intime Dinge geschrieben habe, über die ich nicht sprechen könne. Hat sie dir nicht etwas über die Schulung geschrieben? fragten sie. Ja, das hat sie, sagte ich. Was hat sie darüber geschrieben? Daß es ihr dort gefällt, antwortete ich. Und was weiter? Daß es gute Referate gibt und es ein gutes Kollektiv ist, antwortete ich. Hat sie dir geschrieben, daß bei der Schulung eine gesunder Geist herrscht? Ja, sagte ich, so etwas hat sie mir geschrieben. Hat sie dir geschrieben, daß sie erkenne, was das bedeutet, die Kraft des Optimismus? fragten sie weiter. Ja, sagte ich. Und was hältst du vom Optimismus? fragten sie. Vom Optimismus? Was sollte ich von ihm halten? fragte ich. Hältst du dich selbst für einen Optimisten? fragten sie weiter. Ja, für einen solchen halte ich mich, sagte ich unsicher. Ich liebe Scherze, ich bin ein recht heiterer Mensch, versuchte ich den Ton des Verhöres aufzulockern. Heiter kann auch ein Nihilist sein, sagte einer von ihnen, er kann sich zum Beispiel über Menschen lustig machen, die leiden. Heiter kann auch ein Zyniker sein, fuhr er fort. Glaubst du, daß man den Sozialismus ohne Optimismus aufbauen kann? fragte ein anderer. Nein, sagte ich. Dann bist du also nicht dafür, daß bei uns der Sozialismus aufgebaut wird, sagte der dritte. Wieso das? setzte ich mich zur Wehr. Weil der Optimismus für dich das Opium der Menschheit ist, sagte er aggressiv. Wieso denn Opium der Menschheit? verteidigte ich mich weiter. Mach keine Ausflüchte, das hast du geschrieben. Marx hat die Religion das Opium der Menschheit genannt, aber für dich ist unser Optimismus Opium! Das hast du Markéta geschrieben. Ich wäre neugierig, was unsere Werktätigen und Brigadearbeiter, die die Pläne überbieten, dazu sagten, wenn sie erführen, daß ihr Optimismus Opium ist, knüpfte gleich ein anderer an. Und der dritte fügte hinzu: Für einen Trotzkisten ist konstruktiver Optimismus stets nur Opium. Und du bist ein Trotzkist. Mein Gott, wie kommt ihr auf diese Idee? wehrte ich mich. Hast du das geschrieben oder nicht? Vielleicht habe ich so etwas spaßhaft geschrieben, es ist ja schon zwei Monate her, ich erinnere mich nicht mehr. Wir können deinem Gedächtnis nachhelfen, sagten sie und lasen mir meine Ansichtskarte vor: Optimismus ist das Opium der Menschheit. Ein gesunder Geist mieft nach Dummheit. Es lebe Trotzki! Ludvík. Die Sätze klangen in dem kleinen Raum des politischen Sekretariates so schrecklich, daß ich in diesem Augenblick Angst vor ihnen hatte und fühlte, daß ihnen eine vernichtende Kraft innewohnte, gegen die ich nicht bestehen würde. Genossen, das hätte ein Scherz sein sollen, sagte ich und fühlte, daß mir niemand glauben wollte. Könnt ihr darüber lachen? fragte einer der Genossen die beiden anderen. Beide schüttelten den Kopf. Ihr müßtet eben Markéta kennen! sagte ich. Wir kennen sie, antworteten sie mir. Na also, sagte ich. Markéta nimmt alles ernst, wir haben seit jeher ein wenig unseren Spaß mit ihr getrieben und versuchten sie zu schokkieren. Das ist interessant, sagte einer der Genossen, wir haben auf Grund deiner weiteren Briefe nicht den Eindruck gewonnen, daß du Markéta nicht ernst nimmst. Soll das heißen, daß ihr alle meine Briefe an Markéta gelesen habt? Nun denn, weil Markéta alles ernst nimmt, ergriff ein anderer das Wort, treibst du mit ihr deine Scherze. Aber sag uns, was ist es denn, was sie ernst nimmt? Da ist zum Beispiel die Partei, der Optimismus, die Disziplin, nicht? Und das alles, was sie ernst nimmt, kommt dir spaßig vor. Genossen, so begreift doch, sagte ich, ich erinnere mich ja nicht einmal mehr, wieso ich das geschrieben habe, es ist ganz gedankenlos geschehen, eben ein paar Sätze aus Spaß, ich dachte nicht einmal darüber nach, was ich da schreibe, wenn ich das wirklich böse gemeint hätte, hätte ich die Karte doch nicht in die Parteischulung geschickt! Das dürfte schließlich egal sein, wie du das geschrieben hast. Ob du es nun rasch oder langsam geschrieben hast, auf den Knien oder auf einem Tisch, du konntest nur das schreiben, was in dir steckt. Nichts anderes konntest du schreiben. Wenn du dir alles besser überlegt hättest, hättest du es vielleicht nicht geschrieben. So hast du es ohne Heuchelei geschrieben. Nun wissen wir wenigstens, wer du bist. Nun wissen wir wenigstens, daß du mehrere Gesichter hast, das eine für die Partei und das zweite für die anderen. Ich fühlte, daß meine Verteidigung jedwede Argumente verloren hatte. Trotzdem wiederholte ich sie noch einige Male: daß es ein Scherz war, daß es nur bedeutungslose Worte waren, daß nur eine Laune von mir dahintersteckte und so ähnlich. Sie wiesen mich zurück. Sie sagten, ich hätte meine Sätze auf eine offene Postkarte geschrieben, damit sie jedermann lesen könne, daß diese Worte eine *objektive* Tragweite hätten und daß ihnen keinerlei Erklärung über meine innere Verfassung hinzugefügt worden wäre. Dann fragten sie mich, was ich alles von Trotzki gelesen hätte. Ich sagte, ich hätte nichts gelesen. Sie fragten mich, wer mir diese Bücher geliehen hätte. Ich sagte, niemand hätte sie mir geliehen. Sie fragten mich, mit welchen Trotzkisten ich zusammengekommen wäre. Ich sagte, ich sei mit keinen Trotzkisten zusammengekommen. Sie sagten mir, daß sie mich mit augenblicklicher Wirkung meiner Funktion im Studentenverband enthöben, und sie forderten mich auf, ihnen die Schlüssel meines Arbeitsraumes auszuhändigen. Ich trug sie in der Tasche, und ich gab sie ihnen. Dann sagten sie mir, daß seitens der Partei mein Fall durch die Grundorganisation der naturwissenschaftlichen Fakultät untersucht werden würde. Sie standen auf und sahen an mir vorbei. Ich grüßte mit dem Parteigruß und ging.

Dann fiel mir ein, daß ich in meinem Arbeitsraum im Studentenverband viele persönliche Dinge liegen hatte. Ich war nie ein Mensch mit einem besonders starken Ordnungssinn gewesen, und daher bewahrte ich in meiner Tischlade außer verschiedenen persönlichen Schriftstücken auch meine Socken und im Schrank zwischen den Akten einen angeschnittenen Gugelhupf auf, den mir meine Mutter von zu Hause geschickt hatte. Zwar hatte ich vor einer Weile im Bezirkssekretariat meine Schlüssel abgegeben, doch der Portier im Parterre kannte mich und gab mir seinen Dienstschlüssel, der an einer hölzernen Tafel zwischen vielen anderen Schlüsseln hing; ich erinnere mich an alles bis ins letzte Detail: der Schlüssel meines Raumes war mit einer starken Hanfschnur an einem kleinen Holztäfelchen befestigt, auf dem mit weißer Farbe die Nummer meines Zimmers geschrieben stand. Mit diesem Schlüssel schloß ich also auf und setzte mich hinter den Schreibtisch; ich öffnete die Lade und holte alle meine Sachen heraus; ich tat das langsam und zerstreut, denn ich versuchte mir in dieser kurzen Weile der relativen Ruhe zu überlegen, was da eigentlich mit mir passiert war und was ich nun tun sollte.

Es dauerte nicht lange, und die Tür öffnete sich. In ihr erschienen wieder die drei Genossen aus dem Sekretariat. Diesmal zeigten sie keine kühle und verschlossene Miene mehr. Diesmal waren ihre Stimmen empört und laut. Besonders der

Kleinste von ihnen, der Kaderreferent des Ausschusses. Er schnauzte mich an, wie ich hier überhaupt hereingekommen sei. Mit welchem Recht. Er fragte mich, ob er mich durch die Polizei abführen lassen solle. Was ich denn hier aus der Tischlade stehle. Ich sagte, ich sei hergekommen, um den Gugelhupf und meine Socken zu holen. Er sagte mir, daß ich nicht das geringste Recht habe, herzukommen, selbst wenn ich hier einen Schrank voll Socken hätte. Dann ging er zur Lade und sah Papier um Papier, Heft um Heft durch. Es waren wirklich alles meine persönlichen Sachen, so daß er mir schließlich gestattete, sie vor seinen Augen in mein Köfferchen zu tun. Ich legte meine Socken hinein, zerknüllt und schmutzig, und ich legte auch den Gugelhupf hinein, der sich im Schrank befunden hatte, in einem fettigen Papier voller Brösel. Sie beobachteten jede meiner Bewegungen. Ich verließ den Raum mit dem Köfferchen in der Hand, und der Kaderreferent sagte, ich möge mich nie wieder blicken lassen.

Kaum war ich aus der Reichweite der Genossen vom Bezirkssekretariat und aus der unwiderstehlichen Logik ihres Verhöres gelangt, schien es mir gleich wieder, daß ich unschuldig sei, daß an meinen Äußerungen doch nichts Böses wäre und daß ich jemanden aufsuchen müsse, der Markéta gut kannte, dem ich mich anvertrauen konnte und der verstehen würde, daß die ganze Affäre lächerlich war. Ich begab mich zu einem Studenten unserer Fakultät, einem Kommunisten, und als ich ihm alles erzählt hatte, sagte er, im Bezirkssekretariat seien sie viel zu bigott, sie hätten den Spaß nicht verstanden, und er, der Markéta kenne, könne sich gut vorstellen, worum es sich gehandelt habe. Übrigens solle ich Zemánek aufsuchen, der dieses Jahr Parteivorsitzender unserer Fakultät sein werde und der doch nicht nur Markéta, sondern auch mich genau kenne.

4

Daß Zemánek Vorsitzender der Organisation sein werde, hatte ich nicht gewußt, aber ich hielt das für eine ausgezeichnete Nachricht, weil ich Zemánek wirklich gut kannte und ich mir sogar sicher war, daß er mir gegenüber jedwede Sympathien hegte, schon weil ich aus der Mährischen Slowakei stammte. Zemánek sang nämlich für sein Leben gern mährisch-slowakische Lieder; es war in jener Zeit große Mode, Volkslieder zu singen und sie nicht schulmäßig zu singen, sondern mit der Hand überm Kopf und mit etwas rauher Stimme und sich dabei als *volksverbundener* Mensch zu gebärden, den die Mutter bei einer Tanzunterhaltung unterm Zimbal zur Welt gebracht hatte.

Ich war eigentlich der einzige Ostmähre auf der naturwissenschaftlichen Fakultät, was mir so etwas wie Privilegien verschaffte; bei jedem festlichen Anlaß, ob nun bei irgendwelchen Sitzungen, Feiern oder bei den Maiaufmärschen, forderten mich die Genossen auf, die Klarinette zu nehmen und mit zwei oder drei Amateuren, die sich unter den Kollegen fanden, eine mährisch-slowakische Kapelle zu imitieren. So (mit Klarinette, Geige und Baßgeige) schritten wir während zweier Jahre im Maiumzug mit, und Zemánek, der ein hübscher Bursche war und sich gerne zur Schau stellte, ging mit uns, er trug dabei eine Volkstracht, die er sich ausgeliehen hatte, er tanzte beim Marschieren, streckte den Arm in die Höhe und sang. Dieser gebürtige Prager, der die Mährische Slowakei nie gesehen hatte, spielte mit Vorliebe den Burschen aus dem Volke, und ich begegnete ihm freundschaftlich, weil ich glücklich war, daß die Musik meiner Heimat, seit jeher das Dorado der Volkskunst, so beliebt und geliebt war.

Und Zemánek kannte auch Markéta, und das war ein weiterer Vorteil. Wir waren bei verschiedenen studentischen Veranstaltungen oft zu dritt zusammengewesen; einmal (wir waren damals eine größere Schar Studenten) dachten wir uns eine Geschichte aus, nämlich, daß im Böhmerwald Zwergstämme lebten, und das belegten wir mit Zitaten aus einer angeblich wissenschaftlichen Schrift, die sich, wie wir behaupteten, mit diesem bemerkenswerten Thema befaßte. Markéta wunderte sich, daß sie nie etwas davon gehört hatte. Ich sagte, das sei kein Wunder: die bourgeoise Wissenschaft hätte, berichtete ich, doch absichtlich die Existenz der Zwerge verheimlicht, weil die Kapitalisten mit den Zwergen Sklavenhandel trieben.

Aber darüber müßte doch geschrieben werden! rief Markéta. Warum wird darüber nicht geschrieben! Das wäre doch ein Argument gegen die Kapitalisten!

Vielleicht, meinte ich nachdenklich, werde deshalb nicht darüber geschrieben, weil die ganze Angelegenheit recht delikat und anrüchig sei; die Zwerge verfügten nämlich über eine ganz außergewöhnliche Liebesfähigkeit, und dies sei der Grund, daß sie sehr gesucht wären und daß unsere Republik sie heimlich gegen fette Devisen exportiere, vor allem nach Frankreich, wo alternde kapitalistische Damen sie als Diener mieteten, um in Wirklichkeit einen ganz anderen Gebrauch von ihnen zu machen.

Die Kollegen unterdrückten ein Lachen, das nicht so sehr durch die besondere Witzigkeit meiner Schnurre hervorgerufen wurde als vielmehr durch die engagierte Miene Markétas, die immer begierig war, für etwas (gegebenenfalls gegen etwas) zu entflammen; sie bissen sich auf die Lippen, um Markéta nicht die Freude an neuer Erkenntnis zu trüben, und einige (unter ihnen besonders Zemánek) schlossen sich mir an, um meinen Bericht über die Zwerge zu erhärten.

Als Markéta fragte, wie so ein Zwerg eigentlich aussehe, antwortete ihr, wie ich mich entsinne, Zemánek mit ernster Miene, daß Professor Čechura, den Markéta und alle ihre Kollegen gelegentlich die Ehre haben hinter dem Katheder zu sehen, zwerghafter Herkunft sei, und das entweder von beiden oder zumindest von einem Elternteil her. Zemánek behauptete, Dozent Hůle habe ihm erzählt, daß er irgendwann in den Ferien mit dem Ehepaar Čechura, die beide zusammen knapp drei Meter groß seien, im gleichen Hotel gewohnt habe. Eines Morgens betrat er ihr Zimmer, ohne zu ahnen, daß die Eheleute noch schliefen, und da machte er große Augen: beide lagen in einem einzigen Bett, und nicht etwa nebeneinander, sondern hintereinander, Čechura geduckt im unteren, Frau Čechurová im oberen Teil des Bettes.

Ja, bestätigte ich: dann stamme allerdings nicht nur Čechura, sondern auch seine Frau zweifellos von den Zwergen des Böhmerwaldes ab, denn hintereinander zu schlafen sei der atavistische Brauch aller dortigen Zwerge, die übrigens in der Vergangenheit ihre Hütten nie auf dem Grundriß eines Kreises oder eines Quadrates, sondern stets auf dem Grundriß eines sehr schmalen Rechtecks gebaut hätten, weil nicht nur Eheleute, sondern ganze Sippen gewohnt gewesen wären, in langen Ketten hintereinander zu schlafen.

Als ich mir nun an diesem düsteren Tag dieses unser Gefasel in die Erinnerung zurückrief, schien es mir, als würde mir daraus das Fünkchen einer Hoffnung schimmern. Zemánek, dem es obliegen würde, meinen Fall zu behandeln, kannte meine Art zu scherzen, er kannte aber auch Markéta und würde begreifen, daß die Karte, die ich ihr geschrieben hatte, lediglich die scherzhafte Provokation eines Mädchens war, die wir alle bewunderten und die wir (vielleicht gerade deshalb) gern einmal an der Nase herumführten. Ich berichtete ihm also bei der erstbesten Gelegenheit über mein Malheur; Zemánek hörte aufmerksam zu, runzelte die Stirn und sagte, man werde sehen.

Vorläufig lebte ich in einem Provisorium; ich besuchte die Vorlesungen wie ehedem und wartete. Oft wurde ich vor verschiedene Parteikommissionen zitiert, die vor allem festzustellen versuchten, ob ich nicht zu irgendeiner trotzkistischen Gruppe gehöre; ich bemühte mich zu beweisen, daß ich eigentlich gar nicht richtig wußte, was Trotzkismus ist; ich klammerte mich an jeden Blick in den Augen der untersuchenden Genossen und suchte darin Vertrauen; manchmal fand ich es tatsächlich, und dann vermochte ich solche Blicke lange mit mir herumzutragen, sie in mir aufzubewahren und aus ihnen geduldig das Fünkchen einer Hoffnung zu schlagen.

Markéta ging mir auch weiterhin aus dem Weg. Ich begriff, daß das mit der Affäre um meine Ansichtskarte zusammenhing, und in meiner stolzen Trauer wollte ich sie nach nichts fragen. Eines Tages sprach sie mich jedoch selbst im Gang der Fakultät an: „Ich möchte mit dir über etwas reden."

Und so machten wir denn nach etlichen Monaten wieder einen gemeinsamen Spaziergang; es war schon Herbst, wir trugen beide lange Montgomerymäntel, ja, lange, sie reichten bis unter die Knie, wie sie in jener Zeit (einer absolut uneleganten Zeit) getragen wurden; es nieselte leicht, die Bäume am Kai waren entblättert und schwarz. Markéta erzählte mir, wie alles gekommen war: Als sie während der Ferien im Schulungslager war, ließen die Genossen von der Leitung sie einmal rufen und fragten sie, ob sie ins Schulungslager Post bekäme; sie sagte ja. Man fragte sie, von wem. Sie sagte, ihre Mutter schriebe ihr. Und sonst niemand? Hie und da ein Kollege, sagte sie. Kannst du uns sagen, wer das ist? fragten sie sie. Sie nannte mich. Und was schreibt dir denn Genosse Jahn? Sie zuckte mit den Achseln, denn sie hatte nicht die geringste Lust, den Text meiner Karte zu zitieren. Du hast ihm ebenfalls geschrieben? fragten sie. Ja, antwortete sie. Was hast du ihm geschrieben? fragten sie. Nur so, sagte sie, von der Schulung und überhaupt. Dir gefällt es im Schulungslager? fragten sie sie. Ja, sehr, antwortete sie. Und hast du ihm geschrieben, daß es dir hier gefällt? Ja, das habe ich ihm geschrieben, antwortete sie ihnen. Und er? fragten sie weiter. Er? antwortete Markéta zögernd, nun ja, er ist sonderbar, ihr müßtet ihn eben kennen. Wir kennen ihn, sagten sie, und wir möchten wissen, was er dir geschrieben hat. Kannst du uns diese Ansichtskarte zeigen, die du von ihm bekommen hast?

„Du darfst mir nicht böse sein", sagte mir Markéta, „ich mußte sie ihnen zeigen."

„Du brauchst dich nicht zu entschuldigen", sprach ich zu Markéta, „sie haben sie ohnehin schon gekannt, ehe sie mit dir sprachen; hätten sie sie nicht gekannt, sie hätten dich nicht vorgeladen."

„Ich will mich auch gar nicht entschuldigen, ich schäme mich nicht, daß ich sie ihnen zu lesen gab, so darfst du das nicht auffassen. Ich bin Parteimitglied, und die Partei hat das Recht, zu wissen, wer du bist und wie du denkst", verwahrte sich Markéta, und dann sagte sie mir, sie sei über das, was ich ihr geschrieben hätte, entsetzt gewesen, da wir doch alle wüßten, daß Trotzki der größte Feind all dessen sei, wofür wir kämpften und wofür wir lebten.

Was hätte ich Markéta auseinandersetzen sollen? Ich ersuchte sie, fortzufahren und zu erzählen, was weiter geschehen war.

Markéta sagte, daß die anderen die Karte gelesen hätten und bestürzt gewesen wären. Sie fragten sie, was sie dazu sage. Sie sagte, das sei schrecklich. Sie fragten sie, weshalb sie nicht selbst gekommen sei, um sie ihnen zu zeigen. Sie zuckte mit den Achseln. Sie fragten sie, ob sie wisse, was das ist, Wachsamkeit und Aufderhutsein. Sie senkte den Kopf. Sie fragten sie, ob sie nicht wisse, wie viele Feinde die Partei habe. Sie sagte ihnen, daß sie das wisse, daß sie jedoch nicht geglaubt habe, daß auch Genosse Jahn ... Sie fragten sie, ob sie mich gut kenne. Sie fragten sie, wie ich sei. Sie sagte, ich sei sonderbar. Daß sie zwar manchmal glaube, ich sei ein eingefleischter Kommunist, aber daß ich dann manchmal etwas sage, was ein Kommunist niemals sagen dürfte. Sie fragten sie, was ich zum Beispiel in dieser Beziehung gesagt hätte. Sie sagte, sie erinnere sich an nichts Bestimmtes, aber daß mir nichts heilig sei. Sie sagten, das ginge aus der Ansichtskarte klar hervor. Sie sagte ihnen, sie habe mit mir oft und über viele Dinge gestritten. Und sie sagte ihnen noch, daß ich anders bei Versammlungen rede und anders, wenn ich mit ihr sei. Bei den Versammlungen sei ich die Begeisterung selbst, ihr gegenüber jedoch mache ich mich über alles lustig und bagatellisiere alles. Sie fragten sie, ob sie glaube, daß so ein Mensch Mitglied der Partei sein könne. Sie zuckte mit den Achseln. Sie fragten sie, ob eine Partei den Sozialismus aufbauen könnte, deren Mitglieder erklärten, Optimismus sei das Opium der Menschheit. Sie sagte, daß so eine Partei den Sozialismus nicht aufbauen könnte. Sie sagten ihr, das genüge. Und daß sie mir vorläufig nichts sagen solle, weil sie sehen wollten, was ich ihr künftig schriebe. Sie sagte ihnen, sie wolle mich nie wiedersehen. Sie antworteten ihr, daß das nicht richtig wäre, im Gegenteil, sie solle mir vorläufig schreiben, damit sich herausstelle, was noch in mir stecke.

„Und du hast ihnen dann meine Briefe gezeigt?" fragte ich Markéta und errötete bis auf den Grund meiner Seele bei der Erinnerung an meine verliebten Tiraden.

„Was hätte ich tun sollen?" sagte Markéta. „Aber ich selbst konnte dir nach alldem wirklich nicht mehr schreiben. Ich werde doch nicht allein deshalb mit jemandem korrespondieren, um den Lockvogel abzugeben. Ich schrieb dir noch eine Karte, und damit war Schluß. Ich wollte dich nicht wiedersehen, weil ich dir nichts sagen durfte und Angst hatte, daß du mich etwas fragen würdest und ich dir ins Gesicht lügen müßte, denn ich mag nicht lügen."

Ich fragte Markéta, was sie bewogen habe, mich heute zu treffen.

Sie sagte mir, der Grund dafür sei Genosse Zemánek gewesen. Sie sei ihm nach den Ferien im Gang der Fakultät begegnet, und er habe sie in den kleinen Raum gebeten, in dem sich das Sekretariat der Parteiorganisation der naturwissenschaftlichen Fakultät befinde. Er sagte ihr, er habe erfahren, daß ich ihr ins Schulungslager eine Ansichtskarte mit antiparteilichen Parolen geschickt habe. Er fragte sie, wie diese Sätze gelautet hätten. Sie sagte es ihm. Er fragte sie, was sie davon halte. Sie sagte ihm, daß sie das verurteile. Er sagte ihr, daß das richtig sei, und fragte sie, ob sie noch mit mir befreundet sei. Sie geriet in Verlegenheit und gab eine unbestimmte Antwort. Er sagte ihr, daß die Fakultät aus dem Schulungslager einen sehr günstigen Bericht über sie bekommen habe und daß die Fakultätsorganisation mit ihr rechne. Sie sagte, das freue sie. Er sagte ihr, daß er sich nicht in ihre Privatangelegenheiten mischen wolle, aber daß er glaube, daß man den Menschen danach erkenne, mit wem er verkehre, wen er sich zum Gefährten wähle, und daß es nicht sehr zu ihren Gunsten spräche, wenn sie sich ausgerechnet für mich entschiede.

Ein paar Wochen habe sie sich, sagte mir Markéta, das alles durch den Kopf gehen lassen. Sie hatte schon seit einigen Monaten keinen Kontakt mehr mit mir gehabt, so daß Zemáneks Aufforderung eigentlich überflüssig gewesen war; und dennoch bewog sie gerade diese Aufforderung, daß sie nachzudenken begann, ob es nicht grausam und moralisch unstatthaft sei, jemanden aufzufordern, sich allein deshalb von seinem Begleiter zu trennen, weil dieser Begleiter gefehlt hatte, und ob es nicht ebenfalls unrichtig gewesen sei, daß sie schon vorher den Kontakt mit mir abgebrochen hatte. Sie suchte den Genossen auf, der während der Ferien die Schulung geleitet hatte, sie fragte ihn, ob das Gebot noch gelte, daß sie mir nichts von dem erzählen dürfe, was sich im Zusammenhang mit der Ansichtskarte ereignet habe, und als sie erfuhr, daß kein Grund mehr vorlag, mir das alles zu verschweigen, habe sie mich angesprochen und mich um diese Unterredung gebeten.

Und nun vertraue sie mir also an, was sie quäle und belaste: ja, sie hatte schlecht gehandelt, als sie sich entschloß, mich nicht wiederzusehen; es sei doch kein Mensch verloren, selbst wenn er die allergrößten Fehler begangen habe. Sie erinnere sich da an Alexei Tolstoi, der Weißgardist und Emigrant gewesen sei, und dennoch wäre schließlich ein großer sozialistischer Schriftsteller aus ihm geworden. Und sie habe sich auch an den sowjetischen Film „Das Ehrengericht“ (ein damals in

Parteikreisen sehr populärer Film) erinnert, in dem irgendein sowjetischer Arzt, ein Wissenschaftler, seine Entdeckung zuerst der ausländischen Öffentlichkeit und erst dann der Allgemeinheit in der Heimat zur Verfügung stellte, was nach *Kosmopolitismus* und Verrat roch; der Wissenschaftler wurde schließlich von einem aus seinen Kollegen bestehenden Ehrengericht verurteilt, die liebende Gattin aber verließ ihren Gemahl nicht, sie bemühte sich vielmehr, ihm die Kraft zu verleihen, damit er seine schwere Schuld wiedergutmachen könne.

„Du hast also beschlossen, mich nicht im Stich zu lassen", sagte ich.

„Ja", sagte Markéta und ergriff meine Hand.

„Aber ich bitte dich, Markéta, glaubst du, daß es ein so schweres Vergehen ist?"

„Ja, das glaube ich", sagte Markéta.

„Was denkst du, habe ich das Recht, in der Partei zu bleiben, ja oder nein?"

„Ich denke, Ludvík, du hast es nicht."

Ich wußte, daß, wenn ich auf das Spiel einging, in das sich Markéta hineingesteigert hatte und dessen Pathos sie, wie es schien, mit ihrer ganzen Seele erlebte, ich alles erreichen würde, was ich vor Monaten vergeblich zu erlangen versucht hatte: vom Pathos des Erlösertums angetrieben wie ein Dampfschiff vom Dampf, hätte sie sich mir jetzt zweifellos auch mit ihrem Körper hingegeben. Allerdings unter einer einzigen Bedingung: daß ihr Erlösertum wirklich voll befriedigt werde; und damit es befriedigt werde, mußte das Objekt der Erlösung (wehe, ich selbst!) sein tiefes, abgrundtiefes Verschulden einsehen. Aber gerade das vermochte ich nicht. Ich stand knapp vor dem ersehnten Ziel, nämlich Markétas Körper, und dennoch konnte ich sie um diesen Preis nicht nehmen, weil ich meine Schuld nicht eingestehen und mit dem unerträglichen Urteilsspruch nicht einverstanden sein konnte; ich konnte nicht zur Kenntnis nehmen, daß jemand, der mir nahe sein sollte, diese Schuld und dieses Urteil zuließ.

Ich war anderer Meinung als Markéta, ich wies sie zurück und verlor sie, aber stimmt es, daß ich mich unschuldig fühlte? Sicherlich, ich bestärkte mich fortwährend in meiner Überzeugung über die Lächerlichkeit der ganzen Affäre, aber gleichzeitig (und das scheint mir heute, betrachte ich es aus dem Abstand vieler Jahre, am peinlichsten und charakteristischsten zu sein) begann ich die drei Sätze der Ansichtskarte mit den Augen jener zu sehen, die gegen mich ermittelten; ich empfand nach und nach Entsetzen ob dieser Sätze und befürchtete, daß sie unter dem Mäntelchen des Scherzes tatsächlich etwas sehr Ernstes über mich verrieten, nämlich die Tatsache, daß ich niemals ganz mit dem Körper der Partei verschmolzen war, daß ich niemals ein richtiger proletarischer Revolutionär war, sondern daß ich mich auf Grund eines *bloßen* Entschlusses „den Revolutionären angeschlossen" hatte (ich empfand nämlich das proletarische Revolutionärtum, um es so zu sagen, nicht etwa als Sache der *Wahl*, sondern als Sache der *Substanz:* entweder der Mensch ist Revolutionär, und dann verschmilzt er mit der Bewegung zu einem einzigen kollektiven Körper, er denkt mit ihrem Kopf und empfindet mit ihrem Herzen, oder er ist keiner, und dann bleibt ihm nichts übrig, als es lediglich sein zu *wollen;* aber dann macht er sich auch fortwährend dadurch schuldig, daß er es nicht ist: er ist schuldig durch seine Isolierung, durch sein Anderssein, durch sein Nichtverschmelzen).

Wenn ich mich heute an meine damalige Verfassung erinnere, wird mir, in Analogie, die ungeheure Stärke des Christentums bewußt, die dem Gläubigen seine fundamentale und fortwährende Sündigkeit suggeriert; auch ich stand (und wir alle standen) der Revolution und ihrer Partei mit dauernd gesenktem Kopf gegenüber, so daß ich mich allmählich damit abfand, daß meine Sätze, obwohl als Scherz gemeint, dennoch ein Verschulden waren, und in meinem Kopf begann eine selbstkritische Erforschung abzulaufen: ich sagte mir, daß mir diese Sätze nicht nur so zufällig eingefallen waren, daß mir die Genossen schon früher (und offenbar zu Recht) „Überreste des Individualismus" und „Intellektualismus" vorgeworfen hatten; ich sagte mir, daß ich mich viel zu selbstgefällig in meiner Bildung, meinem Stand als Student und meiner intellektuellen Zukunft zu bespiegeln begonnen hatte und daß mein Vater, ein Arbeiter, der im Krieg im Konzentrationslager gestorben war, kaum meinen Zynismus verstehen würde; ich hielt mir vor, daß seine Arbeitergesinnung in mir, leider, wohl tot war; ich machte mir alles mögliche zum Vorwurf und fand mich auch mit der Notwendigkeit irgendeiner Strafe ab; nur gegen eines widersetzte ich mich noch immer: daß ich aus der Partei ausgeschlossen und somit zu ihrem *Feind* gestempelt werden sollte; als gezeichneter Feind dessen zu leben, was ich mir schon als junger Bursche auserkoren hatte und woran ich wirklich hing — bei diesem Gedanken glaubte ich verzweifeln zu müssen.

Eine solche Selbstkritik, die zugleich eine flehentliche Verteidigung war, trug ich hundertmal im Geiste, mindestens zehnmal in diversen Ausschüssen und Kommissionen und schließlich auch in der entscheidenden Plenarsitzung unserer Fakultät vor, bei der Zemánek über mich und mein Vergehen das einleitende Referat hielt (wirkungsvoll, brillant, unvergeßlich) und im Namen des Ausschusses den Antrag stellte, mich aus der Partei auszuschließen. Die Diskussion entwickelte sich nach meinem selbstkritischen Auftritt zu meinen Ungunsten; niemand trat für mich ein, und schließlich hoben alle (es waren etwa hundert, und unter ihnen auch meine Lehrer und jene Kollegen, die mir am nächsten standen), ja, alle ohne Ausnahme hoben die Hand, um nicht nur meinen Ausschluß aus der Partei zu billigen, sondern (und darauf war ich überhaupt nicht gefaßt gewesen) auch meinen unfreiwilligen Abgang von der Hochschule.

Noch in der Nacht nach dieser Sitzung bestieg ich den Zug und fuhr nach Hause, aber das Zuhause konnte mir keinerlei Trost bieten, schon deshalb nicht, weil ich einige Tage überhaupt nicht wagte, der Mutter, die so stolz auf ihren studierenden Sohn war, zu sagen, was sich ereignet hatte. Dafür fand sich gleich am nächsten Tag Jaroslav bei mir ein, ein Kamerad vom Gymnasium und aus der Zimbalkapelle, in der ich als Gymnasiast gespielt hatte, und er jubelte, weil er mich daheim antraf: er sagte, er heirate übermorgen, und ich müsse sein Trauzeuge sein. Das konnte ich dem alten Kameraden nicht abschlagen, und es blieb mir nichts übrig, als meinen Sturz also mit einem Hochzeitsfest zu feiern.

Jaroslav war nämlich außerdem auch noch ein eingefleischter mährisch-slowakischer Patriot und Folklorist, so daß er im Grunde seine Hochzeit für seine völkerkundlichen Passionen mißbrauchte und sie nach alten Volksbräuchen ablaufen ließ: in Trachten, mit einer Zimbalkapelle, mit einem Brautwerber, der blumenreiche Reden führte, mit dem Tragen der Braut über die Türschwelle, mit Liedern, kurz mit allen einen ganzen Tag ausfüllenden Zeremonien, die er allerdings viel eher aufgrund völkerkundlicher Bücher denn aus der lebendigen Erinnerung rekonstruierte. Aber ich stellte eine sonderbare Tatsache fest: Freund Jaroslav, der frischgebackene Anführer eines vortrefflich prosperierenden Lieder- und Tanzensembles, hielt sich zwar an alle möglichen alten Bräuche, ging aber (offenbar eingedenk seiner Karriere sowie den atheistischen Parolen gehorchend) mit den Hochzeitern nicht in die Kirche, obwohl eine volkstümliche, traditionsbewußte Hochzeit ohne Pfarrer und Gottessegen undenkbar war; er ließ den Brautwerber alle dem Volksbrauch entsprechenden Reden hersagen, doch er hatte sorgfältig aus ihnen alle biblischen Motive gestrichen, obwohl gerade sie das wichtigste bildliche Material folkloristischer Hochzeitsansprachen verkörperten. Die Trauer, die mich daran hinderte, mich mit der alkoholisierten Hochzeitsfröhlichkeit zu identifizieren, ermöglichte es mir, in der Ursprünglichkeit dieser Volkssitten den Geruch von Chloroform zu spüren und auf dem Grunde dieser scheinbaren Spontaneität ein Körnchen Falschheit zu entdecken. Und als mich dann Jaroslav bat (als sentimentale Erinnerung an mein früheres Wirken in der Kapelle), die Klarinette zu nehmen und mich zu den anderen Musikanten zu setzen, lehnte ich ab. Ich mußte nämlich daran denken, wie ich in den letzten beiden Jahren beim Maiaufmarsch gespielt hatte und wie der Prager Zemánek in seiner Tracht neben mir getanzt, die Hände in die Höhe gestreckt und gesungen hatte. Ich vermochte die Klarinette nicht in die Hand zu nehmen, und ich fühlte, wie mir all dieses folkloristische Gejohle in der Seele zuwider war, zuwider, zuwider, zuwider . . .

5

Meines Studiums und somit auch des Anspruchs auf Aufschub des Militärdienstes verlustig, wartete ich nur noch auf die Herbstmusterung; das Warten füllte ich mit zwei langen Brigaden aus: zuerst arbeitete ich im Straßenbau irgendwo in der Umgebung von Gottwaldov, gegen Sommerende meldete ich mich zur Saisonarbeit bei der FRUTA, einer Fabrik zur Verarbeitung von Obst, und dann kam endlich der Herbst, und eines Morgens (nach einer durchwachten Nachtfahrt mit der Eisenbahn) trudelte ich in die Kaserne einer mir unbekannten häßlichen Vorstadt von Ostrau ein.

Ich stand mit anderen Burschen, die zur gleichen Waffengattung einberufen worden waren, im Kasernenhof; wir kannten einander nicht; im Zwielicht dieses anfänglichen allgemeinen Nichtvertrautseins treten am anderen scharf die Züge der Ungeschlachtheit und der Fremdheit hervor; so war dem auch nun, und das einzige, was uns menschlich verband, war die gemeinsame Zukunft, über die wir Vermutungen anstellten. Die einen behaupteten, wir seien bei den Schwarzen, die anderen bestritten das, ja manche wußten nicht einmal, was das bedeutete, die Schwarzen. Ich wußte es, und deshalb nahm ich diese Mutmaßung mit Bestürzung auf.

Dann holte uns der Zugsführer und führte uns in eine Baracke; wir drängten uns durch einen Gang in einen größeren Raum, wo rundherum lauter riesengroße Wandplakate mit Parolen, Photographien und primitiven Zeichnungen hingen. An der Stirnfront war, die Buchstaben aus rotem Papier ausgeschnitten, mit Reißzwecken groß die Aufschrift angesteckt: WIR BAUEN DEN SOZIALISMUS, und unter diesen Worten stand ein Sessel und neben ihm ein kleiner, hagerer Greis. Der Zugsführer deutete auf einen von uns, und der mußte sich auf den Stuhl setzen. Der Greis band ihm ein weißes Tuch um den Hals, dann griff er in die Aktentasche, die am Sesselbein lehnte, zog eine Haarschneidemaschine heraus und fuhr mit ihr dem Burschen durch das Haar.

Dieser Friseursessel war der Beginn eines Fließbandes, das uns in Soldaten verwandeln sollte: aus dem Sessel, auf dem wir die Haare verloren, wurden wir in den Nachbarraum weiterbugsiert, dort mußten wir uns nackt ausziehen, unsere Kleider in einen Papiersack stecken, diesen mit einer Schnur zubinden und an einem Fensterchen abgeben. Nackt und kahlköpfig gingen wir sodann durch den Gang in einen weiteren Raum, wo wir Nachthemden faßten; in diesen Nachthemden gingen wir zu einer weiteren Tür, wo wir Soldatenschuhe bekamen — Knobelbecher; in Knobelbechern und Nachthemd marschierten wir quer über den Hof in eine weitere Baracke, wo wir Hemden, Unterhosen, Fußlappen, Riemen und die Montur (auf den Blusen waren schwarze Kragenspiegel!) bekamen; und schließlich gelangten wir in die letzte Baracke, wo ein Unteroffizier laut unsere Namen vorlas, uns in Gruppen einteilte und uns in den Baracken Stuben und die Betten zuwies.

So rasch wurde ein jeder von uns seines persönlichen Willens beraubt, wurde zu etwas, was äußerlich einem Ding (einem disponierten, schikanierten, eingereihten, abkommandierten Ding) und in seinem Inneren einem Menschen (einem leidenden, wütenden, sich vor etwas fürchtenden) glich; noch an demselben Tag wurden wir zum Appell kommandiert, dann zum Abendessen, dann in die Betten; am Morgen wurden wir geweckt und in die Grube geführt; in der Grube wurden wir nach Gruppen in Arbeitspartien eingeteilt und mit Geräten versehen (Bohrer, Schaufel, Grubenlampe), mit denen kaum einer von uns umzugehen verstand; dann brachte uns der Förderkorb unter Tag.

Als wir mit schmerzendem Leib ausfuhren, warteten die Unteroffiziere auf uns, ließen uns antreten und führten uns wieder in die Kaserne zurück. Wir aßen zu Mittag, und am Nachmittag war Turnen und Exerzieren, nach dem Exerzieren Saubermachen, politische Erziehung, Pflichtsingen; statt eines Privatlebens ein Raum mit zwanzig Betten. Und so ging das Tag für Tag.

Die Versachlichung, die uns betroffen hatte, kam mir in den ersten Tagen völlig undurchsichtig vor; die unpersönlichen, befohlenen Funktionen, die wir ausübten, traten an die Stelle aller unserer menschlichen Äußerungen; diese Undurchsichtigkeit war allerdings nur relativ, verursacht nicht ausschließlich durch die tatsächlichen Umstände, sondern ebenso durch eine mangelhafte Anpassungsfähigkeit des Sehens (wie wenn man aus dem Licht in einen dunklen Raum tritt); nach einiger Zeit wurde sie allmählich durchsichtiger, und in dieser „Dämmerung der Versachlichung“ begann man nun an den Menschen Menschliches zu erkennen. Ich muß allerdings gestehen, daß ich einer der letzten war, der sein Sehen an die veränderte „Lichtstärke“ anzupassen vermochte.

Dies rührte daher, daß ich es mit meinem ganzen Wesen ablehnte, mein Los zu akzeptieren. Die Soldaten mit den schwarzen Kragenspiegeln, unter denen ich mich befand, exerzierten nämlich zwar, aber ohne Waffen, und ansonsten arbeiteten sie in den Kohlengruben. Sie wurden für ihre Arbeit bezahlt (in dieser Beziehung waren sie besser dran als andere Soldaten), aber das war für mich ein schwacher Trost, wenn ich daran dachte, daß es durchwegs Menschen waren, denen unsere junge sozialistische Republik keine Waffe anvertrauen wollte, weil sie sie für ihre Feinde hielt. Selbstverständlich ergab sich daraus eine viel härtere Behandlung und die drohende Gefahr, daß der Präsenzdienst länger dauern konnte als die obligaten zwei Jahre, ich aber war am meisten über die einfache Tatsache entsetzt, daß ich mich unter jenen befand, die ich für meine erbittertsten Feinde gehalten hatte, und daß ich (endgültig, unwiderruflich, mit dem lebenslangen Kainsmal versehen) von meinen eigenen Genossen unter sie eingereiht worden war. Deshalb verbrachte ich die erste Zeit unter den Schwarzen als eingefleischter Einzelgänger; ich wollte mich nicht mit meinen Feinden zusammenleben, ich wollte mich nicht in ihrem Kreis akklimatisieren. Mit dem Urlaub sah es in jener Zeit sehr schlecht aus (auf Ausgang hatte der Soldat keinen *Anspruch*, er bekam ihn lediglich als *Belohnung*, was praktisch bedeutete, daß er etwa einmal in vierzehn Tagen die Kaserne verlassen konnte — am Samstag), aber ich blieb an jenen Tagen, da die Soldaten scharenweise in die Schenken strömten und hinter den Mädchen her waren, allein in der Kaserne; ich legte mich in meiner Stube aufs Bett, versuchte etwas zu lesen oder sogar zu studieren (einem Mathematiker genügt schließlich für seine Arbeit Bleistift und Papier) und nährte die Anpassungsunfähigkeit in mir; ich glaubte, daß ich hier eine einzige Aufgabe hatte: meinen Kampf um meine politische Ehre fortzuführen, um mein Recht, „kein Feind zu sein“, um mein Recht, von hier fortzukommen.

Ich suchte einige Male den Politruk unserer Formation auf und versuchte ihn zu überzeugen, daß ich irrtümlich zu den Schwarzen geraten war; daß ich wegen meines Intellektualismus und Zynismus aus der Partei ausgeschlossen worden sei, nicht jedoch als Feind des Sozialismus; ich setzte ihm (schon zum wievielten Male!) die lächerliche Geschichte mit der Ansichtskarte auseinander, eine Geschichte, die allerdings überhaupt nicht mehr lächerlich war, sondern im Zusammenhang mit meinen schwarzen Kragenspiegeln immer suspekter wurde und etwas zu verbergen schien, etwas, was ich ihm verschwieg. Ich muß aber wahrheitsgetreu sagen, daß mir der Politruk geduldig zuhörte und ein geradezu unerwartetes Verständnis für meinen Wunsch nach Rechtfertigung an den Tag legte; tatsächlich erkundigte er sich irgendwo oben (welch abstrakte Ortsbestimmung!) nach meiner Angelegenheit, aber schließlich ließ er mich rufen und sagte mir mit aufrichtiger Verbitterung: „Warum haben Sie mich hinters Licht geführt? Ich habe erfahren, daß Sie Trotzkist sind."

Ich begann zu begreifen, daß es keine Gewalt gab, die jenes Bild meiner Person hätte ändern können, das irgendwo im allerhöchsten Richtersaal menschlicher Schicksale aufbewahrt lag; ich begriff, daß dieses Bild (so unähnlich es mir auch sein mochte) viel wirklicher war als ich selbst; daß nicht etwa es mein, sondern ich sein Schatten war; daß man keinesfalls das Bild bezichtigen durfte, es wäre mir nicht ähnlich, sondern daß ich selbst der Unähnlichkeit schuldig war; und daß diese Unähnlichkeit mein Kreuz war, das ich niemandem aufbürden konnte und das ich tragen mußte.

Trotzdem wollte ich nicht kapitulieren. Ich wollte meine Unähnlichkeit wirklich *tragen;* weiterhin jener sein, bis entschieden werden würde, daß ich es nicht war.

Ich brauchte etwa vierzehn Tage, bis ich mich halbwegs an die anstrengende Grubenarbeit gewöhnte, in der Hand den schweren Bohrer, dessen Rütteln ich bis zum nächsten Morgen im Leib vibrieren fühlte. Aber ich rackerte mich redlich und mit einer Art verbissener Wut ab; ich wollte Stoßarbeiterleistungen erbringen, und bald begann mir das auch zu gelingen.

Aber niemand sah darin den Ausdruck meiner politischen Einstellung. Wir wurden schließlich für unsere Arbeit bezahlt (man zog uns zwar für Kost und Quartier etwas vom Lohn ab, aber auch so bekamen wir noch genug auf die Hand!), und deshalb arbeiteten auch viele andere, wie immer es um ihre Gesinnung bestellt sein mochte, mit beträchtlicher Verve, um diesen überflüssigen Jahren wenigstens etwas Nützliches abzugewinnen.

Obwohl alle uns für fanatische Feinde des Regimes hielten,

wurden in der Kaserne sämtliche in sozialistischen Kollektiven üblichen Formen des öffentlichen Lebens gewahrt; wir, Feinde des Regimes, hielten unter der Aufsicht des Politruks Zehnminutengespräche ab, hatten täglich politische Diskussionen, mußten die Wandtafeln betreuen, auf die wir die Photographien sozialistischer Staatsmänner klebten und Parolen über die glückliche Zukunft malten. Anfangs meldete ich mich fast demonstrativ zu allen diesen Arbeiten. Aber auch darin sah niemand ein Zeichen für meine Gesinnung, es meldeten sich ja auch andere dazu, wenn es für sie wichtig war, daß der Kommandant auf sie aufmerksam werde und ihnen Ausgang bewillige. Keiner der Soldaten faßte diese politische Tätigkeit als politische Tätigkeit auf, sondern nur als inhaltslose Geste, die jenen gegenüber zu vollbringen notwendig war, die uns in ihrer Gewalt hatten.

Und so begriff ich, daß auch dieses mein Auflehnen eitel war, daß nur noch ich allein meine „Unähnlichkeit" wahrnahm, während sie für die anderen unsichtbar war.

Unter den Unteroffizieren, denen wir preisgegeben waren, befand sich ein schwarzhaariger kleiner Slowake, ein Korporal, der sich von den übrigen durch Sanftmut und absoluten Mangel an Sadismus unterschied. Er war bei uns beliebt, obwohl manche von ihm boshaft behaupteten, seine Güte entspringe allein seiner Dummheit. Die Unteroffiziere hatten natürlich im Gegensatz zu uns eine Waffe und unternahmen von Zeit zu Zeit Schießübungen. Einmal kehrte der schwarzhaarige Korporal von einer solchen Übung ruhmbedeckt zurück, weil er sich bei der Wertung im Schießen als Erster placiert hatte. Viele von uns beglückwünschten ihn sofort lautstark (halb aus Gutmütigkeit, halb aus Spaß); der kleine Korporal errötete über und über.

Zufällig blieb ich an diesem Tag mit ihm allein, und damit das Gespräch nicht stocke, fragte ich ihn: „Wie machen Sie das, daß Sie so gut schießen?"

Der Korporal sah mich forschend an, und dann sagte er: „Ich habe so eine Methode, mir zu helfen. Ich stelle mir vor, daß das keine Zielscheibe aus Blech ist, sondern ein Imperialist. Und da kriege ich dann so eine Wut, daß ich treffe."

Ich wollte ihn fragen, wie er sich so einen Imperialisten vorstelle (was für eine Nase, was für Haare, Augen er habe, was für einen Hut er trage), aber er kam meiner Frage zuvor und sagte mit ernster und nachdenklicher Stimme: „Ich verstehe nicht, warum ihr mir alle gratuliert. Wenn Krieg wäre, würde ich doch auf euch schießen!“

Als ich das aus dem Munde dieses gutmütigen Burschen hörte, der uns nicht einmal anzuschreien vermochte und deshalb dann auch von uns zu einer anderen Einheit versetzt wurde, begriff ich, daß mir der Faden, der mich mit der Partei und mit den Genossen verband, hoffnungslos aus der Hand geglitten war. Ich befand mich außerhalb meiner Lebensbahn.

6

Ja. Alle Fäden waren entzweigerissen.

Entzweigerissen war das Studium, die Teilnahme an der Bewegung, die Arbeit, die Beziehungen zu den Freunden, entzweigerissen war die Liebe und das Suchen nach Liebe, kurz, entzweigerissen war der gesamte sinnvolle Ablauf meines Lebens. Nichts war mir geblieben als die Zeit. Diese lernte ich dafür so intim kennen wie nie zuvor. Das war nicht mehr jene Zeit, mit der ich früher in Berührung gekommen war, in Arbeit, Liebe: die in alles mögliche Beginnen metamorphosierte Zeit, die ich achtlos aufgenommen hatte, weil auch sie unaufdringlich gewesen war und sich dezent hinter meiner eigenen Tätigkeit verborgen hatte. Jetzt kam sie mir entblößt, in ihrer ursprünglichen, echten Gestalt entgegen und zwang mich, sie bei ihrem richtigen Namen zu nennen (denn jetzt lebte ich die bloße Zeit, die bloße leere Zeit), damit ich sie nicht einmal für ein Weilchen vergäße, damit ich ständig an sie dächte und ständig ihre Last empfände.

Wenn Musik spielt, hören wir die Melodie, und wir vergessen, daß das nur eine der Gestalten der Zeit ist; wenn das Orchester verstummt, hören wir die Zeit; die Zeit allein. Ich lebte in der Pause. Allerdings ganz und gar nicht in der orchestralen Generalpause (deren Maß genau durch das Pausenzeichen gegeben ist), sondern in einer Pause ohne bestimmtes Ende. Wir konnten nicht (wie man es bei allen anderen Waffengattungen tat) jeden Tag einen Zentimeter von einem Bandmaß abschneiden, um zu sehen, wie die zweijährige Präsenzdienstzeit immer kürzer und kürzer wurde; die Schwarzen konnten nämlich beliebig lang beim Militär gehalten werden. Der vierundzwanzigjährige Ambroz von der Zweiten Kompanie war schon das vierte Jahr hier.

Beim Militär zu sein und daheim eine Frau oder eine Braut zu haben war also sehr bitter; es bedeutete, im Geiste ständig ob ihrer unbehütbaren sittlichen Existenz Wache zu stehen, im Geiste fortwährend ihre schicksalhafte Labilität zu behüten. Und es bedeutete auch, sich fortwährend auf ihr periodisches Kommen zu freuen und immer davor zu zittern, daß der Kommandant den für diesen Tag festgesetzten Urlaub verweigerte und die Frau vergeblich an das Kasernentor käme. Man erzählte sich unter den Schwarzen (mit schwarzem Humor), daß die Offiziere diese unbefriedigten Frauen der Soldaten erwarteten, daß sie sich ihrer annähmen und dann die Früchte der Sehnsucht ernteten, die den in der Kaserne zurückgehaltenen Soldaten gebührten.

Und dennoch: für jene, die daheim eine Frau hatten, zog sich durch die Pause ein Faden, vielleicht ein dünner, vielleicht ein verzweifelt dünner und zerreißbarer Faden, aber doch ein Faden. Ich hatte keinen solchen Faden; mit Markéta hatte ich jedweden Kontakt abgebrochen, und wenn ich Briefe erhielt, so kamen sie nur von meiner Mutter ... Wie? Ist das denn kein Faden?

Nein, das ist kein Faden; das Zuhause, so es lediglich das Zuhause der Eltern ist, das ist kein Faden; das ist nur Vergangenheit: Briefe, die einem die Eltern schreiben, sind eine Botschaft von einem Kontinent, von dem man sich entfernt; ja, ein solcher Brief läßt einem nur die Tatsache bewußt werden, daß man aus der Bahn geraten ist, indem er einen an den Hafen erinnert, aus dem man unter so redlich mit großen Opfern erkauften Bedingungen ausgelaufen ist; ja, sagt so ein Brief, den Hafen gibt es noch immer, er besteht nach wie vor, sicher und schön in seiner Ehemaligkeit, aber *der Weg, der Weg ist verloren!*

Ich gewöhnte mich also allmählich daran, daß mein Leben seine Kontinuität verloren hatte, daß es mir aus der Hand geglitten war und daß mir nichts übrigblieb, als endlich auch innerlich dort zu sein, wo ich tatsächlich und unwiderruflich war. Und so paßte sich mein Blick nach und nach jenem Halbdunkel der Versachlichung an, und ich begann die Menschen um mich wahrzunehmen; später als die anderen, aber glücklicherweise doch nicht so spät, daß ich mich ihnen bereits ganz entfremdet hätte.

Aus diesem Dämmer tauchte als erster (genauso wie er mir als erster aus dem Dämmer meiner Erinnerungen auftaucht) Honza auf, ein Brünner (er sprach einen fast unverständlichen, perfekten Slang), der unter die Schwarzen geraten war, weil er jemanden von der Polizei verprügelt hatte. Verprügelt hatte er ihn, weil er, wie er sagte, sein ehemaliger Mitschüler von der Hauptschule gewesen war und weil er eine alte Rechnung mit ihm zu begleichen gehabt hatte, aber das Gericht nahm diese Erklärung nicht zur Kenntnis, Honza saß ein halbes Jahr im Kittchen ab und kam von dort direkt zu uns. Er war gelernter Monteur, und es war ihm offenbar völlig egal, ob er noch jemals als Monteur arbeiten oder irgend etwas anderes tun würde; er hing an nichts und legte seiner Zukunft gegenüber eine Gleichgültigkeit an den Tag, die die Quelle seiner frechen und unbekümmerten *Freiheitlichkeit* war.

Im kostbaren Gefühl der Freiheit konnte sich mit Honza lediglich Bedřich messen, der größte Sonderling unserer zwanzigbettigen Stube; er gelangte erst zwei Monate nach der regulären Septembermusterung zu uns, weil er ursprünglich zu einer Infanterieeinheit eingerückt war, wo er es jedoch hartnäckig ablehnte, eine Waffe in die Hand zu nehmen, weil das seinen persönlichen und strengen religiösen Grundsätzen widersprach; man wußte sich dort keinen Rat mit ihm, besonders, als man seine Briefe abfing, die an Truman und Stalin adressiert waren und in denen er beide Staatsmänner pathetisch beschwor, im Namen der sozialistischen Verbrüderung alle Armeen aufzulösen; da man nicht wußte, was mit ihm beginnen, gestattete man ihm zunächst sogar, daß er am Exerzieren teilnehme, so daß er unter den übrigen Soldaten der einzige ohne Waffe war und die Kommandos „Das Gewehr über“ und „Gewehr ab“ perfekt ausführte, allerdings mit leeren Händen. Er nahm auch an den ersten politischen Lektionen teil und meldete sich mit

Feuereifer zur Diskussion, in der er gegen die imperialistischen Kriegsbrandstifter eiferte. Als er jedoch auf eigene Faust ein Plakat anfertigte und es in der Kaserne aufhängte, in dem er zum Niederlegen aller Waffen aufrief, klagte ihn der Militärstaatsanwalt wegen Aufruhrs an. Das hohe Gericht wurde durch seine Friedensreden derart verwirrt, daß es ihn psychiatrieren ließ, um ihn nach längerem Zögern freizusprechen und zu uns zu schicken. Bedřich war froh; das war das bemerkenswerte an ihm: er war der einzige, der sich die schwarzen Kragenspiegel freiwillig erkämpft hatte und sich freute, daß er sie trug. Deshalb fühlte er sich hier frei — obwohl sich dieses sein Freiheitsgefühl nicht wie bei Honza durch Frechheit offenbarte, sondern gerade im Gegenteil durch stille Disziplin und zufriedenen Arbeitswillen.

Bei allen übrigen freilich dominierten Furcht und Bangen: der dreißigjährige Ungar Varga aus der Südslowakei, der, da er keine nationalen Vorurteile kannte, im Krieg in mehreren Armeen gekämpft hatte und etliche Gefangenschaften auf beiden Seiten der Front durchwandert hatte; der rothaarige Petráň, dessen Bruder ins Ausland geflohen war und dabei einen Soldaten vom Grenzschutz erschossen hatte; der Einfaltspinsel Josef, Sohn eines reichen Bauern aus einem Dorf im Elbtal (er hatte sich allzusehr an das weite blaue Himmelszelt gewöhnt, in dem eine Lerche wackelte, so daß er nun ein beklemmendes Grauen vor der höllischen Unterwelt der Schächte und Stollen empfand); der zwanzigjährige Stáňa, ein närrischer Beau aus Prag-Žižkov, über den der lokale Nationalausschuß ein vernichtendes Urteil geschrieben hatte, weil er, wie es da hieß, sich beim Maiaufmarsch besoffen und dann *vorsätzlich* am Gehsteigrand unter den Augen der Bürger uriniert hatte; Pavel Pěkný, Jusstudent, der in den Februartagen mit einem Häuflein Kollegen gegen die Kommunisten demonstriert hatte (er begriff sehr bald, daß ich ins gleiche Lager gehörte wie jene, die ihn nach dem Februar von der Hochschule gejagt hatten, und er war der einzige, der mich seine boshafte Genugtuung spüren ließ, weil ich nun dorthin gelangt war, wo auch er sich befand).

Ich könnte weitere Soldaten nennen, die mein damaliges Los mit mir teilten, doch will ich mich nur an das Wesentliche halten: am meisten mochte ich Honza. Ich erinnere mich an eines unserer ersten Gespräche; es war während der kleinen Pause im Schacht, da wir (unser Frühstück kauend) nebeneinander standen und Honza mir aufs Knie schlug: „Na, du Taubstummling du, was biste eigentlich für einer?" Ich war damals tatsächlich taubstumm (meinen ewigen inneren Selbstverteidigungen zugewandt), und mühsam versuchte ich ihm zu erklären (mit Worten, deren Gekünsteltheit und Gesuchtheit ich selbst sofort als peinlich empfand), wie ich hergelangt war und weshalb ich eigentlich nicht hergehörte. Er sagte mir: „Arschloch, und wir gehören her?" Ich wollte ihm abermals meine Ansicht auseinandersetzen (ich suchte natürlichere Worte), aber Honza sagte, während er den letzten Bissen hinunterschluckte, bedächtig: „Wennst so groß sein tätst, wiest blöd bist, dann tät' dir die Sonne ein Loch in den Schädel brennen." Aus diesem Satz grinste mich vergnügt der plebejische Geist der Peripherie an, und ich begann mich plötzlich dafür zu schämen, daß ich mich ständig verhätschelt auf meine verlorenen Privilegien berief, da ich meine Überzeugung doch gerade auf der Ablehnung von Privilegien und Verhätschelung aufgebaut hatte.

Mit der Zeit kamen Honza und ich einander sehr nahe (Honza hatte Respekt vor mir, weil ich alle mit der Lohnauszahlung verbundenen rechnerischen Komplikationen schnell im Kopf lösen konnte und so einige Male verhinderte, daß man uns prellte); einmal lachte er mich aus, weil ich wie ein Idiot den Urlaub in der Kaserne verbrachte, und er verschleppte mich mit den anderen Kameraden. An diesen Ausgang erinnere ich mich gut; wir waren damals ein größerer Haufen, etwa acht, Stáňa war mit, Varga und auch Čeněk, der verkrachte Kunstgewerbestudent aus der Zweiten Kompanie (er war zu den Schwarzen gekommen, weil er auf der Kunstgewerbeakademie hartnäckig kubistische Bilder gemalt hatte, dafür malte er jetzt, um sich hie und da einen Vorteil zu verschaffen, in alle militärischen Räume große Kohlezeichnungen von Hussitenkriegern mit Streitkolben und Dreschflegeln). Es gab für uns nicht viele Möglichkeiten, wohin wir gehen konnten: der Zutritt zur Innenstadt von Ostrau war uns verboten, und nur einige Viertel und in diesen wieder nur einige Lokale waren uns gestattet. Wir kamen in die benachbarte Vorstadt und hatten Glück, weil im ehemaligen Sokolturnsaal, auf den sich keinerlei Verbot bezog, eine

Tanzunterhaltung stattfand. Wir bezahlten an der Tür das geringe Eintrittsgeld und gingen hinein. Im großen Saal gab es viele Tische und viele Sessel, Menschen weniger; alles in allem etwa zehn Mädchen; Männer ungefähr dreißig und davon die Hälfte Soldaten aus der dortigen Artilleriekaserne; als sie uns sahen, wurden sie sogleich aufmerksam, und wir spürten es förmlich auf unserer Haut, wie sie uns anstarrten und zählten. Wir setzten uns an einen langen freien Tisch, wir bestellten eine Flasche Wodka, aber die häßliche Serviererin erklärte schroff, es sei verboten, Alkohol auszuschenken, worauf Honza acht Limonaden bestellte. Dann nahm er von jedem von uns einen Geldschein und kehrte nach einer Weile mit drei Flaschen Rum zurück, aus denen wir dann unterm Tisch die Gläser mit der Limonade auffüllten. Wir taten das unter größter Geheimhaltung, weil wir sahen, daß uns die Artilleristen aufmerksam beobachteten, und wir wußten, daß sie nicht anstehen würden, uns wegen des verbotenen Alkoholkonsums zu verpfeifen. Die waffentragenden Formationen hegten nämlich eine tiefe Feindschaft gegen uns: einerseits hielten sie uns für verdächtige Elemente, Mörder, Verbrecher und Feinde, die (im Sinne der damaligen Spionageliteratur) bereit waren, jederzeit ihre friedlichen Familien meuchlings zu morden, anderseits (und das war wohl ausschlaggebender) beneideten sie uns, weil wir Geld hatten und uns überall fünfmal mehr leisten konnten als sie.

Darin bestand nämlich das Besondere unserer Situation: wir kannten nichts als Müh und Plage, unsere Schädel wurden alle vierzehn Tage frisch rasiert, damit uns durch das Haar kein ungebührliches Selbstvertrauen verliehen werde, wir waren Enterbte, die sich vom Leben nichts Gutes mehr erhofften, aber wir hatten Geld. Zwar nicht viel, für einen Soldaten und seine zwei Ausgänge monatlich jedoch war es ein so großes Vermögen, daß er in diesen wenigen Stunden (an jenen wenigen zugelassenen Orten) wie ein Krösus auftreten und so die chronische Machtlosigkeit der restlichen langen Tage kompensieren konnte.

Während also auf dem Podium eine schlechte Blaskapelle abwechselnd eine Polka und einen Walzer spielte und sich auf dem Parkett einige Paare drehten, sah ich mir in Ruhe die Mädchen an und trank meine Limonade, deren alkoholischer Beigeschmack uns bereits jetzt über alle übrigen stellte, die im Saal saßen; wir waren ausgezeichneter Laune; ich spürte, wie mir das berauschende Gefühl der Zusammengehörigkeit, der Kumpanei zu Kopfe stieg, das ich seit der Zeit nicht mehr erlebt hatte, da ich zum letztenmal mit Jaroslav und den übrigen in der Zimbalkapelle gespielt hatte. Und Honza hatte sich inzwischen einen Plan ausgedacht, wie den Artilleristen so viele Mädchen wie möglich von hier zu entführen wären. Der Plan war in seiner Einfachheit ausgezeichnet, und wir gingen rasch daran, ihn zu verwirklichen. Am resolutesten ging Čeněk ans Werk, und da er ein Poseur und ein Komödiant war, führte er seine Aufgabe zu unserer Freude so auffällig wie nur möglich durch: er bat eine stark geschminkte Schwarzhaarige zum Tanz und brachte sie dann an unseren Tisch; er ließ für sich und für sie eine Rumlimonade einschenken und sprach vielsagend zu ihr: „Also abgemacht!"; die Schwarzhaarige nickte, und die beiden stießen an. In diesem Augenblick kam ein schlaksiger Bursche in der Uniform der Artilleristen mit zwei Korporalsternen an den Aufschlägen vorbei, er blieb vor der Schwarzhaarigen stehen und sagte, so rauh er nur konnte, zu Čeněk: „Du erlaubst doch?" „Selbstverständlich, Kamerad, nur drauflos gewalzt", antwortete Čeněk. Während die Schwarzhaarige mit dem leidenschaftlichen Korporal im idiotischen Polkarhythmus herumhopste, bestellte Honza bereits telephonisch ein Taxi; zehn Minuten später war der Wagen da, und Čeněk bezog am Saalausgang Posten; die Schwarzhaarige beendete ihren Tanz, entschuldigte sich beim Korporal, sie müsse auf die Toilette, und nach einer Weile war das abfahrende Auto zu hören.

Nach Čeněk hatte der alte Ambroz von der Zweiten Kompanie Erfolg, der sich irgendein ältliches Mädchen von jämmerlichem Aussehen (was vier Artilleristen nicht daran hinderte, sich verzweifelt um sie zu bemühen) geangelt hatte; zehn Minuten später war das Taxi da, und Ambroz fuhr mit dem Mädchen und mit Varga (der behauptete, kein Mädchen würde mit ihm gehen) in das vereinbarte Gasthaus am anderen Ende von Ostrau ab, wo Čeněk auf ihn wartete. Dann gelang es zwei weiteren von uns, noch ein Mädchen zu entführen, und wir blieben im Turnsaal nur noch zu dritt zurück: Stáňa, Honza und ich. Die Artilleristen betrachteten uns mit immer drohenderen

Blicken, weil sie die Zusammenhänge zwischen unserer sich vermindernden Zahl und dem Verschwinden der drei Frauen aus ihren Jagdgründen zu ahnen begannen. Wir versuchten, harmlose Mienen zu machen, doch wir spürten, daß eine Rauferei in der Luft lag. „Jetzt nur noch ein letztes Taxi für unseren ehrenvollen Rückzug", sagte ich und blickte voll Bedauern die Blondine an, mit der es mir am Anfang gelungen war einmal zu tanzen, doch der zu sagen, sie solle mit mir von hier wegfahren, ich nicht den Mut gefunden hatte; ich hoffte, daß ich das beim nächsten Tanz tun würde, aber da bewachten die Artilleristen sie bereits so streng, daß ich nicht an sie herankam. „Nichts zu machen", sagte Honza und erhob sich, um telephonieren zu gehen. Doch als er den Saal durchquerte, erhoben sich die Artilleristen von ihren Tischen und umringten ihn. Die Prügelei mußte jeden Augenblick losbrechen, und mir und Stáňa blieb nichts anderes übrig, als uns vom Tisch zu erheben und langsam zu unserem bedrohten Kameraden zu gehen. Das Häuflein Artilleristen umringte Honza schweigend, aber dann tauchte unter ihnen plötzlich ein angetrunkener Feldwebel auf (er hatte wohl ebenfalls eine Flasche unterm Tisch stehen) und brach das bedrohliche Schweigen: er begann zu predigen, daß sein Vater während der Ersten Republik arbeitslos gewesen sei und daß er nicht mehr die Nerven habe, länger zuzuschauen, wie sich hier diese Bourgeois mit den schwarzen Spiegeln breitmachten, daß er wirklich nicht mehr die Nerven habe und daß ihn seine Kameraden zurückhalten mögen, damit er dem da (er meinte Honza) nicht in die Fresse haue. Honza schwieg, doch als in der Predigt des Feldwebels eine kleine Pause eintrat, fragte er artig, was denn die Genossen Artilleristen von ihm wünschten. Daß ihr schnell von hier abhaut, sagten die Artilleristen, und Honza sagte, daß wir ja genau das wollten, sie mögen ihn nur gehen lassen, damit er telephonisch ein Taxi rufen könne. In diesem Augenblick schien es, als würde der Feldwebel einen Anfall kriegen: ich scheiß' mich an, schrie er mit hoher Stimme, ich scheiß' mich an, wir rackern uns ab, wir kommen nicht aus der Kaserne heraus, wir spüren kaum mehr unsere Knochen, Geld haben wir keines, aber sie, diese Kapitalisten, diese Diversanten, diese Arschlöcher wollen mit dem Taxi spazierenfahren, aber das gehe nun wirklich zu weit, und wenn er sie mit diesen seinen eigenen Händen hier erwürgen müsse, aber mit dem Taxi würden sie nicht fahren!

Alle standen im Bann dieses Streites; die Uniformierten wurden nun auch von anwesenden Zivilisten und vom Personal der Sokolhalle umringt, das Angst hatte, es könnte einen Skandal geben. Und in diesem Augenblick erspähte ich meine Blondine; sie war allein an ihrem Tisch zurückgeblieben, und nun stand sie, ohne sich um den Streit zu kümmern, auf und ging zur Toilette; unauffällig löste ich mich von der Gruppe, und im Vorraum neben dem Eingang, wo die Garderobe und das Klosett waren (außer der Garderobefrau befand sich hier niemand), sprach ich sie an; ich war in diese Lage geraten wie ein Nichtschwimmer ins Wasser, und, schüchtern oder nicht, ich mußte handeln; ich griff in die Tasche, zog ein paar zusammengeknüllte Hunderter heraus und sagte: „Möchten Sie nicht mitkommen? Es wird lustiger sein als hier!“ Sie betrachtete die Hunderter und zuckte mit den Achseln. Ich sagte ihr, ich würde draußen auf sie warten, sie nickte, verschwand im Klosett, und nach einer Weile kam sie heraus und hatte bereits den Mantel an; sie lächelte mir zu und meinte, man merke mir sofort an, daß ich etwas anderes sei als die anderen. Ich hörte das nicht ungern, hakte mich bei ihr ein und führte sie auf die andere Straßenseite, um die Ecke, von wo aus wir nun beobachten wollten, wann Honza mit Stáňa vor dem Eingang der Sokolhalle (der von einer einzigen Straßenlampe erleuchtet war) auftauchen würde. Die Blondine fragte mich, ob ich Student sei, und als ich bejahte, vertraute sie mir an, daß man ihr gestern aus der Garderobe in der Fabrik den Zaster gestohlen habe, der nicht ihr gehört habe, sondern dem Unternehmen, und daß sie verzweifelt sei, weil man sie wegen dieser Sache vielleicht sogar vor Gericht stellen werde; sie fragte mich, ob ich ihr nicht einen Hunderter leihen könnte; ich griff in die Tasche und gab ihr zwei zerknüllte Hunderter.

Wir warteten nicht lange, da tauchten bereits die Kameraden auf, sie hatten ihre Mäntel an und die Schiffchen auf. Ich pfiff ihnen zu, doch in diesem Augenblick stürzten aus dem Lokal drei andere Soldaten (ohne Mantel und Kopfbedeckung) und rannten auf sie zu. Ich vernahm die drohende Intonation von Fragen, deren Worte ich nicht hören konnte, deren Sinn ich jedoch ahnte: sie suchten meine Blondine. Dann sprang einer von ihnen Honza an, und die Rauferei begann. Ich lief zu ihnen. Stáňa hatte es mit einem Artilleristen zu tun, Honza jedoch mit zweien; fast hätten sie ihn zu Boden gestoßen, doch ich war zum Glück rechtzeitig zur Stelle und begann mit den Fäusten auf einen von ihnen loszudreschen. Die Artilleristen hatten angenommen, sie würden zahlenmäßig in der Übermacht sein, und von dem Augenblick an, da sich das Kräfteverhältnis ausgeglichen hatte, verloren sie ihren ursprünglichen Elan; als einer von ihnen unter einem Hieb von Stáňa zusammensackte und zu ächzen begann, nützten wir ihre Verwirrung aus und räumten rasch die Kampfstätte.

Die Blondine wartete um die Ecke schön brav auf uns. Als die Kameraden sie sahen, brachen sie in lauten Jubel aus, sie sagten, ich sei eine Kanone, versuchten mich zu umarmen, und ich war nach sehr langer Zeit zum ersten Male wieder richtig und unbekümmert glücklich. Honza zog unterm Mantel eine volle Flasche Rum hervor (ich begreife nicht, wie es ihm gelungen war, sie während der Rauferei erfolgreich zu verteidigen) und hob sie in die Höhe. Wir waren bester Dinge, nur wußten wir nicht, wohin wir gehen sollten: aus einem Lokal hatte man uns rausgeschmissen, zu anderen hatten wir keinen Zutritt, ein Taxi hatten uns die grimmigen Rivalen verwehrt, und auch hier draußen war unsere Existenz durch die Strafexpedition gefährdet, die sie gegen uns noch aufziehen konnten. Wir machten uns durch ein schmales Gäßchen schnell aus dem Staube, wir gingen eine Zeitlang zwischen den Häusern weiter, und dann war nur noch auf der einen Seite eine Mauer und auf der anderen Zäune; am Zaun war ein Leiterwagen zu sehen und neben ihm irgendeine landwirtschaftliche Maschine mit einem Sattelsitz aus Blech. „Der Thron“, sagte ich, und Honza hob die Blondine auf den Sitz, der sich gerade einen Meter über dem Boden befand. Die Flasche ging von Hand zu Hand, wir tranken alle vier, die Blondine wurde bald sehr gesprächig und rief Honza zu: „Wetten, daß du mir keinen Hunderter borgst?“ Honza war ein Grande, er steckte ihr einen Hunderter zu, und das Mädchen hatte im Nu den Mantel hochgehoben und den Rock geschürzt, und nach einer weiteren Weile zog sie sich selbst ihr Höschen aus. Sie nahm mich an der Hand und zog mich an sich, aber ich hatte Lampenfieber, ich riß mich von ihr los und schob ihr Stáňa zu, der nicht einen Augenblick zauderte und sehr entschlossen zwischen ihre Beine trat. Sie blieben kaum zwanzig Sekunden beisammen; ich wollte dann Honza den Vortritt lassen (einerseits wollte ich mich ihm gegenüber als Gastgeber erweisen, anderseits hatte ich noch immer Lampenfieber), aber diesmal war die Blondine resoluter, sie riß mich an sich, und als ich nach aufmunternden Berührungen endlich fähig war, mich mit ihr zu vereinigen, flüsterte sie mir zärtlich ins Ohr: „Ich bin doch deinetwegen hier, Dummerchen", und dann begann sie zu stöhnen, so daß ich mit einem Male tatsächlich das Gefühl hatte, daß es ein zärtliches Mädchen sei, das mich liebte, und sie stöhnte und stöhnte, und ich hörte nicht auf, bis ich plötzlich Honzas Stimme vernahm, die irgend etwas Ordinäres sagte, und da wurde ich mir bewußt, daß das nicht das Mädchen war, das ich liebte, und ich trat jäh, ohne Abschluß von ihr zurück, so daß die Blondine zu erschrecken schien und sagte: „Was soll dieser Quatsch?", aber da war auch schon Honza bei ihr, und das laute Stöhnen ging weiter.

Wir kehrten an diesem Tag erst nach zwei Uhr nachts in die Kaserne zurück. Um halb fünf mußten wir schon wieder aufstehen, zur freiwilligen Sonntagsschicht; für diese Sonntagsschichten bekam unser Kommandant Prämien, und wir verdienten uns damit unseren unregelmäßigen Samstagurlaub. Wir waren unausgeschlafen, der Alkohol steckte uns im Leib, und obwohl wir uns wie Schatten im Halbdunkel der Stollen bewegten, dachte ich gern an das Erlebnis von heute nacht zurück.

Ärger war es vierzehn Tage später; Honza hatte wegen irgendeiner Geschichte keinen Urlaub bekommen, und ich zog mit zwei Burschen von einer anderen Kompanie los, die ich nur sehr flüchtig kannte. Wir suchten — eine so gut wie sichere Sache, hieß es — ein Weibsbild auf, das wegen seiner monströsen Länge Kandelaber genannt wurde. Sie war häßlich wie die Nacht, aber da war nichts zu machen, weil der Kreis jener Frauen, die uns zur Verfügung standen, wegen unserer geringen zeitlichen Möglichkeiten sehr beschränkt war. Die Notwendigkeit, die Freizeit (die so kurz war und so selten gewährt wurde) um jeden Preis zu nützen, brachte die Soldaten dahin, das Sichere dem Erträglichen vorzuziehen. Mit der Zeit wurde durch wechselseitige Informationen ein (wenn auch ein dürftiges) Netz solcher mehr oder minder sicherer (und allerdings kaum zumutbarer) Weiber geschaffen und der allgemeinen Benutzung übergeben.

Kandelaber gehörte zu diesem allgemein zugänglichen Netz; das störte mich ganz und gar nicht; als die beiden Burschen über ihre abnormale Länge witzelten und wohl fünfzigmal den Scherz wiederholten, daß wir einen Ziegelstein finden müßten, um ihn uns unter die Füße zu legen, wenn es soweit sei, war mir diese Witzelei (recht rüde und langweilig) auf eine besondere Art angenehm und fachte meine rasende Lust auf eine Frau an; auf irgendeine beliebige Frau; je weniger individualisiert, beseelt, desto besser; desto besser, wenn es eine *x-beliebige* Frau sein würde.

Obwohl ich dann aber tüchtig trank, fiel die rasende Lust auf ein Weib von mir ab, sobald ich das Mädchen, genannt Kandelaber, erblickte. Alles kam mir geschmacklos und überflüssig vor, und weil Honza nicht dabei war und Sťáňa ebenfalls nicht, also niemand, den ich gemocht hätte, kam am nächsten Tag ein fürchterlicher Katzenjammer über mich, der auch das Erlebnis vierzehn Tage vorher in seine Skepsis mit einschloß, und ich schwor mir, daß ich nie wieder ein Mädchen auf dem Sattelsitz einer landwirtschaftlichen Maschine haben wollte, auch die betrunkene Kandelaber nicht ...

Meldete sich da etwa irgendein moralischer Grundsatz in mir? Unsinn; es war einfach Widerwille. Aber weshalb Widerwille, wenn ich noch ein paar Stunden zuvor rasende Lust auf eine Frau gehabt hatte, wobei der zornig-rasende Charakter dieser Lust gerade damit zusammenhing, daß es mir programmatisch egal war, wer diese Frau sein würde? War ich vielleicht zartbesaiteter als die anderen und ekelte es mich vor Prostituierten? Unsinn: der Jammer hatte mich gepackt.

Der Jammer ob der hellsichtigen Erkenntnis, daß diese Situation nicht etwas Außerordentliches war, das ich aus Überfluß, aus Laune, aus der unwiderstehlichen Sehnsucht gewählt hatte, alles kennenzulernen und zu erleben (das Erhabene wie das Ordinäre), sondern daß sie zur fundamentalen, symptomatischen und *gewohnten* Situation meines gegenwärtigen Daseins geworden war. Daß durch sie der Umfang meiner Möglichkeiten genau abgesteckt wurde, daß durch sie der Horizont meines Liebeslebens, das mir von nun an zukommen sollte, genau abgezirkelt wurde. Daß diese Situation nicht der Ausdruck meiner *Freiheit* (wie ich sie auffassen hätte können, wenn ich ihr etwa ein Jahr früher gegenübergestanden wäre), sondern der Ausdruck meiner Determinierung, meiner Beschränkung, meiner *Verurteilung* war. Und ich empfand Angst. Angst ob dieses kläglichen Horizontes, Angst ob dieses Schicksals. Ich fühlte, wie sich meine Seele in sich zurückzog, wie sie vor alldem zurückzuweichen begann, und gleichzeitig war ich entsetzt, weil es nichts gab, wohin sie aus dieser Umklammerung zurückweichen konnte.

7

Diese Trauer ob des kläglichen Liebeshorizonts kannten (oder empfanden zumindest unbewußt) fast alle von uns. Bedřich (der Autor der Friedensmanifeste) widersetzte sich ihr durch grüblerisches Versenken in die Tiefen seines Inneren, darin offenbar sein mystischer Gott hauste; in der erotischen Sphäre entsprach dieser religiösen Verinnerlichung die Selbstbefleckung, die er mit ritueller Regelmäßigkeit vollführte. Dem Widerstand der übrigen wohnte viel mehr Selbstbetrug inne: sie ergänzten ihre zynischen Ausflüge zu den Huren durch sentimentale Romantik; ein jeder hatte daheim eine Liebe, die er hier durch konzentriertes Erinnern auf Hochglanz polierte; jeder glaubte an lang währende Treue und an unerschütterliches Ausharren; jeder machte sich im stillen vor, daß das Mädel, das er betrunken in einer Schenke aufgegabelt hatte, heilige Gefühle für ihn hege. Stáňa erhielt zweimal Besuch von dem Mädchen aus Prag, mit dem er vor dem Militärdienst etwas gehabt hatte (und das er damals ganz bestimmt nicht sehr ernst genommen hatte), und Stáňa war plötzlich ganz moll gestimmt, und er beschloß (im Einklang mit seinem närrischen Naturell), daß er sie augenblicklich heiraten wolle. Er sagte uns zwar, daß er das nur deshalb tue, damit er durch die Hochzeit zwei Urlaubstage herausschinde, aber ich wußte, daß das nur eine *Möchtegernausrede* war. Es war in den ersten Märztagen, als ihm der Kommandant tatsächlich zwei Tage Urlaub gab, und Stáňa fuhr übers Wochenende nach Prag, um zu heiraten. Ich erinnere mich ganz genau daran, weil Stáňas Hochzeitstag auch für mich zu einem sehr bedeutungsvollen Datum wurde.

Ich hatte Ausgang bekommen, und weil es mir nach dem letzten, mit Kandelaber vergeudeten Urlaub traurig zumute war, mied ich die Kameraden und zog allein los. Ich bestieg die Lokalbahn, eine alte Schmalspurtramway, die weit auseinanderliegende Viertel von Ostrau miteinander verband, und fuhr mit ihr los ins Blaue. Dann verließ ich aufs Geratewohl den Wagen und stieg wahllos in den Wagen einer anderen Straßenbahnlinie um; diese gesamte, endlose Peripherie von Ostrau, in der sich in regelmäßiger Zusammenfügung Fabrik mit Natur, Feld mit Müllhaufen, Wäldchen mit Halden, Zinshäuser mit ländlichen Gebäuden mischten, zog mich auf eine sonderbare Weise an und erregte mich; ich stieg abermals aus und machte zu Fuß einen langen Spaziergang: fast leidenschaftlich nahm ich diese absonderliche Gegend wahr und versuchte, ihrem Geist auf den Grund zu kommen; ich bemühte mich, das mit Worten auszudrücken, was dieser aus so vielen verschiedenartigen Elementen zusammengesetzten Landschaft Einheit und Ordnung verlieh; ich kam an idyllischen Dorfhäuschen vorbei, die mit Efeu bewachsen waren, und es kam mir in den Sinn, daß sie gerade *deshalb* hierhergehörten, weil sie so absolut nicht zu den schäbigen Zinshäusern mit den abbröckelnden Fassaden paßten, die gleich neben ihnen standen, und ebensowenig zu den Fördertürmen und Schloten und Hochöfen, die dazu den Hintergrund bildeten; ich kam an niedrigen Notbaracken vorüber, die selbst eine Art Siedlung innerhalb der Siedlung bildeten, und ein Stückchen weiter sah ich eine Villa stehen, zwar schmutzig und grau, aber von einem Garten mit Eisenzaun umgeben; in einer Ecke des Gartens wuchs eine große Trauerweide, die in dieser Landschaft eine Art Irrläufer darstellte — und dennoch, sagte ich mir, vielleicht gehört sie gerade *deshalb* hierher. Ich war erregt durch alle diese kleinen Entdeckungen des *Unstatthaften;* nicht nur, weil ich darin den einigenden Nenner dieser Landschaft sah, aber vor allem deshalb, weil ich in ihnen das Abbild meines eigenen Schicksals erblickte, meiner eigenen Verbannung in diese Stadt; und, natürlich: dieses Projizieren meines persönlichen Loses in die Objektivation der ganzen Stadt gewährte mir eine Art Aussöhnung; ich begriff, daß ich nicht hergehörte, genau wie die Trauerweide und das Häuschen mit dem Efeu nicht hergehörten, wie auch die kurzen Gäßchen nicht hergehörten, die ins Leere und ins Nirgendwo führten, Gassen, aus Häuschen gebildet, die wirkten, als wäre ein jedes von anderswo hergekommen, ich gehörte nicht her, ebenso wie — in diese einst wunderschöne ländliche Landschaft — die monströsen Viertel aus niedrigen Notbaracken nicht hergehörten, und ich wurde mir bewußt, daß gerade deshalb, weil ich ganz und gar nicht hergehörte, ich hier sein mußte, in dieser makabren Stadt der Unstatthaftigkeiten, in der Stadt, die alles, was einander fremd ist, in ihre rücksichtslose Umarmung eingeschlossen hatte.

Dann befand ich mich in der langen Straße von Peterswald, einem ehemaligen Dorfe, das heute einen der engeren Ostrauer Vororte bildet. Ich blieb vor einem recht großen einstöckigen Gebäude stehen, an der Ecke war senkrecht die Aufschrift KINO angebracht. Eine Frage kam mir in den Sinn, völlig bedeutungslos, wie sie nur einem ziellos herumstreifenden Spaziergänger einfallen konnte: wieso steht neben dem Wort KINO nicht auch der Name des Kinos? Ich blickte mich um, aber an dem Gebäude (das übrigens durch nichts an ein Kino erinnerte) befand sich keine andere Aufschrift. Zwischen dem Gebäude und dem Nachbarhaus war eine etwa zwei Meter breite Lücke, die ein schmales Gäßchen bildete; ich durchquerte es und gelangte in einen Hof; hier erst wurde offenbar, daß das Haus einen ebenerdigen Hintertrakt hatte; an seiner Wand befanden sich verglaste Kästchen mit Reklameplakaten und Photographien aus Filmen; ich ging hin, aber auch hier fand ich nicht den Namen des Kinos; ich blickte mich um und sah gegenüber hinter einem Drahtzaun im Nachbarhof ein kleines Mädchen. Ich fragte es, wie das Kino heiße; das Mädchen blickte mich erstaunt an und sagte, das wisse es nicht. Ich fand mich also damit ab, daß das Kino nicht hieß; daß es in dieser Ostrauer Verbannung bei den Kinos nicht einmal für einen Namen reichte.

Ich kehrte (ohne irgendeine Absicht) abermals zum verglasten

Schaukästchen zurück, und da erst wurde ich gewahr, daß der Film, der mit einem Plakat und zwei Photographien angekündigt wurde, der sowjetische Streifen Das Ehrengericht war. Es war derselbe Film, auf dessen Heldin sich Markéta berufen hatte, als sie damals den Drang verspürte, in meinem Leben die ruhmreiche Rolle der sich Erbarmenden zu spielen, derselbe Film, auf dessen ernstere Aspekte sich die Genossen berufen hatten, als sie das Parteiverfahren gegen mich führten; das alles hatte mir diesen Film gehörig verleidet, so daß ich seinen Titel nicht einmal hören mochte; doch siehe, selbst hier in Ostrau entrann ich nicht seinem mahnend emporgestreckten Zeigefinger... Ach was, wenn uns ein emporgestreckter Finger nicht gefällt, genügt es, ihm den Rücken zu kehren. Das tat ich auch und wollte aus dem Hof in die Gasse von Peterswald zurückkehren.

Und da sah ich zum ersten Male Lucie.

Sie kam mir direkt entgegen; sie betrat den Kinohof; warum ging ich nicht an ihr vorüber, warum setzte ich meinen Weg nicht einfach fort? War die sonderbare Ziellosigkeit meines Spazierganges die Ursache? Lag es an diesem besonderen Licht des Spätnachmittags, in das der Hof getaucht war, daß ich nun doch noch ein Weilchen drinnen blieb und nicht auf die Straße hinaustrat? Oder lag es an Lucies Erscheinung? Aber diese Erscheinung war doch völlig gewöhnlich, und wenn mich auch später gerade diese *Gewöhnlichkeit* rührte und anzog, wieso ließ sie mich gleich auf den ersten Blick stutzen und innehalten? war ich denn solchen Gewöhnlichkeiten in Gestalt von Mädchen nicht in den Straßen Ostraus öfter begegnet? oder war diese Gewöhnlichkeit so ungewöhnlich? Ich weiß es nicht, Tatsache ist jedenfalls, daß ich stehenblieb und dem Mädchen nachblickte: sie ging langsam, ohne eine Spur von Hast, zum Schaukästchen und betrachtete die Bilder vom Ehrengericht; sie löste sich nur langsam von ihnen und ging durch die offene Tür in den kleinen Vorraum, wo die Kasse war. Ja, ich ahne es nun, daß es gerade diese sonderbare Langsamkeit Lucies war, die mich so fesselte, eine Langsamkeit, die das ergebene Wissen auszustrahlen schien, daß es nichts gibt, dem man nacheilen sollte, und daß es überflüssig ist, nach etwas ungeduldig die Hände auszustrecken. Ja, vielleicht bewog mich gerade diese von Traurigkeit erfüllte Langsamkeit, daß ich dem Mädchen aus einiger Entfernung folgte, während sie zur Kasse ging, das Kleingeld hervorholte, die Karte entgegennahm, einen Blick in den Saal warf, sich dann wieder abwandte und in den Hof hinaustrat.

Ich ließ sie nicht aus den Augen. Sie kehrte mir den Rücken zu und blickte über den Hof hinweg in die Ferne, wo, von niedrigen Holzzäunen umgeben, die Schrebergärten und die hüttenartigen dörflichen Häuschen sich aneinanderreihten, bis hinauf, wo das Bild von den Konturen eines braunen Steinbruches abgeschlossen wurde. (Ich kann nie diesen Hof vergessen, ich erinnere mich an jede seiner Kleinigkeiten, ich erinnere mich an den Drahtzaun, der den Hof vom Nachbarhof trennte, wo auf der Treppe, die ins Haus führte, das kleine Mädchen von vorhin herumlungerte: ich erinnere mich, daß diese Treppe von einer niedrigen Mauer eingefaßt war, auf deren Stufen zwei leere Blumentöpfe und ein graues Lavoir standen; ich erinnere mich an die Sonne, die sich, verrußt, dem Scheitel des Steinbruches zuneigte.)

Es war zehn vor sechs, das bedeutete, daß noch zehn Minuten bis zum Beginn der Vorstellung fehlten. Lucie kehrte um und schritt gemächlich über den Hof auf die Straße; ich ging ihr nach; hinter mir schloß sich das Bild der verwüsteten Ostrauer Landbezirke, und eine städtische Straße tauchte nun auf; fünfzig Schritt von hier war ein kleiner Platz, sorgfältig gepflegt, mit einigen Bänken und einem kleinen Park, hinter dem ein pseudogotischer Bau aus roten Ziegelsteinen zu sehen war. Ich folgte Lucie: sie setzte sich auf eine der Bänke; die Langsamkeit verließ sie für keinen Augenblick, ich möchte fast sagen, daß sie sogar *langsam saß;* sie blickte nicht auf, ihre Augen schweiften nicht herum, sie saß, wie man sitzt, wenn man auf eine Operation wartet oder auf etwas, was einen derart fesselt, daß man nicht die Augen heben mag und den Blick in sich hineingerichtet hat; vielleicht ermöglichte es mir gerade dieser Umstand, daß ich langsam an ihr vorüberging und sie betrachtete, ohne daß sie sich dessen bewußt wurde.

Man spricht oft von Liebe auf den ersten Blick; ich bin mir nur allzu gut der Tatsache bewußt, daß die Liebe die Neigung hat, aus sich selbst heraus eine Legende zu schaffen und rückwirkend ihren Beginn zu mythisieren; ich will also nicht behaupten, daß es sich hier um eine so plötzliche *Liebe* handelte; aber so etwas wie eine Hellsichtigkeit war tatsächlich vorhanden: jene Essenz von Lucies Wesen, oder — wenn ich ganz genau sein soll — die Essenz dessen, was Lucie später für mich war, das begriff, empfand, erkannte ich in einem einzigen Augenblick und sofort; Lucie brachte sich mir selbst dar, wie den Menschen *offenbarte Wahrheiten* dargebracht werden.

Ich betrachtete sie, nahm ihre provinzielle Dauerwelle wahr, die das Haar in eine formlose Masse von Löckchen zerkrümelte, ich nahm ihren braunen Überzieher wahr, armselig und verschlissen und wohl auch ein wenig zu kurz; ich nahm ihr Antlitz wahr, unauffällig schön, schön unauffällig; ich fühlte, daß in diesem Mädchen Ruhe, Schlichtheit und Bescheidenheit wohnten und daß das alles Werte waren, die ich brauchte; es schien mir, als wären wir einander eigentlich sehr nahe; daß wir beide füreinander (obwohl wir uns nicht kannten) die geheimnisvolle Gabe der Selbstverständlichkeit besaßen; es kam mir vor, als genügte es, einfach zu dem Mädchen zu gehen und es anzusprechen, und daß im Augenblick, da sie mir (endlich) ins Gesicht blickte, sie lächeln müßte, etwa so, als stünde ganz unvermutet ihr Bruder vor ihr, den sie einige Jahre nicht gesehen hatte.

Dann hob Lucie den Kopf; sie blickte zum Uhrturm empor (auch diese Bewegung ist in meinem Kopf haftengeblieben; die Bewegung eines Mädchens, das keine Uhr am Handgelenk trägt und sich automatisch mit dem Gesicht zur Turmuhr hinsetzt). Sie stand auf und ging zum Kino; ich wollte mich ihr anschließen; es fehlte mir nicht an Mut, aber es mangelte mir plötzlich an Worten; zwar hatte ich die Brust voller Gefühle, aber im Kopf keine einzige Silbe; ich gelangte, dem Mädchen folgend, wieder in den kleinen Vorraum, wo die Kasse war und von wo aus man in den Saal blicken konnte, der in gähnender Leere dalag. Die Leere eines Zuschauerraumes stößt durch irgend etwas ab; Lucie blieb stehen und schaute sich unschlüssig um; in diesem Augenblick betraten einige Leute den Vorraum und drängten zur Kasse; ich überholte sie und kaufte mir eine Karte für den ungeliebten Film.

Währenddessen betrat das Mädchen den Zuschauerraum; ich folgte ihr, im halbleeren Saal verloren die Nummern auf den

Eintrittskarten ihren Sinn, jeder setzte sich, wohin er wollte; ich ging in die gleiche Reihe wie Lucie und setzte mich neben sie. Dann ertönte schrill Musik von einer abgespielten Schallplatte, im Zuschauerraum wurde es dunkel, und auf der Leinwand erschienen die Reklamen.

Lucie mußte sich bewußt geworden sein, daß es kein Zufall war, daß sich der Soldat mit den schwarzen Kragenspiegeln ausgerechnet neben sie gesetzt hatte, bestimmt hatte sie mich die ganze Zeit über wahrgenommen und empfand meine Nachbarschaft, sie mochte sie desto stärker empfinden, da ich selbst völlig auf sie konzentriert war; was auf der Leinwand vor sich ging, nahm ich nicht wahr (welch lächerliche Rache: es freute mich, daß der Film, auf den sich meine Sittenrichter so oft berufen hatten, jetzt vor mir auf der Leinwand ablief, ohne daß ich ihm Aufmerksamkeit schenkte).

Dann war der Film aus, es wurde hell, die Handvoll Zuschauer erhob sich von den Plätzen. Auch Lucie stand auf. Sie nahm den zusammengelegten braunen Überzieher vom Schoß und schob den Arm in den Ärmel. Ich setzte mir schnell mein Schiffchen auf, damit sie nicht meinen kahlgeschorenen Schädel sehe, und half ihr wortlos in den anderen Ärmel. Sie schaute mich kurz an und sagte nichts, vielleicht neigte sie nur unmerklich den Kopf, aber ich wußte nicht, ob das eine dankende Geste sein sollte oder ob diese Bewegung ganz unwillkürlich geschah. Dann ging sie mit kleinen Schritten aus der Reihe. Auch ich zog rasch meinen grünen Mantel an (er war mir zu lang und paßte mir nicht sehr) und folgte ihr. Noch im Zuschauerraum des Kinos sprach ich sie an.

Es war, als hätte ich mich während der zwei Stunden, da ich neben ihr gesessen und an sie gedacht hatte, auf ihre Wellenlänge eingestellt: plötzlich vermochte ich mit ihr zu sprechen, als kannte ich sie gut; ich begann das Gespräch nicht mit einem Witz oder mit einem Paradoxon, wie es meine Gewohnheit war, sondern ich war ganz natürlich — und ich selbst war darob erstaunt, weil ich bis dahin vor Mädchen stets unter der Last meiner Masken gestrauchelt war.

Ich fragte sie, wo sie wohne, was sie mache, ob sie oft ins Kino gehe. Ich sagte ihr, daß ich in der Kohlengrube arbeite, daß das eine Rackerei sei, daß ich kaum jemals hinausgelangte.

Sie sagte, daß sie in einer Fabrik beschäftigt sei, daß sie im Internat wohne, daß sie um elf zu Hause sein müsse, daß sie oft ins Kino gehe, weil ihr Tanzunterhaltungen keinen Spaß machten. Ich sagte ihr, daß ich gerne mit ihr ins Kino ginge, wenn sie wieder einmal frei hätte. Sie sagte, sie ginge am liebsten allein. Ich fragte sie, ob das daran liege, weil ihr das Leben traurig vorkomme. Sie bejahte. Ich sagte ihr, daß auch mir nicht gerade lustig zumute sei.

Nichts bringt die Menschen einander schneller näher (allerdings oft scheinbar und trügerisch) als trauriges, melancholisches Verständnis für den anderen; diese Atmosphäre ruhiger Anteilnahme, die alle Befürchtungen und Vorbehalte einschläfert und der zarten wie der vulgären Seele verständlich ist, ist die einfachste Art der Annäherung, und dennoch eine so rare: es ist nämlich nötig, die künstlich geschaffene „Haltung der Seele", die Gesten und die Mimik abzulegen und schlicht zu sein; ich weiß nicht, wie es mir (jäh, ohne Vorbereitung) gelang, dies zu erzielen, wie mir das glücken konnte, mir, der ich wie ein Blinder hinter meinen künstlichen Gesichtern her tappte; ich weiß es nicht; aber ich empfand das als unverhofftes Geschenk und wunderbare Befreiung.

Wir erzählten einander also die alltäglichsten Dinge; unsere Beichten waren knapp und sachlich. Wir gelangten zum Internat, und dort blieben wir ein Weilchen stehen; die Straßenlaterne warf ihr Licht auf Lucie, ich betrachtete ihren braunen Mantel und streichelte nicht etwa ihr Antlitz oder ihr Haar, sondern den zerschlissenen Stoff dieses rührenden Fähnchens.

Ich erinnere mich noch heute, daß die Straßenlampe schaukelte, daß junge Mädchen mit unangenehm lautem Lachen an uns vorübergingen und die Tür des Internats öffneten, ich erinnere mich, wie mein Blick an der Fassade des Gebäudes emporstreifte, in dem Lucie wohnte, einer kahlen und grauen Fassade mit Fenstern ohne Gesims; dann erinnere ich mich an Lucies Gesicht, das (im Vergleich mit den Gesichtern anderer Mädchen, die ich aus ähnlichen Situationen kannte) sehr ruhig war, ohne Mimik, und das dem Gesicht einer Schülerin ähnelte, die vor der Tafel steht und gehorsam (ohne Trotz und ohne List) nur das antwortet, was sie weiß, ohne sich um eine gute Note oder um ein Lob zu bemühen.

Wir kamen überein, daß ich Lucie eine Karte schreiben würde, um ihr mitzuteilen, wann ich wieder Ausgang bekäme und wann wir uns sehen könnten. Wir verabschiedeten uns (ohne Küsse und Berührungen), und ich ging. Als ich einige Schritte entfernt war, blickte ich mich um und sah sie, wie sie in der Tür stand, nicht aufschloß, wie sie dastand und mir nachblickte; erst jetzt, als ich nicht mehr in ihrer Nähe war, trat sie aus ihrer Zurückhaltung heraus, und ihr Blick (bis dahin scheu) blieb lange auf mich gerichtet. Dann hob sie die Hand wie jemand, der nie mit der Hand gewinkt hat und nicht zu winken weiß, der lediglich weiß, daß man zum Abschied winkt und sich deshalb unbeholfen zu dieser Bewegung entschließt. Ich blieb stehen und winkte ihr ebenfalls zu; wir blickten einander aus dieser Entfernung an, ich ging wieder weiter und blieb wieder stehen (Lucie bewegte noch immer die Hand), und so entfernte ich mich langsam, bis ich endlich um die Ecke bog und wir einander aus den Augen verloren.

8

Seit jenem Abend änderte sich alles in mir; ich war wieder bewohnt; ich war nicht länger lediglich jene klägliche Leere, in der (wie in einem ausgeplünderten Zimmer) Sehnsüchte, Vorwürfe und Anklagen herumwirbelten; die Stube meines Inneren war plötzlich aufgeräumt, und es lebte jemand darin. Die Uhr, die in ihr lange Monate hindurch mit regungslosen Zeigern an der Wand gehangen hatte, begann plötzlich zu ticken. Das war wichtig: die Zeit, die bisher wie ein gleichgültiger Strom aus dem Nichts in das Nichts geflossen war (ich war doch in der Pause!), ohne jedwede Artikulation, ohne irgendeinen Takt, begann ihr vermenschlichtes Antlitz zurückzugewinnen: sie begann sich zu gliedern und einen Zahlenwert zu erlangen. Die Passierscheine, die mir das Verlassen der Kaserne ermöglichten, wurden mir mit einem Male teuer, und die einzelnen Tage verwandelten sich für mich in die Sprossen einer Leiter, über die ich zu Lucie stieg.

Niemals in meinem Leben habe ich einer anderen Frau so

viele Gedanken gewidmet, so viel Konzentration (dazu habe ich übrigens auch später nie wieder so viel Zeit gehabt). Und keiner Frau gegenüber habe ich je wieder so viel Dankbarkeit empfunden.

Dankbarkeit? Wofür? Lucie hatte mich vor allem aus dem Kreis jenes jämmerlichen Liebeshorizontes gerissen, von dem wir alle umfangen waren. Allerdings: auch der frischgebackene Ehemann Stáňa hatte sich auf seine Art diesem Kreis entzogen; er hatte jetzt ein Zuhause, in Prag, er hatte seine geliebte Frau, er konnte an sie denken, er konnte sich die ferne Zukunft seiner Ehe ausmalen, er konnte sich damit trösten, daß er geliebt wurde. Doch zu beneiden war er nicht. Er hatte durch das Werk der Eheschließung sein Schicksal in Bewegung gesetzt, und schon in dem Augenblick, da er den Zug bestieg und nach Ostrau zurückkehrte, verlor er jedweden Einfluß auf dieses sein Los; und so tropfte Woche um Woche, Monat um Monat mehr und mehr Unruhe in seine ursprüngliche Zufriedenheit, mehr und mehr hilflose Sorgen darum, was in Prag mit seinem Leben geschah, von dem er hier getrennt war und an das er nicht herandurfte.

Auch ich hatte durch die Begegnung mit Lucie mein Schicksal in Bewegung gesetzt; doch ich verlor es nicht aus der Sichtweite; ich traf selten mit Lucie zusammen, aber doch fast regelmäßig, und ich wußte, daß sie auf mich vierzehn Tage und länger warten konnte, um mir dann, nach dieser Pause, zu begegnen, als hätten wir uns erst gestern getrennt.

Aber Lucie befreite mich nicht nur vom allgemeinen Katzenjammer, der durch die trostlosen Ostrauer Liebesabenteuer hervorgerufen worden war. Ich wußte zwar bereits zu dieser Zeit, daß ich meinen Kampf verloren hatte und daß ich nichts an meinen schwarzen Spiegeln ändern würde, ich wußte, daß es sinnlos war, mich den Menschen zu entfremden, mit denen ich zwei oder mehr Jahre zusammenleben sollte, daß es sinnlos war, immer wieder sein Recht auf die ursprüngliche Lebensbahn geltend zu machen (deren privilegierten Charakter ich bereits zu begreifen begann), aber dennoch geschah diese Änderung meiner Haltung nur vom Verstand, vom Willen her und vermochte mich nicht vom inneren Weinen ob des „verlorenen Schicksals“ zu befreien. Dieses innere Weinen stillte Lucie auf wunderbare Art. Es genügte mir, sie neben mir zu spüren, mit dem ganzen warmen Umfang ihres Daseins, in dem die Fragen Kosmopolitismus und Internationalismus, Wachsamkeit und Vorsicht, die Streitigkeiten über die Definition der Diktatur des Proletariats, die Politik mit ihrer Strategie, Taktik und Kaderpolitik überhaupt keine Rolle spielten.

An diesen Sorgen (so völlig zeitbedingten, daß ihre Terminologie schon bald unverständlich sein wird) war ich gescheitert, und gerade an ihnen hing ich. Ich konnte vor verschiedenen Kommissionen Dutzende Gründe dafür anführen, weshalb ich Kommunist geworden war, aber das, was mich an der Bewegung am meisten begeisterte, ja berauschte, war das *Lenkrad der Geschichte,* in dessen Nähe (ob nun wirklich oder scheinbar) ich mich befunden hatte. Damals entschieden wir nämlich tatsächlich über die Schicksale von Menschen und Dingen; und gerade an den Hochschulen: in den Lehrkörpern gab es damals nicht viele Kommunisten, und so wurden in den ersten Jahren die Hochschulen fast allein von den kommunistischen Studenten geleitet, die über die Besetzung der Lehrstühle, über die Reformen der Lehrmethoden und der Lehrpläne entschieden. Den Rausch, den wir erlebten, nennt man gewöhnlich Machtrausch, aber (bei etwas gutem Willen) könnte ich auch minder strenge Worte wählen: wir waren von der Geschichte behext; es hatte uns berauscht, daß wir uns auf den Rücken der Geschichte geschwungen hatten und sie unter uns spürten; sicherlich, das alles entwickelte sich dann größtenteils zu einer widerlichen Machtgier, aber (so wie alle menschlichen Dinge zweideutig sind) darin war (und wohl vor allem bei uns Jünglingen) gleichzeitig die absolut ideale Illusion enthalten, daß gerade wir diese Epoche der Menschheit einleiteten, da der Mensch (jeder Mensch) weder *außerhalb* der Geschichte noch *unter dem Stiefelabsatz* der Geschichte leben würde, sondern er würde ihr Dirigent und ihr Schöpfer sein.

Ich war überzeugt, daß es außerhalb des Kreises jenes geschichtlichen Lenkrades (das ich berauscht berührte) kein Leben gäbe, sondern nur ein Vegetieren, nur Langeweile, Verbannung, Sibirien. Und nun sah ich plötzlich (nach einem halben Jahr Sibirien) eine völlig neue und unverhoffte Möglichkeit zu leben: vor mir tat sich die vergessene Wiese des Alltäglichen auf, die unter den Schwingen der dahinfliegenden Geschichte verborgen gewesen war, und auf ihr stand eine klägliche, armselige und doch liebenswerte Frau — Lucie.

Was wußte Lucie von diesen großen Schwingen der Geschichte? Kaum jemals hatte sie ihren Flügelschlag vernommen; sie wußte nichts von der Geschichte; sie lebte *unter* ihr; sie sehnte sich nicht nach ihr, sie war ihr fremd; sie wußte nichts von den *großen zeitbedingten* Sorgen, sie lebte den *kleinen und ewigen* Sorgen. Und ich wurde jäh befreit; es war mir, als wäre sie mich holen gekommen, um mich in ihr *graues* Paradies zu führen; und jener Schritt, der mir vor kurzem noch so schrecklich erschienen war, der Schritt, mit dem ich „aus der Geschichte treten" sollte, war für mich mit einem Male ein Schritt der Erleichterung und des Glückes. Lucie hielt mich scheu am Ellenbogen fest, und ich ließ mich führen.

Sie war neunzehn Jahre alt, aber in Wirklichkeit wohl viel älter, wie ja Frauen oft viel älter sind, die ein hartes Leben hatten und die kopfüber aus dem Kindesalter ins Erwachsensein gestürzt wurden. Sie sagte, daß sie aus Eger stamme, daß sie die Pflichtschule beendet habe und dann in die Lehre gegangen sei. Über ihr Zuhause redete sie ungern, und soweit sie überhaupt darüber sprach, so nur, weil ich sie dazu drängte. Sie war zu Hause unzufrieden gewesen: „Sie haben mich nicht gemocht", sagte sie dann und führte verschiedene Beweise dafür an: die Mutter habe ein zweites Mal geheiratet; der Stiefvater habe getrunken und sei schlecht zu ihr gewesen; einmal verdächtigte er sie, daß sie irgendein Geld verheimliche; auch geschlagen habe er sie. Als die Zerwürfnisse ein bestimmtes Maß erreicht hatten, nützte Lucie die Gelegenheit und fuhr nach Ostrau. Hier lebte sie nun schon ein volles Jahr; Freundinnen gingen tanzen und brächten sich Burschen ins Internat mit, und das mochte sie nicht; sie sei ernst; sie gehe lieber ins Kino.

Ja, sie charakterisierte sich als „ernst" und verband diese Eigenschaft mit ihren Kinobesuchen; am liebsten hatte sie Filme aus dem Krieg, die in jener Zeit häufig gespielt wurden; vielleicht deshalb, weil sie spannend waren; aber vielleicht noch eher deshalb, weil in ihnen großes Leid angehäuft war und Lucie darob Empfindungen des Mitleids und des Kummers erlebte, von denen sie glaubte, daß sie sie erhöben und sie in ihrem „Ernst“ bekräftigten, den sie an sich liebte. Einmal erwähnte sie mir gegenüber auch, daß sie einen „sehr schönen Film“ gesehen habe — es war Dowschenkows „Mitschurin“; der habe ihr sehr gefallen, und sie führte dafür drei Gründe an: dort wurde, wie sie sagte, so schön gezeigt, wie herrlich die Natur ist; sie habe auch Blumen immer so unbeschreiblich gemocht; und ein Mensch, der Bäume nicht mag, sei kein guter Mensch.

Es wäre allerdings unrichtig, zu glauben, daß mich Lucie durch das Exotische ihrer Einfalt anzog; Lucies Einfalt, ihre kärgliche Bildung hinderte sie keinesfalls daran, mich zu verstehen. Dieses Verstehen beruhte nicht auf Erfahrungen oder Wissen, auf der Fähigkeit also, eine Sache durchzudebattieren und einem Ratschläge zu geben, sondern in der ahnenden Aufnahmefähigkeit, mit der sie mir zuhörte.

Ein Sommertag steht in meiner Erinnerung auf: ich hatte damals Ausgang bekommen, ehe Lucies Arbeitszeit zu Ende war; ich nahm also ein Buch mit; ich setzte mich auf eine Gartenmauer und las; mit dem Lesen war es bei mir schlimm bestellt, ich hatte wenig Zeit, und die Verbindung mit den Prager Bekannten klappte nicht; aber ich hatte bereits damals, als ich einrückte, drei Büchlein mit Gedichten in meinen Koffer getan, die ich immer wieder las und die mir Trost brachten: es waren Gedichte von František Halas.

Diese Bücher hatten in meinem Leben eine besondere Rolle gespielt, eine besondere schon deshalb, weil ich kein Leser von Lyrik bin und weil es die einzigen Lyrikbändchen waren, die ich liebgewonnen hatte. Sie waren mir zu jener Zeit in die Hände gelangt, als ich bereits aus der Partei ausgeschlossen war; gerade damals war der Name Halas *wieder einmal* in aller Munde, weil der führende Ideologe der damaligen Jahre den kurz vorher verstorbenen Dichter der Morbidität, des Skeptizismus, des Existentialismus und all dessen bezichtigte, was damals den Klang eines politischen Anathemas hatte. (Das Buch, in dem dieser Ideologe seine Ansichten über die tschechische Lyrik und über Halas zusammenfaßte, erschien damals in Großauflage, und es wurde bei den Zusammenkünften Tausender Jugendzirkel als Pflichtlektüre durchgenommen.)

Der Mensch sucht in der Stunde des Unglücks Trost darin,

daß er seinen Kummer mit dem Kummer anderer verbindet; auch wenn darin wohl etwas Lächerliches liegt, bekenne ich mich dazu: ich hatte deshalb Halas' Verse gewählt, weil ich jemanden kennenlernen wollte, der ebenfalls *exkommuniziert* war; ich wollte sehen, ob meine eigene Mentalität tatsächlich der Mentalität eines Exkommunizierten ähnlich war; und ich wollte erfahren, ob die Trauer, von der jener mächtige Ideologe erklärte, sie sei krankhaft und schädlich, mir nicht etwa durch ihre Assonanz irgendeine Freude bescherte (denn in meiner Situation konnte ich Freude schwerlich in der Freude suchen). Ich lieh mir noch vor meiner Abreise nach Ostrau von einem ehemaligen Mitschüler, der literaturbegeistert war, alle drei Bücher aus, und schließlich bewog ich ihn, sie nicht mehr zurückzuverlangen. Und diese Verse begleiteten mich fortan.

Als mich an jenem Tag Lucie am verabredeten Ort mit einem Buch in der Hand antraf, fragte sie mich, was ich da lese. Ich zeigte ihr das aufgeschlagene Buch. Sie sagte verwundert: „Das sind ja Gedichte!“ „Findest du es sonderbar, daß ich Gedichte lese?“ Sie zuckte mit den Achseln und sagte: „Warum?“, aber ich glaube, daß sie es doch sonderbar fand, weil für sie Gedichte höchstwahrscheinlich mit der Vorstellung von Kinderlektüre verschmolzen. Wir bummelten durch den absonderlichen Ostrauer Sommer, einen Sommer voller Ruß, einen schwarzen Sommer, über dem an Stelle weißer Wolken auf langen Seilen Wägelchen mit Kohle dahinzogen. Ich sah, daß das Buch in meiner Hand Lucie irgendwie fortwährend anzog. Und als wir uns in einem lichten Wäldchen unterhalb von Peterswald niedersetzten, schlug ich das Buch auf und fragte sie: „Interessiert es dich?“ Sie nickte.

Niemandem vorher und niemandem nachher habe ich je Verse vorgelesen; ich habe in mir eine gut funktionierende Sicherung des Schamgefühls, die mich daran hindert, mich Leuten gegenüber zu sehr aufzutun, vor anderen meine Gefühle zu offenbaren; und das Vorlesen von Versen kommt mir vor, als spräche ich nicht nur über meine Gefühle, sondern als spräche ich auf einem Bein stehend über sie; eine gewisse Unnatürlichkeit, die im Prinzip des Rhythmus und des Reimes selbst beruht, würde mich verlegen werden lassen, wenn ich mich ihr anders hingeben sollte als allein.

Aber Lucie besaß die Zaubermacht (niemand nach ihr hat sie je wieder besessen), diese Sicherung zu beherrschen und mich von der Last der Scheu zu befreien. Ich konnte mir ihr gegenüber alles erlauben: auch Aufrichtigkeit, auch Gefühl, auch Pathos.

Und so las ich:

Ein magres Ährlein ist dein Leib
daraus ein Korn fiel das nicht keimen kann
gleich einem magren Ährlein ist dein Leib

Ein Gewebe aus Seide ist dein Leib
darin die Sehnsucht jeden Faden spann
gleich einem Gewebe aus Seide ist dein Leib

Ein versengter Himmel ist dein Leib
im Netz träumt lauernd der Knochenmann
gleich dem versengten Himmel ist dein Leib

Überstille ist dein Leib
sein Weinen läßt meine Lider beben
wie überstille ist dein Leib

Ich hatte Lucies Schulter umschlungen (die in das dünne Linnen eines geblumten Kleidchens gehüllt war), ich fühlte sie in den Fingern, und ich erlag der sich aufdrängenden Suggestion, daß die Verse, die ich las (diese langgezogene Litanei) allein der Trauer von Lucies Leib gehörten, dem stillen, versöhnten, zum Tode verurteilten Leib. Und ich las ihr weitere Gedichte vor und auch jenes, das bis zum heutigen Tag ihr Bild in mir wachruft und das mit dem Dreizeiler endet:

Die nichtigen Worte glaub' ich euch nicht ich glaub' an das Schweigen
über der Schönheit über allem
ist des Verstehens festlicher Reigen

Plötzlich spürte ich in den Fingern, daß Lucies Schulter bebte; daß Lucie weinte.

Was hatte sie zum Weinen gebracht? Der Sinn dieser Verse? Oder eher die unbenennbare Trauer, die aus der Melodie der Worte und der Farbe meiner Stimme wehte? Oder wurde sie fortgetragen von der Erhabenheit, die in der feierlichen Unverständlichkeit der Gedichte eingeschlossen lag, und sie war durch dieses erhabene *Emporgetragenwerden* zu Tränen gerührt worden? Oder hatten die Verse in ihr einfach einen geheimen Riegel gelockert, und die angesammelte Bürde strömte hervor?

Ich weiß es nicht. Lucie hielt wie ein Kind meinen Hals umschlungen, sie preßte ihren Kopf gegen das verschwitzte Tuch der grünen Uniform, die meine Brust umspannte, und sie weinte, weinte, weinte.

9

Wie oft haben mir in den letzten Jahren die verschiedensten Frauen (nur deshalb, weil ich ihre Gefühle nicht erwidern konnte) vorgeworfen, daß ich hochmütig bin. Das ist Unsinn, ich bin überhaupt nicht hochmütig, aber, um die Wahrheit zu sagen, mich selbst betrübt es, daß ich seit der Zeit meines tatsächlichen Erwachsenseins keine richtige Beziehung zu irgendeiner Frau finden konnte, daß ich keine Frau, wie man so sagt, geliebt habe. Ich bin mir nicht sicher, ob ich die Gründe dieses meines Mißgeschicks kenne, ich weiß nicht, ob sie einfach auf angeborenen Unzulänglichkeiten meines Herzens beruhen oder ob sie vielmehr in meinem Lebenslauf verankert sind; ich will nicht pathetisch sein, aber es ist so: in meiner Erinnerung steht vor mir sehr oft der Saal auf, in welchem hundert Menschen die Hände heben und das Kommando dazu geben, daß mein Leben zerbrochen werde; diese hundert Menschen ahnten nicht, daß einmal das Jahr sechsundfünfzig und mit ihm eine allmähliche Veränderung der Zustände kommen würde; sie konnten nichts Derartiges ahnen und rechneten also damit, daß meine Ausstoßung lebenslänglich sein würde. Nicht etwa aus Wehleidigkeit, eher aus irgendeiner boshaften Starrköpfigkeit, die die Eigenschaft des Überlegens ist, variierte ich diese Situation oft auf verschiedene Weise und stellte mir vor, was zum Beispiel geschehen wäre, wenn nicht mein Ausschluß aus der Partei, sondern mein Gehenktwerden beantragt worden wäre. Ich vermochte niemals zu irgendeinem anderen Schluß zu gelangen als zu dem, daß auch in diesem Fall alle die Hand gehoben hätten, besonders, wenn im einleitenden Referat die Nützlichkeit meines Gehenktwerdens gefühlvoll begründet worden wäre. Wenn ich, seit dieser Zeit, neuen Männern oder Frauen begegne, die mir Freund oder Geliebte sein könnten, sie im Geiste in jene Zeit und in jenen Saal transferiere und mich frage, ob sie die Hand erhöben: niemand hat diese Prüfung bestanden: alle hoben die Hand, genauso wie (ob nun bereitwillig oder nicht bereitwillig, aus Glauben oder aus Angst) meine damaligen Freunde und Bekannten die Hand gehoben haben. Und man muß zugeben: es ist schwer, mit Menschen zu leben, die bereit wären, einen in die Verbannung oder in den Tod zu schicken, es ist schwer, mit ihnen intim zu werden, es ist schwer, sie zu lieben.

Vielleicht war es von mir ein grausames Beginnen, Menschen, mit denen ich in Berührung kam, einer so unbarmherzigen imaginären Prüfung zu unterziehen, da es höchst wahrscheinlich war, daß sie in meiner Nähe ein mehr oder minder ruhiges Alltagsleben jenseits von Gut und Böse gefristet und nie den wirklichen Saal durchschritten hätten, in dem Hände gehoben wurden. Vielleicht wird jemand sogar sagen, daß mein Beginnen einen anderen Zweck hatte: daß ich mich in moralischer Selbstgefälligkeit über die anderen stellte. Aber mich zu beschuldigen, hochmütig zu sein, das wäre wirklich nicht gerecht; ich selbst habe allerdings niemals die Hand zum Verderben irgend jemandes erhoben, doch war ich mir wohl bewußt, daß dies ein recht problematisches Verdienst war, weil ich rechtzeitig genug des Rechtes entledigt wurde, die Hand zu heben. Lange Zeit versuchte ich mir allerdings wenigstens das eine einzureden, daß ich in einer ähnlichen Situation die Hand nicht heben würde, aber ich war ehrlich genug, so daß ich mich schließlich selbst auslachen mußte: einzig und allein ich sollte die Hand nicht heben? einzig und allein ich war gerecht? ach nein, ich fand in mir nicht die geringste Garantie, daß ich besser wäre als die anderen; aber was sollte sich daraus für meine Beziehung zu den anderen ergeben? das Wissen um die eigene Jämmerlichkeit versöhnte mich ganz und gar nicht mit der Jämmerlichkeit der anderen. Es ist mir in tiefster Seele zuwider, wenn Menschen füreinander ein brüderliches Gefühl empfinden, weil jeder von ihnen im anderen eine analoge Niedrigkeit entdeckt hat. Ich sehne mich nicht nach dieser schleimigen Brüderlichkeit.

Wie kam es also, daß ich damals Lucie lieben konnte? Die Überlegungen, denen ich soeben freien Lauf ließ, haben glücklicherweise erst ein späteres Datum, so daß ich Lucie (im Jünglingsalter, da ich mich mehr grämte, als daß ich nachgedacht hätte) noch mit begehrendem Herzen und frei von Zweifel als Geschenk aufnehmen konnte; ein Geschenk des Himmels (eines grauen, freundlichen Himmels). Es war für mich damals eine glückliche Zeit, vielleicht meine allerglücklichste; ich war zerschunden, getreten, zur Sau gemacht, aber in meinem Inneren breitete sich mit jedem Tag ein immer blauerer und blauerer Friede aus. Es ist komisch: wenn jene Frauen, die mir heute meinen Hochmut übelnehmen und mich verdächtigen, daß ich jedermann für einen Dummkopf halte, Lucie gekannt hätten, würden sie sie spöttisch ein Dummerchen nennen und könnten nicht begreifen, daß ich sie geliebt habe. Und ich liebte sie so, daß ich mir nicht einmal den Gedanken gestattete, daß ich mich einmal von ihr trennen würde; zwar sprach ich mit Lucie nie darüber, aber ich lebte ganz ernstlich in der Vorstellung, daß ich sie einmal zur Frau nehmen würde. Und wenn mir auch in den Sinn kam, daß das ein ungleicher Bund wäre, so lockte mich diese Ungleichheit eher, als daß sie mich abstieß.

Ich sollte für diese paar glücklichen Monate auch unserem damaligen Kommandanten dankbar sein; die Unteroffiziere schliffen uns, wie sie nur konnten, sie suchten in den Falten unserer Uniformen nach Staubkörnchen, warfen unsere Betten durcheinander, wenn sie auf ihnen nur ein einziges Fältchen entdeckten — aber der Kommandant war anständig. Er war ein älterer Mann, man hatte ihn von einem Infanterieregiment zu uns versetzt, und es hieß, man habe ihn dadurch degradiert; selbstverständlich forderte er Ordnung, Disziplin und hie und da auch eine freiwillige Sonntagsschicht von uns (um seinen Vorgesetzten politische Aktivität vorweisen zu können), aber er trieb uns nie sinnlos an und gewährte uns im großen und ganzen ohne Schwierigkeiten jeden Samstag unseren Ausgang;

ja, ich glaube, daß ich gerade in jenem Sommer Lucie bis zu dreimal im Monat sehen konnte.

An Tagen, an denen ich ohne sie war, schrieb ich ihr; ich schrieb ihr unzählige Briefe, Ansichtskarten und Zettel. Heute kann ich mir nicht mehr recht vorstellen, was ich ihr schrieb und wie. Gerne würde ich diese meine Briefe lesen, und gleichzeitig bin ich froh, daß ich sie nicht lesen kann; der Mensch hat den großen Vorteil, daß er nicht sich selbst in seiner jüngeren Ausgabe begegnen kann; ich befürchte, daß ich mir widerlich wäre und daß ich dann auch diese Schilderung hier zerrisse, weil ich erkennen würde, daß das Zeugnis, das ich über mich abgebe, viel zu sehr von meiner heutigen Haltung durchsetzt ist, meiner heutigen Gesinnung. Aber welches Erinnern ist nicht zugleich (und unwillkürlich) ein Übermalen des alten Bildes? Welches Erinnern ist nicht die gleichzeitige Belichtung zweier Gesichter, des gegenwärtigen und des ehemaligen? Wie ich tatsächlich war — ohne Vermittlung der heutigen Erinnerung —, das wird niemand jemals mehr feststellen. Doch, übrigens — wenn ich zur Sache zurückkehren soll, — es ist nicht so wichtig, wie meine Briefe gewesen sind; vielmehr wollte ich nur erwähnen, daß ich Lucie sehr viele Briefe schrieb — und Lucie mir keinen einzigen.

Ich vermochte sie nicht zu bewegen, mir zu schreiben; vielleicht hatte ich sie mit meinen eigenen Briefen irgendwie verschreckt, vielleicht schien ihr, als wüßte sie nicht, worüber sie schreiben könnte, oder sie hatte Angst, daß sie Rechtschreibfehler machen würde; vielleicht schämte sie sich wegen ihrer unbeholfenen Handschrift, die ich nur von der Unterschrift in ihrem Personalausweis her kannte. Es lag nicht in meinen Kräften, ihr anzudeuten, daß gerade ihre Unbeholfenheit und ihre Unkenntnisse mir teuer waren, nicht etwa deshalb, weil ich die Primitivität um ihrer selbst willen geachtet hätte, sondern weil sie ein Merkmal von Lucies Unberührtheit war und weil sie mir die Hoffnung gab, mich um so tiefer, um so unauslöschlicher in Lucie einzuschreiben.

Lucie dankte mir nur flüchtig für meine Briefe, und bald begann sie den Wunsch zu hegen, sie mir irgendwie zu vergelten; und da sie mir nicht schreiben wollte, wählte sie anstelle von Briefen Blumen. Beim erstenmal war das so: wir bummelten durch ein schütteres Wäldchen, und plötzlich bückte sich Lucie, pflückte irgendein Blümchen (es sei mir verziehen, daß ich den Namen nicht kenne: es hatte einen kleinen lila Kelch und einen dünnen Stengel) und reichte es mir. Das war mir teuer und befremdete mich ganz und gar nicht. Aber als sie mich bei unserem nächsten Stelldichein mit einem ganzen Sträußchen erwartete, begann mir das ein wenig peinlich zu sein.

Ich war zweiundzwanzig Jahre alt, ich ging krampfhaft allem aus dem Wege, was auf mich auch nur den Schatten von Verweiblichung oder von Nichterwachsensein hätte werfen können; ich schämte mich, mit Blumen in der Hand durch die Straßen zu gehen, ich kaufte ungern Blumen, und bekommen mochte ich schon überhaupt keine. Ich hielt Lucie in meiner Verlegenheit vor, daß Männer Frauen Blumen schenken und nicht Frauen Männern, aber als ich sah, daß sie den Tränen nahe war, lobte ich sie rasch und nahm die Blumen an.

Es war nichts zu machen. Blumen erwarteten mich von da an bei jedem unserer Zusammentreffen, und ich fand mich schließlich damit ab, weil mich Lucie durch die Spontaneität dieses Geschenkes entwaffnete und weil ich sah, daß Lucie an dieser Art des Beschenkens hing; vielleicht war das deshalb, weil sie unter den Mängeln ihrer Sprache litt, unter ihrer unzureichenden Beredsamkeit und weil sie in den Blumen eine bestimmte Form der Sprache erblickte; nicht etwa in der Bedeutung der starren Symbolik alter Blumensprachen, eher in einem noch älteren, minder klaren, mehr instinktiven, *vorsprachlichen* Sinne; vielleicht sehnte sich Lucie, die stets eher schweigsam denn gesprächig war, instinktiv nach dem stummen Stadium des Menschen, da es keine Worte gegeben hatte und da sich die Menschen miteinander mittels kleiner Gesten verständigten: sie deuteten mit dem Finger auf einen Baum, lachten, berührten einander ...

Ob ich nun das Wesen von Lucies Beschenken begriff oder nicht begriff, schließlich rührte es mich, und die Sehnsucht erwachte in mir, daß auch ich sie beschenke. Lucie hatte alles in allem drei Kleider, die sie immer abwechselnd trug, so daß unsere Begegnungen im Rhythmus des Dreivierteltaktes erfolgten. Ich mochte alle diese ihre Kleider, gerade deshalb, weil sie schäbig, nicht sehr geschmackvoll und abgetragen waren; ich mochte sie genauso wie ihren braunen Überzieher (kurz und an den Manschetten abgewetzt), den ich ja eher gestreichelt hatte als Lucies Antlitz. Und dennoch nahm ich mir vor, Lucie Kleider zu kaufen, schöne Kleider und viele Kleider. Geld besaß ich ja genug, zu sparen hatte ich keine Lust, und das Geld in Schenken zu vergeuden, hatte ich aufgehört. Und so führte ich Lucie eines Tages in ein Konfektionskaufhaus.

Lucie glaubte zuerst, daß wir nur so hingingen, um zu gaffen und die Leute zu beobachten, die treppauf treppab dahineilten. Im zweiten Stock blieb ich vor den langen Stangen stehen, auf denen in dichten Reihen die Damenkleider hingen, und als Lucie sah, wie ich sie neugierig betrachtete, trat sie näher und begann einige von ihnen zu kommentieren. „Dieses hier ist hübsch", sagte sie und deutete auf eines, das ein bis in alle Einzelheiten ausgeführtes rotes Blumenmuster trug. Es gab hier wirklich nicht viele schöne Kleider, aber da und dort fand sich doch etwas Besseres; ich nahm ein Kleid von der Stange und rief den bedienenden Verkäufer: „Könnte das Fräulein dieses hier probieren?" Vielleicht hätte sich Lucie widersetzt, aber vor einem fremden Menschen, dem Verkäufer, traute sie sich nicht, so daß sie sich, ohne recht zu wissen wie, auch schon hinter dem Vorhang befand.

Nach einem Weilchen zog ich den Vorhang fort und sah Lucie an; obwohl das Kleid, das sie probierte, alles andere als exklusiv war, war ich verblüfft: der halbwegs moderne Schnitt machte aus Lucie mit einem Schlag ein anderes Wesen. „Darf ich mal sehen?" ließ sich der Verkäufer hinter mir vernehmen und überschüttete Lucie und das Kleid, das sie anhatte, mit einem bewundernden Redeschwall. Dann sah er mich an und meine Kragenspiegel und fragte mich (obwohl eine positive Antwort von vornherein selbstverständlich war), ob ich bei den Politischen sei. Ich nickte. Er zwinkerte mir zu, lächelte und sagte: „Ich hätte hier ein paar qualitativ bessere Sachen; möchten Sie sie nicht sehen?", und im Nu waren ein paar Sommerkleider und ein exklusives Abendkleid zur Stelle. Lucie probierte sie eines nach dem anderen, alle paßten ihr, in allen sah sie anders aus, und in dem Abendkleid vermochte ich sie überhaupt nicht wiederzuerkennen.

Die verknoteten Wechselfälle in der Entwicklung einer Liebe

werden nicht immer durch dramatische Ereignisse verursacht, sondern oft durch auf den ersten Blick völlig unauffällige Begebenheiten hervorgerufen. In der Entwicklung meiner Liebe zu Lucie spielten diese Rolle die Kleider. Bis dahin war Lucie für mich alles mögliche gewesen: Kind, Born der Rührung, Quelle des Trostes, Balsam und Flucht vor mir selbst, sie war für mich fast wortwörtlich *alles* — außer einer Frau. Unsere Liebe im leiblichen Sinn des Wortes überstieg nicht die Grenze von Küssen. Übrigens war auch die Art, wie Lucie küßte, kindlich (ich verliebte mich in diese langen, aber keuschen Küsse der geschlossenen Lippen, die trocken waren und die, einander kosend, so rührend die zarten Riefen der anderen zählten).

Kurz — bis dahin hatte ich für sie Zärtlichkeit empfunden, nicht aber Sinnlichkeit; an das Nichtvorhandensein der Sinnlichkeit hatte ich mich derart gewöhnt, daß es mir nicht einmal mehr bewußt wurde; meine Beziehung zu Lucie kam mir so schön vor, daß mir gar nicht einfallen konnte, daß ihr eigentlich etwas fehlte. Alles verschmolz harmonisch miteinander: Lucie — ihr klösterlich graues Gewand — und mein klösterlich unschuldiges Verhältnis zu ihr. Im Augenblick, da Lucie ein anderes Kleid anlegte, war plötzlich die ganze Gleichung gestört; Lucie entwich mit einem Schlage meinen Vorstellungen von Lucie; ich begriff, daß sie auch andere Möglichkeiten und Gestalten darstellte als jene rührenden, provinziellen. Ich sah sie plötzlich als hübsche Frau, deren Beine sich verlockend unter dem gutgeschnittenen Rock abzeichneten, deren Proportionen gut waren und deren Unauffälligkeit in einem Kleid, das eine ausdrucksvolle Farbe und einen hübschen Schnitt hatte, mit einem Male zerrann. Ich war ganz benommen von ihrem plötzlich *entdeckten Leib.*

Lucie wohnte im Internat mit drei anderen Mädchen in einem Zimmer; Besuche waren im Internat nur an zwei Tagen der Woche gestattet, und das lediglich für drei Stunden, zwischen fünf und acht, wobei sich der Besucher unten in der Portierloge eintragen, seinen Ausweis abgeben und sich beim Gehen wieder abmelden mußte. Außerdem hatten alle drei Mitbewohnerinnen Lucies ihre Burschen (einen oder mehrere), und alle mußten sich mit ihnen in der Intimität der Internatsstube treffen, so daß sie ständig stritten, einander haßten und sich gegenseitig jede Minute vorhielten, die eine der anderen raubte. Das alles war derart unangenehm (wenn nicht beschämend), daß ich mich niemals bemühte, Lucie in ihrem Heim zu besuchen. Aber ich wußte auch, daß alle drei Mitbewohnerinnen Lucies in etwa einem Monat an einer dreiwöchigen Landarbeitsbrigade teilnehmen wollten. Ich sagte Lucie, daß ich diese Gelegenheit nützen und mich mit ihr während dieser Zeit bei ihr treffen wolle. Sie zeigte sich darob nicht erfreut; sie wurde traurig und sagte, sie hielte sich mit mir lieber im Freien auf. Ich sagte ihr, ich sehnte mich danach, mit ihr irgendwo zu sein, wo uns niemand und nichts stören würde und wo wir uns nur auf uns beide würden konzentrieren können; und daß ich auch sehen wolle, wie sie wohne. Lucie vermochte mir nicht zu widerstreben, und ich erinnere mich bis heute, wie bewegt ich war, als sie sich endlich mit meinem Vorschlag einverstanden erklärte.

10

Ich war schon fast ein Jahr in Ostrau, und der anfangs unerträgliche Militärdienst wurde mir während dieser Zeit zu etwas Alltäglichem und Gewohntem; er war zwar lästig und anstrengend, aber dennoch war es mir gelungen, inmitten dieses Militärdienstes zu leben, ein paar Kameraden zu finden und sogar glücklich zu sein; es war für mich ein schöner Sommer (die Bäume waren voll Ruß, und dennoch kamen sie mir ungemein grün vor, wenn ich sie mit den gerade von der Finsternis des Schachtes befreiten Augen sah), aber wie dem so zu sein pflegt, der Keim des Unglücks liegt gerade tief im Glück verborgen: die traurigen Ereignisse des folgenden Herbstes hatten ihre Anfänge in diesem grünschwarzen Sommer.

Es begann mit Stáňa. Im März hatte er geheiratet, und schon ein paar Monate darauf erhielt er die ersten Nachrichten, daß sich seine Frau in Bars herumtreibe; er wurde unruhig, schrieb seiner Frau einen Brief nach dem anderen und erhielt beschwichtigende Antworten; aber dann (da war es draußen schon warm) besuchte ihn seine Mutter in Ostrau; er verbrachte den ganzen Samstag mit ihr und kehrte dann bleich und schweigsam in die Kaserne zurück; zuerst wollte er nichts sagen, weil er sich schämte, aber am nächsten Tag vertraute er sich Honza an und dann auch anderen, und im Nu wußten es alle, und als Stáňa sah, daß es alle wußten, sprach er selbst darüber, täglich und fast ständig: daß seine Frau herumhure und daß er zu ihr fahren und ihr den Kragen umdrehen wolle. Und sogleich ging er zum Kommandanten und suchte um zwei Tage Urlaub an, aber der Kommandant weigerte sich, sie ihm zu bewilligen, weil es gerade zu dieser Zeit über Stáňa im Bergwerk und in der Kaserne nichts als Beschwerden gab, die er sich durch seine Zerstreutheit und Gereiztheit selbst zugezogen hatte. Stáňa suchte also um vierundzwanzig Stunden Urlaub an. Der Kommandant erbarmte sich seiner und gewährte sie ihm. Stáňa reiste ab, und von dieser Zeit an haben wir ihn nie wieder gesehen. Was mit ihm geschehen war, weiß ich nur vom Hörensagen:

Er kam in Prag an, nahm seine Frau ins Gebet (ich nenne sie Frau, aber sie war ein neunzehnjähriges Mädchen), und sie gestand ihm alles frank und frei (und vielleicht sogar mit Vergnügen); er schlug auf sie ein, sie wehrte sich, er würgte sie, und schließlich haute er ihr mit einer Flasche über den Schädel; das Mädchen fiel auf den Fußboden und blieb regungslos liegen. Stáňa war augenblicklich wieder ganz nüchtern, das Entsetzen packte ihn, und er floh; er fand, Gott weiß wie, irgendeine Hütte im Erzgebirge, und dort lebte er in Furcht und in der Erwartung, daß man ihn entdecken und ihm wegen Mordes den Strick geben würde. Man fand ihn erst nach zwei Monaten, doch man stellte ihn nicht wegen Mordes vor Gericht, sondern wegen Desertion. Seine Frau war nämlich bald nach seinem Weggehen aus der Ohnmacht erwacht, und außer einer Beule auf dem Kopf hatte sie nicht den geringsten Schaden an ihrer Gesundheit erlitten. Während er im Militärgefängnis saß, ließ sie sich von ihm scheiden und ist heute die Frau eines bekannten Prager Schauspielers, den ich mir nur deshalb ab und zu auf der Bühne ansehe, damit ich mich des alten Kameraden erinnern kann, der dann ein so trauriges Ende gefunden hat: nach dem Militärdienst arbeitete er weiter in der Kohlengrube; ein Arbeitsunfall kostete ihn das Bein und die schlecht verheilte Amputation das Leben.

Jene Frau, die, wie man hört, bis heute in der Boheme der

Gesellschaft eine blendende Figur macht, stürzte nicht nur Stáňa ins Unglück, sondern uns alle. Uns zumindest schien es so, auch wenn wir keinesfalls genau wissen können, ob zwischen dem Skandal um Stáňas Verschwinden und der ministeriellen Kontrolle, die bald darauf in unserer Kaserne erfolgte, tatsächlich (wie alle meinten) ein ursächlicher Zusammenhang bestand. Wie immer dem gewesen sein mag, unser Kommandant wurde abgelöst, an seine Stelle trat ein junger Offizier (er mochte knapp fünfundzwanzig Jahre alt sein), und mit seinem Kommen änderte sich alles.

Ich habe gesagt, daß er fünfundzwanzig sein mochte, aber er sah noch jünger aus, er sah wie ein Milchbart aus; um so mehr ließ er es sich angelegen sein, so wirkungsvoll wie nur möglich aufzutreten und sich Respekt zu verschaffen. Wir behaupteten, daß er seine Ansprachen vor dem Spiegel einstudierte und daß er sie auswendig lernte. Er schrie ungern, sprach trocken und gab uns mit der größten Gelassenheit zu verstehen, daß er uns alle für Verbrecher hielt: „Ich weiß, daß ihr mich am liebsten am Galgen sehen würdet“, sagte uns dieses Kind bei seiner ersten Ansprache, „aber wenn hier jemand an den Galgen kommt, so werdet ihr es sein und nicht ich.“

Bald kam es zu den ersten Konflikten. Besonders der Zwischenfall mit Čeněk ist mir in Erinnerung geblieben, vielleicht deshalb, weil er uns sehr amüsant vorkam. Ich kann es mir nicht verkneifen, darüber zu erzählen: Während des Jahres, das er nun beim Militär war, hatte Čeněk schon viele große Wandzeichnungen angefertigt, die beim früheren Kommandanten stets Anerkennung gefunden hatten. Čeněk malte, wie ich bereits gesagt habe, am liebsten Žižka und Hussitenkrieger; um den Kameraden eine Freude zu bereiten, ergänzte er diese Gruppen gern mit der Darstellung einer nackten Frau, die er dem Kommandanten als Symbol der Freiheit oder als Symbol der Heimat vorstellte. Auch der neue Kommandant wollte sich Čeněks Fähigkeiten bedienen, er ließ ihn kommen und forderte ihn auf, etwas für den Raum zu malen, in welchem die Stunden der politischen Erziehung abgehalten wurden. Er sagte ihm bei dieser Gelegenheit, er möge diesmal seine Žižkas sein lassen und sich „mehr der Gegenwart zuwenden“, und er verlangte, daß auf dem Bild die Rote Armee und ihre Verbundenheit mit unserer Arbeiterklasse, ebenso aber ihre Bedeutung für den Sieg des Sozialismus im Februar dargestellt werde. Čeněk sagte: „Jawohl!“ und machte sich an die Arbeit. Er malte einige Nachmittage lang auf dem Fußboden große weiße Papierbogen voll, die er dann mit Reißnägeln über die ganze Breite der Stirnwand des Raumes heftete. Als wir die fertige Zeichnung (Höhe anderthalb Meter, Breite mindestens acht Meter) zum ersten Male sahen, verschlug es uns total die Rede; in der Mitte stand in heroischer Pose ein warm gekleideter sowjetischer Soldat mit einer MP und einer Pelzmütze über den Ohren, und rings um ihn waren etwa acht nackte Frauen gruppiert. Zwei standen neben ihm, blickten kokett zu ihm empor, während er seine Arme um die Schultern der beiden Schönen geschlungen hatte und übermütig lachte; die übrigen Weiber scharten sich um ihn, blickten ihn an, streckten ihm die Hände entgegen oder standen einfach so da (eine lag auch) und stellten ihre schönen Formen zur Schau.

Čeněk pflanzte sich vor dem Bild auf (wir warteten auf das Kommen des Politruks und waren allein im Raum) und hielt uns etwa folgenden Vortrag: Also diese hier, die da rechts von dem Sergeanten steht, das ist Alena, Burschen, das war mein erstes Weib überhaupt, die hat mich rumgekriegt, als ich sechzehn war, es war das Frauchen eines Offiziers, so daß sie hier fabelhaft herpaßt. Ich habe sie gemalt, wie sie damals ausgesehen hat, heute sieht sie sicherlich nicht mehr so gut aus, aber schon damals war sie recht korpulent, wie ihr besonders an den Hüften (er zeigte mit dem Finger auf sie) sehen könnt. Weil sie von hinten viel, viel schöner war, habe ich sie noch einmal gemalt, hier (er glitt mit dem Finger an den Rand des Bildes und zeigte dort auf eine nackte Frau, die dem Saal den Hintern zuwandte und sich irgendwohin zu entfernen schien). Ihr seht ihr königliches Hinterteil, dessen Größe die Norm vielleicht ein wenig übersteigt, aber genau so haben wir es ja gern. Ich war damals ein kompletter Hornochs, ich erinnere mich, wie schrecklich gern sie auf diesen Hintern Schläge kriegte und wie ich das nicht und nicht kapieren wollte. Einmal war Ostern, und sie sprach immer wieder davon, ich solle auf keinen Fall vergessen, mit der Rute zu kommen, und als ich kam, sagte sie, so hau doch das Frauchen, hau das Frauchen, du kriegst ein buntes Eichen, und ich schlug ihr symbolisch über den Rock und sie sagte, ja das sollen Prügel sein, schürz dem Frauchen doch das Röckchen, und ich mußte ihr den Rock schürzen und das Höschen ausziehen, und noch immer tätschelte ich Trottel sie nur so symbolisch, und sie wurde böse und schrie, wirst du mich ordentlich prügeln, du Balg!, kurz und gut, ich war ein Hornochse, dafür diese hier (er zeigte auf die Frau zur Linken des Sergeanten), das ist Lojzka, die habe ich schon im reiferen Alter gehabt, sie hatte kleine Brüste (er zeigte auf sie), lange Beine (er zeigte auf sie) und ein schrecklich hübsches Gesicht (er zeigte es uns ebenfalls) und besuchte das gleiche Semester wie ich. Und das hier ist unser Modell aus der Schule, die kann ich total auswendig, und zwanzig weitere Burschen können sie ebenfalls auswendig, weil sie immer mitten in der Klasse stand und wir an ihr lernten, den menschlichen Körper zu zeichnen, und die hat keiner von uns angerührt, ihr gutes Mütterchen wartete immer vor der Klasse auf sie und führte sie sofort schön brav nach Hause, die stellte sich uns, Gott möge ihr's verzeihen, nur in aller Ehrbarkeit zur Schau, Kameraden. Hingegen diese hier, die war ein liederliches Luder, meine Herren (er zeigte auf das Weib, das auf irgendeinem stilisierten Kanapee herumlümmelte), kommt her und seht euch das aus der Nähe an (wir kamen), seht ihr dieses Pünktchen hier auf dem Bauch?, das war das Brandmal von einer Zigarette, angeblich hatte ihr das eine eifersüchtige Frau gemacht, mit der sie ein Verhältnis hatte, denn diese Dame, meine Herren, die war utraquistisch, die hatte einen Sexus wie eine Ziehharmonika, meine Herren, in diesem Sexus hatte alles auf der Welt Platz, da hätten wir alle Platz gehabt, wie wir hier sind, mitsamt unseren Ehefrauen, unseren Mädels, ja selbst mit unseren Kindern und Urahnen ...

Čeněk gelangte nun offenbar zu den besten Passagen seiner Ausführungen, aber da betrat schon der Politruk den Raum, und wir mußten uns setzen. Der Politruk war noch aus den Zeiten des alten Kommandanten an Čeněks Bilder gewöhnt und schenkte daher auch dem neuen Gemälde keinerlei Aufmerksamkeit, er begann vielmehr aus irgendeiner Broschüre vorzulesen, in der die Unterschiede zwischen einer sozialistischen und einer kapitalistischen Armee klargelegt wurden. In uns hallte noch immer Čeněks Darlegung nach, und wir gaben uns stillen Träumen hin — aber dann tauchte plötzlich das Kommandantenbubi im Raum auf. Er kam offenbar, um den Vortrag zu inspizieren, aber ehe er noch in der Lage war, die Meldung des Politruks entgegenzunehmen und uns durch einen Wink zum Niedersetzen aufzufordern, sah er das Bild an der Stirnseite und erstarrte. Er ließ den Politruk nicht einmal seine Lesung fortsetzen und fuhr Čeněk an, was dieses Bild denn zu bedeuten habe. Čeněk sprang auf, stellte sich vor das Bild hin und legte los: Hier wird allegorisch die Bedeutung der Roten Armee für den Kampf unseres Volkes dargestellt; hier wird (er zeigte auf den Sergeanten) die Rote Armee dargestellt; an seiner Seite ist (er zeigte auf das Frauchen des Offiziers) die Arbeiterklasse symbolisiert, und hier auf der anderen Seite (er zeigte auf seine Mitschülerin) ist das Symbol des Monats Februar. Hier sodann (er deutete auf die weiteren Damen) sind das Symbol der Freiheit, das Symbol des Sieges, hier das Symbol der Gleichheit; hier (er zeigte auf die ihren Hintern demonstrierende Offiziersgattin) ist die Bourgeoisie zu sehen, wie sie gerade von der Bühne der Geschichte abtritt.

Čeněk war mit seinem Vortrag fertig, und der Kommandant erklärte, daß das Bild eine Beleidigung der Roten Armee sei, daß es augenblicklich entfernt werden müsse; gegen Čeněk wolle er mit allen Konsequenzen vorgehen. Ich fragte (halblaut), weshalb. Der Kommandant hörte mich und fragte mich, ob ich irgendwelche Einwände hätte. Ich stand auf und sagte, daß mir dieses Bild gefalle. Der Kommandant sagte, daß er das gerne glaube, weil das ein Bild für Onanisten sei. Ich sagte ihm, daß Myslbek die Freiheit ebenfalls als nackte Frau skulptiert und daß Aleš den Fluß Iser sogar als *drei* nackte Frauen gezeichnet habe; daß es die Maler aller Zeiten so getan hätten.

Der Milchbartkommandant sah mich unsicher an und wiederholte seinen Befehl, daß das Bild entfernt werde. Aber vielleicht war es uns wirklich gelungen, ihn zu verwirren, denn er bestrafte Čeněk nicht; er hatte von nun an aber einen Pik auf ihn, und auf mich ebenfalls. Čeněk bekam sehr bald eine Ordnungsstrafe, und kurz darauf auch ich.

Das war so: Unsere Kompanie arbeitete einmal mit Spitzhacke und Spaten in einem entlegenen Winkel des Kasernenhofes; der Gefreite, ein Faulpelz, paßte nicht sehr gut auf uns auf, so daß wir uns sehr bald auf unsere Arbeitsgeräte stützten, schwatzten und gar nicht bemerkten, daß unweit von uns das Kommandantenbubi stand und uns beobachtete. Wir nahmen ihn erst in dem Augenblick wahr, als seine forsche Stimme ertönte: „Soldat Jahn, zu mir!“ Ich ergriff energisch den Spaten, ging zu ihm und pflanzte mich vor ihm auf. „Das also nennen Sie arbeiten?“ fragte er mich. Ich weiß wirklich nicht mehr, was ich ihm antwortete, aber es war nichts Freches, weil ich absolut nicht die Absicht hatte, mir das Leben in der Kaserne zu erschweren und für nichts und wieder nichts einen Menschen gegen mich aufzubringen, der jedwede Gewalt über mich hatte. Nach meiner nichtssagenden und eher verlegenen Antwort wurde sein Blick jedoch hart, er trat vor mich hin, packte mich blitzschnell an der Hand und warf mich mit einem perfekt einstudierten Jiu-Jitsu-Griff über den Rücken auf den Boden. Sodann hockte er sich neben mich hin und hielt mich auf dem Boden fest (ich widersetzte mich nicht, ich wunderte mich nur). „Genügt das?“ fragte er laut (damit es alle rundherum hören konnten); ich antwortete ihm, daß es genüge. Er befahl mir *Auf!* und erklärte dann vor der angetretenen Kompanie: „Ich gebe dem Soldaten Jahn zwei Tage Arrest. Nicht, weil er frech zu mir war. Seine Frechheit habe ich, wie ihr gesehen habt, mit ihm handgreiflich erledigt. Ich gebe ihm zwei Tage Arrest, weil er ein Drückeberger ist, und euch brumme ich sie nächstens ebenfalls auf.“ Dann machte er kehrt und schritt kokett von dannen.

Damals vermochte ich ihm gegenüber nichts anderes zu empfinden als Haß, und Haß wirft ein viel zu grelles Licht, in welchem die Plastizität der Dinge verlorengeht. Ich sah im Kommandanten nur eine rachsüchtige und hinterlistige Ratte, heute jedoch sehe ich in ihm vor allem den Menschen, der jung war und seine Rolle spielte. Junge Menschen können doch nichts dafür, daß sie ihre Rolle spielen; sie sind unfertig, aber sie werden in eine fertige Welt gestellt und müssen in ihr als *Fertige* handeln. Dazu bedienen sie sich rasch Formen, Vorbilder und Vorlagen, solcher, die ihnen gefallen, die getragen werden, die ihnen passen — und sie spielen ihre Rolle.

Auch unser Kommandant war so ein Unfertiger und wurde plötzlich vor uns Soldaten hingestellt, die er überhaupt nicht verstehen konnte; aber er wußte sich Rat, denn Gelesenes und Gehörtes boten ihm eine fertigmodellierte Maske für analoge Situationen: der kaltblütige Held aus den Dreißiggroschenromanen, der junge Mann mit eisernen Nerven, der eine Bande Verbrecher zähmt, keinerlei Pathos, nur kalte Ruhe, eindrucksvoller trockener Witz, Selbstbewußtsein und der Glaube an die Kraft der eigenen Muskeln. Je mehr er sich bewußt wurde, daß sein Aussehen knabenhaft war, desto fanatischer gab er sich dieser Rolle des eisernen Supermannes hin, desto emsiger stellte er ihn uns zur Schau.

Aber, war es denn das erste Mal, daß ich einem solchen jugendlichen Schauspieler begegnete? Als man mich im Sekretariat wegen der Ansichtskarte verhörte, war ich etwas über zwanzig, und jene, die mich verhörten, waren höchstens ein oder zwei Jahre älter. Auch sie waren vor allem *Bürschchen*, die ihre unfertigen Antlitze hinter jener Maske verbargen, die ihnen die vortrefflichste zu sein schien, hinter der Maske asketisch harter Revolutionäre. Und wie hatte es sich mit Markéta verhalten? Hatte sie sich nicht entschlossen, die Rolle der Erlöserin zu spielen, und sogar diese hatte sie nur einem schlechten Saisonfilm abgeguckt? Und was war mit Zemánek, der urplötzlich vom sentimentalen Pathos der Moralität durchdrungen war? War das keine Rolle? Und wie war das mit mir selbst? Hatte ich nicht sogar mehrere Rollen verkörpert, zwischen denen ich ratlos herumirrte, bis es mich dann erwischte?

Die Jugend ist schrecklich: sie ist eine Bühne, auf der Kinder (angeblich unschuldige!) auf hohen Kothurnen in den mannigfaltigsten Kostümen herumstolzieren und eingelernte Worte vortragen, die sie nur zum Teil verstehen, denen sie jedoch fanatisch ergeben sind. Und die Geschichte ist schrecklich, weil sie so oft zum Spielplatz der Halbwüchsigen wird; zum Spielplatz für einen blutjungen Nero, zum Spielplatz für einen blutjungen Napoleon, zum Spielplatz für fanatisierte Massen von Kindern, deren abgeguckte Leidenschaften und primitive Rollen sich plötzlich in eine katastrophal wirkliche Realität verwandeln.

Wenn ich daran denke, kehrt sich mir im Sinn jedwede Ordnung der Werte um, und ich empfinde einen tiefen Haß gegen die Jugend — und, im Gegensatz dazu, irgendeine paradoxe Vergebung für die Verbrecher der Geschichte, in deren

Verbrechertum ich mit einem Male nur die grauenhafte Unmündigkeit des *Nichterwachsenseins* erblicke.

Und wenn ich schon aller Nichterwachsenen gedenke, steht auch gleich Alexeis Bildnis vor meinen Augen auf; auch er spielte seine große Rolle, die über seinen Verstand und seine Erfahrung ging. Er hatte mit dem Kommandanten viel gemein: auch er sah für seine Jahre zu jung aus; seine Jugendhaftigkeit war jedoch (zum Unterschied von jener des Kommandanten) nicht anziehend: der armselige, magere Körper, die kurzsichtigen Augen hinter den dicken Brillengläsern, der finnige (ewig pubertäre) Teint. Er hatte ursprünglich als Wehrpflichtiger die Infanterieoffiziersschule besucht, doch unvermutet wurde er seines Ranges entledigt und zu uns versetzt. Damals begannen sich nämlich die berüchtigten politischen Prozesse anzubahnen, und in vielen Sälen (der Partei, der Gerichte, der Polizei) gab es permanent emporschnellende Hände, die den beschuldigten Menschen das Vertrauen, die Ehre und die Freiheit absprachen; Alexei war der Sohn eines hohen kommunistischen Funktionärs, der vor kurzer Zeit verhaftet worden war.

Er tauchte eines Tages in unserer Gruppe auf, und man teilte ihm Stáňas verwaistes Bett zu. Er betrachtete uns ähnlich, wie ich zu Beginn meine neuen Gefährten betrachtet hatte; er war daher verschlossen, und als die anderen feststellten, daß er Parteimitglied war (bislang hatte man ihn nicht aus der Partei ausgeschlossen), begannen sie vor ihm ihre Zunge zu hüten.

Als Alexei in mir ein ehemaliges Parteimitglied erkannte, wurde er mir gegenüber etwas aufgeschlossener; er vertraute mir an, daß er um jeden Preis die große Prüfung bestehen müsse, die ihm das Leben bereitet hatte, und daß er nie die Partei verraten dürfe. Dann las er mir ein Gedicht vor, das er (obwohl er, wie er mir sagte, früher nie Gedichte geschrieben hatte) verfaßt hatte, als er erfuhr, daß er zu uns versetzt werden solle. Da stand folgender Vierzeiler:

Ihr könnt mir, Genossen,
einen Hundekopf aufsetzen, mich bespeien, mich schmähn,
ich bleibe mit dem bespienen Hundekopf, Genossen,
getreu mit euch in einer Reihe stehn.

Ich verstand ihn, weil ich selbst vor einem Jahr genauso empfunden hatte. Aber nun berührte mich das doch viel weniger schmerzlich: die Geleiterin in den Alltag, Lucie, hatte mich von jenen Stätten weggeführt, an denen die Alexeis so verzweifelte Qualen litten.

11

Während der ganzen Zeit, da das Kommandantenbubi ein neues Regime in unserer Formation einführte, dachte ich vor allem daran, ob es mir gelingen würde, Ausgang zu bekommen; Lucies Freundinnen waren zur Brigade abgereist, und ich war schon seit einem Monat nicht mehr aus der Kaserne herausgekommen; der Kommandant hatte sich mein Gesicht und meinen Namen sehr gut gemerkt, und das ist beim Militär das Allerschlimmste, was einem passieren kann. Er gab mir nun, wo er nur konnte, zu verstehen, daß jede Stunde meines Lebens von seiner Willkür abhängig war. Und mit dem Ausgang sah es jetzt überhaupt schlecht aus: gleich am Anfang verkündete er, daß nur jene Urlaub bekommen würden, die regelmäßig an den freiwilligen Sonntagsschichten teilnahmen, also nahmen wir alle an ihnen teil; aber das war ein Hundeleben, da es für uns den ganzen Monat keinen einzigen Tag ohne Kohlengrube gab, und wenn einer wirklich einmal am Samstag bis zwei Uhr früh freibekam, mußte er dann unausgeschlafen in die Sonntagsschicht und glich im Stollen einem Gespenst.

Auch ich begann Sonntagsschichten zu machen, allerdings garantierte mir auch das nicht, daß ich Ausgang bekommen würde, denn das Plus einer Sonntagsschicht konnte leicht durch ein schlecht gemachtes Bett oder irgendein anderes Vergehen entwertet werden. Die Selbstgefälligkeit der Macht offenbart sich jedoch nicht nur durch Grausamkeit, sondern auch (wenn auch seltener) durch Barmherzigkeit. Dem Kommandantenbubi tat es wohl, daß er mir nach einigen Wochen auch seine Gnade kundtun konnte, und ich bekam im letzten Augenblick Urlaub, zwei Tage bevor Lucies Kameradinnen zurückkehrten.

Ich war aufgeregt, als in der Portierloge des Internats das

bebrillte alte Weib meinen Namen eintrug und mir gestattete, über die Treppe in den vierten Stock hinaufzugehen, wo ich an der Tür ganz hinten am Ende des langen Ganges klopfte. Die Tür tat sich auf, aber Lucie blieb hinter ihr verborgen, so daß ich vor mir nur das Zimmer selbst sah, das auf den ersten Blick überhaupt nicht einem Internatszimmer glich; es kam mir vor, als befände ich mich in einem Raum, der für irgendein religiöses Fest hergerichtet worden war: auf dem Tisch leuchtete ein goldgelber Strauß Dahlien, am Fenster ragten zwei große Gummibäume in die Höhe, und überall (auf dem Tisch, auf dem Bett, auf dem Fußboden, hinter den Bildern) waren grüne Zweiglein verstreut oder angebracht (Asparagus, wie ich bald feststellte), als erwartete man die Ankunft Christi auf seinem Eselchen.

Ich zog Lucie an mich (sie versteckte sich noch immer hinter der offenen Tür) und küßte sie. Sie trug das schwarze Abendkleid und die Schuhe mit den hohen Absätzen, die ich ihr an demselben Tag geschenkt hatte, an dem wir auch die Kleider kauften. Sie stand zwischen all diesem festlichen Grün hier wie eine Priesterin.

Wir schlossen die Tür hinter uns, und erst jetzt wurde mir bewußt, daß ich mich tatsächlich in einem gewöhnlichen Internatszimmer befand und daß hinter diesem grünen Gewand nichts anderes steckte als vier Eisenbetten, vier schäbige Nachttischchen, ein Tisch und drei Stühle. Aber das vermochte nicht im geringsten das Gefühl der Rührung zu mindern, das mich von dem Augenblick an ergriffen hatte, da Lucie die Tür öffnete: nach Monaten hatte man mich endlich wieder für ein paar Stunden freigelassen; aber nicht nur das: zum ersten Male nach einem vollen Jahr befand ich mich wieder in einem *kleinen Raum;* der berauschende Hauch der Intimität umwehte mich, und die Gewalt dieses Hauches warf mich fast um.

Bei allen bisherigen Spaziergängen mit Lucie hatte mich stets die Weite des Raumes mit der Kaserne und mit meinem dortigen Los verbunden; die allgegenwärtige zirkulierende Luft kettete mich mit unsichtbaren Fesseln an das Tor, über dem geschrieben stand WIR DIENEN DEM VOLK; es kam mir vor, als gäbe es nirgends einen Ort, an dem ich für ein Weilchen aufhören könnte, „dem Volk zu dienen“; ich war ein volles Jahr in keinem kleinen privaten Zimmer mehr gewesen.

Das hier war plötzlich eine völlig neue Situation; es kam mir vor, als wäre ich für drei Stunden absolut frei; ich konnte zum Beispiel ohne die geringsten Befürchtungen (entgegen allen militärischen Vorschriften) nicht nur Mütze und Koppel von mir abwerfen, sondern auch Bluse, Hose, Schuhe, alles, und ich konnte eventuell nach Belieben auf alldem sogar herumtrampeln; ich konnte was immer machen, und man konnte mich von nirgendwo sehen; überdies war es im Raum angenehm warm, und diese Wärme stieg mir mitsamt meiner Freiheit zu Kopf wie heißer Alkohol; ich nahm Lucie, umarmte sie und trug sie auf das grün gebettete Lager. Die Zweiglein auf dem Bett (es war mit einer billigen grauen Decke überzogen) erregten mich. Ich vermochte sie nicht anders zu deuten denn als Hochzeitssymbol; es kam mir in den Sinn (und das rührte mich), daß in Lucies Einfalt unbewußt die allerältesten Bräuche des Volkes resonierten, so daß sie von ihrer Jungfernschaft in zeremonieller Feierlichkeit Abschied nehmen wollte.

Erst nach einer Weile wurde ich gewahr, daß, wenn Lucie meine Küsse und Umarmungen erwiderte, sie in ihnen dennoch eine merkliche Zurückhaltung bewahrte. Ihre Lippen blieben, obwohl sie mich begierig küßte, doch geschlossen; sie schmiegte sich zwar mit dem ganzen Körper an mich, aber als ich ihr die Hand unter den Rock schob, um mit den Fingern die Haut ihrer Beine zu spüren, entwand sie sich mir. Ich begriff, daß meine Spontaneität, der ich mich zusammen mit ihr in trügerischer Blindheit hatte hingeben wollen, vereinsamt war; ich erinnere mich, daß ich in diesem Augenblick (und das war kaum fünf Minuten nach meinem Eintritt in Lucies Stube) in den Augen Tränen der Wehmut fühlte.

Wir setzten uns also nebeneinander hin (wobei wir unter unseren Hintern die armseligen Zweiglein zerdrückten) und begannen irgend etwas zu reden. Nach einer weiteren Weile (das Gespräch taugte nichts) versuchte ich Lucie abermals zu umarmen, aber sie wehrte sich; ich begann also mit ihr zu ringen, aber gleich darauf wurde mir klar, daß das nicht das schöne Ringen der Liebe war, sondern ein Kampf, der unsere innige Beziehung in etwas Häßliches umkehrte, denn Lucie wehrte sich, rasend, fast verzweifelt, es war also ein richtiger Kampf, nicht etwa ein Liebesspiel, und deshalb ließ ich rasch von ihr ab.

Ich versuchte Lucie durch Worte zu überzeugen; ich begann zu reden; ich mochte wohl darüber gesprochen haben, daß ich sie liebe und daß Liebe bedeutet, sich einander ganz und mit allem hinzugeben; ich sagte sicherlich nichts Originelles (und mein Ziel war schließlich auch alles andere als originell); trotz ihrer Allgemeingültigkeit war es jedoch eine völlig unwiderlegbare Argumentation, und Lucie versuchte auch gar nicht, sie zu widerlegen. Statt dessen schwieg sie nur oder sagte: „Bitte nicht, bitte nicht", oder „Heute nicht, heute nicht..." und versuchte (darin war sie rührend ungeschickt) die Sprache auf ein anderes Thema zu bringen.

Wieder attackierte ich; du gehörst doch nicht zu jenen Mädchen, die einen Mann aufstacheln und ihn dann auslachen, du bist doch nicht gefühllos und schlecht... und abermals umarmte ich sie, und abermals begann ein kurzer und trauriger Kampf, der mich (abermals) mit dem Gefühl des Häßlichen erfüllte, weil er hart war und ihm nicht die geringste Spur von Liebe anhaftete; als hätte Lucie in diesem Augenblick vergessen, daß ich es war, mit dem sie hier war, als hätte ich mich in einen völlig Fremden verwandelt.

Wieder ließ ich von ihr ab, und plötzlich war es mir, als begriffe ich, weshalb sich Lucie widersetzte; mein Gott, wieso hatte ich das nicht sofort begriffen? Lucie war doch ein Kind, sie hatte ja wahrscheinlich Angst vor der Liebe, sie war Jungfrau, sie hatte Angst, Angst vor dem Unbekannten; ich sagte mir augenblicklich, daß mein Beginnen jene Eindringlichkeit verlieren müsse, die sie wohl abschreckte, daß ich zärtlich, behutsam sein müsse, damit sich der Liebesakt in nichts von unseren üblichen Zärtlichkeiten unterschiede, damit er lediglich eine von unseren Zärtlichkeiten wäre. Ich hörte also auf, sie zu bestürmen, und begann mit Lucie zu schmusen. Ich küßte sie und streichelte sie (es dauerte schrecklich lang, und plötzlich freute mich das überhaupt nicht, weil dieses Schmusen zu einer puren List und zu einem *Mittel zum Zweck* geworden war), ich tat also mit Lucie zärtlich (unaufrichtig und gespielt) und versuchte sie dabei unauffällig aufs Bett zu legen. Das gelang mir sogar; ich streichelte ihre Brüste (dem hatte sich Lucie nie widersetzt); ich sagte ihr, daß ich zu ihrem ganzen Körper zärtlich sein wolle, denn dieser Körper, das sei sie, und ich wolle zu ihr als

Ganze zärtlich sein; es gelang mir sogar, ihren Rock ein bißchen hochzuschieben und sie zehn, zwanzig Zentimeter über den Knien zu küssen; weit gelangte ich jedoch nicht. Als ich meinen Kopf bis zu Lucies Schoß vorschieben wollte, entriß sie sich mir verängstigt und sprang auf. Ich sah sie an und stellte fest, daß in ihrem Antlitz eine krampfhafte Anstrengung stand, ein Ausdruck, den ich an ihr noch nie bemerkt hatte.

Lucie, Lucie, schämst du dich, weil es hier hell ist? Möchtest du, daß es dunkel ist? fragte ich sie, und sie griff nach meiner Frage wie nach einem rettenden Strohhalm und stimmte zu, daß sie sich bei Licht schäme. Ich ging zum Fenster und wollte die Jalousie herunterlassen, aber Lucie sagte: „Nein, tu das nicht! Laß sie nicht herunter!“ „Warum?“ fragte ich. „Ich fürchte mich“, sagte sie. „Wovor fürchtest du dich, vor Dunkelheit oder vor Licht?“ fragte ich. Sie schwieg und fing zu weinen an.

Ihr Widerstand rührte mich ganz und gar nicht, er kam mir unsinnig, ungerecht vor; er marterte mich, ich begriff ihn nicht. Ich fragte sie, ob sie sich deshalb widersetze, weil sie Jungfrau sei, ob sie sich vor dem Schmerz fürchte, den ich ihr zufügen würde. Auf jede solche Frage nickte sie gehorsam, weil sie darin ein sich ihr anbietendes Argument erblickte. Ich erzählte ihr, wie schön das sei, daß sie Jungfrau ist und alles erst mit mir erfahren würde, der ich sie liebte. „Freust du dich denn nicht darauf, daß du wirklich und ganz mein Weib sein wirst?“ Sie sagte, ja, darauf freue sie sich. „Weshalb wehrst du dich dann?“ Sie sagte: „Ich bitte dich, erst das nächste Mal, ja, ich will, aber erst das nächste Mal, ein andermal, heute nicht.“ „Und warum nicht heute?“ Sie antwortete: „Heute nicht.“ „Aber warum?“ Sie antwortete: „Ich bitte dich, heute nicht.“ „Aber wann? Du weißt doch sehr gut, daß dies die letzte Gelegenheit ist, allein beisammensein zu können, übermorgen kommen deine Kameradinnen zurück. Wo sollen wir dann allein sein?“ „Du wirst schon etwas finden“, sagte sie. „Gut“, stimmte ich zu, „ich werde also etwas finden, aber versprich mir, daß du mit mir hingehen wirst, denn das wird dann kaum ein so gemütliches Zimmerchen sein wie dieses hier.“ „Das tut nichts“, sagte sie, „das tut nichts, es kann sein, wo immer du willst.“ „Gut, aber versprich mir, daß du dann dort meine Frau bist, daß du dich nicht wehren wirst.“ „Ja“, sagte sie. „Versprichst du es?“ „Ja.“

Ich begriff, daß ein Versprechen das einzige war, was ich an diesem Tag von Lucie erlangen konnte. Das war wenig, aber es war zumindest etwas. Ich unterdrückte meinen Unwillen, und wir verbrachten den Rest der Zeit mit Plaudern. Als ich ging, schüttelte ich die Asparaguszweige von meiner Uniform, streichelte Lucies Gesicht und sagte, daß ich an nichts anderes denken würde als an unsere nächste Begegnung (und ich log nicht).

12

Einige Tage nach dem letzten Zusammentreffen mit Lucie (es war ein regnerischer Herbsttag) kehrten wir in Formation von der Arbeit in die Kaserne zurück; die Straße war voller Schlaglöcher, in denen das Wasser stand; wir waren bespritzt, müde, durchnäßt, und wir lechzten nach Ruhe. Die Mehrzahl von uns hatte schon seit einem Monat keinen einzigen freien Sonntag mehr gehabt. Aber gleich nach dem Mittagessen ließ uns der Milchbart von einem Kommandanten antreten und teilte uns mit, daß er am Vormittag bei der Besichtigung unserer Stuben Unzulänglichkeiten festgestellt habe. Dann übergab er uns den Unteroffizieren und befahl ihnen, uns zur Strafe zwei Stunden länger zu schleifen.

Da wir Soldaten ohne Waffen waren, erhielten unser Exerzieren und unsere militärischen Übungen einen besonders unsinnigen Charakter; sie hatten keinerlei anderen Zweck, als unsere Lebenszeit zu entwerten. Ich erinnere mich, daß wir einmal unter Aufsicht unseres Kommandantchens einen ganzen Nachmittag lang schwere Bretter aus einer Ecke des Kasernenhofes in die andere tragen mußten und dann einen weiteren Tag wieder zurück und daß wir so das Hin- und Hertragen der Bretter volle zehn Tage übten. So ein Herumtragen von Brettern war eigentlich alles, was wir auf dem Kasernenhof nach der Schicht machten. Diesmal schleppten wir aber keine Bretter hin und her, sondern unsere eigenen Körper; wir machten mit ihnen Kehrt und Rechtsum, warfen sie zu Boden und hoben sie wieder auf, wir rannten mit ihnen hin und her und robbten auf dem Boden.

Drei Stunden verstrichen mit diesen Übungen, dann erschien der Kommandant; er gab den Unteroffizieren einen Wink, uns zum Turnen zu führen.

Hinten, hinter den Baracken, war ein nicht sehr großer Platz, wo man Fußball spielen, aber ebenso turnen oder laufen konnte. Die Unteroffiziere beschlossen, mit uns einen Stafettenlauf durchzuführen; unsere Gruppe bestand aus neun Riegen zu zehn Mann — also neun Zehnerstafetten. Die Unteroffiziere wollten uns nicht nur tüchtig einheizen, sondern sie hegten, da es sich bei ihnen größtenteils um Burschen zwischen achtzehn und zwanzig handelte, auch den jugendlichen Wunsch, uns im Wettkampf mit ihnen zu beweisen, daß wir schlechter waren als sie; so stellten sie uns ihre eigene Stafette entgegen, die aus zehn Korporalen und Feldwebeln bestand.

Es dauerte eine geraume Weile, ehe sie uns ihre Absichten auseinandergesetzt hatten und ehe wir sie begriffen; die ersten zehn Läufer sollten von einem Ende des Sportplatzes zum anderen laufen; dort sollte, ihnen gegenüber, bereits die zweite Reihe Läufer bereitstehen, die wiederum dorthin zurücklaufen sollte, wo die ersten gestartet waren, wo aber nun schon die dritte Reihe Läufer bereitstehen sollte, und so sollte das dann weitergehen. Die Unteroffiziere ließen uns abzählen und schickten uns an das andere Ende des Sportplatzes.

Wir hatten die Schicht und das Exerzieren in den Knochen, wir waren hundemüde und gerieten schon bei dem bloßen Gedanken, daß wir noch laufen sollten, aus der Fassung; und da vertraute ich etwa zwei Kameraden eine ganz und gar primitive Idee an: wir wollen alle ganz langsam laufen! Der Vorschlag fand gleich Zustimmung, er ging von Mund zu Mund, und ein heimliches Lachen brachte plötzlich Leben in den Haufen müder Soldaten.

Endlich stand ein jeder von uns auf seinem Platz, startbereit für den Wettlauf, der schon in seiner ganzen Konzeption an sich ein Unsinn war: obwohl wir in Uniform und in unseren schweren Schuhen laufen sollten, mußten wir zum Start niederknien; obwohl wir die Stäbe auf eine völlig neuartige Weise übergeben sollten (der übernehmende Läufer lief uns ja *entgegen*), hielten wir echte Stafettenstäbe in der Hand, und der Start erfolgte durch einen richtigen Pistolenschuß. Der Korporal auf der zehnten Bahn (der erste Läufer der Riege der Unteroffiziere) lief blitzschnell los, und auch wir erhoben uns vom Boden (ich stand in der ersten Reihe der Läufer) und machten uns in gemächlichem Tempo auf die Strecke; bereits nach zwanzig Metern konnten wir kaum mehr das Lachen verkneifen, weil sich der Korporal schon dem anderen Ende des Platzes näherte, während wir erst ein Stückchen vom Start entfernt in einer unglaublich ausgerichteten Reihe schnaufend und außerordentliche Kraftanstrengung vortäuschend liefen; die an beiden Enden des Platzes versammelten Soldaten begannen uns lautstark anzufeuern: „Tempo, Tempo, Tempo ...“ In der Mitte des Platzes kreuzten wir uns mit dem zweiten Läufer der Unteroffiziersstafette, der uns bereits entgegenlief und auf die Linie zustrebte, von der wir gestartet waren. Endlich gelangten wir ans Ende des Platzes und übergaben die Stäbe, aber da lief bereits hinter unseren Rücken am anderen Ende der dritte Unteroffizier mit dem Stab los.

Ich erinnere mich heute an diese Stafette als an die letzte große Heerschau meiner Schwarzen Kameraden. Die Burschen hatten großartige Einfälle: Honza schleppte beim Laufen ein Bein nach, alle feuerten ihn rasend an, und er kam tatsächlich (unter großem Beifall) als Held zwei Schritte vor den übrigen zur Übergabe. Der Zigeuner Matloš fiel während des Laufes etwa achtmal hin. Čeněk hob beim Laufen die Knie bis zum Kinn hoch (das kostete ihn sicherlich viel mehr Kraft, als wenn er das allerschärfste Tempo eingeschlagen hätte). Niemand verriet das Spiel: nicht einmal der disziplinierte und mit seinem Los versöhnte Autor der Friedensmanifeste, Bedřich, der nun ernst und würdevoll langsam mit den übrigen lief, auch nicht Josef, der Dorfbursche, auch nicht Pavel Pěkný, der mich nicht mochte, auch nicht der alte Ambroz, der hochaufgerichtet und steif mit auf dem Rücken verschränkten Händen lief, auch nicht der rothaarige Petráň, der mit hoher Stimme ächzte, auch nicht der Ungar Varga, der beim Laufen „Hurra!“ schrie, keiner von ihnen verdarb diese ausgezeichnete und einfache Inszenierung, die zur Folge hatte, daß wir, die wir rundherum standen, vor Lachen fast umfielen.

Dann sah ich, daß sich von der Baracke her das Kommandantenbubi dem Platz näherte. Einer der Korporale bemerkte ihn und ging ihm entgegen, um Meldung zu erstatten. Der Hauptmann nahm sie entgegen und trat nun an den Rand des Sportplatzes, um unseren Wettlauf zu beobachten. Die Unteroffiziere (deren Stafette schon längst siegreich ins Ziel gekommen war) wurden nervös und begannen zu schreien: „Na los! Schneller! So macht doch! Vorwärts!“, aber ihre Aufmunterungen gingen völlig in unseren mächtigen Anfeuerungsrufen unter. Die Unteroffiziere wußten nicht, was tun, sie überlegten, ob sie den Wettlauf abbrechen sollten, aber der Kommandant würdigte sie nicht einmal eines Blickes und beobachtete nur mit eiskalter Miene das Rennen.

Endlich sollte die letzte Reihe unserer Läufer starten; in dieser befand sich auch Alexei; ich war sehr gespannt, wie er laufen würde, und ich hatte mich nicht getäuscht: er wollte unser Spiel verderben: er rannte mit aller Kraft los, und nach zwanzig Metern hatte er mindestens fünf Meter Vorsprung. Aber dann geschah etwas Seltsames: sein Tempo wurde langsamer, und sein Vorsprung vergrößerte sich nicht mehr; ich kapierte mit einem Male, daß Alexei das Spiel nicht verderben konnte, selbst wenn er wollte: er war ja ein kränklicher Knabe, dem man gleich nach zwei Tagen, ob man wollte oder nicht, eine leichtere Arbeit hatte zuteilen müssen, er hatte weder Muskeln noch Puste. Im Augenblick, da ich das begriff, schien es mir, als wäre erst sein Lauf die Krönung des ganzen Spaßes; Alexei plagte sich ab, wie er nur konnte, dabei glich er aber haargenau den anderen Burschen, die fünf Schritt hinter ihm im gleichen Tempo einherbummelten; die Unteroffiziere und ebenso der Kommandant mußten überzeugt sein, daß Alexeis energischer Start ebenso zur ganzen Komödie gehörte wie Honzas vorgetäuschtes Hinken, wie Matloš' Hinfallen und unsere Anfeuerungsrufe. Alexei lief mit geballten Fäusten, genau wie jene hinter ihm, die große Anstrengung vortäuschten und ostentativ keuchten. Nur empfand Alexei *wirkliche* Schmerzen in den Weichen und überwand sie mit größter Mühe, so daß über sein Gesicht *ehrlicher* Schweiß rann; als sie in der Mitte des Platzes waren, verlangsamte Alexei das Tempo noch mehr, und die Reihe der langsam laufenden Spaßvögel holte ihn allmählich ein; als sie dreißig Meter vor dem Ziel waren, befanden sie sich auf gleicher Höhe; als sie zwanzig Meter vor dem Ziel waren, hörte er zu laufen auf und legte den Rest der Strecke hinkend und gehend zurück; dabei preßte er die Hand gegen die linke Weiche.

Dann ließ uns der Kommandant antreten. Er fragte, warum wir so langsam gelaufen wären. „Wir waren müde, Genosse Hauptmann." Er verlangte, daß alle die Hand höben, die müde gewesen seien. Wir hoben die Hände. Ich sah Alexei genau an (er stand in der Reihe vor mir); als einziger hob er nicht die Hand. Der Kommandant sah es. Aber er sagte: „Gut, also ihr alle." „Nein", ertönte es. „Wer war nicht müde?" Alexei sagte: „Ich." „Sie nicht?" Der Kommandant sah ihn an. „Wieso waren Sie nicht müde?" „Weil ich Kommunist bin", antwortete Alexei. Auf diese Worte hin ging ein dumpfes Lachen durch die Kompanie. „Sie waren doch jener, der als letzter ins Ziel gekommen ist?" fragte der Kommandant. „Ja", sagte Alexei. „Wenn Sie nicht müde gewesen sind, haben Sie die Übung absichtlich sabotiert. Ich gebe Ihnen vierzehn Tage Arrest wegen versuchten Aufruhrs. Ihr übrigen seid müde gewesen, also habt ihr eine Entschuldigung. Da eure Leistungen im Bergwerk nicht viel taugen, vergeudet ihr offenbar eure Kräfte beim Ausgang. Im Interesse eurer Gesundheit hat die Kompanie zwei Monate Ausgangssperre."

Noch ehe er in den Bau ging, hatte Alexei eine Unterredung mit mir. Er warf mir vor, daß ich mich nicht wie ein Kommunist verhalte, und er fragte mich mit strengem Blick, ob ich für den Sozialismus bin, ja oder nein. Ich antwortete ihm, daß ich für den Sozialismus bin, daß aber hier in der Kaserne bei den Schwarzen das absolut egal sei, weil hier eine andere Schichtung bestünde als draußen: hier sind auf der einen Seite jene, die ihr eigenes Schicksal eingebüßt haben, und auf der anderen Seite jene, die dieses ihr Schicksal in der Hand halten und mit ihm tun, was ihnen beliebt. Doch Alexei stimmte mit mir nicht überein; die Trennungslinie zwischen Sozialismus und Reaktion verlaufe, so sagte er, überall; unsere Kaserne sei doch nichts anderes als eines der Mittel, mit dem wir uns gegen die Feinde des Sozialismus wehrten. Ich fragte ihn, wie denn dieser Milchbart von einem Kommandanten den Sozialismus gegen die Feinde verteidige, wenn er gerade ihn, Alexei, für vierzehn Tage in den Bau schicke und überhaupt die Menschen derart behandle, daß er sie zu den eingefleischtesten Feinden des Sozialismus erziehe, und Alexei räumte ein, daß ihm der Kommandant nicht gefalle. Als ich ihm jedoch sagte, daß, wenn es hier in der Kaserne ebenfalls eine Trennungslinie zwischen Sozialismus und Reaktion gäbe, er, Alexei, nie und nimmer hier sein dürfte, antwortete er aufgebracht, daß er hier völlig zu Recht sei. „Mein Vater wurde wegen Spionage verhaftet. Begreifst du, was das heißt? Wie kann mir die Partei vertrauen? Die Partei hat die *Pflicht*, mir zu mißtrauen!“

Dann sprach ich mit Honza; ich jammerte, daß wir nun zwei Monate nicht hinauskommen würden. „Trottel“, sagte er mir, „was hast du Angst. Es wird mehr Ausgang geben als bisher.“

Die heitere Sabotage des Wettlaufes hatte in meinen Kameraden das Gefühl der Solidarität gestärkt und eine beachtliche Tatkraft in ihnen geweckt. Honza rief so etwas wie einen kleinen Rat ins Leben, der sofort die Möglichkeiten zu prüfen begann, wie wir die Kaserne heimlich verlassen könnten. Zwei Tage später war alles bereit: es wurde ein geheimer Bestechungsfonds geschaffen; zwei Unteroffiziere unserer Unterkunft wurden bestochen; es wurde die geeignetste Stelle gefunden, an der unauffällig der Drahtzaun zerschnitten wurde; diese Stelle befand sich am Ende der Kaserne, wo sich nur noch die Sanitätsbaracke befand und wo die ersten Häuschen des Dorfes vom Zaun lediglich fünf Meter entfernt waren; im nächstgelegenen Häuschen wohnte ein Bergmann, den wir aus dem Schacht kannten; die Kameraden kamen mit ihm rasch überein, daß er das Gartentürchen unverschlossen lassen würde; der Soldat, der ausriß, mußte also unauffällig zum Zaun gelangen, schnell durchschlüpfen und fünf Meter weit laufen; sobald er sich hinter der Gartentür des Häuschens befand, war er in Sicherheit; er durchquerte dann nur noch das Haus und trat auf der anderen Seite in die Vorstadtstraße hinaus.

Das Fortgehen war also verhältnismäßig sicher; es war aber ausgeschlossen, daß diese Möglichkeit allzusehr mißbraucht würde; wenn an einem einzigen Tag zu viele Soldaten heimlich die Kaserne verließen, wäre ihre Abwesenheit leicht festzustellen gewesen; deshalb mußte der durch Honza spontan geschaffene Rat die Abgänge regulieren und die Reihenfolge bestimmen, wann wer die Kaserne verlassen durfte.

Bevor jedoch noch ich an der Reihe war, brach Honzas ganzes Unternehmen zusammen. Der Kommandant unternahm persönlich in der Nacht eine Stubenkontrolle und stellte fest, daß drei Soldaten fehlten. Er knöpfte sich den Unteroffizier vor (den Stubenkommandanten), der die Abwesenheit der Soldaten nicht gemeldet hatte, und fragte ihn, als wäre er seiner Sache ganz sicher, wieviel Geld er dafür bekommen habe. Der Unteroffizier erlag dem Eindruck, daß der Kommandant alles wisse, und versuchte gar nicht zu leugnen. Honza wurde zum Kommandanten befohlen, und bei der Konfrontation bestätigte der Unteroffizier, daß er von ihm Geld bekommen hatte.

Das Kommandantenbubi setzte uns schachmatt. Den Unteroffizier, Honza sowie die drei Soldaten, die sich in jener Nacht heimlich entfernt hatten, schickte er vors Militärgericht. (Ich konnte mich von meinem besten Kameraden gar nicht verabschieden, alles wurde rasch im Laufe eines Vormittags erledigt, als wir in der Schicht waren; erst viel später erfuhr ich, daß alle vom Gericht verurteilt worden waren, Honza zu einem vollen Jahr Kerker.) Der angetretenen Kompanie teilte der Kommandant mit, daß die Dauer der Ausgangssperre um weitere zwei Monate verlängert und über die ganze Einheit das Regime einer Strafkompanie verhängt werde. Und er veranlaßte die Errichtung von zwei Wachttürmen in den Ecken des Lagers und forderte Scheinwerfer und zwei Hundeführer an, die die Kaserne mit Wolfshunden zu bewachen hatten.

Das Durchgreifen des Kommandanten erfolgte derart jäh und erfolgreich, daß wir alle dem Eindruck unterlagen, Honzas Unternehmen sei von irgend jemandem verraten worden. Man kann nicht sagen, daß unter den Schwarzen die Angeberei besonders floriert hätte; wir verachteten sie einmütig, aber wir alle wußten, daß sie als Möglichkeit ständig gegenwärtig war, weil sie das wirkungsvollste Mittel war, das sich uns darbot, um unsere Lebensbedingungen zu verbessern, früher nach Hause entlassen zu werden, eine gute Beurteilung zu erlangen und irgendwie unsere Zukunft zu retten. Wir widerstanden (in der großen Mehrzahl) dieser niedrigsten Niedrigkeit, aber wir vermochten uns nicht davor zu bewahren, nur allzu leichtfertig andere ihrer zu verdächtigen.

Auch diesmal griff der Verdacht rasch um sich, verwandelte

sich im Fluge zu einer Massengewißheit (obwohl die Aktion des Kommandanten auch anders erklärt werden konnte als durch Verrat) und konzentrierte sich mit bedingungsloser Sicherheit auf Alexei. Der saß damals gerade seine letzten zwei Tage ab; allerdings fuhr er mit uns täglich ein und verbrachte also die ganze Zeit mit uns in der Grube; alle behaupteten, daß er demnach jede Möglichkeit gehabt hätte, etwas über Honzas Unternehmen („mit seinen Spitzelohren") zu erlauschen.

Dem beklagenswerten bebrillten Studenten widerfuhren die schlimmsten Dinge: der Vorarbeiter (einer von uns) wies ihm nun wieder die schwersten Arbeiten zu; regelmäßig ging ihm Werkzeug verloren, das er dann von seinem Lohn ersetzen mußte; er mußte sich Anspielungen und Beleidigungen anhören und Hunderte kleine Unannehmlichkeiten ertragen; auf die Holzwand, an der sein Bett stand, hatte jemand in schwarzen Buchstaben mit Wagenschmiere geschrieben: ACHTUNG, RATTE.

Einige Tage nachdem Honza mit den anderen vier Übeltätern von der Eskorte abgeführt worden war, warf ich spätnachmittags einen Blick in die Stube unserer Gruppe; sie war leer, nur Alexei beugte sich über sein Bett und brachte es in Ordnung. Ich fragte ihn, wieso er das Bett mache. Er antwortete, die Burschen brächten ihm jeden Tag ein paarmal das Bett in Unordnung. Ich sagte ihm, alle seien überzeugt, daß er Honza angezeigt habe. Er protestierte fast weinerlich; er habe von nichts etwas gewußt und würde überhaupt niemals jemanden anzeigen. „Warum sagst du, daß du niemanden anzeigen würdest", sagte ich ihm; „du betrachtest dich doch als Verbündeten des Kommandanten. Daraus ergibt sich logisch, daß du ohne weiteres jeden verpfeifen würdest." „Ich bin nicht der Verbündete des Kommandanten! Der Kommandant ist ein Saboteur!" sagte er, und seine Stimme überschlug sich dabei. Und dann vertraute er mir seine Ansicht an, zu der er, wie er sagte, gelangt war, als er so lange im Bau saß und in seiner Einsamkeit nachdenken konnte: Die Partei habe die Formation der Schwarzen Soldaten für jene Menschen errichtet, denen man zwar vorläufig keine Waffen anvertrauen könne, die sie jedoch umerziehen wolle. Der Klassenfeind schläft jedoch nicht und will um jeden Preis verhindern, daß dieser Umerziehungsprozeß gelingt: er will, daß die Schwarzen Soldaten in rasendem Haß gegen den Kommunismus gehalten werden, um die Reserve der Konterrevolution zu bilden. Daß dieser Milchbart von einem Kommandanten alle so behandelte, daß dadurch ihr Zorn geweckt wurde, sei ein offenkundiger Bestandteil des feindlichen Planes. Ich könne mir ja gar nicht vorstellen, wo überall die Partei Feinde habe. Der Kommandant sei bestimmt ein feindlicher Agent. Alexei wisse, was Pflicht sei, und habe über die Tätigkeit des Kommandanten eine ausführliche Denkschrift verfaßt. Ich war sehr erstaunt. „Was? Was hast du verfaßt? Und wohin hast du das geschickt?" Er antwortete, er habe der Partei eine Beschwerde gegen den Kommandanten zukommen lassen.

Wir traten ins Freie hinaus. Er fragte mich, ob ich nicht Angst habe, mich vor den anderen mit ihm sehen zu lassen. Ich sagte ihm, daß er ein Idiot sei, wenn er so frage, und ein zweifacher Idiot, wenn er dächte, daß sein Brief den Empfänger erreichen werde. Er antwortete mir, er sei Kommunist und müsse unter allen Umständen so handeln, daß er sich nicht zu schämen brauche. Und abermals erinnerte er mich daran, daß auch ich Kommunist sei (wenn auch aus der Partei ausgeschlossen) und daß ich mich anders verhalten sollte, als es der Fall war. „Wir sind als Kommunisten für alles verantwortlich, was hier geschieht." Das kam mir lachhaft vor; ich sagte ihm, daß Verantwortlichkeit ohne Freiheit undenkbar sei. Er antwortete mir, daß er sich genügend frei fühle, um als Kommunist zu handeln; daß er beweisen müsse und beweisen werde, daß er Kommunist sei. Als er das sagte, bebte sein Kinn; noch heute, nach Jahren, steht dieser Augenblick lebendig vor mir, und ich werde mir heute viel klarer als damals bewußt, daß Alexei erst knapp zwanzig Jahre alt war, daß er ein blutjunger Bursche war, ein Knabe, und daß sein Schicksal an ihm schlotterte wie das Gewand eines Riesen auf der winzigen Gestalt eines Zwerges.

Ich erinnere mich, daß kurz nach dieser Unterredung mit Alexei Čeněk mich fragte (genau im Sinne von Alexeis Befürchtungen), warum ich denn mit dieser Ratte rede. Ich antwortete ihm, daß Alexei zwar ein Rindvieh sei, aber eine Ratte nicht; und ich sagte ihm, was mir Alexei von seiner Beschwerde über den Kommandanten erzählt hatte. Auf Čeněk machte das überhaupt keinen Eindruck. „Ob er ein Rindvieh ist, das weiß ich nicht", sagte er, „aber eine Ratte ist er ganz bestimmt. Wer es fertigbringt, sich öffentlich von seinem Alten Herrn loszusagen, ist eine Ratte." Ich verstand ihn nicht; er wunderte sich, daß ich davon nichts wußte; der Politruk selbst habe ihnen doch die einige Monate alte Zeitung gezeigt, in der Alexeis Erklärung abgedruckt war: er sage sich von seinem Vater los, der das Allergrößte, was sein Sohn kenne, verraten und besudelt habe.

Am Abend dieses Tages leuchteten auf dem Wachtturm (der in den letzten Tagen errichtet worden war) zum ersten Male die Scheinwerfer auf und erhellten das dunkle Lager; der Hundeführer mit dem Hund schritt den Drahtzaun ab. Mich ergriff eine verzweifelte Traurigkeit: ich war ohne Lucie und wußte, daß ich sie volle zwei Monate nicht sehen würde. Ich schrieb ihr an diesem Abend einen langen Brief; ich schrieb ihr, daß wir uns lange nicht sehen würden, daß wir die Kaserne nicht verlassen dürften und daß es mir leid tue, daß sie mir verweigert habe, wonach ich mich so sehnte und was mir als Erinnerung geholfen hätte, diese traurigen Wochen zu überstehen.

Einen Tag nachdem ich den Brief in den Briefkasten geworfen hatte, exerzierten wir nachmittags im Hof das obligate Kehrt, Marschieren marsch und Nieder. Ich machte die befohlenen Übungen völlig automatisch und nahm fast gar nicht den kommandierenden Korporal und meine marschierenden und sich niederwerfenden Kameraden um mich wahr; auch meine Umgebung nahm ich nicht zur Kenntnis: von drei Seiten Baracken und auf der vierten der Drahtzaun, an dem draußen die Straße entlangführte. Manchmal ging jemand am Drahtzaun vorüber, manchmal blieb jemand vor ihm stehen (größtenteils Kinder, allein oder mit ihren Eltern, die ihnen erklärten, daß das hinter dem Drahtzaun Soldaten sind und daß sie exerzieren). Das alles verwandelte sich für mich in eine unbelebte Kulisse, in Bilder an der Wand (alles, was hinter dem Drahtzaun war, waren Bilder an der Wand); deshalb blickte ich erst hin, als jemand halblaut zum Zaun hin rief: „Was gaffst du da, Katze?"

Dann erst sah ich sie. Es war Lucie. Sie stand am Zaun, in

ihrem braunen Überzieher, in jenem alten und schäbigen Mantel (es fiel mir ein, daß wir bei unserem Einkauf im Sommer vergessen hatten, daß der Sommer enden und es kalt werden würde) und in den schwarzen mondänen Schuhen mit den hohen Absätzen (ebenfalls ein Geschenk von mir), die so überhaupt nicht zu der Schäbigkeit des Mantels paßten. Sie stand regungslos am Drahtzaun und blickte zu uns herüber. Die Kommentare der Soldaten zu ihrer seltsam geduldigen Erscheinung wurden immer engagierter, und ihren Bemerkungen haftete alle geschlechtliche Verzweiflung von Menschen an, die in unfreiwilligem Zölibat gehalten wurden. Auch der Unteroffizier nahm die Unaufmerksamkeit der Soldaten wahr und entdeckte bald den Grund; offenbar machte ihn seine eigene Hilflosigkeit wütend: er konnte das Mädchen nicht vom Zaun fortschicken; jenseits des Drahtzaunes begann ein Reich relativer Freiheit, in das seine Befehle nicht vordrangen. Also forderte er die Soldaten drohend auf, ihre Bemerkungen sein zu lassen, er hob die Stimme und verschärfte das Tempo der Übungen.

Manchmal ging Lucie ein wenig auf und ab, manchmal verschwand sie völlig aus meinem Blickfeld, aber sie kehrte wieder an die Stelle zurück, von der aus man mich sehen konnte. Dann war das Exerzieren zu Ende, aber ich konnte nicht zu ihr gehen, weil wir zur Stunde der politischen Erziehung abkommandiert wurden, wir hörten Sätze über das Friedenslager und über die Imperialisten, und erst nach einer Stunde konnte ich hinauslaufen (es dämmerte bereits) und nachsehen, ob Lucie noch immer am Zaun war; sie war da, ich eilte zu ihr.

Sie sagte mir, ich dürfe ihr nicht böse sein, sie liebe mich, es tue ihr leid, daß ich ihretwegen traurig sei. Ich sagte ihr, ich wisse nicht, wann ich sie würde treffen können. Sie sagte, das mache nichts, sie würde eben herkommen, um mich zu sehen. (Gerade gingen Soldaten vorüber und riefen uns irgend etwas Ordinäres zu.) Ich fragte sie, ob es sie nicht stören würde, wenn ihr die Soldaten solche Sachen zuriefen. Sie sagte, das würde sie nicht stören, sie liebe mich. Sie gab mir durch das Drahtgitter eine langstielige Rose (die Trompete ertönte; sie rief uns zum Appell); ich küßte Lucie durch ein Auge des Drahtzaunes.

13

Lucie kam fast jeden Tag zu mir zum Kasernenzaun, wenn ich Vormittagsschicht hatte und die Nachmittage in der Kaserne verbrachte; jeden Tag bekam ich ein Sträußlein (einmal warf sie mir der Zugsführer bei der Kofferkontrolle alle auf den Fußboden), und ich wechselte mit Lucie einige wenige Sätze (völlig stereotype Sätze, weil wir uns eigentlich nichts zu sagen hatten; wir tauschten nicht Gedanken oder Nachrichten aus, sondern beteuerten einander lediglich die einzige, oft ausgesprochene Wahrheit); dabei hörte ich nicht auf, ihr fast täglich zu schreiben; es war die Zeit unserer intensivsten Liebe. Die Scheinwerfer auf dem Wachtturm, die bellenden Hunde, wenn es Abend wurde, der geckenhafte Jüngling, der das alles befehligte, all dies hatte nicht sehr viel Platz in meinem Denken, das sich allein auf Lucies Kommen konzentrierte.

Ich war eigentlich sehr glücklich da drinnen in der von Hunden bewachten Kaserne und im Inneren der Schächte, wo ich mich gegen den rüttelnden Bohrer stemmte. Ich war glücklich und selbstbewußt, weil ich in Lucie einen Reichtum hatte, den keiner meiner Kameraden, ja nicht einmal einer der Kommandanten besaß; ich wurde geliebt, ich wurde öffentlich und demonstrativ geliebt. Auch wenn Lucie für meine Kameraden nicht das Ideal einer Frau darstellte, auch wenn sie ihre Liebe — wie sie meinten — recht eigenartig offenbarte, war es ja doch die Liebe einer Frau, und das erweckte Verwunderung, Wehmut und Neid.

Je länger wir von der Welt und den Frauen abgeschnitten waren, desto mehr wurde über Frauen geredet, mit allen Einzelheiten, mit allen Details. Man gedachte der Muttermale, man zeichnete (mit dem Bleistift auf Papier, mit der Spitzhacke in den Lehm, mit dem Finger in den Sand) die Linie ihrer Brüste und Hintern; es gab Streit darüber, welcher Hintern der nur lediglich in Erinnerungen anwesenden Frauen die idealere Form hatte; es wurden genau die Aussprüche und Seufzer beim Beischlaf evoziert; das alles wurde in immer neuen Wiederholungen rekapituliert und jedesmal durch weitere Nuancen ergänzt. Natürlich wurde auch ich befragt, und die Kameraden waren gerade auf meine Nachrichten besonders neugierig, da sie das Mädchen, über das ich berichten sollte, tagtäglich sahen und es sich also gut vorzustellen und sein konkretes Aussehen mit meinen Erzählungen zu verbinden vermochten. Ich konnte das den Kameraden nicht abschlagen, ich konnte nichts anderes tun als erzählen; und so erzählte ich von Lucies Nacktheit, die ich nicht gesehen hatte, über das Liebemachen mit ihr, das ich nie erlebt hatte, und vor mir erstand plötzlich das genaue und detaillierte Bild ihrer stillen Leidenschaft.

Wie war das, als wir zum erstenmal miteinander ins Bett gingen?

Ich sah das bei meiner Erzählung wie eine allerwirklichste Wirklichkeit vor mir: es war bei ihr im Internatszimmer gewesen; sie zog sich vor mir aus, gehorsam, ergeben und dennoch mit etwas Selbstüberwindung, war sie doch ein Mädchen vom Lande, und ich war der erste Mann, der sie nackt sah. Und mich erregte gerade diese Ergebenheit, vermischt mit Verschämtheit, bis zum Wahnsinn; als ich vor sie hintrat, duckte sie sich und bedeckte mit den Händen ihren Schoß.

Weshalb trägt sie ständig diese schwarzen Schuhe mit den hohen Absätzen?

Ich erzählte, ich habe sie ihr deshalb gekauft, damit sie in ihnen nackt vor mir auf und ab gehe; sie schämte sich, aber sie tat alles, was ich von ihr verlangte; ich blieb stets so lange wie möglich angekleidet, sie aber ging nackt in diesen Schuhen herum (das gefiel mir unbeschreiblich, daß sie nackt war und ich angezogen!), sie ging zum Schrank, wo der Wein war, und nackt schenkte sie mir ein ...

Und wenn nun Lucie zum Zaun kam, sah nicht nur ich sie so, sondern mit mir mindestens zehn Kameraden, die genau wußten, wie Lucie liebte, was sie dabei sagte und wie sie stöhnte, und immer konstatierten sie bedeutungsvoll, daß sie wieder in den schwarzen Schuhen mit den hohen Absätzen gekommen sei und stellten sich vor, wie sie auf diesen Absätzen nackt im kleinen Raum umherging.

Jeder von meinen Kameraden konnte sich an irgendeine Frau erinnern und sie so mit den anderen teilen, aber nur ich allein vermochte außer der Erzählung auch den *Anblick* einer solchen Frau zu bieten; nur meine Frau war tatsächlich, lebendig und gegenwärtig. Die kameradschaftliche Solidarität, die mich bewog, das Bild von Lucies Nacktheit und ihrer Art zu lieben genau zu malen, brachte es mit sich, daß meine Sehnsucht nach Lucie schmerzlich konkret wurde. Die ordinären Bemerkungen der Kameraden, die Lucies Erscheinen kommentierten, brachten mich dabei nicht im geringsten auf; keiner der Kameraden nahm mir dadurch Lucie weg (vor allen und ebenso vor mir selbst wurde sie durch den Drahtzaun und durch die Hunde beschützt); im Gegenteil, sie wurde mir von allen geschenkt: sie alle gaben ihrem erregenden Bild Schärfe, alle zeichneten es gemeinsam mit mir und verliehen ihm eine tolle Verlockung; ich hatte mich den Kameraden preisgegeben, und alle zusammen gaben wir uns der Sehnsucht nach Lucie preis. Wenn ich dann zu ihr an den Zaun kam, fühlte ich, wie ich zitterte; vor lauter Verlangen vermochte ich kaum ein Wort hervorzubringen; ich konnte nicht begreifen, daß ich ein halbes Jahr wie ein schüchterner Student mit ihr gegangen war und so ganz und gar nicht die Frau in ihr gesehen hatte; ich war bereit, alles für einen einzigen Beischlaf mit ihr zu geben.

Damit will ich nicht sagen, daß meine Beziehung zu ihr roher oder oberflächlicher geworden wäre, daß sie an Zärtlichkeit verloren hätte. Nein, ich möchte sagen, daß dies das einzige Mal in meinem Leben gewesen ist, daß ich *das totale Verlangen nach einer Frau* verspürte, in dem alles engagiert war, was in mir ist: Leib und Seele, Begierde und Zärtlichkeit, Kummer und ungestüme Vitalität, Sehnsucht nach dem Gemeinen und Sehnsucht nach Trost, Sehnsucht nach dem Augenblick der Wonne und ebenso nach ewigem Festhalten. Ich war als Ganzer engagiert, als Ganzer angespannt, als Ganzer konzentriert, und heute, im Alter der sich mausernden Sehnsucht, erinnere ich mich an diese Stunden wie an ein verlorenes Paradies (ein sonderbares Paradies, dessen Grenzen Hundeführer mit Hunden abschritten und in dem ein Korporal Kommandos brüllte).

Ich war entschlossen, alles zu tun, um mich mit Lucie außerhalb der Kaserne zu treffen; ich hatte ihr Versprechen, daß sie beim nächstenmal „nicht widerstreben“ würde und daß sie sich mit mir treffen würde, wo immer ich es wünschte. Dieses Versprechen bekräftigte sie mir oftmals bei unseren kurzen Zwiegesprächen durch den Zaun. Es genügte also, die gefährliche Aktion zu wagen.

Ich hatte alles schnell durchdacht. Honza hatte einen genauen Fluchtplan zurückgelassen, den der Kommandant nicht entdeckt hatte. Das Loch im Zaun, das er geschnitten hatte, war nach wie vor da, und das Abkommen mit dem Kumpel, der gegenüber der Kaserne wohnte, war nicht widerrufen worden, es genügte, es zu erneuern. Allerdings wurde die Kaserne streng bewacht, und es war unmöglich, sich tagsüber zu entfernen. Bei Dunkelheit schritten die Posten mit ihren Hunden zwar den Kasernenhof ab, die Scheinwerfer leuchteten, aber das geschah nun schon eher des Effektes wegen und dem Kommandanten zur Freude als deshalb, daß uns jemand verdächtigt hätte, wir könnten abhauen; auf eine mißlungene Flucht stand das Militärgericht, und das war ein zu großes Risiko. Gerade deswegen sagte ich mir, daß mir die Flucht gelingen könnte.

Es ging nur noch darum, für mich und Lucie ein passendes Asyl zu finden, das nach Möglichkeit nicht allzu weit von der Kaserne entfernt sein sollte. Die Kumpels aus der Nachbarschaft fuhren größtenteils in die gleiche Grube ein wie wir, und so gelang es mir bald, mit einem von ihnen (einem fünfzigjährigen Witwer) übereinzukommen (es kostete mich nicht mehr als drei Hunderter in der damaligen Währung), daß er mir seine Wohnung leihen würde. Das Haus, in welchem er wohnte (ein einstöckiges graues Haus), konnte man von der Kaserne aus sehen. Ich zeigte es Lucie durch den Zaun und setzte ihr meinen Plan auseinander; sie freute sich nicht; sie warnte mich, ich solle mich doch ihretwegen nicht Gefahren aussetzen, und erklärte sich schließlich nur deshalb einverstanden, weil sie nicht nein sagen konnte.

Dann kam der verabredete Tag. Er begann recht sonderbar. Gleich nach der Rückkehr von der Schicht ließ uns der junge Kommandant antreten und hielt eine seiner häufigen Ansprachen. Gewöhnlich machte er uns mit dem Krieg, der in der Luft hing, bange, sowie damit, daß unser Staat es den Reaktionären (mit denen er vor allem uns meinte) schon zeigen würde. Diesmal bereicherte er seine Ansprache mit neuen Gedanken: Der Klassenfeind habe sich direkt in die Kommunistische Partei eingeschlichen; aber die Spione und Verräter mögen sich merken, daß mit den getarnten Feinden hundertmal schlimmer verfahren werden würde als mit jenen, die ihre Gesinnung nicht verbargen, denn der getarnte Feind sei ein räudiger Hund. „Und einen von diesen haben wir unter uns", sagte der Milchbart von einem Kommandanten und ließ sodann den Milchbart Alexei vortreten. Er zog irgendwelche Schriftstücke aus der Tasche und hielt sie ihm vor die Nase. „Da, diesen Brief, kennst du ihn?" „Ja", sagte Alexei. „Du bist ein räudiger Hund. Aber ebenso bist du ein Verräter und ein Spitzel. Nun, glücklicherweise dringt das Bellen des Hundes nicht bis in den Himmel." Und er zerriß vor seinen Augen das Schriftstück.

„Ich habe noch einen Brief für dich", sagte er dann und reichte Alexei einen geöffneten Briefumschlag. „Lies laut!" Alexei zog das Blatt aus dem Umschlag, überflog es — und schwieg. „Lies!" wiederholte der Kommandant. Alexei schwieg. „Du willst nicht lesen?" fragte der Kommandant abermals, und als Alexei noch immer schwieg, befahl er: „Nieder!" Alexei warf sich auf den morastigen Boden. Das Kommandantenbubi stand über ihm, und wir wußten alle, daß nun nichts anderes kommen konnte als Auf, Nieder, Auf, Nieder und daß Alexei werde hinfallen und aufstehen und hinfallen und aufstehen müssen. Aber der Kommandant setzte das gewohnte Spiel nicht fort, er wandte sich von Alexei ab und begann langsam die vorderste Reihe der Soldaten abzuschreiten; er kontrollierte mit strengen Augen ihre Adjustierung, gelangte bis ans Ende der Reihe (das dauerte einige Minuten) und kehrte dann gemächlich zu dem liegenden Soldaten zurück: „So, und jetzt lies", sagte er, und tatsächlich: Alexei hob das schlammverschmierte Kinn vom Boden ab, streckte die rechte Hand aus, in der er die ganze Zeit den Brief gehalten hatte, und, auf dem Bauch liegend, las er vor: „Ich teile Ihnen mit, daß Sie am fünfzehnten September eintausendneunhunderteinundfünfzig aus der Kommunistischen Partei der Tschechoslowakei ausgeschlossen wurden. Für den Kreisausschuß ..." Dann schickte der Kommandant Alexei in die Reihe zurück, übergab uns dem Korporal, und es gab Exerzieren.

Nach dem Exerzieren hatten wir politische Erziehung, und gegen halb sieben (es war bereits dunkel) stand Lucie am Drahtzaun. Ich kam zu ihr, sie nickte nur, daß alles in Ordnung sei, und entfernte sich. Dann war Abendessen, Zapfenstreich, und wir gingen schlafen; ich wartete eine Weile im Bett, bis der Korporal, unser Stubenkommandant, einschlief. Dann zog ich die Knobelbecher an, und so, wie ich war, in den langen weißen Unterhosen und dem Nachthemd, verließ ich die Stube. Ich durchquerte den Korridor und gelangte in den Hof; in meiner nächtlichen Adjustierung war mir recht kalt. Die Stelle, an der ich durch den Zaun schlüpfen wollte, befand sich ganz hinten, hinter der Sanitätsstation, und das war sehr gut, denn wenn mir jemand begegnet wäre, hätte ich behaupten können, daß mir übel sei und daß ich den Arzt wecken wolle. Doch niemand begegnete mir. Ich ging um die Sanitätsbaracke herum und schlich im Schatten ihrer Wand weiter; der Lichtkegel des Scheinwerfers verharrte träge auf einem Fleck (der Wächter auf dem Turm hatte offenbar aufgehört, seine Aufgabe ernst zu nehmen), und die Fläche des Hofes, die ich überqueren mußte, lag im Dunkel; ich gelangte glücklich zur Sanitätsbaracke und drückte mich an die Wand; jetzt galt es nur noch, nicht auf einen der Hundeführer zu stoßen, die mit ihren Wolfshunden die ganze Nacht hindurch den Zaun abschritten; es herrschte Stille (eine gefährliche Stille, die mir die Orientierung erschwerte); ich stand etwa zehn Minuten auf diesem Fleck, als ich Hundegebell vernahm; es kam irgendwo von hinten, von der anderen Seite des Kasernenhofes. Ich löste mich also schnell von der Wand und lief (es waren knapp fünf Meter) zum Drahtzaun, der sich hier, nach Honzas Präparierung, ein wenig vom Boden abhob. Ich duckte mich und schlüpfte durch; jetzt durfte ich nicht mehr zaudern; ich machte weitere fünf Schritte und war am Holzzaun, der zum Haus des Kumpels gehörte; alles war in Ordnung: die Gartentür war offen, und ich betrat den kleinen Vorgarten des ebenerdigen Häuschens, dessen Fenster (mit herabgelassener Jalousie) erleuchtet war. Ich klopfte ans Fenster, und nach einem kurzen Weilchen erschien ein hünenhafter Mann in der Tür und forderte mich mit lauter Stimme auf, einzutreten. (Ich erschrak ein wenig ob diesem lauten Reden, denn ich vermochte die Tatsache nicht zu vergessen, daß ich kaum fünf Meter vom Kasernenhof entfernt war.)

Durch die Tür gelangte man direkt in die Stube: auf der

Schwelle blieb ich etwas verdutzt stehen: um den Tisch (auf ihm stand eine offene Flasche) saßen fünf weitere Männer und tranken; als sie mich erblickten, begannen sie über meine Kleidung schallend zu lachen; sie meinten, es müsse mir in diesem Nachthemd kalt sein, und sogleich gossen sie mir ein Glas voll; ich kostete; es war verdünnter Spiritus; sie nötigten mich, und ich trank das Glas ex; ich mußte husten; das war für sie neuerlich der Anlaß zu einem brüderlichen Lachen, und sie boten mir einen Sessel an: sie erkundigten sich, wie mir der „Grenzübergang" geglückt sei, und abermals betrachteten sie meine lächerliche Kleidung und lachten, während sie mich „in Unterhosen auf der Flucht" nannten. Es waren Kumpels, alle im Alter zwischen dreißig und vierzig, und wahrscheinlich trafen sie sich hier öfters; sie tranken, aber sie waren nicht betrunken; nach der anfänglichen Verblüffung (in der auch ein Quentchen Schreck gewesen war) nahm nun ihre unbekümmerte Anwesenheit jede Bangigkeit von mir. Ich ließ mir noch ein Glas von diesem ungewöhnlich starken und beißend riechenden Getränk vollschenken. Der Besitzer des Häuschens ging währenddessen in das Nebenzimmer und kehrte mit einem dunklen Männeranzug zurück. „Wird dir das passen?" fragte er. Ich stellte fest, daß der Kumpel mindestens zehn Zentimeter länger war als ich und auch bedeutend dicker, aber ich sagte: „Es *muß* mir passen." Ich zog die Hose über die Unterhose, aber das Ganze sah übel aus: damit sie mir nicht herunterrutschte, mußte ich sie im Schluß mit der Hand zusammenraffen. „Hat niemand von euch einen Gürtel?" fragte mein Spender. Einen Gürtel hatte keiner. „Wenigstens eine Schnur", sagte ich. Eine Schnur fand sich, und mit ihrer Hilfe hielt die Hose schlecht und recht. Dann zog ich das Sakko an, und die Männer waren sich einig, daß ich (ich weiß eigentlich nicht recht, warum) wie Charlie Chaplin aussähe, daß mir nur die Melone und das Spazierstöckchen fehlten. Ich wollte ihnen eine Freude machen und stellte mich, die Hakken zusammengeschlagen und die Fußspitzen abgewinkelt, vor sie hin. Die dunkle Hose machte über dem harten Rist der Knobelbecher Falten; den Männern gefiel das, und sie behaupteten, daß heute jede Frau für mich tun würde, was sie mir von den Augen ablas. Sie schenkten mir ein drittes Glas voll Spiritus und begleiteten mich hinaus. Der Mann versicherte mir, daß ich in der Nacht jederzeit ans Fenster klopfen könne, wenn ich mich wieder umkleiden wolle.

Ich trat hinaus in die dunkle, schlecht erleuchtete Vorstadtstraße. Es dauerte mindestens zehn Minuten, bis ich in einem weiten Bogen die Kaserne umgangen hatte und in die Gasse kam, wo Lucie auf mich wartete. Um hinzugelangen, mußte ich das erleuchtete Tor unserer Kaserne passieren; ich verspürte eine ganz leise Angst in mir; aber es stellte sich heraus, daß das völlig überflüssig war: die zivile Verkleidung tarnte mich vollkommen, und als mich der Soldat, der das Tor bewachte, sah, erkannte er mich nicht, so daß ich ungefährdet zum verabredeten Haus gelangte. Ich öffnete die Haustür (sie wurde von einer einsamen Straßenlaterne beleuchtet) und ging dem Gedächtnis nach weiter (ich war niemals in diesem Haus gewesen und kannte alles nur aus den Schilderungen des Kumpels); linke Treppe, erster Stock, erste Tür gegenüber der Treppe. Ich klopfte an. Ich hörte den Schlüssel im Schloß, und Lucie öffnete mir.

Ich umarmte sie (sie war gegen sechs Uhr hergekommen, als der Wohnungsinhaber in die Nachtschicht ging, und von diesem Zeitpunkt an hatte sie hier auf mich gewartet); sie fragte mich, ob ich getrunken habe; ich sagte ja und erzählte ihr, wie ich hergelangt war. Sie sagte, sie habe die ganze Zeit über gezittert, ob mir nicht etwas zustoßen würde. (In diesem Augenblick wurde ich gewahr, daß sie tatsächlich zitterte.) Ich erzählte ihr, wie unbeschreiblich ich mich auf sie gefreut hatte; dabei hielt ich sie in den Armen, und ich fühlte, wie sie immer stärker zitterte. „Was ist los mit dir?“ fragte ich sie. „Nichts“, antwortete sie. „Warum zitterst du?“ „Ich hatte Angst um dich“, sagte sie und löste sich leicht aus meiner Umarmung.

Ich blickte mich um. Es war ein kleines Kämmerlein mit kärglich-knapper Einrichtung: Tisch, Stuhl, Bett (das Bett war offen, die Bettwäsche ein wenig schmutzig); über dem Bett hing irgendein Heiligenbild; an der Mittelwand stand ein Schrank, auf dem Gläser mit eingemachtem Obst standen (das einzige halbwegs vertraute Ding in dieser Stube), und über allem brannte von der Decke herab eine Glühbirne, allein, ohne Schirm, die unangenehm blendete und meine Gestalt scharf beleuchtete, meine Gestalt, deren traurige Lächerlichkeit ich mir in diesem Augenblick schmerzlich vergegenwärtigte: das riesenhafte Sakko, die mit der Schnur festgehaltene Hose, unter der die schwarzen Riste der Knobelbecher hervorlugten, und über alldem schließlich mein frisch rasierter Schädel, der im Licht der Glühbirne wie ein blasser Vollmond leuchten mußte.

„Lucie, um Gottes willen, verzeih, daß ich so aussehe“, sagte ich, und abermals erklärte ich ihr die Notwendigkeit meiner Verkleidung. Lucie beteuerte, daß es darauf nicht ankäme, ich aber (fortgerissen von der alkoholbedingten Spontaneität) erklärte, daß ich so nicht vor ihr dastehen könne, und ich warf rasch Sakko und Hose ab; unter dem Sakko jedoch war das Nachthemd und die fürchterliche lange Militärunterhose, und das war eine noch viel komischere Kleidung als jene, durch die sie vorher verdeckt gewesen war. Ich ging zum Lichtschalter und löschte das Licht, aber keine Dunkelheit kam, um mich zu erlösen, weil das Licht der Straßenlaterne durch das Fenster ins Zimmer fiel. Das Schamgefühl wegen meiner Lächerlichkeit war größer als das Schamgefühl ob der Nacktheit, und ich streifte schnell Hemd und Unterhose ab und stand nackt vor Lucie. Ich umarmte sie. (Wieder spürte ich, wie sie zitterte.) Ich sagte ihr, sie solle sich ausziehen, damit sie alles von sich abwürfe, was uns trennte. Ich streichelte mit den Händen ihren ganzen Körper und wiederholte immer und immer wieder meine Bitte, aber Lucie sagte, ich solle ein Weilchen warten, sie könne nicht, jetzt könne sie nicht, so rasch könne sie nicht.

Ich nahm sie an der Hand, und wir setzten uns auf den Bettrand. Ich legte meinen Kopf auf ihren Schoß und blieb ein Weilchen ruhig; und da wurde ich mir der absoluten Unschicklichkeit meiner Nacktheit (die schwach vom schmutzigen Licht der Laterne draußen beleuchtet wurde) bewußt; es ging mir durch den Sinn, daß alles genau umgekehrt gekommen war, als ich es mir erträumt hatte; nicht ein nacktes Mädchen bediente einen angezogenen Mann, sondern ein nackter Mann bettete hier seinen Kopf auf den Schoß einer angezogenen Frau; ich kam mir vor wie der vom Kreuze genommene nackte Christus in den Armen der wehklagenden Maria, und im gleichen Augenblick erschrak ich vor dieser Vorstellung, weil ich nicht hergekommen war, um Trost und Mitleid zu finden, sondern wegen etwas ganz anderem — und abermals begann ich Lucie zu bedrängen, sie zu küssen (die Wangen und das Gewand), und ich versuchte, ihr unauffällig das Kleid aufzuknöpfen.

Doch ich erreichte nichts: Lucie entwand sich mir abermals; ich verlor völlig meinen anfänglichen Elan, die zuversichtliche Ungeduld, plötzlich hatte ich alle meine Worte und Berührungen erschöpft. Ich blieb auf dem Bett liegen, nackt, langgestreckt und regungslos, und Lucie saß über mich gebeugt und streichelte mit ihren rauhen Händen mein Antlitz. Und in mir machte sich allmählich Unmut und Zorn breit: ich hielt im Geiste Lucie alle Risiken vor, die ich auf mich genommen hatte, um sie heute zu treffen: ich erinnerte sie (im Geiste) an alle Strafen, die mich mein heutiger Ausflug kosten könnte. Aber das waren nur oberflächliche Vorwürfe (darum vertraute ich sie Lucie — wenn auch schweigend — an). Die wirkliche Quelle meines Zornes war viel tiefer (ich schäme mich, sie auszusprechen): ich dachte an meine Kläglichkeit, an die traurige Kläglichkeit der erfolglosen Jugend, die Kläglichkeit endloser Wochen ohne Befriedigung, an die erniedrigende Erbärmlichkeit der unerfüllten Sehnsucht; ich mußte an mein vergebliches Bemühen um Markéta denken, an die Widerlichkeit der Blondine auf der landwirtschaftlichen Maschine und an das auch diesmal wieder vergebliche Bemühen um Lucie. Und ich hatte Lust, laut zu klagen: warum muß ich in allem erwachsen sein, als Erwachsener verurteilt, ausgeschlossen, als Trotzkist gekennzeichnet, als Erwachsener ins Bergwerk geschickt werden, aber warum darf ich in der Liebe nicht erwachsen sein und muß alle Schmach des Nichterwachsenseins schlucken? Ich haßte Lucie, ich haßte sie um so mehr, da ich sah, daß sie mich liebte, weil ihr Widerstand daher um so unsinniger, unbegreiflicher und überflüssiger war und mich zur Raserei brachte. Und nach einem halbstündigen Schweigen ging ich abermals zum Angriff über.

Ich warf mich auf sie; ich wandte alle meine Kraft an, es gelang mir, ihren Rock hochzuschieben, ihren Büstenhalter zu zerreißen, mit der Hand zu ihrer nackten Brust vorzudringen, aber Lucie wehrte sich immer verzweifelter und (von der gleichen blinden Kraft beseelt wie ich) widerstand mir schließlich, sprang vom Bett auf und stellte sich zum Schrank.

„Weshalb wehrst du dich?" schrie ich sie an. Sie wußte mir nicht zu antworten, sie redete irgend etwas, ich solle nicht böse sein, ich möge ihr verzeihen, aber sie sagte nichts Erklärendes, nichts Vernünftiges. „Warum wehrst du dich denn? Weißt du denn nicht, daß ich dich liebe? Du bist verrückt!" schrie ich. „Dann jag mich fort", sagte sie, noch immer gegen den Schrank gelehnt. „Ich jage dich hinaus, ich jage dich wirklich hinaus, weil du mich nicht liebst, weil du mich zum Narren hältst!" Ich schrie ihr ins Gesicht, daß ich ihr ein Ultimatum stelle, daß sie entweder mein sein müsse, oder ich wolle sie nie wieder sehen.

Wieder trat ich zu ihr und umarmte sie. Diesmal leistete sie keinen Widerstand, aber sie lag wie eine Ohnmächtige in meinen Armen. „Was bildest du dir denn auf diese deine Jungfernschaft ein, für wen behütest du sie?" Sie schwieg. „Was schweigst du?" „Du liebst mich nicht", sagte sie. „Was? Ich liebe dich nicht?" „Du liebst mich nicht. Ich habe geglaubt, daß du mich liebst ..." Sie begann zu weinen.

Ich kniete vor ihr nieder; ich küßte ihre Beine, ich flehte sie an. Aber sie weinte und behauptete, ich liebte sie nicht.

Plötzlich packte mich eine rasende Wut. Es war mir, als stünde mir irgendeine überirdische Gewalt im Wege und risse mir jedesmal das aus der Hand, wofür ich leben wollte, was ich ersehnt hatte, was mir gebührte; als sei es dieselbe Gewalt, die mir die Partei und die Genossen und die Hochschule genommen hatte; die mir immer alles wegnahm und für nichts und wieder nichts und grundlos. Ich begriff, daß diese überirdische Gewalt nun in Lucie gegen mich auftrat, und ich haßte Lucie, weil sie das Instrument dieser überirdischen Gewalt geworden war; ich schlug ihr ins Gesicht — weil es mir war, als wäre das nicht Lucie, sondern jene feindliche Gewalt; ich schrie, daß ich sie hasse, daß ich sie nicht mehr sehen wolle, daß ich sie nie wieder sehen wolle, daß ich sie nie mehr im Leben sehen wolle.

Ich warf ihr ihren braunen Überzieher zu (sie hatte ihn über die Sessellehne gelegt) und schrie sie an, sie solle gehen.

Sie zog den Mantel an und ging.

Und ich, ich legte mich aufs Bett und hatte eine Leere in der Seele und wollte Lucie zurückrufen, weil ich große Sehnsucht nach ihr hatte, bereits jetzt, in diesem Augenblick, da ich sie davongejagt hatte, weil ich wußte, daß es tausendmal besser war, mit einer angekleideten und sich widersetzenden Lucie zu sein als ohne Lucie zu sein; denn ohne Lucie sein bedeutete in absoluter Verlassenheit sein.

Das alles wußte ich, und dennoch rief ich ihr nicht nach, sie solle zurückkommen.

Ich blieb lange in dem geliehenen Zimmer auf dem Bett liegen, denn ich vermochte mir nicht vorzustellen, in dieser Verfassung mit Menschen zusammenzutreffen, im Häuschen bei der Kaserne aufzutauchen, mit den Kumpels zu scherzen und ihre vergnügt schamlosen Fragen zu beantworten.

Dann (es war schon sehr spät in der Nacht) stand ich schließlich doch auf und ging. Die Straßenlaterne gegenüber dem Haus, das ich verließ, brannte noch. Ich machte einen Bogen um das Kasernengelände, klopfte an das Fenster des Häuschens (es brannte kein Licht mehr), wartete etwa drei Minuten, zog dann im Beisein des gähnenden Kumpels das Gewand aus, antwortete etwas Unbestimmtes auf seine Frage bezüglich des Gelingens meines Unternehmens und machte mich (wieder in Nachthemd und Unterhose) auf den Weg zur Kaserne. Ich war verzweifelt, und alles war mir einerlei. Ich paßte überhaupt nicht auf, wo sich der Hundeführer gerade befand, es war mir egal, wohin der Strahl des Scheinwerfers gerichtet war. Ich kroch unter dem Draht durch und schritt ruhig auf meine Baracke zu. Ich befand mich gerade bei der Wand der Sanitätsbaracke, als ich eine Stimme vernahm: „Halt!" Ich blieb stehen. Eine Taschenlampe leuchtete mich an. Ich hörte das Knurren eines Hundes. „Was tun Sie da?"

„Ich kotze, Genosse Zugsführer", antwortete ich und stützte mich mit der Hand an die Wand.

„So machen Sie, machen Sie schon!" antwortete der Zugsführer und setzte mit dem Hund seinen Rundgang fort.

14

Ich habe hinter dem letzten Satz eine Artikulationszäsur gemacht, eine der Pausen, durch die ich meine Erinnerungen in einzelne Kapitel teile. Ich bin mir nicht sicher, ob mit Recht, denn die Kette der rasch aufeinanderfolgenden Ereignisse endete nicht mit meiner Begegnung mit dem Zugsführer, sondern kulminierte erst am nächsten Morgen.

Ins Bett gelangte ich in dieser Nacht dann wohl ohne Komplikationen (der Korporal schlief tief), aber ich versuchte vergeblich einzuschlafen, so daß ich froh war, als die unangenehme Stimme des Aufsehers (die „Wecken" brüllte) der bösen Nacht ein Ende machte. Ich schlüpfte in die Schuhe und lief in den Waschraum, um mich mit kaltem, erquickendem Wasser zu besprengen. Als ich zurückkehrte, sah ich an Alexeis Bett ein Häuflein halb angezogener Kameraden stehen, die gedämpft kicherten. Mir war sofort klar, was los war: Alexei (er lag auf dem Bauch, den Kopf im Kissen vergraben, mit der Decke zugedeckt) schlief wie ein Murmeltier. Das erinnerte mich sogleich an Franta Petrášek vom dritten Zug, der aus Zorn auf seinen Zugsführer einmal am Morgen einen so tiefen Schlaf vorgetäuscht hatte, daß ihn nacheinander drei verschiedene Vorgesetzte wachzurütteln versuchten, und alle vergeblich; schließlich mußte er mitsamt dem Bett in den Hof hinausgetragen werden, und erst als man die Feuerwehrspritze auf ihn richtete, begann er sich faul die Augen zu reiben. Bei Alexei konnte man jedoch keinesfalls mit einer Revolte rechnen, und sein tiefer Schlaf war sicherlich nichts anderes als eine Folge seiner physischen Schwäche. Aus dem Korridor trat nun ein Korporal (unser Stubenkommandant) in den Raum und trug einen riesengroßen Topf Wasser in den Händen; er war von einigen unserer Soldaten umringt, die ihn offenbar veranlaßt hatten, diesen uralten, blöden Scherz mit dem Wasser zu machen, der so ausgezeichnet dem Unteroffiziershirn aller Zeiten und aller Regime entspricht.

Dieses rührende Einvernehmen zwischen Mannschaft und Unteroffizieren (die sonst so verachtet wurden) empörte mich in diesem Augenblick; es empörte mich, daß der gemeinsame Haß gegen Alexei plötzlich alle alten Rechnungen zwischen diesen und jenen getilgt hatte. Die gestrigen Worte des Kommandanten über Alexeis Denunziation hatten offenbar alle als Bestätigung ihres eigenen Verdachtes gedeutet und fühlten in sich jäh eine Welle innigen Einverständnisses mit der Grausamkeit des Kommandanten. Übrigens, war es nicht viel bequemer, gemeinsam mit dem mächtigen Kommunisten den Machtlosen zu hassen als mit dem Machtlosen den Mächtigen? Eine blinde Wut gegen alle rundherum stieg mir zu Kopf, gegen diese Fähigkeit, gedankenlos jede Beschuldigung zu glauben, gegen diese ihre stets parate Grausamkeit, mit der sie ihr geschlagenes Selbstbewußtsein aufrichten wollten — und ich überholte den Korporal und sein Häuflein. Ich trat zum Bett und sagte laut: „Alexei, steh auf, du Hornochse du!"

In diesem Augenblick drehte mir jemand von hinten den Arm auf den Rücken und zwang mich, in die Knie zu gehen. Ich blickte mich um und sah, daß es Pavel Pěkný war. „Warum verpfuschst du alles, du Bolschewik?" zischte er mich an. Ich riß mich von ihm los und langte ihm eine. Wir hätten sicherlich eine Prügelei begonnen, aber die anderen beschwichtigten uns rasch, weil sie Angst hatten, Alexei würde vorzeitig aufwachen. Außerdem war der Korporal mit dem Topf schon da. Er beugte sich über Alexei, brüllte „Wecken . . .", und gleichzeitig schüttete er alles Wasser auf ihn; der Topf enthielt mindestens zehn Liter.

Und etwas Seltsames geschah: Alexei blieb liegen, genau wie zuvor. Der Korporal schien ein Weilchen unschlüssig, und dann schrie er: „Soldat! Aufstehen!" Aber der Soldat rührte sich nicht. Der Zugsführer beugte sich zu ihm nieder und rüttelte ihn (die Decke war durchnäßt, durchnäßt war auch das Bett mit dem Leintuch, und das Wasser tropfte auf den Fußboden). Es gelang ihm, Alexeis Körper auf den Rücken zu drehen, so daß wir sein Gesicht sahen: es war eingefallen, bleich, regungslos.

Der Korporal schrie: „Den Arzt!" Niemand rührte sich, alle starrten Alexei in seinem durchnäßten Hemd an, der Korporal schrie abermals: „Den Arzt!" und deutete auf einen der Soldaten, der sofort davoneilte.

(Alexei lag da und rührte sich nicht, er war schmächtiger und kränklicher als je zuvor, viel jünger, er war wie ein Kind, nur seine Lippen waren fest zusammengepreßt, wie es bei Kindern nicht der Fall zu sein pflegt, und das Wasser tropfte von ihm. Jemand sagte: „Es regnet . . .")

Dann kam der Arzt, ergriff Alexeis Handgelenk und sagte: „Na ja." Er nahm die nasse Decke von ihm, so daß er in seiner ganzen (geringen) Länge vor uns lag und man die durchnäßte lange weiße Unterhose sehen konnte, aus der die nackten Füße hervorragten. Der Arzt blickte sich um und nahm zwei Röhrchen vom Nachttisch; er schaute hinein (sie waren leer) und sagte: „Das würde für zwei reichen." Dann zog er das Leintuch vom Nebenbett und bedeckte Alexei damit.

Wir waren durch all das aufgehalten worden, so daß wir dann in großer Hast frühstücken mußten, und eine dreiviertel Stunde später fuhren wir bereits ein. Und dann war die Schicht zu Ende, und es gab wieder Freiübungen und wieder politische Erziehung und Pflichtsingen und Reinemachen und Zapfenstreich und Schlaf, und ich dachte daran, daß Stáňa fort ist, daß mein bester Kamerad Honza fort ist (ich habe ihn nie wieder gesehen und weiß nur vom Hörensagen, daß er nach dem Militärdienst über die Grenze nach Österreich geflohen ist) und daß auch Alexei weg ist; er hatte seine große Rolle blind und tapfer auf sich genommen, und er konnte nichts dafür, daß er sie plötzlich nicht weiterzuspielen wußte, daß er nicht länger demütig und geduldig mit seinem Hundekopf in der Reihe stehen konnte, daß er keine Kräfte mehr hatte; er war nicht mein Kamerad gewesen, er war mir fremd durch die Hartnäckigkeit seines Glaubens, aber durch sein Los war er mir von allen der Allernächste; es schien mir, daß er in seinen Tod auch einen Vorwurf gegen mich eingeschlossen hatte, als wollte er mich wissen lassen, daß im Augenblick, da die Partei einen Menschen aus ihrer Mitte ausstößt, dieser Mensch nichts mehr besitzt, wofür er leben sollte. Ich empfand es plötzlich als meine Schuld, daß ich ihn nicht gemocht hatte, denn jetzt war er unwiederbringlich tot, und ich hatte nie etwas für ihn getan, obwohl hier einzig und allein ich etwas hätte für ihn tun können.

Aber ich hatte nicht nur Alexei verloren und die nie wiederkehrende Gelegenheit, einen Menschen zu retten; wie ich die Dinge heute, mit Abstand, sehe, verlor ich gerade damals das warme kameradschaftliche Gefühl der Solidarität mit meinen Schwarzen Gefährten und damit auch die letzte Möglichkeit, mein verschüchtertes Vertrauen zu den Menschen zu vollem Leben zu erwecken. Ich begann den Wert unserer Solidarität anzuzweifeln, die nur durch den Druck der Umstände erzwungen worden war und durch den Selbsterhaltungstrieb, der uns zu einem einmütigen Haufen zusammentrieb. Und ich begann mir bewußt zu werden, daß unser Schwarzes Kollektiv ebenfalls fähig war, einen anderen in die Verbannung und in den Tod zu schicken, wie jenes Kollektiv von Menschen, das einmütig die Hände gehoben hatte, wie wohl jedes Kollektiv von Menschen überhaupt.

Es war mir in jenen Tagen, als würde ich von einer Wüste durchquert; ich war Wüste in der Wüste, und ich hatte das Verlangen, Lucie zu rufen. Ich konnte plötzlich ganz und gar nicht begreifen, warum ich so unsinnig ihren Körper begehrt hatte; jetzt kam es mir vor, als wäre sie wohl überhaupt kein leibliches Weib, sondern nur eine transparente Säule Wärme, die durch ein Reich unendlicher Kälte schreitet, eine Säule Wärme, die sich von mir entfernte, die ich von mir vertrieben hatte.

Und dann kam wieder ein Tag, und ich ließ beim Exerzieren nach der Schicht meine Augen nicht vom Zaun und wartete, ob sie kommen würde; aber jenseits des Zaunes blieb während der ganzen Zeit nur ein altes Weib stehen und zeigte uns Exerzierende einem verschmuddelten Kind. Und so schrieb ich am Abend einen Brief, einen langen und kläglichen Brief, und ich bat Lucie, wieder zu kommen, ich müsse sie sehen, ich verlange gar nichts mehr von ihr, wirklich nichts, nur das eine, daß sie überhaupt sei, daß ich sie sehen könne, daß ich wisse, daß sie mit mir ist, daß sie ist, daß sie überhaupt ist . . .

Wie zum Hohn wurde es in jenen Tagen plötzlich warm, der Himmel war blau, und es folgte ein herrlicher Oktober. Das Laub der Bäume war bunt, und die Natur (diese armselige Ostrauer Natur) feierte den herbstlichen Abschied mit verrückten Exzessen. Ich konnte nicht anders, ich mußte all das als Hohn empfinden, denn auf meine verzweifelten Briefe kam nie eine Antwort, und jenseits des Drahtzaunes blieben (unter der herausfordernden Sonne) nur schrecklich fremde Menschen stehen. Etwa nach vierzehn Tagen kam einer meiner Briefe zurück: die Adresse auf dem Umschlag war durchgestrichen und mit Kopierstift dazugeschrieben: Adressat verzogen.

Mich packte Entsetzen. Tausendmal hatte ich mir seit meiner letzten Begegnung mit Lucie im Geiste alles wiederholt, was ich ihr damals gesagt hatte und was sie mir gesagt hatte, hundertmal verfluchte ich mich, und hundertmal entschuldigte ich mich vor mir selbst, hundertmal glaubte ich daran, daß ich Lucie für immer vertrieben hatte, und hundertmal beteuerte ich mir, daß mich Lucie verstehen könne und daß sie mir alles verzeihen würde. Aber der Vermerk auf dem Briefumschlag klang wie ein Urteil.

Ich vermochte meiner Unruhe nicht Herr zu werden und wagte gleich am nächsten Tag ein hirnverbranntes Stückchen. Ich sage hirnverbrannt, aber es war eigentlich um keinen Deut gefährlicher als meine letzte Flucht aus der Kaserne, so daß ihm nachträglich eher sein Mißlingen und nicht sein riskanter Charakter das Prädikat hirnverbrannt aufgedrückt hatte. Ich wußte, daß Honza es vor mir einige Male so gemacht hatte, als er es im Sommer mit irgendeiner Bulgarin trieb, deren Mann fast immer vormittags beschäftigt gewesen war. Ich machte es ihm also nach: ich ging am Morgen mit den anderen in die Schicht, nahm die Marke, die Grubenlampe, schmierte mir das Gesicht mit Ruß ein, und dann verdünnisierte ich mich unauffällig; ich eilte zu Lucies Internat und erkundigte mich bei der Pförtnerin. Ich erfuhr, daß Lucie vor etwa vierzehn Tagen verschwunden war, mit einem Köfferchen, in das sie alle ihre Habseligkeiten gepackt hatte; niemand wußte, wohin sie gegangen war, sie hatte niemandem etwas gesagt. Ich war entsetzt: war ihr am Ende etwas zugestoßen? Die Pförtnerin sah mich an und winkte ab: „Ich bitte Sie, das machen diese Brigademädchen nun einmal so. Sie kommen, sie gehen, sie sagen niemandem ein Wort." Ich begab mich in Lucies Betrieb und erkundigte mich in der Personalabteilung nach ihr; aber ich erfuhr auch hier nicht mehr. Ich trieb mich in Ostrau herum und kehrte gegen Ende der Schicht zur Grube zurück, um mich unter die ausfahrenden Kameraden zu mischen; aber offenbar war mir etwas von Honzas Rezept für diese Art von Flucht entgangen; die ganze Geschichte platzte. Vierzehn Tage später stand ich vor dem Militärgericht und bekam zehn Monate Knast wegen Desertion.

Ja, und hier, in dem Augenblick, da ich Lucie verloren hatte, begann eigentlich erst jene lange Zeit der Hoffnungslosigkeit und der Öde, zu deren Abbild mir für eine kurze Weile die trübe periphere Szenerie meiner Heimatstadt wurde, in die ich nun auf einen kurzen Besuch gekommen war. Ja, von jenem Augenblick an begann erst alles: während der zehn Monate, die ich im Kittchen saß, starb meine Mutter, und ich konnte nicht einmal zu ihrem Begräbnis kommen. Dann kehrte ich nach Ostrau zu den Schwarzen zurück und diente noch ein weiteres volles Jahr. In dieser Zeit unterschrieb ich das Gelöbnis, nach dem Militärdienst drei weitere Jahre in der Grube zu arbeiten, weil sich die Nachricht verbreitet hatte, daß jene, die nicht unterschrieben, noch ein gutes Jahr länger in der Kaserne bleiben müßten. Und so fuhr ich noch weitere drei Jahre als Zivilist ein.

Ich erinnere mich nicht gern daran, ich spreche nicht gern darüber, und überhaupt ist es mir widerlich, wenn heute jene mit ihrem Schicksal prahlen, die damals ähnlich wie ich von der eigenen Bewegung, an die sie geglaubt hatten, ausgestoßen wurden. Ja sicherlich, einst heroisierte auch ich mein Los als Verstoßener, aber das war ein falscher Stolz. Mit der Zeit mußte ich mir selbst unbarmherzig vor Augen führen, daß ich nicht deshalb zu den Schwarzen geraten war, weil ich tapfer war, weil ich kämpfte, weil ich meine Ideen ausschickte, damit sie anderen Ideen begegneten; nein, meinem Fall war keinerlei würdiges Drama vorausgegangen, ich war eher Objekt denn Subjekt meiner ganzen Geschichte, und so gibt es also nichts (wenn ich nicht Leid, Kummer oder gar eitle Nichtigkeit für Werte halten will), womit ich mich brüsten könnte.

Lucie? Ach ja: volle fünfzehn Jahre sah ich sie nicht, und lange Zeit konnte ich nicht einmal etwas über sie erfahren. Erst nach meiner Rückkehr vom Militär habe ich gehört, daß sie irgendwo in Westböhmen sein soll. Aber da forschte ich nicht mehr nach ihr.

IV

1

Ich sehe einen Weg, der sich durch das Feld schlängelt. Ich sehe die Erdklumpen dieses Weges, zerfurcht von den schmalen Rädern ländlicher Fuhrwerke. Und ich sehe die Raine längs dieses Weges, Raine, grasbedeckt und so grün, daß ich mich nicht beherrschen kann und mit der Hand über ihre weiche Lehne streiche.

Die Felder rundherum sind ganz kleine Feldchen, keine vereinigten Genossenschaftsfelder. Wie denn? Ist das nicht die heutige Landschaft, durch die ich gehe? Was ist das also für eine Landschaft?

Ich gehe weiter, und vor mir taucht am Wegesrand ein Rosenstrauch auf. Er ist voll wilder Röslein. Und ich bleibe stehen und bin glücklich. Ich setze mich unter den Strauch ins Gras, und nach einem Weilchen lege ich mich hin. Ich fühle, wie mein Rücken den grasbewachsenen Boden berührt. Ich taste ihn mit meinem Rücken ab. Ich halte ihn auf meinem Rücken und bitte ihn, daß er sich nicht scheue, schwer zu sein, daß er mit seiner ganzen Schwere auf mir laste.

Dann höre ich das Trampeln von Hufen. In der Ferne wird eine Staubwolke sichtbar. Sie kommt näher und wird durchsichtig und minder dicht. Aus ihr tauchen Reiter auf. Auf den Pferden sitzen junge Männer in weißen Uniformen. Doch je näher sie kommen, desto offenkundiger wird die Nachlässigkeit dieser Uniformen. Manche Röcke sind zugeknöpft, goldene Knöpfe leuchten an ihnen, manche sind offen, und manche Burschen sind nur im Hemd. Die einen haben Mützen auf dem Kopf, andere sind barhäuptig. O nein, das ist kein Militär, das sind Deserteure, das sind Fahnenflüchtige, Räuber! Das ist *unsere* Reiterei! Ich erhebe mich vom Boden und blicke ihnen entgegen. Der erste der Reiter zückt den Säbel und hebt ihn in die Höhe. Die Reiterschar hält inne.

Der Mann mit dem gezückten Säbel beugt sich nun über den Hals des Pferdes und sieht mich an.

„Ja, ich bin es", sage ich.

„Der König!" sagt der Mann verwundert. „Ich erkenne dich!"

Ich neige den Kopf, glücklich, daß sie mich kennen. Sie reiten schon seit so vielen Jahrhunderten hier durch das Land und kennen mich!

„Wie lebst du, König?" fragt der Mann.

„Ich fürchte mich, Kameraden", sage ich.

„Sind sie hinter dir her?"

„Nein, aber es ist schlimmer, als wenn sie hinter mir her wären. Irgend etwas braut sich gegen mich zusammen. Ich erkenne die Menschen rings um mich nicht. Ich komme nach Hause, und drinnen ist ein anderes Zimmer und eine andere Frau, und alles ist anders. Ich denke, daß ich mich geirrt habe, ich laufe hinaus, aber von draußen ist es tatsächlich mein Haus! Von außen mein, im Inneren fremd. Und so ist es, wohin immer ich gehe. Irgend etwas ist im Gange, wovor ich mich fürchte, Kameraden."

Der Mann fragt mich: „Hast du das Reiten noch nicht verlernt?" Erst jetzt bemerke ich, daß neben seinem Pferd noch ein gesatteltes Roß ohne Reiter steht. Der Mann deutet auf dieses. Ich schiebe den Fuß in den Steigbügel und schwinge mich auf den Rücken des Tieres. Das Pferd bäumt sich auf, aber ich sitze jetzt fest, und meine Knie umschließen mit Wonne seinen Rücken. Der Mann zieht ein rotes Tüchlein aus der Tasche und reicht es mir: „Verhülle dein Antlitz, damit sie dich nicht erkennen!" Ich verhülle mein Antlitz, und plötzlich bin ich blind.

„Das Pferd wird dich führen“, höre ich die Stimme des Mannes.

Die ganze Reiterei galoppiert davon. Ich spüre die galoppierenden Reiter rechts und links neben mir. Ich berühre mit meinen Waden ihre Waden und höre das Schnauben ihrer Pferde. Etwa eine Stunde reiten wir so, Leib an Leib. Dann halten wir an. Die Männerstimme von vorhin spricht mich abermals an: „Wir sind an Ort und Stelle, König!“

„Wo an Ort und Stelle?“ frage ich.

„Hörst du nicht den großen Strom rauschen? Wir stehen am Ufer der Donau. Hier bist du in Sicherheit, König.“

„Ja“, sage ich, „ich fühle, daß ich in Sicherheit bin. Ich möchte meinen Schleier abnehmen.“

„Das darfst du nicht, König. Noch nicht. Du brauchst deine Augen gar nicht. Die Augen würden dich nur trügen.“

„Aber ich will die Donau sehen, sie ist mein Strom, meine Mutter Strom, ich will sie sehen!“

„Du brauchst deine Augen nicht, König. Ich werde dir alles erzählen. So ist das viel besser. Rings um uns ist eine endlose Ebene. Weiden. Da und dort Buschwerk, da und dort ragt ein Holzbalken empor, der Zugarm eines Brunnens. Wir aber stehen im Gras am Ufer. Ein Stückchen von uns entfernt geht das Gras schon in Sand über, weil der Strom hier sandigen Grund hat. Doch jetzt steig vom Pferd, König.“

Wir steigen ab und setzen uns auf den Boden.

„Die Burschen machen ein Feuer“, höre ich die Stimme des Mannes, „die Sonne verschwimmt bereits mit dem weiten Horizont, und bald wird es kalt sein.“

„Ich möchte Vlasta sehen“, sage ich plötzlich.

„Du wirst sie sehen.“

„Wo ist sie?“

„Unweit von hier. Du wirst zu ihr reiten. Dein Pferd bringt dich zu ihr.“

Ich springe auf und bitte, sofort zu ihr reiten zu dürfen. Doch die Hand des Mannes packt meine Schulter und drückt mich wieder auf den Boden nieder. „Bleib sitzen, König. Du mußt rasten und essen. Unterdessen werde ich dir von ihr erzählen.“

„Erzähl. Wo ist sie?“

„Eine Wegstunde von hier ist ein Holzhäuschen mit einem

Schindeldach. Es ist von einem hölzernen Gartenzaun umgeben."

„Ja, ja", stimme ich zu und fühle eine selige Bürde auf meinem Herzen, „alles ist aus Holz. So soll es sein. Ich will nicht, daß in diesem Häuschen ein einziger Eisennagel sei."

„Ja", fährt die Stimme fort, „der Zaun ist aus Holzlatten, die so roh bearbeitet sind, daß man an ihnen die ursprüngliche Form der Äste erkennen kann."

„Alle Dinge aus Holz ähneln einer Katze oder einem Hund", sage ich. „Es sind eher Wesen denn Dinge. Ich liebe die hölzerne Welt. Allein in ihr bin ich zu Hause."

„Hinter dem Gartenzaun wachsen Sonnenblumen, Ringelblumen und Dahlien, und auch ein alter Apfelbaum wächst dort. Auf der Schwelle des Hauses steht gerade Vlasta."

„Wie ist sie gekleidet?"

„Sie hat einen Leinenrock an, der ist ein wenig schmutzig, weil sie aus dem Stall kommt. In der Hand hält sie einen hölzernen Bottich. Sie ist barfuß. Aber sie ist schön, denn sie ist jung."

„Sie ist arm", sage ich, „sie ist ein armes Mägdelein."

„Ja, aber dabei ist sie eine Königin. Und weil sie eine Königin ist, muß sie sich verbergen. Auch du darfst nicht zu ihr, damit sie nicht verraten werde. Du darfst nur unter dem Schleier zu ihr. Das Pferd wird dich zu ihr bringen."

Die Erzählung des Mannes ist so schön, daß mich eine süße Schlaffheit ergreift. Ich liege im Gras, höre die Stimme, dann verstummt die Stimme, und es ist nur das Rauschen des Wassers zu vernehmen und das Prasseln des Feuers. Das ist so schön, daß ich Angst habe, die Augen zu öffnen. Aber es hilft nichts. Ich weiß, daß es schon Zeit ist und daß ich sie öffnen muß.

2

Unter mir waren drei Matratzen auf poliertem Holz. Poliertes Holz mochte ich nicht. Auch die gebogenen Metallstäbe, auf denen die Couch stand, mochte ich nicht. Über mir hing von der Decke eine rosarote Glaskugel mit drei weißen Streifen herab, die sich drehten. Diese Kugel mochte ich gleichfalls nicht. Auch die Anrichte gegenüber nicht, hinter deren Glas viel anderes überflüssiges Glas ausgestellt war. Aus Holz war hier nur das schwarze Harmonium in der Ecke. Dieses allein mochte ich in diesem Zimmer. Es blieb nach meinem Vater hier zurück. Vater ist vor einem Jahr gestorben.

Ich erhob mich von der Couch. Ich fühlte mich nicht ausgeruht. Es war Freitag nachmittag, zwei Tage vor dem sonntägigen Ritt der Könige. Alles lastete auf mir. Alles, was mit Folklore zusammenhängt, lastet nämlich in unserem Bezirk stets auf mir. Vierzehn Tage habe ich nicht mehr richtig geschlafen vor lauter Sorgen, Herumlaufen, Streitereien, Herbeischaffen.

Dann trat Vlasta in die Stube. Ich dachte mir oft, daß sie zunehmen sollte. Dicke Frauen sind meistens gutmütig. Vlasta war mager; und im Gesicht hatte sie bereits viele kleine Runzeln. Sie fragte mich, ob ich nicht vergessen hätte, auf dem Heimweg aus der Schule die Wäsche aus der Wäscherei zu holen. Ich hatte vergessen. „Das konnte ich mir denken", sagte sie und fragte mich, ob ich heute endlich einmal zu Hause bliebe. Ich mußte ihr sagen, daß ich nicht zu Hause bliebe. In einer Weile mußte ich zu einer Sitzung in die Stadt. Ins Bezirksamt. „Du hast versprochen, daß du heute mit Vladimír lernen wirst." Ich zuckte mit den Achseln. „Und wer wird bei dieser Sitzung dabeisein?" Ich nannte ihr die Teilnehmer, und Vlasta unterbrach mich: „Die Hanzlíková ebenfalls?" „Ja", sagte ich. Vlasta machte eine gekränkte Miene. Ich wußte, daß es schlimm stand. Die Hanzlíková hatte einen schlechten Ruf. Es war bekannt, daß sie mit diesem und jenem geschlafen hatte. Nicht daß mich Vlasta verdächtigt hätte, daß ich mit Frau Hanzlíková etwas hatte, aber es reizte sie immer, wenn ihr Name genannt wurde. Sie verachtete Sitzungen, an denen die Hanzlíková teilnahm. Darüber konnte man mit ihr nicht sprechen — und so verschwand ich lieber rasch von zu Hause.

In der Sitzung besprachen wir die letzten Vorbereitungen für den Ritt der Könige. Es war unterm Hund. Der Nationalausschuß begann bei uns zu sparen. Noch vor einigen Jahren unterstützte er folkloristische Festveranstaltungen mit großen Beträgen. Heute waren wir es, die den Nationalausschuß unterstützten. Der Jugendverband locke die Jugend überhaupt nicht mehr, also solle man ihm die Veranstaltung des Rittes der Könige anvertrauen, damit er mehr Anziehungskraft erhalte. Der Erlös aus dem Ritt der Könige wurde früher für die Unterstützung anderer, minder einträglicher folkloristischer Unternehmen verwendet; diesmal solle er dem Jugendverband zufließen, der ihn auf seine Art verwenden werde. Wir ersuchten die Polizei, während des Rittes der Könige die Straße für den Verkehr zu sperren. Aber gerade an diesem Tag hatten wir eine abschlägige Antwort erhalten. Es hieß, es sei nicht möglich, wegen des Rittes der Könige den Verkehr zu stören. Aber wie würde der Ritt der Könige aussehen, wenn die Pferde zwischen den Autos scheuten? Nichts als Sorgen.

Erst gegen acht Uhr verließ ich die Sitzung. Auf dem Hauptplatz sah ich Ludvík. Er ging auf der anderen Straßenseite in der entgegengesetzten Richtung. Ich erschrak fast ein wenig. Was machte er hier? Dann fing ich seinen Blick auf, der eine Sekunde lang auf mir ruhte und rasch wieder von mir abließ. Er tat, als sähe er mich nicht. Zwei alte Freunde. Acht Jahre in einer Schulbank! Und er tat, als sähe er mich nicht!

Ludvík, das war der erste Riß in meinem Leben. Und jetzt gewöhnte ich mich schon völlig daran, daß mein Leben kein sehr festes Haus ist. Unlängst fuhr ich nach Prag und ging in eines jener kleinen Theater, die in den sechziger Jahren wie die Pilze aus dem Boden schossen und die rasch Beliebtheit erlangten, weil sie von jungen Leuten in studentischem Geist geführt wurden. Man spielte ein Stück mit einer eher kärglichen Handlung, aber es gab darin witzige Lieder und guten Jazz. Plötzlich setzten sich die Jazzspieler Hüte mit Federn auf den Kopf, wie sie bei uns zur Volkstracht getragen werden, und fingen an, eine Zimbalkapelle zu kopieren. Sie kreischten, sie juchzten, sie ahmten unsere Tanzbewegungen nach und das für uns charakteristische Emporstrecken des Armes ... Das Ganze dauerte wohl nur ein paar Minuten, aber das Publikum lachte sich fast schief. Ich traute meinen Augen nicht. Noch vor fünf Jahren hätte es niemand gewagt, uns als Hanswurste hinzustellen. Und niemand hätte über so etwas gelacht. Und jetzt lachte man über uns. Wie kam es, daß wir plötzlich zum Lachen waren?

Und Vladimír. Der hat mir in den letzten Wochen zu schaffen gemacht! Der Bezirksnationalausschuß schlug dem

Jugendverband vor, ihn heuer zum König zu machen. Seit alten Zeiten bedeutet es eine Ehre für den Vater, wenn der Sohn König wird. Und heuer hätte das eine Ehrung für mich sein sollen. Sie wollten mich durch meinen Sohn für alles belohnen, was ich hier für die Volkskunst getan hatte. Aber Vladimír sträubte sich. Er suchte nach Ausreden, wie er nur konnte. Er sagte, er wolle am Sonntag nach Brünn zum Motorradrennen fahren. Dann behauptete er gar, daß er sich vor Pferden fürchte. Und schließlich sagte er, er wolle nicht den König machen, wenn das von oben angeordnet werde. Er wolle keine Protektion.

Wie oft habe ich mich schon darüber gekränkt. Als wollte er aus seinem Leben alles verbannen, was ihn an mein Leben erinnern könnte. Niemals wollte er das Kinderensemble für Gesang und Tanz besuchen, das auf mein Betreiben neben unserem Ensemble entstanden war. Schon damals kam er mir immer mit Ausreden. Er behauptete, unmusikalisch zu sein. Dabei spielte er recht gut Gitarre und kam mit seinen Kameraden zusammen, um irgendwelche amerikanischen Lieder zu singen.

Allerdings ist Vladimír erst fünfzehn Jahre alt. Und er hat mich gern. Er ist ein sensibler Junge. Wir haben vor einigen Tagen miteinander unter vier Augen gesprochen, und vielleicht hat er mich verstanden.

3

Ich erinnere mich genau an alles. Ich saß in meinem Drehsessel, Vladimír mir gegenüber auf der Couch. Ich stützte mich mit dem Ellenbogen auf den geschlossenen Deckel des Harmoniums, des geliebten Instruments. Von Kindheit an hatte ich es gehört. Der Vater hatte es gut gespielt. Hauptsächlich Volkslieder in einfachen Harmonisierungen. Als hörte ich das ferne Rauschen von Quellen. Wenn das Vladimír begreifen wollte. Wenn er das begreifen wollte!

Alle Völker haben ihre Volkskunst. Aber sie können sie größtenteils von ihrer Kultur mühelos wegdenken. Wir nicht. Jede westeuropäische Nation weist mindestens seit dem Mittelalter eine völlig kontinuierliche kulturelle Entwicklung auf. Debussy kann sich auf die Rokokomusik Couperins und Rameaus berufen, Couperin und Rameau auf die Troubadours des Mittelalters. Max Reger kann sich auf Bach berufen. Bach auf die alten deutschen Polyphoniker. Thomas Mann greift getrost über mehrere Jahrhunderte hinweg auf den mittelalterlichen Faust zurück.

Die tschechische Nation hörte im siebzehnten und achtzehnten Jahrhundert fast zu existieren auf. Im neunzehnten Jahrhundert wurde sie eigentlich ein zweites Mal geboren. Unter den alten europäischen Nationen war sie ein Kind. Sie hatte zwar ebenfalls ihre große Vergangenheit, aber diese war von ihr durch einen Graben von zwei Jahrhunderten getrennt, in denen sich die tschechische Sprache aus den Städten aufs Land zurückgezogen hatte und nur noch den Analphabeten gehörte. Auch unter diesen hörte sie jedoch nicht auf, weiter ihre Kultur zu zeugen. Eine höchst bescheidene und den Blicken Europas völlig verborgene Kultur. Eine Kultur der Lieder, der Märchen, der zeremoniellen Bräuche, der Sprichwörter und der Sprüche. Und dennoch war das der einzige, sehr schmale Steg über den zwei Jahrhunderte breiten Graben.

Der einzige Steg, das einzige Brücklein. Der einzige dünne Stamm einer ununterbrochenen Tradition. Und so haben sie jene, die an der Schwelle des neunzehnten Jahrhunderts begannen, neue tschechische Literatur und Musik zu schaffen, gerade an diesem Stamm okuliert. Deshalb sammelten die ersten tschechischen Dichter und Musikanten so häufig Märchen und Lieder, waren ihre ersten dichterischen und musikalischen Versuche so oft nur Paraphrasen auf die Volkskunst und die Volksmelodien.

Vladimír, wenn du das begriffest. Dein Vater ist nicht nur ein verschrobener Folklorefan. Ja, er ist wohl auch ein bißchen ein Fan, aber indem er einer ist, zielt er tiefer. Er hört in der Volkskunst die Lymphe pulsen, ohne die die tschechische Kultur verdorren würde. In den Klang dieses Pulsens ist er verliebt.

Diese Verliebtheit entstand im Krieg. Die anderen wollten uns beweisen, daß wir keine Existenzberechtigung hätten, daß wir nur slawisch sprechende Deutsche wären. Wir mußten uns vergewissern, daß wir existiert haben und daß wir existieren. Alle pilgerten wir damals zu den Quellen. Ad fontes.

Und damals erwischte es auch mich. Ich spielte in einem kleinen Studentenjazzensemble Kontrabaß. Der Vater hatte mich in der Musik gedrillt, und ich konnte alle Streichinstrumente spielen. Und einmal kam Doktor Bláha mich besuchen, der Vorsitzende des Zirkels Mährischer Slowaken. Er meinte, wir sollten wieder unsere Zimbalkapelle ins Leben rufen. Das sei unsere patriotische Pflicht. Wer hätte damals so etwas abschlagen können? Ich ging hin und spielte Geige.

Wir weckten die Volkslieder aus ihrem totenähnlichen Schlaf. Im neunzehnten Jahrhundert vollzogen nämlich die Patrioten die Übersiedlung der Volkskunst in die Gesangbücher; es war höchste Zeit gewesen. Die Zivilisation war im Begriff, die Folklore rasch zu verdrängen. Und so entstehen um die Jahrhundertwende volkskundliche Zirkel, die die Rückübersiedlung der Volkskunst aus den Liederbüchern ins Leben vollzogen. Zuerst in den Städten. Dann auch auf dem Lande. Und vor allem in unserer Gegend. Volksfeste wurden veranstaltet, Ritte der Könige, Volksmusikkapellen wurden gefördert. Es war ein sehr mühevolles Beginnen, doch fast wäre alles vergeblich gewesen. Die Folkloristen vermochten nicht so schnell die Dinge zum Leben zu erwecken, wie es die Zivilisation verstand, sie zu begraben. Erst der Krieg flößte uns neue Kraft ein.

Wenn es um den Kragen geht, hat das auch seine Vorteile. Des Menschen Blick dringt bis zum Kern vor. Es war Krieg, man spielte um das Leben der Nation. Wir hörten die Volkslieder und begriffen plötzlich, daß sie die wesentlichste Substanz sind. Ich weihte ihnen mein Leben. Durch sie bin ich der Strömung verbunden, die ganz tief unten fließt. Ich bin eine Woge dieser Strömung. Ich bin Woge und Strömung zugleich. Und es ist gut, daß dem so ist.

Während des Krieges haben wir alles bewußter erlebt. Es war das letzte Jahr der Okkupation, in unserem Dorf fand der Ritt der Könige statt. In der Stadt gab es eine Kaserne, und auf den Gehsteigen drängten sich auch deutsche Offiziere unter dem Publikum. Aus unserem Ritt wurde eine Demonstration. Eine Schar bunter Burschen zu Pferd, mit Säbeln. Die unwiderstehliche tschechische Reiterei! Eine Botschaft aus den Tiefen der Geschichte. Alle Tschechen faßten das damals so auf, und ihre Augen leuchteten. Ich war damals fünfzehn Jahre alt, und ich wurde zum König gewählt. Ich ritt zwischen den beiden Pagen, mein Gesicht war verschleiert. Ich war stolz. Auch mein Vater war stolz, er wußte, daß man mich ihm zu Ehren gewählt hatte. Er war Dorfschullehrer, Patriot, alle hatten ihn gern.

Ich glaube, Vladimír, daß die Dinge ihren Sinn haben. Ich glaube daran, daß die menschlichen Schicksale durch den Kitt der Weisheit miteinander verbunden sind. Darin, daß man heuer dich zum König gewählt hat, sehe ich irgendein Zeichen. Ich bin stolz wie vor zwanzig Jahren. Stolzer. Weil sie in dir mich ehren wollen. Und ich schätze diese Ehre hoch, weshalb sollte ich das leugnen. Ich will dir mein Königtum übergeben. Und ich will, daß du es von mir entgegennimmst.

Vielleicht hat er mich verstanden. Er versprach mir, die Königswahl anzunehmen.

4

Wenn er doch begreifen wollte, wie interessant das ist. Ich kann mir nichts Interessanteres vorstellen. Nichts Spannenderes.

Zum Beispiel das. Die Musikwissenschaftler behaupteten lange Zeit, daß die europäischen Volkslieder aus dem Barock stammten. In den Musikkapellen der Schlösser spielten und sangen Musikanten aus den Dörfern, und die trugen dann die Musikverbundenheit der Schloßkultur ins Volksleben. So daß das Volkslied angeblich überhaupt keine selbständige künstlerische Äußerung ist. Sie leitet sich von der Kunstmusik ab.

Auf dem Gebiet Böhmens sind die Vokslieder tatsächlich mit der künstlichen Barockmusik verwandt. Aber: was war früher? Das Huhn oder das Ei? Ich weiß nicht, warum wir ausgerechnet nur das Volkslied zum Schuldner machen sollten.

Aber wie immer es sich in Böhmen verhalten haben mochte: die Lieder, die wir in Südmähren singen, lassen sich selbst mit der allergrößten Mühe nicht von der künstlichen Musik her deuten. Das war uns auf den ersten Blick klar. Zum Beispiel schon vom Standpunkt der Tonalität. Die künstliche Barockmusik war in Dur und Moll geschrieben. Unsere Lieder jedoch werden in Tonarten gesungen, an die die Musikkapellen der Schlösser nicht einmal im Traume gedacht hätten!

Etwa in der lydischen. Das ist die mit der vergrößerten Quart. Sie weckt in mir stets die wehmütige Sehnsucht nach uralten pastoralen Idyllen. Ich sehe den heidnischen Pan und höre seine Pfeife. Sic!

Die Musik des Barocks und der Klassik verehrte fanatisch die solide Ordnung der großen Septime. Zur Tonika kannte sie nur den Weg über den disziplinierten Leitton. Vor der kleinen Septime, die zur Tonika von unten über die große Sekunde emporschreitet, hatte sie einen Horror. Und ich liebe bei unseren Volksliedern gerade diese kleine Septime, ob sie nun äolisch, dorisch oder mixolydisch klingt. Wegen ihrer Melancholie und Versonnenheit. Und auch deshalb, weil sie sich weigert, starrsinnig zum Grundton zu eilen, mit dem alles endet, das Lied und das Leben:

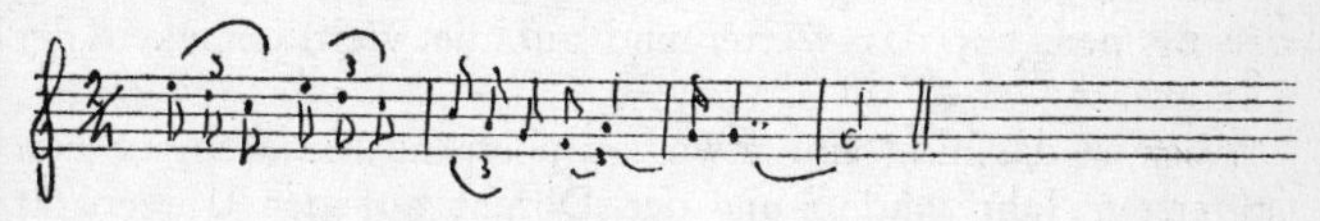

Aber es gibt Lieder, die stehen in so eigenartigen Tonarten, daß man diese mit keinem Namen der sogenannten Kirchentonarten bezeichnen kann. Ich stehe ihnen völlig fassungslos gegenüber:

Die mährischen Lieder sind tonal unvorstellbar verschiedenartig. Ihre Denkweise ist meistens rätselhaft. Sie beginnen in Moll, enden in Dur, zögern zwischen einigen Tonarten. Oft, wenn ich sie harmonisieren soll, weiß ich überhaupt nicht, wie ich ihre Tonart aufzufassen habe.

Und so, wie sie tonal vieldeutig sind, sind sie es auch rhythmisch. Vor allem bei den langgezogenen, die keine Tänze sind. Bartók nennt sie Parlandolieder. Ihr Rhythmus läßt sich eigentlich überhaupt nicht mit unserer Notation festhalten. Oder ich will es anders sagen: Vom Standpunkt unseres Notensystems singen alle Volkssänger unsere Lieder rhythmisch ungenau und falsch.

Wie ist das zu erklären? Leoš Janáček behauptete, daß diese Kompliziertheit des Rhythmus sowie die Unmöglichkeit, ihn aufzuzeichnen, durch die verschiedenen, augenblicklichen Stimmungen des Sängers hervorgerufen werde. Es kommt, wie er meint, darauf an, wo es gesungen wird, wann es gesungen wird, in was für einer Stimmung es gesungen wird. Der Volkssänger reagiert, so sagt er, mit seinem Gesang auf die Farbe der Blumen, auf das Wetter und auf die Weiträumigkeit der Landschaft.

Aber ist das nicht eine etwas zu poetische Erklärung? Schon im ersten Jahr machte uns der Dozent auf der Universität mit seinem Experiment bekannt. Er ließ unabhängig voneinander einige verschiedene Interpreten von Voksliedern dasselbe rhythmisch nicht festhaltbare Lied singen. Durch Messungen mittels genauer elektronischer Geräte stellte er fest, daß alle völlig gleich sangen.

Die rhythmische Kompliziertheit der Lieder wird also nicht durch Ungenauigkeit, Unvollkommenheit oder durch die Stimmung des Sängers verursacht. Sie hat ihre geheimnisvollen Gesetze. Bei einem bestimmten Typ mährischer Tanzlieder ist zum Beispiel die zweite Hälfte des Takts stets um den Bruchteil einer Sekunde länger als die erste. Aber wie soll man diese rhythmische Kompliziertheit in Noten festhalten? Das metrische System der Kunstmusik beruht auf der Symmetrie. Die ganze Note wird in zwei halbe geteilt, die halbe in zwei Viertelnoten, der Takt zerfällt in zwei, drei, vier gleiche Teile. Aber was ist mit dem Takt, der in zwei ungleich lange Teile zerfällt? Heute stellt es für uns die härteste Nuß dar, wie man überhaupt die Ursprünglichkeit des Rhythmus der mährischen Lieder auf einem Notenblatt festhalten soll.

Und ein noch größeres Problem ist es, woher dieses komplizierte rhythmische Denken überhaupt gekommen ist. Ein Forscher trat mit der Theorie hervor, daß die langsamen Lieder ursprünglich beim Reiten gesungen wurden. In ihrem sonderbaren Rhythmus wird, so heißt es, der Gang des Pferdes und die Bewegung des Reiters festgehalten. Andere erachteten es für wahrscheinlich, daß das Urmodell dieser Lieder im langsamen, wiegenden Gang der jungen Menschen zu erblicken sei, die abends durch das Dorf schlendern. Andere wieder im langsamen Rhythmus, in dem die ländliche Bevölkerung das Gras mäht ...

Das alles sind nur Vermutungen. Eines aber steht fest. Unsere Lieder lassen sich nicht von der Barockmusik ableiten. Die tschechischen vielleicht ja. Vielleicht. Unsere bestimmt nicht. Unsere Heimat setzt sich zwar aus drei Ländern zusammen, Böhmen, Mähren und der Slowakei, aber die Grenze der Volkskultur teilt sie in zwei Gebiete: in Böhmen mit Westmähren einerseits sowie in die Slowakei mit Ostmähren, wo meine Heimat ist. In Böhmen war das Niveau der Zivilisation höher, der Kontakt der Stadt mit dem Land und der Landbewohner mit dem Schloß größer. Im Osten gab es ebenfalls Schlösser. Aber das Land war durch seine Primitivität von ihnen wesentlich entfernter. Die Landbewohner spielten nicht in den Musikkapellen der Schlösser. Im übrigen vertraten hier, im Kulturbereich Ungarns, die Zigeuner die Funktion der tschechischen Schloßkapellen. Sie freilich spielten den Edelleuten und Baronen nicht Menuette und Sarabanden der italienischen Schule vor. Sie spielten den Csárdás und die elegischen Klagelieder, und das waren wiederum Lieder des Volkes, lediglich ein wenig umgeformt durch die sentimentale und ornamentale Zigeunerinterpretation.

Unter diesen Bedingungen vermochten sich bei uns sogar aus den ältesten Zeiten Volkslieder zu erhalten. Das ist die Erklärung, warum sie so ungemein unterschiedlich sind. Sie stammen aus verschiedenen Phasen ihrer langen, trägen Geschichte. Und so, wenn man unserer gesamten musikalischen Volkskunst

Aug in Aug gegenübersteht, ist es, als stünde eine Frau aus Tausendundeiner Nacht vor einem und würfe Schleier um Schleier ab.

Siehe da! Der erste Schleier. Er ist aus grobem Stoff, mit trivialen Mustern bedruckt. Das sind die allerjüngsten Lieder, die aus den letzten fünfzig, siebzig Jahren stammen. Sie gelangten aus dem Westen zu uns, aus Böhmen. Sie wurden von Blaskapellen zu uns gebracht. Die Lehrer in der Schule lehrten sie unsere Kinder singen. Es sind größtenteils Durlieder des geläufigen westeuropäischen Typs, nur ein wenig unserer Rhythmik angepaßt.

Und der zweite Schleier. Der ist schon viel bunter. Das sind Lieder ungarischen Ursprungs. Sie begleiteten den Einfall der magyarischen Sprache in die slawischen Gebiete Ungarns. Die Zigeunerkapellen verbreiteten sie im neunzehnten Jahrhundert in ganz Ungarn. Wer kennt sie nicht: den Csárdás und die Werbelieder mit dem charakteristischen synkopischen Rhythmus in der Kadenz.

Wenn die Tänzerin diesen Schleier abwirft, taucht der nächste auf. Siehe! Das sind bereits Lieder der hiesigen slawischen Bevölkerung aus dem achtzehnten und siebzehnten Jahrhundert.

Aber noch viel schöner ist der vierte Schleier. Das sind noch ältere Lieder. Ihr Alter geht bis ins vierzehnte Jahrhundert zurück. Damals wanderten über die Kämme der Karpaten aus dem Osten und Südosten die Walachen zu uns. Hirten. Ihre Hirten- und Räuberlieder wissen nichts von Akkorden und Harmonien. Sie sind lediglich melodisch, in den Systemen der archaischen Tonarten gedacht. Pfeifen und Hirtenflöten gaben ihnen den sonderbaren Charakter ihrer Melodik.

Und wenn dieser Schleier fällt, ist unter ihm kein weiterer mehr. Die Tänzerin tanzt völlig nackt. Das sind die ältesten Lieder. Ihr Entstehen reicht bis in die fernen Zeiten des Heidentums zurück. Sie beruhen auf dem ältesten System musikalischen Denkens. Auf dem System von vier Tönen, dem Tetrachordsystem. Graslieder. Erntelieder. Lieder die eng mit dem Brauchtum des patriarchalischen Dorfes verbunden sind.

Béla Bartók hat gezeigt, daß in dieser ältesten Schicht slowakische, südmährische, magyarische und kroatische Lieder einander so ähnlich sind, daß man sie nicht unterscheiden kann. Wenn man sich im Geiste dieses geographische Gebiet vergegenwärtigt, taucht einem vor den Augen das erste slawische Reich aus dem neunten Jahrhundert auf. Das Großmährische Reich. Seine Grenzen wurden vor tausend Jahren ausgelöscht, aber in dieser ältesten Schicht der Volkslieder blieben sie dennoch bis auf den heutigen Tag sichtbar!

Das Volkslied, oder der Volksbrauch, ist hier der Tunnel unter der Geschichte, in dem viel von dem bewahrt geblieben ist, was oben Kriege, Revolutionen und eine rücksichtslose Zivilisation zerstört haben. Es ist ein Tunnel, durch den ich weit zurückblicke. Ich sehe Rostislaw und Swatopluk, die ersten mährischen Fürsten. Ich sehe die alte slawische Welt.

Aber warum rede ich ständig nur von der slawischen Welt? Einmal zerbrachen wir uns über den rätselhaften Text eines Volksliedes den Kopf. Es wird bei der Hopfenernte gesungen, in irgendeinem unklaren Zusammenhang mit einem Wagen und einer Ziege. Jemand reitet auf einer Ziege, jemand fährt im Wagen. Und der Hopfen wird gepriesen, es heißt von ihm, er mache aus Jungfrauen Bräute. Selbst die Volkssänger, die dieses Lied sangen, verstanden seinen Text nicht. Allein das Beharrungsvermögen der uralten Tradition bewahrte die Verbindung der Wörter dieses Liedes, während die Wörter selbst schon längst ihre Verständlichkeit verloren hatten. Schließlich tauchte die einzig mögliche Erklärung auf: die altgriechischen Dionysien! Der Satyr auf dem Ziegenbock und der Gott, der den mit Weinlaub umrankten Thyrsos schwenkt!

Die Antike! Ich konnte es nicht glauben. Aber dann studierte ich an der Universität die Geschichte des musikalischen Denkens. Die musikalische Struktur unserer allerältesten Volkslieder ist tatsächlich mit der musikalischen Struktur der antiken Musik identisch. Der lydische, phrygische und dorische Tetrachord. Die absteigend aufgefaßte Tonleiter, wonach der oberste Ton der Tonleiter der Grundton ist und nicht etwa der unterste, wie es erst von dem Augenblick an der Fall war, da die Musik harmonisch zu denken begann. Unsere ältesten Lieder gehören also in die gleiche Epoche musikalischen Denkens wie die Lieder, die im alten Griechenland gesungen wurden. In ihnen wird für uns die Zeit der Antike bewahrt!

Der mährische Maler Úprka lud irgendeinmal zu Beginn unseres Jahrhunderts den Bildhauer Rodin nach Mähren ein. Er zeigte ihm auch den Ritt der Könige. Rodin soll ob dieser Pracht völlig aus dem Häuschen geraten sein, und er rief: Das ist Hellas! Von Rodins Skulpturen weiß hier kein Mensch etwas, aber diese Worte kennen alle. Alle sehen in ihnen freilich nur den Ausdruck der Bewunderung. Ich aber weiß, daß dieser Ausspruch eine ganz präzise Bedeutung hat!

5

Heute beim Abendessen sah ich fortwährend Ludvíks Augen vor mir, wie sie sich von mir abwenden. Ich fühlte, wie ich um so mehr an Vladimír hänge. Aber plötzlich erschrak ich bei dem Gedanken, ich könnte ihn vernachlässigt haben. Ich fragte mich, ob es mir je gelungen sei, ihn in meine Welt hineinzuziehen. Nach dem Abendessen blieb Vlasta in der Küche, und ich ging mit Valdimír in die Stube. Ich bemühte mich, ihm über Lieder zu erzählen. Das ist doch so interessant. So spannend. Aber irgendwie wollte es mir nicht gelingen. Ich kam mir vor wie ein Schulmeister. Ich hatte Angst, Vladimír saß da und sah aus, als hörte er zu. Er war immer nett zu mir gewesen. Doch weiß ich denn, was eigentlich in seinem Schädel drinsteckt?

Als ich ihn dann lange genug mit meinem Gerede gequält hatte, warf Vlasta einen Blick in die Stube und sagte, es sei Zeit, schlafen zu gehen. Was kann man machen, sie ist die Seele des Hauses, sein Kalender, seine Uhr. Wir werden nicht widersprechen. Geh, mein Sohn, gute Nacht.

Ich ließ ihn im Zimmer mit dem Harmonium zurück. Dort schläft er, auf der Couch mit den vernickelten Rohren. Ich schlafe nebenan im Schlafzimmer im Ehebett neben Vlasta. Ich werde doch nicht schlafen gehen. Ich würde mich lange auf meinem Lager herumwälzen, in der Angst, Vlasta zu wecken. Ich will noch auf ein Weilchen hinausgehen. Der Garten beim alten, ebenerdigen Haus, das wir bewohnen, ist voll altertümlicher ländlicher Düfte. Unter dem Birnbaum steht eine Bank. Aus rohem, nur oberflächlich bearbeitetem Holz.

Verdammter Ludvík. Warum ist er ausgerechnet heute aufgetaucht. Ich befürchtete, daß das ein böses Vorzeichen ist. Mein ältester Freund! Gerade auf dieser Bank hier saßen wir als Knaben oft und oft zusammen. Ich mochte ihn. Schon von der ersten Gymnasialklasse an, als ich ihn kennenlernte. Er hatte in einem Finger mehr als wir alle im ganzen Körper, aber er hat nie großgetan. Auf die Schule und auf die Lehrer hat er gepfiffen, und es machte ihm Spaß, alles zu tun, was der Schulordnung widersprach.

Weshalb schlossen gerade wir beide Freundschaft? Die Parzen mußten die Finger im Spiel gehabt haben. Wir waren beide Halbwaisen. Meine Mutter starb bei meiner Geburt. Und als Ludvík dreizehn war, brachte man seinen Vater ins Konzentrationslager, und er kam nicht mehr zurück.

Weshalb die Deutschen den alten Jahn verhaftet hatten, wußte niemand genau. Manche behaupteten mit einem vielsagenden Lächeln, daß er Schachergeschäft und Schwarzhandel auf dem Kerbholz gehabt hätte. Er war als Maurerpolier bei einer deutschen Firma beschäftigt, und es gelang ihm durch irgendeinen Schwindel, sich zusätzliche Lebensmittelmarken zu beschaffen. Ludvík behauptet, daß er sie irgendeiner jüdischen Familie gegeben habe, die hungern mußte. Wer weiß. Jene Juden sind nicht mehr zurückgekehrt, um es bestätigen zu können.

Ludvík war der ältere Sohn; und damals auch bereits der einzige, denn sein jüngerer Bruder war gestorben. Nach der Verhaftung des Vaters blieben also Mutter und Sohn allein zurück. Sie litten bitterste Not. Der Besuch des Gymnasiums ging ins Geld. Es schien, als würde Ludvík die Schule verlassen müssen. In zwölfter Stunde jedoch kam die Rettung.

Ludvíks Vater hatte eine Schwester, die schon lange vor dem Krieg ihr Glück mit einem reichen hiesigen Baumeister gemacht hatte. Mit ihrem Bruder, dem Maurer, hatte sie fortan fast keinen Kontakt mehr. Als man ihn aber verhaftete, begann ihr patriotisches Herz zu lodern. Sie bot der Schwägerin an, für Ludvík zu sorgen. Sie selbst hatte nur eine halbblöde Tochter, und Ludvík weckte durch seine Begabung Neid in ihr. Nicht nur, daß sie ihn finanziell unterstützten, sie fingen vielmehr auch an, ihn täglich einzuladen. Sie stellten ihn der

Creme der Stadt vor, die in ihrem Hause verkehrte. Ludvík mußte ihnen seine Dankbarkeit bezeigen, denn von ihrer Unterstützung hing sein Studium ab.

Dabei war er ihnen zugetan wie der Hund der Katze. Sie hießen Koutecký, und dieser Name war für uns seit jener Zeit die Bezeichnung für alle Großköpfe. Baumeister Koutecký war ein Mäzen. Er kaufte eine Unmenge Bilder von den Landschaftsmalern unserer Gegend zusammen. Das waren Kitschfabrikanten, daß es Gott erbarme. Frau Koutecká stand angeblich oft vor einem dieser Bilder und seufzte verzückt: „Ach, das hat aber eine Weite!" Sie beurteilte Bilder ausschließlich danach, was für eine Weite sie hatten.

Auf die Schwägerin blickte die Koutecká von oben herab. Sie verübelte es ihrem Bruder, daß er sich nicht zu verheiraten verstanden hatte. Und auch nach seiner Verhaftung hatte sie keine Beziehung zu ihr. Sie richtete die Geschützrohre ihrer Wohltätigkeit ausschließlich auf Ludvík. Sie sah in ihm einen Nachfahren ihres Blutes und wünschte sich, ihn in ihren eigenen Sohn zu verwandeln. Die Existenz der Schwägerin hielt sie für einen beklagenswerten Irrtum. Nie lud sie sie zu sich ein. Ludvík sah das alles und knirschte mit den Zähnen. Immer wieder wollte er aufbegehren. Aber die Mutter beschwor ihn jedesmal unter Tränen, er möge doch vernünftig sein und sich den Kouteckýs gegenüber dankbar zeigen.

Um so lieber kam Ludvík zu uns. Wir waren wie Zwillinge. Mein Vater hatte ihn fast lieber als mich. Es freute ihn, daß Ludvík seine Bibliothek verschlang und über jedes Buch Bescheid wußte. Als ich in der Studentenjazzkapelle mitzuwirken begann, wollte Ludvík dort mit mir spielen. Er kaufte sich im Bazar eine billige Klarinette und lernte auf ihr in kurzer Zeit recht anständig spielen. Wir spielten dann beide in der Jazzkapelle, und zusammen gingen wir schließlich in die Zimbalkapelle.

Gegen Kriegsende heiratete die junge Koutecký-Tochter. Mutter Koutecká hatte beschlossen, daß es eine Paradehochzeit werden müsse. Hinter dem Bräutigam und der Braut wollte sie fünf Paare Brautjungfern und Burschen schreiten sehen. Diese Pflicht bürdete sie auch Ludvík auf und bestimmte für ihn als Partnerin das elfjährige Töchterlein des hiesigen Apothekers. Das war für Ludvík zuviel. Er schämte sich vor uns, daß er in der Posse dieser protzigen Hochzeit den Hanswurst abgeben sollte. Er wollte als Erwachsener angesehen werden, und er schämte sich in Grund und Boden, daß er einem elfjährigen Knirps den Arm reichen sollte. Er tobte, weil ihn die Koutecký́s als Dokument ihrer Wohltätigkeit zur Schau stellten. Er tobte, weil er bei der Zeremonie das speichelbesudelte Kreuz küssen sollte. Am Abend floh er vom Hochzeitsmahl und kam zu uns in das Hinterzimmer des Gasthauses. Wir spielten, wir tranken und neckten ihn; er kam in Wut und erklärte, er hasse die Spießbürger. Dann verwünschte er das kirchliche Zeremoniell, sagte, er spucke auf die Kirche und werde aus ihr austreten.

Wir nahmen seine Worte nicht ernst, aber Ludvík tat es wenige Tage nach Kriegsende tatsächlich. Die Koutecký́s waren darob natürlich zutiefst empört. Das störte ihn nicht. Mit Freuden trennte er sich von ihnen. Er begann auf Deibel komm raus mit den Kommunisten zu sympathisieren. Er besuchte die Vorträge, die sie veranstalteten. Er kaufte sich Bücher, die sie herausgaben. Unsere Gegend war stark katholisch, und unser Gymnasium besonders. Dennoch aber waren wir bereit, Ludvík seine kommunistische Exzentrizität zu verzeihen. Wir anerkannten seine Privilegien.

Neunzehnhundertsiebenundvierzig maturierten wir, und im Herbst fuhren wir in die Welt hinaus. Ludvík nach Prag, um zu studieren, ich nach Brünn. Beide ließen wir daheim zwei einsame Menschen zurück. Ludvík seine Mutter, ich meinen Vater. Brünn ist gottlob nur zwei Eisenbahnstunden von uns entfernt. Aber Ludvík sah ich nach dem Abitur ein volles Jahr nicht.

6

Das war gerade das Jahr achtundvierzig. Das ganze Leben stand kopf. Als Ludvík uns in den Ferien in unserem Zirkel besuchte, begrüßten wir ihn verlegen. Im kommunistischen Februarumsturz erblickten wir den Antritt der Diktatur. Ludvík hatte die Klarinette mitgebracht, doch er brauchte sie nicht. Wir debattierten die ganze Nacht.

Begann etwa damals die Verstimmung zwischen uns? Ich glaube nicht. Ludvík hatte mich noch in jener Nacht fast ganz für sich gewonnen. So gut er konnte, vermied er politische Streitgespräche und redete nur über unseren Zirkel. Er meinte, wir müßten den Sinn unserer Arbeit großzügiger als bisher auffassen. Was hätte es denn für einen Sinn, lediglich die verlorene Vergangenheit wiederzubeleben? Wer zurückblicke, müsse enden wie die Frau des Lot.

Ja, aber was sollen wir tun, antworteten wir ihm erregt.

Aber das ist doch klar, antwortete er, wir müssen das Erbe der Volkskunst hüten, aber das genügt nicht. Eine neue Zeit ist angebrochen. Unserer Arbeit öffnen sich weite Horizonte. Wir müssen aus der volkstümlichen musikalischen Kultur des Alltags die Gassenhauer und Schlager verbannen, die geistlosen Kitschprodukte, mit denen die Spießbürger das Volk gefüttert haben. An ihre Stelle muß die wirkliche, ursprüngliche Volkskunst treten, aus der wir den zeitgenössischen Lebens- und Kunststil schaffen werden.

Sonderbar. Das, was Ludvík da sagte, war doch die alte Utopie der konservativsten mährischen Patrioten. Die liefen stets gegen die gottlose Verderbtheit der städtischen Kultur Sturm. Sie hörten in den Melodien des Charleston die Schalmei des Satans. Doch was lag daran. Um so verständlicher kamen uns Ludvíks Worte vor.

Seine weiteren Überlegungen klangen allerdings schon origineller. Er sprach über den Jazz. Der Jazz ist doch aus der volkstümlichen Negermusik gewachsen und hat die ganze westliche Welt beherrscht. Lassen wir, meinte er, die Tatsache außer acht, daß der Jazz nach und nach immer mehr zu einer Kommerzware wurde. Uns kann er als aufmunternder Beweis dienen, daß Volksmusik Zaubermacht besitzt. Daß aus ihr der allgemeine musikalische Stil einer Epoche erwachsen kann.

Wir hörten Ludvík zu, und in uns mischte sich Bewunderung mit Ablehnung. Uns reizte seine Sicherheit. Er gebärdete sich, wie damals alle Kommunisten sich gebärdeten. Als hätte er einen Geheimvertrag mit der Zukunft persönlich und dürfe in ihrem Namen handeln. Uns war das wohl auch deshalb zuwider, weil er plötzlich ein anderer war als jener, den wir kannten. Für uns war er immer ein Kumpan und ein Spötter gewesen. Jetzt redete er pathetisch und scheute sich nicht vor großen Worten. Und er war uns freilich auch dadurch zuwider, wie selbstverständlich und ohne zu zögern er das Schicksal unserer Kapelle mit dem Schicksal der Kommunistischen Partei verknüpfte, obwohl niemand von uns Kommunist war.

Aber anderseits zogen uns seine Worte an. Seine Gedanken entsprachen unseren damaligen Träumen. Und sie hoben uns plötzlich direkt zu historischer Größe empor. Sie schmeichelten unserer Liebe zum mährischen Lied viel zu sehr, als daß wir sie hätten ablehnen können. Und ich persönlich vermochte das aus zweierlei Gründen nicht. Ich mochte Ludvík. Und ich mochte auch meinen Vater, der die Kommunisten zur Hölle wünschte. Ludvíks Worte bauten eine Brücke über diesen Abgrund.

Ich nenne ihn im Geiste den Rattenfänger. So war es. Er spielte seine Flöte, und schon folgten wir ihm auch scharenweise freiwillig. Dort, wo seine Ideen zu skizzenhaft waren, kamen wir ihm zu Hilfe. Ich erinnere mich an meine eigenen Gedankengänge. Ich sprach über die europäische Musik, wie sie sich seit dem Barock entwickelt hatte. Nach der Periode des Impressionismus war sie bereits ihrer selbst müde. Sie hatte fast ihr gesamtes Mark erschöpft, sowohl wegen ihrer Sonaten und Symphonien als auch wegen ihrer Gassenhauer. Deshalb wirkte der Jazz wie ein Wunder auf sie. Sie begann aus seinen tausendjährigen Wurzeln gierig frische Lymphe zu saugen. Der Jazz verzauberte nicht nur die europäischen Weinstuben und Tanzlokale. Er verzauberte auch Strawinsky, Honegger, Milhaud, Martinú, die ihren Kompositionen seine Rhythmen erschlossen. Doch aufgepaßt! Zur gleichen Zeit, eigentlich noch Jahrzehnte früher, flößte auch die osteuropäische Volksmusik der europäischen Musik ihr frisches und unermüdliches Blut ein. Aus ihr schöpften doch der junge Strawinsky, Janáček, Bartók und Enescu! Die Entwicklung der europäischen Musik selbst hatte also die osteuropäische Volksmusik und den Jazz in eine Parallele gestellt. Ihre Anteile an der Formung der modernen ernsten Musik des zwanzigsten Jahrhunderts waren gleichwertig. Nur mit der Musik der breiten Massen war das anders. In ihr hinterließ die Volksmusik Osteuropas fast keine Spuren. Hier beherrschte der Jazz souverän das Feld. Und hier beginnt auch unsere Aufgabe. Hic Rhodus, hic salta!

Ja, so ist es, bekräftigten wir uns gegenseitig: in den Wurzeln unserer Volksmusik verbirgt sich die gleiche Kraft wie in den Wurzeln des Jazz. Der Jazz hat seine ganz besondere Melodik, der nach wie vor die ursprüngliche, aus sechs Tönen bestehende Tonleiter der alten Negergesänge anzumerken ist. Aber auch unser Volkslied hat seine persönliche Melodik, tonal sogar bedeutend vielgestaltiger. Der Jazz hat eine originelle Rhythmik, deren fabelhafte Kompliziertheit aus der tausendjährigen Kultur der afrikanischen Trommler und Tamtamspieler entstanden ist. Aber auch unsere Musik ist rhythmisch völlig eigenständig. Schließlich erwächst der Jazz aus dem Prinzip der Improvisation. Doch auch das bewundernswerte Zusammenspiel der Volksmusikanten, die niemals eine Note gekannt haben, beruht auf der Improvisation.

Nur eines trennt uns vom Jazz. Der Jazz entwickelt und verändert sich schnell. Sein Stil ist in Bewegung. Welch steiler Weg ist das doch von den primitiven Anfängen von New Orleans über Hot, Swing und Cool und weiter. Der Jazz von New Orleans hätte sich nicht einmal von den Harmonien träumen lassen, die der heutige Jazz verwendet. Unsere Volksmusik ist eine regungslos schlafende Prinzessin aus den vergangenen Jahrhunderten. Wir müssen sie wecken. Sie muß mit dem heutigen Leben verschmelzen und sich gemeinsam mit ihm entwikkeln. Sich entwickeln wie der Jazz: ohne aufzuhören, sie selbst zu bleiben, ohne ihre Melodik und Rhythmik einzubüßen, muß sie ihre neuen und immer neuen stilistischen Phasen schaffen. Und muß über unser zwanzigstes Jahrhundert berichten. Sein musikalischer Spiegel werden. Das ist nicht leicht. Das ist eine Titanenaufgabe. Das ist eine Aufgabe, die nur im Sozialismus bewältigt werden kann.

Was hat das denn mit dem Sozialismus zu tun, protestierten wir.

Er setzte es uns auseinander. In alten Zeiten war das Leben auf dem Lande kollektiv verlaufen; gemeinsame Bräuche begleiteten das ganze dörfliche Jahr. Die Volkskunst lebte einzig und allein im Inneren dieser Bräuche. Die Romantiker stellten es sich so vor, daß ein Gras mähendes Mädchen die Inspiration überkam und daß aus dem Mädchen ein Lied hervorsprudelte wie der Quell aus dem Fels. Aber das Volkslied entsteht anders als das Kunstgedicht. Der Dichter ist schöpferisch tätig, um sich selbst, seiner Einmaligkeit und seiner Verschiedenheit Ausdruck zu geben. Durch das Volkslied unterschied sich der Mensch nicht von den anderen, es verband ihn vielmehr mit ihnen. Das Volkslied entstand wie ein Tropfstein. Tropfen um Tropfen umhüllte es sich mit neuen Motiven und neuen Varianten. Man überlieferte es von Generation auf Generation, und jeder, der es sang, fügte ihm etwas Neues hinzu. Jedes Lied hatte viele Schöpfer, und alle verschwanden bescheiden hinter ihren Schöpfungen. Kein einziges Volkslied existierte nur für sich allein. Es hatte seine Funktion. Es gab Lieder, die bei Hochzeiten gesungen wurden, Lieder, die bei der Ernte gesungen wurden, Lieder, die zur Fastnacht gesungen wurden, Lieder für Weihnachten, für die Heumahd, für den Tanz und für das Begräbnis. Auch Liebeslieder existierten nicht außerhalb bestimmter überlieferter Bräuche. Die abendlichen dörflichen Promenaden, das Singen unter dem Fenster der Mädchen, die Werbelieder, das alles hatte seinen kollektiven Ritus, und in diesem Ritus besaßen die Lieder ihren feststehenden Platz.

Der Kapitalismus hatte dieses alte kollektive Leben zerschlagen. So verlor die Volkskunst ihren Boden, ihren Daseinssinn, ihre Funktionen. Vergeblich würde man versuchen, sie zum Leben zu erwecken, solange solche gesellschaftlichen Bedingungen vorhanden sind, unter denen der Mensch vom Menschen getrennt lebt, allein für sich. Aber der Sozialismus wird die Menschen vom Joch der Vereinsamung befreien. Die Menschen werden in einer neuen Kollektivität leben. Sie werden durch ein einziges gemeinsames Interesse verbunden sein. Ihr Privatleben wird mit dem öffentlichen Leben verschmelzen. Sie werden wieder durch Dutzende gemeinsamer Zeremonien verbunden sein, sie werden sich ihre neuen kollektiven Bräuche schaffen. Erntedankfeste, Fastnacht, Tanzunterhaltungen, Arbeitsbräuche. Sie werden auch manche neue ins Leben rufen. Die Maiaufmärsche, die Meetings, die Befreiungsfeiern, die Sitzungen. Hier überall wird die Volkskunst ihren Platz finden. Hier wird sie sich entwickeln, verändern und erneuern. Begreifen wir das nun endlich?

Vor meinen Augen tauchte jener Tag auf, da an den Bäumen in unseren Gassen Soldatenpferde angebunden waren.

Wenige Tage zuvor hatte die Rote Armee unsere Stadt erobert. Wir zogen unsere Festtrachten an und gingen in den Park musizieren. Wir tranken und spielten ununterbrochen, viele Stunden lang. Die russischen Soldaten antworteten uns mit ihren Liedern. Und ich sagte mir damals, daß eine neue Epoche anbreche. Die Epoche der Slawen. Gleich den Romanen und Germanen sind auch wir die Erben der Antike. Zum Unterschied von ihnen haben wir viele Jahrhunderte verschlafen und verdöst. Aber dafür sind wir jetzt gut ausgeschlafen. Frisch. Wir sind an der Reihe. Wir sind an der Reihe!

Dieses Gefühl erwachte nun wieder in mir. Immer und immer wieder dachte ich darüber nach. Der Jazz hat seine Wurzeln in Afrika, seinen Stamm in Amerika. Unsere Musik hat ihre lebendigen Wurzeln in der Musikalität der europäischen Antike. Wir sind die Bewahrer eines alten und lebendigen Erbes. Das alles war so absolut logisch. Ein Gedanke fügte sich an den anderen. Die Slawen bringen die Revolution. Mit ihr eine neue Kollektivität und eine neue Brüderlichkeit. Mit ihr eine neue Kunst, die im Volk und mit dem Volk leben wird, genau wie einst die alten Lieder der Dorfbevölkerung. Die große Mission, die uns die Geschichte überantwortet hat, uns Burschen um das Zimbal, war unfaßbar und unfaßbar logisch zugleich.

Bald stellte sich heraus, daß sich das Unfaßbare tatsächlich zu erfüllen begann. Niemand hatte jemals für unsere Volkskunst so viel getan wie die kommunistische Regierung. Sie widmete dem Entstehen neuer Ensembles ungeheure Geldbeträge. Volksmusik, Geige und Zimbal ertönten tagtäglich im Rundfunk. Die mährischen und slowakischen Volkslieder überfluteten die Hochschulen, die Maiaufmärsche, die Jungbürgerfeiern und die bunten Programme. Der Jazz verschwand nicht nur völlig von der Oberfläche unserer Heimat, sondern er wurde zum Symbol des westlichen Kapitalismus und seines Verfalles. Die Jugend hörte auf, Tango und Boogie-Woogie zu tanzen, und bei Festen und Feierlichkeiten legten die jungen Leute einander die Arme auf die Schultern und tanzten im Kreis ihre Rundtänze. Die Kommunistische Partei war bemüht, einen neuen Lebensstil zu schaffen. Genau wie in der Sowjetunion. Sie stützte sich auf die berühmte Stalinsche Definition der neuen Kunst: sozialistischer Inhalt in nationaler Form. Nichts anderes als eben die

Volkskunst vermochte unserer Musik, unserem Tanz, unserer Dichtkunst diese nationale Form zu verleihen.

Unsere Kapelle schwamm auf den hochgehenden Wogen dieser Politik. Sie wurde bald im ganzen Land bekannt. Sie wurde durch Sänger und Tänzer ergänzt, und es wurde ein mächtiges Ensemble daraus, das auf Hunderten Podien auftrat und jedes Jahr ins Ausland gastieren fuhr. Und wir sangen nicht nur nach alter Art vom Hans, der sein Feinsliebchen totgeschlagen hat, sondern auch neue Lieder, die wir uns im Ensemble selbst geschaffen hatten. Etwa darüber, daß es „sehr gut ist, sehr gut ist, daß es keinen Herrn mehr gibt", oder das Lied über Stalin, über die frischgepflügte Scholle, über das Erntedankfest der landwirtschaftlichen Genossenschaft. Unser Lied war nicht mehr lediglich eine Erinnerung an die alten Zeiten. Es lebte. Es gehörte der allergegenwärtigsten Geschichte an. Es begleitete sie.

Die Kommunistische Partei unterstützte uns mit Feuereifer. Und so zerrannen unsere politischen Vorbehalte sehr rasch. Ich selbst trat gleich Anfang neunundvierzig in die Partei ein. Und die übrigen Kameraden aus unserem Ensemble schlossen sich mir an.

7

Aber da waren wir noch immer Freunde. Wann fiel der erste Schatten zwischen uns?

Natürlich weiß ich es. Ich weiß es sehr genau. Es geschah bei meiner Hochzeit.

Ich studierte in Brünn an der Musikhochschule Geige und hörte an der Universität Vorlesungen über Musikwissenschaft. Als ich bereits das dritte Jahr in Brünn war, begann ich unruhig zu werden. Dem Vater zu Hause ging es immer schlechter. Er hatte einen Schlaganfall überstanden. Es endete gut, aber seit dieser Zeit mußte er sehr auf sich aufpassen. Ich dachte ständig daran, daß er allein zu Hause war und daß er mir, stieße ihm etwas zu, nicht einmal ein Telegramm schicken könnte. Jeden Samstag fuhr ich ängstlich nach Hause, und Montag früh kehrte ich dann mit neuer Bangigkeit nach Brünn zurück. Einmal vermochte ich diese Ängste nicht mehr auszuhalten. Sie quälten mich am Montag, am Dienstag quälten sie mich noch mehr, und am Mittwoch warf ich alle Kleider in meinen Koffer, beglich die Rechnung bei meiner Wirtin und sagte ihr, daß ich nicht zurückkehren würde.

Auch heute erinnere ich mich noch, wie ich damals vom Bahnhof nach Hause ging. In unser Dorf, das hart an die Stadt grenzt, gelangt man durch Felder. Es war Herbst, und die Dämmerung mußte bald anbrechen. Der Wind blies, auf den Feldern waren Knaben und ließen Papierdrachen an sehr langen Schnüren in den Himmel steigen. Auch mir hatte der Vater einst einen Drachen gemacht. Dann ging er mit mir in die Felder, warf den Drachen in die Luft und rannte, damit sich die Luft gegen den Papierkörper stemme und ihn in die Höhe trage. Sehr viel Spaß machte mir das nicht. Vater machte es mehr Spaß. Und gerade diese Erinnerung rührte mich an diesem Tag, und ich beschleunigte meine Schritte. Und plötzlich ging mir der Gedanke durch den Kopf, daß Vater seinen Drachen in die Lüfte hatte steigen lassen, um die Mutter zu grüßen.

Von klein auf bis heute stelle ich mir nämlich meine Mutter im Himmel vor. Nein, an den lieben Gott glaube ich schon lange nicht mehr, auch nicht an das ewige Leben und an solche Dinge. Das, worüber ich spreche, ist nicht Glaube. Das sind Vorstellungen. Ich weiß nicht, weshalb ich von ihnen ablassen sollte. Ohne sie würde ich verwaisen. Vlasta hält mir vor, daß ich ein Träumer bin. Sie meint, ich sehe die Dinge nicht so, wie sie sind. Nein, ich sehe die Dinge, wie sie sind, aber außer jenem Sichtbaren sehe ich auch das Unsichtbare. Die erdachten Vorstellungen sind nicht für nichts und wieder nichts auf der Welt. Gerade sie machen aus unseren Häusern Heime.

Von meiner Mutter hörte ich erst, als sie längst nicht mehr lebte. Und deshalb habe ich nie um sie geweint. Ich habe mich vielmehr immer damit getröstet, daß sie jung und schön ist und daß sie im Himmel lebt. Die anderen Kinder hatten keine Mütter, die so jung waren wie meine.

Ich stelle mir gerne den heiligen Petrus vor, wie er auf einem Schemel am Fenster sitzt, durch das er auf die Erde hinuntersieht. Meine Mutter kommt ihn oft zu diesem Fenster besuchen. Petrus macht für sie alles, weil sie schön ist. Er gestattet ihr, daß sie hinunterschaut. Und Mutter sieht uns. Mich und den Vater.

Mutters Antlitz ist niemals traurig. Im Gegenteil. Wenn sie durch das Fensterchen in Petri Pförtnerstube auf uns herabblickt, lächelt sie uns sehr oft zu. Wer in der Ewigkeit lebt, leidet keinen Kummer. Er weiß, daß das menschliche Leben einen Augenblick dauert und daß das Wiedersehen nahe ist. Aber als ich in Brünn wohnte und Vater allein ließ, schien es mir, als wäre Mutters Antlitz traurig und vorwurfsvoll. Und ich wollte mit Mutter in Frieden leben.

Ich eilte also nach Hause und sah die Drachen, wie sie in den Himmel stiegen, wie sie unterm Himmelszelt hingen. Ich war glücklich. Es tat mir um nichts leid, was ich hinter mir gelassen hatte. Freilich liebte ich meine Geige und die Musikwissenschaft. Doch eine Karriere strebte ich nicht an. Nicht einmal ein noch so steil emporführender Lebensweg konnte mir die Freude ersetzen, nach Hause zurückzukehren und wieder von alldem umgeben zu sein, was der Mensch bei seiner Geburt erhält: den Horizont der heimatlichen Landschaft, die Intimität der vier Wände, die Mutter, den Vater. Ich kehrte mit einer großen Erleichterung nach Hause zurück.

Als ich dem Vater mitteilte, daß ich nicht mehr nach Brünn zurückkehren würde, war er sehr böse. Er wollte nicht, daß ich mir seinetwegen das Leben verpfusche. Und so redete ich ihm ein, daß man mich wegen mangelnden Erfolges aus der Schule hinausgeworfen hatte. Das glaubte er, und darüber war er dann noch wütender. Aber das bereitete mir nicht allzu großen Kummer. Übrigens war ich nicht nach Hause zurückgekehrt, um müßig zu gehen. Ich spielte nach wie vor als Primas in der Kapelle unseres Ensembles. An der Musikschule erhielt ich den Posten eines Lehrers für Violine. Ich vermochte mich dem zu widmen, was ich liebte.

Dazu gehörte auch Vlasta. Sie wohnte im Nachbardorf, das heute — genau wie mein Dorf — bereits die Peripherie unserer Stadt bildet. Bei uns im Ensemble tanzte sie. Ich lernte sie zu der Zeit kennen, als ich in Brünn studierte, und ich war froh, daß ich sie nach meiner Heimkehr fast täglich sehen konnte. Aber die richtige Verliebtheit kam erst etwas später — und unverhofft —, als sie einmal bei einer Probe so unglücklich stürzte, daß sie sich das Bein brach. Ich trug sie auf meinen Armen in den rasch herbeigerufenen Krankenwagen. Ich fühlte auf meinen Armen ihren Körper, hinfällig und schwach. Plötzlich wurde ich mir staunend bewußt, daß ich einen Meter neunzig groß bin und hundert Kilo wiege, daß ich Eichen fällen könnte, und sie, sie war so leicht und so hilflos.

Es war die Stunde der Hellsichtigkeit. Ich erkannte in Vlastas verwundetem, zierlichem Körper jäh eine andere, viel bekanntere Gestalt. Wieso war mir das nicht schon längst aufgegangen? Vlasta war doch das „arme Mägdelein", die Gestalt aus so vielen Volksliedern! Das arme Mägdelein, das nichts auf der Welt hatte als seine Ehrbarkeit, das arme Mägdelein, dem Unrecht getan wird, das arme Mägdelein im zerlumpten Kleidchen, das arme Mägdelein — das Waisenkind.

Wortwörtlich stimmte das alles allerdings nicht ganz. Sie hatte Eltern, und die waren alles andere denn arm. Aber gerade deshalb, weil sie Großbauern waren, begann die neue Zeit sie an die Wand zu drücken. Vlasta kam oft mit Tränen in den Augen ins Ensemble. Man schrieb ihnen hohe Abgaben vor. Ihren Vater habe man zum Kulaken erklärt. Man hatte ihm den Traktor und die landwirtschaftlichen Maschinen requiriert. Man drohe ihm mit der Verhaftung. Sie tat mir leid, und ich tröstete mich mit der Vorstellung, daß ich mich ihrer annehmen würde. Des armen Mägdeleins.

Seit der Zeit, da ich sie so erkannt hatte, verklärt durch das Wort des Volksliedes, war es mir, als durchlebte ich eine tausendmal durchlebte Liebe lediglich noch ein weiteres Mal. Als spielte ich sie von einem uralten Notenblatt. Als würden die Volkslieder mich singen. Diesem tönenden Strom hingegeben, träumte ich von der Hochzeit und freute mich auf sie.

Zwei Tage vor der Hochzeit traf ganz unerwartet Ludvík ein. Ich begrüßte ihn stürmisch. Ich teilte ihm sofort die große Neuigkeit mit, daß ich heirate, und erklärte, er müsse als mein liebster Freund mein Trauzeuge sein. Er versprach es mir. Und er kam.

Die Kameraden vom Ensemble bereiteten mir eine echte mährische Hochzeit. Gleich am Morgen kamen sie alle zu uns, mit Musik und in Trachten. Der fünfzigjährige Vondráček, der Zimbalspieler des Ensembles, war der älteste Hochzeiter. Ihm fiel die Pflicht zu, Brautwerber zu sein. Zuerst bewirtete mein Vater alle mit Sliwowitz, Brot und Speck. Dann bedeutete der Brautwerber allen mit einem Wink, zu verstummen, und er begann mit sonorer Stimme zu rezitieren:

Meine besonders geehrten Junker und Jungfern, Frauen und Herr'n,
ich habe euch aus diesem Behufe in diese Behausung bestellt,
weil ein hier anwesender Jüngling das Ansuchen an mich gestellt,
daß ihr mit ihm die Schritte in die Behausung des Vaters der Vlasta Netáhalová lenkt,
weil er seine Tochter, die edle Jungfrau, als Braut heimzuführen gedenkt.

Als ältester Hochzeiter ist der Brautwerber Oberhaupt, Seele, Leiter des ganzen Zeremoniells. Dem war immer so. Dem war seit tausend Jahren so gewesen. Der Bräutigam war niemals das Subjekt der Hochzeit. Er war ihr Objekt. Er heiratete nicht. Er wurde geheiratet. Jemand bemächtigte sich durch die Hochzeit seiner, und schon schwamm er auf ihr dahin wie auf einer großen Woge. Es war nicht er, der handelte, der sprach. Für ihn handelte und sprach der Brautwerber. Aber es war nicht einmal der Brautwerber. Es war die vielhundertjährige Tradition, die sich einen Menschen nach dem anderen weiterreichte und ihn in ihren süßen Strom zog. In diesem Strom war jeder jedem ähnlich und wurde zur Menschheit.

Wir machten uns also unter der Führung des Brautwerbers auf den Weg ins Nachbardorf. Wir gingen durch die Felder, und die Kameraden musizierten im Gehen. Vor Vlastas Häuschen erwartete uns bereits eine Schar Menschen in Trachten, das Gefolge der Braut. Der Brautwerber hob an:

Wir sind müde Wandersleut,
von weit kommen wir her,
wir bitten, euer Haus betreten zu dürfen in aller Ehr',
denn uns hungert und dürstet sehr.

Aus dem Menschenhaufen, der vor dem Tor stand, trat ein älterer Mann in Tracht vor. „So ihr gute Leute seid, seid ihr willkommen." Und er bat uns einzutreten. Wir begaben uns schweigend in den Hausflur. Wir waren die, als die uns der Brautwerber vorgestellt hatte, nämlich nichts als müde Wandersleute, und daher verrieten wir zunächst nicht unsere wahre Absicht. Der alte Mann in Tracht, der Sprecher der Braut, forderte uns auf: „Wenn ihr etwas auf dem Herzen habt, was euch bedrückt, so redet."

Der Brautwerber begann also zu sprechen, zuerst unklar und in Allegorien, und der Mann in der Tracht antwortete ihm auf die gleiche Weise. Erst nach längeren Umschweifen verriet der Brautwerber, warum wir gekommen waren.

Darauf stellte der alte Mann folgende Frage:

Ich frag' Euch, lieber Hochzeiter,
weshalb dieser ehrbare Bräutigam das ehrbare Mägdelein als Frau zu gewinnen sucht?
Ist's wegen der Blume oder wegen der Frucht?

Und der Brautwerber antwortete:

Wohlbekannt ist's, daß die Blume in Schönheit und Lieblichkeit entsteht, so daß sie das Herz erfreut.
Doch die Blume vergeht
und die Frucht entsteht.
So woll'n wir die Braut nicht wegen der Blume, sondern wegen der Frucht, weil aus der Frucht uns Nutzen ersteht.

Noch ein Weilchen ging es so hin und her, bis der Sprecher der Braut das Spiel beendete: „Laß uns denn die Braut rufen, auf daß sie uns kundtue, ob sie ja sagt oder nicht." Dann entfernte er sich in den Nebenraum, nach einer Weile kehrte er zurück und führte eine Frau in Tracht an der Hand herein. Sie war mager, hoch aufgeschossen, knochig, und ihr Antlitz war mit einem Schleier verhüllt. „Hier hast du die Braut."

Aber der Brautwerber schüttelte den Kopf, und wir alle gaben durch lautes Murren kund, daß wir dem nicht zustimmten. Der alte Mann versuchte uns eine Weile umzustimmen, doch schließlich mußte er die Verschleierte wieder zurückführen. Erst jetzt brachte er uns Vlasta. Sie trug schwarze Stiefel, eine kleine rote Schürze und ein buntes Schnürleibchen. Auf dem Kopf hatte sie ein Kränzchen. Sie kam mir wunderschön vor. Er legte ihre Hand in meine Hand.

Dann wandte sich der alte Mann der Mutter der Braut zu und rief mit weinerlicher Stimme: „Ach, Mütterlein!"

Die Braut riß sich bei diesen Worten von meiner Hand los, kniete vor ihrer Mutter nieder und senkte den Kopf. Der alte Mann fuhr fort:

Lieb Mütterlein, vergebt mir, so ich Euch weh getan!
Liebstes Mütterlein, vergebt mir um Gottes willen, vergebt, so ich Euch weh getan!
Herzliebstes Mütterlein, um der fünf Wunden Christi bitt' ich Euch, vergebt mir, so ich Euch weh getan!

Wir waren nichts als stumme Schauspieler, denen der vor langen Zeiten festgehaltene Gesangstext unterschoben wurde. Und der Text war schön, war ergreifend, und alles war Wahrheit.

Dann begann wieder die Musik zu spielen, und wir gingen in die Stadt. Die Trauungszeremonie fand im Rathaus statt, auch dort spielte uns die Musik auf. Dann war das Mittagessen. Nach dem Mittagessen gingen wir in die Mährische Weinstube. Es wurde musiziert und getanzt.

Am Abend nahmen schließlich die Brautjungfern Vlasta den Rosmarinkranz vom Kopf und überreichten ihn mir feierlich. Aus dem aufgelösten Haar flochten sie ihr einen Zopf, wickelten ihn um ihren Kopf und banden eine Haube darüber. Das war eine Handlung, die den Übergang von der Jungfernschaft in das Frauentum symbolisierte. Vlasta war allerdings längst keine Jungfrau mehr. Und daher hatte sie eigentlich auf das symbolische Kränzlein gar kein Recht. Doch das schien mir nicht wichtig. In irgendeinem höheren Sinn, einem viel gewichtigeren, verlor sie die Jungfernschaft gerade und ausschließlich jetzt, da mir die Brautjungfern ihr Kränzlein überreichten.

Mein Gott, wie kommt es, daß mich die Erinnerung an dieses

Rosmarinkränzlein mehr rührt als unser tatsächliches erstes Beisammensein, als Vlastas wirkliches Jungfernblut? Ich weiß nicht, warum, aber es ist so. Die Frauen sangen Lieder, die erzählten, wie dieses Kränzlein auf dem Wasser davonschwimmt und die Wellen rote Bändchen aus ihm lösen. Am liebsten hätte ich geweint. Ich war betrunken. Ich sah diesen Kranz mit meinen Augen, wie er davonschwimmt, wie ihn der Bach dem Flüßchen weiterreicht, das Flüßchen dem Fluß, der Fluß der Donau und die Donau dem Meer. Ich sah diesen Kranz und seine Unwiederbringlichkeit mit meinen Augen. Diese Unwiederbringlichkeit war es. Alle grundlegenden Situationen des Lebens sind unwiederbringlich. Damit der Mensch Mensch sei, muß er mit vollem Bewußtsein durch diese Unwiederbringlichkeit hindurchschreiten. Sie bis zur Neige auskosten. Er darf nicht mogeln. Er darf nicht tun, als sähe er sie nicht. Der moderne Mensch mogelt. Er versucht, alle Marksteine zu umgehen und gratis vom Leben zum Tod zu gelangen. Der Mensch aus dem Volk ist ehrlicher. Er singt sich bis auf den Grund jeder fundamentalen Situation durch. Damals, als Vlasta das Handtuch, das ich unter sie gelegt hatte, mit ihrem Blut rötete, ahnte ich nicht, daß ich dem Unwiederbringlichen begegnet war. Aber in diesem Augenblick vermochte ich ihr nirgendwohin zu entkommen. Die Frauen sangen Lieder über das Abschiednehmen. Warte doch, warte doch, du Herzgeliebter mein, bis Lebewohl ich sag' dem lieben Mütterlein. Warte doch, warte doch, laß das Peitschenknallen, eh' ich zum Abschied nicht dem Vater um den Hals gefallen. Warte doch, warte doch, Pferdchen, steh doch still, ich hab' ein Schwesterlein, das ich nicht verlassen will. Lebet wohl, lebet wohl, ihr meine Freundinnen, ach, ich darf nicht zurück, man führt mich von hinnen.

Und dann war es schon Nacht, und die Hochzeitsgäste begleiteten uns zu unserem Haus. Dort blieben wir stehen, und Vlastas Gefährten und Freundinnen sangen, wir mögen im neuen Zuhause dem *armen Mägdelein* keinen Kummer bereiten, daheim habe man sie geliebt, und so mögen auch wir sie lieben.

Ich öffnete das Tor. Vlasta blieb auf der Schwelle stehen und wandte sich noch einmal der Schar ihrer Gefährten zu, die sich vor dem Haus versammelt hatten. Da stimmte einer von ihnen ein letztes, noch ein letztes Lied an:

Auf der Schwelle blieb sie stehn,
lieblich war sie, jung und schön
wie das Röslein.
Die Schwelle hat sie überschritten,
die Schönheit ist von ihr geglitten,
von meinem lieb Mägdelein.

Dann schloß sich die Tür hinter uns, und wir waren allein. Vlasta zählte zwanzig Jahre, ich etwas mehr. Aber ich dachte daran, daß sie die Schwelle überschritten hatte und daß von diesem magischen Augenblick an die Schönheit von ihr gleiten werde wie das Laub vom Baum. Ich sah ihr dieses künftige Abfallen der Schönheit an. Dieses soeben gestartete Abfallen. Ich dachte daran, daß sie nicht nur Blume war, sondern daß in diesem Augenblick in ihr auch schon der künftige Augenblick der Frucht gegenwärtig war. Ich fühlte in alldem eine unabänderliche Ordnung, eine Ordnung, mit der ich verschmolz und mit der ich übereinstimmte. Ich dachte in diesem Augenblick auch an Vladimír, den ich damals nicht kannte und dessen Bild ich nicht einmal ahnte. Ich dachte dennoch an ihn und blickte durch ihn hindurch weiter in die Ferne seiner Kinder. Dann legten wir uns, Vlasta und ich, in das hoch aufgeschüttelte Bett, und es war mir, als wäre es die weise Endlosigkeit des menschlichen Geschlechtes, die uns in ihre weichen Arme nahm.

8

Was hatte mir Ludvík bei der Hochzeit angetan? Eigentlich nichts. Er war wortkarg, er war sonderbar. Als am Nachmittag musiziert und getanzt wurde, boten ihm die Kameraden die Klarinette an. Sie wollten, daß er mit ihnen spiele. Er lehnte ab. Bald darauf ging er. Zum Glück war ich schon viel zu beschwipst, als daß ich der Sache besondere Aufmerksamkeit geschenkt hätte. Doch am nächsten Tag sah ich, daß sein Weggehen wie ein kleiner Fleck auf dem gestrigen Tag haftengeblieben war. Der Alkohol, der sich in meinem Blut zersetzte, vergrößerte diesen Fleck zu beträchtlicher Breite. Und mehr noch als der Alkohol tat es Vlasta. Sie hatte Ludvík nie gemocht. Frauen teilen instinktiv die Freunde ihres Mannes in die Unschädlichen und in die Gefährlichen ein. Vlasta hatte Ludvík in die zweite Kategorie eingestuft, und sie war stets froh gewesen, daß er in Prag lebte.

Als ich ihr mitteilte, daß Ludvík mein Trauzeuge sein würde, war sie darob nicht gerade entzückt. Und am Morgen nach der Hochzeit kam es ihr sehr gelegen, daß sie mich an sein gestriges Benehmen erinnern konnte. Er habe die ganze Zeit über eine Miene gemacht, als fielen wir ihm alle zur Last. Er sei ein aufgeblasener Kerl.

Doch noch am Abend dieses Tages kam Ludvík selbst zu uns. Er brachte Vlasta ein paar Geschenke mit und entschuldigte sich. Wir mögen ihm verzeihen, daß er gestern nichts getaugt habe. Er erzählte uns, was ihm widerfahren war. Er war aus der Partei und aus der Schule hinausgeflogen. Er wisse nicht, was weiter mit ihm geschehen werde.

Ich wollte meinen Ohren nicht trauen und wußte nicht, was ich sagen sollte. Im übrigen wünschte Ludvík nicht bemitleidet zu werden und brachte die Rede rasch auf andere Dinge. Unser Ensemble sollte in vierzehn Tagen eine große Auslandstournee antreten. Wir, die wir vom Lande waren, freuten uns unbeschreiblich darauf. Ludvík wußte das und begann sich nach unserer Reise zu erkundigen. Aber ich wurde mir sofort bewußt, daß sich Ludvík seit seiner Kindheit nach dem Ausland gesehnt hatte und daß er nun kaum jemals hinkommen würde. Damals und auch noch viel später ließ man Menschen, die einen politischen Makel hatten, nicht ins Ausland. Ich sah, daß wir uns beide an völlig entgegengesetzten Punkten befanden, und ich versuchte das zu vertuschen. Ich konnte deshalb nicht laut über unsere Reise sprechen, denn dadurch hätte ich die jäh entstandene Schlucht zwischen unseren beiden Schicksalen beleuchtet. Ich wollte diese Schlucht in Dunkelheit hüllen und fürchtete mich vor jedem Wort, mit dem ich sie hätte erhellen können. Aber ich fand kein Wort, das sie nicht erhellt hätte. Jeder Satz, der auch nur beiläufig unser Leben betraf, machte uns klar, daß ein jeder von uns an einem anderen Punkt angelangt war. Daß wir andere Möglichkeiten, eine andere Zukunft hatten. Daß wir in entgegengesetzten Richtungen davongetragen wurden. Ich versuchte über etwas zu reden, was irgendwie alltäglich und bedeutungslos wäre, damit daraus nicht unsere Fremdheit hervorluge. Aber das war noch schlimmer. Die Belanglosigkeit der Unterhaltung war peinlich, und das Gespräch wurde bald unerträglich.

Ludvík verabschiedete sich nach kurzer Zeit und ging. Er meldete sich zu einer Brigade irgendwo außerhalb unserer Stadt, und ich fuhr mit dem Ensemble ins Ausland. Von da an sah ich ihn Jahre nicht. Als er beim Militär diente, schickte ich ihm einen oder zwei Briefe. Nachdem ich sie aufgegeben hatte, blieb in mir stets das gleiche unbefriedigte Gefühl zurück wie nach unserer letzten Unterredung. Ich vermochte Ludvíks Sturz nicht Aug in Aug gegenüberzustehen. Ich schämte mich, daß mein Leben erfolgreich war. Es kam mir unerträglich vor, aus der Höhe meiner Zufriedenheit Worte der Aufmunterung oder der Anteilnahme an Ludvík zu adressieren. Lieber bemühte ich mich vorzutäuschen, daß sich zwischen uns nichts geändert habe. In meinen Briefen schilderte ich ihm, was wir machten, was es im Ensemble Neues gab, wie unser neuer Zimbalist war und was wir alles erlebt hatten. Ich tat, als wäre meine Welt auch weiterhin unsere gemeinsame Welt. Und ich empfand das Unangenehme dieser Heuchelei.

Dann bekam mein Vater eines Tages eine Todesanzeige. Ludvíks Mutter war gestorben. Niemand von uns hatte eine Ahnung gehabt, daß sie krank gewesen war. Als ich Ludvík aus den Augen verlor, verlor ich mit ihm auch sie aus den Augen. Nun hielt ich die Parte in der Hand und wurde mir meiner Gleichgültigkeit Menschen gegenüber bewußt, die nur ein ganz klein wenig aus dem Weg meines Lebens getreten waren. Meines erfolgreichen Lebens. Ich fühlte mich schuldig, obwohl ich mir eigentlich nichts hatte zuschulden kommen lassen. Und dann entdeckte ich etwas, was mich entsetzte. Die Todesanzeige war, im Namen der ganzen Verwandtschaft, vom Ehepaar Koutecký unterschrieben.

Der Tag des Begräbnisses brach an. Vom Morgen an hatte ich Lampenfieber, daß ich Ludvík begegnen würde. Aber Ludvík kam nicht. Hinter dem Sarg schritt nur eine Handvoll Leute. Ich fragte die Kouteckýs, wo Ludvík sei. Sie zuckten mit den Achseln und sagten, sie wüßten es nicht. Der Zug, der hinter dem Sarg einherschritt, hielt vor einer großen Gruft mit einem schwarzen Marmorstein und einer weißen Engelsstatue.

Man hatte der reichen Baumeisterfamilie alles weggenommen, so daß sie jetzt nur von einer kleinen Rente lebte. Es war ihr gerade nur diese große Familiengruft mit dem weißen Engel übriggeblieben. Das alles hatte ich gewußt, aber ich begriff nicht, warum man den Sarg gerade hier beerdigte.

Erst später erfuhr ich, daß Ludvík damals im Kittchen saß. Seine Mutter war der einzige Mensch in unserer Stadt gewesen, der das wußte.

Als sie tot war, loderte in den Koutecký́s wieder die Flamme der Verwandtenliebe auf. Sie nahmen den toten Leib der ungeliebten Schwägerin in Besitz und erklärten ihn für ihr Eigentum. Endlich rächten sie sich an dem undankbaren Neffen. Sie stahlen ihm die Mutter. Sie deckten sie mit einem schweren Marmorstein zu, über dem ein weißer Engel mit lockigem Haar und einem Zweig in der Hand stand. Später mußte ich immer wieder an diesen Engel denken. Er schwebte über dem geschundenen Leben eines Freundes, dem auch die Körper seiner toten Eltern geraubt worden waren. Der Engel des Raubes.

9

Vlasta liebt keinerlei Extravaganzen. Grundlos bei Nacht im Garten herumzusitzen ist eine Extravaganz. Ich hörte ein energisches Pochen an die Fensterscheibe. Hinter dem Fenster dunkelte der strenge Schatten einer Frauengestalt im Nachthemd. Ich bin gehorsam. Ich vermag mich Schwächeren nicht zu widersetzen. Und da ich einen Meter neunzig groß bin und einen zentnerschweren Sack mit einer Hand hochheben kann, habe ich bisher im Leben niemanden gefunden, dem ich mich hätte widersetzen können.

Und so ging ich nach Hause und legte mich neben Vlasta zur Ruhe. Um nicht zu schweigen, erwähnte ich, daß ich heute Ludvík begegnet sei. „Na und?“ sagte sie mit demonstrativem Desinteresse. Alles vergeblich. Er ging ihr wider den Strich. Bis heute konnte sie ihn nicht riechen. Übrigens hatte sie keinen

Grund, sich zu beklagen. Seit unserer Hochzeit hatte sie nur einmal Gelegenheit gehabt, ihn zu sehen. Das war im Jahre sechsundfünfzig. Und damals vermochte ich den Abgrund, der uns trennte, nicht einmal mehr vor mir selbst wegzulügen.

Ludvík hatte bereits den Militärdienst, das Gefängnis und einige Jahre Bergwerk hinter sich. Er leitete in Prag die Fortsetzung seines Studiums in die Wege und war in unsere Stadt gekommen, um irgendwelche polizeiliche Formalitäten zu erledigen. Abermals hatte ich Lampenfieber vor unserem Wiedersehen. Aber ich begegnete keinem gebrochenen, von Weltschmerz erfüllten Menschen. Im Gegenteil. Ludvík war anders, als ich ihn bisher gekannt hatte. Es war Frechheit, Vierschrötigkeit und vielleicht auch mehr Ruhe in ihm. Nichts, was nach Mitleid verlangt hätte. Es schien mir, als würden wir die Schlucht, vor der ich mich so gefürchtet hatte, leicht überbrücken können. Um den Faden rascher anzuknüpfen, lud ich ihn zur Probe unserer Kapelle ein. Ich glaubte, daß das nach wie vor auch seine Kapelle war. Was lag daran, daß wir einen anderen Zimbalisten hatten, einen anderen Kontrabassisten, einen anderen Klarinettisten und daß von der alten Partie nur noch ich übriggeblieben war. Die Zeit verrinnt, das vermag uns nicht aus der Fassung zu bringen. Wichtig ist, daß wir sogar in dieser flüchtigen Zeit unseren Namenszug hinterlassen.

Ludvík setzte sich auf einen Stuhl neben den Zimbalisten und hörte nur zu, wie wir probten. Wir spielten zuerst unsere Lieblingslieder, jene, die wir noch auf dem Gymnasium gespielt hatten. Dann folgten neue, die wir in entlegenen Bergdörfern entdeckt hatten. Am Ende kamen einige Lieder an die Reihe, auf die wir am meisten stolz waren. Das waren keine wirklichen Volkslieder mehr, sondern Lieder, die wir uns selbst im Ensemble aus dem Geist der Volkskunst geschaffen hatten. Und wir sangen auch die Lieder vom Rain, der gepflügt werden soll, damit aus vielen kleinen Privatfeldern ein großes Genossenschaftsfeld werde, Lieder über arme Teufel, die heute nicht Frondienst leisten müssen und Herren auf ihrem Grund und Boden sind, ein Lied vom Traktoristen, dem es auf der Traktorenstation gut geht. Das alles waren Lieder, deren Musik man von den ursprünglichen Volksliedern nicht unterscheiden konnte und deren Worte dennoch aktueller waren als die Tageszeitung.

Unter diesen Liedern liebten wir das Lied über Fučík am meisten, den Helden, der während der Okkupation von den Nazis gefoltert wurde und von dem nun „das Volk ein Liedchen singet“.

Ludvík saß auf seinem Sessel und sah zu, wie die Hände des Zimbalspielers mit den Klöppeln über die Saiten liefen. Jeden Augenblick schenkte er sich aus einer Flasche ein kleines Glas voll Wein. Ich beobachtete ihn über den Steg meiner Geige. Er war nachdenklich, und kein einziges Mal hob er den Kopf zu mir.

Dann fanden sich allmählich die Ehefrauen im Saal ein, und das war stets das Zeichen, daß die Probe bald zu Ende sein würde. Ich lud Ludvík zu mir ein. Vlasta richtete uns etwas zum Abendessen her, dann ging sie schlafen und ließ uns allein. Ludvík sprach über alles mögliche. Aber ich fühlte, daß er nur deshalb so gesprächig war, um nicht darüber sprechen zu müssen, worüber ich sprechen wollte. Wie hätte ich aber mit meinem besten Freund darüber schweigen können, was unser größtes gemeinsames Gut war? Und so unterbrach ich Ludvíks belangloses Geschwätz. Was sagst du zu unseren Liedern? Ludvík antwortete mir ohne zu zögern, daß sie ihm gefielen. Aber ich ließ ihn nicht mit einer billigen Höflichkeitsfloskel davonkommen. Ich fragte ihn weiter aus. Was sagst du zu den neuen Liedern, die wir in entlegenen Dörfern entdeckt haben? Und was sagst du zu jenen neuen Liedern, die wir selbst komponiert haben?

Ludvík hatte keine Lust zu einer Debatte. Doch Schritt für Schritt zog ich ihn in sie hinein, bis er schließlich gesprächig wurde. Jene wenigen alten Volkslieder, die wären wirklich wunderschön. Aber im übrigen gefiele ihm unser Repertoire nicht. Wir paßten uns viel zu sehr dem allgemeinen Geschmack an. Das sei auch kein Wunder. Wir träten vor der breitesten Öffentlichkeit auf und wollten gefallen. Und so tilgten wir aus unseren Liedern alles, was an ihnen persönlich sei. Wir tilgten ihren unnachahmlichen Rhythmus und paßten sie der konventionellen Rhythmik an. Wir wählten Lieder aus der allerjüngsten chronologischen Schicht, verschiedene Csárdás und Werbelieder, denn diese seien die zugänglichsten und die ansprechendsten.

Ich opponierte. Wir befänden uns doch am Beginn des Weges. Wir wollten, daß sich das Volkslied möglichst weit verbreite. Deshalb müßten wir es ein wenig dem breiteren Geschmack anpassen. Das allerwichtigste sei doch, daß wir bereits eine *zeitgenössische* Folklore geschaffen hätten, neue Volkslieder, die von unserem heutigen Leben berichteten.

Er war anderer Meinung. Gerade diese neuen Lieder hätten seinen Ohren am meisten weh getan. Welch armselige Nachahmung! Und wie falsch das alles sei!

Bis heute ist mir traurig zumute, wenn ich an das alles denke. Wer hatte uns gedroht, wir würden wie die Frau des Lot enden, wenn wir immer nur zurückblickten? Wer hatte darüber phantasiert, daß aus der Volksmusik der neue Stil der Epoche hervorgehen werde? Wer hatte uns aufgerufen, die Volksmusik in Bewegung zu setzen und sie zu zwingen, an der Seite der gegenwärtigen Geschichte zu schreiten? Das war eine Utopie, sagte Ludvík. Wieso Utopie? Diese Lieder gibt es! Sie existieren!

Er lachte mich aus. Ihr im Ensemble singt sie. Aber zeig mir einen einzigen Menschen außerhalb des Ensembles, der sie singt! Zeig mir einen einzigen Genossenschaftsbauern, der selbst, also zu seinem eigenen Vergnügen, diese eure Lieder über die Genossenschaft sänge! Da bekäme er doch ein schiefes Maul davon, so unnatürlich und falsch sind sie! Dieser Propagandatext steht von dieser Quasivolksmusik ab wie ein schlecht angenähter Kragen! Das quasimährische Lied über Fučík! Welch Unsinn! Ein Prager Journalist! Was hat der mit der Mährischen Slowakei zu tun?

Ich hielt ihm entgegen, daß Fučík allen gehöre und daß wohl auch wir auf unsere Weise über ihn singen dürften.

Was singt ihr denn über ihn auf eure Art und Weise? Ihr singt nach dem Rezept des Agitprop und nicht auf unsere Art. Vergegenwärtige dir nur einmal den Text dieses Liedes! Und wozu überhaupt ein Lied über Fučík? Hat denn nur er allein in der Illegalität gekämpft? Wurde nur er gefoltert?

Aber er ist von allen der Bekannteste!

Allerdings! Der Propagandaapparat will in der Galerie der toten Helden Ordnung haben. Er will unter den Helden einen Haupthelden haben, um ihn gehörig propagandistisch ausstaffieren zu können.

Wozu diese Spötteleien? Jede Zeit hat ihre Symbole!

Gut, aber gerade das ist ja so interessant, wer hier zum Symbol geworden ist! Hunderte waren damals genauso tapfer wie er, und sie sind heute vergessen. Und es fielen auch berühmte Menschen. Politiker, Schriftsteller, Wissenschaftler, Künstler. Doch sie wurden nicht zu Symbolen. Ihre Photographie hängt nicht in Sekretariaten und Schulen. Und die haben oft auf ein großes Werk zurückblicken können. Aber gerade dieses Werk steht im Wege. Es läßt sich schwer arrangieren, zurechtstutzen, zusammenstreichen. Das Werk ist ein Hindernis für die Propagandagalerie der Helden.

Eine Reportage „Unter dem Galgen geschrieben" hat keiner von ihnen verfaßt!

Gerade! Was mit einem Helden, der schweigt? Was mit einem Helden, der die letzten Stunden seines Lebens nicht zu einem Theaterauftritt benützt? Zu einer pädagogischen Lektion? Dieser Fučík hat es, obwohl er alles andere als berühmt war, für ungemein wichtig erachtet, der Welt mitzuteilen, was er im Gefängnis dachte, fühlte, erlebte, was er den Menschen mitteilte und empfahl. Er schrieb das auf kleine Kassiber und setzte die Leben anderer Menschen aufs Spiel, die sie aus dem Gefängnis schmuggelten und aufbewahrten. Wie hoch schätzte er wohl seine eigenen Gedanken und Empfindungen ein! Wie hoch schätzte er sich selbst ein!

Das ging mir nun doch über die Hutschnur. So war also Fučík ein selbstgefälliger, eingebildeter Mensch gewesen?

Doch Ludvík ließ sich nicht bremsen. Nein, sein Eigendünkel wäre nicht das Wichtigste gewesen, was ihn zu schreiben gezwungen hätte. Das Wichtigste war die Schwäche. Denn in der Einsamkeit tapfer sein, ohne Zeugen, ohne durch Beifall belohnt zu werden, nur vor sich selbst, dazu ist großer Heldenmut und viel Stärke nötig. Fučík brauchte die Hilfe des Publikums. Er schuf sich in der Einsamkeit der Zelle wenigstens ein fiktives Publikum. Er mußte gesehen werden! Er mußte sich durch Applaus Kraft geben! Wenigstens durch fiktiven Applaus! Den Kerker in eine Bühne verwandeln und sein Schicksal dadurch erträglich machen, daß er es nicht nur lebte, sondern vorführte und spielte! Daß er sich in der Schönheit der eigenen Worte und Gesten spiegelte!

Ich war auf Ludvíks Kummer vorbereitet gewesen. Auch auf Verbitterung. Mit diesem Zorn jedoch, mit diesem ironischen Haß hatte ich nicht gerechnet. Wodurch hatte ihm der zu Tode gemarterte Fučík etwas angetan? Ich erblickte den Wert eines Menschen in seiner Treue. Ich weiß, daß Ludvík zu Unrecht bestraft worden war. Aber um so schlimmer! Denn so hatte sein Gesinnungswechsel eine nur allzu durchsichtige Motivierung. Kann denn ein Mensch seine ganze Einstellung dem Leben gegenüber nur deshalb ändern, weil er gekränkt wurde?

Das alles sagte ich Ludvík ins Gesicht. Aber dann geschah abermals etwas Unerwartetes. Ludvík antwortete mir nicht mehr. Als wäre dieses zornige Fieber plötzlich von ihm abgefallen. Er sah mich forschend an und sagte dann mit völlig leiser und ruhiger Stimme, ich möge mich nicht ärgern. Daß er sich vielleicht irre. Er sagte das so seltsam und kalt, daß ich sehr genau wußte, daß er es nicht aufrichtig meinte. Aber ich wollte unser Streitgespräch nicht mit einer solchen Unaufrichtigkeit abschließen. Trotz aller Verbitterung wurde ich nach wie vor von meinem ursprünglichen Wunsch geleitet. Ich wollte mich mit Ludvík verständigen und die alte Freundschaft erneuern. Obwohl wir so hart aneinandergeraten waren, hoffte ich dennoch, daß wir irgendwo am Ende des langen Streites ein Stück des gemeinsamen Territoriums finden könnten, auf dem wir uns erst miteinander wohl gefühlt hatten und das wir wieder zusammen würden bewohnen können. Aber ich versuchte vergeblich, das Gespräch fortzusetzen. Ludvík sagte entschuldigend, daß er gerne übertreibe und daß er sich leider wieder einmal habe hinreißen lassen. Er bat mich, zu vergessen, was er gesagt habe.

Vergessen? Weshalb hätte ich unser ernstes Gespräch vergessen sollen? Wäre es nicht besser, es fortzusetzen? Erst am nächsten Tag dämmerte mir nach und nach der wahre Sinn dieses Wunsches. Ludvík schlief und frühstückte bei uns. Nach dem Frühstück hatten wir für ein Gespräch noch eine halbe Stunde Zeit. Er erzählte mir, welch große Anstrengungen es ihn koste, um zu erreichen, an der Hochschule die letzten zwei Jahre absolvieren zu dürfen. Welches Brandmal der Ausschluß aus der Partei für sein Leben bedeute. Wie man ihm nirgends vertraue. Daß er nur dank der Hilfe einiger Freunde, die ihn noch aus der Zeit vor dem Februar kannten, vielleicht wieder auf die Hochschule aufgenommen werden würde. Dann sprach er über andere Bekannte, die in der gleichen Lage waren wie er. Er sprach darüber, wie man hinter ihnen her sei und wie jeder ihrer Aussprüche gewissenhaft registriert werde. Wie bei den Menschen aus ihrer Umgebung Erkundigungen eingeholt würden und wie irgendeine unüberlegte oder bösartige Aussage über sie ihnen oft das Leben für weitere Jahre verpfuschen könne. Dann schweifte er ab und kam wieder auf irgendein belangloses Thema zu sprechen, und als wir uns verabschiedeten, sagte er, daß er froh gewesen sei, mich gesehen zu haben, und er bat mich abermals, ich möge vergessen, was er gestern gesagt habe.

Der Zusammenhang zwischen dieser seiner Bitte und dem Hinweis auf die Schicksale seiner Bekannten war allzu klar. Das traf mich wie ein Keulenschlag. Ludvík hatte mit mir zu sprechen aufgehört, weil er sich fürchtete! Er fürchtete sich, daß unser Gespräch nicht geheim bleiben würde! Er fürchtete sich, ich könnte ihn anzeigen! Er fürchtete sich vor mir! Das war schrecklich. Und abermals völlig unerwartet. Der Abgrund, der zwischen uns lag, war viel tiefer, als ich geahnt hatte. Er war so tief, daß er es uns nicht einmal gestattete, Gespräche zu Ende zu führen.

10

Vlasta schläft schon. Die Arme, ab und zu schnarcht sie leise. Alle bei uns schlafen schon. Und ich liege da, groß, groß, groß, und denke an meine Hilflosigkeit. Damals empfand ich sie so schrecklich stark. Früher hatte ich vertrauensvoll angenommen, daß alles in meinen Händen liege. Ludvík hatte ich doch nie etwas angetan. Weshalb sollten wir einander bei etwas gutem Willen nicht wieder näherkommen?

Es stellte sich heraus, daß das nicht in meinen Händen lag. Weder unsere Entfremdung noch unsere Annäherung lag in meinen Händen. Ich hoffte also, es läge in den Händen der Zeit. Die Zeit verstrich. Seit unserer letzten Begegnung waren neun

Jahre vergangen. Ludvík hatte inzwischen fertigstudiert, er hat eine ausgezeichnete Stelle bekommen, er ist Wissenschaftler, in dem Fach, das ihn interessiert. Ich beobachte aus der Ferne sein Schicksal. Ich beobachte es mit Liebe. Nie vermag ich Ludvík als meinen Feind zu betrachten oder als fremden Menschen. Er ist mein Freund, aber mein verwunschener Freund. Als wiederholte sich die Geschichte aus dem Märchen, wo die Braut des Prinzen in eine Schlange oder in einen Frosch verwandelt wird. Im Märchen wird immer alles durch das getreue Ausharren des Prinzen gerettet.

Aber vorderhand vermag mir die Zeit den Freund nicht aus der Verwünschung zu erwecken. Ich erfuhr in der Folge einige Male, daß er sich in unserer Stadt aufgehalten hatte. Aber nie stellte er sich bei mir ein. Heute bin ich ihm begegnet, und er ist mir aus dem Weg gegangen. Verdammter Ludvík!

Damals, als wir zum letzten Male miteinander sprachen, hat alles begonnen. Mit jedem Jahr spürte ich mehr, wie sich um mich die Vereinsamung verdichtete und in meinem Inneren Bangigkeit keimte. Es gab immer mehr Müdigkeit und immer weniger Freude und Erfolg. Das Ensemble hatte jedes Jahr seine Auslandstournee gehabt, aber dann wurden die Einladungen seltener, und heute werden wir fast nirgends hin mehr eingeladen. Wir arbeiten nach wie vor, immer emsiger, aber um uns herum herrscht Stille. Ich stehe in einem leergewordenen Saal. Und es scheint mir, daß Ludvík es gewesen ist, der befohlen hat, daß ich allein sei. Weil der Mensch nicht von seinen Feinden, sondern von seinen Freunden zur Einsamkeit verurteilt wird.

Seit jener Zeit floh ich immer häufiger auf jenen Feldweg, der von kleinen Feldern umgeben ist. Auf den Feldweg, an dessen Rain der einsame wilde Rosenstrauch wächst. Dort treffe ich mich mit den letzten Getreuen. Dort ist der Deserteur mit seinen Burschen. Dort ist der vagabundierende Musikant. Und dort ist hinter dem Horizont das Holzhäuschen und darin Vlasta — das arme Mägdelein.

Der Deserteur nennt mich König und verspricht mir, daß ich mich jederzeit unter seinen Schutz begeben könne. Es genüge, zum Rosenbusch zu kommen. Dort fände ich ihn immer.

Es wäre so einfach, seine Ruhe in der Welt der Vorstellungen zu finden. Aber ich hatte mich stets bemüht, in beiden Welten gleichzeitig zu leben und die eine der anderen wegen nicht zu verlassen. Ich darf die wirkliche Welt nicht verlassen, auch wenn ich in ihr alles verliere. Am Ende wird es vielleicht genügen, wenn mir das Einzige gelingt. Das Allerletzte:

Mein Leben als klare und verständliche Botschaft einem einzigen Menschen zu übergeben, der es begreift und es weitertragen wird. Eher darf ich nicht mit dem Deserteur zur Donau.

Jener einzige Mensch, an den ich denke, der nach allen Niederlagen meine einzige Hoffnung ist, ist von mir durch eine Wand getrennt und schläft. Übermorgen wird er sich auf das braune Roß setzen. Er wird einen Schleier vor dem Gesicht tragen. Man wird ihn König nennen. Komm, mein Sohn. Ich schlafe ein. Sie werden dich bei meinem Namen nennen. Ich will schlafen. Im Schlafe will ich dich auf dem Pferd sitzen sehen.

V

1

Ich schlief lange und recht gut; die Erinnerungen, denen ich mich am Abend (und bis in die Nacht hinein) hingegeben hatte, besaßen bei aller Bitterkeit keinerlei Einfluß auf den Rhythmus meines physischen Lebens, denn ich war durch eine strenge Lebensführung geschult, die ich auf mich genommen hatte, als mir nach meinem dreißigsten Geburtstag zum ersten Male bewußt wurde, daß ich vom allgemeinen Los des Alterns nicht verschont blieb. Ich erwachte erst nach acht Uhr; ich erinnerte mich an keine Träume, weder an gute noch an böse; mein Kopf schmerzte nicht; ich hatte nur nicht die geringste Lust aufzustehen, und ich widersetzte mich dieser Unlust ganz und gar nicht, weil ich es seit einer bestimmten Zeit ablehne, in ihr eine schlechte Gewohnheit zu sehen, sondern sie als wohltätiges Anzeichen jugendlichen Faulenzertums auffasse.

Ich blieb also liegen; der Schlaf hatte zwischen mir und der Begegnung am Freitagabend eine Art Wand errichtet, einen Windschutz, hinter dem ich mich (wenigstens für ein Weilchen) geborgen fühlte. Nicht etwa, daß Lucie an diesem Morgen aus meinem Bewußtsein entschwunden wäre, sie war vielmehr wieder in ihre frühere Abstraktheit zurückgekehrt.

In ihre Abstraktheit? Ja: als mir Lucie in Ostrau auf so rätselhafte und grausame Weise verschwunden war, hatte ich zunächst keinerlei praktische Möglichkeit, nach ihr zu forschen. Und wie dann (nach meiner Entlassung vom Militärdienst) die Jahre verflossen, verlor ich allmählich die Sehnsucht nach solchen Nachforschungen. Ich sagte mir, daß Lucie, wie immer ich sie geliebt haben mochte, wie *einmalig* sie auch gewesen war, nicht von der *Situation* weggedacht werden konnte, in der wir einander begegneten und in der wir uns verliebten. Es schien mir ein Denkfehler zu sein, wenn der Mensch das geliebte Wesen von allen Umständen abstrahiert, unter denen er es kennengelernt hat und in denen es lebt, wenn er hartnäckig versucht, es von allem zu reinigen, was nicht es *selbst* ist, also auch von der *Episode*, die sie gemeinsam durchlebt haben und die die Kontur ihrer Liebe bildet.

Ich liebe doch an einer Frau nicht das, was sie sich selbst und was sie an und für sich ist, sondern das, womit sie sich an mich wendet, was sie *für mich* ist. Ich liebe sie als Figur unserer gemeinsamen Episode. Was wäre die Gestalt Hamlets ohne Schloß Elsinor, ohne Ophelia, ohne alle konkreten Situationen, die sie durchschreitet, was wäre sie ohne den *Text* ihrer Rolle, was wäre sie, würde man sie von alldem abstrahieren? Was bliebe von ihr anderes übrig als irgendeine leere, stumme, illusorische Substanz? Auch Lucie, der Ostrauer Vorstädte entledigt, der durch den Drahtzaun zugesteckten Rosen, der schäbigen Kleidchen, entledigt meiner eigenen endlosen Wochen und der sich hinziehenden Hoffnungslosigkeit, würde wahrscheinlich aufhören, jene Lucie zu sein, die ich liebte.

Ja, so begriff ich das, so erklärte ich mir das, und wie dann ein Jahr nach dem anderen verfloß, hatte ich fast Angst, ihr abermals zu begegnen, weil ich wußte, daß wir uns an einem Ort begegnen würden, an dem Lucie nicht mehr Lucie wäre und ich nichts besäße, womit ich den durchschnittenen Faden neu anknüpfen könnte. Damit will ich freilich nicht sagen, daß ich aufgehört hatte, sie zu lieben, daß ich sie vergessen hatte, daß sie mir vielleicht verblaßt wäre; im Gegenteil, fortwährend lebte sie in mir in der Gestalt einer stillen Wehmut weiter; ich sehnte mich nach ihr, wie man sich nach etwas sehnt, was endgültig verloren ist.

Und gerade deshalb, weil Lucie für mich zu etwas endgültig Vergangenem geworden war (etwas, was als Vergangenes nach wie vor lebt und was als Gegenwärtiges tot ist), verlor sie nach und nach in meinen Gedanken ihre Körperlichkeit, ihre Materialität und ihr Konkretes und wurde immer mehr und mehr zu einer Art Legende, zu einem Mythos, auf Pergament geschrieben und in einem ehernen Schränkchen in den Grundstein meines Lebens versenkt.

Vielleicht konnte gerade deshalb jenes völlig Unglaubliche geschehen: daß ich mir im Friseurladen ihres Aussehens nicht sicher war. Und deshalb konnte es auch am nächsten Morgen geschehen, daß ich (überlistet durch die Pause des Schlafes) das Gefühl hatte, daß meine gestrige Begegnung *unwirklich* gewesen war; daß sich auch sie vielleicht auf der Ebene der Legende, des Orakels oder des Rätsels abgespielt hatte. Wenn mich am Freitagabend Lucies tatsächliche Gegenwart wie ein Blitz getroffen und jäh in jene weit zurückliegende Zeit zurückgeworfen hatte, die von ihr beherrscht gewesen war, fragte ich mich an diesem Samstagmorgen bereits nur noch mit ruhigem (und gut ausgeschlafenem) Herzen, *warum* bin ich ihr begegnet? soll denn die Episode Lucie noch irgendeine Fortsetzung haben? was bedeutet diese Begegnung und was will sie mir *sagen?*

Ist es denn so, daß Ereignisse, abgesehen davon, daß sie geschehen, daß sie sind, auch etwas sagen? Ich muß wohl nicht hervorheben, daß ich ein durchaus nüchterner Mensch bin. Aber vielleicht war in mir doch etwas von einem irrationalen Aberglauben übrig, zum Beispiel gerade diese seltsame Überzeugung, daß alle Begebenheiten des Lebens, die mir widerfahren, einen zusätzlichen Sinn haben, etwas *bedeuten;* daß das Leben durch seinen eigenen Ablauf etwas über sich aussagt, daß es uns nach und nach irgendeines seiner Geheimnisse offenbart, daß es vor uns gleich einem Rebus steht, der zu lösen ist, wenn man hinter seinen Sinn kommen will, daß die Begebenheiten, die wir in unserem Dasein durchleben, die Mythologie dieses Lebens sind und daß in dieser Mythologie der Schlüssel zur Wahrheit und zum Geheimnis liegt. Daß das Trug ist? Das ist möglich, das ist sogar wahrscheinlich, aber ich kann dieses Bedürfnis nicht loswerden, fortwährend mein eigenes Leben zu *lösen* (als wäre in ihm tatsächlich irgendein Sinn, eine Bedeutung, eine Wahrheit verborgen), ich kann mich von diesem Bedürfnis nicht frei machen, selbst wenn es nichts anderes wäre als die Notwendigkeit, irgendein Spiel zu spielen (wie das Lösen eines Rebus Spiel ist).

Ich lag also auf dem knarrenden Hotelbett und ließ mir die Gedanken an Lucie, nun bereits wieder in eine bloße Vorstellung und ein bloßes Fragezeichen umgewandelt, durch den Kopf gehen. Das Hotelbett war tatsächlich, wie ich es im vorhergehenden Satz charakterisiert hatte, knarrend, und als ich mir dieser seiner Eigenschaft abermals bewußt wurde, rief das in mir (plötzlich, störend) den Gedanken an Helena wach. Als wäre dieses knarrende Bett die Stimme, die mich zur Pflicht rief, schlüpfte ich seufzend mit den Füßen aus dem Bett, setzte mich auf den Bettrand, streckte mich, fuhr mir durchs Haar, blickte aus dem Fenster und zum Himmel empor und stand dann auf. Die Begegnung mit Lucie am Freitag, sosehr sie auch am folgenden Tag entmaterialisiert war, umschloß und dämpfte ja doch mein Interesse für Helena, ein vor wenigen Tagen noch so intensives Interesse. In diesem Augenblick blieb davon nur noch das bloße *Bewußtsein* des Interesses übrig, ein in die Sprache der Erinnerung übersetztes Interesse; das Pflichtgefühl dem verlorenen Interesse gegenüber, von dem mir der Verstand beteuerte, daß es sicherlich wieder in voller Intensität zurückkehren werde.

Ich ging zum Waschtisch, streifte die Pyjamajacke ab und drehte den Wasserhahn ganz auf. Ich schob die Hände unter den Wasserstrahl und besprengte mit vollen Händen Hals, Schultern und Körper; ich schrubbte mich mit dem Handtuch ab; ich wollte das Blut in mir zum Pulsen bringen. Ich erschrak nämlich plötzlich; ich erschrak ob meiner Gleichgültigkeit Helenas Ankunft gegenüber, ich erschrak, weil ich befürchtete, daß mir diese Gleichgültigkeit (augenblickliche Gleichgültigkeit) die Gelegenheit verpfuschen könnte, die sich mir nur einmal darbot und die kaum jemals wiederkehren würde. Ich nahm mir vor, ordentlich zu frühstücken und mir nach dem Frühstück einen Wodka zu genehmigen.

Ich ging ins Kaffeehaus hinunter, doch ich fand dort nur eine Reihe Sessel, die, kläglich mit den Beinen nach oben, auf den ungedeckten Tischen standen, sowie eine Frau in schmutziger Schürze, die zwischen ihnen herumlungerte.

Ich ging in die Hotelrezeption und fragte den Portier, der dort, in einen gepolsterten Sessel und in tiefe Gleichgültigkeit versunken, hinterm Pult saß, ob ich im Hotel frühstücken könne. Ohne sich zu rühren, sagte er, daß heute das Kaffeehaus den freien Tag habe. Ich trat auf die Straße hinaus. Es war ein schöner Tag, kleine Wölkchen trollten sich über den Himmel, und ein leichter Wind wirbelte den Staub von den Gehsteigen auf. Ich eilte auf den Hauptplatz. Beim Metzger stand eine Schlange jüngerer und älterer Frauen. Sie hielten Taschen und Netze in den Händen, sie warteten geduldig und stumpf, bis sie drinnen im Laden an die Reihe kämen. Unter den Passanten, die mir auf der Straße gemächlich oder eilig entgegenkamen, fesselten mich nach einem Weilchen jene, die kleine Tüten mit roten Käppchen Speiseeis, an denen sie leckten, gleich Miniaturfackeln in der Hand hielten. Da befand ich mich bereits auf dem Hauptplatz. Dort stand ein großes einstöckiges Haus mit zwei kleinen Türmchen an den Seiten des Daches; an seiner ebenerdigen Front befanden sich vier Schaukästen und über jedem von ihnen gläserne Lünetten; auf einer waren drei Männer in Tracht gemalt, die sich an den Schultern hielten und den Mund öffneten, auf der anderen ein Mann mit einer Frau (ebenfalls beide in Tracht), auf der dritten eine Sonnenblume und auf der vierten ein Fäßchen Wein. Es war eine Imbißstube mit Selbstbedienung.

Ich trat ein. Es war ein großer Raum mit gepflastertem Boden und Tischchen auf hohen Beinen, an denen Menschen standen, die belegte Brote aßen und Kaffee oder Bier tranken.

Hier zu frühstücken, hatte ich keine Lust. Seit dem Morgen war ich auf die Vorstellung eines ausgiebigen Frühstücks mit Eiern, Speck und einem Gläschen Alkohol versessen gewesen, das mir meine verlorene Vitalität wiedergegeben hätte. Ich erinnerte mich, daß sich ein Stückchen weiter, am nächsten Platz, jenem mit dem kleinen Park und der Pestsäule, eine andere Gaststätte befand. Sie war zwar nicht gerade einladend, aber es genügte mir, daß es dort Tische und Sessel gab sowie einen einzigen Kellner, bei dem ich schon durchsetzen würde, was nur irgendwie möglich war.

Ich kam an der Pestsäule vorüber. Ihr Fundament stützte einen Heiligen, der Heilige stützte eine Wolke, die Wolke stützte einen Engel, der Engel stützte ein weiteres Wölkchen, und auf diesem Wölkchen saß ein weiterer Engel, der letzte; es war Morgen; ich wurde mir dieser Selbstverständlichkeit von neuem bewußt, als ich die Pestsäule betrachtete, diese rührende Pyramide aus Heiligen, Wölkchen und Engeln, die hier in schwerem Stein den Himmel und seine Höhen vortäuschte, während der wirkliche Himmel blaß(morgendlich)blau und verzweifelt fern diesem staubigen Winkel unserer Welt war.

Ich durchquerte also den kleinen Park mit dem gefälligen Rasen und den Bänken (aber dennoch kahl genug, um die Atmosphäre der leeren Verstaubtheit nicht zu stören) und griff nach der Klinke der Tür, die ins Restaurant führte. Sie war verschlossen. Ich begriff allmählich, daß das ersehnte Frühstück ein Wunschtraum bleiben würde, und das versetzte mich in Schrecken, denn ich hatte in kindlichem Eigensinn ein ausgiebiges Frühstück als die entscheidende Vorbedingung für das Gelingen des ganzen Tages erachtet. Ich stellte fest, daß Bezirksstädte nicht mit Sonderlingen rechneten, die sitzend frühstücken wollten, und ihre Gaststätten erst viel später öffneten. Ich versuchte also gar nicht mehr, ein weiteres Lokal zu suchen, ich machte kehrt und durchquerte wieder den Park in der entgegengesetzten Richtung.

Und wieder kamen mir Menschen entgegen, die kleine Tüten mit roten Käppchen in der Hand trugen, und wieder dachte ich mir, daß diese Tüten Fackeln ähnlich seien und daß in dieser Ähnlichkeit vielleicht ein bestimmter Sinn liege, weil diese Fakkeln keine Fackeln, sondern *Travestien von Fackeln* waren und das, was sie feierlich in sich bargen, diese rosarote Spur Genuß, gar kein Genuß war, sondern die *Travestie des Genusses*, wodurch wohl die unausweichliche Travestie aller Fackeln und Genüsse dieser staubigen Kleinstadt trefflich versinnbildlicht wurde. Und dann sagte ich mir, daß, wenn ich diesen leckenden Lichtträgern entgegenginge, sie mich wahrscheinlich zu irgendeiner Konditorei führen würden, wo es vielleicht ein Tischchen und einen Sessel gab und vielleicht auch schwarzen Kaffee und Kuchen.

Sie führten mich nicht zu einer Konditorei, sondern zu einer

Milchbar; dort stand eine große Menschenschlange, die auf Kakao oder Milch und Kipfel wartete, und es gab auch hier wieder Tischchen auf hohen Beinen, an denen die Leute tranken und aßen, und im hinteren Raum gab es auch Tischchen mit Sesseln, aber die waren besetzt. Ich stellte mich also in die Schlange, und nach drei Minuten vorwärtsschreitenden Wartens kaufte ich mir ein Glas Kakao und zwei Kipfel, stellte mich zu einem der hohen Tische, auf dem etwa sechs leergetrunkene Gläser standen, suchte mir auf der Tischplatte ein Fleckchen, das nicht besudelt war und stellte dort mein Glas hin.

Ich aß mit betrüblicher Eile; etwa drei Minuten später war ich schon wieder auf der Straße; es war neun Uhr; ich hatte fast zwei Stunden Zeit: Helena war an diesem Tag mit dem ersten Flugzeug abgeflogen und sollte in Brünn in den Autobus umsteigen, der vor elf hier ankam. Ich sagte mir, daß diese zwei Stunden vollkommen leer und vollkommen überflüssig sein würden.

Ich konnte mir allerdings die alten Stätten meiner Kindheit ansehen, ich hätte in sentimentaler Versonnenheit vor meinem Geburtshaus verweilen können, in welchem die Mutter bis zu ihrem letzten Tag gelebt hatte. Ich denke oft an sie, aber hier, in dieser Stadt, wo ihr schwächliches Gerippe unter fremdem Marmor verschachert liegt, schienen selbst die Erinnerungen an sie vergiftet zu sein: es würden sich mir in sie die Gefühle der einstigen Machtlosigkeit und galligen Bitternis mischen — und dem widersetzte ich mich.

Und so blieb mir nichts übrig, als mich auf dem Hauptplatz auf eine Bank zu setzen, nach einer Weile wieder aufzustehen, zu den Schaufenstern der Läden zu gehen, mir die Buchtitel in der Buchhandlung anzusehen, dann endlich auf die erlösende Idee zu kommen, mir in der Trafik das Rudé Právo zu kaufen, mich wieder auf die Bank zu setzen, die nicht verlockenden Schlagzeilen zu überfliegen, in der außenpolitischen Rubrik zwei interessantere Artikel zu lesen, wieder von der Bank aufzustehen, das Rudé Právo zusammenzufalten und es unbeschädigt in einen Abfallkorb zu stecken; dann gemächlich zur Kirche zu gehen, vor ihr stehenzubleiben, hinaufzublicken zu ihren beiden Türmen, dann über die breite Kirchentreppe emporzusteigen und den Vorraum der Kirche zu betreten und weiterzugehen in das Kirchenschiff, scheu, damit sich die Leute nicht unnütz empörten, daß jener, der da eintrat, sich nicht bekreuzigte und nur gekommen war, um ein bißchen herumzulungern, wie man im Park herumlungert oder auf dem verlassenen Korso.

Als dann mehr Menschen in die Kirche kamen, begann ich mir unter ihnen wie ein Eindringling vorzukommen, der nicht weiß, wie er hier stehen soll, wie den Kopf senken oder die Hände falten, ich ging also wieder hinaus, blickte auf die Uhr und stellte fest, daß meine Zwischenzeit noch immer lang war. Ich versuchte, meine Gedanken Helena zuzuwenden, ich wollte an sie denken, um die Langeweile irgendwie zu nützen; aber dieser Gedanke wollte und wollte sich nicht entfalten, er wollte sich nicht vom Fleck rühren, er war günstigstenfalls in der Lage, vor mir Helenas visuelles Aussehen erstehen zu lassen. Das ist übrigens eine bekannte Tatsache: wenn ein Mann auf eine Frau wartet, entdeckt er in sich kaum die Fähigkeit, über sie nachzudenken, und es bleibt ihm nichts übrig, als (mehr oder minder ruhig oder unruhig) unter ihrem erstarrten Abbild auf und ab zu gehen.

Also ging ich auf und ab. Gegenüber der Kirche sah ich vor dem alten Gebäude des Rathauses (heute Städtischer Nationalausschuß) etwa zehn leere Kinderwagen stehen. Ich vermochte mir dieses Phänomen nicht gleich zu erklären. Dann schob irgendein junger Mann atemlos einen weiteren Kinderwagen an die übrigen heran, die Frau (etwas nervös), die den Mann begleitete, zog aus dem Kinderwagen ein Bündel weißen Linnens und weißer Spitzen heraus (die zweifellos ein Kind enthielten), und dann eilten beide in das Rathaus. Die anderthalb Stunden, die ich totschlagen mußte, vor Augen, folgte ich den beiden.

Schon auf der breiten Treppe standen recht viele Gaffer herum, und wie ich die Stiegen hinaufging, wurde ihre Zahl immer größer, die meisten befanden sich im Korridor des ersten Stokkes, während die Treppe, die von hier weiter hinauf führte, wieder leer war. Das Ereignis, dessentwegen sich die Leute hier versammelt hatten, sollte also offenbar in diesem Stockwerk hier stattfinden, höchstwahrscheinlich in jenem Raum, in den von der Treppe eine sperrangelweit offenstehende Tür führte und der von einer recht großen Menschenmenge gefüllt war. Ich ging hinein und befand mich in einem kleinen Saal, wo etwa sieben Sesselreihen standen, auf denen bereits Menschen saßen, als erwarteten sie irgendeine Vorstellung. An der Stirnseite des Saales befand sich ein Podium und auf diesem ein langer Tisch, der mit einem roten Tuch bedeckt war, auf dem Tisch eine Vase mit einem großen Blumenstrauß, an der Wand hinter dem Podium eine dekorativ angebrachte Staatsfahne; unten, am Fuße des Podiums (und etwa drei Meter von der ersten Sesselreihe des Zuschauerraums entfernt), standen im Halbkreis acht Stühle, die dem Podium zugekehrt waren; hinten, am anderen Ende des Saales, war ein kleines Harmonium mit offener Klaviatur, hinter dem mit gesenktem kahlem Schädel ein bebrillter alter Herr saß.

Etliche Sessel im Zuschauerraum waren noch nicht besetzt; ich ließ mich also auf einem nieder. Es geschah zwar lange Zeit nichts, doch die Leute langweilten sich gar nicht, sie steckten die Köpfe zusammen, tuschelten und waren offenbar voll Erwartung. Inzwischen hatte sich der Saal nach und nach gefüllt, da jene eingetreten waren, die in Haufen draußen im Korridor herumgestanden waren; sie besetzten die restlichen paar Sessel oder blieben an den Wänden stehen.

Dann begannen endlich die erwarteten Ereignisse: die Tür hinter dem Podium öffnete sich; in ihr tauchte eine brillentragende Frau in braunem Kleid auf, mit langer, dünner Nase; sie blickte in den Saal und hob die rechte Hand. Die Leute um mich verstummten. Dann drehte sich die Frau um, sah in den Raum, aus dem sie gekommen war, schien dort jemandem einen Wink zu geben oder etwas zu sagen, kehrte aber gleich wieder zurück und stellte sich mit dem Rücken an die Wand, während ich in diesem Augenblick in ihrem Gesicht (obwohl sie mir das Halbprofil zuwandte) ein feierliches, erstarrtes Lächeln wahrnahm. Alles war offenbar tadellos synchronisiert, denn genau mit dem Einsetzen des Lächelns ertönten hinter meinem Rücken die Klänge des Harmoniums.

Einige Augenblicke später tauchte in der Tür im Hintergrund des Podiums eine junge Frau mit blondem Haar auf, ihr Gesicht war rot, sie war reich onduliert und geschminkt, sie hatte einen verstörten Gesichtsausdruck und als weißes Bündel ein Wickelkind in den Armen. Die bebrillte Frau drückte sich, um ihr nicht im Wege zu stehen, noch mehr an die Wand, und ihr Lächeln sollte die Trägerin des Kindes aufmuntern, weiterzugehen. Und die Trägerin ging, sie ging unsicheren Schrittes, das Wickelkind an sich pressend; hinter ihr tauchte eine weitere Frau mit einem Wickelkind in den Armen auf, und hinter dieser (im Gänsemarsch) ein ganzes kleines Gefolge. Ich beobachtete fortwährend die erste von ihnen: sie schaute zuerst irgendwohin zur Decke empor, dann aber senkte sie die Augen, und ihr Blick traf offenbar jenen irgendeines Menschen im Zuschauerraum, was sie aus der Fassung brachte, so daß sie rasch die Augen abwandte und lächelte, doch dieses Lächeln (es war ganz deutlich die *Mühe* zu merken, die sie dafür aufwenden mußte) verflog schnell, und es blieben von ihm nur krampfhaft erstarrte Lippen übrig. Das alles spielte sich binnen weniger Sekunden in ihrem Antlitz ab (während sie von der Tür erst knapp sechs Meter zurückgelegt hatte); da sie zu sehr geradeaus ging und nicht rechtzeitig zum Halbkreis der Sessel einschwenkte, mußte sich nun die bebrillte braune Frau rasch von der Wand lösen (ihr Antlitz verdüsterte sich dabei ein wenig), vor die andere hintreten, sie leicht mit der Hand berühren und ihr so die Richtung deuten, in der sie zu gehen hatte. Die Frau korrigierte schnell die Abweichung und schritt um den Halbkreis der Sessel herum, gefolgt von den weiteren Kinderträgerinnen. Es waren insgesamt acht. Endlich hatten sie die vorgeschriebene Strecke abgeschritten und standen nun, mit dem Rücken zum Publikum, jede vor einem der Sessel. Die braune Frau wies mit der Hand zu Boden; die Frauen begriffen das der Reihe nach und (noch immer mit dem Rücken zum Publikum) setzten sich (mitsamt den Kinderpaketen) auf die Sessel nieder.

Aus dem Gesicht der bebrillten Frau verschwand der Schatten der Unzufriedenheit, nun lächelte sie schon wieder und ging durch die nur angelehnte Tür in den Hinterraum. Dort blieb sie ein Weilchen, dann kehrte sie mit einigen raschen Schritten in den Saal zurück und drückte sich an die Wand. In der Tür tauchte ein etwa zwanzigjähriger Mann in schwarzem Anzug und weißem Hemd auf, dessen mit einer bemalten Krawatte geschmückter Kragen sich in seinen Hals einschnitt. Er hatte den Kopf gesenkt und setzte sich mit schwankenden Schritten in Bewegung. Hinter ihm folgten weitere sieben Männer verschiedenen Alters, aber alle in dunklen Anzügen und festlichen Hemden. Sie umschritten die Sessel, auf denen die Frauen mit den Kindern saßen, und blieben stehen. Einige von ihnen zeigten jedoch in diesem Augenblick eine gewisse Unruhe, und sie begannen um sich zu blicken, als suchten sie etwas. Die bebrillte Frau (auf deren Gesicht sofort der bereits bekannte Schatten der Unzufriedenheit auftauchte) eilte sofort herbei, und als ihr einer der Männer etwas zuflüsterte, nickte sie zustimmend, worauf die unschlüssigen Männer rasch ihre Plätze tauschten.

Die braune Frau frischte rasch ihr Lächeln auf und ging abermals zur Tür im Hintergrund des Podiums. Diesmal brauchte sie gar nicht zu winken oder ein Zeichen zu geben. Aus der Tür trat eine neue Kolonne, und ich muß sagen, daß es diesmal eine disziplinierte und kundige Kolonne war, die da ohne jede Unsicherheit und mit fast professioneller Eleganz einherschritt; sie setzte sich aus etwa zehnjährigen Kindern zusammen: sie gingen hintereinander, immer abwechselnd ein Knabe und ein Mädchen, die Knaben hatten lange dunkelblaue Hosen, weiße Hemden und rote Halstücher; zwei von deren Zipfel waren unterm Hals zu einem Knoten zusammengebunden, während der dritte ihnen auf dem Rücken herabhing; die Mädchen hatten dunkelblaue Röcke, weiße Blusen und um den Hals ebenfalls rote Tüchlein; alle trugen Rosensträuße in der Hand. Sie gingen, wie ich schon sagte, sicher und selbstverständlich, und zwar nicht etwa wie die Leute vorher im Halbkreis um die Sessel, sondern geradeaus entlang des Podiums; dann blieben sie stehen und machten linksum, so daß sie nun in einer Reihe längs der gesamten Breite des Podiums standen und die Gesichter dem Halbkreis der sitzenden Frauen und dem Saal zugewendet hatten.

Und wieder verstrichen einige Augenblicke, und in der Tür hinterm Podium tauchte abermals eine Gestalt auf, diesmal von niemandem gefolgt, begab sich direkt auf das Podium und schritt auf den langen, mit rotem Tuch überzogenen Tisch zu. Es war ein Mann mittleren Alters. Er hatte keine Haare. Er ging würdevoll, aufrecht, in schwarzem Anzug, in der Hand hielt er eine rote Mappe; er blieb genau in der Mitte des langen Tisches stehen und wandte sein Gesicht dem Publikum zu, vor dem er sich leicht verbeugte. Es war zu sehen, daß sein Gesicht verfettet war und daß er um den Hals eine breite rot-blau-weiße Schleife trug, deren beide Enden mit einer goldenen Medaille verbunden waren, die etwa in der Höhe des Magens hing und die im Augenblick, da er sich verbeugte, einige Male sanft über dem Tisch hin und her schaukelte.

Und da begann jäh (ohne daß er sich zu Wort gemeldet hätte) und sehr laut einer der Knaben, die unten längs des Podiums standen, zu reden. Er sagte, daß der Lenz gekommen sei und daß sich die Vatis und die Muttis freuten und daß sich das ganze Land freue. In diesem Sinne redete er ein Weilchen, und dann unterbrach ihn eines der Mädchen und sagte etwas Ähnliches, was keinen ganz klaren Sinn hatte, worin aber abermals die Worte Mutti, Vati und Lenz und einige Male auch das Wort Rose wiederkehrten. Dann wurde sie wieder von einem anderen Knaben unterbrochen, und den unterbrach wieder ein anderes Mädchen, aber man kann nicht sagen, daß sie miteinander gestritten hätten, weil alle annähernd das gleiche behaupteten. Ein Knabe zum Beispiel erklärte, daß das Kind der Friede sei. Hingegen sagte das Mädchen, das sofort nach ihm sprach, das Kind sei eine Blume. Alle Kinder einigten sich dann ausgerechnet auf diese Idee, sie wiederholten sie noch einmal unisono und schritten aus, wobei sie die Hände vorstreckten, in denen sie die Sträuße hielten. Da sie gerade acht an der Zahl waren, genauso viele wie die Frauen, die im Halbkreis auf den Sesseln saßen, bekam jede Frau je ein Sträußlein. Die Kinder kehrten wieder an den Fuß des Podiums zurück, und von da an waren sie dann still.

Dafür schlug der Mann, der über ihnen auf dem Podium stand, die rote Mappe auf und begann aus ihr vorzulesen. Auch er sprach über den Lenz, über Blumen, über Muttis und Vatis, er sprach auch über die Liebe und darüber, daß die Liebe Früchte trage, aber dann begann sich sein Vokabularium mit einem Male zu wandeln, und es tauchten darin die Worte Pflicht, Verantwortung, Staat, Bürger auf; plötzlich sagte er nicht mehr Vati und Mutti, sondern Vater und Mutter und rechnete vor, was ihnen (den Vätern und Müttern) der Staat alles biete und daß sie dafür verpflichtet seien, ihre Kinder für den Staat zu mustergültigen Bürgern zu erziehen. Dann erklärte er, daß dies alle anwesenden Eltern feierlich durch ihre

Unterschrift bestätigen sollten und zeigte auf die Ecke des Tisches, wo ein dickes, in Leder gebundenes Buch lag.

In diesem Augenblick trat die braune Frau hinter jene Mutter, die am Ende des Halbkreises saß, berührte ihre Schulter, die Mutter drehte sich um, und die Frau nahm ihr den Säugling aus den Armen. Dann stand die Mutter auf und ging zum Tisch. Der Mann mit dem Band um den Hals schlug das Buch auf und reichte der Mutter eine Feder. Die Mutter leistete ihre Unterschrift und kehrte zu ihrem Sessel zurück, wo ihr die braune Frau das Kind zurückgab. Dann ging der zuständige Mann zum Tisch und unterschrieb ebenfalls; dann nahm die braune Frau der nächsten Mutter das Kind ab und schickte sie zum Tisch; nach ihr unterschrieb der zuständige Mann, nach ihm wieder eine weitere Mutter, ein weiterer Mann, und so ging das bis zum Schluß. Dann erklangen wieder die Töne des Harmoniums, und die Menschen, die mit mir im Zuschauerraum saßen, drängten sich um die Mütter und Väter und ergriffen ihre Hände. Ich ging mit ihnen zum Podium vor (als wollte auch ich jemandes Hand schütteln), und da sprach mich plötzlich jener Mann an, der das Band um den Hals hatte, und fragte mich, ob ich ihn denn nicht erkenne.

Natürlich hatte ich ihn nicht erkannt, obwohl ich ihn während der ganzen Zeit, da er redete, beobachtet hatte. Um nicht verneinend auf diese etwas peinliche Frage antworten zu müssen, machte ich ein erstauntes Gesicht und fragte ihn, wie es ihm gehe. Er sagte, er könne nicht klagen, und da erkannte ich ihn plötzlich: natürlich, es war Kovalík, ein Mitschüler aus dem Gymnasium, nun erkannte ich seine Gesichtszüge wieder, die in dem etwas dick gewordenen Antlitz ein wenig verwischt wirkten. Übrigens hatte Kovalík zu den unauffälligsten Mitschülern gezählt, er war weder brav noch ein Tunichtgut gewesen, weder gesellig noch ein Einzelgänger, er lernte mittelmäßig — er war einfach unauffällig; über seiner Stirn waren früher Haare gewesen, die ihm nun fehlten — ich hätte also einige Entschuldigungen dafür vorbringen können, daß ich ihn nicht gleich erkannt hatte.

Er fragte mich, was ich hier tue, ob ich unter den Müttern hier eine Verwandte hätte. Ich sagte ihm, daß ich hier keine Verwandten hätte, daß ich nur aus Neugier hergekommen sei.

Er lächelte zufrieden und begann mir auseinanderzusetzen, daß der hiesige Nationalausschuß sehr viel unternommen habe, damit die bürgerlichen Zeremonien eine wirklich würdige Form erhielten, und er fügte mit bescheidenem Stolz hinzu, daß er sich, als Referent für Bürgerangelegenheiten, darum verdient gemacht habe und daß ihn sogar die Bezirksleitung dafür gelobt habe. Ich fragte ihn, ob das, was hier abgehalten worden war, eine Taufe gewesen sei. Er sagte mir, es sei keine Taufe gewesen, sondern das *Willkommen neuer Bürger im Leben.* Er war offensichtlich froh, darüber sprechen zu können. Er sagte, daß hier einander zwei große Institutionen gegenüberstünden: die katholische Kirche mit ihrem Ritual, das eine tausendjährige Tradition habe, und die bürgerlichen Institutionen, die diese tausendjährigen Rituale durch ihre neuen Zeremonien verdrängen müßten. Er sagte, daß die Leute erst dann aufhören würden, in die Kirche zu gehen, um zu heiraten oder um ihre Kinder taufen zu lassen, wenn unseren bürgerlichen Zeremonien so viel Würde und Schönheit eigen sein würde wie dem Ritual der Kirche.

Ich sagte ihm, daß das offenbar nicht so leicht wäre. Er stimmte mit mir überein und sagte, er freue sich, daß sie, die Referenten für Bürgerfragen, endlich ein wenig Unterstützung seitens unserer Künstler fänden, die sich wohl schon bewußt geworden wären, daß das eine ehrenvolle Aufgabe sei, unserem Volk wirklich sozialistische Begräbnisse, Hochzeiten und Taufen (er korrigierte sich sofort und sagte Willkommen neuer Bürger im Leben) zu bescheren. Er fügte hinzu, daß die Verse, die die Jungpioniere an diesem Tag rezitiert hatten, wirklich schön seien. Ich stimmte ihm bei und fragte ihn, ob es nicht eine wirksamere Art wäre, den Leuten das kirchliche Ritual abzugewöhnen, wenn man ihnen im Gegenteil die volle Möglichkeit gäbe, *jedweder* Zeremonie aus dem Weg zu gehen. Ich fragte ihn, ob er nicht glaube, daß die Unlust an Zeremonien und rituellen Handlungen ein Wesenszug des modernen Menschen sei und daß, wenn irgend etwas gefördert werden sollte, es gerade diese seine Unlust sein müßte.

Er sagte mir, daß sich die Menschen ihre Hochzeiten und Begräbnisse niemals würden nehmen lassen. Und daß es auch von unserem Gesichtspunkt aus (er legte die Betonung auf das

Wort unsere, als wollte er mir dadurch zu verstehen geben, daß auch er einige Jahre nach dem Sieg des Sozialismus der Kommunistischen Partei beigetreten sei) schade wäre, diese Zeremonien nicht dazu zu benützen, um die Menschen an unsere Ideologie und an unseren Staat zu fesseln.

Ich fragte meinen ehemaligen Mitschüler, was er mit jenen Leuten anfange, die an so einer Zeremonie nicht teilhaben wollten, ob es überhaupt solche Leute gäbe. Er sagte mir, solche Leute gäbe es selbstverständlich, weil noch nicht alle begonnen hätten, neu zu denken, daß aber, wenn sie nicht erschienen, sie weitere und weitere Einladungen bekämen, so daß sich schließlich die Mehrzahl von ihnen doch zur Feier einfände, und sei es mit einwöchiger oder vierzehntägiger Verspätung. Ich fragte ihn, ob die Teilnahme an der Zeremonie obligat sei. Er antwortete mir lächelnd, das sei sie nicht, daß aber der Nationalausschuß auf Grund der Teilnahme an der Zeremonie die Gesinnung der Bürger und ihr Verhältnis zum Staat beurteile und daß sich schließlich jeder Bürger dessen bewußt werde und komme.

Ich sagte Kovalík, daß der Nationalausschuß demnach mit seinen Gläubigen viel strenger verfahre wie die Kirche mit den ihren. Kovalík lächelte und sagte, da sei nichts zu machen. Dann lud er mich ein, auf einen Sprung zu ihm ins Büro zu kommen. Ich sagte ihm, daß ich leider nicht viel Zeit hätte, weil ich jemanden hier beim Autobus erwarten müsse. Er fragte mich, ob ich einem der „Jungens" begegnet sei (er meinte die Mitschüler). Ich sagte ihm, leider nein, aber ich sei froh, daß ich wenigstens ihn getroffen hätte, denn wenn ich einmal ein Kind würde taufen lassen müssen, würde ich absichtlich hierher zu ihm kommen. Er lachte und schlug mir mit der Faust auf die Schulter. Wir reichten einander die Hand, und ich trat wieder auf den Hauptplatz hinaus, mit dem Bewußtsein, daß bis zur Ankunft des Autobusses noch eine Viertelstunde fehlte.

Eine Viertelstunde ist keine lange Zeitspanne mehr. Ich überquerte den Hauptplatz, kam wieder am Friseurladen vorbei, blickte abermals durch die Schaufensterscheibe hinein (obwohl ich wußte, daß Lucie gar nicht da sein konnte, daß sie erst am Nachmittag kommen würde), und dann schlenderte ich zum Autobusbahnhof und versuchte mir Helena vorzustellen: ihr unter einer Schicht bräunlichen Puders verdecktes Gesicht, ihr rötliches, offenbar gefärbtes Haar, ihre Figur, alles andere als schlank, aber dennoch das grundlegende Verhältnis der Proportionen wahrend, das nötig ist, um eine Frau als Weib zu sehen, ich stellte mir alles das vor, was sie an die aufreizende Grenze zwischen Verlockendem und Ungustiösem trieb, ihre Stimme, lauter, als es angenehm ist, und ebenso ihre Mimik, die übertrieben war und unwillkürlich die ungeduldige Sehnsucht verriet, *noch* zu gefallen.

Ich hatte Helena nur dreimal in meinem Leben gesehen, was zuwenig war, als daß in meiner Erinnerung ihr genaues Aussehen haftengeblieben wäre. Jedesmal, wenn ich sie mir vergegenwärtigen wollte, wurden einige ihrer Züge in meiner Vorstellung derart unterstrichen, daß sich mir Helena fortwährend in ihre eigene Karikatur verwandelte. So ungenau jedoch meine Vorstellungskraft auch sein mochte, glaube ich, daß sie gerade durch ihr Verzeichnen etwas Wesentliches von Helena festhielt, was sich hinter ihrer äußeren Gestalt verbarg.

Vor allem konnte ich diesmal nicht die Vorstellung von Helenas besonderer körperlicher Unfestigkeit loswerden, von einer Aufweichung, die nicht nur für ihr Alter, für ihre Mutterschaft charakteristisch sein mochte, sondern vor allem für irgendeine psychische oder erotische Wehrlosigkeit, die erfolglos durch ihre selbstbewußte Art zu reden vertuscht werden sollte, für ihr erotisches „Preisgegebensein". Lag da wirklich etwas von Helenas Wesen, oder offenbarte sich darin eher mein eigenes Verhältnis zu Helena? Wer weiß. Der Autobus sollte in einem Weilchen kommen, und ich wünschte mir, Helena genauso zu sehen, wie sie mir durch meine Vorstellung interpretiert wurde. Ich versteckte mich im Eingang eines der Häuser am Hauptplatz, die den Autobusbahnhof umgaben, ich wollte sie von dort aus ein Weilchen beobachten, wie sie sich *hilflos* umblickte und wie allmählich der Gedanke in ihr aufkam, vergeblich hergefahren zu sein und mir nicht zu begegnen.

Der große Überlandbus mit dem Anhänger hielt auf dem Hauptplatz, und unter den ersten Fahrgästen, die ausstiegen, war Helena. Sie trug einen blauen italienischen Regenmantel, wie ihn damals alle Welt im Tuzex kaufte und der seinen

Trägerinnen ein jugendliches, sportliches Aussehen verlieh. Auch Helena (sie hatte den Kragen hochgeschlagen und den Gürtel umgeschnallt) sah darin sehr gut aus. Sie blickte sich um, ging sogar ein Stückchen vor, um jenen Teil des Hauptplatzes zu überblicken, der durch den Bus verdeckt wurde, doch sie blieb nicht hilflos auf einem Fleck stehen, sondern machte ohne zu zögern kehrt und entfernte sich in Richtung auf das Hotel, in welchem ich untergebracht war und wo auch sie ein Zimmer reserviert hatte.

Ich sah mich abermals in der Tatsache bestätigt, daß mir meine Vorstellungskraft Helena lediglich als Deformation dargeboten hatte (diese pflegte für mich zwar zeitweise aufreizend zu sein, ließ aber Helenas Bild oft bis in die Sphäre des Unappetitlichen, ja fast Ekelerregenden ausschlagen). Glücklicherweise war Helena in Wirklichkeit stets hübscher gewesen als in meinen Vorstellungen, und dessen wurde ich mir auch jetzt bewußt, als ich sie von hinten auf ihren hohen Absätzen auf das Hotel zuschreiten sah. Ich folgte ihr.

Sie beugte sich bereits über das Pult der Hotelrezeption, sie stützte sich mit dem Ellenbogen auf den Tisch, auf dem der gleichgültige Portier ihren Namen in das Gästebuch eintrug. Sie buchstabierte ihm ihren Namen: „Helena Zemánková, Ze-mán-ko-vá ..." Ich stand hinter ihr und hörte mir ihre Personalien an. Als sie der Portier eingetragen hatte, fragte ihn Helena: „Wohnt Genosse Jahn hier?" Der Portier brummte ein Nein. Ich trat zu Helena und legte ihr von hinten die Hand auf die Schulter.

2

Alles, was sich zwischen mir und Helena abspielte, war das Werk eines genau durchdachten Planes. Doch auch Helena trat nicht ganz ohne Konzept in ihre Verbindung mit mir ein, aber ihr Vorhaben überschritt kaum den Charakter vager weiblicher Sehnsucht, die sich ihre Spontaneität, ihre sentimentale Poesie bewahren will und sich deshalb nicht bemüht, den Gang der Ereignisse im voraus durch Eigenregie zu lenken und zu arrangieren. Hingegen handelte ich von Anfang an als sorgfältiger Arrangeur der Geschichte, die ich durchleben sollte, und ich überließ nicht einmal die Wahl meiner Worte und Vorschläge der zufälligen Inspiration, ja nicht einmal die Wahl des Raumes, in welchem ich mit Helena allein sein wollte. Ich hatte Angst, selbst das allerkleinste Risiko einzugehen, um nicht die sich mir bietende Gelegenheit zu versäumen, an der mir so ungemein viel lag, nicht deshalb, weil Helena vielleicht besonders jung, besonders nett oder besonders hübsch gewesen wäre, sondern einzig und allein deshalb, weil sie hieß, wie sie hieß; weil ihr Mann der Mensch war, den ich haßte.

Als man mir eines Tages in meinem Institut mitteilte, daß mich irgendeine Genossin Zemánková vom Rundfunk besuchen käme und daß ich sie über unsere Forschungsarbeiten informieren solle, erinnerte ich mich sofort an meinen ehemaligen Studienkollegen, doch ich hielt die Identität der Namen für ein bloßes Spiel des Zufalls, und wenn es mir unangenehm war, daß man sie zu mir schickte, so hatte das ganz andere Gründe.

In unserem Institut war es bereits zum unumstößlichen Brauch geworden, daß alle Journalisten ausgerechnet zu mir geschickt wurden und daß man gerade mich bestimmte, im Namen des Instituts Vorträge zu halten, wenn uns die verschiedenen Bildungsvereine darum ersuchten. In dieser scheinbaren Ehre verbarg sich etwas für mich recht Trauriges: ich hatte meine eigene wissenschaftliche Arbeit um fast zehn Jahre später begonnen als meine übrigen Kollegen (ich war ja noch mit dreißig Jahren Hochschüler); ein paar Jahre lang versuchte ich mit aller Kraft, diesen Verlust wettzumachen, aber dann sah ich ein, daß es sehr mühselig wäre, die zweite Hälfte meines Lebens dem verzweifelten (und wohl vergeblichen) Aufholen der verlorenen Jahre zu opfern, und ich resignierte. Glücklicherweise war in dieser Resignation auch eine Entschädigung enthalten: je weniger ich hinter dem Erfolg auf meinem engen Spezialgebiet her war, desto mehr konnte ich mir den Luxus leisten, durch mein Fach auch andere Fächer zu betrachten, das Sein des Menschen und das Sein der Welt, und so die Freude (eine der süßesten) des Sinnierens und Nachdenkens auszukosten. Nichtsdestoweniger wußten die Kollegen sehr gut, daß, wenn so ein Sinnieren auch persönlich Trost spendete, es wenig

Wert für eine moderne wissenschaftliche Karriere hatte, die vom Wissenschaftler verlangt, daß er wie ein unsichtbarer Maulwurf begeistert in seiner Spezialisierung oder Subspezialisierung herumwühlt und nicht etwa seine Zeit dadurch verliert, daß er verzweifelt, weil er die Horizonte aus den Augen verloren hat. Und so beneideten mich meine Kollegen zum Teil um meine Resignation, zum Teil übersahen sie mich wegen dieser, was sie mir dann mit liebenswürdiger Ironie zu verstehen gaben, indem sie mich den „Philosophen des Instituts" nannten und Redakteurinnen vom Rundfunk zu mir schickten.

Vielleicht aus diesen Gründen, aber vielleicht auch deshalb, weil sie größtenteils seicht, unverschämt und Phrasendrescher sind, mag ich die Journalisten nicht. Der Umstand, daß Helena nicht Redakteurin einer Zeitung, sondern des Rundfunks war, verstärkte nur noch meine Aversion. Die Zeitungen haben in meinen Augen nämlich einen großen Milderungsgrund: sie sind nicht laut. Sie sind uninteressant, das jedoch still; sie drängen sich nicht auf; man kann sie aus der Hand legen, in den Mistkübel tun oder gar in die Altpapiersammlung. Der Rundfunk ist ebenfalls uninteressant, weist diesen Milderungsgrund jedoch nicht auf; er verfolgt uns in Cafés, Restaurants, sogar in den Eisenbahnzügen, ja während der Besuche bei Menschen, die ohne ständige Ohrenfütterung nicht mehr leben können.

Doch auch die Art stieß mich ab, wie Helena redete. Ich wußte bald, daß sie, ehe sie noch unser Institut betrat, sich ihr Feuilleton bereits im voraus ausgedacht hatte und nun zu den üblichen Phrasen nur noch ein paar konkrete Angaben und Beispiele suchte, die sie von mir zu erfahren gedachte. So ich konnte, bemühte ich mich, ihr diese Arbeit zu erschweren; ich redete absichtlich kompliziert und unverständlich, und ich versuchte, ihr alle Ansichten, die sie fertig mitgebracht hatte, über den Haufen zu schmeißen. Und wenn dann Gefahr drohte, sie könnte mich dennoch verstehen, versuchte ich dadurch zu entkommen, daß ich auf vertraulich tat; ich sagte ihr, daß ihr das rote Haar gut passe (obwohl ich mir genau das Gegenteil dachte), ich fragte sie, wie ihr ihre Arbeit beim Rundfunk gefalle und was sie gerne lese. Und in der stillen Überlegung, die ich tief unter unserm Gespräch anstellte, gelangte ich zu der Ansicht, daß die Gleichheit der Namen keine zufällige sein mußte. Diese Redakteurin, eine Phrasendrescherin, laut, konjunkturistisch, schien artverwandt mit jenem Mann, den ich ebenfalls als Phrasendrescher, laut und konjunkturistisch kannte. Ich fragte sie daher im leichten Ton einer fast koketten Konversation nach dem Herrn Gemahl. Es stellte sich heraus, daß die Spur stimmte, und ein paar weitere Fragen identifizierten Pavel Zemánek mit absoluter Sicherheit. Ich kann allerdings nicht sagen, daß es mir in diesem Augenblick eingefallen wäre, mich ihr auf jene Art zu nähern, wie es dann später geschah. Im Gegenteil: der Widerwille, den ich ihr gegenüber gleich bei ihrem Kommen empfand, vertiefte sich nach dieser Feststellung nur noch mehr. Ich begann zunächst einen Vorwand zu suchen, um das Gespräch mit dieser unerwünschten Redakteurin abzubrechen und sie einem anderen Mitarbeiter zuzuschieben; ich dachte auch daran, wie schön es wäre, wenn ich diese aus lauter Lächeln und Biederkeit bestehende Frau zur Tür hinausschmeißen könnte, und ich bedauerte, daß das nicht möglich war.

Doch gerade im Augenblick, da mich der Widerwille am stärksten erfüllte, offenbarte sich Helena, durch meine vertraulichen Fragen und Bemerkungen (deren rein forschende Funktion sie nicht erfassen konnte) dazu bewogen, durch etliche völlig natürliche weibliche Gesten, und mein Haß erhielt jäh eine neue Färbung: ich erkannte in Helena hinter der Blende ihrer redakteurhaften Gestik das *Weib*, das konkrete Weib, das als Weib fungieren konnte. Zunächst sagte ich mir mit einem inneren Grinsen, daß sich Zemánek genau so eine Frau verdiente, die für ihn sicherlich auch eine nachträgliche Strafe war, aber gleich darauf mußte ich mich korrigieren: der Urteilsspruch der Vorsehung, an den zu glauben ich rasch bereit war, war viel zu subjektiv, ja viel zu gewollt; diese Frau war bestimmt recht hübsch, und es gab keinen Grund, anzunehmen, daß sich Pavel Zemánek ihrer nicht bis zum heutigen Tage als Frau bediente. Ich setzte den leichten Konversationston fort, ohne kundzutun, worüber ich nachdachte. Irgend etwas zwang mich, die Redakteurin, die mir gegenübersaß, so weitgehend wie möglich in ihren *weiblichen* Zügen zu entdecken, und dieses Bemühen lenkte automatisch die Richtung unseres Gespräches.

Die Vermittlung einer Frau vermag dem Haß einige Eigenschaften zu verleihen, die kennzeichnend für Sympathie sind: zum Beispiel Neugier, Verlangen nach Nähe, die Sehnsucht, die Schwelle der Intimität zu überschreiten. Ich geriet in eine Art Verzückung: ich stellte mir Zemánek, Helena und ihre ganze Welt (eine fremde Welt) vor, und mit besonderer Wonne hätschelte ich in mir den Haß (einen aufmerksamen, fast zärtlichen Haß) gegen Helenas Erscheinung, den Haß gegen ihr rotes Haar, den Haß gegen ihre blauen Augen, den Haß gegen die kurzen, emporstehenden Wimpern, den Haß gegen das runde Gesicht, den Haß gegen die steilen, sinnlichen Nüstern, den Haß gegen die kleine Lücke zwischen den beiden Vorderzähnen, den Haß gegen die reife Fülle ihres Körpers. Ich beobachtete sie, wie wir Frauen beobachten, die wir lieben; ich beobachtete sie so, als wollte ich alles meinem Gedächtnis einprägen, und damit sie die haßerfüllte Beschaffenheit meines Interesses nicht merke, wählte ich für unser Zwiegespräch immer leichtere und leichtere und immer nettere und nettere Worte, so daß Helena immer weiblicher wurde. Ich mußte daran denken, daß ihre Lippen, Brüste, Augen, Haare Zemánek gehörten, und im Geiste nahm ich all dies in die Hände, wog es ab, prüfte seine Schwere, probierte, ob man das in der Hand zermalmen oder dadurch in Stücke schlagen könnte, daß man es gegen die Wand schleuderte, und dann betrachtete ich das alles wieder aufmerksam und versuchte es mit Zemáneks und dann wieder mit meinen Augen zu sehen.

Vielleicht durchzuckte mich auch der Gedanke, der völlig unpraktische und platonische Gedanke, daß ich diese Frau vom Plateau unserer verspielten Konversation immer weiter und weiter treiben könnte, bis ins Zielband des Bettes. Aber das war nur eine Idee, eine von jenen, die wie ein Funke durch den Kopf zucken und wieder verlöschen. Helena erklärte, sie danke mir für die Informationen, die ich ihr gegeben hätte, und sie wolle mich nicht länger aufhalten. Wir verabschiedeten uns, und ich war froh, daß sie ging. Die seltsame Hochstimmung verflog, ich empfand dieser Frau gegenüber nun wieder nichts als puren Widerwillen, und es war mir peinlich, daß ich ihr vor einer Weile mit so vertraulichem Interesse und so großer Liebenswürdigkeit (wenn auch nur einer vorgetäuschten) begegnet war.

Unser Treffen wäre sicherlich ohne Fortsetzung geblieben, wenn mich einige Tage später nicht Helena selbst angerufen und um eine Zusammenkunft gebeten hätte. Vielleicht war es tatsächlich nötig, daß ich den Text ihres Feuilletons korrigierte, aber mir kam es in diesem Augenblick vor, als wäre es ein Vorwand, als beriefe sich der Ton, in dem sie mit mir redete, mehr auf jenen vertraulichen, leichten denn auf den fachlich ernsten Teil unseres ersten Gespräches. Ich ging rasch und ohne zu überlegen auf diesen Ton ein, und ich ließ nicht mehr von ihm ab. Wir trafen einander im Kaffeehaus, und ich überging ganz provokativ alles, was sich auf Helenas Feuilleton bezog; ich bagatellisierte unverfroren ihre Interessen als Redakteurin; ich wußte, daß ich sie dadurch ein wenig aus der Fassung bringen würde, aber zugleich war mir klar, daß ich sie gerade in diesen Augenblicken zu beherrschen begann. Ich lud sie ein, mit mir eine Spazierfahrt in die Umgebung von Prag zu machen. Sie protestierte und berief sich darauf, daß sie verheiratet sei. Mit nichts hätte sie mir eine größere Freude bereiten können. Ich verharrte auf diesem für mich so teuren Einwand; ich spielte mit ihr; ich wandte mich ihr wieder zu. Ich scherzte mit ihr. Schließlich war sie froh, daß sie das Gespräch von sich ablenken konnte, indem sie auf meinen Vorschlag rasch einging. Fortan verlief alles genau nach Plan. Diesen hatte ich mir mit der Gewalt eines fünfzehn Jahre währenden Hasses erträumt, und ich fühlte in mir eine geradezu unbegreifliche Sicherheit, daß meine Rechnung aufgehen und sich alles restlos erfüllen würde.

Und nun ging der Plan seinem erfolgreichen Ende entgegen. Ich ergriff an der Portierloge Helenas kleinen Reisekoffer und begleitete sie hinauf in ihr Zimmer, das, nebenbei, genauso abscheulich war wie das meine. Selbst Helena, die eine besondere Gabe besaß, die Dinge bei einem besseren Namen zu nennen, als ihnen zukam, mußte das zugeben. Ich sagte ihr, sie solle sich nichts daraus machen und daß wir uns damit schon Rat wissen würden. Sie sah mich mit einem außerordentlich bedeutungsvollen Blick an. Dann sagte sie, sie wolle sich waschen, und ich sagte ihr, daß das richtig sei und daß ich in der Hotelhalle auf sie warten würde.

Sie kam herunter (unter dem offenen Regenmantel trug sie

einen schwarzen Rock und einen roten Pulli), und ich konnte mich abermals davon überzeugen, daß sie elegant war. Ich sagte ihr, daß wir ins Volksheim essen gehen wollten, es sei ein schlechtes Restaurant, aber immer noch das beste, das es hier gebe. Sie sagte mir, ich wäre ja hier zu Hause, also vertraue sie sich meiner Fürsorge an und würde mir in nichts widersprechen. (Es sah aus, als wäre sie bemüht, ihre Worte ein ganz klein wenig doppelsinnig zu wählen; dieses Bemühen war lächerlich und erfreulich.) Wir schlugen wieder jenen Weg ein, den ich am Morgen gegangen war, als ich mir vergeblich ein gutes Frühstück wünschte, und Helena betonte noch einige Male, daß sie sich freue, meine Heimatstadt kennenzulernen, doch obwohl sie wirklich zum erstenmal hier war, blickte sie sich nicht um, fragte nicht, was sich in diesem oder jenem Gebäude befinde, und benahm sich überhaupt nicht wie ein Besucher, der zum ersten Male eine fremde Stadt betritt. Ich überlegte, ob dieses Desinteresse durch eine bestimmte seelische Morbidität bedingt war, die gegenüber der Umwelt nicht mehr die übliche Neugier empfinden konnte, oder eher dadurch, daß sich Helena völlig auf mich konzentrierte und daß für etwas anderes kein Platz mehr übrigblieb; ich neigte eher zu der zweiten Deutung.

Dann kamen wir wieder an der Pestsäule vorbei. Der Heilige stützte die Wolke, die Wolke den Engel, der Engel eine andere Wolke, die andere Wolke einen anderen Engel; der Himmel war jetzt blauer als am Morgen; Helena zog den Regenmantel aus, warf sich ihn über den Arm und sagte, es sei warm; diese Wärme verstärkte nur noch den penetranten Eindruck staubiger Öde; die Säulengruppe ragte inmitten des Platzes in die Höhe wie ein Stück abgebrochener Himmel, das nicht mehr an seinen Platz zurückkehren konnte; in diesem Augenblick sagte ich mir, daß man uns beide auf diesen sonderbar öden Platz mit dem Park und dem Restaurant *heruntergestürzt* hatte, daß man uns unwiderruflich hierher heruntergestürzt hatte; daß man auch uns beide von irgendwo abgebrochen hatte; daß wir vergeblich den Himmel und die Höhen nachahmten, daß niemand sie uns glaubte; daß unsere Gedanken und Worte vergeblich in die Höhe klommen, da unsere Taten niedrig waren wie diese Erde selbst.

Ja, das starke Gefühl meiner eigenen *Niedrigkeit* ergriff

mich; es überraschte mich; aber noch mehr überraschte es mich, daß ich über diese Niedrigkeit nicht entsetzt war, sondern daß ich sie mit einer Art Befriedigung zur Kenntnis nahm, um nicht zu sagen mit Freude oder mit Erleichterung, und daß ich diese Befriedigung durch die Gewißheit steigerte, daß die Frau, die an meiner Seite ging, nur von unwesentlich höheren Beweggründen in die zweifelhaften Stunden dieses Nachmittags geführt wurde, als es die meinen waren.

Das Volksheim hatte schon geöffnet, und da es erst drei Viertel zwölf war, war der Saal des Restaurants noch leer. Die Tische waren gedeckt; vor jedem Sessel stand ein Suppenteller, mit einer Papierserviette bedeckt, auf dem das Besteck lag. Es war niemand da. Wir setzten uns an einen der Tische, nahmen das Besteck mit der Serviette, legten es neben den Teller und warteten. Nach etlichen Minuten tauchte in der Küchentür der Kellner auf, ließ seinen müden Blick durch den Saal schweifen und wollte wieder in die Küche zurückkehren.

„Herr Ober!" rief ich.

Er drehte sich abermals um und machte einige Schritte auf uns zu. „Sie wünschen?" sagte er, als er etwa fünf Meter von uns entfernt war. „Wir möchten essen", sagte ich. „Erst um zwölf", antwortete er und machte nun wieder kehrt, um in die Küche zu gehen. „Herr Ober!" rief ich noch einmal. Er drehte sich um. „Bitte", rief ich laut, denn er stand recht weit von uns, „haben Sie Wodka?" „Nein, Wodka ist keiner da." „Was gibt es sonst?" „Also, da hätten wir", antwortete er mir aus seiner weiten Ferne, „Korn oder Rum." „Das ist recht schlimm", rief ich, „aber bringen Sie uns zwei Korn."

„Ich habe Sie gar nicht gefragt, ob Sie Korn trinken", sagte ich zu Helena.

Helena lachte auf: „Nein, an Korn bin ich nicht gewöhnt."

„Das tut nichts", sagte ich. „Sie werden sich schon gewöhnen. Sie sind in Mähren, und Korn ist der meistgetrunkene Schnaps des mährischen Volkes."

„Das ist ausgezeichnet!" freute sich Helena. „So habe ich das am allerliebsten, so ein ganz gewöhnliches Gasthaus, in das Chauffeure und Monteure gehen und wo es ganz gewöhnliche Speisen und Getränke gibt."

„Sie sind wohl gewöhnt, Rum ins Bier zu tun?"

„Eigentlich nicht", sagte Helena.

„Aber Sie mögen doch solche volkstümliche Milieus."

„Ja", sagte sie. „Ich kann Nobellokale nicht leiden, dort servieren einem zehn Kellner aus zehn Schüsseln ..."

„Allerdings, es geht nichts über ein solches volkstümliches Wirtshaus, wo einen der Kellner überhaupt nicht zur Kenntnis nimmt und wo es viel Rauch und Mief gibt. Vor allem aber geht nichts über einen Korn. Früher, als Student, war das mein Leibgetränk. Für besseren Alkohol hatte ich kein Geld."

„Auch ich mag gerade die ganz ordinären Speisen, zum Beispiel Kartoffelpuffer oder Speckwurst mit Zwiebel, ich kenne nichts Besseres ..."

Ich bin schon so sehr von meinem Mißtrauen verdorben, daß ich, wenn mir jemand (und vor allem eine Frau) gesteht, was sie mag oder nicht mag, es überhaupt nicht ernst nehme oder, genauer gesagt, es lediglich als Zeugnis einer Selbststilisierung auffasse. Ich glaubte keinen Augenblick lang, daß Helena in dreckigen, schlecht gelüfteten Lokalen besser atmen könne (an denen es in unserem Land absolut micht mangelt) als in sauberen und gut gelüfteten Restaurants oder daß ordinärer Alkohol und ein billiges Gericht ihr besser mundeten als Speisen aus einer erlesenen Küche. Aber dennoch waren ihre Worte für mich nicht wertlos, denn durch sie verriet sie ihre Vorliebe für ganz bestimmte Posen, längst überlebte und aus der Mode geratene Posen, Posen aus jenen Jahren, da sich der revolutionäre Snobismus an allem ergötzte, was „gewöhnlich", „volkstümlich", „alltäglich", „nüchtern" war, genauso wie er alles zu verachten trachtete, was „überkultiviert", „verwöhnt" war, was nach Kinderstube roch, was sich anrüchig mit der Vorstellung eines Smokings oder eines zu guten Benehmens verband. In dieser Pose Helenas fand ich die Zeit meiner Jugend wieder, und in Helena erkannte ich vor allem Zemáneks Frau. Meine Zerstreutheit vom Vormittag verflüchtigte sich fast ganz, und ich begann mich zu konzentrieren.

Der Kellner brachte uns auf einem Tablett zwei Gläschen Korn, stellte sie vor uns hin und legte ein Blatt Papier vor uns auf den Tisch, auf dem in Maschinschrift (offenkundig mit vielen Durchschlägen) in undeutlichen, verwischten Buchstaben das Verzeichnis der Speisen stand.

Ich hob das Gläschen und sagte: „Dann wollen wir also auf unseren Korn anstoßen, auf diesen ganz ordinären Korn!“

Sie lachte auf, stieß mit mir an, und dann sagte sie: „Ich habe mich immer nach einem Menschen gesehnt, der schlicht und offen ist. Ungekünstelt. Klar.“

Wir kippten den Schnaps, und ich sagte: „Es gibt nicht viele solche Menschen.“

„Es gibt sie“, sagte Helena. „Sie sind so einer.“

„Das wohl kaum“, sagte ich.

„Doch.“

Abermals war ich sprachlos ob der menschlichen Eigenschaft, die Wirklichkeit in ein Abbild von Wünschen oder Idealen umzuwandeln, aber ich zögerte nicht und akzeptierte Helenas Interpretation meiner eigenen Person.

„Wer weiß. Vielleicht“, sagte ich. „Schlicht und klar. Aber was ist das, schlicht und klar? Besteht das alles darin, daß der Mensch so ist, wie er ist, daß er sich nicht dafür schämt, was er will, und dafür, sich danach zu sehnen, wonach er sich sehnt. Die Menschen sind meistens die Sklaven der Vorschriften. Jemand hat ihnen gesagt, daß sie so und so zu sein haben, und sie bemühen sich, so zu sein, und bis zu ihrem Tod erfahren sie nicht einmal etwas über sich selbst, wer sie waren und wer sie sind. Und dann sind sie niemand und nichts, sie handeln doppelzüngig, unklar, verworren. Der Mensch muß vor allem den Mut haben, er selbst zu sein. Helena, ich sage Ihnen von allem Anfang an, daß Sie mir gefallen und daß ich mich nach Ihnen sehne, obwohl Sie eine verheiratete Frau sind. Ich kann das nicht anders sagen, und ich kann das nicht nicht sagen.“

Das, was ich da redete, war ein bißchen peinlich (auch wenn Helena, die bei meinen Worten den Kopf senkte, diese Peinlichkeit nicht erfaßte), aber es war notwendig. Das Beherrschen weiblichen Denkens hat nämlich seine unverrückbaren Regeln; wer sich entschließt, eine Frau zu überreden, ihr mit Argumenten der Vernunft ihren Standpunkt zu widerlegen oder so, der wird kaum etwas erreichen. Wesentlich klüger ist es, die fundamentale Selbststilisierung einer Frau zu erfassen (den fundamentalen Grundsatz, das Ideal, die Überzeugung) und dann zu versuchen, diese fundamentale Selbststilisierung (mittels Sophismen, alogischer Demagogie u. a.) mit der gewünschten

Handlungsweise der Frau in eine harmonische Beziehung zu bringen. Helena zum Beispiel begeisterte sich für „Schlichtheit", „Ungekünsteltes", „Klarheit". Diese ihre Ideale hatten eindeutig im ehemaligen revolutionären Puritanismus ihren Ursprung und verbanden sich mit der Vorstellung eines „reinen", „unverdorbenen", sittlich prinzipientreuen und strengen Menschen. Aber da Helenas Welt der Grundsätze eine Welt war, die nicht etwa auf einer Überlegung basierte (auf einem System von Ansichten), sondern (wie bei der Mehrzahl der Menschen) nur auf alogischen Suggestionen, war nichts einfacher, als mit Hilfe einer einfachen Demagogie die Vorstellung vom „klaren Menschen" gerade mit ganz und gar unpuritanischem, immoralischem, ehebrecherischem Handeln zu verbinden und so zu vereiteln, daß in den nächsten Stunden Helenas gewünschtes (d. h. ehebrecherisches) Verhalten in einen neurotisierenden Konflikt mit ihren inneren Idealen gerate. Ein Mann kann von einer Frau was immer verlangen, aber wenn er nicht wie ein Rohling handeln will, muß er es ihr ermöglichen, daß sie in Übereinstimmung mit ihren allertiefsten Selbsttäuschungen handle.

Allmählich fanden sich weitere Menschen im Lokal ein, und bald waren die meisten Tische besetzt. Der Kellner kam wieder aus der Küche und ging von Tisch zu Tisch, um festzustellen, was er wem bringen solle. Ich reichte Helena die Speisekarte. Sie sagte, ich kenne mich mit der mährischen Küche besser aus, und gab sie mir zurück.

Es war allerdings überhaupt nicht nötig, sich mit der mährischen Küche auszukennen, weil die Speisekarte genau jenen aller Gastwirtschaften dieses Typs glich und aus einer engen Auswahl stereotyper Gerichte bestand, unter denen man nur schwer seine Wahl treffen konnte, weil sie alle gleich wenig verlockend waren. Ich blickte (betrübt) auf das undeutlich bedruckte Stück Papier, aber der Kellner stand schon vor mir und wartete ungeduldig auf die Bestellung.

„Einen Augenblick", sagte ich.

„Sie wollten schon vor einer Viertelstunde essen, und dabei haben Sie noch nicht einmal gewählt", ermahnte er mich und ging.

Zum Glück kam er nach einer Weile wieder, und wir durften Rindsrouladen mit zwei weiteren Korn und Sprudel bestellen.

Auf Helena wirkte der Alkohol gut, und sie erklärte, das Leben sei trotz allem Mangel, den es vielleicht noch gäbe, schön. Übrigens komme es allein auf die Menschen an, wie sie sich dieses Leben einrichteten. Ich kaute die flachsige Rindsroulade mit der sauren Gurke und meinte (mit vollem Mund), daß dieses Lokal tatsächlich schön zu werden beginne, da ich hier mit ihr sitzen dürfe.

Helena war nun rot im Gesicht (offensichtlich dank des Korns), was die Rundheit ihres Antlitzes unterstrich und ihrer Eleganz Abbruch tat, ich aber (offenbar ebenfalls dank des Korns) verzieh ihr das großherzig, und ich sagte mir mit vergnügter Schadenfreude, daß es eigentlich eine große Gnade des Schicksals sei, daß Helena wenigstens so gut aussah, wie sie aussah, denn selbst wenn sie häßlich, buckelig oder einbeinig gewesen wäre, hätte ich mich genauso um sie bemüht und hätte mich ihrer bemächtigen wollen.

Helena (die Roulade kauend) erklärte, es sei fabelhaft (sie verwendete mit Vorliebe das Wort „fabelhaft“), daß wir hier plötzlich in einer unbekannten Stadt säßen, von der sie schon immer geträumt habe, als sie noch im Ensemble war und die Lieder sang, die aus dieser Gegend stammten. Dann sagte sie, daß das wohl schlecht sei, aber daß sie sich in meiner Gesellschaft wirklich wohl fühle, sie könne sich nicht helfen, es wäre gegen ihren Willen, aber es sei stärker als ihr Wille, und so sei es eben. Darauf sagte ich ihr, daß es die größte Kläglichkeit sei, sich für seine Gefühle zu schämen. Dann rief ich den Kellner, um zu zahlen.

Als wir das Restaurant verließen, sah ich vor uns wieder die Pestsäule in die Höhe ragen. Sie kam mir lächerlich vor. Ich deutete auf sie: „Schauen Sie, Helena, wohin diese Heiligen dort klettern. Wie sie um jeden Preis hinaufgelangen wollen! Wie sie in den Himmel möchten! Und der Himmel pfeift auf sie! Der Himmel weiß überhaupt nichts von ihnen, von diesen geflügelten Provinzlern!“

„Stimmt“, sagte Helena, die nun, in der frischen Luft, den Alkohol zu spüren begann. „Wozu steht das überhaupt hier, diese Heiligenstatuen, warum stellt man hier nicht etwas hin, was das Leben preist, und nicht irgendeine Mystik!“ Sie hatte jedoch noch nicht völlig die Kontrolle über sich verloren, so daß sie die Frage hinzufügte: „Oder rede ich Unsinn? Rede ich Unsinn? Nicht wahr, ich rede keinen Unsinn?“

„Sie reden keinen Unsinn, Helena, Sie haben völlig recht, das Leben ist schön, und wir werden niemals fähig sein, das hoch genug zu preisen.“

„Ja“, sagte Helena, „mag wer immer was immer sagen, das Leben ist fabelhaft, und ich kann die Schwarzseher überhaupt nicht leiden, und wenn ich noch so viel Grund hätte zu jammern, ich jammere nicht, weshalb sollte ich jammern, sagen Sie selbst, weshalb sollte ich jammern, wenn es im Leben so einen Tag geben kann: es ist so fabelhaft: eine fremde Stadt, und ich bin hier mit Ihnen . . .“

Ich ließ Helena sprechen, nur hie und da, wenn zwischen ihren Sätzen eine Pause eintrat, sagte ich etwas, womit ich die Fortsetzung ihrer Reden förderte. Bald standen wir vor dem Neubau, in dem Kostka wohnte.

„Wo sind wir?“ fragte Helena.

„Wissen Sie was“, sagte ich, „diese öffentlichen Weinstuben taugen nichts. Ich habe in diesem Haus hier eine kleine private Weinstube. Wollen wir?“

„Wohin führen Sie mich denn?“ protestierte Helena, während sie hinter mir das Haus betrat.

„In eine echte private ostmährische Weinstube; waren Sie noch nie in einer solchen?“

„Nein“, sagte Helena.

Ich schloß die Tür im dritten Stock auf, und wir traten ein.

3

„Das ist gar keine Weinstube, das ist eine gewöhnliche Wohnung“, sagte Helena, als sie eingetreten war und vom Vorraum aus einen Blick in Kostkas Wohnzimmer geworfen hatte.

„Eine gewöhnliche Wohnung ist das nicht; es wäre eine gewöhnliche Wohnung, wenn Sie oder ich sie bewohnte; die Besonderheit dieser Wohnung besteht darin, daß sie weder die Ihre noch die meine ist; nirgends liegt hier Ihre oder meine Wäsche herum, Ihre oder meine Erinnerung, es riecht hier weder nach Ihrer noch nach meiner Wohnung; es ist eine fremde Wohnung, und gerade deshalb ist sie für uns zwei *sauber*, und gerade deshalb können wir uns hier frei fühlen."

Ich glaube, es gelang mir, eine vortreffliche Verteidigung des bloßen Prinzips einer geliehenen Wohnung vorzubringen, aber meine Beredsamkeit war eigentlich überflüssig. Helena nahm nicht im geringsten Anstoß daran, daß ich sie in eine fremde Wohnung geführt hatte, und sie brauchte keinerlei Kommentar dazu. Im Gegenteil, es hatte den Anschein, daß sie vom Augenblick an, da sie die Schwelle überschritten hatte, entschlossen war, von der Koketterie (die in Zweideutigkeiten spricht und sich wie ein Spiel gebärdet) zu jenem Tun überzugehen, das nur noch einen einzigen Sinn und eine einzige Bedeutung hatte und über das man sich die Illusion macht, daß es kein Spiel ist, sondern das Leben selbst. Sie blieb mitten in Kostkas Zimmer stehen, blickte sich nach mir um, und ich sah in ihren Augen, daß sie nur noch wartete, wann ich an sie herantreten würde, wann ich sie küssen und wann ich sie umarmen würde. Sie war, da sie sich so umblickte, genau jene Helena meiner steten Vorstellungen: die hilflose und preisgegebene Helena.

Ich trat zu ihr; sie hob das Gesicht zu mir; statt eines Kusses (des so erwarteten) lächelte ich und nahm die Schulterstücke ihres blauen Mantels zwischen die Finger. Sie verstand und knöpfte den Mantel auf. Ich hängte ihn an den Kleiderhaken im Vorraum. Nein, in diesem Augenblick, da schon alles bereit war (meine Lust und ihre Hingabe), wollte ich nicht eilen und somit riskieren, daß ich in meiner Hast vielleicht etwas von *alldem* versäumte, was ich haben wollte. Ich begann ein belangloses Gespräch; ich bat sie, sich zu setzen, machte sie auf verschiedene Einzelheiten in Kostkas Wohnung aufmerksam, öffnete das Schränkchen, in dem die Flasche Wodka stand, auf die mich Kostka gestern aufmerksam gemacht hatte, und tat, als wäre ich überrascht, sie hier zu entdecken; ich entkorkte sie, stellte zwei kleine Gläschen auf den Tisch und schenkte ein.

„Ich kriege noch einen Rausch", sagte sie.

„Wir werden beide einen Rausch kriegen", sagte ich (obwohl ich wußte, daß ich selbst nicht betrunken sein würde, daß ich nicht betrunken sein wollte, weil ich mir eine lückenlose Erinnerung bewahren wollte).

Sie lächelte nicht; sie war ernst; sie trank und sagte: „Wissen Sie, Ludvík, ich wäre schrecklich unglücklich, wenn Sie dächten, daß ich so wie die vielen anderen verheirateten Frauen bin, die sich langweilen und sich nach einem Abenteuer sehnen. Ich bin nicht naiv und weiß, daß Sie sicherlich viele Frauen gekannt haben und daß die Frauen selbst Sie gelehrt haben, sie auf die leichte Schulter zu nehmen. Aber ich wäre unglücklich . . ."

„Ich wäre ebenfalls unglücklich", sagte ich, „wenn Sie eine verheiratete Frau wären wie andere verheiratete Frauen und wenn Sie ein Liebesabenteuer, das Sie der Ehe entfremdet, auf die leichte Schulter nehmen würden. Wenn Sie so eine wären, hätte unsere Begegnung für mich nicht den geringsten Sinn."

„Tatsächlich?" sagte Helena.

„Tatsächlich, Helena. Sie haben recht, daß ich viele Frauen hatte und daß sie mich lehrten, keine Angst davor zu haben, sie unbekümmert zu wechseln, aber die Begegnung mit Ihnen ist etwas anderes."

„Sagen Sie das nicht nur so?"

„Nein, wirklich nicht. Als ich Ihnen zum erstenmal begegnete, begriff ich bald, daß ich schon seit Jahren, seit vielen Jahren gerade auf Sie warte."

„Sie sind doch kein Phrasendrescher. Sie würden das nicht sagen, wenn Sie es nicht empfänden."

„Nein, ich würde es nicht sagen, ich vermag Frauen keine Gefühle vorzulügen, das ist das einzige, was ich nie gelernt habe. Und deshalb lüge ich Sie nicht an, selbst wenn es unglaublich klingt: als ich Sie damals kennenlernte, begriff ich, daß ich gerade auf Sie viele Jahre lang gewartet habe. Daß ich auf Sie gewartet habe, ohne Sie zu kennen. Und daß ich Sie jetzt haben muß. Daß das unabwendbar ist wie das Schicksal."

„Mein Gott", sagte Helena und schloß die Augen. Sie hatte rote Flecken im Gesicht, vielleicht vom Alkohol, vielleicht vor Erregung, und sie war nun noch mehr jene Helena aus meinen Vorstellungen: hilflos und preisgegeben.

„Wenn Sie wüßten, Ludvík! Mir ist es ja genauso ergangen. Ich wußte vom ersten Augenblick an, daß diese Begegnung mit Ihnen kein Flirt ist, und gerade deshalb fürchtete ich mich davor, denn ich bin eine verheiratete Frau, und ich wußte, daß das mit Ihnen die Wahrheit ist, daß Sie meine Wahrheit sind und daß ich mich gegen sie nicht wehren kann."

„Ja, auch Sie sind meine Wahrheit, Helena", sagte ich.

Sie saß auf der Couch, hatte große Augen, die auf mich gerichtet waren, ohne mich anzuschauen, und ich saß auf einem Sessel ihr gegenüber und beobachtete sie gierig. Ich legte meine Hände auf ihre Knie und schob langsam ihren Rock hoch, bis der Rand der Strümpfe und die Strumpfbänder zum Vorschein kamen, die auf Helenas bereits dicklichen Schenkeln den Eindruck von Traurigkeit und Armseligkeit erweckten. Helena saß da und reagierte auf meine Berührung mit keiner einzigen Geste, mit keinem einzigen Blick.

„Wenn Sie alles wüßten . . ."

„Wenn ich was wüßte?"

„Über mich. Wie ich lebe. Wie ich gelebt habe."

„Wie haben Sie gelebt?"

Sie lachte bitter auf.

Mit einem Male bekam ich Angst, Helena könnte zum banalen Hilfsmittel ungetreuer Ehefrauen greifen, daß sie ihre Ehe herabsetzen und mich so in dem Augenblick, da sie meine Beute wurde, um ihren Wert berauben würde. „Sagen Sie mir jetzt um Gottes willen nur nicht, daß Sie eine unglückliche Ehe führen, daß Ihr Mann Sie nicht versteht."

„Das habe ich nicht sagen wollen", antwortete Helena, durch meine Attacke ein wenig verwirrt, „obwohl . . ."

„Obwohl Sie das in diesem Augenblick selbst denken. Jede Frau denkt sich das, wenn sie mit einem anderen Mann allein ist, aber gerade hier beginnt alle Unwahrheit, und Sie wollen doch wahrhaftig bleiben, Helena. Bestimmt haben Sie Ihren Mann geliebt, Sie sind nicht die Frau, die sich ohne Liebe hingibt."

„Nein, bestimmt nicht", sagte Helena leise.

„Wer ist eigentlich Ihr Mann?" fragte ich.

Sie zuckte mit den Achseln und lächelte: „Ein Mann."

„Wie lange kennt ihr euch?"

„Wir sind dreizehn Jahre verheiratet und kennen uns schon länger."

„Da waren Sie noch Studentin."

„Ja. Im ersten Semester."

Sie wollte den hochgeschobenen Rock wieder herunterziehen, doch ich ergriff ihre Hände und erlaubte es ihr nicht. Ich fragte weiter: „Und er? Wo habt ihr euch kennengelernt?"

„Im Ensemble."

„Im Ensemble? Hat Ihr Mann dort gesungen?"

„Ja, er hat gesungen. Wie wir alle."

„Ihr habt euch also im Ensemble kennengelernt ... das ist ein wunderbares Milieu für die Liebe."

„Ja."

„Die ganze Zeit damals war schön."

„Denken auch Sie so gerne an sie zurück?"

„Es war die schönste Zeit meines Lebens. War Ihr Mann Ihre erste Liebe?"

„Ich habe jetzt keine Lust, an meinen Mann zu denken", widersetzte sie sich.

„Ich will Sie kennen, Helena. Ich will jetzt alles über Sie wissen. Je mehr ich Sie kenne, desto mehr werden Sie mein sein. Haben Sie vor ihm noch jemanden gehabt?"

Helena nickte: „Ja."

Ich empfand fast Enttäuschung, daß Helena noch jemanden gehabt hatte und daß dadurch die Bedeutung ihres Bundes mit Pavel Zemánek herabgemindert wurde. „Eine richtige Liebe?"

Sie schüttelte den Kopf: „Nur dumme Neugier."

„So daß Ihre erste Liebe Ihr Mann gewesen ist."

Sie nickte: „Aber das ist schon lange her."

„Wie hat er ausgesehen?" fragte ich leise.

„Warum wollen Sie das wissen?"

„Ich möchte Sie mit allem haben, was in Ihnen ist, mit allem, was hier in diesem Ihrem Kopf drinnensteckt ..." Und ich strich ihr über das Haar.

Wenn etwas eine Frau daran hindert, vor dem Liebhaber über den Gatten zu sprechen, so ist das in den seltensten Fällen Noblesse oder Takt (die Sehnsucht, die Reinheit im Unreinen zu bewahren) oder richtiges Schamgefühl, sondern die bloße Befürchtung, daß es den Liebhaber irgendwie berühren könnte. Wenn der Liebhaber diese Befürchtung zerstreut, ist ihm die Frau meistens dankbar, sie fühlt sich dann freier, und, vor allem: sie hat etwas, worüber sie sprechen kann, denn die Anzahl der Gesprächsthemen ist nicht unendlich, der eigene Ehemann aber ist für die Frau das dankbarste Thema, weil sie sich einzig und allein in ihm sicher fühlt, denn hier kann sie sich als Fachkundige erweisen, und jeder Mensch ist doch glücklich, wenn er sich in seiner *Fachkundigkeit* offenbaren und mit ihr prahlen kann. Auch Helena begann völlig frei über Pavel Zemánek zu erzählen, nachdem ich ihr versichert hatte, daß mir das nicht wider den Sinn wäre, und sie ließ sich von der Erinnerung sogar so sehr fortreißen, daß sie seinem Bild keine dunklen Flecken hinzufügte und mir engagiert und sachlich erzählte, wie sie sich in ihn verliebte (in diesen aufrechten, hellhaarigen Burschen), wie sie ehrfurchtsvoll zu ihm aufgeblickt hatte, als er politischer Leiter ihres Ensembles wurde (er war aber alles andere als ein Langweiler! er war tausendmal lustiger als die ganze Jugend von heute!), wie sie ihn mit allen ihren Kameradinnen bewundert hatte (er verstand fabelhaft zu reden!) und wie ihre Liebesgeschichte harmonisch mit der ganzen damaligen Zeit verschmolz, zu deren Verteidigung sie einige Sätze sagte (hatten wir denn auch nur eine blasse Ahnung, daß Stalin treue Kommunisten erschießen läßt?), und sie tat das nicht etwa deshalb, weil sie in ihrer Erzählung auf ein politisches Thema *ausweichen* wollte, sondern weil sie das Gefühl hatte, in diesem Thema persönlich enthalten zu sein. Die Art, wie sie die Betonung auf die Verteidigung der Zeit ihrer Jugend legte, und ebenso, wie sie sich mit dieser Zeit identifizierte (als wäre sie für sie das *Zuhause* gewesen, um das sie nun gekommen war), hatte fast den Charakter einer kleinen Demonstration, als wollte Helena sagen: hab mich, wenn du willst, ganz und ohne jede Bedingung außer einer: daß du mir gestattest, so zu sein, wie ich bin, daß du mich mitsamt meiner *Anschauung* nimmst. Ein solches Demonstrieren der Anschauung in einer Situation, in der es nicht um die Anschauung, sondern um den Körper ging, schließt in sich etwas Abnormales ein, das verrät, daß gerade die Anschauung die betreffende Frau irgendwie neurotisiert: entweder fürchtet sie den Verdacht, daß sie überhaupt keine Anschauung hat, und präsentiert sie deshalb rasch, oder (was in Helenas Fall wahrscheinlich war) sie zweifelte heimlich an ihrer Anschauung, sie war in ihr angenagt und wollte um jeden Preis wieder Sicherheit erlangen, etwa dadurch, daß sie für sie etwas aufs Spiel setzte, was für sie einen unbestreitbaren Wert darstellte, also den Liebesakt selbst (vielleicht mit der feigen unterbewußten Gewißheit, daß es dem Liebhaber sicherlich mehr auf den Liebesakt ankomme als auf eine Polemik mit der Anschauung). Diese Demonstration Helenas war mir nicht unangenehm, weil sie mich dem Kern meiner Leidenschaft näherbrachte.

„Die jungen Leute von heute sind anders als wir", sagte sie. „Die haben bereits alles gratis bekommen, die kamen schon ins Fertige, die verstehen nicht, weshalb ich bis zum heutigen Tag gerührt bin, wenn ich eine russische Tschastuschka höre."

„Aber Sie sind doch ebenfalls ins Fertige gekommen. Bei Kriegsende waren Sie vierzehn, und als der Februar kam, waren Sie siebzehn Jahre alt."

„Ja, aber das alles gehört dennoch zu meinem Leben. Sehen Sie das hier?" Sie zeigte mir ein kleines Plättchen aus Silberblech, das sie mit einem kurzen Kettchen an der Armbanduhr befestigt trug. Ich beugte mich darüber, und Helena erklärte mir, daß die Zeichnung, die da eingraviert war, den Kreml darstelle. „Das habe ich von Pavel", und sie erzählte mir die Geschichte des Anhängsels, das angeblich vor vielen, vielen Jahren ein verliebtes russisches Mädchen einem russischen Burschen geschenkt hatte, ihrem Sascha, der in den großen Krieg zog, an dessen Ende er bis Prag gelangte, in die Stadt, der er die Rettung vor dem Verderben brachte, die aber ihm selbst zum Verderben werden sollte. Im oberen Stockwerk der Villa, in der Pavel Zemánek mit seinen Eltern lebte, hatten damals russische Soldaten ein kleines Lazarett eingerichtet, und dort fristete der schwerverwundete russische Leutnant Sascha die letzten Tage seines Lebens. Pavel freundete sich mit ihm an und verbrachte ganze Tage mit ihm. Als er im Sterben lag, gab Sascha Pavel zum Andenken das Anhängsel mit dem Bild des Kremls, das er während des ganzen Krieges an einer Schnur um den Hals getragen hatte. Pavel bewahrte dieses Geschenk als teuerste Reliquie auf. Einmal — noch als Verlobte — zerstritten sich Helena und Pavel und glaubten, sie würden wohl auseinandergehen; damals kam Pavel zu ihr, und zur Versöhnung gab er ihr diesen billigen Schmuck (und teuerstes Andenken), und Helena hatte es seit jener Zeit nicht mehr vom Handgelenk genommen, weil sie in diesem kleinen Gegenstand eine Stafette sah, eine Botschaft (ich fragte sie, was für eine Botschaft, und sie antwortete „eine Botschaft der Freude"), die sie bis ans Ende tragen müsse.

Sie saß mir gegenüber (mit hochgeschobenem Rock und bloßgelegten Strumpfbandhaltern, die an dem modischen schwarzen Lastexhöschen befestigt waren), ihr Antlitz war leicht gerötet (durch den Alkohol oder vielleicht durch eine plötzlich aufwallende Sentimentalität), aber in diesem Augenblick verschwand ihre Erscheinung für mich hinter dem Bild eines anderen: Helenas Erzählung vom dreimal geschenkten Anhängsel rief mir nämlich jäh (schockartig) das ganze Wesen Pavel Zemáneks in die Erinnerung zurück.

An die Existenz des Rotarmisten Sascha glaubte ich überhaupt nicht; übrigens, selbst wenn er existiert hätte, wäre seine reale Existenz völlig hinter der großen Geste verschwunden, durch die ihn Pavel Zemánek in eine Figur seiner Lebenslegende verwandelt hatte, in eine heilige Statue, in ein Instrument der Rührung, in ein sentimentales Argument und religiöses Objekt, das seine Frau (offenbar beständiger als er) verehren (emsig und unangefochten) würde, bis zu ihrem Tod. Es schien mir, als wäre das Herz des Pavel Zemánek (ein lasterhaft exhibitionierendes Herz) hier, hier anwesend; und plötzlich stand ich mitten in einer fünfzehn Jahre zurückliegenden Szene: der große Hörsaal der naturwissenschaftlichen Fakultät; an der Stirnseite auf einem Podium hinter einem länglichen Tisch sitzt Zemánek, neben ihm ein dickes Mädchen mit rundem Gesicht und Zopf, in einem häßlichen Sweater, und auf der anderen Seite ein Jüngling, der Bezirksvertreter. Hinter dem Podium eine große schwarze Tafel, und links von ihr hängt in einem Rahmen das Porträt Julius Fučíks. Gegenüber dem langen Tisch steigen stufenförmig die Bankreihen des Hörsaales empor, in denen auch ich sitze, der ich nun, nach fünfzehn Jahren, mit meinen damaligen Augen schaue und vor mir Zemánek sehe, wie er verkündet, nun würde „der Fall des Genossen Jahn" verhandelt werden, ich sehe ihn, wie er sagt: „Ich will euch Briefe von zwei Kommunisten vorlesen." Nach diesen Worten machte er eine kleine Pause, ergriff irgendein dünnes Buch, fuhr sich durch das lange, gewellte Haar und begann mit eindringlicher, fast zärtlicher Stimme vorzulesen.

„Lange hat es, Tod, gedauert, ehe du gekommen bist. Und dennoch hoffte ich, dich erst in vielen Jahren kennenzulernen. Daß ich noch das Leben eines freien Menschen leben werde, daß ich noch viel arbeiten und viel lieben und viel singen und die Welt durchwandern werde..." Ich erkannte die Reportage „Unter dem Galgen geschrieben". „Ich liebte das Leben, und seiner Schönheit wegen zog ich ins Feld. Ich habe euch geliebt, Menschen, und ich war glücklich, wenn ihr meine Liebe erwidertet, und ich litt, wenn ihr mich nicht verstandet..." Dieser Text, heimlich im Kerker geschrieben und im Glorienschein des Heldentums erstrahlend, war zu jener Zeit wohl das meistgelesene Buch; Zemánek las uns die berühmtesten Passagen vor, die jedermann auswendig kannte. „Möge Trauer nicht mit meinem Namen verbunden werden. Dies ist mein Vermächtnis an euch, Vater und Mutter und Schwester, für dich, Gustina, du meine, für euch, Genossen, für alle, die ich geliebt habe..." An der Wand hing Fučíks Bild, eine Reproduktion der berühmten Zeichnung Max Švabinskýs, eines uralten Sezessionsmalers, eines virtuosen Darstellers symbolischer Allegorien, rundlicher Frauen, Schmetterlinge und alles Lieblichen; nach dem Krieg, so hieß es, wären Genossen mit der Bitte zu ihm gekommen, er möge auf Grund einer erhaltenen Photographie Fučík darstellen, und Švabinský zeichnete ihn (im Profil) mit überzartem Strich nach eigenem Geschmack: fast mädchenhaft, dynamisch, rein und so schön, daß wohl selbst jene, die Fučík persönlich gekannt hatten, diese edle Zeichnung der Erinnerung an sein wirkliches Antlitz vorzogen. Und Zemánek las weiter, davon, wie Fučík in der Zelle 267 zusammen mit seinem Mithäftling, dem Gevatter Pešek, Lieder gesungen hatte, seine Stimme nahm nun eine klare und freudige Färbung an: „Sonne! So verschwenderisch leuchtet dieser runde Zauberer, so viele Wunder tut er vor den Augen der Menschen... Ach, Gevatter, ich möchte doch noch einmal den Sonnenaufgang sehen..." Und Zemánek las weiter, und alle im Saal waren still und aufmerksam, und das dicke Mädchen hinterm Tisch ließ ihren bewundernden Blick nicht von Zemánek; und dann wurde seine Stimme plötzlich hart und klang fast drohend; er las über Mirek, der im Kerker Verrat geübt hatte: „Seht, dies war ein Mensch mit Rückgrat, der nicht vor den Kugeln davonlief, als er an der spanischen Front kämpfte, und der sich nicht beugte, als er die grausame Prüfung des französischen Konzentrationslagers durchschritt. Jetzt erbleicht er angesichts der Gerte in der Hand des Gestapo-Mannes, und er übt Verrat, um seine Haut zu retten. Nur an der Oberfläche war jene Tapferkeit, da wenige Schläge sie wegwischen konnten. An der Oberfläche war sie, genau wie seine Überzeugung ... Er verlor alles, weil er begann, an sich zu denken. Und er rettete seine Haut, er opferte den Kameraden. Er verfiel der Feigheit, und aus Feigheit wurde er zum Verräter ...“ An der Wand hing Fučíks schönes Antlitz, so wie es in Tausenden anderen öffentlichen Räumen unseres Landes hing, und es war so schön, daß ich, wenn ich es betrachtete, mich niedrig fühlte, nicht nur durch meine Verfehlung, sondern auch durch mein Aussehen. Und Zemánek las weiter: „Das Leben können sie uns nehmen, nicht wahr, Gustina, aber unsere Ehre und Liebe können sie uns nicht nehmen. O Menschen, könnt ihr euch vorstellen, wie wir lebten, sähen wir uns nach all diesen Entbehrungen wieder? Sähen wir uns wieder in einem freien Leben, in einem Leben, das schön ist durch seine Freiheit und sein Schaffen? Wenn das sein wird, wonach wir uns sehnten und worum wir uns bemühten und wofür wir jetzt in den Tod gehen?“ Zemánek hatte mit Pathos die letzten Sätze gelesen und verstummte.

Dann sagte er: „Das war der Brief eines Kommunisten, geschrieben im Schatten des Galgens. Jetzt lese ich euch einen anderen Brief vor.“ Und er las die drei kurzen, lächerlichen, schrecklichen Sätze von meiner Ansichtskarte. Die Stille dauerte lange, und Zemánek, dieser blendende Regisseur, unterbrach die Stille absichtlich nicht, und erst nach einer Weile forderte er mich auf, mich zur Sache zu äußern. Ich wußte, daß ich nichts mehr retten konnte: wenn meine Verteidigung sonst so wenig gewirkt hatte, wie hätte sie heute wirken können, da Zemánek meine Sätze unter das absolute Maß der Marter Fučíks gestellt hatte? Natürlich, ich konnte nichts anderes tun, als aufzustehen und zu reden. Ich führte abermals aus, daß die Sätze nichts als ein Scherz hätten sein sollen, aber ich verurteilte diesen so unangebrachten und rohen Scherz und sprach über meinen Individualismus, meine Intellektualität, darüber, daß ich vom Volk abgeschnitten war, ich entdeckte in mir sogar Selbstgefälligkeit,

Skepsis, Zynismus, und ich schwor nur immer und immer wieder, daß ich trotz alldem der Partei ergeben und nicht ihr Feind sei. Dann gab es eine Diskussion, und die Genossen überführten meinen Standpunkt der Doppelzüngigkeit; sie fragten mich, wie ein Mensch der Partei ergeben sein könne, der selbst zugebe, daß er Zyniker sei; eine Kollegin hielt mir meine leichtfertigen Aussprüche über Frauen vor und fragte mich, ob ein Kommunist so reden könne; andere brachten abstrakte Erwägungen über Kleinbürgertum vor und setzten mich als konkreten Beweis in diese ein; allgemein behaupteten sie, daß meine Selbstkritik seicht und unaufrichtig sei. Dann fragte mich die Genossin mit dem Zopf, die hinterm Tisch neben Zemánek saß: „Was glaubst du, was würden jene Genossen zu deinen Aussprüchen sagen, die von der Gestapo gefoltert wurden und die nicht überlebt haben?" (Ich erinnerte mich an meinen Vater und wurde mir bewußt, daß alle taten, als wüßten sie nichts von seinem Tod.) Ich schwieg. Sie wiederholte die Frage. Sie zwang mich, daß ich antworte. Ich sagte: „Ich weiß nicht." „Denk ein wenig nach", drängte sie mich, „vielleicht fällt es dir ein." Sie wollte, daß ich durch die imaginären Lippen der toten Genossen einen strengen Urteilsspruch über mich selbst fälle, aber mich überflutete plötzlich eine Welle des Zornes, eines völlig unvorhergesehenen Zornes, und ich lehnte mich gegen meine viele Wochen hindurch vorgetragenen selbstkritischen Beteuerungen auf und sagte: „Die standen zwischen Leben und Tod. Die waren ganz bestimmt nicht kleinlich. Wenn sie meine Ansichtskarte gelesen hätten, hätten sie vielleicht gelacht."

Noch vor einer Weile hatte mir die Genossin mit dem Zopf die Möglichkeit gegeben, wenigstens etwas zu retten. Ich hatte die letzte Gelegenheit, die strenge Kritik der Genossen zu *begreifen*, mich mit ihr zu identifizieren, sie anzunehmen und auf Grund dieser Identifizierung auch auf ein gewisses Verständnis ihrerseits Anspruch zu erheben. Aber durch meine unerwartete Antwort schloß ich mich jäh aus der Sphäre ihres Denkens aus, ich lehnte es ab, die Rolle zu spielen, die allgemein bei Hunderten und aber Hunderten solchen Sitzungen gespielt wurde, bei Hunderten Disziplinarverfahren, ja bald darauf auch bei Hunderten Gerichtsverhandlungen: die Rolle des Beschuldigten, der sich selbst bezichtigt und durch die Leidenschaftlichkeit der

Selbstbezichtigung (ein absolutes Identifizieren mit den Beschuldigern) um Erbarmen für sich selbst bittet.

Wieder herrschte eine Weile Stille. Dann ergriff Zemánek das Wort. Er sagte, er könne sich nicht vorstellen, was an meinen antiparteilichen Aussprüchen zum Lachen wäre. Er berief sich abermals auf Fučíks Worte und sagte, daß Wankelmut und Skepsis sich in kritischen Situationen gesetzmäßig in Verrat verwandeln und daß die Partei eine Festung sei, die innerhalb ihrer Wälle keine Verräter dulde. Dann sagte er, ich hätte durch mein Auftreten bewiesen, daß ich überhaupt nichts begriffen hatte, daß ich nicht nur nicht in die Partei gehörte, sondern nicht einmal verdiente, daß die Arbeiterklasse die Mittel für mein Studium aufbringe. Er beantragte, daß ich aus der Partei ausgeschlossen würde und die Hochschule verließe. Die Leute im Saal hoben die Hände, und Zemánek sagte mir, ich solle die Parteilegitimation abgeben und mich entfernen.

Ich stand auf und legte den Ausweis vor Zemánek auf den Tisch. Zemánek blickte mich nicht einmal mehr an; er sah mich nicht mehr. Aber ich, ich sehe seine Frau, ich sehe sie, jetzt, sie sitzt vor mir, betrunken, mit geröteten Wangen, den Rock bis zur Hüfte hochgeschoben. Ihre starken Beine werden oben von einem schwarzen Lastexhöschen gesäumt; es sind die Beine, deren Öffnen und Schließen zu dem Rhythmus wurde, der ein Jahrzehnt lang das Leben Zemáneks durchpulst hatte. Auf diese Beine legte ich nun meine Hände, und es war mir, als hielte ich Zemáneks Leben selbst in den Händen. Ich blickte in Helenas Gesicht, in ihre Augen, die auf meine Berührung reagierten, indem sie sich ein wenig schlossen.

4

„Ziehen Sie sich aus, Helena", sagte ich mit leiser Stimme.

Sie erhob sich von der Couch, die Ränder des hochgestülpten Rockes rutschten auf die Knie zurück. Sie sah mir mit starrem Blick in die Augen, und dann begann sie wortlos (und ohne den Blick von mir zu lassen) den Rock an der Seite zu öffnen. Der gelockerte Rock glitt ihr über die Beine zu Boden; sie stieg mit dem linken Fuß aus ihm heraus, hob ihn mit dem rechten vom Boden auf, ergriff ihn und legte ihn auf den Sessel. Nun stand sie im Pullover und im Unterkleid da. Dann zog sie sich den Pullover über den Kopf und warf ihn zum Rock.

„Schauen Sie nicht zu", sagte sie.

„Ich will Sie sehen", sagte ich.

„Ich mag nicht, daß Sie mich beim Ausziehen sehen."

Ich trat zu ihr. Ich packte sie von beiden Seiten unter den Achseln, und während ich mit den Händen zu den Hüften hinunterglitt, fühlte ich unter der Seide des Unterkleides, das vom Schweiß ein wenig feucht war, ihren weichen, kräftigen Leib. Sie neigte den Kopf, ihre Lippen öffneten sich durch vieljährige Gewohnheit (schlechte Gewohnheit) zum Kuß. Aber ich wollte sie lieber lange, so lange wie möglich betrachten.

„Ziehen Sie sich aus, Helena", sagte ich abermals, und ich selbst trat zurück und legte mein Sakko ab.

„Hier ist es zu hell", sagte sie.

„Das ist gut so", sagte ich und hängte das Sakko über die Stuhllehne.

Sie zog sich das Unterkleid über den Kopf und warf es zum Pullover und zum Rock; sie löste die Strümpfe und zog sie einen nach dem anderen von den Beinen; die Strümpfe warf sie nicht von sich; sie machte zwei Schritte zum Sessel und legte sie behutsam über ihn; dann streckte sie die Brust vor und griff mit den Händen auf den Rücken, es dauerte einige Augenblicke, dann entspannten sich die am Rücken verschränkten Arme (wie bei einer Armbeuge) wieder und sanken vornüber, und mit ihnen sank auch der Büstenhalter vornüber, er glitt von ihren Brüsten, die beide in diesem Augenblick von den Oberarmen und Ellbogen eingeengt und also zusammengepreßt wurden, groß, voll, blaß und freilich etwas schwer und welk.

„Ziehen Sie sich aus, Helena", wiederholte ich zum letztenmal. Helena sah mir in die Augen, und dann zog sie das schwarze Lastexhöschen aus, das dank seinem elastischen Material ihre Hüfte fest zusammengepreßt hatte; sie warf es den Strümpfen und dem Pullover nach. Sie war nackt.

Nicht aus irgendeinem besonderen Vergnügen an der weiblichen Entblößung verweile ich bei den einzelnen Details dieser Szene, sondern deshalb, weil ich jedes dieser Details aufmerksam registrierte: es ging mir ja nicht darum, so schnell wie möglich zur Wonne mit einer Frau (also mit *irgendeiner* Frau) zu gelangen, es ging mir darum, mich einer *bestimmten* intimen Welt vollkommen zu bemächtigen, und ich mußte diese fremde Welt im Verlauf eines einzigen Nachmittags, eines einzigen Liebesaktes erfassen, in dem ich nicht nur der sein sollte, der sich der körperlichen Liebe hingibt, sondern gleichzeitig auch der, der eine flüchtige Beute raubt und bewacht und daher absolut auf der Lauer sein mußte.

Bis zu diesem Zeitpunkt hatte ich mich Helenas lediglich durch Blicke bemächtigt. Auch jetzt stand ich noch immer ein Stückchen von ihr entfernt, wohingegen sie sich nach dem raschen Beginn warmer Berührungen sehnte, die ihren den kalten Blicken preisgegebenen Körper bedeckt hätten. Ich spürte fast auf diese Entfernung von einigen Schritten die Feuchtigkeit ihrer Lippen und die sinnliche Ungeduld ihrer Zunge. Noch einen, zwei Augenblicke, und ich trat an sie heran. Ich umarmte sie, die sie mitten im Zimmer stand, zwischen zwei Stühlen, die mit unseren Kleidern beladen waren.

„Ludvík, Ludvík, Ludvík...“, flüsterte sie. Ich führte sie zur Couch. Legte sie hin. „Komm, komm“, sagte sie. „Komm zu mir, komm zu mir.“

Die physische Liebe verschmilzt nur ganz selten mit der Liebe der Seele. Was tut eigentlich die Seele, während der Körper (mit einer so uralten, allgemeinen und unvariablen Bewegung) mit einem anderen Körper zusammenwächst? Was vermag sie nicht alles in diesen Augenblicken zu ersinnen, um so ihrer Überlegenheit über die träge Eintönigkeit des körperlichen Daseins ein weiteres Mal Ausdruck zu geben! Wie vermag sie den Leib zu verachten und ihn (und ebenso sein Gegenüber) lediglich als Vorlage für wahnwitzige Phantasien zu mißbrauchen, tausendmal körperlicher als die beiden Körper selbst! Oder umgekehrt: wie vermag sie ihn geringzuschätzen, indem sie ihn seinem Pendelspiel überläßt, um währenddessen ihre Gedanken (ermüdet bereits von der Laune des eigenen Leibes) in ganz andere Richtungen zu lenken: zu einer Schachpartie, der Erinnerung an ein Mittagessen und zu einem angelesenen Buch...

Es ist gar nichts Seltenes, wenn zwei fremde Körper miteinander verschmelzen. Und auch das Verschmelzen von Seelen ereignet sich wohl manchmal. Aber tausendmal seltener ist, wenn der Körper mit seiner eigenen Seele verschmilzt und wenn er mit ihr in seiner Leidenschaft eins wird. Aber auch das kommt manchmal vor, wenn der Mensch wirklich liebt; vielleicht; ich glaube daran; ich will stets daran glauben.

Aber was tat nun meine Seele in den Augenblicken, in denen mein Körper in physischer Liebe mit Helena verweilte?

Meine Seele sah einen Frauenleib. Sie war diesem Leib gegenüber gleichgültig. Sie wußte, daß dieser Leib für sie nur als Leib einen Sinn hatte, den jemand Dritter genauso zu sehen und zu lieben pflegte, jemand, der nicht zugegen war, und gerade deshalb versuchte sie, diesen Leib mit den Augen jenes Dritten, Abwesenden zu betrachten; gerade deshalb versuchte sie, sein Medium zu werden: hier war der nackte Körper einer Frau zu sehen, das abgewinkelte Bein war zu sehen, die Falten des Bauches und der Brüste, aber das alles erhielt erst in dem Augenblick eine Bedeutung, da sich meine Augen in die Augen jenes Dritten, Abwesenden verwandelten; in diesen *fremden* Blick trat dann jäh meine Seele und wurde eins mit ihm; sie bemächtigte sich nicht nur des abgewinkelten Beines, der Falten an Bauch und Brüsten, sie bemächtigte sich all dessen so, wie jener Dritte, Abwesende es sah.

Und nicht nur, daß meine Seele das Medium dieses Dritten, Abwesenden wurde, sondern sie gebot auch meinem Körper, daß er das Medium seines Körpers werde, und bald trat sie zurück und sah diesem verschlungenen Kampf zweier Körper zu, zweier ehelicher Körper, um dann plötzlich meinem Körper den Befehl zu geben, wieder er selbst zu sein und in diesen ehelichen Beischlaf einzutreten und ihn brutal zu erregen.

An Helenas Nacken lief die Ader blau an, ihren Körper durchzuckte ein Krampf. Sie drehte den Kopf zur Seite, und ihre Zähne verbissen sich in das Kissen.

Dann flüsterte sie meinen Namen, und ihre Augen bettelten um eine kurze Weile des Rastens.

Aber meine Seele befahl mir, nicht innezuhalten; die Frau aus einer Wonne in die andere zu hetzen; sie zu Tode zu hetzen; die Lagen ihres Körpers zu verändern, damit kein einziger Blick verborgen und verheimlicht bleibe, mit dem jener Dritte,

Abwesende sie betrachtete; nein, ihr keine Ruhe zu gönnen und immer und immer wieder diesen Krampf zu wiederholen, in welchem sie wahrhaftig und genau, authentisch war, in welchem sie nichts vortäuschte, in welchem sie in der Erinnerung jenes Dritten eingeprägt war, jenem, der nicht hier war, als Brandmal, als Siegel, als Chiffre, als Zeichen. Also diese heimliche Chiffre rauben! Dieses königliche Siegel! Das dreizehnte Gemach des Pavel Zamánek ausplündern; alles durchforschen und alles zuoberst kehren; darin für ihn eine Verwüstung zurücklassen!

Ich blickte in Helenas Gesicht, gerötet und von einer Grimasse entstellt; ich legte meine flache Hand auf dieses Gesicht; ich legte sie auf es wie auf einen Gegenstand, den wir wenden, umkehren, zermalmen oder zerquetschen können, und ich fühlte, daß dieses Gesicht meine Hand genauso aufnahm: als Sache, die umgekehrt und zermalmt werden will; ich drehte ihren Kopf auf die Seite; dann wieder auf die andere Seite; einige Male drehte ich ihren Kopf so hin und her, und dann verwandelte sich dieses Herumdrehen plötzlich in den ersten Schlag; und in den zweiten; und den dritten. Helena begann zu stöhnen und zu schreien, aber es war nicht das Schreien des Schmerzes, sondern das Schreien der Erregung, ihr Kinn hob sich mir entgegen, und ich schlug und schlug und schlug sie; und dann sah ich, daß sich mir nicht nur ihr Kinn, sondern auch ihre Brüste entgegenhoben, und ich schlug sie (indem ich mich über ihr aufrichtete), ich schlug ihre Arme und ihre Hüften und ihre Brüste . . .

Alles endet; auch dieses herrliche Verwüsten endete schließlich. Sie lag auf dem Bauch, quer über die Couch, müde, erschöpft. Auf ihrem Rücken war ein braunes rundes Muttermal zu sehen, und tiefer unten, auf ihren Hinterbacken, die roten Striemen, die von den Schlägen herrührten.

Ich stand auf und ging taumelnd quer durch den Raum; ich öffnete die Tür und betrat das Bad; ich drehte den Kaltwasserhahn auf und wusch mir Gesicht, Hände und Körper. Ich hob den Kopf und sah mich im Spiegel; mein Antlitz lächelte; als ich es so sah — lächelnd —, kam mir das Lächeln lachhaft vor, und ich begann zu lachen. Dann trocknete ich mich mit dem Handtuch ab und setzte mich auf den Rand der Wanne. Ich wollte wenigstens einige Augenblicke allein sein, die köstliche Wonne der plötzlichen Vereinsamung auskosten und mich an meiner Freude erfreuen.

Ja, ich war zufrieden; ich war vielleicht recht glücklich. Ich fühlte mich als Sieger, und alle kommenden Minuten und Stunden dünkten mir überflüssig, sie interessierten mich nicht.

Dann kehrte ich in das Zimmer zurück.

Helena lag nicht mehr auf dem Bauch, sondern auf der Seite und sah mich an. „Komm zu mir, Liebling", sagte sie.

Viele Menschen nehmen, wenn sie sich körperlich verbinden, an (ohne darüber viel nachzudenken), daß sie sich auch seelisch verbunden haben, und drücken dann diesen Irrglauben dadurch aus, daß sie sich automatisch berechtigt fühlen, einander zu duzen. Ich, da ich den irrigen Glauben an die synchrone Harmonie von Seele und Leib nie geteilt hatte, nahm Helenas Duzen verlegen und widerwillig auf. Ich achtete nicht auf ihre Einladung und ging zum Sessel, auf den ich meine Kleider geworfen hatte, um das Hemd anzuziehen.

„Zieh dich nicht an", bat aber Helena, streckte mir die Hand entgegen und sagte abermals: „Komm zu mir."

Ich wünschte mir nichts anderes, als daß die Augenblicke, die nun begannen, wenn möglich überhaupt nicht existieren sollten und wenn sie existieren mußten, daß sie dann wenigstens so unauffällig, so belanglos wie nur möglich blieben, daß sie kein Gewicht hätten, daß sie leichter seien als Staub; ich mochte Helenas Körper nicht mehr berühren, mir graute vor jedweden Zärtlichkeiten, aber genauso graute mir auch vor jedweder Spannung und Dramatisierung der Situation. Deshalb verzichtete ich schließlich widerwillig auf mein Hemd und setzte mich zu Helena auf die Couch. Es war schrecklich: sie rückte an mich heran und legte ihren Kopf auf mein Bein; sie küßte mich, mein Bein war bald feucht; aber es war nicht die Feuchtigkeit der Küsse; Helena hob den Kopf, und ich sah, daß ihr Gesicht voller Tränen war. Sie trocknete sie und sagte: „Liebling, sei nicht böse, daß ich weine, sei nicht böse, Liebling, daß ich weine", und sie rückte noch näher, umfing meinen Körper und fing zu schluchzen an.

„Was ist denn los mit dir?" sagte ich.

Sie schüttelte den Kopf und sagte: „Nichts, nichts, mein Dummerchen", und begann mich hektisch zu küssen, das Gesicht und den ganzen Körper. „Ich bin verliebt", sagte sie nun, und als ich darauf nichts erwiderte, fuhr sie fort: „Du wirst mich auslachen, aber das ist mir egal, ich bin verliebt, ich bin verliebt", und als ich noch immer schwieg, sagte sie: „Ich bin glücklich", und sie richtete sich auf und deutete auf den Tisch, auf dem die angebrochene Flasche Wodka stand. „Weißt du was, schenk mir ein!"

Ich hatte keine Lust, Helena oder mir etwas einzuschenken; ich schreckte davor zurück, daß weiterhin genossener Alkohol nun eine gefährliche Fortsetzung dieses Nachmittags bedeuten könnte (der schön gewesen war, aber nur unter der Bedingung, daß er bereits zu Ende war, daß er schon hinter mir lag).

„Liebster, ich bitte dich", sie deutete noch immer auf den Tisch und fügte entschuldigend hinzu: „Sei nicht böse, ich bin einfach glücklich, ich will glücklich sein . . ."

„Dazu brauchst du doch keinen Wodka", sagte ich.

„Sei nicht böse, ich habe Lust auf Wodka."

Da war nichts zu machen; ich schenkte ihr ein Gläschen mit Wodka voll. „Du trinkst nicht mehr?" fragte sie; ich schüttelte den Kopf. Sie trank das Gläschen aus und sagte: „Laß mir das hier." Ich stellte die Flasche mit dem Gläschen auf den Fußboden neben die Couch.

Sie erholte sich sehr rasch von ihrer vorübergehenden Erschöpfung; mit einem Male verwandelte sie sich in ein kleines Mädchen, sie wollte sich freuen, vergnügt sein und ihr Glück kundtun. Sie fühlte sich offenbar völlig frei und selbstverständlich in ihrer Nacktheit (sie hatte nur die Armbanduhr an, von der klingelnd und schaukelnd das Bildnis des Kremls an dem kurzen Kettchen herabhing) und versuchte die verschiedensten Lagen einzunehmen, in denen sie sich so wohl wie nur möglich fühlen wollte: sie kreuzte die Beine und saß im Türkensitz da; dann zog sie die Beine wieder unter sich hervor und stützte sich auf den Ellenbogen; dann wieder legte sie sich auf den Bauch und preßte mir ihr Antlitz in den Schoß. In den mannigfaltigsten Abwandlungen erzählte sie mir, wie glücklich sie sei; dabei versuchte sie mich zu küssen, was ich unter beträchtlicher Selbstverleugnung ertrug, besonders deshalb, weil ihre Lippen zu feucht waren und weil sie sich nicht nur mit meinen Schultern oder Wangen begnügte, sondern sich bemühte, auch meine Lippen zu berühren (und mich ekelt vor feuchten Küssen, so ich nicht gerade von körperlicher Begierde verblendet bin).

Dann sagte sie auch, daß sie niemals etwas Ähnliches erlebt habe; ich sagte ihr (nur so), daß sie übertreibe. Sie begann zu schwören, daß sie in der Liebe niemals lüge und daß für mich kein Grund vorliege, ihr nicht zu glauben. Sie entwickelte ihre Idee weiter und behauptete, daß sie es gewußt habe, daß sie es schon bei unserer ersten Begegnung gewußt habe; daß der Körper seinen sicheren Instinkt besitze; daß ich ihr natürlich durch meinen Verstand und meinen Elan imponiert habe (ja, Elan, ich weiß nicht, wie sie den in mir entdeckt hatte), aber daß sie außerdem gewußt habe (wenn sie auch erst jetzt ihre Scheu ablege und darüber sprechen könne), daß auch zwischen unseren Körpern augenblicklich jenes heimliche Einvernehmen entstand, wie es dem menschlichen Körper wohl nur einmal im Leben beschert sei. „Und deshalb bin ich so glücklich, weißt du?", und sie ließ die Beine von der Couch herunterbaumeln, bückte sich nach der Flasche und schenkte sich ein weiteres Gläschen voll. Sie trank es leer und sagte lachend: „Was soll ich denn tun, wenn du nicht mehr magst! Ich muß eben allein trinken!"

Sosehr ich auch die Geschichte als abgeschlossen betrachtete, kann ich nicht sagen, daß ich Helenas Worte ungern hörte; sie bekräftigten mich im Bewußtsein des Gelingens meines Werkes und in meiner Zufriedenheit. Und eher deshalb, weil ich nicht wußte, was ich sagen sollte, und dabei nicht allzu wortkarg dastehen wollte, hielt ich ihr entgegen, daß sie wohl übertreibe, wenn sie von einem Erlebnis spreche, das es nur einmal im Leben gibt: zwischen ihr und ihrem Gatten habe es doch eine große Liebe gegeben, wie sie mir selbst anvertraut habe.

Auf meine Worte hin wurde Helena sehr ernst und nachdenklich (sie saß mit leicht gespreizten Beinen auf der Couch, an die Wand gelehnt, die Ellenbogen auf die Knie gestützt, und in der rechten Hand hielt sie das geleerte Glas) und sagte leise: „Ja."

Vielleicht glaubte sie, daß das Pathetische des Erlebnisses, das ihr vor einer Weile beschert worden war, sie auch zu pathetischer Aufrichtigkeit verpflichtete. Sie wiederholte „ja" und sagte dann, daß es wohl unrichtig und schlecht sein würde, wenn sie im Namen dieses heutigen Wunders (so nannte sie unsere physische Liebe) etwas herabsetzte, was einmal gewesen wäre. Abermals trank sie und begann sehr ausführlich darüber zu sprechen, daß die stärksten Erlebnisse gerade jene sind, die sich miteinander nicht vergleichen lassen; und daß für eine Frau die Liebe mit zwanzig und die Liebe mit dreißig etwas völlig anderes sei; ich möge sie richtig verstehen; nicht nur psychisch, sondern auch physisch.

Und dann erklärte sie (etwas unlogisch und zusammenhanglos), daß ich ohnehin ihrem Mann durch irgend etwas ähnlich sei. Daß sie nicht einmal wisse, wodurch; daß ich zwar ganz anders aussähe, daß sie aber glaube, einen sicheren Instinkt zu haben, durch den sie tiefer in einen Menschen hineinsehe, *hinter* seine äußere Erscheinung.

„Also, das möchte ich wirklich gerne wissen, wodurch ich deinem Mann ähnlich bin", sagte ich.

Sie sagte mir, ich solle ihr nicht böse sein, ich selbst hätte sie doch nach ihm gefragt und von ihm etwas erfahren wollen, und nur deshalb habe sie den Mut gehabt, darüber zu sprechen. Aber wenn ich wirklich die Wahrheit hören wolle, müsse sie es mir sagen: nur zweimal in ihrem Leben wurde sie durch jemanden so mächtig und bedingungslos angezogen: durch ihren Mann und durch mich. Das, was ihn und mich einander näherbringe, sei irgendein geheimnisvoller Lebenselan; die Freude, die wir ausstrahlten; die ewige Jugend; die Stärke.

Indem sie meine Ähnlichkeit mit Pavel Zemánek erklären wollte, verwendete Helena recht nebulose Worte, dennoch ließ sich keinesfalls widerlegen, daß sie diese Ähnlichkeit sah und empfand (und sogar *erlebte!)* und daß sie verbissen auf ihr beharrte. (Sie meinte, wir wären einander so ähnlich, daß es wohl gar keine Untreue gewesen sei, als sie mit mir Liebe machte.) Ich kann nicht sagen, daß mich das beleidigt oder verletzt hätte, aber ich war einfach starr ob der Peinlichkeit und unermeßlichen Dummheit dieser Behauptung; ich ging zum Sessel, auf dem sich meine Kleider befanden, und begann mich gemächlich anzukleiden.

„Liebling, habe ich dich durch irgend etwas gekränkt?"

Helena spürte meinen Unwillen, erhob sich von der Couch und kam zu mir; sie begann mein Gesicht zu streicheln und bat mich, ihr nicht zu zürnen. Sie hinderte mich daran, mich anzukleiden. (Aus irgendwelchen geheimnisvollen Gründen hatte sie das Gefühl, daß meine Hose und mein Hemd ihre Feinde waren.) Sie versuchte mich zu überzeugen, daß sie mich wirklich liebe, daß sie dieses Wort nicht eitel gebrauche; daß sie vielleicht Gelegenheit haben werde, mir das zu beweisen; daß sie es gleich von Anfang an gewußt habe, als ich nach ihrem Gatten fragte, daß es unvernünftig sei, über ihn zu sprechen; daß sie nicht wolle, daß ein anderer Mann zwischen uns trete, irgendein fremder Mann; ja, ein fremder, weil ihr Mann für sie schon längst ein fremder Mensch sei. „Mein Dummerchen, ich lebe doch schon seit drei Jahren nicht mehr mit ihm. Wir lassen uns nur wegen des Kindes nicht scheiden. Er lebt sein Leben, ich lebe mein Leben. Wir sind uns heute in Wirklichkeit zwei fremde Menschen. Er ist nur noch meine Vergangenheit, meine schrecklich alte Vergangenheit."

„Ist das wahr?" fragte ich.

„Ja, das ist wahr", sagte sie.

„Lüg doch nicht so dumm", sagte ich.

„Ich lüge nicht, wir leben in einer Wohnung, aber wir leben nicht wie Mann und Frau; schon viele Jahre leben wir nicht mehr wie Mann und Frau."

Das flehende Antlitz einer armseligen, verliebten Frau blickte mich an. Sie versicherte mir noch einige Male nacheinander, daß sie die Wahrheit spreche, daß sie mich nicht täusche; daß ich nicht auf ihren Mann eifersüchtig zu sein brauche; daß ihr Mann nichts als Vergangenheit sei; daß sie heute eigentlich gar nicht untreu gewesen sei, weil es niemanden gebe, dem sie hätte untreu sein können; daß ich keine Angst zu haben brauche; unsere Liebe sei nicht nur schön, sondern auch *rein* gewesen.

Plötzlich begriff ich in hellsichtigem Erschrecken, daß ich eigentlich keinen Grund hatte, ihr nicht zu glauben. Als sie das erkannte, wurde ihr leichter ums Herz, und sogleich bat sie mich einige Male, ich möge es laut sagen, daß ich ihr glaube; dann schenkte sie sich ihr Gläschen mit Wodka voll und wollte, daß wir anstießen (ich lehnte das ab); sie küßte mich; mich überlief eine Gänsehaut, doch ich vermochte mein Gesicht nicht abzuwenden; ihre blödsinnig blauen Augen zogen mich an und ihr (beweglicher und ständig sich regender) nackter Körper.

Nur daß ich diesen nackten Körper nun auf eine ganz neue Art sah: ich sah ihn *entblößt;* jenes Reizes entblößt, der bisher alle seine Mängel des Alters (Fettleibigkeit, Verfall, Überreife) verhüllt hatte, in denen die ganze Geschichte und Gegenwart von Helenas Ehe konzentriert zu sein schien und die mich daher angezogen hatte. Jetzt aber, da Helena entblößt vor mir stand, ohne Ehegatten und Bindung an den Gatten, ohne Ehe, nur als *sie selbst,* verlor ihre körperliche Unschönheit mit einem Schlage alles Erregende, und sie wurde ebenfalls sie selbst — also pure Unschönheit.

Helena hatte nicht die geringste Ahnung, wie ich sie sah, sie wurde immer betrunkener und immer zufriedener; sie war glücklich, daß ich ihren Liebesbeteuerungen glaubte, und wußte in der Eile nicht, wie sie ihrem Glücksgefühl freien Lauf lassen sollte: ganz plötzlich fiel ihr ein, das Radio aufzudrehen (sie hockte mit dem Rücken zu mir vor dem Apparat nieder und drehte ein Weilchen am Knopf herum); irgendein Sender spielte Jazz; Helena stand auf, und ihre Augen leuchteten; sie ahmte ungeschickt die Wellenbewegungen des Twists nach (ich starrte entsetzt auf ihre Brüste, die dabei von einer Seite auf die andere flogen). „Ist es so richtig?“ lachte sie. „Weißt du, daß ich diese Tänze nie getanzt habe?“ Sie lachte sehr laut und kam auf mich zu, um mich zu umarmen; sie bat mich, mit ihr zu tanzen; sie war mir barsch, weil ich ablehnte; sie sagte, sie könne diese Tänze nicht, aber sie wolle sie tanzen, und ich müsse ihr das beibringen; daß sie überhaupt wolle, daß ich ihr viele Dinge beibringe, daß sie mit mir wieder jung sein wolle. Sie bat mich, ihr zu versichern, daß sie noch jung sei; (ich tat es). Sie wurde gewahr, daß ich angekleidet war und sie nackt; darüber begann sie zu lachen; ihr kam das unvorstellbar ungewöhnlich vor; sie fragte, ob dieser Herr hier irgendeinen großen Spiegel habe, damit sie uns so sehen könne. Einen Spiegel gab es nicht, es gab nur eine verglaste Bibliothek im Zimmer; sie bemühte sich, uns in dem Glas zu sehen, aber das Bild war zu undeutlich; dann trat sie vor das Bücherregal und lachte auf, als sie die Titel auf den Rücken der Bücher las: Bibel, Calvin: Institutio, Pascal: Les Provinciales, Hus; sie zog schließlich die Bibel heraus, nahm eine feierliche Pose ein, schlug das Buch wahllos auf und las mit der Stimme eines Predigers aus ihm vor. Sie fragte mich, ob sie ein guter Priester gewesen sei. Ich sagte ihr, daß es ihr sehr gut zu Gesicht stehe, wenn sie aus der Bibel vorlese, daß sie sich aber nun ankleiden müsse, weil Herr Kostka in einer Weile kommen würde. „Wie spät ist es?" fragte sie. „Halb sieben", sagte ich. Sie packte mich am linken Handgelenk, wo ich die Uhr trage, und schrie: „Du Lügner! Es ist erst Viertel vor sechs! Du willst mich loswerden!"

Ich wünschte mir sehnlichst, sie wäre fort; daß sich ihr Körper (so verzweifelt körperlich) entkörperliche, daß er zerschmelze, sich in ein Bächlein verwandle und davonrinne, oder daß er sich in Dampf verwandle und durchs Fenster entweiche — aber der Körper war da, der Körper, den ich niemandem geraubt hatte, durch den ich niemanden überwunden und vernichtet hatte, ein abgelegter Körper, vom Gatten verlassen, ein Körper, den ich hatte mißbrauchen wollen und der mich mißbraucht hatte, und nun freute er sich keck darüber, hüpfte herum und spielte auf verrückt.

Es gelang mir nicht, mein sonderbares Martyrium zu verkürzen. Erst vor halb sieben begann sie sich anzukleiden. Dabei bemerkte sie auf ihrem Arm einen roten Fleck, der von meinen Hieben herrührte; sie streichelte ihn; sie sagte, das würde sie an mich erinnern bis zu dem Zeitpunkt, da wir uns wiedersähen; dann korrigierte sie sich schnell: sie würde mich doch sicherlich viel eher sehen, als dieses Andenken von ihrem Körper verschwände; sie stand vor mir (einen Strumpf hatte sie angezogen, den anderen hielt sie in der Hand) und verlangte von mir, daß ich ihr verspreche, daß wir uns wirklich vorher sehen werden; ich nickte; das war ihr zuwenig, sie wollte, daß ich es ihr verspreche, daß wir uns bis dahin noch *oft* wiedersehen.

Sie kleidete sich lange an. Sie ging wenige Minuten vor sieben.

5

Ich öffnete das Fenster, weil ich nach einem Wind lechzte, der schnell jede Erinnerung an diesen eitlen Nachmittag verweht hätte, jedes Restchen von Gerüchen und Empfindungen. Dann räumte ich rasch die Flasche fort, brachte die Decken auf der Couch in Ordnung, und als ich den Eindruck hatte, daß alle Spuren beseitigt waren, versank ich im Klubsessel am Fenster und freute mich (fast schmachtend) auf Kostka: auf seine männliche Stimme (ich sehnte mich sehr nach einer tiefen Männerstimme), auf seine lange, magere Erscheinung mit der *flachen* Brust, auf seine Art zu erzählen, ruhig, eigenbrötlerisch und klug, und auch darauf, daß er mir etwas über Lucie sagen würde, die zum Unterschied von Helena so süß unmateriell, abstrakt, bereits so völlig allen Konflikten, Spannungen und Dramen entrückt war; und dennoch nicht ganz ohne jeden Einfluß auf mein Leben: es ging mir durch den Kopf, daß sie es vielleicht auf jene Art beeinflußte, wie, laut Meinung der Astrologen, die Bewegungen der Gestirne das menschliche Leben beeinflussen; wie ich so hier in den Sessel versunken dasaß (am offenen Fenster, durch das ich Helenas Geruch hinaustrieb), fiel mir ein, daß ich nun vielleicht die Lösung meines abergläubischen Rebus kannte und daß ich wußte, weshalb Lucie über die Szene dieser zwei Tage gehuscht war: nur deshalb, um meine Rache in nichts zu verwandeln, um alles, weswegen ich hergefahren war, zu Dunst werden zu lassen; denn Lucie, die Frau, die ich so sehr geliebt hatte und die mir völlig unfaßlich im allerletzten Augenblick entflohen war, war doch die Göttin des Entfliehens, die Göttin des eitlen Wettlaufes, die Göttin des Dunstes; und meinen Kopf hielt sie noch immer in ihren Händen.

VI

1

Wir haben uns schon seit vielen Jahren nicht gesehen, und eigentlich sind wir einander im Leben nur einige Male begegnet. Das ist sonderbar, weil ich in meinen Vorstellungen Ludvík Jahn sehr oft begegne und mich in Selbstgesprächen an ihn wende als an meinen Hauptwidersacher. Ich habe mich derart an seine nichtmaterielle Gegenwart gewöhnt, daß ich verwirrt war, als ich ihn gestern plötzlich nach vielen Jahren als leibhaftigen Menschen aus Fleisch und Knochen vor mir sah.

Ich habe Ludvík meinen Widersacher genannt. Habe ich das Recht, ihn so zu nennen? Durch ein sonderbares Zusammentreffen von Umständen begegnete ich ihm stets, wenn ich fast hilflos dastand, und gerade er hat mir immer geholfen. Doch unter dieser äußeren Allianz klaffte stets der Abgrund innerer Disharmonie. Ich weiß nicht, ob sich Ludvík ihrer so sehr bewußt wurde wie ich. Entschieden maß er unserer äußeren Allianz mehr Bedeutung bei als unserer inneren Verschiedenheit. Er war unversöhnlich äußeren Widersachern gegenüber und tolerant gegenüber inneren Differenzen. Bei mir ist es gerade umgekehrt. Damit will ich nicht sagen, daß ich Ludvík nicht mag. Ich liebe ihn, wie wir unsere Widersacher lieben.

2

Kennengelernt habe ich ihn im Jahre siebenundvierzig bei einer der stürmischen Sitzungen, die damals die Hochschulen brodeln ließen. Es wurde über das Schicksal der Nation entschieden. Alle ahnten das, und auch ich ahnte es, und ich war bei allen Diskussionen, Streitgesprächen und Abstimmungen auf der Seite der kommunistischen Minderheit gegen die Mehrheit, die damals an den Hochschulen die Volksparteiler und die Nationalen Sozialisten bildeten.

Viele Christen, katholische wie evangelische, verübelten mir das damals. Sie hielten es für Verrat, daß ich mich mit einer Bewegung verbündete, die die Gottlosigkeit auf ihr Schild geschrieben hatte. Wenn ich ihnen heute begegne, glauben sie, daß ich wenigstens nach fünfzehn Jahren meinen damaligen Irrtum eingesehen habe. Aber ich muß sie enttäuschen. Ich habe bis heute meinen Standpunkt nicht geändert.

Die kommunistische Bewegung ist freilich gottlos. Aber nur Christen, die den Balken in ihrem eigenen Auge nicht sehen wollen, können die Kommunisten allein dafür verantwortlich machen. Ich sage Christen. Aber wo sind sie eigentlich? Ich sehe rund um mich nur lauter scheinbare Christen, die genauso leben, wie die Ungläubigen leben. Aber Christ sein, das bedeutet anders leben. Das bedeutet, den Weg Christi gehen, Christus *nachahmen*. Das bedeutet, auf persönliche Interessen zu verzichten, auf Wohlstand und Macht, und Angesicht in Angesicht den Armen, Erniedrigten und Leidenden gegenüberzutreten. Aber haben das die Kirchen getan? Mein Vater war ein ewig arbeitsloser und demütig an Gott glaubender Arbeiter gewesen. Er wandte Ihm sein frommes Antlitz zu, die Kirche aber wandte ihm niemals ihr Antlitz zu. Er blieb verlassen unter den Nächsten, verlassen innerhalb der Kirche, allein mit seinem Gott, bis zu seiner Krankheit und seinem Tod blieb er das.

Die Kirchen haben nicht begriffen, daß die Arbeiterbewegung die Bewegung der Erniedrigten und Seufzenden ist, die nach Gerechtigkeit dürsten. Völlig gegen den Geist Christi haben sie sich von ihnen abgewandt. Sie hatten kein Interesse daran, sich mit ihnen und für sie um das Königreich Gottes auf Erden zu kümmern. Sie verbündeten sich mit den Unterdrückern und nahmen so der Arbeiterbewegung Gott. Und jetzt wollen sie ihr vorhalten, daß sie gottlos ist? Welch Pharisäertum! Ja, die sozialistische Bewegung ist gottlos, aber ich sehe darin Gottes Tadel, auf uns Christen gerichtet! Den Tadel für unsere Gefühllosigkeit den Armen und Leidenden gegenüber.

Und was soll ich in dieser Situation tun? Soll ich ob der Tatsache entsetzt sein, daß die Zahl der Angehörigen der Kirche immer geringer wird? Soll ich mich empören, weil in den Schulen die Kinder in antireligiösem Denken unterrichtet werden? Wie töricht! Eine wahre Religion braucht die Gunst der weltlichen Macht nicht. Die weltliche Ungunst stärkt doch nur den Glauben.

Und soll ich etwa gegen den Sozialismus kämpfen, weil er durch unsere Schuld gottlos ist? Eine noch größere Torheit! Ich kann nur zutiefst den tragischen Irrtum bedauern, der den Sozialismus von Gott fortgeführt hat. Ich kann nur diesen Irrtum zu deuten versuchen und an seiner Wiedergutmachung arbeiten.

Übrigens, wozu diese Unruhe, meine Brüder Christen? Alles geschieht durch Gottes Willen, und ich frage mich oft, ob es nicht Gottes Absicht ist, daß die Menschen nicht erkennen, daß man sich nicht straflos auf seinen Thron setzen kann und daß selbst eine noch so gerechte Ordnung weltlicher Angelegenheiten ohne sein Zutun zunichte und zuschanden wird.

Ich erinnere mich an die Jahre, da sich die Leute bei uns schon einen Schritt vor dem Paradies wähnten. Und sie waren stolz, daß dies ihr Paradies war, für das sie niemanden aus dem Himmelreich benötigt hatten. Und dann zerrann es ihnen jäh zwischen den Fingern.

3

Übrigens kam den Kommunisten vor dem Februar mein Christentum sehr gelegen. Sie hörten gerne zu, wenn ich den sozialen Gehalt des Evangeliums erläuterte, gegen die Morschheit der alten Welt des Besitzes und der Kriege eiferte und die Verwandtschaft des Christentums und des Kommunismus bewies. Es ging ihnen ja darum, so breite Schichten wie nur möglich auf ihre Seite zu bringen, und also wollten sie auch die Gläubigen gewinnen. Aber bald nach dem Februar begann sich das alles zu ändern. Als Hochschulassistent setzte ich mich für einige Hörer ein, weil sie wegen der politischen Gesinnung ihrer Eltern relegiert werden sollten. Ich protestierte dagegen und geriet in Konflikt mit der Hochschulleitung. Und da begannen plötzlich Stimmen laut zu werden, die meinten, daß ein so markant christlich orientierter Mensch die sozialistische Jugend nicht gut genug erziehen könne. Es schien, als würde ich um meine Existenz kämpfen müssen. Und da kam mir zu Ohren, daß in der Plenarsitzung der Partei der Student Ludvík Jahn für mich eingetreten war. Er hatte gesagt, es wäre schnöder Undank, wenn wir vergäßen, was ich vor dem Februar für die Partei getan hatte. Und als man ihm mein Christentum vorhielt, sagte er, daß es in meinem Leben sicherlich eine Übergangsphase darstelle, die ich dank meiner Jugend überwinden würde.

Ich suchte ihn damals auf und dankte ihm dafür, daß er für mich eingetreten war. Ich sagte ihm aber, daß ich ihn nicht gern hinters Licht führen und deshalb darauf aufmerksam machen wolle, daß ich älter sei als er und keine Hoffnung bestehe, ich würde meinen Glauben „überwinden". Wir gerieten in eine Debatte über die Existenz Gottes, über Endlichkeit und Ewigkeit, darüber, was für eine Beziehung Descartes zur Religion gehabt habe, ob Spinoza Materialist gewesen sei und über viele andere Dinge. Wir einigten uns nicht. Am Ende fragte ich Ludvík, ob es ihm nicht leid tute, für mich gesprochen zu haben, da er nun sah, wie unverbesserlich ich sei. Er sagte mir, daß mein religiöser Glaube meine Privatangelegenheit sei und daß er letzten Endes niemanden etwas angehe.

Seit jener Zeit bin ich ihm auf der Fakultät nicht mehr begegnet. Um so mehr kamen unsere Schicksale durch ihre Ähnlichkeit einander nahe. Etwa drei Monate nach unserem Gespräch wurde Jahn aus der Partei und von der Hochschule ausgeschlossen. Und ein weiteres halbes Jahr später verließ auch ich die Fakultät. Wurde ich hinausgeworfen? Hinausgehetzt? Das kann ich nicht sagen. Wahr ist nur, daß die Zahl der

Stimmen gegen mich und gegen meine Überzeugung immer größer und größer wurde. Es stimmt, daß mir einige Kollegen andeuteten, ich solle irgendeine öffentliche Erklärung atheistischen Charakters abgeben. Und es ist wahr, daß ich bei Vorlesungen etliche unangenehme Auftritte mit aggressiven kommunistischen Hörern hatte, die meinen Glauben beleidigen wollten. Der Antrag über meinen Abgang von der Fakultät hing tatsächlich in der Luft. Aber es ist auch wahr, daß ich unter den Kommunisten auf der Fakultät nach wie vor genügend Freunde hatte, die mich wegen meiner vor dem Februar gezeigten Haltung beschützten. Es hätte wohl nur einer Kleinigkeit bedurft: bloß der, daß ich mich zur Wehr setzte — und sie hätten sich sicherlich hinter mich gestellt. Aber das habe ich nicht getan.

4

„Folget mir", sprach Jesus zu seinen Jüngern, und sie verließen widerspruchslos ihre Netze, ihre Boote, ihre Heime und Familien und folgten ihm. „Wer seine Hand an den Pflug legt und sieht zurück, der ist nicht geschickt zum Reich Gottes."

Wenn wir die Stimme Christi hören, die uns ruft, müssen wir ihr bedingungslos folgen. Das ist aus dem Evangelium wohl bekannt, aber in der modernen Zeit klingt das alles wie eine Fabel. Was für ein Ruf denn, was für eine Nachfolge in unseren prosaischen Leben? Wohin und mit wem sollten wir fortgehen, unsere Netze zurücklassend?

Und doch dringt selbst in unserer Welt die rufende Stimme zu uns vor, so wir ein wachsames Ohr haben. Die Aufforderung erreicht uns jedoch nicht mit der Post per eingeschriebener Depesche. Sie kommt maskiert. Und sehr selten in einem rosaroten und verführerischen Kostüm. „Nicht das Werk, das du erwähltest, nicht das Leiden, das du erdenkest, sondern das dir wider dein Erwählen, Denken, Begierden zukommet, da folge, da rufe ich, da sei Schüler, da ist es Zeit, dein Meister ist da kommen . . ."

Ich hatte viele Gründe, an meiner Assistentenstelle zu hängen. Sie war relativ bequem, sie bot mir viel freie Zeit für mein weiteres Studium und verhieß mir die lebenslange Laufbahn eines Hochschullehrers. Und dennoch schreckte ich gerade davor zurück, an meinem Posten zu hängen. Ich schreckte davor um so mehr zurück, als ich in dieser schweren Zeit viele wertvolle Menschen, Pädagogen wie Hörer, unfreiwillig von den Hochschulen abgehen sah. Ich erschrak davor, daß ich an meinem guten Dasein hing, das, da es ruhig und gesichert war, mich von den unruhigen Schicksalen meiner Nächsten entfernte. Ich begriff, daß die Anträge, ich möge die Schule verlassen, ein *Appell* waren. Ich hörte, daß mich jemand abberief. Daß mich jemand vor der bequemen Karriere warnte, die meinen Sinn, meinen Glauben und mein Gewissen gefesselt hätte.

Meine Frau, mit der ich ein damals fünfjähriges Kind hatte, versuchte allerdings mit allen Mitteln durchzusetzen, daß ich mich zur Wehr setze und alles unternähme, um an der Schule bleiben zu können. Sie dachte an den Sohn, an die Zukunft der Familie. Etwas anderes existierte für sie nicht. Wenn ich in ihr schon damals alterndes Gesicht blickte, erschrak ich vor dieser unendlichen Fürsorge, der Fürsorge um den morgigen Tag und um das kommende Jahr, der belastenden Fürsorge um alle künftigen Tage und Jahre bis in die Ewigkeit. Ich schreckte vor dieser Last zurück und hörte im Geiste die Worte Jesu: „Darum sorget nicht für den anderen Morgen; denn der morgende Tag wird für das Seine sorgen. Es ist genug, daß ein jeglicher Tag seine eigene Plage habe."

Meine Feinde erwarteten, ich würde mich mit meinen Sorgen plagen, dieweil ich in mir eine unerwartete Sorglosigkeit fühlte. Sie vermuteten, daß ich mich in meiner Freiheit eingeengt sehen würde, ich aber entdeckte im Gegenteil gerade damals die wahre Freiheit für mich. Ich begriff, daß der Mensch nichts hat, was er verlieren könnte, daß überall sein Platz ist, überall dort, wohin Jesus gewandelt ist, was bedeutet: überall unter den Menschen.

Nach anfänglichem Staunen und Bedauern kam ich dem Zorn meiner Widersacher entgegen. Ich nahm das Unrecht, das sie mir zufügten, als einen chiffrierten Appell.

5

Die Kommunisten setzen, völlig im Sinne der Religion, voraus, daß ein Mensch, der sich der Partei gegenüber irgend etwas hat zuschulden kommen lassen, die Absolution erhalten kann, wenn er für eine bestimmte Zeit in die Landwirtschaft oder zu den Werktätigen arbeiten geht. So gingen in den Jahren nach dem Februar viele Angehörige der Intelligenz für kürzere oder längere Zeit in die Gruben, Fabriken, auf Baustellen oder auf die Staatsgüter, um nach der geheimnisvollen Reinigung in diesen Milieus wieder in die Ämter, Schulen oder Sekretariate zurückkehren zu können.

Als ich der Schulleitung das Angebot machte, die Fakultät zu verlassen, und keinen anderen wissenschaftlichen Posten verlangte, sondern nur unter die Leute gehen wollte, am liebsten als Facharbeiter irgendwohin auf ein Staatsgut, verstanden das die Kommunisten an meiner Schule, Freunde wie Feinde, nicht etwa in meinem Sinne, sondern im Sinne ihres Glaubens: als Ausdruck einer ganz und gar ungewöhnlichen Art der Selbstkritik. Sie hielten mir das zugute und halfen mir, einen ausgezeichneten Posten auf einem Staatsgut in Westböhmen zu finden, einen Posten mit einem guten Direktor und in einer wunderschönen Gegend. Auf den Weg gaben sie mir, als Geschenk, ein ungewöhnlich günstiges Kadergutachten mit.

Ich war an meiner neuen Wirkungsstätte wirklich glücklich. Ich fühlte mich neugeboren. Das Staatsgut war in einem verlassenen und nur halb besiedelten Dorf des Grenzgebietes gegründet worden, aus dem nach dem Krieg die Deutschen ausgesiedelt worden waren. Rundherum erstreckten sich Hügel, größtenteils kahl, mit Weiden bedeckt. In ihren Tälern lagen, in beträchtlicher Entfernung voneinander, verstreut die Häuschen der überaus langgestreckten Dörfer. Die häufigen Nebel, die durch die Landschaft zogen, legten sich zwischen mich und das dichtbesiedelte Land wie ein beweglicher Paravent, so daß die Welt wie am fünften Tag der Schöpfung war, als Gott wohl noch immer zögerte, ob er sie dem Menschen übergeben solle.

Aber auch die Menschen selbst waren hier ursprünglicher. Sie standen Angesicht in Angesicht mit der Natur, mit unendlichen Almen, Herden von Kühen und Schafen. Ich fühlte mich wohl unter ihnen. Ich hatte bald viele Ideen, wie man die Kulturpflanzen in dieser hügeligen Landschaft besser nutzen könnte: Dünger, die Art, das Heu zu lagern, ein Versuchsfeld für Heilkräuter, ein Glashaus. Der Direktor war mir für meine Ideen dankbar, und ich war ihm dankbar, daß er es mir ermöglichte, mir mit nützlicher Arbeit mein Brot zu verdienen.

6

Das war im Jahre 1951. Der September war kalt, aber Mitte Oktober wurde es plötzlich warm, und es gab bis Mitte November einen herrlichen Herbst. Die Heuhaufen trockneten auf den hügeligen Wiesen, und ihr Duft breitete sich weit im Land aus. Im Gras tauchten die zarten Körper der Herbstzeitlosen auf. Und damals begann man in den umliegenden Dörfern von der jungen Vagabundin zu erzählen.

Burschen aus dem Nachbardorf gingen einmal über die abgemähten Wiesen. Sie unterhielten sich laut, sie johlten, und da wollten sie plötzlich gesehen haben, wie aus einem Heuhaufen ein Mädchen hervorkroch, zerrauft, mit Halmen im Haar, ein Mädchen, das niemand von ihnen je hier gesehen hatte. Es blickte sich scheu um und lief auf den Wald zu. Es entschwand ihnen, ehe sie ihm folgen konnten.

Dazu berichtete eine Bäuerin aus demselben Dorf, wie eines Nachmittags, als sie sich im Hof zu schaffen machte, ein etwa zwanzigjähriges Mädchen aufgetaucht war, das einen sehr abgetragenen Mantel anhatte und sie mit gesenktem Kopf um eine Scheibe Brot bat. „Mädchen, wo willst du hin?" fragte sie die Bäuerin; das Mädchen antwortete, daß es einen weiten Weg vor sich habe. „Und da gehst du zu Fuß?" „Ich habe mein Geld verloren", antwortete sie. Die Bäuerin fragte nicht weiter und gab ihr Brot und Milch.

Dieser Erzählung schloß sich auch ein Hirte unseres Gutes an. Einmal, als er über die Hügel zog, legte er, wie er berichtete, eine Stulle und ein Kännchen Milch auf einen Baumstumpf. Er entfernte sich für ein Weilchen, um der Herde zu folgen, und als er zurückkehrte, waren Brot und Kännchen auf rätselhafte Weise verschwunden.

Alle diese Gerüchte griffen sehr bald auch die Kinder auf und schmückten sie mit blühender Phantasie aus. Sie sahen sie gegen Abend, wie sie im Teich hinterm Dorf badete, obwohl es Anfang November und das Wasser schon sehr kalt war. Wenn jemandem etwas abhanden kam, sahen die Kinder darin sogleich ein Zeichen ihrer Existenz. Ein andermal ertönte gegen Abend irgendwo in der Ferne der Gesang einer hohen Frauenstimme. Die Erwachsenen behaupteten, man habe in irgendeiner Hütte auf dem Hügel ein Radio voll aufgedreht, aber die Kinder wußten, daß sie es war, die Wilde, die über die Kämme der Hügel schritt, das Haar gelöst hatte und sang.

Einmal am Abend machten sie am Rand des Dorfes ein Feuer, nährten es mit Kartoffelkraut und warfen Kartoffeln in die glühende Asche. Dann blickten sie in Richtung auf den Wald, und eines der Mädchen begann zu rufen, daß es sie sehe, sie schaue ihnen aus der Dunkelheit des Waldes zu. Auf diese Worte hin ergriff ein Knabe einen Erdklumpen und warf ihn in die Richtung, in die das Mädchen deutete. Seltsamerweise war kein Schrei zu hören, es geschah jedoch etwas anderes. Alle Kinder gingen auf den Knaben los, und fast hätten sie ihn verprügelt.

Ja, so war es: die übliche kindliche Grausamkeit verband sich nie mit dem Gerücht über das herumirrende Mädchen, obwohl mit seiner Vorstellung kleine Diebstähle verbunden waren. Sie genoß von Anfang an geheimnisvolle Sympathien. Machte sie sich gerade durch die unschuldige Geringfügigkeit der Diebstähle die menschlichen Herzen gewogen? Oder durch das so geringe Alter? Oder beschützte sie die Hand eines Engels?

So oder so, der geworfene Erdklumpen entfachte die Liebe der Kinder zu dem herumirrenden Mädchen. Noch an demselben Tag ließen sie beim herabgebrannten Feuer ein Häuflein gebratener Kartoffeln zurück, deckten sie mit Asche zu, damit sie nicht auskühlten, und steckten ein abgebrochenes Föhrenästchen in diesen Haufen. Sie fanden für das Mädchen auch einen Namen. Auf ein aus einem Heft herausgerissenes Blatt

Papier schrieben sie mit Bleistift in großen Buchstaben: *Irrwisch, das ist für dich.* Das Papier legten sie auf das Häuflein und beschwerten es mit einem Erdklumpen. Dann entfernten sie sich, versteckten sich in den nahen Büschen und hielten nach der Gestalt des scheuen Mädchens Ausschau. Der Abend wurde zur Nacht, und niemand kam. Die Kinder mußten schließlich ihr Versteck verlassen und nach Hause gehen. Aber gleich am nächsten Morgen eilten sie zu der Feuerstätte. Es war geschehen. Das Häuflein Kartoffeln mitsamt dem Blatt Papier und dem Zweig war verschwunden.

Das Mädchen wurde die verzärtelte Fee der Kinder. Sie stellten immer wieder ein Töpfchen Milch, Brot, Kartoffeln und Brieflein für sie bereit. Und sie wählten für ihre kleinen Geschenke niemals den gleichen Ort. Sie hinterlegten die Speisen für sie nicht an einer *bestimmten* Stelle, so wie es für Bettler zu geschehen pflegt. Sie spielten mit ihr ein Spiel. Sie spielten Verborgener Schatz. Sie gingen von der Stelle aus, wo sie beim erstenmal das Häuflein Kartoffeln zurückgelassen hatten, und rückten vom Dorf fort ins offene Land hinaus. Sie ließen ihre Schätze bei Baumstümpfen, bei großen Felsblöcken, bei Bildstöcken, bei einem wilden Rosenstrauch zurück. Niemandem verrieten sie die Stellen, an denen sie ihre Gaben versteckt hatten. Niemals verletzten sie dieses spinngewebezarte Spiel, niemals lauerten sie dem Mädchen auf, niemals ertappten sie es. Sie ließen ihm seine Unsichtbarkeit.

7

Dieses Märchen dauerte kurz. Einmal brach der Direktor unseres Gutes mit dem Vorsitzenden des örtlichen Nationalausschusses weit ins Land auf, weil sie einige noch unbewohnte Häuschen, die hier von den Deutschen zurückgeblieben waren, besichtigen wollten, um in ihnen Unterkünfte für jene Landarbeiter einzurichten, die weit vom Dorf entfernt arbeiteten. Unterwegs überraschte sie ein Regen, der sich bald in einen Wolkenbruch verwandelte. In der Nähe war nur niedriger Föhrenwald und an seinem Rand eine graue Hütte — ein

Heustadel. Sie liefen hin, öffneten die Tür, die nur mit einem Pflock gesichert war, und schlüpften hinein. Das Licht drang durch die offene Tür und durch die Ritzen im Dach ein. Sie entdeckten im Heu eine Mulde. Hier streckten sie sich aus, hörten, wie die Regentropfen auf das Dach niederprasselten, atmeten den berauschenden Duft und plauderten. Und wie der Vorsitzende mit der Hand im Heuhaufen herumwühlte, der sich zu seiner Rechten türmte, spürte er unter den trockenen Halmen etwas Hartes. Es war ein kleiner Koffer. Ein alter, schäbiger, billiger Koffer aus Vulkanfiber. Ich weiß nicht, wie lange die beiden Männer unschlüssig dem Geheimnis gegenüberstanden. Fest steht, daß sie den Koffer schließlich öffneten und darin vier Mädchenkleider fanden, alle neu und schön. Die Gediegenheit dieser Kleider stand in einem seltsamen Gegensatz zu der provinziellen Schäbigkeit des Köfferchens und führte zwingend zu dem Verdacht, daß ein Diebstahl vorläge. Unter den Kleidern lagen noch ein paar Stück Mädchenwäsche und in sie eingewickelt ein Bündel Briefe, mit einem blauen Band zusammengefaßt. Das war alles. Bis heute weiß ich nichts über diese Briefe, und ich weiß nicht einmal, ob sie der Direktor und der Vorsitzende gelesen haben. Ich weiß nur, daß sie an Hand dieser Briefe den Namen der Empfängerin feststellten: Lucie Šebetková.

Als sie über den unerwarteten Fund berieten, entdeckte der Vorsitzende im Heu einen weiteren Gegenstand. Eine verbeulte Milchkanne. Jene blau emaillierte Kanne, über deren geheimnisvollen Verlust der Hirte schon seit vierzehn Tagen Abend für Abend in der Schenke berichtete.

Und dann nahm alles seinen unabwendbaren Lauf. Der Vorsitzende versteckte sich im Föhrendickicht und wartete, und der Direktor ging hinunter ins Dorf und ließ den örtlichen Polizeikommandanten holen. Das Mädchen kehrte bei Einbruch der Dunkelheit in ihr duftendes Nachtasyl zurück. Man ließ sie eintreten, man ließ sie hinter sich die Tür schließen, dann warteten sie eine halbe Minute und traten hinter ihr ein.

8

Die beiden Männer, die Lucie im Heuboden ertappten, waren gute Menschen. Der Vorsitzende, ein ehemaliger Deputatarbeiter, eine ehrliche Seele, Vater von sechs Kindern, erinnerte an die alten Dorfschreiber. Der Postenkommandant war ein naiver, vierschrötiger, gutmütiger Kerl mit einem mächtigen Schnurrbart unter der Nase. Keiner von ihnen hätte einer Fliege ein Leid antun können.

Und dennoch empfand ich von allem Anfang an eine seltsame Pein, als ich von Lucies Festnahme erfuhr. Bis heute krampft sich mir das Herz zusammen, wenn ich mir den Direktor mit dem Vorsitzenden vorstelle, wie sie in ihrem Köfferchen herumwühlen, wie sie all die schamhaft gehütete Gegenständlichkeit ihrer Intimsphäre in den Händen haben, die zarten Geheimnisse ihrer verschmutzten Wäsche, wie sie in etwas Einblick gewinnen, wo Einblick gewinnen verboten ist.

Und das gleiche Gefühl der Pein habe ich noch immer, wenn ich mir das Nestchen im Heu vorstelle, aus dem es kein Entrinnen gibt und dessen einzige Tür von zwei großen Männern verstellt ist.

Als ich später mehr über Lucie erfuhr, wurde ich mir mit Staunen bewußt, daß sich mir aus diesen beiden peinlichen Situationen gleich aufs erste Mal das Wesen ihres Schicksals erhellte. Beide diese Situationen waren das *Abbild der Schändung*.

9

Diese Nacht schlief Lucie nicht mehr im Heustadel, sondern in einem Eisenbett in einem kleinen Laden, den die Polizei tagsüber als Amtsstube verwendete. Am folgenden Tag wurde sie im Nationalausschuß verhört. Man erfuhr, daß sie bisher in Ostrau gearbeitet und gewohnt hatte. Daß sie von dort durchgebrannt war, weil sie es nicht mehr aushalten konnte. Als man etwas Konkretes erfahren wollte, stieß man auf hartnäckiges Schweigen.

Warum war sie hierher geflohen, nach Westböhmen? Sie sagte, ihre Eltern lebten in Eger. Warum ging sie nicht zu ihnen? Sie hatte den Zug weit vor dem Heimatbahnhof verlassen, weil sie unterwegs allmählich Angst bekam. Ihr Vater habe sie ihr Leben lang immer nur geschlagen.

Der Vorsitzende des Nationalausschusses teilte Lucie mit, daß man sie nach Ostrau zurückschicken werde, da sie ohne ordentliche Kündigung von dort fortgelaufen sei. Lucie sagte ihnen, sie würde in der ersten Station aus dem Zug fliehen. Ein Weilchen schrien sie auf sie ein, aber dann begriffen sie, daß sie damit nichts erreichten. Sie fragten sie also, ob man sie nach Hause schicken solle, nach Eger. Sie schüttelte verzweifelt den Kopf. Eine Weile taten sie noch streng, dann aber unterlag der Vorsitzende seiner Weichheit. „Was willst du also?" fragte er. Sie fragte, ob sie nicht hierbleiben und arbeiten dürfe. Sie zuckten mit den Achseln und sagten ihr, sie würden sich auf dem Staatsgut erkundigen.

Der Direktor hatte ständig mit einem Mangel an Arbeitskräften zu kämpfen. Er nahm den Vorschlag des Nationalausschusses ohne zu zögern an. Dann teilte er mir mit, daß ich endlich die seit langem angeforderte Arbeitskraft für das Glashaus bekommen würde. Und noch am selben Tag brachte der Vorsitzende des Nationalausschusses Lucie zu mir und stellte sie mir vor.

Ich erinnere mich genau an diesen Tag. Es war in der zweiten Novemberhälfte, und der bislang sonnige Herbst zeigte zum ersten Male sein windiges und wolkiges Antlitz. Es nieselte. Sie stand im braunen Mantel, mit dem Köfferchen, mit gesenktem Kopf und teilnahmslosen Augen neben dem hochgewachsenen Vorsitzenden. Der Vorsitzende hielt das blaue Kännchen in der Hand und verkündete feierlich: „Wenn du etwas Böses getan hast, wir haben dir vergeben und vertrauen dir; wir hätten dich zurück nach Ostrau schicken können, aber wir behielten dich hier. Die Arbeiterklasse braucht überall ehrliche Menschen. Enttäusche uns also nicht."

Dann ging er ins Büro, um das Kännchen für unseren Hirten

zu hinterlegen, und ich führte Lucie in das Glashaus, stellte sie den beiden Mitarbeiterinnen vor und erklärte ihr ihre Arbeit.

10

Lucie verdunkelt mir in den Erinnerungen alles, was ich damals sonst erlebte. Dennoch zeichnet sich mir in ihrem Schatten die Gestalt des Vorsitzenden des Nationalausschusses recht deutlich ab. Als Sie mir gestern hier im Klubsessel gegenübersaßen, Ludvík, wollte ich Ihnen nicht nahetreten. So will ich es Ihnen wenigstens jetzt sagen, da Sie mir wieder so gegenübersitzen, wie ich Sie am besten kenne, als meine Vorstellung und als Schatten. Der ehemalige Deputatarbeiter, der ein Paradies für seine leidenden Nächsten errichten wollte, dieser begeisterte Ehrenmann und Enthusiast, der naiv erhabene Worte über Vergebung, Vertrauen und die Arbeiterklasse redete, war meinem Herzen und meinem Denken viel näher als Sie, obwohl er mir persönlich nie irgend etwas Gutes getan hat.

Sie haben einst behauptet, daß der Sozialismus auf dem Stamm des europäischen Rationalismus und Skeptizismus gewachsen sei, auf einem areligiösen und antireligiösen Stamm, und daß er anders nicht denkbar sei. Aber wollen Sie wirklich auch weiterhin allen Ernstes behaupten, daß man ohne den Glauben an die Priorität der Materie keine sozialistische Gesellschaft aufbauen kann? Denken Sie wirklich, daß Menschen, die an Gott glauben, keine Fabriken verstaatlichen können?

Ich bin mir vollkommen gewiß, daß jene Linie des europäischen Geistes, die von der Botschaft Christi ausgeht, zur sozialistischen Gleichheit und viel gesetzmäßiger zum Sozialismus führt. Und wenn ich mir die leidenschaftlichsten Kommunisten aus der ersten Periode des Sozialismus in meinem Land vergegenwärtige, etwa gerade den Vorsitzenden, der Lucie meinen Händen anvertraute, scheinen sie mir religiösen Eiferern viel ähnlicher zu sein als zweifelnden Voltairianern. Jene Revolutionszeit von 1948 bis 1956 hatte mit Skeptizismus und Rationalismus wenig zu tun. Es war die Zeit des großen kollektiven Glaubens. Der Mensch, der in Übereinstimmung mit dieser

Zeit lebte, hatte Empfindungen, die religiösen Gefühlen ähnelten: er entsagte seinem Ich, seiner Person, seiner Privatsphäre zugunsten von etwas Höherem, etwas Überpersönlichem. Der Ursprung der marxistischen Lehrsätze war zwar absolut weltlich, aber die Bedeutung, die ihnen beigemessen wurde, ähnelte der Bedeutung des Evangeliums und der biblischen Gebote. Es bildete sich ein Kreis von Gedanken heraus, die unantastbar waren, in unserer Terminologie also heilige Gedanken.

Diese Religion war grausam. Uns beide hat sie nicht zu ihren Priestern erhoben, sie hat uns vielleicht ein Leid angetan. Aber dennoch war mir jene Zeit, die vergangen ist, hundertmal näher als diese, die heute anzubrechen scheint, die Zeit des Spottes, der Skepsis, des Zersetzens, eine kleinliche Zeit, auf deren Proszenium der ironische Intellektuelle auftritt, während sich im Hintergrund die Masse der Jugend zusammenrottet, eine grobe, zynische und böse Jugend ohne Begeisterung und ohne Ideale, bereit, sich überall und jederzeit zu paaren oder umzubringen.

Jene abtretende oder abgetretene Zeit hatte wenigstens etwas vom Geist der großen religiösen Bewegungen an sich. Schade, daß sie es nicht verstand, in ihrer religiösen Selbsterkenntnis bis ans Ende zu gehen. Sie hatte religiöse Gesten und Empfindungen, aber im Inneren blieb sie leer und ohne Gott. Ich aber glaubte damals immer, daß sich Gott erbarmen, daß er sich zu erkennen geben würde, daß er schließlich diesen großen weltlichen Glauben segnen würde. Ich wartete vergeblich.

Jene Zeit verriet schließlich ihre Religiosität und büßte für ihr rationalistisches Erbe, zu dem sie sich nur deshalb bekannte, weil sie sich selbst nicht begriff. Dieser rationalistische Skeptizismus ätzt das Christentum schon seit zweitausend Jahren. Er ätzt es, aber zersetzt es nicht. Die kommunistische Theorie jedoch, seine eigene Schöpfung, wird er im Verlaufe einiger Jahrzehnte vernichten. In Ihnen, Ludvík, hat er ihn bereits vernichtet. Sie wissen das selbst sehr genau.

11

Bestenfalls dann, wenn es den Menschen gelingt, sich in ihren Vorstellungen ins Reich der Märchen zu versetzen, sind sie voll Edelmut, Mitleid und Poesie. Im Reich des Alltagslebens sind sie, Gott sei's geklagt, eher von Vorsicht, Mißtrauen und Verdächtigungen erfüllt. So verhielten sie sich Lucie gegenüber. Sobald sie aus dem Reich der Kindermärchen heraustrat und ein wirkliches Mädchen wurde, Mitarbeiterin und Mitbewohnerin, war sie augenblicklich Gegenstand von Neugier, in der die Böswilligkeit nicht fehlte, wie sie die Menschen Engeln gegenüber an den Tag legen, die aus dem Himmel gestürzt wurden, und gegenüber Feen, die aus der Fabel vertrieben worden sind.

Es half Lucie wenig, daß sie schweigsam war. Etwa nach einem Monat traf das Kadermaterial aus Ostrau im Staatsgut ein. Daraus erfuhren wir, daß sie zuerst in Eger als Lehrmädchen in einem Friseurladen gearbeitet hatte. Wegen eines Sittlichkeitsdelikts verbrachte sie ein Jahr in einer Besserungsanstalt und kam dann von dort nach Ostrau. In Ostrau bewährte sie sich als gute Arbeitskraft. Im Internat benahm sie sich vorbildlich. Vor ihrer Flucht ließ sie sich ein einziges und völlig unerwartetes Vergehen zuschulden kommen: sie wurde ertappt, als sie auf einem Friedhof Blumen stahl.

Der Bericht war knapp und unfreundlich, und anstatt Lucies Geheimnis zu lüften, umhüllte er sie eher mit noch größerer Rätselhaftigkeit.

Ich hatte dem Direktor versprochen, für Lucie sorgen zu wollen. Sie war von seltsamer Anziehung für mich. Sie arbeitete schweigend und verbissen. Sie war in ihrer Scheu ruhig. Ich entdeckte an ihr nichts von der Exzentrizität eines Mädchens, das einige Wochen als Vagabundin gelebt hatte. Sie erklärte einige Male, daß sie auf dem Gut zufrieden sei und daß sie nicht von hier fort wolle. Sie war sanft, bereit, in jedem Streit nachzugeben, und sie gewann dadurch nach und nach ihre Mitarbeiterinnen für sich. Dennoch blieb in ihrer Wortkargheit etwas übrig, was ihr schmerzliches Los und ihre verwundete Seele verriet. Ich wünschte mir nichts sehnlicher, als daß sie mir alles beichte, aber ich wußte auch, daß sie in ihrem Leben genügend Fragen und Erkundigungen über sich hatte ergehen lassen müssen und daß diese in ihr wahrscheinlich die Vorstellung von Verhören hervorriefen. Und so fragte ich sie nichts und begann selbst zu erzählen. Täglich plauderte ich mit ihr. Ich sprach über meine Pläne, auf dem Gut eine Heilkräuterplantage einzurichten. Ich erzählte ihr, wie die Dorfleute in alten Zeiten mit Suden und Extrakten aus verschiedenen Pflanzen Kranke kuriert hatten. Ich erzählte ihr von der Pimpernelle, mit der die Leute früher die Cholera und die Pest heilten, ich erzählte ihr vom Steinbrech, der tatsächlich Steine brach, Harnsteine und Gallensteine. Lucie hörte zu. Sie liebte die Pflanzen. Aber welch heilige Einfalt! Sie wußte nichts über sie und vermochte fast keine einzige beim Namen zu nennen.

Es wurde allmählich Winter, und Lucie besaß nichts außer ihren schönen Sommerkleidern. Ich half ihr, einen Plan für ihr Budget aufzustellen. Ich zwang sie, sich einen wasserdichten Mantel und einen Pullover zu kaufen und später noch weitere Sachen: Schuhe, einen Pyjama, Strümpfe, einen Wintermantel...

Eines Tages fragte ich sie, ob sie an Gott glaube. Sie antwortete auf eine Art, die mir bemerkenswert erschien. Sie sagte nämlich weder ja noch nein. Sie zuckte mit den Achseln und sagte: „Ich weiß nicht." Ich fragte sie, ob sie wisse, wer Jesus Christus gewesen ist. Sie sagte: ja, das wisse sie. Aber sie wußte nichts über ihn. Sein Name verband sich in ihr unbestimmt mit der Vorstellung von Weihnachten, in das Ganze mischte sich irgend etwas mit einer Kreuzigung, aber das alles waren nur zerrissene Nebelfetzen aus zwei oder drei vagen Bildern, die zusammen keinerlei Sinn ergaben. Lucie hatte bislang weder Glauben noch Unglauben kennengelernt. Ich empfand in diesem Augenblick einen leichten Taumel, ähnlich wohl jenem, den ein verliebter Mensch empfindet, wenn er feststellt, daß ihm bei seiner Geliebten bisher kein anderer männlicher Leib zuvorgekommen ist. „Willst du, daß ich dir von ihm erzähle?" fragte ich, und sie nickte. Da waren die Weiden und Hügel bereits verschneit. Ich erzählte. Lucie hörte zu...

12

Sie mußte allzuviel auf ihren schwachen Schultern tragen. Sie brauchte jemanden, der ihr hätte helfen können, aber das vermochte niemand. Die Hilfe, die die Religion bietet, Lucie, ist einfach: Gib dich hin! Gib dich hin mitsamt deiner Bürde, unter der du zusammenbrichst. Es ist eine große Erleichterung, in Hingabe zu leben. Ich weiß, daß du niemanden hattest, dem du dich hingeben konntest, weil du vor den Menschen Angst hattest. Aber da ist Gott. Gib dich ihm hin. Du wirst erleichtert sein.

Sich hingeben, das bedeutet das frühere Leben ablegen. Es aus der Seele entfernen. Zu beichten. Sag mir, Lucie, weshalb bist du aus Ostrau fortgelaufen? War es wegen der Blumen auf dem Grab?

Auch deshalb.

Und warum hast du die Blumen genommen?

Es war ihr so traurig ums Herz gewesen, deshalb stellte sie sie in die Vase in ihrem Internatszimmer. Sie pflückte auch in der freien Natur Blumen, aber Ostrau ist eine schwarze Stadt, und rund um die Stadt gibt es fast keine Natur, nur Halden, Zäune, Parzellen und hier und da ein lichtes Wäldchen voller Ruß. Schöne Blumen fand Lucie nur auf dem Friedhof. Erhabene Blumen, festliche Blumen. Gladiolen, Rosen und Lilien. Und auch Chrysanthemen, die großen Blüten mit den zarten Blütenblättern ...

Und wie hat man dich erwischt?

Sie war oft und gerne auf den Friedhof gegangen. Nicht nur wegen der Blumen, die sie von dort forttrug, sondern auch deshalb, weil es dort schön war und weil dort Ruhe herrschte und diese Ruhe ihr Trost spendete. Jedes Grab war ein einziger, selbständiger Garten, und sie blieb darum gerne bei den einzelnen Gräbern stehen und betrachtete die Grabsteine mit ihren traurigen Inschriften. Um ungestört zu sein, ahmte sie die Gewohnheiten mancher Friedhofsbesucher nach, besonders der älteren, und kniete vor dem Grabstein nieder. So fand sie einmal auch an einem noch fast ganz frischen Grab Gefallen. Auf den Sarg war erst vor wenigen Tagen die Erde geschaufelt worden. Die Erde war locker, es lagen Kränze auf dem Grab, und vorne stand in einer Vase ein wunderschöner Rosenstrauß. Lucie kniete nieder, und eine Trauerweide wölbte sich über ihr wie ein vertrautes und flüsterndes Himmelszelt. Lucie schwamm in einer unaussprechlichen Seligkeit. Und gerade da kam ein älterer Herr mit seiner Frau zu dem Grab. Vielleicht war es das Grab ihres Sohnes, oder ihres Bruders, wer weiß. Sie sahen das unbekannte Mädchen am Grab knien. Sie staunten sehr. Wer ist dieses Mädchen? Es schien ihnen, als verberge sich in ihrer Erscheinung irgendein Geheimnis, ein Familiengeheimnis für sie, vielleicht eine unbekannte Verwandte oder eine unbekannte Geliebte des Verblichenen ... Sie blieben stehen und scheuten sich, sie zu stören. Sie betrachteten sie aus einiger Entfernung. Und da sahen sie, daß das Mädchen sich erhob, den wunderschönen Rosenstrauß aus der Vase nahm, den sie selbst vor wenigen Tagen dorthin getan hatten, sich umwandte und fortging. Jetzt liefen sie ihr nach. Wer sind Sie, fragten sie sie. Sie war verwirrt, sie wußte nicht, was sie sagen sollte, sie stammelte irgend etwas. Es stellte sich heraus, daß dieses unbekannte Mädchen ihren Toten überhaupt nicht gekannt hatte. Sie riefen die Gärtnerin zu Hilfe. Sie forderten, daß sie sich legitimiere. Sie schrien sie an und behaupteten, es gäbe nichts Niederträchtigeres, als Tote zu berauben. Die Gärtnerin bestätigte, daß dies nicht der erste Blumendiebstahl auf ihrem Friedhof sei. Man rief also einen Polizisten, knöpfte sich Lucie abermals vor, und sie gestand alles.

13

Aber Jesus sprach zu ihm: „Laß die Toten ihre Toten begraben.“ Die Blumen auf den Gräbern gehören den Lebenden. Du hast Gott nicht gekannt, Lucie, aber du verlangtest nach ihm. In der Schönheit irdischer Blumen offenbarte sich dir überirdische Schönheit. Du hast die Blumen für niemanden gebraucht. Nur für dich selbst. Für die Leere in deiner Seele. Und sie griffen dich und erniedrigten dich. Aber war das der einzige Grund, warum du aus der schwarzen Stadt geflohen bist?

Sie schwieg. Dann schüttelte sie den Kopf.

Hat dir jemand weh getan?

Sie nickte.

Erzähl, Lucie!

Es war ein ganz kleiner Raum. An der Decke war eine Glühbirne, die keinen Schirm hatte und wollüstig nackt schief in der Fassung hing. An der Wand ein Bett, über dem ein Bild hing, und auf dem Bild war ein schöner Mann, er trug ein blaues, fließenden Gewand und kniete. Es war der Garten Gethsemane, aber das wußte Lucie nicht. Dorthin brachte er sie also, und sie wehrte sich und schrie. Er wollte sie vergewaltigen, ihr die Kleider vom Leibe reißen, aber sie riß sich von ihm los und rannte davon.

Wer war das, Lucie?

Ein Soldat.

Hast du ihn geliebt?

Nein, geliebt habe sie ihn nicht.

Aber warum bist du dann mit ihm in die Stube gegangen, in der nur eine nackte Glühbirne und ein Bett war?

Es war nur diese Leere in ihrer Seele gewesen, die sie zu ihm getrieben hatte. Und dafür hatte sie sich niemanden anders gefunden, die Arme, als so einen Lümmel, einen Soldaten, der seinen Präsenzdienst ableistete.

Aber noch immer verstehe ich das nicht ganz genau, Lucie. Wenn du mit ihm zuerst in jenes Zimmer gegangen bist, in dem nur das kahle Bett war, warum bist du ihm dann davongelaufen?

Er war böse und roh wie alle.

Von wem redest du, Lucie? Wer alle?

Sie schwieg.

Wen hast du vor diesem Soldaten gekannt! Rede! Erzähl, Lucie!

14

Es waren ihrer sechs, und sie war allein. Sechs, zwischen sechzehn und zwanzig. Sie war sechzehn. Sie bildeten eine Clique, und sie sprachen ehrfurchtsvoll von dieser Clique, als wäre es eine heidnische Sekte. An jenem Tag sprachen sie von irgendeiner Einweihung. Sie brachten ein paar Flaschen schlechten Weines mit. Sie beteiligte sich an der Sauferei mit einer blinden Ergebenheit, in die sie alle ungestillte Liebe der Tochter zu Mutter und Vater legte. Sie trank, wenn die anderen tranken, sie lachte, wenn die anderen lachten. Dann befahlen sie ihr, sich auszuziehen. Niemand vor ihnen hatte das bisher getan. Aber als sie sich weigerte, zog sich zuerst der Anführer der Clique aus, und da begriff sie, da sich der Befehl nicht etwa nur auf sie allein bezog, und sie fügte sich ergeben. Sie vertraute ihnen, sie vertraute auch ihrer Roheit, sie waren ihr Schutz und Schild, sie vermochte sich nicht vorzustellen, sie zu verlieren. Sie waren ihr Mutter, sie waren ihr Vater. Sie tranken, lachten und gaben ihr weitere Befehle. Sie spreizte die Beine. Sie hatte Angst, sie wußte, was das bedeutet, aber sie gehorchte. Dann stieß sie einen Schrei aus, und sie blutete. Die Burschen schlugen Lärm, hoben die Gläser und gossen ordinären Schaumwein auf den Rücken des Anführers der Clique, auf ihren zarten Körer und zwischen ihre Beine und schrien irgendwelche Worte über Taufe und Einweihung, und dann löste sich der Anführer von ihr, und ein weiteres Mitglied der Clique trat an sie heran, sie kamen dem Alter nach, zuletzt der Jüngste, der genau wie sie sechzehn war, und da konnte Lucie nicht mehr, da vermochte sie es vor Schmerzen nicht mehr auszuhalten, sie wollte Ruhe haben, sie wollte jetzt allein sein, und weil es gerade der Jüngste von ihnen war, wagte sie, ihn wegzustoßen. Aber gerade deshalb, weil er der Jüngste war, wollte er sich nicht erniedrigen lassen! Er war doch ein Mitglied der Clique, ihr vollberechtigtes Mitglied! Er wollte das beweisen und gab Lucie deshalb einen Schlag ins Gesicht, und niemand von der Clique verteidigte sie, denn alle wußten, daß der Jüngste von ihnen im Recht war und daß er etwas haben wollte, was ihm zukam. Lucie traten Tränen in die Augen, doch sie hatte nicht den Mut, sich aufzulehnen, und also spreizte sie ihre Beine zum sechsten Male ...

Wo war das gewesen, Lucie?

In der Wohnung eines Burschen von der Clique, die Eltern waren beide in der Nachtschicht, es war dort eine Küche und ein Zimmer, im Zimmer ein Tisch, ein Sofa und ein Bett, über der Tür in einem Rahmen die Inschrift Grüß Gott tritt ein bring Glück herein und über dem Bett in einem Rahmen eine wunderschöne Dame in blauem Gewand, die hielt ein Kind an der Brust.

Die Jungfrau Maria?

Sie wußte es nicht.

Und weiter, Lucie, was war weiter?

Dann hat sich das noch oft wiederholt, in dieser Wohnung und auch in anderen Wohnungen und auch draußen im Freien. Es wurde in der Clique zur Gewohnheit.

Und hat dir das gefallen, Lucie?

Nein, gefallen hat es ihr nicht, sie gingen seit jener Zeit schlechter mit ihr um und behandelten sie mehr von oben herab und waren brutal zu ihr, aber es gab weder einen Weg vorwärts noch einen zurück, es gab überhaupt keinen Weg.

Und wie hat das geendet, Lucie?

Eines Abends in einer solchen leeren Wohnung. Da kam die Polizei hin und nahm sie alle mit. Die Burschen aus der Clique hatten einige Diebstähle auf dem Gewissen. Lucie wußte nichts davon, aber es war bekannt, daß sie mit der Clique herumgezogen war, und ebenso war bekannt, daß sie der Clique alles geboten hatte, was sie ihr als Mädchen bieten konnte. Ganz Eger zerriß sich den Mund über sie, und zu Hause wurde sie grün und blau geprügelt. Die Burschen bekamen verschiedene Strafen, und sie selbst schickte man in eine Besserungsanstalt. Dort blieb sie ein Jahr lang — bis zu ihrem siebzehnten Lebensjahr. Um keinen Preis der Welt wollte sie dann wieder nach Hause zurück. Und so kam sie in die schwarze Stadt.

15

Es überraschte und verblüffte mich, als mir vorgestern Ludvík am Telephon verriet, daß er Lucie kenne. Zum Glück kannte er sie nur flüchtig. Er hatte in Ostrau irgendeine flüchtige Bekanntschaft mit einem Mädchen gehabt, das mit ihr im Internat wohnte. Als er mich dann gestern abermals nach ihr fragte, erzählte ich ihm alles. Schon lange hatte ich das Bedürfnis, diese Bürde von mir zu wälzen, aber ich hatte bisher keinen Menschen gefunden, dem ich mich hätte anvertrauen können. Ludvík ist mir gewogen, dabei steht er aber meinem Leben genügend fern und somit auch Lucies Leben. Ich mußte also nicht befürchten, daß ich Lucies Geheimnis einer Gefahr preisgab.

Nein, was mir Lucie anvertraut hat, habe ich niemandem erzählt außer gestern Ludvík. Trotzdem, die Tatsache, daß sie in der Besserungsanstalt gewesen war und auf einem Friedhof Blumen gestohlen hatte, wußten damals alle auf dem Gut aus dem Kadergutachten. Sie gingen mit ihr recht schonungsvoll um, aber sie erinnerten sie ständig an ihre Vergangenheit. Der Direktor sprach von ihr als „dem kleinen Grabplünderer". Er meinte das durchaus gutmütig, doch Lucies frühere Sünden wurden durch solche Reden ständig am Leben erhalten. Lucie war fortwährend und ununterbrochen schuldig. Und dabei hatte sie nichts mehr nötig als vollkommene Vergebung. Ja, Ludvík, sie brauchte Vergebung, sie hatte es nötig, jene geheimnisvolle Reinigung zu durchschreiten, die euch unbekannt und unverständlich ist.

Die Menschen selbst vermögen nämlich nicht zu verzeihen, und es liegt auch gar nicht in ihren Kräften. Es liegt nicht in ihrer Gewalt, eine Sünde, die geschehen ist, zu löschen. Das liegt nicht in den Kräften des Menschen selbst. Eine Sünde ihrer Gültigkeit zu entledigen, sie zu tilgen, sie aus der Zeit auszuradieren, also etwas auszulöschen, das ist eine geheimnisvolle und überirdische Handlung. Nur Gott, da er den irdischen Gesetzlichkeiten nicht unterliegt, da er frei ist, da er Wunder zu tun vermag, kann eine Sünde abwaschen, kann sie in nichts verwandeln, kann sie vergeben. Der Mensch vermag dem Menschen nur deshalb zu vergeben, weil er sich auf Gottes Vergebung stützt.

Auch Sie, Ludvík, vermögen nicht zu vergeben, weil Sie nicht an Gott glauben. Ständig erinnern Sie sich an die Plenarsitzung, in der alle einmütig die Hand gehoben haben und einverstanden waren, daß Ihr Leben vernichtet werde. Sie haben ihnen das niemals verziehen. Nicht nur ihnen als Einzelpersonen. Es waren dort etwa hundert, und das ist schon eine Menge, die zu so etwas wie zu einem kleinen Modell der Menschheit werden kann. Sie haben das der Menschheit niemals verziehen. Sie mißtrauen ihr seit jener Zeit und empfinden Haß gegen sie. Ich kann Sie begreifen, aber das ändert nichts daran, daß so ein allgemeiner Haß gegen die Menschen schrecklich und sündhaft ist. *Denn in einer Welt leben, in der niemandem vergeben wird, wo alle unerlösbar sind, das ist das gleiche wie in der Hölle leben.* Sie leben in der Hölle, Ludvík, und ich bemitleide Sie.

16

Alles, was auf dieser Welt Gottes ist, kann des Teufels sein. Auch die Bewegungen der Liebenden in der Liebe. Für Lucie wurden sie zur Sphäre des Greuels. Sie verbanden sich für sie mit den Gesichtern der zu reißenden Bestien gewordenen Burschen aus der Clique und später mit dem Antlitz des zudringlichen Soldaten. Oh, ich sehe ihn klar vor mir, als kennte ich ihn! Er vermengt banale Worte über Liebe, süß wie Sirup, mit der gemeinen Gewalttätigkeit des Männchens, das hinter Kasernenstacheldraht ohne Frauen gehalten wird! Und Lucie erkennt jäh, daß seine Worte nur ein falscher Schleier über dem Wolfsleib der Gemeinheit sind. Und die ganze Welt der Liebe stürzt für sie in die Tiefe, in den Abgrund der Widerlichkeit.

Hier war die Quelle ihrer Krankheit, hier mußte ich beginnen. Ein Mensch, der die Meeresküste entlanggeht und wie verrückt eine Laterne in der erhobenen Hand schwenkt, kann ein Wahnsinniger sein. Aber in der Nacht, wenn auf den Wogen ein verirrtes Boot schaukelt, ist derselbe Mann ein Retter. Die Erde, auf der wir leben, ist das Grenzgebiet zwischen Himmel und Hölle. Kein Beginnen ist an sich gut oder böse. Auch die körperliche Liebe, Lucie, ist an sich weder gut noch böse. Wenn sie im Einklang steht mit der Ordnung, die Gott eingesetzt hat, wenn du mit treuer Liebe liebst, so wird auch die körperliche Liebe gut sein, und du bist glücklich. Weil Gott bestimmt hat, „darum wird ein Mensch Vater und Mutter verlassen und an seinem Weibe hangen, und werden die zwei ein Fleisch sein".

Ich sprach mit Lucie Tag für Tag, Tag für Tag wiederholte ich ihr, daß ihr vergeben ist, daß sie sich nicht in sich selbst verkapseln dürfe, daß sie die Zwangsjacke ihrer Seele öffnen solle, daß sie sich demütig Gottes Ordnung ergeben solle, in der auch die Liebe des Leibes ihren Platz findet.

Und so vergingen die Wochen ...

Dann kam ein Frühlingstag. Auf den Hängen der Hügel blühten die Apfelbäume, und ihre Kronen glichen im milden Wind schwingenden Glocken. Ich schloß die Augen, um ihren samtweichen Ton zu hören. Und dann öffnete ich die Augen und sah Lucie im blauen Arbeitsmantel mit einer Hacke in der Hand. Sie sah ins Tal hinunter und lächelte.

Ich beobachtete dieses Lächeln und las begierig darin. Ist es möglich? Lucies Seele war doch bisher eine ständige Flucht gewesen, eine Flucht vor der Vergangenheit und ebenso vor der Zukunft. Alles fürchtete sie. Vergangenheit und Zukunft waren für sie Wassergräben. Sie klammerte sich bange an das hölzerne Boot der Gegenwart wie an einen wankenden Zufluchtsort.

Und siehe, heute lächelte sie. Ohne Anlaß. Nur so. Und dieses Lächeln sagte mir, daß sie mit Zutrauen in die Zukunft blickte. Und mir war es in diesem Augenblick wie einem Schiffer, der nach vielen Monaten das gesuchte Land anläuft. Ich war glücklich. Ich lehnte mich an den krummen Stamm des Apfelbaumes und schloß abermals für ein Weilchen die Augen. Ich hörte den schwachen Wind und das samtene Läuten der weißen Kronen, ich hörte die Triller der Vögel, und diese Triller verwandelten sich vor meinen geschlossenen Augen in

Tausende Laternen und Lichter, die von unsichtbaren Händen zu einem großen Fest getragen wurden. Ich sah diese Hände nicht, aber ich hörte die hohen Töne der Stimmen, und es schien mir, daß es Kinder seien, eine vergnügte Prozession von Kindern ... Und da fühlte ich plötzlich eine Hand auf meinem Gesicht. Und eine Stimme: „Herr Kostka, Sie sind so gut ..." Ich öffnete die Augen nicht. Ich rührte nicht die Hand. Ich sah nach wie vor die Vogelstimmen, die in einen Lampionenschwarm verwandelt waren, ich hörte noch immer das Läuten des Apfelbaumes. Und die Stimme fügte schwächer hinzu: „Ich liebe Sie."

Vielleicht hätte ich nur auf diesen Augenblick warten und dann rasch gehen sollen, weil meine Aufgabe erfüllt war. Bevor ich mir jedoch irgend etwas bewußt werden konnte, überkam mich eine schwärmerische Schwäche. Wir waren ganz allein im weiten Land zwischen armseligen Apfelbäumen, und ich umarmte Lucie und legte mich mit ihr auf das Lager der Natur.

17

Es geschah, was nicht hätte geschehen dürfen. Als ich durch Lucies Lächeln ihre versöhnte Seele sah, war ich am Ziel und hätte gehen sollen. Aber ich ging nicht. Und das war dann böse. Wir lebten weiterhin zusammen auf ein und demselben Gut. Lucie war glücklich, sie strahlte, sie glich dem Frühling, der bereits rings um uns allmählich in den Sommer überging. Ich aber, anstatt ebenfalls glücklich zu sein, schauderte vor diesem großen weiblichen Frühling neben mir, den ich selbst geweckt hatte und der sich mir mit allen seinen sich öffnenden Blüten zuwandte, von denen ich wußte, daß sie mir nicht gehörten, daß sie mir nicht gehören durften. Ich hatte doch meinen Sohn und meine Frau in Prag, die geduldig auf meine raren Besuche zu Hause warteten.

Ich hatte Angst, die mit Lucie begonnenen Vertraulichkeiten zu unterbrechen, um sie nicht zu verletzen, aber ich wagte nicht, sie fortzusetzen, weil ich wußte, daß ich kein Recht auf sie hatte. Ich sehnte mich nach Lucie, aber gleichzeitig fürchtete ich mich vor ihrer Liebe, weil ich nicht wußte, was mit ihr beginnen. Nur mit größter Mühe bewahrte ich die Natürlichkeit der früheren Gespräche mit ihr. Meine Zweifel traten zwischen uns. Es schien mir, als wäre meine Lucie gewährte geistige Hilfe nun demaskiert worden. Daß ich in Wahrheit von jenem Augenblick an körperlich nach Lucie verlangt hatte, da ich sie zum ersten Male sah. Daß ich wie ein Verführer gehandelt hatte, der sich in den Mantel des Trösters und Predigers hüllt. Daß alle diese Gespräche über Jesus und Gott demnach nur ein Deckmantel des allerirdischsten körperlichen Verlangens gewesen waren. Es schien mir, daß im Augenblick, da ich meiner Geschlechtlichkeit nachgab, ich die Reinheit meiner ursprünglichen Absicht beschmutzt und alle meine Verdienste vor Gott vertan hatte.

Aber kaum war ich bei diesem Gedanken angelangt, machte meine Überlegung eine Kehrtwendung: Welch Eitelkeit, schrie ich mir im Geiste zu, welch selbstgefälliges Verlangen, Verdienste vor Gott haben zu wollen, Gott gefallen zu wollen! Was bedeuten menschliche Verdienste vor ihm? Nichts, nichts, nichts! Lucie liebt mich, und ihr Wohlergehen hängt von meiner Liebe ab! Was, wenn ich sie nur deshalb in die Verzweiflung zurückstoße, damit ich rein bin? Wird mich dann Gott nicht gerade deshalb verachten? Und wenn meine Liebe eine Sünde ist, was bedeutet mehr, Lucies Leben oder meine Sündigkeit? Es wird doch *meine* Sünde sein, *ich* allein werde sie tragen, nur ich selbst verurteile mich durch meine Sünde!

In diese Überlegungen und Zweifel griff plötzlich ein äußeres Ereignis ein. In der Zentralstelle hatte man gegen meinen Direktor eine politische Anschuldigung ausgeheckt. Der Direktor wehrte sich verzweifelt, und da machte man ihm überdies auch noch den Umstand zum Vorwurf, daß er sich mit verdächtigen Elementen umgebe. Eines von diesen Elementen war auch ich: ein Mensch, der, so hieß es, wegen seiner staatsfeindlichen Gesinnung von der Hochschule davongejagt worden war, ein Klerikaler! Der Direktor versuchte vergeblich zu beweisen, daß ich weder ein Klerikaler sei, noch von der Hochschule davongejagt worden wäre. Je mehr er für mich eintrat, desto klarer bewies er, daß er mit mir verbündet war, und desto mehr schadete er sich. Meine Situation war fast hoffnungslos.

Ein Unrecht, Ludvík? Ja, das ist das Wort, das Sie am häufigsten aussprechen, wenn Sie von dieser Begebenheit oder von anderen ähnlichen Vorfällen hören. Ich aber weiß nicht, was Unrecht ist. Gäbe es über den menschlichen Dingen nichts anderes mehr und hätten die Taten nur den Sinn, den ihnen jener zuschreibt, der sie begeht, wäre der Begriff „Unrecht" berechtigt, und auch ich könnte von Unrecht reden, da ich sozusagen aus dem Staatsgut hinausgeworfen wurde, wo ich bis dahin aufopfernd gearbeitet hatte. Vielleicht wäre es dann auch logisch, daß ich mich gegen dieses Unrecht zur Wehr setze und verzweifelt um meine kleinen Menschenrechte raufe.

Nur haben die Ereignisse größtenteils eine andere Bedeutung als jene, die ihnen ihre blinden Autoren verleihen; es sind oft verhüllte Winke von oben, und die Menschen, die sie vollbringen, sind nichts als unbewußte Boten eines höheren Willens, von dem sie keine Ahnung haben.

Ich war mir sicher, daß dem auch diesmal so war. Ich nahm daher die Ereignisse auf dem Gut mit Erleichterung auf. Ich sah in ihnen so etwas wie einen Wink: Geh fort von Lucie, ehe es zu spät ist. Deine Aufgabe ist erfüllt. Ihre Früchte stehen dir nicht zu. Dein Weg führt anderswo weiter.

Und so tat ich das gleiche wie vor zwei Jahren an der naturwissenschaftlichen Fakultät. Ich nahm Abschied von der weinenden und verzweifelten Lucie und ging der scheinbaren Katastrophe entgegen. Ich machte selbst den Vorschlag, das Staatsgut zu verlassen. Der Direktor wollte mich zwar daran hindern, aber ich wußte, daß er das aus Anständigkeit tat und daß er in tiefster Seele froh darüber war.

Diesmal aber rührte die Freiwilligkeit meines Abganges niemanden mehr. Meine kommunistischen Freunde aus der Zeit vor dem Februar, die mir meinen Weg von hinnen mit guten Kadergutachten und Ratschlägen gebettet hätten, waren nicht da. Ich verließ das Gut als ein Mensch, der selbst einsah, daß er unwürdig ist, in diesem Staat irgendeine halbwegs wichtige Arbeit zu verrichten. Und so wurde ich Bauarbeiter.

18

Es war ein Herbsttag des Jahres neunzehnhundertsechsundfünfzig. Da begegnete ich, zum ersten Male seit fünf Jahren, Ludvík. Es war im Speisewagen des Schnellzuges von Prag nach Preßburg. Ich fuhr zum Bau irgendeiner Fabrik nach Ostmähren. Ludvík hatte gerade sein Arbeitsverhältnis in den Ostrauer Gruben gelöst und hatte in Prag ein Gesuch eingereicht, um sein Studium beenden zu können. Und jetzt kehrte er in die Mährische Slowakei heim. Fast hätten wir uns nicht erkannt. Und als wir einander erkannten, war jeder von uns über das Schicksal des anderen verblüfft.

Ich erinnere mich gut daran, mit welcher Anteilnahme Sie, Ludvík, zuhörten, als ich Ihnen von meinem Abgang von der Schule erzählte und über die Intrigen auf dem Staatsgut, die zur Folge gehabt hatten, daß ich Maurer wurde. Ich danke Ihnen für diese Anteilnahme. Sie waren außer sich, Sie sprachen von Ungerechtigkeit, Unrecht, von der Mißachtung der Intelligenz und der Absurdität der Kaderpolitik. Und Sie waren auch auf mich zornig: Sie fragten mich vorwurfsvoll, weshalb ich mich nicht widersetzt hätte, weshalb ich den Kampf aufgegeben hätte. Sie meinten, wir sollten niemals von irgendwo freiwillig abtreten. Möge doch unser Widersacher gezwungen sein, zum allerschlimmsten Mittel zu greifen! Wozu sein Gewissen erleichtern?

Sie Kumpel, ich Maurer. Unsere Schicksale recht ähnlich, und wir beide doch so verschieden. Ich vergebend, Sie unversöhnlich, ich friedfertig, Sie voll Aufruhr. Wie nahe wir einander doch äußerlich, wie weit entfernt wir einander innerlich waren!

Davon, wie weit wir innerlich voneinander entfernt waren, wußten Sie viel weniger als ich. Als Sie mir mit allen Einzelheiten erzählten, wie man Sie neunzehnhundertfünfzig aus der Partei ausschloß, nahmen Sie mit absoluter Selbstverständlichkeit an, daß ich auf Ihrer Seite stehe und daß ich mich genauso über die Bigotterie der Genossen empöre, die Sie bestraft haben, weil Sie sich über etwas lustig machten, was die anderen für heilig hielten. Was war schon daran? fragten Sie mit ehrlicher Verwunderung.

Ich will Ihnen etwas erzählen: In der Zeit, da Calvin Genf beherrschte, lebte dort ein Knabe, vielleicht Ihnen ähnlich, ein intelligenter Bursche, ein Spötter, bei dem man ein Notizbuch mit Spöttereien und Angriffen gegen Jesus Christus und das Evangelium fand. Was ist schon daran? dachte sich sicherlich dieser Knabe, der Ihnen so ähnlich war. Er hatte doch nichts Böses getan, er hatte nur gescherzt. Er wußte kaum, was Haß ist. Er kannte wohl nur Geringschätzung und Gleichgültigkeit. Er wurde hingerichtet.

Ach, halten Sie mich nicht für einen Befürworter solcher Grausamkeit. Ich will nur sagen, daß keine große Bewegung, die die Welt umformen soll, Spott und Geringschätzung verträgt, denn das ist der Rost, der alles zersetzt.

Beobachten Sie doch nur Ihre Haltung weiter, Ludvík. Man hat Sie aus der Partei ausgeschlossen, man hat Sie von der Schule verwiesen, man hat Sie beim Militär unter die politisch gefährlichen Soldaten gesteckt und hat Sie dann auf weitere zwei oder drei Jahre ins Bergwerk geschickt. Und Sie? Sie verbitterten bis auf den Grund Ihrer Seele, überzeugt, daß Ihnen ungeheures Unrecht geschehen war. Dieses Gefühl des Unrechts bestimmt bis heute Ihre gesamte Einstellung zum Leben. Ich begreife Sie nicht! Warum sprechen Sie von Unrecht? Man hat Sie zu den Schwarzen Soldaten gesteckt — zu den Feinden des Kommunismus. Gut. Aber war das ein Unrecht? War das nicht eher eine große Chance für Sie? Sie konnten doch mitten unter den Feinden wirken! Gibt es eine wichtigere und größere Sendung? Schickt denn nicht Jesus seine Jünger „wie Schafe mitten unter die Wölfe“? „Die Starken bedürfen des Arztes nicht, sondern die Kranken“, so sprach doch Jesus. „Ich bin gekommen, zu rufen die Sünder zur Buße und nicht die Gerechten ...“ Sie aber verlangten nicht danach, unter die Sünder und Kranken zu gehen!

Sie werden mir entgegenhalten, daß mein Vergleich unzutreffend ist. Daß Jesus seine Jünger mit seinem Segen „mitten unter die Wölfe“ geschickt hat, Sie hingegen zuerst selbst ausgestoßen wurden und erst dann als Feind unter Feinde geschickt wurden, als Wolf unter Wölfe, als Sünder unter Sünder.

Aber warum bestreiten Sie, daß Sie wirklich ein Sünder waren? Haben Sie sich wirklich nicht gegen Ihre Gemeinschaft vergangen? Wo nehmen Sie diesen Dünkel her? Ein Mensch, der seinem Glauben ergeben ist, ist demütig und hat demütig auch die ungerechte Strafe hinzunehmen. Die Erniedrigten sollen erhöht werden. Die Reumütigen werden Vergebung finden. Wenn Sie Ihrem Kollektiv gegenüber nur deshalb verbittert sind, weil es Ihren Schultern eine viel zu schwere Last aufgebürdet hat, dann war Ihr Glaube schwach, und Sie haben die Prüfung, die Ihnen beschert wurde, nicht bestanden.

In Ihrem Streit mit der Partei stehe ich nicht auf Ihrer Seite, Ludvík, weil ich weiß, daß man auf dieser Welt Großes nur mit einer Gemeinschaft grenzenlos ergebener Menschen schaffen kann, die ihr Leben demütig dem höheren Zweck weihen. Sie, Ludvík, sind nicht grenzenlos ergeben. Ihr Glaube ist morsch. Wie könnte es anders sein, da Sie sich ewig nur auf sich selbst und auf Ihren armseligen Verstand berufen haben!

Ich bin nicht undankbar, Ludvík, ich weiß, was Sie für mich und für viele andere Menschen getan haben, die unter der heutigen Ordnung zu leiden hatten. Sie nützen Ihre Bekanntschaft mit bedeutenden Kommunisten aus der Zeit vor dem Februar und ebenso Ihre gegenwärtige Stellung dazu aus, daß Sie fürsprechen, intervenieren, helfen. Dafür mag ich Sie. Und dennoch sage ich Ihnen noch ein letztes Mal: Blicken Sie auf den Grund Ihrer Seele! Der tiefste Antrieb Ihrer Wohltätigkeit ist nicht Liebe, sondern Haß! Haß gegen jene, die Ihnen einmal weh getan haben, gegen jene, die im Saal die Hand gegen Sie erhoben! Ihre Seele kennt nicht Gott, und deshalb kennt sie auch keine Vergebung. Sie suchen die Vergeltung. Sie identifizieren jene, die Ihnen einst Leid zugefügt haben, mit denen, die anderen Leid zugefügt haben, und Sie rächen sich an diesen. Ja, sie rächen sich. Sie sind voll Haß, auch wenn Sie den Menschen helfen! Ich spüre diesen Haß in Ihnen. Ich spüre ihn aus jedem Ihrer Worte. Aber was zeugt denn Haß anderes als wieder Haß und eine ewige Kette von Haß! Sie leben in der Hölle, Ludvík, ich will es Ihnen noch einmal sagen, Sie leben in der Hölle, und ich bemitleide Sie.

19

Wenn Ludvík mein Selbstgespräch hörte, würde er sich sagen können, daß ich undankbar bin. Ich weiß, daß er mir sehr geholfen hat. Damals, im Jahre sechsundfünfzig, als wir einander im Zug begegneten, war er traurig, weil ich so ein Leben führte, er beklagte meine Fähigkeiten und begann augenblicklich nachzudenken, wie man für mich eine Beschäftigung finden könnte, die mir Freude bereiten würde und in der ich mich nützlicher machen könnte. Es überraschte mich damals, wie schnell und zielstrebig er handelte. Er sprach in seiner Heimatstadt mit einem Kameraden. Er wollte, daß ich an der Mittelschule Naturgeschichte unterrichte. Das war mutig. Die antireligiöse Propaganda war damals in vollem Gange, und einem gläubigen Lehrer einen Posten an einer Mittelschule zu geben war so gut wie ausgeschlossen. Das meinte im übrigen auch Ludvíks Kamerad und dachte sich eine andere Lösung aus. Und so kam ich an die virologische Abteilung des hiesigen Krankenhauses, wo ich schon seit acht Jahren an Mäusen und Kaninchen Viren und Bakterien züchte.

Es ist so. Gäbe es Ludvík nicht, ich wäre nicht hier, und auch Lucie wäre nicht hier.

Einige Jahre nach meinem Abgang vom Gut heiratete sie. Sie konnte nicht auf dem Gut bleiben, weil ihr Mann eine Wirkungsstätte in der Stadt suchte. Sie überlegten, wo sie sich niederlassen sollten. Und damals setzte sie bei ihrem Mann durch, daß er hierher übersiedelte, in die Stadt, in der ich lebte.

Ich habe in meinem Leben kein größeres Geschenk, keine größere Belohnung erhalten. Mein Schäflein, mein Täubchen, das Kind, dessen Seele ich geheilt und gestillt hatte, kehrte zu mir zurück. Sie will nichts von mir. Sie hat ihren Mann. Aber sie will in meiner Nähe sein. Sie braucht mich. Sie muß mich manchmal hören. Mich beim sonntäglichen Gottesdienst sehen. Mir auf der Straße begegnen. Ich war glücklich, und ich fühlte nun, daß ich nicht mehr jung war, älter, als ich ahnte, und daß Lucie vielleicht mein einziges Lebenswerk gewesen ist.

Sie meinen, das sei wenig, Ludvík? Ach nein. Es ist genug, und ich bin glücklich. Ich bin glücklich, glücklich, glücklich...

20

Oh, wie betrüge ich mich selbst! Wie ich mich verzweifelt von der Richtigkeit meines Lebensweges zu überzeugen suche! Wie ich mich mit der Macht meines Glaubens vor Ungläubigen brüste!

Ja, es ist mir gelungen, Lucie zum Glauben an Gott zu führen. Es ist mir gelungen, ihr Ruhe zu geben, sie zu heilen. Ich habe sie vom Ekel vor der körperlichen Liebe befreit. Und dann bin ich zurückgetreten. Ja, aber was habe ich ihr dadurch Gutes getan?

Ihre Ehe ist nicht gut. Ihr Mann ist ein Rohling, er betrügt sie ganz unverhohlen, und es heißt, daß er sie mißhandelt. Lucie hat mir das nie eingestanden. Sie wußte, daß mich das betrüben würde. Sie blieb dabei, mir ihr Leben als Attrappe eines Glückes vor Augen zu halten. Aber wir leben in einer kleinen Stadt, wo nichts verborgen bleibt.

Oh, wie vermag ich mich zu betrügen! Ich faßte die politischen Intrigen gegen den Direktor des Staatsgutes als chiffrierten Wink Gottes auf, fortzugehen. Aber wie die Stimme Gottes unter so vielen anderen Stimmen heraushören? Was, wenn die Stimme, die ich damals hörte, nur die Stimme meiner Feigheit war?

Ich hatte doch in Prag Frau und Kind. Ich hänge nicht an ihnen, aber ich vermöchte mich auch nicht von ihnen zu trennen. Ich hatte Angst vor einer ausweglosen Situation. Ich fürchtete mich vor Lucies Liebe, ich wußte nicht, was mit ihr beginnen. Ich schreckte vor den Komplikationen zurück, in die sie mich geführt hätte.

Ich gebärdete mich wie ein Engel, der die Erlösung bringt, und in Wirklichkeit war ich nichts anderes als einer der weiteren Schänder Lucies. Ich habe sie ein einziges Mal geliebt, und dann habe ich mich von ihr abgewendet. Ich tat, als brächte ich ihr die Vergebung, und dabei hatte nur sie mir etwas zu vergeben. Sie war verzweifelt und weinte, als ich abreiste, und doch kam sie einige Jahre später hierher zu mir und ließ sich hier nieder. Sie sprach mit mir. Sie wandte sich an mich als an ihren Freund. Sie hatte mir vergeben. Übrigens ist das völlig klar. Es war mir in meinem Leben nicht oft widerfahren, aber dieses Mädchen hat mich geliebt. Ich hielt ihr Leben in meinen Händen. Ihr Glück lag in meiner Gewalt. Und ich floh. Niemand hat sich gegen sie so schwer vergangen wie ich.

Und da fällt mir ein, daß ich die vermeintlichen Aufforderungen Gottes nur als Vorwand verwende, um mich meinen menschlichen Pflichten entziehen zu können. Ich fürchte mich vor Frauen. Ich fürchte mich vor ihrer Wärme. Ich fürchte mich vor ihrer ununterbrochenen Gegenwärtigkeit. Mir graute vor einem Leben mit Lucie, genauso wie es mir graut, wenn ich daran denke, daß ich ganz in die Zweizimmerwohnung der Lehrerin in der Nachbarstadt übersiedeln sollte.

Und warum hatte ich eigentlich vor fünfzehn Jahren freiwillig die Fakultät verlassen? Ich liebte meine Frau nicht, die sechs Jahre älter war als ich. Ich ertrug nicht einmal mehr ihre Stimme, ich ertrug ihr Antlitz nicht, das regelmäßige Ticken der Wanduhr war mir unerträglich. Ich konnte nicht mit ihr leben, aber ich konnte ihr auch durch eine Scheidung nicht weh tun, weil sie gut war und sich mir gegenüber nie etwas hatte zuschulden kommen lassen. Und so vernahm ich plötzlich die erlösende Stimme der erhabenen Aufforderung. Ich hörte Jesus, wie er rief, ich solle meine Netze verlassen.

O Gott, ist das wirklich so? Bin ich wirklich so jämmerlich lächerlich? Sag, daß es nicht so ist! Gib mir Gewißheit! Laß dich vernehmen, Gott, laß dich lauter vernehmen! Ich kann dich ja gar nicht hören in diesem Chaos unklarer Stimmen!

VII

1

Als ich spätabends von Kostka zu mir ins Hotel zurückkehrte, war ich entschlossen, gleich am nächsten Morgen nach Prag abzureisen, weil ich hier überhaupt nichts mehr zu suchen hatte; meine trügerische Mission in der Heimatstadt war beendet. Unglücklicherweise ging aber in meinem Schädel ein so mächtiger Mühlstein herum, daß ich mich bis spät in die Nacht auf meinem Lager (dem knarrenden Lager) herumwälzte und nicht einschlafen konnte; als ich endlich einschlief, schlief ich sehr unruhig, ich erwachte immer wieder, und erst am Morgen fiel ich in einen tieferen Schlaf. So geschah es, daß ich zu spät erwachte, erst gegen neun Uhr, da der Frühautobus und die Züge bereits abgefahren waren und die nächste Verbindung mit Prag sich erst gegen zwei Uhr nachmittags darbot. Als ich mir dessen bewußt wurde, war ich der Verzweiflung nahe: ich fühlte mich hier wie ein Schiffbrüchiger und empfand plötzlich heiße Sehnsucht nach Prag, nach meiner Arbeit, nach dem Schreibtisch in meiner Wohnung, nach den Büchern. Doch es war nichts zu machen; ich mußte die Zähne zusammenbeißen und ins Restaurant hinuntergehen, um zu frühstücken.

Ich trat sehr vorsichtig ein, weil ich Angst hatte, Helena zu begegnen. Aber sie war nicht da (offenbar klapperte sie bereits mit dem Magnetophon über der Schulter das Nachbardorf ab und belästigte die Vorübergehenden mit dem Mikrophon und mit dummen Fragen); dafür war das Restaurant mit anderen Leuten total überfüllt, mit Leuten, die lärmend und rauchend bei ihren Bieren, schwarzen Kaffees, Korns und Kognaks saßen. O weh, ich begriff, daß mir meine Heimatstadt auch diesmal kein anständiges Frühstück bieten würde.

Ich trat auf die Straße; der blaue Himmel, die zerrissenen Wolken, die beginnende Schwüle, der leicht emporwirbelnde Staub, die Straße, die in den flachen, breiten Platz mit dem in den Himmel ragenden Turm (ja, jenem, der einem Soldaten mit Helm ähnelte) mündete, das alles umwehte mich mit der Trauer der Öde. Aus der Ferne drang das schon leicht angetrunkene Gegröle eines trägen mährischen Liedes zu mir (in dem mir Bangigkeit, die Steppe und die Ritte angeworbener Ulanen verwunschen zu sein schienen), und in meinem Sinn tauchte Lucie auf, diese längst vergangene Geschichte, die jetzt während dieses traurigen Liedes meinem Herzen ähnelte und es ansprach, meinem Herzen, durch das so viele Frauen gegangen waren (als gingen sie durch eine Steppe), ohne dort irgend etwas zu hinterlassen, so wie der emporgewirbelte Staub keinerlei Spuren auf dem flachen, breiten Platz hinterließ, wie er sich zwischen den Pflastersteinen niederließ und sich wieder erhob und sich mit einem Windstoß weiterschleppte.

Ich schritt über diese staubigen Pflastersteine und fühlte die belastende Leichtigkeit der Leere, die auf meinem Leben lag: die Göttin des Dunstes hatte mir einst sich selbst genommen, gestern hatte sie meine genau durchdachte Rache zunichte gemacht, und gleich darauf verwandelte sie auch meine Erinnerung an sie in etwas verzweifelt Lächerliches, in eine Art grotesken Irrtums, denn das, was mir Kostka erzählt hatte, sprach dafür, daß ich mich während all dieser Jahre an jemanden anders erinnert hatte als an sie, weil ich eigentlich nie gewußt hatte, wer Lucie ist.

Ich hatte mir immer sehr gerne eingeredet, daß Lucie für mich etwas Abstraktes, eine Legende und ein Mythos sei, aber jetzt begriff ich, daß sich in diesen poetisierenden Termini eine völlig unpoetische Wahrheit verbarg: daß ich sie nicht gekannt hatte; daß ich sie nicht so gekannt hatte, wie sie tatsächlich war, wie sie in sich selbst und für sich war. Ich nahm an ihr (in blindem Egozentrismus) nichts als jene Seiten ihres Wesens wahr, die sich unmittelbar an mich wandten (an meine Verlassenheit, an meine Unfreiheit, an meine Sehnsucht nach Zärtlichkeit und Liebenswürdigkeit); sie war für mich nichts weiter als *eine Funktion meiner eigenen Lebenslage;* alles, wodurch sie diese konkrete Lebenslage überragte, alles, wodurch sie nur sie selbst war, war mir entgangen. Aber wenn sie für mich tatsächlich nur eine Funktion einer Situation war, so war es völlig logisch, daß im Augenblick, da sich die Situation änderte (da eine andere Situation eintrat, da ich selbst älter wurde und mich änderte), auch *meine Lucie* verschwand, denn fortan war sie nur noch das, was mir an ihr entgangen war, was mich nicht betraf, wodurch sie mich überragte. Und deshalb war es auch völlig logisch, daß ich sie nach fünfzehn Jahren gar nicht mehr erkannte. Sie war längst für mich (und ich hatte in ihr nichts anderes gesehen als ein „Wesen für mich") ein anderer und unbekannter Mensch geworden.

Fünfzehn Jahre lang war die Depesche über meine Niederlage hinter mir her gereist, und sie hatte mich erreicht. Der Sonderling Kostka (den ich immer nur halb ernst genommen hatte) bedeutete ihr mehr, hatte mehr für sie getan, kannte sie mehr und liebte sie *besser* (ich will nicht sagen *mehr,* denn die Kraft meiner Liebe war maximal gewesen); sie vertraute ihm alles an — mir nichts; er hatte sie glücklich gemacht — ich unglücklich; er erfuhr ihren Körper — ich nie. Und dennoch, um damals ihren Leib zu erlangen, nach welchem ich mich so verzweifelt sehnte, hatte nur eine einzige und ganz einfache Sache gefehlt: daß ich sie verstand, daß ich wußte, woran ich mit ihr war, daß ich sie nicht nur darum liebte, womit sie sich mir zuwandte, sondern auch darum, was an ihr mich nicht unmittelbar berührte, wodurch sie sie selbst und für sich selbst war. Ich aber vermochte das nicht, und ich tat mir weh und ebenso auch ihr. Eine Welle des Zornes gegen mich selbst, gegen mein damaliges Alter, dieses einfältige *lyrische* Alter, überflutete mich, gegen das Alter, da der Mensch sich selbst ein viel zu großes Rätsel ist, als daß er sich Rätseln zuwenden könnte, die außerhalb seiner selbst liegen, und da für ihn die anderen (auch die am innigsten geliebten) nur bewegliche Spiegel sind, in denen er mit großem Staunen sein eigenes Gefühl sieht, seine eigene Rührung, seinen eigenen Wert. Ja, ich hatte während dieser ganzen fünfzehn Jahre an Lucie nur als an einen Spiegel gedacht, der mein damaliges Bildnis für mich bewahrte!

Ich dachte an das kalte Zimmer mit dem einzigen Bett, in das von außen durch die schmutzige Fensterscheibe das Licht der Straßenlaterne fiel, ich erinnerte mich an Lucies wilden Widerstand. Das alles war wie ein schlechter Scherz: ich hielt sie für eine Jungfrau, und sie widersetzte sich mir gerade deshalb, weil sie *keine* Jungfrau war und wohl vor dem Augenblick Angst hatte, da ich die Wahrheit erkennen würde. Oder gab es für ihren Widerstand noch eine andere Erklärung (die dem Bild entsprach, das sich Kostka von Lucie gemacht hatte): die ersten drastischen sexuellen Erlebnisse verleideten Lucie den Liebesakt und beraubten ihn für sie der Bedeutung, die die Mehrzahl der Menschen ihm beimißt; daß sie den Akt für sie völlig der Zärtlichkeit und des Liebesempfindens entledigt hatten; für dieses mädchenhafte Hürchen war der Körper etwas Widerliches und die Liebe etwas Körperloses; die Seele trat in einen stillen und erbitterten Krieg mit dem Körper.

Diese Deutung (so melodramatisch und dennoch so wahrscheinlich) sprach zu mir abermals über jenen traurigen Zwiespalt (ich selbst kannte ihn in vielen seiner Gestalten so genau) zwischen Seele und Körper und erinnerte mich (weil hier das Traurige und das Lächerliche einander ständig überschrien) an ein Erlebnis, über das ich einst sehr gelacht hatte: Eine gute Bekannte von mir, eine Frau von sehr lockeren Sitten (welchen Umstand ich selbst genügend mißbrauchte), verlobte sich mit einem Physiker und war entschlossen, diesmal endlich *die Liebe* zu erleben; um sie aber als *wahre* Liebe empfinden zu können (verschieden von den Dutzenden Liebesverhältnissen, die sie absolviert hatte), verwehrte sie dem Verlobten bis zur Hochzeitsnacht den körperlichen Kontakt, sie spazierte mit ihm durch abendliche Alleen, tat Händchenhalten, tauschte unter Laternen Küsse mit ihm und ermöglichte es so ihrer Seele, daß sie sich (unbelastet vom Körper) hoch emporschwingen und dem Taumel verfallen konnte. Einen Monat nach der Hochzeit ließ sie sich von ihm scheiden, und sie beschwerte sich bitterlich, daß er ihr großes Gefühl enttäuscht habe, weil er sich als miserabler und fast impotenter Liebhaber erwiesen hatte.

Aus der Ferne tönte noch immer das angetrunkene Gegröle des trägen mährischen Liedes zu mir und vermengte sich mit dem grotesken Beigeschmack der erwähnten Geschichte, mit der staubigen Leere der Stadt und mit meiner Traurigkeit, in die sich nun zum Überfluß aus meinem Inneren auch noch der Hunger meldete. Übrigens war ich ein paar Schritt von der Milchbar entfernt; ich rüttelte an der Tür, doch sie war verschlossen. Irgendein Bürger ging vorbei und sagte: „Ja, heute ist die ganze Milchbar beim Fest." „Beim Ritt der Könige?" „Ja, dort haben sie einen Kiosk."

Ich fluchte, doch ich mußte mich damit abfinden; ich ging in der Richtung weiter, aus der das Lied kam. Zum folkloristischen Fest, dem ich verzweifelt aus dem Weg gegangen war, führte mich nun mein knurrender Magen.

2

Müdigkeit! Vom frühen Morgen an Müdigkeit. Als hätte ich die ganze Nacht durchgebummelt. Aber ich schlief die ganze Nacht. Allerdings, mein Schlaf, das ist nur noch die zentrifugierte Milch eines Schlafes. Ich kämpfte beim Frühstück gegen das Gähnen an. Dann begannen sich allmählich die Leute bei uns einzufinden. Vladimírs Kameraden und etliche Gaffer. Der Bursche von der Genossenschaft führte das Pferd für Vladimír in unseren Hof. Und zwischen alldem tauchte plötzlich Kalášek auf, der Kulturreferent des Bezirksnationalausschusses. Schon seit zwei Jahren führe ich Krieg gegen ihn. Er trug einen schwarzen Anzug, machte eine feierliche Miene und hatte eine elegante Frau an seiner Seite. Eine Redakteurin des Prager Rundfunks. Er sagte, ich müsse mit ihnen kommen. Die Frau wolle Interviews für eine Sendung über den Ritt der Könige aufnehmen.

Laßt mich in Frieden! Ich mag nicht den Hanswurst abgeben. Die Redakteurin zerfloß vor Begeisterung, daß sie mich persönlich kennenlerne, und dem schloß sich natürlich auch Kalášek an. Er meinte, es sei meine politische Pflicht, daß ich mitkäme.

Dieser Gaukler. Am liebsten würde ich es ihnen abschlagen. Ich sagte ihnen, daß mein Sohn heute König ist und daß ich dabeisein wolle, wie er zurechtgemacht wird. Aber Vlasta fiel mir in den Rücken. Das sei ihre Sache, sagte sie, den Sohn zurechtzumachen. Ich möge getrost gehen und dem Rundfunk das Interview geben.

Und so bin ich schließlich schön brav mitgegangen. Die Redakteurin hatte im Lokal des Nationalausschusses Quartier bezogen. Dort hatte sie ein Tonbandgerät und einen jungen Burschen, der es bediente. Sie redete wie ein Wasserfall und lachte fortwährend. Dann hielt sie sich das Mikrophon vor den Mund und stellte Kalášek die erste Frage.

Kalášek hüstelte und legte los. Die Pflege der Volkskunst sei ein untrennbarer Bestandteil der kommunistischen Erziehung. Der Bezirksnationalausschuß begreife das voll und ganz. Deshalb unterstütze er sie voll und ganz. Er wünsche ihnen vollen Erfolg und ganzes Gelingen. Er danke allen, die teilgenommen hätten. Die begeisterten Organisatoren und die begeisterten Schulkinder, die voll und ganz.

Müdigkeit. Müdigkeit. Immer die gleichen Sätze. Fünfzehn Jahre ständig die gleichen Sätze hören. Und sie diesmal von Kalášek hören, der doch auf die Volkskunst pfeift. Die Volkskunst ist für ihn ein Mittel. Ein Mittel, um sich mit einer neuen Aktion brüsten zu können. Die Richtlinien zu erfüllen. Seine Verdienste zu unterstreichen. Er hatte für den Ritt der Könige nicht einmal den kleinen Finger gerührt und knauserte bei uns mit jedem Groschen. Dennoch würde der Ritt der Könige ausgerechnet ihm gutgeschrieben werden. Er ist der Herrscher der Bezirkskultur. Ein ehemaliger Ladenschwengel, der eine Geige nicht von einer Gitarre unterscheiden kann.

Die Redakteurin steckte sich das Mikrophon vor den Mund. Sie fragte, wie ich mit dem diesjährigen Ritt der Könige zufrieden sei. Ich wollte sie auslachen. Der Ritt der Könige hatte doch noch gar nicht begonnen! Aber nun lachte sie mich aus. Ich sei, meinte sie, ein so erfahrener Folklorist, daß ich sicherlich wüßte, wie er gelingen würde. Ja, die, die wissen alles im voraus. Der Ablauf aller künftigen Dinge ist ihnen längst bekannt. Die Zukunft hat sich schon längst ereignet und wird sich für sie nur noch wiederholen.

Ich hatte Lust, ihr alles zu sagen, was ich mir dachte. Daß der Ritt schlechter sein würde als in anderen Jahren. Daß die Volkskunst mit jedem Jahr immer mehr Anhänger verliere. Daß sie auch das Interesse der Institutionen verliere. Daß sie fast nicht mehr lebt. Die Tatsache, daß der Rundfunk ständig sogenannte Volksmusik bringt, kann uns nicht täuschen. Alle diese Volksinstrumentenensembles, alle diese Gruppen für Volkslieder und Volkstänze, das ist vielleicht Oper oder Operette oder Unterhaltungsmusik, aber nicht Volkskunst. Ein Orchester, das sich aus Volksinstrumenten zusammensetzt, mit Dirigenten, Partitur, Notenpulten! Fast eine symphonische Instrumentierung! Welche Entstellung! Das, was Sie an Orchestern und Ensembles kennen, das ist nur die alte romantische Denkart, die sich Volksmelodien ausgeliehen hat. Die wahre Volkskunst lebt nicht mehr, nein, Frau Redakteurin, sie lebt nicht mehr.

Das alles wollte ich einfach ins Mikrophon sagen, aber am Ende sagte ich etwas ganz anderes. Der Ritt der Könige war wunderschön. Diese Kraft der Volkskunst. Diese Fülle an Farben. Wir teilen voll und ganz. Wir danken allen, die sich beteiligt haben. Die begeisterten Organisatoren und die Schulkinder, die voll und ganz.

Ich schämte mich, daß ich so redete, wie sie es wollten. Bin ich so feige? Oder so diszipliniert? Oder so müde?

Ich war froh, als ich mit meinem Gefasel fertig war und rasch verschwinden konnte. Ich freute mich auf zu Hause. Der Hof war voll Schaulustiger und verschiedener Helfer, die das Pferd mit Maschen und Bändern schmückten. Ich wollte Vladimír sehen, wie er seine Vorbereitungen trifft. Ich betrat das Haus, aber die Tür ins Wohnzimmer, in dem er eingekleidet wurde, war verschlossen. Ich klopfte und rief. Von drinnen ließ sich Vlasta vernehmen. Hier hast du nichts zu suchen, hier wird der König eingekleidet. Zum Teufel, sagte ich, weshalb sollte ich da nichts zu suchen haben? Es widerspricht der Tradition, antwortete mir Vlastas Stimme von drinnen. Ich weiß nicht, weshalb es gegen die Tradition sein sollte, daß der Vater anwesend ist, wenn der König eingekleidet wird, aber ich konnte es ihr nicht ausreden. Ich hörte in ihrer Stimme Begeisterung, und das freute mich. Es freute mich, daß sie meine Welt begeisterte. Meine armselige und verwaiste Welt.

So ging ich also in den Hof hinaus und plauderte mit den Leuten, die das Pferd schmückten. Es war ein schweres Zugpferd, geduldig und ruhig, und gehörte der Genossenschaft.

Dann hörte ich den Lärm von Stimmen, die von der Straße durch das geschlossene Tor hereindrangen. Und dann Rufen und Pochen. Meine Stunde war gekommen. Ich war aufgeregt. Ich öffnete das Tor und trat hinaus. Die Reiterei der Könige hatte vor unserem Haus Aufstellung genommen. Die Pferde mit Bändern und Schleifen geschmückt. Auf ihnen Jünglinge in bunten Trachten. Wie vor zwanzig Jahren. Wie vor zwanzig Jahren, als sie hergekommen waren, um mich abzuholen. Als sie meinen Vater baten, ihnen seinen Sohn zum König zu geben.

Ganz vorne, dicht vor unserem Tor, saßen auf Pferden die beiden Pagen, beide in Frauentrachten, mit Säbeln in der Hand. Sie warteten auf Vladimír, um ihn den ganzen Tag zu begleiten und zu bewachen. Auf sie kam nun aus der Schar der Reiter ein junger Mann zugeritten, hielt das Pferd knapp vor mir an und begann mit seinen Versen:

Hylom, hylom, hört ihr Leute.
Lieber Herr Vater, wir kommen zu Euch beritten,
um von Euch Euren Sohn zum König zu erbitten.

Dann gelobte er, daß sie den König gut beschützen werden. Daß sie ihn mitten in das feindliche Heer führen werden. Daß sie ihn nicht in die Hände der Feinde fallen lassen werden. Daß sie bereit sind zu kämpfen. Hylom, hylom.

Ich blickte nach hinten: in der dunklen Einfahrt unseres Hauses saß auf dem geschmückten Pferd bereits eine Gestalt in Frauentracht, mit Puffärmeln, das Gesicht von bunten Bändern verhüllt. Der König. Vladimír. Plötzlich vergaß ich meine Müdigkeit und meinen Ärger, und mir war wohl. Der alte König schickt den jungen König in die Welt hinaus. Ich drehte mich um und ging zu ihm. Ich stand dicht neben dem Pferd und stellte mich auf die Fußspitzen, um mich mit meinen Lippen so nahe wie möglich seinem verhüllten Antlitz zu nähern. „Vladimír, glückliche Reise!" flüsterte ich ihm zu. Er antwortete nicht. Er rührte sich nicht. Und Vlasta sagte lächelnd: „Er darf dir nicht antworten. Er darf bis zum Abend kein Wort sprechen."

3

Es dauerte eine knappe Viertelstunde, und ich befand mich im Dorf (in meiner Jugendzeit war es von der Stadt durch einen Gürtel Felder getrennt, aber heute bildet es mit ihr fast schon ein zusammenhängendes Ganzes); der Gesang, den ich bereits in der Stadt vernommen hatte (dort kam er von fern her und klang wehmütig), tönte nun in voller Stärke, und zwar aus den Lautsprechern, die an den Häusern oder an den Masten der elektrischen Leitung angebracht waren (ich ewig genarrter Tropf: noch vor einer Weile ließ ich mich durch die Beklommenheit und vermeintliche Trunkenheit dieser Stimme traurig stimmen, aber in Wirklichkeit war es nur eine reproduzierte Stimme, die man der Verstärkeranlage im Nationalausschuß und zwei abgespielten Platten verdankte!); ein Stückchen vor dem Dorfplatz war eine Ehrenpforte mit einem großen Papiertransparent errichtet, auf dem in roten Zierbuchstaben geschrieben stand WILLKOMMEN; hier standen die Menschen schon dicht gedrängt, sie trugen größtenteils Zivilkleidung, aber es tauchten unter ihnen hier und dort auch einige alte Männer in Volkstrachten auf: Stiefel, weiße Leinenhosen und gestickte Hemden. Hier verbreiterte sich die Gasse bereits zum Dorfplatz: zwischen der Straße und der Häuserreihe befand sich ein breiter Rasenstreifen mit schütter gepflanzten Bäumen, zwischen denen (für das heutige Fest) einige Kioske aufgestellt worden waren, in denen Bier, Limonade, Erdnüsse, Schokolade, Lebkuchen, Waffeln und Würstchen mit Senf verkauft wurden; einen dieser Kioske hatte auch die Milchbar aus der Stadt als Verkaufsstand inne: hier wurden Milch, Käse, Butter, Milchcocktails, Joghurt und saurer Rahm feilgeboten; Alkohol wurde (außer Bier) bei keinem Stand verkauft, aber dennoch hatte ich den Eindruck, daß die meisten Menschen betrunken waren; sie drängten sich um die Kioske, einer stand dem anderen im Wege, sie lungerten herum; da und dort begann jemand laut zu singen, aber es blieb stets nur ein eitler Stimmaufwand (begleitet von einem betrunkenen Ausstrecken des Armes), zwei drei

Takte eines Liedes, die sogleich im Lärm des Dorfplatzes untergingen, in den sich aus den Lautsprechern unübertönbar die Schallplatte mit dem Volkslied mengte. Auf dem ganzen Platz kugelten bereits (obwohl es noch früh war und der Ritt der Könige sich noch nicht auf den Weg gemacht hatte) Bierbecher aus Wachspapier und Papiertassen mit Senfflecken herum.

Der Kiosk mit der Milch und dem Joghurt verströmte den Geruch von Abstinenz und stieß die Leute ab; als es mir gelungen war, fast ohne Wartezeit zu einem Becher Milch und einem Blätterteigkipfel zu kommen, zog ich mich auf ein relativ wenig bevölkertes Fleckchen zurück, wo niemand mich anrempelte, und trank langsam die Milch. Da ertönte vom anderen Ende des Platzes Lärm: der Ritt der Könige zog auf den Dorfplatz.

Die schwarzen Hütchen mit den Hahnenfedern, die breiten Puffärmel an den weißen Hemden, die blauen Westen mit den roten Wollquasten, die bunten Papierbänder, die von den Pferdeleibern flatterten, erfüllten den weiten Platz, und sogleich mischten sich in das Gemurmel der Menschen und in die Lieder aus den Lautsprechern auch neue Töne: das Wiehern der Pferde und das Rufen der Reiter:

Hylom, hylom, hört ihr Leute,
die ihr gekommen von fern und nah,
was an diesem Pfingstsonntag geschah:
Wir haben einen König, der ist zwar arm,
doch ehrlich und ohne Tadel und Harm,
und dem hat man tausend Fohlen
aus dem leeren Stall gestohlen.

Es entstand ein für Auge und Ohr verworrenes Bild, in dem alles alles überschrie: die Folklore aus dem Lautsprecher und die Folklore an den Pferden; die Buntheit der Trachten und der Pferde und das unschöne Braun und Grau der schlecht genähten Zivilkleider des Publikums; die emsige Spontaneität der trachtentragenden Reiter und die emsige Geschäftigkeit der Veranstalter, die mit roten Armschleifen zwischen den Pferden und den Zuschauern hin und her rannten und das entstehende Chaos halbwegs in den Grenzen einer Ordnung zu halten trachteten, was ganz und gar nicht leicht war, nicht nur wegen der mangelnden Disziplin des (glücklicherweise nicht sehr zahlreichen) Publikums, sondern vor allem deshalb, weil die Straße für den Verkehr nicht gesperrt war; die Veranstalter standen an beiden Enden des berittenen Haufens und bedeuteten durch Zeichen den Autos, ihre Fahrt zu verlangsamen; und so zwängten sich zwischen den Pferden Personenwagen und Lastautos und brüllende Motorräder durch, was die Pferde unruhig und die Reiter unsicher machte.

Ehrlich gesagt, als ich so beharrlich versucht hatte, dieser (oder jedweder anderen) folkloristischen Festivität aus dem Wege zu gehen, hatte ich etwas anderes befürchtet als das, was ich jetzt zu sehen bekam: ich hatte Geschmacklosigkeiten erwartet, ich hatte mit einem stillosen Mischmasch von echter Volkskunst und Kitsch gerechnet, mit Eröffnungsansprachen dummer Redner, ich hatte mit allen möglichen Aktualisierungen gerechnet (ich hätte mich nicht gewundert, wenn die vifen Funktionäre aus dem Ritt der Könige zum Beispiel einen Ritt der Partisanen gemacht hätten), ja, ich hatte mit dem Allerschlimmsten gerechnet, mit bombastischem Kitsch und falschen Tönen, aber ich hatte nicht damit gerechnet, was von allem Anfang an dieses Fest unerbittlich zeichnete, ich hatte nicht mit dieser traurigen, fast rührenden *Armseligkeit* gerechnet; sie haftete hier allem an: den wenigen Kiosken, dem nicht zahlreichen, aber absolut undisziplinierten und unkonzentrierten Publikum, diesem Durcheinander von üblichem Alltagsverkehr und anachronistischem Festzug, den scheuenden Pferden, den brüllenden Lautsprechern, die mit maschineller Beharrlichkeit fortwährend dieselben zwei Volkslieder in die Welt posaunten, so daß sie (gemeinsam mit dem Geknatter der Motorräder) die jugendlichen Reiter übertönten, die mit angeschwollenen Halsschlagadern ihre Verse ausriefen.

Ich warf den Milchbecher fort, und der Ritt der Könige, der sich nun schon zur Genüge dem auf dem Dorfplatz versammelten Publikum vorgestellt hatte, trat seine vielstündige Wanderung durch das Dorf an. Ich kannte das alles gut, war ich doch einst, im letzten Jahr vor Kriegsende, selbst als Page (in eine festliche Frauentracht gekleidet, einen Säbel in der Hand) an der Seite Jaroslavs, der damals König war, mitgeritten. Ich hatte keine Lust, in rührseligen Erinnerungen zu schwelgen, aber (als würde mich die Armseligkeit des Festes entwaffnen) ich wollte mich auch nicht gewaltsam von dem Bild abwenden, das mich nicht berührte; ich folgte also gemächlich der Reiterschar, die nun in die Breite ausschwärmte: in der Mitte der Straße stand eng beisammen eine Gruppe aus drei Reitern: der König, rechts und links von ihm je ein Page mit Säbel und in Frauenkleidern. Um sie herum tummelten sich noch zwanglos einige Reiter aus dem eigentlichen königlichen Gefolge — die sogenannten *Minister*. Der Rest des Haufens teilte sich in zwei selbständige Flügel, die beiderseits der Straße weiterritten; auch hier waren die Aufgaben der Reiter genau vorbestimmt: es gab die *Fahnenträger* (mit einer Fahne, deren Schaft sie in den Stiefel gesteckt hatten, so daß der rote, bestickte Stoff an der Seite des Königs flatterte), es gab die *Ausrufer* (vor jedem Haus verkündeten sie die Botschaft vom König, der zwar arm, doch ohne Tadel und Harm war und dem man „tausend *Flaschen* aus den leeren *Taschen*, dem man dreihundert *Fohlen* aus dem leeren Stall *gestohlen*") und schließlich die *Sammler* (die nur zum Spenden aufriefen: „Für den König, Mütterchen, für den König!", und die ein Weidenkörbchen für die Gaben hinhielten).

4

Ich danke dir, Ludvík, es ist erst acht Tage her, daß ich dich kenne, und ich liebe dich wie nie jemanden zuvor, ich liebe dich und glaube dir, ich denke über nichts nach und glaube, denn selbst wenn mich die Vernunft täuschen sollte, das Gefühl täuschen sollte, die Seele täuschen sollte, der Körper ist nicht tükkisch, der Körper ist ehrlicher als die Seele, und mein Körper weiß, daß er niemals das erlebt hat, was er gestern erlebte, Sinnlichkeit, Zärtlichkeit, Grausamkeit, Wonne, Schläge, mein Körper hat niemals an so etwas Ähnliches gedacht, unsere Körper haben sich gestern verschworen, und unsere Köpfe sollen nun gehorsam mit unseren Körpern gehen, ich kenne dich erst acht Tage, und ich danke dir, Ludvík.

Ich danke dir auch dafür, daß du gekommen bist, als es allerhöchste Zeit war, und daß du mich gerettet hast. Der Tag heute war wunderschön, schon vom Morgen an, der Himmel blau, in mir war es himmelblau, alles glückte mir an diesem Morgen, dann gingen wir zum Haus der Eltern, um eine Aufnahme vom Ritt zu machen, wie man um den König bittet, und dort stand er mir plötzlich gegenüber, ich erschrak, ich wußte nicht, daß er schon hier war, ich hatte nicht erwartet, daß er so früh aus Preßburg kommen würde, und ebenso hatte ich nicht erwartet, daß er so grausam sein würde, stell dir vor, Ludvík, er war so gemein und ist mit ihr gekommen!

Und ich, ich Dumme, hatte bis zum letzten Augenblick geglaubt, daß meine Ehe noch nicht ganz verloren ist, daß sie noch gerettet werden kann, ich Dumme war nahe daran, für diese verpfuschte Ehe sogar dich zu opfern, fast hätte ich mich geweigert, dich hier zu treffen, ich Dumme, wieder ließ ich mich fast von seiner süßlichen Stimme betören, als er mir sagte, daß er mich auf der Heimreise aus Preßburg hier abholen würde, daß er mit mir sehr viel zu sprechen habe, ganz offen und ehrlich zu sprechen, und nun ist er mit ihr gekommen, mit diesem Flittchen, mit diesem Häschen, ein zweiundzwanzigjähriges Mädchen, dreizehn Jahre jünger als ich, es ist so schmachvoll, nur deshalb zu verspielen, weil ich früher geboren wurde, der Mensch könnte vor Hilflosigkeit heulen, aber ich durfte nicht heulen, ich mußte lächeln und ihr artig die Hand reichen, ich danke dir, daß du mir die Kraft gegeben hast, Ludvík.

Als sie sich ein Stückchen entfernte, sagte er, daß wir nun die Möglichkeit hätten, zu dritt über alles offen zu sprechen, so würde das am ehrenhaftesten sein, Ehrenhaftigkeit, Ehrenhaftigkeit, ich kenne diese seine Ehrenhaftigkeit, schon seit zwei Jahren bänkelt er um die Scheidung und weiß, daß er Aug in Aug mit mir nichts erreichen kann, er verläßt sich darauf, daß ich, wenn ich diesem Mädel gegenüberstehe, mich schäme, daß ich es nicht wagen werde, die schmachvolle Rolle der unnachgiebigen Gattin zu spielen, daß ich umfallen, in Tränen ausbrechen und freiwillig auf ihn verzichten werde. Ich hasse ihn, er stößt mir seelenruhig das Messer zwischen die Rippen, gerade während ich arbeite, während ich meine Reportage mache, wenn ich Ruhe brauche, er sollte wenigstens vor meiner Arbeit Achtung haben, er sollte sie ein wenig respektieren, und so ist das stets, schon seit vielen Jahren, ständig werde ich in den Hintergrund gedrängt, ständig bin ich die Verliererin, ständig werde ich erniedrigt, aber jetzt ist der Widerstand in mir erwacht, ich spürte dich und deine Liebe hinter mir stehen, ich spürte dich in mir und an mir, und diese schönen bunten Reiter um mich herum, die schrien und jubelten, es war mir, als verkündeten sie, daß es dich gibt, daß es das Leben gibt, daß es eine Zukunft gibt, und ich verspürte einen Stolz in mir, den ich schon beinahe verloren hatte, dieser Stolz überflutete mich wie ein Hochwasser, es gelang mir, freundlich zu lächeln, und ich sprach zu ihm: Dazu ist es wohl nicht nötig, daß ich mit euch nach Prag fahre, ich werde euch nicht stören, ich habe den Rundfunkwagen da, und was die Aussprache betrifft, um die es dir geht, so läßt sich das sehr rasch erledigen, ich kann dir den Mann vorstellen, mit dem ich leben will, sicherlich werden wir uns alle sehr gut verständigen.

Vielleicht habe ich eine Verrücktheit begangen, aber wenn ich eine begangen habe, meinetwegen, es lohnte sich für diesen Augenblick süßen Stolzes, es stand dafür, er wurde augenblicklich fünfmal so freundlich, offenbar war er froh, aber er fürchtete, daß ich das vielleicht nicht ernst meinte, er ließ es sich von mir wiederholen, ich nannte ihm deinen vollen Namen, Ludvík Jahn, Ludvík Jahn, und ich sagte am Ende ausdrücklich, hab keine Angst, bei meiner Ehre, ich werde unserer Scheidung nicht das geringste mehr in den Weg legen, hab keine Angst, ich will dich nicht mehr, selbst wenn du mich wolltest. Darauf sagte er, wir würden bestimmt gute Freunde bleiben, ich lachte und sagte, ich zweifle nicht daran.

5

Vor vielen Jahren, als ich noch in der Musikkapelle die Klarinette spielte, zerbrach ich mir den Kopf, was der Ritt der Könige eigentlich bedeutete. Als Matthias, der geschlagene König von Ungarn, aus Böhmen nach Ungarn floh, mußte ihn angeblich seine Reiterei hier, in den mährischen Landen, vor den böhmischen Verfolgern verbergen und sich und ihn mit

Bettelei durchbringen. Es hieß, der Ritt der Könige geschehe zum Andenken an dieses historische Ereignis, aber es genügt, nur ein wenig in alten Urkunden nachzuforschen, um festzustellen, daß der Ritt der Könige als Brauch viel älter ist als die geschilderte Episode. Woher kommt er also, und was bedeutet er? Stammt er vielleicht aus der Zeit des Heidentums und ist eine Erinnerung an das Ritual, mit dem die Jünglinge in die Reihen der Männer aufgenommen wurden? Und warum tragen überhaupt König und Pagen Frauenkleider? Ist das ein Abbild dessen, wie einst irgendein Gefolge von Kriegern (ob nun jenes des Matthias oder ein viel älteres) seinen Anführer verkleidet durch das Land der Feinde führte, oder ist es ein Überrest des alten heidnischen Aberglaubens, dem zufolge Verkleidung vor bösen Geistern schützt? Und weshalb darf der König während der ganzen Zeit kein Wort reden? Und weshalb heißt das Ganze Ritt der Könige, da es dabei nur einen einzigen König gibt? Was hat das alles zu bedeuten? Wer weiß es? Es gibt viele Hypothesen, und keine ist belegt. Der Ritt der Könige ist ein geheimnisvoller Brauch; niemand weiß, was er eigentlich bedeutet, was er sagen will, aber so, wie die ägyptischen Hieroglyphen für jene schöner sind, die sie nicht lesen können (und sie nur als phantastische Zeichnungen sehen), ist auch der Ritt der Könige wohl deshalb so schön, weil der Inhalt seiner Botschaft längst verlorengegangen ist und um so mehr Gesten, Farben, Worte in den Vordergrund treten, die auf sich selbst hinweisen, auf ihre eigene Gestalt und Form.

Und so fiel zu meiner Verwunderung das anfängliche Mißtrauen, mit dem ich den chaotischen Ritt der Könige aufbrechen sah, von mir ab, und ich sah plötzlich nur noch die bunte Reiterschar, die langsam von Haus zu Haus zog; übrigens verstummten nun auch die Lautsprecher, die bis vor einer Weile mit ihrer penetranten Sängerstimme die Umgebung eingedeckt hatten, und es war (wenn ich vom zeitweiligen Geknatter der Fahrzeuge absehe, das von meinen Gehöreindrücken zu subtrahieren ich mir schon längst angewöhnt hatte) nur die sonderbare Musik der Ausrufer zu vernehmen.

Ich hatte Lust, stehenzubleiben, die Augen zu schließen und nur zu lauschen: ich wurde mir bewußt, daß ich gerade hier, inmitten eines Dorfes in der Mährischen Slowakei, *Verse* vernahm, Verse im ursprünglichsten Sinn dieses Wortes, wie ich sie nie aus dem Radio, dem Fernsehgerät und auch nicht von einer Bühne hören würde, Verse als feierliches rhythmisches Rufen, als Gebilde aus dem Grenzgebiet zwischen Sprache und Gesang, Verse, die durch das Pathos des Metrums selbst suggestiv ergriffen, wie sie wohl ergriffen haben mochten, als sie noch von den Bühnen der antiken Amphitheater herab ertönten. Es war eine herrliche und *vielstimmige* Musik: jeder der Herolde rief seine Verse monoton auf einem Ton, aber jeder auf einem anderen, so daß sich die Stimmen unwillkürlich zu einem Akkord vereinigten: dabei riefen die Burschen nicht gleichzeitig, jeder von ihnen begann zu einem anderen Zeitpunkt, jeder bei einem anderen Häuschen, so daß die Stimmen aus verschiedenen Richtungen ertönten und in verschiedenen Augenblicken, an einen vielstimmigen Kanon erinnernd; die eine Stimme endete schon, die zweite war noch in der Mitte, und in sie hinein fing bereits, nun aber auf einer anderen Tonhöhe, eine weitere Stimme zu rufen an.

Der Ritt der Könige zog lange durch die Hauptstraße (fortwährend durch den Kraftwagenverkehr gestört), und dann teilte er sich an einer Ecke: der rechte Flügel ritt weiter, der linke bog rechts in ein Gäßchen ein; dort stand gleich an der Ecke ein kleines gelbes Häuschen mit einem Zaun und einem Gärtchen, das voll bunter Blumen war. Der Ausrufer stimmte übermütige Improvisationen an: er rief, daß bei diesem Häuschen schöne *Pumpen* stünden und die Frau, die in dem Haus wohne, als Sohn einen *Lumpen* habe; eine grün gestrichene Pumpe stand tatsächlich vor dem Haus, und eine dicke Vierzigerin, offenbar erfreut ob des Titels, den ihr Sohn erhalten hatte, lachte und reichte dem Sammler auf dem Pferd, der rief: „Für den König, Mütterchen, für den König", einen Geldschein. Der Sammler legte das Geld in das Körbchen, das er am Sattel befestigt hatte, aber da war auch schon der zweite Ausrufer zur Stelle und rief der Vierzigerin zu, sie sei *eine schöne Jungfer, potz Donner und Blitz,* aber noch schöner sei ihr *Sliwowitz,* und er formte die Hände zu einer Tüte, beugte den Kopf zurück und legte sie an die Lippen. Alle rundherum lachten, und die Vierzigerin eilte, verlegen und zufrieden, ins Häuschen; dort stand der Sliwowitz offenbar schon bereit, denn sie kehrte nach einer kurzen Weile mit einer Flasche und einem Becher zurück, den sie vollschenkte und den Reitern reichte.

Während des Königs Reiterei trank und Scherze trieb, stand regungslos und ernst der König mit seinen zwei Pagen ein wenig abseits, wie es wohl tatsächlich das Los der Könige ist, sich in Ernst zu hüllen und einsam und teilnahmslos inmitten des lärmenden Heeres zu stehen. Die Pferde der beiden Pagen standen ganz nahe rechts und links neben dem Pferd des Königs, so daß sich die Stiefel aller drei Reiter fast berührten (die Pferde hatten auf der Brust große Lebzeltherzen voll Verzierungen, Spiegel und farbige Glasuren, auf der Stirn trugen sie Papierrosen, und in ihre Mähnen waren Bänder aus farbigem Kreppapier geflochten). Alle drei schweigenden Reiter trugen Frauenkleider: sie hatten breite Röcke, gestärkte Puffärmel und auf den Köpfen reichverzierte Hauben; nur der König trug statt der Haube ein glitzerndes silbernes Diadem, von dem drei lange und breite Bänder herabhingen, an den Seiten blau, in der Mitte rot, die sein Gesicht völlig verdeckten und ihm ein geheimnisvolles und pathetisches Aussehen verliehen.

Beim Anblick dieser erstarrten Dreiergruppe geriet ich in Verzückung; zwar war ich vor zwanzig Jahren genauso wie sie auf einem geschmückten Pferd gesessen, aber da ich damals den Ritt der Könige *von innen* her gesehen hatte, wußte ich eigentlich gar nichts. Erst jetzt sah ich ihn tatsächlich und vermochte nicht die Augen von ihm loszureißen: der König saß (ein paar Meter von mir entfernt) hochaufgerichtet da und erinnerte an eine bewachte Statue, die in eine Fahne gehüllt ist; und vielleicht, so ging es mir plötzlich durch den Kopf, vielleicht ist das überhaupt kein König, vielleicht ist es eine Königin; vielleicht ist es Königin Lucie, die gekommen ist, um mir in ihrer wahren Gestalt zu erscheinen, weil ihre *wahre* Gestalt eben die *verhüllte* Gestalt war.

Und da kam mir in den Sinn, daß Kostka, der verbissenes Grüblertum mit Schwärmerei in sich vereinigte, ein Sonderling ist, so daß alles, was er erzählt hatte, zwar möglich, aber ungewiß war; er kannte allerdings Lucie, und vielleicht wußte er viel über sie, aber das Wesentliche wußte er dennoch nicht: den Soldaten, der sich in der geliehenen Bergmannswohnung um sie bemüht hatte, den hatte Lucie wirklich geliebt; ich konnte es schwerlich ernst nehmen, daß Lucie die Blumen wegen ihrer latenten religiösen Sehnsüchte gepflückt hatte, da ich mich erinnerte, daß sie es für mich tat; und wenn sie das Kostka verheimlicht hatte und somit auch das ganze zärtliche halbe Jahr unserer Liebe, so bewahrte sie auch ihm gegenüber ein unantastbares Geheimnis, und auch er kannte sie nicht; und dann stand allerdings gar nicht fest, daß sie seinetwegen in diese Stadt gezogen war; vielleicht war sie durch einen Zufall hierhergelangt, aber es war auch durchaus möglich, daß sie meinetwegen kam, wußte sie doch, daß ich hier zu Hause gewesen war! Ich fühlte, daß der Bericht über ihre erstmalige Vergewaltigung stimmte, aber ich begann bereits die Genauigkeit der Einzelheiten anzuzweifeln: die Geschichte wurde zeitweise deutlich vom blutunterlaufenen Blick eines Menschen verfärbt, den die Sünde erregte, und dann nahm sie wieder eine solche blaue Bläue an, deren nur ein Mensch fähig ist, der oft zum Himmel emporblickt; es war klar: In Kostkas Erzählung verband sich Wahrheit mit Dichtung, und es war nur wieder eine neue Legende (die vielleicht der Wahrheit näherkam, vielleicht schöner, vielleicht tiefer), welche die Legende von ehedem verdeckte.

Ich sah den verhüllten König an und sah Lucie, wie sie (unerkannt und unkenntlich) feierlich (und spöttisch) durch mein Leben zog. Dann (irgendeinem inneren Zwang gehorchend) schweifte mein Blick ein wenig seitlich ab, und meine Augen fielen direkt auf einen Mann, der mich offenbar schon seit einer Weile lächelnd betrachtete. Er sagte: „Grüß dich", und wehe, er kam auf mich zu. „Servus", sagte ich. Er hielt mir die Hand hin: ich drückte sie. Dann drehte er sich um und rief dem Mädchen, das ich erst jetzt bemerkte, zu: „Was stehst du da herum? Komm, ich mache euch bekannt." Das Mädchen (hochgewachsen, aber schön, mit schwarzem Haar und schwarzen Augen) kam zu mir und sagte: „Brožová." Sie reichte mir die Hand, und ich sagte: „Jahn. Freut mich." „Menschenskind, ich habe dich seit einer Ewigkeit nicht gesehen", sagte er mit freundschaftlicher Biederkeit; es war Zemánek.

6

Müdigkeit, Müdigkeit. Ich vermochte sie nicht loszuwerden. Die Reiterei war mit dem König auf den Dorfplatz weitergezogen, und ich schlenderte hinter ihr her. Ich holte tief Luft, um die Müdigkeit zu überwinden. Ich blieb ein wenig mit Nachbarn stehen, die aus ihren Häusern getreten waren und zusahen. Ich fühlte plötzlich, daß auch ich bereits ein gesetzter Herr Gevatter Nachbar war. Daß ich nicht mehr an Reisen dachte, nicht mehr an Abenteuer. Daß ich hoffnungslos an die zwei, drei Gassen gekettet war, in denen ich lebte.

Den Dorfplatz erreichte ich erst, als die Reiterei bereits langsam die Hauptstraße dahinzog. Ich wollte ihr folgen, doch da erblickte ich Ludvík. Er stand allein auf dem Rasenstreifen am Straßenrand und betrachtete nachdenklich die Burschen auf den Pferden. Verdammter Ludvík! Er möge sich zum Teufel scheren! Er möge hingehen, wo der Pfeffer wächst! Bisher war er mir ausgewichen, heute würde ich ihm ausweichen. Ich kehrte ihm den Rücken und ging zu einer Bank, die auf dem Platz unter einem Apfelbaum stand. Hier wollte ich mich niedersetzen und zuhören, wie aus der Ferne das Rufen der Reiter zu mir drang.

Und so saß ich da, lauschte und blickte vor mich hin. Die Reiterei der Könige entfernte sich langsam. Sie drängte sich armselig an die beiden Ränder der Straße, auf der ununterbrochen Autos und Motorräder dahinfuhren. Ihr folgte ein Häuflein Menschen. Ein jämmerlich kleines Häuflein. Von Jahr zu Jahr kamen weniger Leute zum Ritt der Könige. Dafür war heuer Ludvík da. Was machte er eigentlich hier? Der Teufel soll dich holen, Ludvík. Nun war es bereits zu spät. Nun war es bereits für alles zu spät. Du bist lediglich als schlechtes Omen gekommen. Als schwarzes Menetekel. Als Schrift an der Wand. Und gerade jetzt, da mein Vladimír König ist.

Ich wandte den Blick ab. Auf dem Dorfplatz standen nur noch ein paar Leute um die Kioske und um den Wirtshauseingang herum. Sie waren fast alle betrunken. Betrunkene sind die getreuesten Anhänger folkloristischer Veranstaltungen. Die letzten Anhänger. Wenigstens einmal haben sie einen edlen Grund zum Trinken.

Dann setzte sich der alte Pecháček zu mir auf die Bank. Er meinte, es sei nicht mehr so wie in alten Zeiten. Ich pflichtete ihm bei. Nein, nicht mehr so. Wie schön mußten diese Ritte vor vielen Jahrzehnten oder Jahrhunderten gewesen sein! Sie waren wohl nicht so bunt wie heute. Heute ist das ein wenig Kitsch und ein wenig Kirchweihmaskerade. Lebzeltherzen an der Brust der Pferde! Tonnen Papierbänder, en gros eingekauft! Früher waren die Trachten ebenfalls bunt, aber schlichter. Die Pferde waren mit einem einzigen roten Tuch geschmückt, das man ihnen unter dem Nacken über die Brust band. Auch der König hatte keine Maske aus farbigen gemusterten Bändern, sondern nur einen einfachen Schleier. Dafür trug er noch eine Rose zwischen den Lippen. Um nicht sprechen zu können. Dem Ritt der Könige haftete damals nichts Zirkushaftes an. Er war balladesk.

Ja, Gevatter, vor Jahrhunderten war das besser. Niemand mußte mühevoll Burschen suchen, damit sie gnädigst einwilligten, am Ritt teilzunehmen. Niemand mußte vorher viele Tage in Sitzungen verbringen und herumstreiten, wer den Ritt organisieren und wem der Erlös zufallen sollte. Der Ritt der Könige entsprang gleich einem Quell dem Innersten des dörflichen Lebens. Und er zog aus dem Dorf in die umliegenden Dörfer und sammelte für seinen maskierten König. Irgendwo in einem fremden Dorf traf er auf einen anderen Ritt der Könige, und ein Kampf entbrannte. Beide Seiten verteidigten erbittert ihren König. Oft blitzten Messer und Säbel, und es floß Blut. Wenn die Reiterei den fremden König gefangennahm, betrank sie sich dann im Wirtshaus auf Kosten seines Vaters bis zur Bewußtlosigkeit.

Jaja, Gevatter, Sie haben schon recht. Das war was anderes, als damals dieser französische Bildhauer dem Ritt der Könige zusah. Rodin hat er geheißen, jaja. Aber was, selbst damals, als ich als König ritt, während der Okkupation, auch damals war das etwas anderes als heute. Und sogar nach dem Krieg taugte das Ganze noch. Wir glaubten, wir würden eine ganz neue Welt schaffen. Und daß die Menschen wie ehedem in ihren volkstümlichen Traditionen leben würden. Daß auch der Ritt der

Könige wieder aus der Tiefe ihres Daseins hervorquellen würde. Bei diesem Hervorquellen wollte ich mithelfen. Wir organisierten begeistert Volksfeste. Aber eine Quelle läßt sich nicht organisieren. Eine Quelle quillt entweder, oder es gibt sie nicht. Sehen Sie, Gevatter, wie wir das nur noch auswringen, unsere Lieder und den Ritt der Könige und überhaupt alles. Es sind nur noch die letzten Tropfen, die allerletzten Tröpfchen.

Ach ja. Der Ritt der Könige war nicht mehr zu sehen. Er war wohl in eine der Seitengassen eingebogen. Aber sein Rufen war zu hören. Dieses Rufen war wunderbar. Ich schloß die Augen und stellte mir ein Weilchen vor, daß ich zu einem anderen Zeitpunkt lebte. In einem anderen Jahrhundert. Vor langer Zeit. Und dann öffnete ich die Augen und sagte mir, daß es gut sei, daß Vladimír König war. Er war der König eines fast toten, aber des allerprächtigsten Reiches. Eines Reiches, dem ich bis an sein Ende treu bleiben werde.

Ich erhob mich von der Bank. Jemand grüßte mich. Es war der alte Koutecký. Ich hatte ihn seit langem nicht gesehen. Er ging mühsam und stützte sich auf einen Stock. Ich hatte ihn nie gemocht, aber plötzlich tat er mir wegen seines Alters leid. „Wohin des Weges?“ fragte ich ihn. Er sagte, er mache jeden Sonntag einen Gesundheitsspaziergang. „Wie hat Ihnen der Ritt gefallen?“ fragte ich ihn. Er winkte ab: „Ich habe nicht einmal hingesehen.“ „Warum?“ fragte ich. Er winkte abermals ärgerlich mit der Hand ab, und in diesem Augenblick war mir klar, warum er nicht hingesehen hatte. Unter den Zuschauern war Ludvík gewesen. Koutecký wollte ihm nicht begegnen, genau wie ich.

„Das wundert mich gar nicht“, sagte ich. „Mein Sohn ist in der Reiterei, und sogar ich habe nicht sehr viel Lust, hinter ihr her zu zotteln.“ „Ihr Sohn? Vladimír?“ „Ja“, sagte ich, „er reitet als König.“ Koutecký sagte: „Das ist interessant.“ „Wahrum sollte das interessant sein?“ fragte ich. „Das ist sehr interessant“, sagte Koutecký, und seine Äuglein begannen zu leuchten. „Warum?“ fragte ich abermals. „Vladimír ist doch mit unserem Miloš fort“, sagte Koutecký. Ich wußte nicht, mit was für einem Miloš. Er erklärte mir, daß das sein Enkel sei, der Sohn seiner Tochter. „Aber das ist doch unmöglich“, sagte ich, „ich habe ihn ja gesehen, vor einer Weile habe ich ihn gesehen, wie er auf dem Pferd aus unserem Hof geritten ist.“ „Ich habe ihn ebenfalls gesehen. Miloš hat ihn mit dem Motorrad von euch abgeholt“, sagte Koutecký. „Das ist Unsinn“, sagte ich, aber gleich darauf fragte ich dennoch: „Wohin sind sie gefahren?“ „Na ja, wenn Sie nichts davon wissen, so will ich es Ihnen nicht erzählen“, sagte Koutecký und verabschiedete sich von mir.

7

Ich hatte ganz und gar nicht damit gerechnet, Zemánek zu begegnen (Helena hatte doch behauptet, er würde sie erst am Nachmittag abholen kommen), und es war mir natürlich äußerst unangenehm, ihn hier zu treffen. Aber da war nichts zu machen, nun stand er hier vor mir und war sich absolut ähnlich: sein gelbes Haar war nach wie vor gleich gelb, auch wenn er es nun nicht mehr in langen Wellen nach hinten kämmte, sondern es kurz geschnitten hatte und es nach der Mode in die Stirn gekämmt trug; er hielt sich nach wie vor gleich aufrecht und drückte den Nacken gleich krampfhaft nach hinten, wodurch der Kopf, der auf ihm ruhte, ständig leicht nach hinten geneigt war; er war nach wie vor gleich jovial und zufrieden, unverletzlich, der Gunst der Engel und eines jungen Mädchens teilhaftig, deren Schönheit mir augenblicklich die peinliche Unzulänglichkeit jenes Körpers in die Erinnerung zurückrief, mit dem ich den gestrigen Nachmittag gefristet hatte.

In der Hoffnung, unsere Begegnung würde so kurz wie möglich sein, bemühte ich mich, die üblichen Konversationsbanalitäten, mit denen er mich überschüttete, mit den üblichen Konversationsbanalitäten zu beantworten; er erklärte abermals, daß wir uns lange nicht gesehen hätten, und wunderte sich, daß wir uns nach einer so langen Zeit ausgerechnet hier träfen, „in diesem Nest, wo die Füchse einander gute Nacht sagen“; ich sagte ihm, daß ich hier zur Welt gekommen sei; er sagte, ich möge ihm verzeihen, in diesem Fall habe hier bestimmt nie ein Fuchs einem anderen gute Nacht gesagt; Fräulein Brožová lachte auf; ich reagierte auf den Witz nicht und sagte, ich wundere mich nicht, daß ich ihm hier begegne, weil er, wenn ich mich recht erinnere, ja immer ein Liebhaber der Folklore gewesen sei; Fräulein Brožová lachte abermals auf und sagte, wegen des Rittes der Könige seien sie nicht gekommen; ich fragte sie, ob ihr der Ritt der Könige denn nicht gefallen habe; sie sagte, sie interessiere so was nicht; ich fragte sie, weshalb; sie zuckte mit den Achseln, und Zemánek sagte: „Lieber Ludvík, die Zeiten haben sich geändert."

Der Ritt der Könige war inzwischen wieder ein Haus weitergezogen, und zwei Reitern machten die Pferde zu schaffen, die unruhig und kollerig zu werden begannen. Ein Reiter schrie auf den anderen ein, beschuldigte ihn, das Pferd mangelhaft zu beherrschen, und Rufe wie „Du Rindvieh!", „Trottel!" mischten sich recht lächerlich in das Ritual des Festes. Fräulein Brožová sagte: „Es wäre herrlich, wenn sie scheuen würden!" Zemánek lachte dazu vergnügt, doch den Reitern gelang es nach einer Weile, die Pferde zu beschwichtigen, und das Hylom hylom tönte wieder ruhig und erhaben durch das Dorf.

Wir folgten der schallend rufenden Reiterei gemächlich durch eine Nebengasse des Dorfes, die von kleinen Gärten voller Blumen gesäumt war, und ich suchte vergeblich irgendeinen natürlichen und nicht gewaltsamen Vorwand, um mich von Zemánek verabschieden zu können; ich mußte devot an der Seite seines schönen Fräuleins weitergehen und den schleppenden Austausch unserer Konversationsfloskeln fortsetzen; ich erfuhr, daß in Preßburg, wo meine Begleiter noch heute früh gewesen waren, genauso schönes Wetter sei wie hier; ich erfuhr, daß Zemánek mit dem Wagen gekommen war und daß sie gleich hinter Preßburg die Kerzen hatten wechseln müssen; dann erfuhr ich auch, daß Fräulein Brožová Zemáneks Hörerin war. Ich wußte von Helena, daß Zemánek auf der Hochschule Marx-Leninismus las, aber dennoch fragte ich ihn nun, was er eigentlich unterrichte. Er antwortete, er lese *Philosophie* (die Art, wie er sein Fach bezeichnete, schien mir kennzeichnend: noch vor wenigen Jahren hätte er gesagt, er lese *Marxismus*, aber in den letzten Jahren war die Beliebtheit dieses Faches derart gesunken, besonders bei der Jugend, daß Zemánek, für den die Frage der Beliebtheit stets die wichtigste gewesen war, den Marxismus schamhaft hinter einem allgemeineren Begriff versteckte). Ich tat erstaunt und meinte, daß Zemánek doch, wie ich mich genau erinnere, Biologie studiert habe; auch in dieser meiner Bemerkung steckte eine Bosheit, die auf den häufigen Dilettantismus der Hochschullehrer für Marxismus anspielte, die zu ihrem Fach nicht etwa dank wissenschaftlichen Bemühens gelangten, sondern allein als Propagandisten der staatlichen Ordnung. In diesem Augenblick mischte sich Fräulein Brožová in das Gespräch und erklärte, die Lehrer für Marxismus hätten statt des Hirnes eine politische Broschüre im Kopf, aber Pavel sei ganz anders. Zemánek kamen die Worte des Fräuleins gelegen; er protestierte sanft, wodurch er seine Bescheidenheit offenbarte, und gleichzeitig provozierte er das Fräulein zu weiteren Lobreden. So erfuhr ich nach und nach, daß Zemánek zu den beliebtesten Lehrern der Schule gehörte, daß ihn die Hörer gerade aus jenen Gründen vergötterten, aus denen ihn die Schulleitung nicht mochte: weil er immer das sage, was er sich denke, weil er mutig sei und auf der Seite der Jugend stehe. Zemánek protestierte auch diesmal schüchtern, und so erfuhr ich von Fräulein Brožová weitere Einzelheiten über verschiedene Konflikte, die Zemánek in den letzten Jahren gehabt hatte: wie man ihn sogar von seinem Posten fortjagen wollte, weil er sich bei seinen Vorlesungen nicht an die erstarrten und veralteten Statuten hielt und die Jugend mit allem bekannt machen wollte, was in der modernen Philosophie los war (deswegen soll von ihm behauptet worden sein, daß er eine „feindliche Ideologie" bei uns einschmuggeln wolle); wie er einen Hörer gerettet hatte, den man wegen irgendeines Bubenstreiches von der Schule ausschließen wollte (ein Streit mit einem Polizisten), was angeblich der Rektor der Schule (Zemáneks Feind) als ein *politisches* Vergehen des Studenten qualifizierte; wie dann die Hörerinnen der Fakultät eine geheime Abstimmung zwecks Wahl des beliebtesten Pädagogen der Hochschule abgehalten hatten und wie er gesiegt hatte. Zemánek protestierte nicht einmal mehr gegen diese Flut des Lobes, und ich sagte (mit ironischem, aber leider kaum verständlichem Doppelsinn), daß ich Fräulein Brožová verstehe, weil, soweit ich mich erinnere, auch während meiner Studienzeit Zemánek sehr beliebt und populär gewesen sei. Fräulein Brožová pflichtete mir mit Feuereifer bei: das wundere sie gar nicht, denn Pavel verstehe fabelhaft zu reden und vermöge jeden Widersacher in einer Debatte zu zermalmen. „Darum geht es nicht“, sagte nun Zemánek, „aber wenn ich sie in Debatten zermalme, können sie mich ihrerseits mit anderen und viel wirkungsvolleren Mitteln zermalmen, als es Debatten sind.“

In der sicheren Selbstgefälligkeit des letzten Satzes erkannte ich Zemánek als jenen wieder, den ich einst gekannt hatte: doch ob des *Inhaltes* dieser Worte war ich entsetzt: Zemánek hatte offenbar radikal seinen früheren Ansichten und Einstellungen den Rücken gekehrt, und wenn ich heute in seiner Nähe lebte, stünde ich in den Konflikten, die er durchmachte, auf seiner Seite, ob ich wollte oder nicht. Und gerade das war schrecklich, gerade darauf war ich überhaupt nicht vorbereitet gewesen, hatte nicht damit gerechnet, obwohl eine solche Änderung der Einstellung nichts Wundersames war, im Gegenteil, sie war üblich, viele und viele hatten sie durchgemacht, und langsam machte sie wohl auch die ganze Gesellschaft durch. Aber gerade bei Zemánek hatte ich diese Wandlung nicht angenommen; er war in meinem Gedächtnis in jener Zeit versteinert, da ich ihn zum letzten Male gesehen hatte, und ich bestritt nun verbissen sein Recht darauf, anders zu sein als so, wie ich ihn kannte.

Manche Menschen erklären, sie liebten die Menschheit, und andere halten ihnen mit Recht entgegen, daß man nur im Singular lieben könne, also nur einzelne Menschen; ich stimme damit überein und füge noch hinzu, daß, was für die Liebe gilt, auch für den Haß gilt. Der Mensch, dieses nach Gleichgewicht lechzende Wesen, gleicht die Last des Bösen, die seinem Rücken aufgebürdet wurde, durch die Last seines Hasses aus. Aber man versuche doch einmal, den Haß auf ein bloßes Abstraktum von Prinzipien zu richten, auf Ungerechtigkeit, Fanatismus, Grausamkeit, oder: wenn man dahin gelangt ist, daß das menschliche Prinzip an sich hassenswert ist, versuche man doch die Menschheit zu hassen! Solche Haßgefühle sind viel zu übermenschlich, und so konzentriert sie der Mensch, der seinem Zorn Luft machen will (und sich seiner beschränkten Kräfte bewußt ist) am Ende immer nur gegen einen einzelnen.

Und deshalb war ich entsetzt. Plötzlich sagte ich mir, daß sich nun Zemánek in jedem künftigen Augenblick auf seine

Wandlung (die er mir übrigens fast verdächtig rasch demonstriert hatte) berufen und mich im Namen dieser Wandlung um Vergebung bitten könnte. Das kam mir entsetzlich vor. Was würde ich ihm sagen? Was ihm antworten? Wie ihm erklären, daß ich mich nicht mit ihm versöhnen konnte? Wie sollte ich ihm erklären, daß ich dadurch mit einem Schlag das innere Gleichgewicht verlöre? Wie sollte ich ihm erklären, daß dadurch ein Arm meiner inneren Waage mit einem Male in die Höhe schnellen müßte? Wie würde ich ihm erklären, daß ich durch den Haß gegen ihn die Last des Bösen ausglich, die auf meine Jugend, auf mein Leben niedergestürzt war? Wie ihm erklären, daß ich gerade in ihm die Verkörperung alles Bösen meines Lebens erblickte? Wie ihm erklären, daß ich es *nötig habe*, ihn zu hassen?

8

Die Leiber der Pferde füllten die schmale Gasse aus. Ich sah den König aus einigen Metern Entfernung. Er saß ein wenig abseits von den übrigen auf seinem Pferd. An seiner Seite zwei andere Pferde mit zwei anderen Burschen, seinen Pagen. Ich war verwirrt. Er hatte den Rücken leicht gekrümmt, wie Vladimír. Er saß ruhig auf dem Pferd, wie uninteressiert. War er es? Vielleicht. Aber genauso konnte es jemand anders sein.

Ich drängte mich weiter vor. Ich mußte ihn doch erkennen. Seine Körperhaltung, jede seiner Gesten waren doch meiner Erinnerung eingeprägt! Ich liebte ihn ja, und die Liebe hat doch ihren Instinkt!

Nun stand ich dicht bei ihm. Ich hätte ihn ansprechen können. Das wäre so einfach gewesen. Aber überflüssig. Der König durfte kein Wort reden.

Dann zog die Reiterei wieder ein Haus weiter. Jetzt würde ich ihn erkennen! Der Schritt des Pferdes mußte ihn zu einer Bewegung zwingen, durch die er sich verraten würde. Als sich das Pferd in Bewegung setzte, richtete sich der König tatsächlich ein wenig auf, aber das verriet mir ganz und gar nicht, wer sich hinter dem Schleier verbarg. Die grellbunten Schleifen vor seinem Gesicht waren hoffnungslos undurchsichtig.

9

Der Ritt der Könige hatte sich abermals ein paar Häuser weiterbegeben, wir und ein Häuflein anderer Neugieriger folgten ihm, und unsere Konversation sprang auf ein anderes Thema über.

Fräulein Brožová kam nun von Zemánek auf sich selbst zu sprechen und erzählte recht ausführlich, wie gerne sie per Autostopp reise. Sie sprach darüber mit so großem Nachdruck (einem recht affektierten), daß mir sogleich klar war, daß sie ihre *Generationsmanifestation* vollführte; jede Generation hat nämlich eine Garnitur an Leidenschaften, Lieben und Interessen, die sie mit einer bestimmten Verbissenheit bekennt, um sich von den älteren Leuten zu unterscheiden und sich in ihrer generationsbedingten Eigenständigkeit zu bekräftigen. Die Unterwerfung unter eine solche Generationsmentalität (diesen Herdenstolz) war mir stets widerlich gewesen. Als Fräulein Brožová ihre provokative Betrachtung entwickelte (ich bekam sie von ihren Zeitgenossen schon etwa zum fünfzigsten Male vorgesetzt), daß die Menschheit aus solchen Menschen bestehe, die anhalten, wenn sie einen Autostopper sehen (freisinnige, abenteuerlustige, menschliche Menschen), und aus jenen, die nicht anhalten (Spießer, sozialistische Kleinbürger, unmenschliche Menschen), nannte ich sie im Scherz eine „Dogmatikerin des Autostopps". Sie antwortete mir scharf, sie sei keine Dogmatikerin, auch keine Revisionistin, Sektiererin, auch keine Abweichlerin, sie sei weder klassenbewußt noch nicht klassenbewußt, daß das alles Worte seien, die wir uns ausgedacht hätten, die uns angehörten und *ihnen* fremd wären.

„Ja", sagte Zemánek, „sie sind anders. *Zum Glück*, sie sind anders. Auch ihr Vokabularium ist zum Glück anders. Weder unsere Erfolge noch unsere Schuldhaftigkeit interessiert sie. Du wirst es kaum glauben, aber bei den Aufnahmeprüfungen auf die Hochschule wissen diese jungen Menschen nicht einmal mehr, was die Prozesse gewesen sind. Stalin ist für sie ein Name, und Bucharin, Kameniew, Rajk sind für sie nicht einmal mehr Namen. Stell dir vor, daß die Mehrzahl von ihnen nicht einmal mehr wußte, wer Clementis gewesen ist."

„Ja, aber gerade das scheint mir schrecklich zu sein", sagte ich.

„Es spricht nicht für ihr Bildungsniveau. Aber darin liegt für sie eine Erlösung. Sie haben unsere Welt nicht in ihr Bewußtsein eingelassen. Sie haben sie mit allem, was zu ihr gehört, abgelehnt."

„Blindheit hat Blindheit abgelöst."

„Das möchte ich nicht so sagen. Sie imponieren mir nämlich. Ich mag sie gerade deshalb, weil sie vollkommen anders sind. Sie lieben ihre Körper. Wir haben sie geringgeschätzt. Sie reisen gerne. Wir hockten auf einem Fleck. Sie lieben das Abenteuer. Wir haben das Leben in Sitzungen verhockt. Sie lieben Jazz. Wir haben erbärmlich schlecht die Folklore imitiert. Sie widmen sich egoistisch sich selbst. Wir haben die Welt erlösen wollen. In Wirklichkeit haben wir mit unserem Messianismus die Welt fast vernichtet. Sie werden sie mit ihrem Egoismus vielleicht retten."

10

Wie ist das möglich? Der König! Die hochaufgerichtete Gestalt auf dem Pferd, in bunte Farben gehüllt! Wie oft habe ich ihn gesehen, und wie oft habe ich mir ihn vorgestellt! Die vertrauteste Vorstellung, die es für mich gibt! Und jetzt ist sie Wirklichkeit geworden, und alle Vertrautheit ist dahin. Es ist plötzlich nur eine farbige Larve, und ich weiß nicht, was hinter ihr steckt. Aber was ist dann vertrauenswürdig in dieser wirklichen Welt, wenn nicht mein König?

Mein Sohn. Der Mensch, der mir am nächsten steht. Ich stehe vor ihm und weiß nicht, ob er es ist oder nicht. Was weiß ich also, wenn ich nicht einmal das weiß? Was für Sicherheiten habe ich auf dieser Welt, wenn nicht einmal das meine Sicherheit ist?

11

Während Zemánek sich dem Lobgesang auf die junge Generation hingab, betrachtete ich Fräulein Brožová und stellte bekümmert fest, daß sie ein hübsches und sympathisches Mädchen war, und ich fühlte Neid und Bedauern, weil sie nicht mir gehörte. Sie ging neben Zemánek, sie war gesprächig, sie ergriff jeden Augenblick seinen Arm, wandte sich vertraulich an ihn, und ich wurde mir bewußt (wie ich mir dessen mit jedem Jahr öfter bewußt werde), daß ich seit Lucies Zeiten kein Mädchen gehabt hatte, das ich geliebt und das ich geachtet hätte. Das Leben spottete meiner, da es mir die Erinnerung an den Mißerfolg meines Daseins gerade in der Gestalt der Geliebten dieses Mannes präsentierte, den ich tags zuvor in einer grotesken Sexualschlacht vermeintlich bezwungen hatte.

Je mehr mir Fräulein Brožová gefiel, desto deutlicher wurde mir klar, wie völlig sie der Denkart ihrer Altersgenossen angehörte, für die wir und meine Generation zu einer homogenen Masse verschmelzen und für die wir alle durch einen gleich unverständlichen Jargon, durch das gleiche überpolitisierte Denken, durch die gleichen Ängste (die sich als Feigheit oder Angst offenbaren), durch die gleichen seltsamen Erlebnisse aus irgendeiner schwarzen und ihnen bereits sehr fernen Zeit deformiert sind. Es lohnte sich für sie nicht einmal mehr, zu unterscheiden, wer von uns dieser Zeit noch mehr Lasten aufgebürdet hatte und wer von uns bemüht gewesen war, diese Bürde mit seinen eigenen Schultern fortzuwälzen. Das war für sie nicht interessant, weil die Geschichte sie heute bereits ohne uns fortwälzt sicher ist es nur ein Trug, daß das ohne uns geschieht, aber was liegt daran, ob mit oder ohne uns, da sie sie sicherlich nicht *für* uns, sondern nur für sich selbst fortwälzt).

In diesem Augenblick begriff ich schlagartig, daß die Ähnlichkeit zwischen mir und Zemánek nicht nur darauf beruhte, daß Zemánek sich in seinen Ansichten gewandelt hatte und mir dadurch nähergekommen war, sondern daß diese Ähnlichkeit tiefer war und unsere *gesamten* Schicksale berührte: der

Anblick Fräulein Brožovás und ihrer Zeitgenossen machte uns selbst dort ähnlich, wo wir erbittert gegeneinander standen. Ich fühlte plötzlich, daß, wenn ich gezwungen würde (und ich würde mich dagegen wehren!), vor Fräulein Brožová die Geschichte meines Parteiausschlusses zu erzählen, sie ihr fern und viel zu *literarisch* vorkommen würde (ach ja, ein so oft in so vielen schlechten Romanen beschriebenes Thema!), und in dieser Geschichte wären wir beide, Zemánek wie auch ich, ihr gleich widerlich, meine und seine Gesinnung, seine und meine Haltung (beide gleich pathetisch, beide gleich entartet). Ich sah, wie sich über unserem Streitfall, den ich als stets gegenwärtig und lebendig empfand, die versöhnenden Wogen der Zeit schlossen, die, wie bekannt, die Unterschiede zwischen ganzen Epochen zu tilgen vermögen, geschweige denn zwischen zwei armseligen Einzelwesen. Aber ich wehrte mich mit Händen und Füßen dagegen, den Vorschlag auf Versöhnung anzunehmen, den die Zeit selbst machte; ich lebte doch nicht in der Ewigkeit, ich war in den bloßen siebenunddreißig Jahren meines Daseins verankert und wollte mich von ihnen nicht loslösen (wie sich Zemánek von ihnen losgelöst hatte, als er sich so rasch der Mentalität der Jüngeren unterwarf), nein, ich wollte nicht aus der Hülle meines Schicksals schlüpfen, ich wollte mich nicht von meinen siebenunddreißig Jahren losketten, auch wenn sie einen so völlig unbedeutenden und flüchtigen Zeitabschnitt darstellten, einen schon jetzt in Vergessenheit geratenden, schon jetzt vergessenen.

Und wenn sich Zemánek vertraulich zu mir neigen sollte und darüber zu sprechen begänne, was gewesen war, und eine Versöhnung verlangte, ich würde diese Versöhnung zurückweisen; ja, ich werde diese Versöhnung zurückweisen, selbst wenn Fräulein Brožová und alle ihre Zeitgenossen und die Zeit selbst als Fürsprecher auf den Plan treten sollten.

12

Müdigkeit. Plötzlich hatte ich Lust, alles mit einer Handbewegung abzutun. Wegzugehen und mich um nichts mehr zu kümmern. Ich mag nicht mehr in dieser Welt der materiellen Dinge sein, die ich nicht verstehe und die mich täuschen. Es existiert noch eine andere Welt. Eine Welt, in der ich zu Hause bin und in der ich mich auskenne. Dort gibt es den Weg, den wilden Rosenbusch, den Deserteur, den musizierenden Vagabunden und die Mutter.

Dann überwand ich mich doch. Ich muß. Ich muß meinen Streit mit der Welt der materiellen Dinge zu Ende führen. Ich muß auf den Grund aller Irrtümer und Täuschungen blicken.

Soll ich jemanden fragen? Die Burschen aus dem Reiterzug? Soll ich mich von allen auslachen lassen? Ich mußte an den heutigen Morgen denken. Das Einkleiden des Königs. Und plötzlich wußte ich, wohin ich gehen mußte.

13

Wir haben einen König, der ist zwar arm, doch ehrlich und ohne Makel und Harm, riefen die Reiter schon wieder ein paar Häuschen weiter, und wir folgten ihnen. Die reich mit Bändern verzierten Kruppen der Pferde, blaue, rosarote, grüne und lila Kruppen, hüpften vor uns auf und ab, und Zemánek deutete plötzlich in ihre Richtung und sagte mir: „Dort ist Helena." Ich blickte dorthin, aber ich sah noch immer nur die bunten Pferdeleiber. Zemánek zeigte abermals hin: „Dort!" Ich erblickte sie, von einem Pferd halb verdeckt, und da spürte ich, wie ich errötete: die Art, wie Zemánek sie mir zeigte (er sagte nicht „meine Frau", sondern „Helena"), sprach dafür, daß er wußte, daß ich sie kannte.

Helena stand am Gehsteigrand und hielt das Mikrophon in der ausgestreckten Hand; vom Mikrophon führte eine Schnur zum Magnetophon, das ein junger Bursche in Ledersakko und Blue jeans und mit Kopfhörern auf den Ohren auf der Schulter trug. Wir blieben unweit von ihnen stehen. Zemánek sagte (völlig unvermittelt und beiläufig), daß Helena eine vortreffliche Frau sei, daß sie nicht nur noch immer fabelhaft aussehe, sondern daß sie auch ungemein fähig sei und daß er sich überhaupt nicht wundere, daß ich mich mit ihr verstehe.

Ich spürte, wie meine Wangen heiß wurden: Zemánek hatte seine Bemerkung nicht aggressiv gesagt, im Gegenteil, er machte sie in einem sehr freundlichen Ton, und über das Wesen der Situation ließ mich auch der Blick Fräulein Brožovás nicht im Zweifel, die mich bedeutungsvoll und lächelnd ansah, als wollte sie mich mit aller Gewalt wissen lassen, daß sie informiert sei und mit mir sympathisiere, ja geradezu meine Verbündete sei.

Zemánek fuhr inzwischen in den lässigen Bemerkungen über seine Gattin fort und bemühte sich, mir kundzutun (über Umwege und Andeutungen), daß er alles wisse, daß er alles in Ordnung finde, weil er Helenas Privatleben ganz und gar liberal gegenüberstehe; um seinen Worten sorglose Leichtigkeit zu verleihen, deutete er auf den Jüngling, der das Magnetophon trug, und sagte, daß dieser Bursche (der mit den Hörern auf den Ohren wie ein großer Käfer aussähe) schon seit zwei Jahren in Helena gefährlich verliebt sei und daß ich vor ihm auf der Hut sein solle. Fräulein Brožová fragte lachend, wie alt er vor zwei Jahren gewesen sei. Zemánek sagte, er sei siebzehn gewesen, und das sei ein ausreichendes Alter, um sich zu verlieben. Dann erklärte er scherzend, daß Helena allerdings für Grünschnäbel nichts übrig habe und daß sie überhaupt eine tugendhafte Frau sei, aber je erfolgloser so ein Bursche ist, desto stürmischer wird er, und sicherlich müsse man mit ihm rechnen. Fräulein Brožová warf (im Sinne der belanglosen Witzelei) ein, ich würde mit diesem Burschen wohl fertig werden.

„Ich weiß nicht, ich weißt nicht", sagte Zemánek und lächelte.

„Du darfst nicht vergessen, daß ich in den Kohlengruben gearbeitet habe. Seit damals habe ich Muskeln", sagte ich, weil auch ich etwas Belangloses einwerfen wollte und mir nicht bewußt wurde, daß ich mit dieser Bemerkung das Scherzhafte unserer Konversation überspannte.

„Sie haben in den Kohlengruben gearbeitet?" fragte Fräulein Brožová.

„Diese zwanzigjährigen Burschen", hielt Zemánek verbissen an seinem Thema fest, „wenn sie sich mit ihresgleichen zusammenrotten, sind sie wirklich gefährlich und können einen Menschen, der ihnen nicht paßt, schön zurichten."

„Wie lange denn?" fragte Fräulein Brožová.

„Fünf Jahre“, sagte ich.

„Wann?“

„Noch vor neun Jahren.“

„Das ist schon lange her, da sind Ihre Muskeln inzwischen sicherlich wieder schlaff geworden“, sagte sie, weil sie rasch auch einen eigenen Scherz zu dem freundschaftlichen Wortgeplänkel beitragen wollte. Ich aber, ich dachte in diesem Augenblick tatsächlich an meine Muskeln und daran, daß sie überhaupt nicht schlaff geworden waren, daß ich im Gegenteil nach wie vor eine ausgezeichnete Kondition hatte und daß ich den blonden Mann da, mit dem ich gerade plauderte, nach allen erdenklichen Arten vermöbeln könnte — und was das wichtigste und traurigste war: daß ich nichts hatte als diese Muskeln, wenn ich die alte Schuld mit ihm begleichen wollte.

Abermals stellte ich mir vor, daß sich Zemánek jovial und lächelnd an mich wandte und mich ersuchte, alles zu vergessen, was zwischen uns gewesen war, und es war mir, als wäre mir der Rückzug abgeschnitten: Zemáneks Ersuchen um Vergebung wurde nämlich nicht nur durch seinen Gesinnungswandel unterstützt, nicht nur durch die Zeit und deren Vogelperspektive, nicht nur durch Fräulein Brožová und deren Zeitgenossen, sondern auch durch Helena (ja, alle standen nun auf seiner Seite und gegen mich!), denn da mir Zemánek meine ehebrecherische Beziehung vergab, bestach er mich, damit ich ihm vergäbe.

Als ich (in meiner Vorstellung) dieses sein Erpressergesicht sah, das sich seiner großen Verbündeten sicher war, packte mich ein derartiges Verlangen, ihn zu schlagen, daß ich tatsächlich sah, wie ich ihn schlug. Um uns herum tummelten sich die rufenden Reiter, die Sonne war herrlich golden, Fräulein Brožová erzählte irgend etwas, und vor meinen wütenden Augen stand das Blut, das über sein Gesicht rann.

Ja, das war in meiner Vorstellung; aber was würde ich in Wirklichkeit tun, wenn er mich ersuchte, ich möge ihm verzeihen?

Mit Entsetzen wurde mir klar, daß ich nichts tun würde.

Inzwischen waren wir bei Helena und ihrem Techniker angelangt, der sich gerade die Kopfhörer von den Ohren nahm. „Ihr habt bereits Bekanntschaft geschlossen?“ fragte Helena mit verwunderter Miene, als sie mich mit Zemánek sah.

„Wir kennen uns schon sehr lange", sagte Zemánek.
„Wieso denn?" wunderte sie sich.
„Wir kennen uns von unserer Studentenzeit her, wir studierten an der gleichen Fakultät", sagte Zemánek, und mir schien es, als wäre das nur noch einer der allerletzten Stege, über den er mich an jenen schmählichen Ort führte (einer Hinrichtungsstätte ähnlich), wo er mich um Verzeihung bitten würde.
„Mein Gott, so ein Zufall", sagte Helena.
„So ist das nun einmal auf der Welt", sagte der Techniker, um kundzutun, daß er ebenfalls auf der Welt war.
„Euch beide habe ich noch nicht bekannt gemacht", meinte nun Helena und sagte zu mir: „Das ist Jindra. Jindra Kadlečka."
Ich reichte Jindra (einem unscheinbaren sommersprossigen Knaben) die Hand, und Zemánek sprach zu Helena: „Fräulein Brožová und ich, wir haben uns gedacht, daß wir dich mitnehmen, aber ich verstehe jetzt sehr gut, daß dir das ungelegen käme, daß du mit Ludvík zurückfahren willst..."
„Sie fahren mit uns?" fragte mich nun der Bursche in den Blue jeans, und es kam mir tatsächlich vor, als fragte er das nicht gerade freundschaftlich.
„Hast du dein Auto da?" fragte mich Zemánek.
„Ich habe kein Auto", antwortete ich.
„Dann fährst du mit den beiden, da hast du es bequem und bist in allerbester Gesellschaft", sagte er.
„Aber ich mach' hundertdreißig Sachen! Hoffentlich kriegen Sie keine Angst", sagte der Bursche in den Blue jeans.
„Jindra!" wies ihn Helena zurecht.
„Du kannst natürlich mit uns fahren", sagte Zemánek, „aber ich nehme an, daß du die neue Freundin dem alten Freund vorziehen wirst." Er nannte mich jovial und so ganz nebenbei *Freund*, und ich war überzeugt, daß die schmähliche Versöhnung nur noch ein kleines Stückchen von uns entfernt war; übrigens verstummte Zemánek nun für ein Weilchen, als würde er zaudern, und ich hatte das Gefühl, daß er mich im nächsten Augenblick beiseite nehmen würde, um mit mir unter vier Augen zu sprechen (ich senkte den Kopf, als legte ich ihn unter das Fallbeil), aber ich irrte mich: Zemánek blickte auf die Uhr und sagte: „Eigentlich haben wir nicht mehr viel Zeit, weil

wir vor fünf in Prag sein wollen. Na, macht nichts, wir müssen uns verabschieden. Pa, Helena." Er reichte Helena die Hand, dann sagte er noch mir und dem Techniker Pa und reichte uns allen die Hand. Auch Fräulein Brožová reichte uns allen die Hand, hakte sich bei Zemánek ein, und die beiden gingen.

Sie gingen. Ich vermochte meinen Blick nicht von ihnen loszureißen: Zemánek ging aufrecht, mit stolz (siegreich) erhobenem blondem Kopf, und die Dunkelhaarige schwebte neben ihm einher; sie war auch von hinten schön, sie hatte einen leichten Gang, sie gefiel mir; sie gefiel mir fast schmerzlich, weil ihre sich entfernende Schönheit mir gegenüber eisig *gleichgültig* war, genauso wie Zemánek (seine Herzlichkeit, Beredsamkeit, seine Erinnerung und sein Gewissen) mir gegenüber gleichgültig war, genau wie meine ganze Vergangenheit mir gegenüber gleichgültig war, mit der ich hier in meiner Heimatstadt ein Stelldichein vereinbart hatte, um mich an ihr zu rächen, die jedoch hier achtlos an mir vorübergegangen war, als kennte sie mich nicht.

Ich erstickte fast vor Erniedrigung und Schmach. Ich sehnte mich nach nichts anderem, als zu verschwinden, allein zu sein und diese ganze schmutzige und trügerische Geschichte fortzuwischen, diesen dummen Witz, Helena und Zemánek fortzuwischen, das Vorgestern, das Gestern und das Heute fortzuwischen, das alles fortzuwischen, fortzuwischen, damit von alldem keine Spur übrigbleibe. „Sind Sie mir böse, wenn ich mit der Frau Redakteurin ein paar Worte unter vier Augen sprechen möchte?" fragte ich den Techniker.

Dann nahm ich Helena beiseite; sie wollte mir etwas erklären, sie redete irgend etwas über Zemánek und sein Fräulein, sie entschuldigte sich wirr, sie behauptete, sie habe ihm alles sagen müssen; aber in diesem Augenblick interessierte mich gar nichts mehr; ich war von einer einzigen Sehnsucht erfüllt: von hier fort zu sein, fort von hier und von der ganzen Geschichte; hinter alles einen Punkt setzen. Ich wußte, daß ich Helena nicht länger täuschen durfte; sie war mir gegenüber schuldlos und ich hatte gemein gehandelt, weil ich sie für mich in einen bloßen Gegenstand verwandelt hatte, in einen Stein, den ich jemand anderem hatte nachwerfen wollen (und nicht vermochte). Das lächerliche Mißlingen meiner Rache und die Niedrigkeit meines eigenen Handelns raubten mir die Luft, und ich war entschlossen, wenigstens jetzt allem ein Ende zu bereiten, spät zwar, aber doch noch, ehe es zu spät gewesen wäre. Ich vermochte ihr aber nichts klarzumachen; nicht nur deshalb, weil ich sie durch die Wahrheit verletzt hätte, sondern auch deshalb, weil sie sie kaum verstanden hätte. Ich suchte daher bei der nackten resoluten Feststellung Zuflucht: ich wiederholte ihr einige Male, daß wir zum letztenmal beisammengewesen wären, daß ich sie nie mehr treffen würde, daß ich sie nicht liebte und daß sie das verstehen müsse.

Aber es war viel schlimmer, als ich geahnt hatte: Helena wurde bleich, begann zu zittern, wollte mir nicht glauben, wollte mich nicht gehen lassen; ich machte ein kleines Martyrium durch, ehe ich mich endlich von ihr befreien und mich entfernen konnte.

14

Rundherum waren Pferde und Bänder, und ich blieb stehen und stand lange hier herum, und dann kam Jindra zu mir, nahm mich an der Hand, drückte sie und fragte, was fehlt Ihnen, was fehlt Ihnen, und ich überließ ihm die Hand und sagte, nichts, Jindra, nichts fehlt mir, was sollte mir fehlen, aber ich hatte eine ganz fremde, hohe Stimme, und ich redete mit seltsamer Hast weiter, was wir noch aufzunehmen hätten, das Ausrufen haben wir, wir haben zwei Interviews, jetzt müssen wir noch den Kommentar sprechen, so redete ich über Dinge, an die ich dabei überhaupt nicht denken konnte, und er stand schweigend neben mir und drückte meine Hand.

Eigentlich hatte er mich noch niemals berührt, er war immer schüchtern gewesen, aber alle wußten, daß er in mich verliebt war, und jetzt stand er also neben mir und drückte meine Hand, und ich faselte etwas über das Programm, das wir vorbereiteten, und dachte nicht an all diese Dinge, ich dachte an Ludvík, und, das ist komisch, es ging mir auch durch den Sinn, wie ich jetzt hier vor Jindra dastehe, ob ich nicht durch

lie Erregung häßlich aussehe, aber das wohl nicht, ich flennte
a nicht, ich war nur aufgewühlt, sonst nichts . . .

Weißt du was, Jindra, laß mich jetzt ein Weilchen allein,
ch gehe meinen Kommentar schreiben und spreche ihn auch
gleich auf Band, er hielt mich noch ein paar Augenblicke an der
Hand und fragte zärtlich, was fehlt Ihnen, Helena, was fehlt
Ihnen, aber ich entwand mich ihm und ging in den Nationalausschuß, wo man uns einen Raum überlassen hatte, ich kam hin,
endlich war ich allein, ein leerer Raum, ich fiel auf einen Sessel
und legte den Kopf auf den Tisch und blieb eine Weile so.
Mein Kopf schmerzte fürchterlich. Ich öffnete meine Handtasche, um nachzusehen, ob ich nicht ein Pulver hatte, aber ich
weiß nicht, warum ich sie öffnete, ich wußte, daß ich keine
Pulver mitgenommen hatte, doch dann erinnerte ich mich, daß
Jindra stets verschiedene Medikamente mithatte, auf dem Kleiderhaken hing sein Arbeitsmantel, ich fuhr mit der Hand in die
Tasche, und tatsächlich, es war irgendein Röhrchen da, ja, das
ist gegen Kopfschmerzen, Zahnschmerzen, gegen Ischias und
gegen Trigeminusgeschichten, gegen Schmerzen der Seele ist das
nicht, aber wenigstens meinem Kopf würde es helfen.

Ich ging zur Wasserleitung, die sich in der Ecke des Neben-
raumes befand, füllte ein leeres Senfglas mit Wasser und spülte
zwei Tabletten hinunter, das war genug, das würde mir wohl
helfen, allerdings gegen die Schmerzen der Seele würde mir
Algena nicht helfen, es sei denn, ich äße das ganze Röhrchen
leer, weil Algena in großer Dosierung ein Gift ist und Jindras
Röhrchen fast voll war, das könnte genügen.

Aber das war lediglich eine Idee, eine pure Vorstellung, nur
daß diese Vorstellung mir nun ständig wiederkehrte, ich mußte
daran denken, wozu ich überhaupt lebte, was für einen Sinn es
hatte, daß ich noch weiterlebte, aber das stimmt eigentlich nicht,
ich dachte an nichts Derartiges, ich dachte in diesen Augenblicken überhaupt nicht sehr viel, ich stellte mir nur vor, daß ich
nicht mehr lebte, und bei diesem Gedanken wurde mir plötzlich
wohl ums Herz, so seltsam wohl, daß ich mit einem Male lachen
wollte und wohl auch wirklich zu lachen begann.

Ich legte noch eine Tablette auf meine Zunge, ich war überhaupt nicht entschlossen, mich zu vergiften, ich hielt nur das
Röhrchen fest in der Hand und sagte mir „ich halte meinen Tod

in der Hand“ und war bezaubert von dieser Einfachheit, es war mir, als näherte ich mich Schritt für Schritt einer tiefen Schlucht, nicht etwa um hinunterzuspringen, sondern nur um hinunterzublicken. Ich füllte das Glas mit Wasser, schluckte die Tablette und ging in unseren Raum zurück, dort stand das Fenster offen, und aus der Ferne war noch immer das Hylom, hylom, hört ihr Leute, zu hören, aber dazwischen lärmten Autos, rohe Lastwagen, rohe Motorräder, die Motorräder übertönen alles, was auf dieser Welt schön ist, alles, woran ich geglaubt hatte und wofür ich gelebt hatte, dieser Lärm war unerträglich, und unerträglich war auch die hilflose Schwäche der ausrufenden Stimmchen, und so schloß ich das Fenster und fühlte wieder diesen langen, beharrlichen Schmerz in der Seele.

Mein ganzes Leben hat mir Pavel nicht so weh getan wie du, Ludvík, wie du in einer einzigen Minute, Pavel vergebe ich, ich verstehe ihn, seine Flamme wird rasch herunterbrennen, er muß sich neue Nahrung und neue Zuschauer und ein neues Publikum suchen, er hat mir oft weh getan, aber nun sehe ich ihn durch diesen meinen frischen Schmerz ohne Zorn und ganz mütterlich, ein Fanfaron, ein Komödiant, ich lächelte über sein viele Jahre währendes Bemühen, meinen Armen zu entschlüpfen, ach, geh doch, Pavel, geh doch, ich verstehe dich, aber dich, Ludvík, dich verstehe ich nicht, du bist in einer Maske zu mir gekommen, du bist gekommen, um mich zu erwecken und die Erweckte zu vernichten, dich, nur dich allein verfluche ich, ich verfluche dich und bitte dich gleichzeitig, zu kommen, zu kommen und dich zu erbarmen.

Mein Gott, vielleicht steckt nur irgendein schreckliches Mißverständnis dahinter, vielleicht hat dir Pavel etwas gesagt, als ihr allein wart, was weiß ich, ich habe dich danach gefragt, ich habe dich beschworen, mir zu erklären, warum du mich nicht mehr liebst, ich wollte dich nicht gehen lassen, viermal hielt ich dich zurück, aber du wolltest nichts hören, du hast nur gesagt, es ist aus, aus, endgültig aus, unwiderruflich aus, also gut, aus, pflichtete ich dir schließlich bei und hatte eine hohe Sopranstimme, als spräche jemand anders, irgendein Mädchen vor der Pubertät, ich sagte mit dieser hohen Stimme, *ich wünsche dir also eine gute Reise*, das ist komisch, ich weiß überhaupt nicht, weshalb ich dir eine gute Reise gewünscht habe, aber fortwährend drängte sich mir das auf die Lippen, ich wünsche dir eine gute Reise, ich wünsche dir also eine gute Reise ...

Vielleicht weißt du nicht, wie ich dich liebe, bestimmt weißt du nicht, wie ich dich liebe, vielleicht denkst du, ich bin eben eine von diesen verheirateten Frauen, eine, die ein Abenteuer gesucht hat, und ahnst nicht, daß du mir Schicksal bist, Leben, alles ... Vielleicht wirst du mich hier finden, wie ich hier liege, mit einem weißen Tuch zugedeckt, und dann wirst du begreifen, daß du das Kostbarste getötet hast, was du in deinem Leben hattest, oder du wirst kommen, mein Gott, und ich werde noch am Leben sein und du wirst mich noch retten können und du wirst vor mir auf den Knien liegen und weinen und ich werde deine Hände streicheln, dein Haar, und ich werde dir verzeihen, alles werde ich dir verzeihen ...

15

Da war wirklich nichts anderes zu machen, ich mußte diese üble Geschichte auslöschen, diesen schlechten Scherz verstummen machen, der sich nicht mit sich selbst zufriedengab, der sich vielmehr monströs zu weiteren und weiteren dummen Scherzen vermehrte, ich wollte diesen ganzen Tag auslöschen, der durch eine Unachtsamkeit entstanden war, nur deshalb, weil ich am Morgen zu spät erwachte und nicht mehr abreisen konnte, aber ich wollte das alles auslöschen, was auf diesen Tag hingestrebt hatte, all dieses törichte Bemühen um Helena, das ebenfalls nur auf einem Irrtum beruht hatte.

Ich ging schnell weiter, als spürte ich Helenas verfolgende Schritte hinter mir, und es kam mir in den Sinn: selbst wenn das möglich wäre und ich tatsächlich diese paar überflüssigen Tage aus meinem Leben auslöschen könnte, was hülfe das, da meine *ganze* Lebensgeschichte aus einem Irrtum geboren wurde, aus dem schlechten Scherz mit der Ansichtskarte, aus diesem Zufall, diesem Unsinn? Und ich empfand Entsetzen, daß die Dinge, die durch einen Irrtum entstanden sind, genauso wirklich sind wie die Dinge, die rechtens und notgedrungen begonnen haben.

Wie gerne hätte ich meine Lebensgeschichte widerrufen! Doch kraft welcher Macht könnte ich sie widerrufen, da die Irrtümer, aus denen sie entstanden war, nicht nur *meine* Irrtümer waren? Denn, *wer* hatte sich damals eigentlich geirrt, als der dumme Scherz mit meiner Ansichtskarte ernst genommen wurde? Wer hatte sich geirrt, als Alexeis Vater (heute übrigens längst rehabilitiert, trotzdem aber mausetot) eingekerkert und hingerichtet wurde? Diese Irrtümer waren so landläufig und so allgemein, daß sie absolut nicht eine Ausnahme oder ein „Fehler" in der Ordnung der Dinge waren, sondern sie selbst bildeten vielmehr die Ordnung der Dinge. Wer also hat sich damals geirrt? Die Geschichte selbst? Die göttliche, die vernünftige Geschichte? Aber weshalb sollte das eigentlich ihr *Irrtum* gewesen sein? So offenbart sich das nur meinem menschlichen Verstand, doch wenn die Geschichte tatsächlich so etwas wie einen eigenen Verstand haben sollte, weshalb müßte das eine Vernunft sein, die nach Gerechtigkeit strebt, eine Vernunft, die das Verständnis der Menschen zu erlangen trachtet, eine schulmeisterhaft ernste Vernunft? Was, wenn die Geschichte scherzt? Und da wurde ich mir bewußt, welch hilfloses Beginnen es ist, seinen eigenen Scherz widerrufen zu wollen, da ich selbst mit meinem gesamten Leben in einen viel umfangreicheren (für mich unabsehbaren) und absolut unwiderruflichen Scherz eingeschlossen war.

Ich sah auf dem Dorfplatz (der schon still dalag, denn der Ritt der Könige zog nun durch das entgegengesetzte Ende des Dorfes) eine große, an einer Wand lehnende Tafel, die mit roten Buchstaben kundtat, daß heute um vier Uhr nachmittags hier im Gartenrestaurant die Zimbalkapelle konzertieren werde. Die Tafel stand neben der Tür des Wirtshauses, und da mir bis zur Abfahrt des Autobusses noch fast zwei Stunden übrigblieben und es Mittag war, ging ich hinein.

16

Ich hatte so wahnsinnige Lust, noch ein Stückchen näher an diesen Abgrund heranzutreten, ich wollte mich über das Geländer beugen und hinunterblicken, als würde mir dieser Blick

Trost und Versöhnung bringen, als könnten wir uns dort unten, wenn schon nicht anderswo, so wenigstens dort unten auf dem Grund der Schlucht finden und beisammensein, ohne Mißverständnisse, ohne böse Menschen, ohne zu altern, ohne Trauer und für immer... Ich ging abermals ins Nebenzimmer hinüber, ich hatte vorläufig vier Tabletten in mir, das war nichts, da war ich von dem Abgrund noch sehr weit entfernt, da berührte ich noch nicht einmal sein Geländer. Ich schüttete die restlichen Pulver auf meinen Handteller. Dann hörte ich, daß jemand im Gang eine Tür öffnete, ich erschrak und schob die Pulver in den Mund und schluckte sie schnell, es war ein zu großer Happen, ich fühlte, wie er schmerzhaft in meinem Schlund drückte, obwohl ich Wasser trank, soviel ich nur konnte.

Es war Jindra, er fragte, wie es mit meiner Arbeit vorwärtsginge, und ich war plötzlich eine ganz andere, die Verwirrung fiel von mir ab, ich hatte nun nicht mehr diese fremde hohe Stimme und war zielstrebig und entschlossen. Ach ja, Jindra, es ist gut, daß du gekommen bist, ich brauche etwas von dir. Er errötete, sagte, daß er für mich immer alles tun würde und daß er froh sei, daß es mir schon wieder gut ginge. Ja, mir geht es wieder gut, wart nur ein Weilchen, ich will etwas schreiben, und ich setzte mich hin und nahm ein Blatt Papier und schrieb. Ludvík, mein Teuerster, ich habe Dich mit meiner ganzen Seele und mit meinem ganzen Körper geliebt, und mein Körper und meine Seele wissen nun nicht, wofür sie leben sollten. Ich sage dir Lebewohl, ich liebe Dich, sei gegrüßt, Helena. Ich las gar nicht, was ich geschrieben hatte, Jindra saß mir gegenüber, er sah mich an und wußte nicht, was ich schrieb, ich faltete das Papier rasch zusammen und wollte es in einen Umschlag stecken, doch ein Umschlag war nirgends zu finden, ich bitte dich, Jindra, hast du nicht einen Umschlag?

Jindra ging ruhig zum Schrank beim Fenster, öffnete ihn und begann darin zu suchen, ein andermal hätte ich ihn ermahnt, nicht in fremden Sachen herumzustöbern, aber jetzt wollte ich nur schnell, schnell einen Umschlag haben, er reichte ihn mir, er trug den Briefkopf des örtlichen Nationalausschusses, ich steckte den Brief hinein, klebte den Umschlag zu und schrieb Ludvík Jahn darauf, bitte, Jindra, erinnerst du dich an diesen Menschen, der neben uns stand, als mein Mann und dieses Fräulein dagewesen sind, ja, dieser Schwarzhaarige, ich kann jetzt nicht fort von hier, aber ich möchte, daß du ihn irgendwo findest und ihm das da gibst.

Wieder ergriff er meine Hand, der arme Kerl, was mochte er sich denken, wie mochte er sich meine Erregung erklären, es konnte ihm nicht einmal im Traum in den Sinn kommen, was hier gespielt wurde, er fühlte nur, daß mit mir etwas Böses geschehen war, wieder hielt er meine Hand, und plötzlich kam mir das schrecklich kläglich vor, und er beugte sich zu mir und drückte seine Lippen auf meine Lippen, ich wollte mich widersetzen, aber er hielt mich fest, und mir ging es durch den Kopf, daß dies der letzte Mann in meinem Leben war, den ich küßte, daß es mein letzter Kuß war, und plötzlich war es mir völlig verrückt zumute, und ich umarmte ihn ebenfalls und drückte ihn an mich und öffnete leicht meine Lippen und fühlte seine Zunge auf meiner Zunge und seine Hand auf meinem Körper, und ich hatte in diesem Augenblick ein Gefühl, das mich taumeln machte, das Gefühl, daß ich jetzt eigentlich ganz frei bin und daß es auf überhaupt nichts mehr ankommt, weil ich von allen verlassen war und meine Welt zusammengestürzt war und ich deshalb ganz frei war und tun konnte, was mir beliebte, ich war frei wie jenes Mädchen, das wir aus unserem Betrieb hinausgeschmissen hatten, nichts trennte mich mehr von ihr, meine Welt war zerschlagen, und ich würde sie nie wieder zusammenfügen, es gab nichts mehr, wofür ich treu sein sollte und warum ich treu sein sollte, ich war plötzlich ganz und gar frei, wie jene kleine Technikerin, dieses Hürchen, die jeden Abend in einem anderen Bett lag, wenn ich weiterlebte, würde auch ich jeden Abend in einem anderen Bett liegen, ich spürte Jindras Zunge in meinem Mund, ich war frei, ich wußte, daß ich mit ihm ins Bett gehen konnte, ich wollte mit ihm ins Bett gehen, mit ihm Liebe machen, egal wo, meinetwegen hier auf dem Tisch oder auf dem Bretterboden, rasch und schnell und sofort, zum letztenmal Liebe machen, vor dem Ende Liebe machen, aber da richtete sich Jindra bereits auf, lächelte stolz und sagte, er gehe nun und wolle bald zurück sein.

17

Durch die kleine Gaststube mit fünf oder sechs Tischen, total verraucht und überfüllt, rannte ein Kellner, er hielt auf dem ausgestreckten Arm ein großes Tablett mit einem Berg Teller, auf denen ich gebackene Schnitzel mit Kartoffelsalat erkannte (wahrscheinlich das einzige Sonntagsgericht), und er bahnte sich unwirsch seinen Weg zwischen den Menschen und den Tischen und lief aus dem Raum in den Korridor hinaus. Ich folgte ihm und stellte fest, daß am Ende des Korridors eine Tür war, sie stand offen und führte in den Garten, wo ebenfalls gegessen wurde. Ganz hinten, unter einer Linde, war ein freies Tischchen. Dort setzte ich mich hin.

Über die Dächer des Dorfes hallte aus der Ferne eindringlich das Hylom hylom, und es kam schon von so weit her, daß es halb unwirklich in den von Hausmauern umgebenen Wirtshausgarten drang. Und diese scheinbare Unwirklichkeit gab mir den Gedanken ein, daß das alles rings um mich überhaupt nicht Gegenwart, sondern nichts als pure Vergangenheit war, eine fünfzehn, zwanzig Jahre alte Vergangenheit, daß das Hylom hylom Vergangenheit war, Lucie Vergangenheit war, Zemánek Vergangenheit war und Helena nur der Stein gewesen war, den ich gegen diese Vergangenheit hatte schleudern wollen; die ganzen letzten drei Tage waren nichts als ein Schauspiel der Schatten gewesen.

Wie? Nur diese drei Tage? Mein ganzes Leben, so kam es mir vor, war stets viel zu sehr von Schatten überfüllt gewesen, und die Gegenwart nahm in ihm wohl einen recht unwürdigen Platz ein. Ich stellte mir einen fahrenden Gehsteig vor (das war die Zeit) und auf ihm einen Menschen (das war ich), der gegen die Richtung lief, in der sich der Gehsteig bewegte, der Gehsteig bewegte sich jedoch schneller als ich, und deshalb trug er mich langsam von dem Ziel fort, zu dem ich eilte; dieses Ziel (ein sonderbares Ziel, das sich *hinten* befand!) war die Vergangenheit der politischen Prozesse, die Vergangenheit der Säle, in denen Hände hochgehoben wurden, die Vergangenheit der

Furcht, die Vergangenheit der Schwarzen Soldaten und Lucies, die Vergangenheit, die mich verhext hatte, die ich zu enträtseln, zu entwirren, aufzulösen versuchte und die mich daran hinderte, daß ich lebte, wie ein Mensch leben soll, nämlich mit der Stirn nach vorn. Und dabei war es eine mit jedem Tag entferntere Vergangenheit (obwohl sich der Gehsteig schneller bewegte als ich), und deshalb wurde sie auch immer mehr unenträtselbar und unentwirrbar, so daß ich (mit der Vergangenheit zugewandten Augen und einem ungestillten Gerechtigkeitsgefühl) einen durch und durch *vergeblichen* Lauf lief.

Und da war die Hauptfessel, mit der ich mich an die Vergangenheit, die mich hypnotisierte, ketten wollte, und diese Fessel war die Rache, aber die Rache war, wie ich mich gerade in diesen Tagen überzeugt hatte, genauso nichtig wie mein Lauf zurück nichtig war. Ja, damals, als Zemánek im Hörsaal der Fakultät Fučíks „Unter dem Galgen geschrieben" vorlas, damals hätte ich zu ihm gehen und ihm ins Gesicht schlagen sollen, einzig und allein damals. Durch zeitlichen Aufschub verwandelt sich Rache in etwas Trügerisches, in eine persönliche Religion, in einen Mythos, der mit jedem Tag mehr von den beteiligten Menschen losgerissen wird, die im Mythos der Rache die gleichen bleiben, obwohl sie in Wirklichkeit (der Gehsteig ist fortwährend in Bewegung) schon längst andere geworden sind: heute stand ein anderer Jahn vor einem anderen Zemánek, und der Schlag, den ich ihm schuldig geblieben war, war nicht wiedererweckbar, nicht rekonstruierbar, er war definitiv verloren, so daß, schlüge ich jetzt, nach Jahren, zu, mein Schlag völlig unverständlich wäre, und da er unverständlich wäre, nähme er völlig andere, fremde, von mir nicht beabsichtigte Bedeutungen an, er würde zu etwas anderem, als es in meiner Absicht gewesen war, er konnte die verschiedensten Richtungen einschlagen, und ich vermochte ihn nicht einmal zu lenken, geschweige denn zu rechtfertigen.

Ich schnitt das große gebackene Schnitzel auf meinem Teller in Stücke, und wieder drang das Hylom, hylom, das schwach und beklommen über die Dächer des Dorfes schwebte, an mein Ohr; ich stellte mir im Geiste den vermummten König und seine Reiterei vor, und mein Herz krampfte sich zusammen ob der Unverständlichkeit menschlicher Gesten:

Schon seit vielen Jahrhunderten brachen genau wie heute in den Dörfern Mährens Burschen zu Pferd auf, mit dieser seltsamen Botschaft, deren Buchstaben, in einer unbekannten Sprache geschrieben, sie mit rührender Treue verkündeten, ohne sie zu begreifen. Irgendwelche Menschen aus längst vergangenen Zeiten wollten damit sicherlich etwas Wichtiges sagen, und heute erwachten sie in ihren Nachfahren gleich taubstummen Rednern zu neuem Leben, indem sie zum Publikum mit schönen und unbegreiflichen Gesten sprachen. Ihre Botschaft wird niemals entziffert werden, nicht nur deshalb, weil es den Schlüssel zu ihr nicht gibt, sondern auch deshalb, weil die Menschen nicht die Geduld haben, ihr in einer Zeit zu lauschen, da sich bereits eine solch unübersehbare Menge an Botschaften, alten und neuen, angesammelt hat, daß ihr die einander überschreitenden Mitteilungen unverständlich sind. Schon heute ist die Geschichte nur ein dünner Faden des in der Erinnerung Lebenden über dem Ozean des Vergessenen, und die Zeit schreitet vorwärts, und es wird die Zeit der hohen Jahreszahlen kommen, die von dem nicht erweiterten Gedächtnis des einzelnen überhaupt nicht mehr wird erfaßt werden können; darum werden ganze Jahrhunderte und Jahrtausende aus ihr herausfallen, Jahrhunderte der Gemälde und der Musik, Jahrhunderte der Entdeckungen, Schlachten, Bücher, und das wird schlimm sein, weil der Mensch den Begriff seiner selbst verlieren wird, und die Geschichte, unerfaßbar und unübersehbar, wird zu einigen wenigen schematischen, ihres Sinnes entledigten Kürzeln zusammenschrumpfen. Tausende taubstumme Ritte der Könige werden jenen künftigen Menschen mit anklagenden und unverständlichen Botschaften entgegenreiten, und niemand wird Zeit haben, sie zu erhören.

Ich saß im Winkel des Gartenrestaurants über dem leeren Teller, das Schnitzel hatte ich aufgegessen, ohne zu wissen wie, und ich wurde mir bewußt, daß ich (schon jetzt, schon heute) in dieses unabwendbare und unermeßliche Vergessen eingeschlossen war. Der Kellner kam, nahm den Teller, schwenkte die Serviette, wischte ein paar Krümel von meinem Tischtuch und eilte zu einem anderen Tisch. Mich ergriff ein Jammer ob dieses Tages, nicht nur deshalb, weil er nichtig gewesen war, sondern weil nicht einmal diese Nichtigkeit von ihm übrigbleiben würde, daß sie vergessen werden würde, mitsamt diesem Tisch, mitsamt dieser Fliege, die um meinen Kopf herumsummte, mitsamt diesem gelben Staub, den mir die blühende Linde auf das Tischtuch streute, mitsamt dieser langsamen und schlechten Bedienung, die so charakteristisch war für den augenblicklichen Zustand der Gesellschaft, in der wir lebten, daß auch diese Gesellschaft vergessen werden würde und daß noch viel früher ihre Fehler und Irrtümer und ihr Unrecht vergessen sein würden, mit denen ich mich herumquälte und ernährte und die ich vergeblich zu korrigieren, zu bestrafen und gutzumachen versuchte, vergeblich, denn was immer geschehen ist, ist geschehen und ist nicht wiedergutzumachen.

Ja, so sah ich es plötzlich: die meisten Menschen täuschen sich durch einen zweifach irrigen Glauben: sie glauben an das *ewige Angedenken* (der Menschen, Dinge, Taten, Nationen) und an die Wiedergutmachung (der Taten, Irrtümer, Sünden, des Unrechts). Beides ist ein Irrglaube. In Wirklichkeit ist es genau umgekehrt: alles wird vergessen und nichts wird wiedergutgemacht werden. Die Rolle der Wiedergutmachung (des Rächens und des Vergebens) übernimmt vertretend das Vergessen. Niemand kann das Unrecht wiedergutmachen, das geschehen ist, aber alles Unrecht wird vergessen werden.

Ich blickte abermals aufmerksam um mich, weil ich wußte, daß die Linde, der Tisch, die Menschen am Tisch, der Kellner (erschöpft nach der mittägigen Hetzerei) und dieses Wirtshaus, das (von der Gasse her unfreundlich) hier vom Garten aus gesehen recht nett mit Wein umwachsen war, vergessen werden würden. Ich blickte in die offene Tür, die in den Korridor führte, in der gerade der Kellner verschwand (dieses ermüdete Herz dieses bereits entvölkerten und still gewordenen Winkels) und in der (kaum daß sich die Dunkelheit hinter dem Kellner geschlossen hatte) ein Bursche in Ledersakko und Blue jeans erschien; er betrat den Garten und blickte sich suchend um; dann sah er mich und kam auf mich zu; erst nach einigen Augenblicken wurde mir bewußt, daß es Helenas Techniker war.

Es bangt mir vor einer Situation, da eine liebende und ungeliebte Frau mit ihrer Rückkehr droht, so daß, als mir der Bursche den Briefumschlag reichte („Das schickt Ihnen Frau Zemánková“), ich vor allem das Lesen des Briefes irgendwie hinausschieben wollte. Ich sagte ihm, er solle sich zu mir setzen; er gehorchte (er stützte sich mit den Ellenbogen auf den Tisch und blickte mit in Falten gelegter Stirn zufrieden in die sonnendurchflutete Krone der Linde empor), und ich legte den Umschlag vor mich auf den Tisch und fragte: „Wollen wir etwas bestellen?"

Er zuckte mit den Achseln; ich schlug Wodka vor, aber den wies er zurück, weil er fahren müsse; er fügte jedoch hinzu, falls ich Lust hätte, würde er mir gerne Gesellschaft leisten. Lust hatte ich überhaupt keine, aber da vor mir auf dem Tisch der Briefumschlag lag, den zu öffnen ich noch weniger Lust hatte, war mir jedwede andere Tätigkeit willkommen. Ich ersuchte also den Kellner, der vorüberkam, mir einen Wodka zu bringen.

„Was will denn Helena von mir, haben Sie eine Ahnung?" fragte ich.

„Wie sollte ich denn das wissen? Lesen Sie den Brief", antwortete er.

„Etwas Dringendes?" fragte ich.

„Glauben Sie, daß ich das zuerst auswendig lernen mußte, für den Fall, daß ich unterwegs überfallen werde?" sagte er.

Ich nahm den Umschlag mit den Fingern auf (es war ein amtlicher Umschlag mit dem aufgedruckten Text Örtlicher Nationalausschuß); dann legte ich ihn wieder auf das Tischtuch vor mich, und da ich nicht wußte, was ich sagen sollte, sagte ich: „Schade, daß Sie nichts trinken."

„Es geht ja auch um *Ihre* Sicherheit", sagte er. Ich hörte die Anspielung heraus und auch das, daß sie nicht umsonst ausgesprochen wurde, sondern daß der Bursche die Anwesenheit an meinem Tisch ausnützen wollte, um sich über die Rückfahrt und die Hoffnung auf ein Alleinsein mit Helena ins klare zu kommen. Er war recht nett; aus seinem Antlitz (klein, bleich und sommersprossig, mit kurzer Stupsnase) war alles zu lesen, was in seinem Inneren vor sich ging; dieses Gesicht war vielleicht deshalb so durchsichtig, weil es das Gesicht eines unabänderlichen Kindes war (ich sage unabänderlich, weil dieses Kindliche auf einer abnormalen Kleinheit der Züge beruhte, die mit dem Alter um nichts männlicher werden, so daß sie auch aus einem Greisenantlitz nur ein gealtertes Kindergesicht werden lassen). Dieser kindliche Charakter vermochte einen zwanzigjährigen Knaben schwerlich zu erfreuen, weil er ihn in diesem Lebensalter disqualifizierte, so daß ihm schließlich nichts anderes übrigblieb, als ihn mit allen Mitteln zu bemänteln (so wie — ach, nicht endendes Schauspiel der Schatten! — ihn einst der knabenhafte Kommandant in unserer Kaserne mit allen Mitteln bemänteln wollte): durch die Kleidung (die Lederjacke des Bürschleins hatte breite Schultern, war schick und gut genäht) und durch das Benehmen (der Bursche trat selbstbewußt auf, ein wenig rauh, und bisweilen kehrte er so etwas wie eine lässige Gleichgültigkeit hervor). In diesem Bemänteln wurde er leider ständig durch sich selbst verraten: er errötete, vermochte seine Stimme nicht recht zu beherrschen, die sich schon bei der allergeringsten Erregung leicht zu überschlagen begann (auch das hatte ich schon bei unserer ersten Begegnung bemerkt), aber er beherrschte auch seine Augen und seine Mimik nicht (er wollte mir zwar andeuten, daß es ihm gleichgültig sei, ob ich mit ihnen nach Prag fuhr oder nicht, aber als ich ihm nun versicherte, daß ich hierbliebe, leuchteten seine Augen unverhehlbar auf).

Als nach einer Weile der Kellner irrtümlich nicht ein, sondern zwei Gläschen Wodka auf unseren Tisch stellte, winkte der Bursche mit der Hand ab und sagte, der Kellner möge das zweite nicht wieder forttragen, er wolle nun doch etwas trinken. „Ich werde Sie doch nicht allein lassen", sagte er zu mir und hob das Gläschen. „Also, auf Ihr Wohl!"

„Prost!" sagte ich, und wir stießen an.

Dann plauderten wir, und ich erfuhr, daß der Bursche damit rechnete, daß wir in etwa zwei Stunden losfahren würden, weil Helena das aufgenommene Material an Ort und Stelle verarbeiten und eventuell noch einen eigenen Kommentar sprechen wolle, damit das Ganze schon morgen gesendet werden könne. Ich fragte ihn, ob er gut mit Helena zusammenarbeite. Wieder errötete er leicht und antwortete, Helena verstünde etwas von ihrem Geschäft, doch schinde sie ihre Mitarbeiter viel zu sehr, weil sie bereit sei, jederzeit Überstunden zu machen, und keine Rücksicht darauf nehme, daß andere es vielleicht eilig hatten, nach Hause zu kommen. Ich fragte ihn, ob auch er es eilig habe, nach Hause zu kommen; er sagte, nein, er nicht; daß ihm persönlich das recht viel Spaß mache. Und dann, den Umstand ausnützend, daß ich selbst mich nach Helena erkundigt hatte, fragte er unauffällig und wie nebenbei: „Woher kennen Sie Helena eigentlich?“ Ich sagte es ihm, und er forschte weiter: „Helena ist prima, nicht wahr?“

Besonders wenn er über Helena sprach, gab er sich übertrieben zufrieden, und ich schrieb das seinem Willen zu, die Dinge zu verschleiern, denn von seiner hoffnungslosen Verehrung Helenas wußte man offenbar überall, und er mußte sich mit allen Mitteln gegen die Krone des unglücklich Verliebten wehren, einer wie bekannt schmachvollen Krone. Obwohl ich also die Zufriedenheit des Burschen nicht ganz ernst nahm, verminderte sie nun doch ein bißchen die Schwere des Briefes, der vor mir lag, so daß ich ihn nun endlich vom Tischtuch nahm und öffnete. „Mein Körper und meine Seele . . . wissen nicht, wofür sie leben sollten . . . ich sage dir Lebewohl . . .“

Ich sah am anderen Ende des Gartens den Kellner, und ich schrie: „Zahlen!“ Der Kellner nickte, ließ sich jedoch nicht aus seiner Umlaufbahn bringen und verschwand im Korridor.

„Kommen Sie, wir haben keine Zeit“, sagte ich zu dem Burschen. Er stand auf, und wir eilten rasch quer durch den Garten; der Bursche ging hinter mir. Wir durchquerten den Korridor und den Saal und gelangten zum Ausgang des Restaurants, so daß der Kellner hinter uns her laufen mußte, ob er wollte oder nicht.

„Ein Schnitzel, eine Suppe, zwei Wodka“, diktierte ich ihm.

„Was ist los?“ fragte der Bursche mit kirrer Stimme.

Ich gab dem Kellner das Geld und bat den Burschen, mich schnell zu Helena zu führen. Wir schritten rasch aus.

„Was ist passiert?“ fragte er.

„Wie weit ist es?“ fragte wieder ich.

Er zeigte mit der Hand vorwärts, und ich wechselte vom Gehen zum Laufen; wir rannten nun beide, und nach einer Weile waren wir vor dem Nationalausschuß. Es war ein kleines ebenerdiges Gebäude, weiß getüncht, der Straße wendete es das Tor und zwei Fenster zu. Wir traten ein. Aus dem dunklen Gang führte eine Tür nach rechts; der Bursche öffnete sie; wir befanden uns in einer unfreundlichen Kanzlei: beim Fenster standen aneinandergeschoben zwei Schreibtische; auf einem von ihnen befanden sich das offene Tonbandgerät, ein Block Papier und eine Damenhandtasche (ja, Helenas); hinter den beiden Tischen waren Sessel und in der Ecke des Raumes ein metallener Kleiderständer. Auf ihm hingen zwei Mäntel: Helenas blauer Regenmantel und ein schmutziger Herrenballonseidenmantel.

„Hier ist es", sagte der Bursche.

„Hier hat sie Ihnen den Brief gegeben?"

„Ja."

In diesem Augenblick war die Kanzlei allerdings hoffnungslos verödet; ich rief: „Helena!", und erschrak, weil meine Stimme unsicher und bange klang. Es blieb alles still. Ich rief abermals: „Helena!", und der Bursche fragte:

„Hat sie sich etwas angetan?"

„Es scheint so", sagte ich.

„Hat sie Ihnen in dem Brief darüber etwas geschrieben?"

„Ja", sagte ich. „Irgendeinen anderen Raum hattet ihr hier nicht zur Verfügung?"

„Nein", sagte er.

„Und im Hotel?"

„Wir haben schon am Morgen unsere Zimmer geräumt."

„Dann muß sie hier sein", sagte ich und vernahm nun die Stimme des Burschen, wie sie sich überschlagend und bange rief: „Helena!"

Ich öffnete die Tür zum Nebenraum; es war ebenfalls eine Kanzlei: Schreibtisch, Papierkorb, drei Sessel, Schrank und Kleiderständer (der Kleiderständer war der gleiche wie im ersten Raum: eine Metallstange, die auf drei Beinen stand und sich oben — ähnlich wie unten — in drei metallene Äste verzweigte: da auf diesem Kleiderständer kein Mantel hing, stand er vereinsamt und menschlich da; von seiner eisernen Nacktheit und den lächerlich emporgestreckten Armen wehte mir Bangigkeit entgegen); über dem Schreibtisch war ein Fenster, aber sonst gab es nur lauter kahle Wände; von hier aus führte keine Tür mehr weiter; die beiden Büros waren offenbar die einzigen Räume des Hauses.

Wir kehrten in das erste Zimmer zurück; ich nahm den Schreibblock vom Tisch und blätterte darin; er enthielt schwer leserliche Anmerkungen, die sich (nach einigen Worten zu schließen, die ich zu entziffern vermochte) auf die Schilderung des

Rittes der Könige bezogen; keinerlei Nachricht, keine weiteren Abschiedsworte. Ich öffnete die Handtasche: darin waren ein Taschentuch, eine Geldbörse, ein Lippenstift, kein Fläschchen, aus dem Gift getrunken worden wäre. Ich überlegte fieberhaft, was sich Helena wohl habe antun können, und aus allem drängte sich mir am stärksten die Vorstellung von Gift auf; aber vom Gift hätte ein Fläschchen oder ein Röhrchen zurückbleiben müssen. Ich ging zum Kleiderständer und griff in die Taschen des Damenregenmantels: sie waren leer.

„Ob sie vielleicht auf dem Dachboden ist?" fragte der Bursche plötzlich ungeduldig, weil ihm mein Suchen in diesem Raum, obwohl es nur ein paar Sekunden dauerte, offenbar unzweckmäßig erschien. Wir liefen in den Gang hinaus und sahen zwei Türen: das obere Drittel der einen war verglast, und durch sie konnte man undeutlich in den Hof hinaussehen; wir öffneten die zweite, nähere, und hinter ihr tauchte ein Stiegenhaus auf, eine steinerne Treppe, dunkel, mit einer Schicht aus Staub und Ruß bedeckt. Wir liefen hinauf; Halbdunkel umfing uns, denn auf dem Dach war nur eine einzige Luke (mit schmutzigem Glas), durch die lediglich trübes, graues Licht eindrang. Rundherum war nichts als Krimskrams zu sehen (Kisten, Gartengeräte, Hacken, Spaten, Rechen, aber auch Berge Faszikel und ein alter, zerbrochener Sessel) wir stolperten weiter.

Ich wollte „Helena!" rufen, aber aus Angst vermochte ich es nicht: ich fürchtete das Schweigen, das folgen würde. Auch der Bursche rief nicht. Wir durchstöberten den Plunder und tappten in den dunklen Winkeln herum; ich fühlte, wie erregt wir beide waren. Und das größte Grauen überkam uns ob unseres eigenen Schweigens, mit dem wir eingestanden, daß wir von Helena keine Antwort mehr erwarteten, daß wir nun nur noch ihren Körper suchten, gleichgültig, ob ihren hängenden oder liegenden Körper.

Wir fanden jedoch nichts und gingen wieder in die Kanzlei hinunter. Wir durchsuchten noch einmal das ganze Inventar, die Tische, die Sessel, den Kleiderständer, der auf seinen hochgestreckten Armen ihren Mantel hielt, und dann noch einmal den zweiten Raum: Tisch, Sessel, Schrank und wieder den Kleiderständer mit den verzweifelt hochgereckten leeren Armen.

Der Bursche rief (völlig vergeblich) Helena!, ich öffnete (völlig vergeblich) den Schrank, und es tauchten Regale auf, die voller Aktenbündel, Schreibutensilien, Klebestreifen und Lineale waren.

„Es muß hier doch noch etwas geben! Ein Klosett! Oder einen Keller!" sagte ich, und wir gingen abermals in den Korridor; der Bursche öffnete die Hoftür. Der Hof war klein; in einer Ecke stand ein Verschlag mit Kaninchen. Hinter dem Hof war ein Garten, in dem dichtes, ungemähtes Gras wucherte, aus dem Stämme von Obstbäumen in die Höhe ragten (in einem sehr fernen Winkel meines Denkens vermochte ich mir bewußt zu werden, daß der Garten schön war; daß zwischen den grünen Zweigen Stücke blauen Himmels hingen, daß die Baumstämme rauh und krumm waren und daß zwischen ihnen ein paar schreiendgelbe Sonnenblumen steckten); am Ende des Gartens erblickte ich im idyllischen Schatten eines Apfelbaumes das hölzerne Häuschen eines ländlichen Abortes. Ich lief hin.

Der hölzerne Riegelbalken, der mit einem einzigen großen Nagel am schmalen Türpfosten befestigt war (um, in waagrechter Lage, von außen die Tür zu schließen), hing senkrecht. Ich schob die Finger in die Ritze zwischen Tür und Pfosten und stellte durch einen leichten Druck fest, daß das Örtchen von innen verschlossen war; das konnte nichts anderes bedeuten, als daß Helena drinnen war. Ich sagte leise: „Helena! Helena!" Nichts rührte sich; nur der Apfelbaum, gegen den sich der linde Wind lehnte, strich raschelnd mit seinen Ästen über das hölzerne Dach des Häusels.

Ich wußte, daß das Schweigen im verschlossenen Örtchen das Allerschlimmste bedeutete, aber ich wußte auch, daß nichts anderes übrigblieb, als die Tür aufzubrechen, und daß das einzig und allein ich tun mußte. Ich schob abermals die Finger in die Ritze zwischen Pfosten und Tür und riß mit voller Kraft an. Die Tür (innen nicht etwa mit einem Haken, sondern, wie dies auf dem Lande zu sein pflegt, lediglich mit einer Schnur gesichert) leistete keinen Widerstand und flog sperrangelweit auf. Vor mir auf der Holzbank saß im Gestank der Latrine Helena. Sie war bleich, aber am Leben. Sie starrte mich mit entsetzten Augen an und schob mit einer Reflexbewegung den hochgezogenen Rock hinunter, der jedoch trotz allergrößter Anstrengung kaum über die Mitte der Schenkel reichte; Helena umklammerte seinen Rand mit beiden Händen und preßte die Beine zusammen. „Um Gottes willen, gehen Sie fort!“ schrie sie verzweifelt.

„Was ist mit Ihnen los?“ schrie ich sie an. „Was haben Sie geschluckt?“

„Gehen Sie fort! Lassen Sie mich!“ schrie sie.

Hinter meinem Rücken tauchte nun auch der Bursche auf, und Helena schrie: „Jindra, geh weg, geh weg!“ Sie erhob sich ein wenig von der Latrine und streckte die Hand nach der Tür aus, ich aber trat vor und stellte meinen Fuß zwischen sie und die Tür, so daß sie wieder taumelnd auf die runde Öffnung der Sitzbank niedersinken mußte.

Im gleichen Augenblick richtete sie sich abermals auf und warf sich mit verzweifelter Kraft (wirklich *verzweifelt*, denn es waren nur kleine Überreste von Kraft, die ihr nach der großen Entkräftung übriggeblieben waren) auf mich. Sie packte mich mit beiden Händen an den Revers und drängte mich hinaus; wir standen vor der Schwelle des Häusels. „Du bist ein Vieh, Vieh, Vieh!“ schrie sie (soweit man das wütende Überfordern der geschwächten Stimme schreien nennen konnte) und schüttelte mich; dann ließ sie mich plötzlich los und rannte durch das Gras auf den Hof zu. Sie wollte fliehen, doch sie fiel zu Boden: sie hatte die Latrine panikartig verlassen, ohne ihre Kleidung in Ordnung bringen zu können, so daß sich ihr Höschen (jenes, das ich von gestern her kannte, aus Lastex, das gleichzeitig die Funktion eines Strumpfbandgürtels erfüllte) um ihre Knie schlang und sie am Gehen hinderte (den Rock hatte sie zwar in Ordnung gebracht, aber die Seidenstrümpfe waren an ihren Beinen hinuntergerutscht, so daß sich ihre oberen dunklen Ränder mitsamt den Haltern daran unter den Knien befanden und unter dem Rocksaum zu sehen waren); sie machte einige kurze Schritte und Hupfe (sie trug Schuhe mit hohen Absätzen), sie legte kaum drei Meter zurück und fiel hin (sie fiel ins sonnendurchflutete Gras unter die Äste eines Baumes nahe der hohen schreienden Sonnenblume); ich nahm sie an der Hand und wollte sie aufheben; sie riß sich von mir los, und als ich mich abermals zu ihr niederbeugte, begann sie wahllos um sich zu schlagen, so daß ich etliche Hiebe abbekam und sie mit aller Kraft packen, an mich ziehen, aufheben und mit meinen Armen wie mit einer Zwangsjacke umfangen mußte. „Vieh, Vieh, Vieh, Vieh", keuchte sie ganz außer sich und drosch mit ihrer freien Hand auf meinen Rücken ein; als ich ihr (so sanft ich konnte) sagte: „Helena, Ruhe", spie sie mir ins Gesicht.

Ich lockerte meine Umklammerung nicht und sagte: „Ich lasse Sie nicht los, ehe Sie mir nicht sagen, was Sie eingenommen haben."

„Gehen Sie fort, fort, fort!" sagte sie wie von Sinnen immer wieder, aber dann verstummte sie plötzlich, ihr Widerstand erlahmte, und sie sagte zu mir „loslassen", sie sagte das mit einer völlig anderen (leisen und ermatteten) Stimme, so daß ich meine Umklammerung lockerte und sie ansah; ich stellte mit Entsetzen fest, wie ihr Gesicht durch eine schreckliche Anstrengung verzerrt wurde, wie sich ihre Kiefer krampfhaft zusammenpreßten, wie ihre Augen erloschen und wie ihr Körper leicht durchknickte und sich vornüber neigte.

„Was ist mit Ihnen los?" sagte ich, und sie machte wortlos kehrt und ging zum Häusel zurück; den Gang, mit dem sie sich entfernte, werde ich niemals vergessen: mit langsamen, kurzen Schritten ihrer gefesselten Beine, mit unregelmäßigen Schrittchen; es waren drei, vier Meter, aber dennoch blieb sie während dieser kurzen Strecke einige Male stehen, und während dieser Pausen war zu erkennen (auf Grund eines leichten Krümmens des Körpers), daß sie einen schweren Kampf gegen ihre revoltierenden Innereien ausfocht; endlich gelangte sie zum Örtchen, griff nach der Tür des Häusels (die noch immer sperrangelweit offenstand) und schloß sie hinter sich.

Ich war an der Stelle stehengeblieben, an der ich sie vom Boden aufgehoben hatte; und als jetzt aus dem Abort ihr lautes, jammerndes Keuchen ertönte, trat ich noch weiter zurück. Erst dann wurde ich gewahr, daß der Bursche neben mir stand. „Bleiben Sie hier", sagte ich zu ihm, „ich muß einen Arzt finden."

Ich ging ins Büro; das Telephon sah ich gleich von der Tür aus; es stand auf dem Schreibtisch. Schlimmer war es schon mit dem Telephonbuch; ich sah hier nirgends eines; ich packte den Griff der mittleren Schreibtischlade, aber sie war verschlossen und alle kleinen Fächer im Seitenteil des Tisches ebenfalls;

verschlossen war auch der zweite Schreibtisch. Ich ging in den nächsten Raum; dort hatte der Schreibtisch nur eine einzige Lade; diese war zwar offen, aber außer einigen Photographien und einem Papiermesser war dort nichts. Ich wußte nicht, was ich tun sollte, aber nun befiel mich (nun, da ich wußte, daß Helena lebte und sich kaum in Todesgefahr befand) eine Müdigkeit; ich stand ein Weilchen im Raum und starrte stumpf den Kleiderständer an (den mageren metallenen Ständer, der die Arme emporreckte, als ergäbe er sich auf Gnade und Ungnade); dann öffnete ich (wohl nur aus Unschlüssigkeit) den Schrank; auf einem Haufen Faszikel sah ich das blaugrüne Telephonbuch des Bezirkes Brünn liegen; ich nahm es, ging zum Telephon und schlug die Seite mit dem hiesigen Krankenhaus auf. Ich hatte bereits die Nummer gewählt und vernahm das Zeichen im Hörer, als der Bursche in den Raum stürzte.

„Rufen Sie nicht an! Es ist überflüssig!" rief er.

Ich begriff nicht.

Er riß mir den Hörer aus der Hand und legte ihn auf die Gabel. „Ich sage Ihnen doch, es ist überflüssig."

Ich wollte, daß er mir erkläre, was los sei.

„Es ist gar keine Vergiftung", sagte er und ging zum Kleiderständer; er griff in die Tasche des Herrenballonseidenmantels und zog ein Röhrchen hervor; er öffnete es und kehrte es um; es war leer.

„Das da ist es, was sie genommen hat?" fragte ich.

Er nickte.

„Wieso wissen Sie das?"

„Sie hat es mir gesagt."

„Gehört dieses Röhrchen Ihnen?"

Er nickte. Ich nahm es ihm aus der Hand; es trug die Aufschrift Algena.

„Sie glauben, daß Analgetika in einer so großen Dosis unschädlich sind?" schrie ich ihn an.

„Da war kein Algena drin", sagte er.

„Was war denn drin?" schrie ich.

„Laxativa", antwortete er.

Ich brüllte ihn an, ich müsse wissen, was geschehen sei, ich wäre auf seine Unverschämtheiten nicht neugierig. Ich befahl ihm, mir augenblicklich zu antworten.

Als er mich brüllen hörte, schrie er mich ebenfalls an. „Ich habe Ihnen gesagt, es waren Laxativa drin! Soll alle Welt wissen, daß ich kranke Gedärme habe?“ Und ich begriff, daß, was ich für einen dummen Scherz gehalten hatte, die Wahrheit war.

Ich sah ihn an, sein gerötetes kleines Gesicht, seine stumpfe Nase (klein und dennoch genügend groß, daß auf ihr eine beträchtliche Menge Sommersprossen Platz finden konnte), und der Sinn all dessen hier wurde mir klar: das Algenaröhrchen sollte die Lächerlichkeit seiner Krankheit genauso verbergen wie die Blue jeans und die mächtige Lederjacke die Lächerlichkeit seiner kindlichen Visage; er schämte sich seiner selbst und trug mit Mühe sein Jünglingslos durchs Leben; ich mochte ihn in diesem Augenblick; er hatte durch sein Schamgefühl (dieser Noblesse des Jünglingsalters) Helena das Leben und mir den Schlaf der künftigen Jahre gerettet. Mit stumpfer Dankbarkeit betrachtete ich seine abstehenden Ohren. Ja, er hatte Helena das Leben gerettet; jedoch um den Preis ihrer unsäglich peinlichen Schmach; das wußte ich, und ich wußte auch, daß dies eine Schmach um nichts und wieder nichts war, eine Schmach ohne Sinn und ohne den leisesten Schatten einer Gerechtigkeit; ich wußte, daß dies abermals etwas Nichtwiedergutzumachendes in der Kette des Nichtwiedergutzumachenden war; ich fühlte mich schuldig, und das zwingende (wenn auch unklare) Bedürfnis überkam mich, zu ihr zu laufen, schnell zu ihr zu laufen, sie aus ihrer Schmach aufzuheben, mich vor ihr zu erniedrigen und zu demütigen, alle Schuld und alle Verantwortung für das sinnlos grausame Geschehen auf mich zu nehmen.

„Was gaffen Sie mich an!“ keifte der Bursche. Ich antwortete nicht und ging an ihm vorüber in den Korridor; ich wandte mich der Hoftür zu.

„Was wollen Sie dort?“ Er packte von hinten meine Schulter und versuchte mich an sich zu ziehen; für eine Sekunde sahen wir einander in die Augen; ich ergriff sein Handgelenk und löste seine Hand von meiner Schulter. Er umging mich und vertrat mir den Weg. Ich schritt auf ihn zu und wollte ihn wegstoßen. In diesem Augenblick holte er aus und schlug mir mit der Faust gegen die Brust.

Der Schlag war kläglich schwach, doch der Bursche sprang zurück und stand mir wieder in seiner naiven Boxerpose gegenüber; in seiner Miene mischte sich Angst mit tollkühnem Mut. „Sie haben bei ihr nichts zu suchen!“ schrie er mich an. Ich blieb stehen. Ich sagte mir, daß der Bursche wohl recht haben mochte; daß ich das Nichtwiedergutzumachende durch nichts ungeschehen machen konnte. Und der Bursche, als er sah, daß ich dastand und mich nicht wehrte, schrie weiter: „Sie sind ihr widerlich! Sie scheißt auf Sie! Sie hat es mir gesagt! Scheißen tut sie auf Sie!“

Nervenanspannungen machen den Menschen nicht nur gegen das Weinen, sondern auch gegen das Lachen machtlos; der reale Gehalt der letzten Worte des Knaben verursachte, daß meine Mundwinkel zuckten. Das machte den Burschen rasend; diesmal traf er meine Lippen, und den zweiten Schlag konnte ich nur mit Mühe parieren. Dann trat er wieder zurück und hob die Fäuste nach Boxerart vor das Gesicht, so daß nur seine abstehenden, zart rosarot schimmernden Ohren zu sehen waren.

Ich sagte ihm: „Lassen Sie das jetzt. Gut, ich gehe.“

Er rief noch hinter mir her: „Scheißkerl! Scheißkerl! Ich weiß, daß Sie die Finger in der Sache hatten! Aber ich kriege Sie noch! Arschloch! Arschloch!“

Ich trat auf die Straße. Sie war leer, wie Straßen nach Festen leer zu sein pflegen; nur der schwache Wind wirbelte den Staub auf und trieb ihn vor sich her, über den flachen Boden, der öd war wie mein Kopf, mein leerer, halb betäubter Kopf, in dem eine lange Weile kein einziger Gedanke auftauchte . . .

Erst später merkte ich dann plötzlich, daß ich das leere Algenaröhrchen in der Hand hielt; ich sah es an: es war schrecklich abgegriffen: offenbar hatte es schon lange als ständige Verkleidung für die Laxativa des Burschen gedient.

Dieses Röhrchen rief dann, nach einer weiteren langen Weile, in meinem Sinn die Erinnerung an andere Röhrchen wach, an Alexeis zwei Dormiralröhrchen; und da fiel mir ein, daß der Bursche eigentlich Helena überhaupt nicht das Leben gerettet hatte: denn selbst wenn wirklich Algena im Röhrchen gewesen wäre, hätte es bei Helena schwerlich etwas anderes hervorgerufen als eine Magenverstimmung, um so mehr, da der Bursche und ich ja ganz in der Nähe gewesen waren; Helenas Verzweiflung hatte ihre Rechnung mit dem Leben in absolut sicherer Entfernung von der Schwelle des Todes geregelt.

18

Sie stand in der Küche am Herd. Sie stand mit dem Rücken zu mir. Als wäre nichts geschehen. „Vladimír?“ antwortete sie, ohne sich umzuwenden. „Du hast ihn doch gesehen! Wie kannst du nur fragen?“ „Du lügst“, sagte ich, „Vladimír ist heute früh mit dem Enkel vom Koutecký auf dem Motorrad weggefahren. Ich bin gekommen, um dir zu sagen, daß ich es weiß. Ich weiß, weshalb euch heute früh diese dumme Redakteurin so gelegen kam. Ich weiß, weshalb ich nicht beim Einkleiden des Königs anwesend sein durfte. Ich weiß, weshalb der König das Schweigegebot eingehalten hat, noch ehe er sich dem Reiterzug anschloß. Das habt ihr ausgezeichnet ausgeheckt.“

Meine Sicherheit verwirrte Vlasta. Aber bald fand sie ihre Geistesgegenwart wieder und wollte sich durch einen Angriff retten. Es war ein seltsamer Angriff. Seltsam schon deshalb, weil die Widersacher einander nicht gegenüberstanden. Sie kehrte mir den Rücken, das Gesicht der blubbernden Suppe zugewendet. Sie hob nicht die Stimme. Sie sprach eher gleichgültig. Als wäre das, was sie mir sagte, irgendeine alte Selbstverständlichkeit, die sie nur wegen meiner Begriffsstützigkeit und Absonderlichkeit nun überflüssigerweise laut aussprechen mußte. Wenn ich es also hören wolle, gut, so solle ich es hören. Vladimír wollte von Anfang an nicht König sein. Und Vlasta wundere das nicht. Früher hätten die Burschen den Ritt der Könige selbst organisiert. Heute werde er von zehn Organisationen veranstaltet, und auch der Bezirksausschuß der Partei halte darüber eine Sitzung ab. Nichts mehr könnten die Menschen heute selbst und aus eigenen Stücken machen. Alles werde von oben gelenkt. Früher wählten die Burschen ihren König selbst. Diesmal hätte man ihnen von oben Vladimír empfohlen, um sich seinem Vater gegenüber erkenntlich zu zeigen, und alle mußten gehorchen. Vladimír schämte sich, weil er ein Protektionskind sei. Ein Protektionskind mag niemand.

„Willst du sagen, daß sich Vladimír für mich schämt?“ „Er

will nicht als Protektionskind dastehen", wiederholte Vlasta. „Deshalb freundet er sich mit der Familie Koutecký an? Mit diesen beschränkten Laffen? Mit diesen kleinbürgerlichen Dummköpfen?" fragte ich. „Ja. Deshalb", bestätigte Vlasta; „Miloš darf wegen seines Großvaters nicht einmal studieren. Nur deshalb, weil sein Großvater eine Baufirma hatte. Vladimír findet überall offene Türen. Nur deshalb, weil du sein Vater bist. Vladimír ist das peinlich. Kannst du das denn nicht begreifen?"

Zum erstenmal in meinem Leben empfand ich Zorn gegen sie. Man hatte mich hintergangen. Ungerührt hatten mich die beiden die ganze Zeit über beobachtet, wie ich mich freute. Wie sentimental, wie aufgeregt ich war. Ruhig hatten sie mich hintergangen, und ruhig hatten sie mich beobachtet. „War es denn nötig, mich so hinters Licht zu führen?"

Vlasta salzte die Nudeln und sagte, man habe es schwer mit mir. Ich lebte in meiner Welt. Ich sei ein Träumer. Sie wollten mir nicht meine Ideale nehmen, aber Vladimír sei anders. Er habe kein Verständnis für meine Lieder und für meine Juchzerei. Ihm mache das alles keinen Spaß. Es langweile ihn. Ich müsse mich damit abfinden. Vladimír sei ein moderner Mensch. Er sei ihrem Vater nachgeraten. Der habe stets für den Fortschritt etwas übriggehabt. Er sei der erste Bauer in ihrem Dorf gewesen, der schon vor dem Krieg einen Traktor besessen habe. Dann habe man ihm alles weggenommen. Und doch trügen diese Felder seit der Zeit, da sie der Genossenschaft gehörten, bei weitem nicht mehr so viel.

„Eure Felder interessieren mich nicht. Ich will wissen, wohin Vladimír gefahren ist. Er ist zum Motorradrennen nach Brünn gefahren. Gestehe!"

Sie kehrte mir den Rücken, rührte die Nudeln und fuhr fort, ihren Spruch herzusagen. Vladimír sei dem Großvater nachgeraten. Er habe sein Kinn und seine Augen. Und Vladimír mache der Ritt der Könige kein Vergnügen. Ja, wenn ich es hören wolle, er sei zum Rennen gefahren. Er wollte das Rennen sehen. Warum auch nicht. Motorräder interessierten ihn mehr als mit Bändern behangene Gäule. Was sei schon dabei. Vladimír ist ein moderner Mensch.

Motorräder, Gitarren, Motorräder, Gitarren. Eine blöde und

fremde Welt. Ich fragte: „Ich bitte dich, was ist das, ein moderner Mensch?"

Sie kehrte mir den Rücken, rührte die Nudeln und antwortete mir, daß sie ja nicht einmal unsere Wohnung richtig modern einrichten dürfe. Was hätte ich wegen der modernen Stehlampe für ein Geschrei gemacht! Auch der moderne Luster gefiele mir nicht. Und allen sei doch klar, daß diese moderne Stehlampe wunderschön wäre. Überall würden heutzutage solche Lampen gekauft.

„Schweig", sagte ich. Aber es war unmöglich, sie zu stoppen. Sie war in Fahrt. Sie kehrte mir den Rücken. Den kleinen, bösen, mageren Rücken. Das brachte mich wohl am meisten auf. Dieser Rücken. Der Rücken, der keine Augen hatte. Der Rücken, der stupid selbstsicher war; der Rücken, mit dem man sich nicht verständigen konnte. Ich wollte sie zum Schweigen bringen. Sie mit der Stirn zu mir kehren. Aber ich empfand einen solchen Widerwillen gegen sie, daß ich sie nicht einmal berühren mochte. Ich würde sie anders mit dem Gesicht zu mir kehren. Ich öffnete die Kredenz und nahm einen Teller heraus. Ich ließ ihn auf den Boden fallen. Sie verstummte jäh. Aber sie drehte sich nicht um. Noch ein Teller und noch ein Teller. Sie kehrte mir noch immer den Rücken. In sich geduckt. Ich sah es ihrem Rücken an, daß sie Angst hatte. Ja, sie hatte Angst, aber sie war widerspenstig und wollte sich nicht fügen. Sie hörte zu rühren auf und hielt den Kochlöffel regungslos mit der Hand umklammert. Sie hielt sich an ihm fest wie an einer Zufluchtsstätte. Ich haßte sie und sie mich. Sie rührte sich nicht, und ich ließ meinen Blick nicht von ihr, obwohl ich weitere und weitere Stücke Geschirr aus den Regalen der Kredenz auf den Boden warf. Ich haßte sie und haßte in diesem Augenblick ihre ganze Küche. Eine moderne Typenküche mit moderner Kredenz, modernen Tellern und modernen Gläsern.

Ich fühlte keinerlei Erregung. Ich blickte ruhig, traurig, fast müde auf den Boden, der voll Scherben, herumliegenden Töpfen und Kasserollen war. Ich schmiß mein Heim auf den Boden. Das Heim, das ich liebte, bei dem ich Zuflucht suchte. Das Heim, darin ich das zarte Regime meines bettelarmen Mägdeleins spürte. Das Heim, das ich mir mit Märchen, Liedern und gutmütigen Kobolden bevölkert hatte. Hier, auf diesen drei Sesseln hatten wir stets während unserer Mittagmahlzeiten gesessen. Ach, diese friedlichen Mittagessen, bei denen der dumme und gutgläubige Familienerhalter beschwichtigt und übertölpelt worden war. Ich packte einen Stuhl nach dem anderen und brach allen die Beine ab. Ich legte sie auf den Boden zu den Töpfen und den zerbrochenen Gläsern. Ich drehte den Küchentisch mit den Beinen nach oben um. Vlasta stand noch immer regungslos am Herd und kehrte mir den Rücken.

Ich ging aus der Küche in mein Zimmer. Im Zimmer war eine rosa Kugel an der Decke, die Stehlampe und eine garstige moderne Couch. Auf dem Harmonium lag der schwarze Kasten mit meiner Geige. Ich nahm ihn. Ich sollte um vier Uhr im Gartenrestaurant spielen. Aber jetzt war es eins. Wohin sollte ich gehen?

Aus der Küche vernahm ich ein Schluchzen. Vlasta weinte. Es war ein herzzerreißendes Schluchzen, und irgendwo tief in mir spürte ich schmerzliche Reue. Weshalb hatte sie nicht zehn Minuten früher zu weinen begonnen? Da hätte ich mich von der alten Selbsttäuschung übermannen lassen und in ihr wieder das arme Mägdelein sehen können. Aber nun war es bereits zu spät.

Ich verließ das Haus. Über den Dächern des Dorfes schwebte das Rufen des Rittes der Könige. Wir haben einen König, der ist zwar arm, doch ehrlich und ohne Tadel und Harm. Wohin sollte ich gehen? Die Gassen gehörten dem Ritt der Könige, das Zuhause Vlasta, die Schenken den Betrunkenen. Wohin gehörte ich? Ich, ein alter, verlassener, ausgestoßener König. Ein ehrlicher und auf den Bettelstab gekommener König. Ein König ohne Thronfolger. Der letzte König.

Zum Glück gibt es hinterm Dorf die Felder. Den Weg. Und zehn Minuten weiter die March. Ich legte mich ans Ufer. Den Geigenkasten schob ich unter meinen Kopf. Ich lag lange so. Eine Stunde, vielleicht zwei. Und ich dachte daran, daß ich am Ende war. So plötzlich und unerwartet. Und es war da. Ich konnte mir keine Fortsetzung vorstellen. Ich hatte stets in zwei Welten zugleich gelebt. Ich hatte an ihre wechselseitige Harmonie geglaubt. Das war ein Trug gewesen. Jetzt war ich aus einer dieser Welten vertrieben worden. Aus der Welt der Wirklichkeit. Es blieb mir nur noch die erdachte übrig. Aber ich vermochte nicht nur in der erdachten Welt zu leben. Auch wenn man mich dort erwartete. Auch wenn mich der Deserteur rief und für mich ein Pferd und einen roten Schleier bereit hatte. Oh, jetzt begriff ich ihn! Jetzt verstand ich, weshalb er mir untersagte, das Tuch abzunehmen, weshalb er mir alles nur erzählen wollte! Jetzt erst begriff ich, weshalb der König das Gesicht verhüllen muß! Nicht damit er nicht gesehen werde, sondern damit er nicht sehe!

Ich vermochte mir überhaupt nicht vorzustellen, daß ich aufstand und ging. Ich vermochte mir keinen einzigen Schritt vorzustellen. Um vier Uhr erwartete man mich. Ich jedoch würde nicht die Kraft haben, mich zu erheben und hinzugehen. Nur hier fühlte ich mich wohl. Hier am Fluß. Hier strömte das Wasser dahin, langsam, seit Urzeiten. Es strömte langsam dahin, und ich würde hier langsam und lange liegen.

Und dann sprach mich jemand an. Es war Ludvík. Ich erwartete einen weiteren Schlag. Aber ich fürchtete mich nicht mehr. Nichts vermochte mir mehr etwas anzuhaben.

Er setzte sich zu mir und fragte mich, ob ich mich schon für das Auftreten am Nachmittag bereitmachte. „Willst du denn hingehen?“ fragte ich ihn. „Ja“, sagte er. „Bist du deshalb hergekommen?“ fragte ich. „Nein“, sagte er, „deshalb bin ich nicht gekommen. Aber die Dinge enden anders, als wir annehmen.“ „Ja“, sagte ich, „ganz anders.“ „Ich treibe mich schon eine Stunde in den Feldern herum. Ich hatte keine Ahnung, daß ich dich hier finden würde.“ „Ich ebenfalls nicht.“ „Ich habe eine Bitte an dich“, sagte er nun und sah mir nicht in die Augen. Genau wie Vlasta. Er sah mir nicht in die Augen. Aber bei ihm störte mich das nicht. Bei ihm freute es mich, daß er mir nicht in die Augen sah. Es kam mir vor, als wäre Scham in diesem Nichtindieaugensehen. Und diese Scham wärmte und hielt mich. „Ich habe eine Bitte an dich“, sagte er; „möchtet ihr mich nicht heute mit euch spielen lassen?“

19

Bis zur Abfahrt des nächsten Autobusses fehlten noch einige Stunden, und so verließ ich, von einer inneren Unruhe getrieben, durch Nebengäßchen das Dorf, ließ die letzten Häuser hinter mir, gelangte in die Felder und versuchte alle Gedanken an den verflossenen Tag aus meinem Sinn zu schassen. Es war nicht leicht: ich fühlte das Jucken der vom Fäustchen des Burschen verletzten Lippen, und abermals trat die unklare, schattenrißartige Erscheinung Lucies vor meine Augen und erinnerte mich daran, daß ich überall, wo ich mich mit dem Unrecht, das ich erlitten hatte, auszugleichen versuchte, schließlich mich selbst als jenen wiederfand, der Unrecht beging. Ich vertrieb diese Gedanken, weil ich alles, was sie mir fortwährend und ständig im Kreise herum wiederholten, in diesem Augenblick bereits genau wußte; ich bemühte mich, meinen Sinn von allem zu säubern und nur das ferne (schon kaum hörbare) Rufen der Reiter in ihn eintreten zu lassen, das mich irgendwohin außerhalb meiner selbst und außerhalb meines peinlichen Erlebnisses entführte und mir so Erleichterung bescherte.

Über Feldwege wanderte ich um das ganze Dorf herum, bis ich an das Ufer der March gelangte, und ich ging stromaufwärts; auf dem gegenüberliegenden Ufer waren ein paar Gänse, und dahinter in der Ebene ein Wald und sonst nur Felder und Felder. Und dann sah ich, daß in der Ferne, in der Richtung, in der ich ging, am grasbewachsenen Ufer eine Gestalt lag. Als ich näher kam, erkannte ich ihn: er lag auf dem Rücken, hatte das Gesicht dem Himmel zugewendet, den Kopf hatte er auf einen Geigenkasten gebettet (rundherum war nichts als Felder, flach und weit, wie sie vor Jahrhunderten gewesen waren, nur an dieser Stelle von Stahlmasten durchstochen, die die schweren Drähte einer Hochspannungsleitung trugen). Nichts war leichter, als ihm aus dem Wege zu gehen, denn er starrte in den Himmel und sah mich nicht. Aber ich wollte ihm diesmal nicht aus dem Wege gehen, eher wollte ich mir selbst aus dem Wege gehen und den Gedanken, die sich mir aufdrängten, und so trat ich vor ihn hin und sprach ihn an. Er hob den Blick zu mir, und mir schien es, als wären diese Augen ängstlich und scheu, und ich wurde (zum ersten Male nach vielen Jahren sah ich ihn jetzt aus der Nähe) gewahr, daß von seinem dichten Haar, das seine hohe Gestalt immer noch einige Zentimeter größer gemacht hatte, nichts als ein paar schüttere Büschel übriggeblieben waren und daß er am Hinterkopf nur noch ein paar traurige Strähnen hatte, die die kahle Haut bedeckten; dieses entschwundene Haar erinnerte mich an die langen Jahre, die ich ihn nicht gesehen hatte, und mir tat plötzlich diese Zeit leid, diese vielen langen Jahre, in denen wir einander nicht begegnet waren, in denen ich ihm ausgewichen war (aus der Ferne drang kaum hörbar das Rufen der Reiter zu uns), und ich empfand mit einem Male eine jähe und schuldbewußte Liebe zu ihm. Er lag vor mir, er stützte sich auf den Ellenbogen, er war groß und plump, und der Geigenkasten war schwarz und winzig wie ein Sarg mit einem Neugeborenen. Ich wußte, daß seine Kapelle (früher einmal auch *meine* Kapelle) heute nachmittag im Dorf spielen würde, und ich bat ihn, heute mit ihnen spielen zu dürfen.

Diese Bitte sprach ich aus, ehe ich noch fähig war, sie selbst zu Ende zu denken (es war, als kämen die Worte früher als der Gedanke), ich sprach sie also unbedacht, aber dennoch in Übereinstimmung mit meinem Herzen aus; ich war nämlich in diesem Augenblick von einer traurigen Liebe erfüllt; einer Liebe zu dieser Welt, die ich vor Jahren ganz verlassen hatte, einer fernen und weit zurückliegenden Welt, in der Reiter mit einem maskierten König durch das Dorf zogen, in der man weiße plissierte Hemden trug und in der Lieder gesungen wurden, eine Welt, die für mich mit dem Bild der Heimatstadt verschmolz und mit dem Bild meiner Mutter (meiner verschacherten Mutter) und meiner Jugend; während des ganzen Tages war diese Liebe leise in mir herangewachsen, und in diesem Augenblick brach sie fast weinerlich hervor; ich liebte diese weit zurückliegende Welt, und zur gleichen Zeit bat ich sie, mir Zuflucht zu gewähren und mich zu erlösen.

Aber wieso das, und mit welchem Recht? War ich denn nicht erst vorgestern nur deshalb Jaroslav aus dem Wege gegangen, weil seine Erscheinung in meinen Ohren die widerliche Musik der Folklore hallen ließ? Hatte ich mich nicht noch heute morgen dem folkloristischen Fest mit Widerwillen genähert? Was hatte also in mir plötzlich diese alten Dämme geöffnet, die mich fünfzehn Jahre lang daran gehindert hatten, mich glücklich an die in der Zimbalkapelle verbrachte Jugend zu erinnern, gerührt in die Heimatstadt zurückzukehren? War es vielleicht der Umstand, daß sich vor wenigen Stunden Zemánek über den Ritt der Könige lustig gemacht hatte? Vielleicht hatte *er* mir die Volksmusik verleidet, und *er* hatte sie mir nun wieder gesäubert? War ich wirklich nur das andere Ende der Kompaßnadel, deren Spitze er ist? Befand ich mich vielleicht tatsächlich in einer so schmählichen Abhängigkeit von ihm? Nein, es war nicht nur Zemáneks Spott gewesen, der bewirkt hatte, daß ich plötzlich wieder die Welt der Trachten, der Lieder und der Zimbalkapellen lieben konnte; ich konnte sie lieben, weil ich sie bereits am Morgen (unerwartet) in ihrer Armseligkeit wiedergefunden hatte; in ihrer Armseligkeit und vor allem in ihrer *Verlassenheit;* sie war verlassen durch den Pomp und die Reklame, verlassen durch die politische Propaganda, verlassen durch die sozialen Utopien, verlassen durch die Scharen von Kulturbeamten, verlassen durch das possenhafte Bekennertum meiner Zeitgenossen, verlassen *(auch)* wegen Zemánek; diese Verlassenheit reinigte sie; diese Verlassenheit war vorwurfsvoll, indem sie sie, wehe, als jemanden reinigte, dessen Stunden gezählt waren; und diese Verlassenheit überstrahlte sie mit irgendeiner unantastbaren *letzten Schönheit;* diese Verlassenheit gab mir sie zurück.

Das Auftreten der Kapelle sollte im selben Gartenrestaurant stattfinden, in dem ich vor nicht sehr langer Zeit zu Mittag gegessen und Helenas Brief gelesen hatte; als ich mit Jaroslav hinkam, saßen schon ein paar ältere Leute da (die geduldig auf den musikalischen Nachmittag warteten), und etwa gleich viele Betrunkene torkelten von Tisch zu Tisch; hinten, um die breite Linde, standen etliche Sessel, am Stamm der Linde lehnte in einer grauen Hülle die Baßgeige, und ein Stückchen von ihr stand das offene Zimbal, hinter dem ein Mann im weißen Hemd saß und leise mit den Klöppeln über die Saiten irrte; die übrigen Mitglieder der Kapelle standen ein Stückchen abseits, und Jaroslav führte mich zu ihnen und stellte mich ihnen vor: der zweite Geiger (ein großer, schwarzhaariger junger Mann in Tracht) war Arzt im hiesigen Krankenhaus; der bebrillte Baßgeiger war Volksbildungsinspektor des Kreisnationalausschusses; der Klarinettist (er wollte so liebenswürdig sein, mir seine Klarinette zu leihen und mit mir zu alternieren) war Lehrer; der Zimbalist war Planer in der Fabrik; außer dem Zimbalisten, an den ich mich noch erinnerte, lauter neue Gesichter. Nachdem mich dann Jaroslav feierlich als alten Veteranen vorgestellt hatte, als einen der Begründer der Kapelle und nunmehr Ehrenklarinettist, setzten wir uns um die Linde auf die Stühle und begannen zu spielen.

Schon lange hatte ich keine Klarinette mehr in der Hand gehabt, aber das Lied, das wir anstimmten, kannte ich gut, und so schüttelte ich bald die anfängliche Scheu ab, besonders, als mich die anderen Musikanten nach dem Schluß des Liedes lobten und nicht glauben wollten, daß ich nach einer so langen Zeit zum ersten Male wieder spielte; dann stellte der Kellner (jener, dem ich vor einigen Stunden in verzweifelter Hast mein Mittagessen bezahlt hatte) einen Tisch unter die Linde, und auf diesen stellte er sechs Gläser und einen Demijohn Wein für uns; wir tranken ein wenig. Nach etlichen Liedern gab ich dem Lehrer einen Wink; er übernahm die Klarinette von mir und erklärte abermals, daß ich ausgezeichnet spielte; ich war über dieses Lob glücklich, lehnte mich an den Stamm der Linde, und während ich der Kapelle zusah, wie sie nun ohne mich weiterspielte, erfüllte mich ein lange nicht gekostetes Gefühl inniger Zusammengehörigkeit, und ich dankte diesem, daß es mir am Ende eines bitteren Tages zu Hilfe gekommen war. Und da tauchte abermals Lucie vor meinen Augen auf, und es kam mir in den Sinn, daß ich erst jetzt wußte, weshalb sie mir im Friseurladen erschienen war und tags darauf in Kostkas Erzählung, die Legende und Wahrheit zugleich gewesen war: vielleicht wollte sie mir sagen, daß ihr Schicksal (das Schicksal eines geschändeten Mädchens) meinem Schicksal nahe war; daß wir beide einander zwar verfehlt, uns nicht verstanden hatten, daß die Geschichten unser beiden Leben aber zwillingshaft miteinander verschworen waren, daß sie einander entsprachen, weil beide die *Geschichte einer Verwüstung* waren; wie sie Lucies körperliche Liebe verwüstet und so ihr Leben des elementarsten Wertes beraubt hatten, so wurde auch mein Leben um die Werte betrogen, auf die es sich zu stützen beabsichtigt hatte und die in ihrem Ursprung lauter und unschuldig gewesen waren; ja, unschuldig: die körperliche Liebe, so verwüstet sie auch in Lucies Leben sein mochte, war doch unschuldig, genauso wie die Lieder meiner Landschaft unschuldig waren und sind, wie die Zimbalkapelle unschuldig ist, wie meine Heimat, die mir verleidet worden war, unschuldig ist, genau wie Fučik, dessen Bild ich nicht ohne Widerwillen betrachten konnte, mir gegenüber völlig unschuldig war, genau wie das Wort Genosse, obwohl es für mich drohend klang, ebenso unschuldig war wie das Wort Du und das Wort Zukunft und viele andere Wörter und Worte. Die Schuld lag anderswo, und sie war so groß, daß ihr Schatten weit und breit auf eine ganze Welt unschuldiger Dinge (und Worte) fiel und sie verwüstete. Wir lebten, ich und Lucie, in einer verwüsteten Welt; und da wir kein Mitleid mit den verwüsteten Dingen empfinden konnten, wandten wir uns von ihnen ab und taten somit ihnen wie uns selbst weh. Lucie, du so sehr geliebtes Mädchen, du so schlecht geliebtes Mädchen, bist du mir das nach so vielen Jahren sagen gekommen? Bist du als Fürsprecherin der verwüsteten Welt gekommen?

Das Lied war zu Ende, der Lehrer reichte mir die Klarinette; er meinte, er würde heute nicht mehr spielen, ich spielte besser als er und hätte ein Anrecht darauf, soviel wie möglich zu spielen, denn wer weiß, wann ich wieder kommen würde. Ich fing Jaroslavs Blick auf und sagte, ich würde mich sehr, sehr freuen, wenn ich so bald wie möglich die Kapelle wieder besuchen dürfte. Jaroslav fragte, ob ich das tatsächlich ernst meinte. Ich bejahte das, er stand mit zurückgeneigtem Kopf da, die Geige hielt er wider alle Regel ganz tief auf der Brust und schritt beim Spiel auf und ab; auch der zweite Geiger und ich standen immer wieder auf, besonders, wenn wir dem Elan der Improvisationen einen möglichst breiten Raum gewähren wollten. Und gerade in den Augenblicken, da wir uns dem Abenteuer der Improvisation hingaben, die Phantasie, Präzision und großes gegenseitiges Verstehen erfordert, wurde Jaroslav unser aller Seele, und ich bewunderte ihn, weil dieser hünenhafte Bursche ein ausgezeichneter Musikant war, der ebenfalls (und er vor allem) zu den verwüsteten Werten meines Lebens gehörte; er ward mir genommen, und ich hatte ihn mir (zu meinem Schaden und meiner Schande) nehmen lassen, obwohl er wohl der teuerste, argloseste, unschuldigste Gefährte gewesen war.

Währenddessen änderte sich allmählich das Bild des im Garten versammelten Publikums: zu den wenigen anwesenden Leuten, die anfangs unserem Spiel mit recht großem Interesse gelauscht hatten, gesellte sich nun eine große Zahl Burschen und

Mädchen (vielleicht aus dem Dorf, eher aus der Stadt), die die restlichen Tische besetzten, die (sehr laut) Bier und Wein bestellten und sehr bald (so wie ihr Alkoholspiegel nach und nach stieg) ihr ungestümes Bedürfnis offenbarten, gesehen zu werden, gehört zu werden, anerkannt zu werden. Und so änderte sich die Atmosphäre im Garten rasch, sie wurde lärmender und nervöser (Burschen torkelten zwischen den Tischen herum, riefen einander und den Mädchen laut dies und das zu), bis ich mich dabei ertappte, daß ich aufhörte, mich auf das Spiel zu konzentrieren, sondern viel zu oft zu den Tischen im Garten hinüberblickte und mit unverhülltem Haß die Gesichter der Halbwüchsigen betrachtete. Wenn ich diese langhaarigen Köpfe sah, die protzig und theatralisch Speichel und Worte um sich spuckten, kehrte mein alter Haß gegen das Lebensalter der Halbwüchsigkeit zurück, und es schien mir, als sähe ich lauter Schauspieler vor mir, deren Gesichtern Masken aufgedrückt waren, die stupide Männlichkeit, hochmütige Erbarmungslosigkeit und Brutalität darstellen sollten; und ich sah keinerlei Rechtfertigung darin, daß vielleicht unter jeder Maske ein anderes (menschlicheres) Antlitz steckte, denn schrecklich schien mir gerade das zu sein, daß die Gesichter unter den Masken fanatisch der Unmenschlichkeit und Gemeinheit der Masken ergeben waren.

Auch Jaroslav hatte offenbar ähnliche Empfindungen wie ich, denn plötzlich ließ er die Geige sinken und erklärte, es mache ihm überhaupt keinen Spaß, vor so einem Publikum zu spielen. Er schlug vor, zu gehen; wir sollten den Umweg über die Feldwege in die Stadt wählen, so wie wir einst gegangen waren, einst, vor langer Zeit; es wäre, meinte er, doch ein schöner Tag, bald würde es dunkel werden, es würde ein warmer Abend sein, die Sterne würden leuchten, irgendwo beim wilden Rosenstrauch in den Feldern würden wir dann bleiben und nur für uns spielen, uns zur Freude, wie wir es einst getan hatten: wir hätten uns neuerdings daran gewöhnt (dummerweise gewöhnt), nur anläßlich organisierter Anlässe zu spielen, und das habe er, Jaroslav, nun satt.

Zunächst stimmten alle fast begeistert zu, denn offenbar empfanden auch sie, daß sich ihre Liebe zur Volksmusik in einem intimeren Milieu offenbaren müsse, aber dann hielt der Baßgeiger (der Inspektor für Volksbildung) dem entgegen, daß wir laut Vereinbarung bis neun hier spielen müßten, daß die Genossen vom Bezirk und auch der Leiter des Restaurants damit rechneten, daß es so geplant sei, daß wir die Aufgabe erfüllen müßten, zu der wir uns verpflichtet hätten, daß wir sonst den geplanten Ablauf des Festes vereiteln würden und daß wir ja ein andermal draußen in der freien Natur spielen könnten.

In diesem Augenblick flammten im Garten die Lampen auf, die an langen, zwischen den einzelnen Bäumen gespannten Drähten hingen; es war noch nicht dunkel, die Dämmerung brach gerade erst herein, und so breiteten sie keinen Lichtschein um sich aus, sondern steckten nur im grau werdenden Raum gleich großen regungslosen Tränen, blaßblauen Tränen, die man nicht wegwischen konnte und die nicht heruntertropfen durften; es lag darin irgendeine jähe und unverständliche Bangigkeit, und es war unmöglich, sich ihr zu entziehen. Jaroslav wiederholte abermals (diesmal fast bittend), daß er hier nicht länger bleiben wolle, daß er in die Felder zum wilden Rosenbusch gehen und dort zu seinem eigenen Vergnügen spielen wolle, doch dann winkte er mit der Hand ab, hob die Geige an die Brust und begann zu spielen.

Diesmal ließen wir uns jedoch nicht mehr vom Publikum ablenken, und wir spielten noch viel konzentrierter als zu Beginn; je gleichgültiger und vulgärer die Stimmung im Gartenrestaurant wurde, desto mehr umgab sie uns mit ihrer lärmenden Interesselosigkeit und ließ uns zu einer verlassenen Insel werden, je wehmütiger uns zumute wurde, desto mehr wendeten wir uns uns selbst zu, spielten eher für uns selbst als für andere, so daß es uns gelang, auf alle rundherum zu vergessen und sozusagen aus der Musik einen magischen Kreis um uns zu bilden, innerhalb dessen wir uns inmitten der grölenden Betrunkenen wie in einer gläsernen Kajüte befanden, die in die Tiefen eines kalten Gewässers hinabgelassen worden war.

„Wär'n die Berge Papier und Tinte das Meer, und der Mond ein Schreiber, und schrieb er noch so sehr, und wenn schier tausend Jahre er gar schreiben könnt, nie schrieb er nieder meiner Lieb' Testament", sang Jaroslav, ohne die Geige sinken zu lassen, und ich fühlte mich glücklich im Inneren dieser Lieder (im Inneren der gläsernen Kajüte dieser Lieder), in denen die

Trauer nicht verspielt, das Lachen nicht schief, die Liebe nicht lächerlich und der Haß nicht menschenscheu war, wo die Menschen mit Leib und Seele liebten (ja, Lucie, mit Leib und Seele zugleich!), wo sie im Haß nach dem Messer oder nach dem Säbel griffen, wo sie vor Freude tanzten, in ihrer Verzweiflung in die Donau sprangen, wo also die Liebe noch Liebe war und Schmerz noch Schmerz, wo das ursprüngliche Gefühl noch nicht aus sich selbst ausgerenkt war und die Werte noch unverwüstet waren; und es schien mir, als wäre ich im Inneren dieser Lieder *daheim*, als wäre ich von ihnen ausgezogen, als wäre ihre Welt meine ursprüngliche Kennzeichnung, mein Zuhause, das ich veruntreut hatte, das aber *um so mehr* mein Zuhause war (weil die eindringlichste Stimme jenes Zuhause hat, gegen das wir schuldig geworden sind); aber sogleich wurde ich mir auch bewußt, daß dieses Zuhause nicht von dieser Welt war (und was für ein Zuhause war das denn, wenn es nicht von dieser Welt war?), daß das, wie wir hier spielten und sangen, nur eine Erinnerung, ein Andenken, ein bildhaftes Bewahren von irgend etwas war, was es nicht mehr gab, und ich spürte, wie das Festland dieses Zuhauses unter meinen Füßen versank, wie ich in die Tiefe stürzte, wie ich die Klarinette an die Lippen preßte und hinabstürzte in die Tiefe der Jahre, in die Tiefe der Jahrhunderte, in eine bodenlose Tiefe (wo Liebe Liebe ist, Schmerz Schmerz), und ich sagte mir verwundert, daß mein einziges Zuhause eben dieses Versinken war, dieser suchende und sehnende Sturz, und also gab ich mich ihm weiter hin und kostete die Süße des Taumels aus.

Dann sah ich Jaroslav an, um in seinem Antlitz festzustellen, ob ich in meiner Exaltation vereinsamt geblieben war, und ich bemerkte (sein Gesicht wurde von einer der Lampen beleuchtet, die über uns in der Krone der Linde hingen), daß es sehr bleich war; ich wurde gewahr, daß er bereits aufgehört hatte, zu seinem Spiel zu singen, daß er die Lippen zusammengepreßt hatte; daß seine ängstlichen Augen noch ängstlicher geworden waren; daß in der Melodie, die er spielte, falsche Töne aufklangen; daß die Hand, in der er die Geige hielt, niedersank. Und dann hörte er plötzlich zu spielen auf und ließ sich auf den Sessel fallen; ich kniete neben ihm nieder. „Was fehlt dir?" fragte ich ihn; von seiner Stirn rann der Schweiß, mit der Hand umklammerte er seinen linken Arm oben an der Schulter. „Es tut so schrecklich weh", sagte er. Die übrigen bemerkten nicht, daß mit Jaroslav etwas nicht in Ordnung war, und sie verharrten in ihrer musikalischen Trance ohne erste Geige und ohne Klarinette, deren Pause der Zimbalist ausnützte, um sein Instrument hervortreten zu lassen, das nun nur noch von der zweiten Geige und von der Baßgeige begleitet wurde. Ich ging zum zweiten Geiger (ich erinnerte mich, daß Jaroslav ihn mir als Arzt vorgestellt hatte) und rief ihn zu Jaroslav. Nun spielte nur das Zimbal mit der Baßgeige, während der zweite Geiger Jaroslavs linkes Handgelenk ergriff und es lange, sehr lange festhielt; dann hob er seine Lider an und beobachtete seine Augen; dann berührte er seine schweißbedeckte Stirn. „Das Herz?" fragte er. „Der Arm und das Herz", sagte Jaroslav. Er war grün. Nun sah uns auch der Baßgeiger, er lehnte die Baßgeige gegen die Linde und kam zu uns, so daß nur noch das Zimbal ertönte, denn der Zimbalist ahnte nichts und war glücklich, daß er solo spielte. „Ich rufe das Krankenhaus an", sagte der zweite Geiger. Ich trat zu ihm: „Was ist los?" „Sein Puls ist kaum zu spüren. Eiskalter Schweiß. Es dürfte ein Infarkt sein." „Mein Gott", sagte ich. „Hab keine Angst, er kommt durch", tröstete er mich und eilte mit schnellen Schritten in das Gebäude. Er zwängte sich zwischen den schon ziemlich betrunkenen Menschen durch, die überhaupt nicht bemerkt hatten, daß unsere Kapelle zu spielen aufgehört hatte, weil sie ganz mit sich selbst beschäftigt waren, mit ihrem Bier, ihrem Gefasel und Geschimpfe, das im entgegengesetzten Winkel des Gartens in eine Rauferei ausartete.

Nun verstummte auch das Zimbal, und alle umringten Jaroslav, der mich ansah und sagte, das alles käme daher, weil wir hiergeblieben wären, daß er nicht habe bleiben wollen, daß er in die Felder hatte gehen wollen, besonders da ich gekommen war, besonders da ich zurückgekehrt war, daß wir in der Natur herrlich hätten spielen können. „Sprich nicht", sagte ich ihm, „du brauchst vollkommene Ruhe", und ich dachte daran, daß er den Infarkt zwar überstehen würde, wie der zweite Geiger gesagt hatte, aber daß das dann schon ein ganz anderes Leben sein würde, ein Leben ohne leidenschaftliche Hingabe, ohne begeistertes Spiel in der Kapelle, ein Leben unter dem Patronat des Todes, die zweite Halbzeit, die Halbzeit nach der Niederlage, und das Gefühl überkam mich (ich vermochte seine Berechtigung in diesem Augenblick auf keinerlei Weise zu beurteilen), daß das Schicksal oft lange vor dem Tod endet, daß der Augenblick, da das Schicksal zu Ende ist, nicht mit dem Moment des Todes identisch ist und daß Jaroslavs Schicksal zu Ende war. Übermannt von einem großen Mitleid, strich ich ihm über den kahlen Schädel, über seine traurigen langen Haarsträhnen, die die Glatze bedeckten, und erschreckend wurde ich mir bewußt, daß mein Weg in die Heimatstadt, in der ich den verhaßten Zemánek erledigen wollte, damit endete, daß ich den Kameraden, der erledigt war, auf den Armen hielt (ja, ich sah in diesem Augenblick mich selbst, wie ich ihn auf den Armen halte, wie ich ihn halte und trage, ich trage ihn, groß und schwer, als trüge ich meine eigene unklare Schuld, ich sah mich, wie ich ihn durch die gleichgültige Menge trage und wie ich dabei weine).

So standen wir etwa zehn Minuten um ihn herum, dann tauchte wieder der zweite Geiger auf, gab uns ein Zeichen, wir halfen Jaroslav aufstehen, und wir führten ihn, während wir ihn stützten, langsam durch das lärmende Getümmel betrunkener Halbwüchsiger auf die Straße, wo mit eingeschaltetem Blaulicht der weiße Sanitätswagen wartete.

Beendet am 5. Dezember 1965.

Nachwort

Louis Aragon
Kunderas Scherz

Eines Tages werden die Mythographen, die sich Historiker nennen, die nun fünfzigjährige Geschichte der Tschechoslowakei auf ihre Weise schreiben, und man kann sicher sein, daß sie alles so darstellen werden, wie die Augen des Siegers es sehen – wer immer der Sieger sein wird. Vielleicht werden sie, wenn schon nicht auf dem Prag beherrschenden Hügel, so doch zumindest in Worten das Denkmal des Tyrannen wieder aufrichten, das so lange die Stadt überragt hat und das man schließlich doch sprengen mußte. Das neue »Denkmal« wird, wie das alte, jedenfalls das Recht des Stärkeren ausdrücken. Weder im gehauenen Stein noch in der schönen Legende werden die Menschen die wahre Erklärung finden für das, was wir erlebt haben.
Aber vielleicht, ja meiner Meinung nach sicher, wird der Leser in diesem Buch, einem der größten Romane des Jahrhunderts, den Schlüssel finden, den der Historiker nicht kennt oder nicht kennen will. Nur ein Roman, könnte man sagen. Die Wahrheit steigt nicht immer nackt aus der Grube hervor, in der man sie zu verstecken sucht. Heute ist es modern, dieses literarische Genre totzuschreien. *Der Scherz* ist jedoch ein Beweis dafür, daß der Roman für den Menschen so unentbehrlich ist wie das Brot. Ich will mir erlauben, die Worte Plutarchs zu paraphrasieren, der dem Historiker den Biographen entgegenstellte: »Eine ganz alltägliche Handlung oder Äußerung, ein einfacher »Scherz« läßt einen Charakter oft besser erkennen als die blutigsten Schlachten und denkwürdigsten Belagerungen . . . . .«
(*Das Leben des Alexander*).
Ja, bis heute und wohl auch noch morgen, wird man in Büchern wie dem *Scherz* von Milan Kundera verstehen und auf dem Weg, den dieser Roman in die Tiefe der Zeit bahnt, verfolgen können, was in Wahrheit das Leben in unserer Epoche gewesen ist, das Alltagsleben der Männer und Frauen, deren Namen nicht

in den Zeitungen stehen, nicht in den Enzyklopädien festgehalten sind und in denen doch die wirren Wandlungen einer trächtigen Welt heranreifen. »Abgeschlossen am 5. Dezember 1965«, schrieb der Autor auf die letzte Seite, aber der Roman erschien erst Ende 1967, nach einer Zeit der Ungewißheit über sein Schicksal und über das des Verfassers. Nicht, daß er ein Anfänger gewesen wäre, der erst gehen lernen mußte. Er hatte schon seinen festen Platz in der Literatur seines Landes, auch abgesehen von den Gedichten, die er heute ablehnt, weil er von Lyrik nichts mehr wissen will: da ist ein Essay, der Sensation machte. *Die Kunst des Romans*, zwei Bände Novellen, die in Kürze durch einen dritten ergänzt werden sollen (alle drei unter dem gemeinsamen Titel *Lächerliche Liebe*), ein Theaterstück *Der Schlüsselbesitzer*, das ich 1963 in Prag gesehen habe (und von dem ich verstehe, warum die Pariser Bühnen es noch nicht herausgebracht haben). Aber die Macht versteht keinen *Scherz*. In Prag so wenig wie anderswo, wird man mir sagen. Worauf ich antworte, daß es sich nicht um die Psychologie der Mächtigen handelt, sondern darum, was das Volk sich gefallen läßt und was nicht. Es kommt vor, daß die Staatsraison über die einfache Vernunft triumphiert. Nichts beweist, daß dies etwas anderes ist als Zwang. Die weißen Stellen, die die Zensur Nikolaus' I. in *Eugen Onegin* hinterließ, wurden von Späteren ausgefüllt. In Frankreich ist *Das Feuer* mitten im Krieg erschienen. Nur vorübergehend waren die Werke Franz Kafkas in seiner Heimat ausgelöscht. *Žert*, wie Kunderas Roman auf tschechisch heißt, kam am Ende der Novotný-Ära heraus, was mehr auf den Druck der öffentlichen Meinung zurückzuführen ist als auf die Liberalität jenes Potentaten.

Vollendet, wie gesagt, im Dezember 1965, spielt der Roman, zumindest was die *Gegenwart* des Buches betrifft, und nicht die Rückblendung, die die Handlung bestimmt, an einem Wochenende im Frühling des gleichen Jahres. Ein Mann, der, wenn ich richtig gerechnet habe, 37 Jahre alt sein sollte, kommt in eine Kleinstadt in der Mährischen Slowakei, wo er seine Kindheit verbrachte. Was er von Freitag bis Sonntag abends macht, bliebe für uns ein unverständliches Schattenspiel, wenn wir nur sein gegenwärtiges Handeln sähen. Das Licht kommt von seiner Vergangenheit, von 18 Jahren seines Lebens, das heißt, von dem,

was zwischen 1947 und 1965 sein Leben war. Und von der Erinnerung, die zwei oder drei Nebenfiguren des Romans von ihrer Existenz bewahrt haben ....
Hier habe ich an den Rand des *Scherzes* eine Art Résumé geschrieben, wie man sie zweifellos von einem Vorwort erwartet. Und dann habe ich eine ganze Seite gestrichen, um den Leser im Dunkeln zu lassen. Denn es gibt nichts Dümmeres, als den Lesern eines Romans im Voraus die Story zu erzählen. Was mich betrifft, so haben mich die Inhaltsangaben, die man auf Waschzetteln findet – zweifellos im Hinblick auf die Faulheit der Kritiker –, immer nur entmutigt, das Buch zu lesen; und warum sollte ich auch, wenn ich bereits weiß, wer der Mörder ist? Um die Wahrheit zu sagen, hing in diesem Fall das leidenschaftliche Interesse, das die Lektüre in mir erregte, durchaus nicht mit der Spannung der Handlung zusammen. Ich war wiederholt in der Tschechoslowakei gewesen, ich hatte dort Freunde, ich wußte so manches über ihr Leben, anderes konnte ich erraten. Ich liebe dieses Land, wo in der Natur und den Werken der Menschen so seltsam die Vielfalt der Jahrhunderte und die Träume der Zukunft sich miteinander vermählen. Ich habe schon vor dreißig Jahren für dieses Land, für dieses Volk gezittert. Ich organisierte in Paris den Protest gegen München, diesen Schandfleck auf der Stirn meines Vaterlandes. Seit damals haben mir neue Freundschaftsbande das Schicksal der Tschechoslowakei nur noch teurer gemacht. Als ich den *Scherz* zu lesen begann, war das außerordentliche Aufschäumen von Diskussionen in diesem Land schon begleitet von dumpfen Drohungen, und ich wußte nicht, was tun, um sie bannen zu helfen. Monatelang ließ die Sorge mich nachts nicht schlafen. Wenn ich sage, daß Kunderas Roman, mehr als alle vorstellbaren und unvorstellbaren politischen Dokumente, die in fast zwanzig Jahren entstandene Situation erhellt und die Tragödie, der wir heute beiwohnen, verständlich macht, so ist das keine leichtfertige Behauptung, kein subjektiver Ausdruck der Besessenheit von dieser Tragödie: ja, in der Entwicklung der Dinge hat das Licht, das vom *Scherz* ausgeht, mir das Unerklärliche erklärt, selbst das, was im Buch nicht gesagt wird, all das, was aus Presse und Radio auf unsere Augen und Ohren einstürmt. Man muß den Roman lesen, man muß ihm glauben. Er führt bis an die Grenze dessen, was dort

drüben »unaussprechlich« war. Und es ist infolge einer außerordentlichen Umkehr der Dinge auch nicht nötig, das Unaussprechliche auszusprechen, weil jene, die es vor allem zu hören fürchteten, in ihrer Torheit selbst den abschließenden Beweis für die zwanzig Jahre geliefert und eingestanden haben, was sie verbergen wollten. So sehr, daß wir, Kundera lesend, den ganzen Zusammenhang sehen.

Im *Scherz* sagt eine der Personen über den bürokratisierten Geist in seinem Land, über die Leute, die alles und jedes in ihr Schema zwingen, traurig: »Es ist wahr, so sind sie, alles wissen sie im Voraus. Der Ablauf der kommenden Dinge ist ihnen schon bekannt. Schön, daß es sie gegeben hat, die Zukunft, für die wird es nun ein Von-vorne-Anfangen sein ....« Ich kenne keinen zweiten Satz, der mich wie dieser schaudern macht. Er gilt nicht nur für die Tschechoslowakei, wenn man es richtig bedenkt. »Schön, daß es sie gegeben hat, die Zukunft ...« Aber der das vor einigen Jahren sagte, ist einer von jenen, die versucht hatten, Lieder zu Ehren Stalins dem Nationalschatz, der mährischen Folklore einzuverleiben. Man sieht, wie weit es mit uns gekommen ist. Wir, die wir unser ganzes Land mit dem Blick auf die Zukunft, für die Zukunft gelebt haben .... und uns opferten, uns von uns selbst, von unserer Vergangenheit losrissen, es ist nicht vorstellbar, aber wir haben es getan, für die Zukunft der anderen. Und da mußten wir an einem frühen Morgen im Radio die Verdammung unserer ewigen Illusionen hören. Was sprach sie, diese Schattenstimme, hinter den noch geschlossenen Fensterläden im Morgengrauen des 21. August? Sie sagte, daß die Zukunft stattgefunden hat, daß man wieder von vorn anfangen muß. Diese Stimme, die seither nicht mehr schweigt, die fordert, Verbrechen Wohltat zu nennen, die »Hilfe für das tschechoslowakische Volk« sagt zu der brutalen Intervention, die es in Sklaverei gestürzt hat. Diese Lügenstimme, die sich anmaßt, im Namen dessen zu sprechen, was ein halbes Jahrhundert lang die Hoffnung der Menschheit war. Mit Waffen und Worten. Oh meine Freunde, ist alles verloren?

Ich denke an dich, Clementis, den sie gehenkt haben. An die lange Stille, die deinem Martyrium folgte. Ich denke an einen Abend in Prag, es muß 1954 oder 1955 gewesen sein, wo dein Name am Ende des Diners so bizarr im Munde Nezvals klang ...

ach, sprechen wir von etwas anderem. Ich denke an euch, die ich nicht nennen kann, weil ihr dort drüben seid, in einer prekären Freiheit, ich denke an jene, die Kerker und Folter kennenlernten, die Rehabilitierten, die Toten und die Lebenden .... auch an jene, die mit der Zuversicht der Jugend glaubten, daß endlich menschliche Zeiten angebrochen seien. Ich denke auch an jene, die ihr Land verlassen haben und von nichts anderem träumen, als von der Heimkehr. Ich weigere mich zu glauben, daß man aus der Tschechoslowakei ein Biafra des Geistes machen wird. Ich sehe jedoch kein Licht am Ende dieses Weges der Gewalt. Aber wenn ich diesen Roman lese, dann scheint es mir, als sähe ich eines. Diesen Roman, den ich für einen großen Wurf halte, durch den das, was war, selbst wenn wir, die Zeugen, vom Atom ausgelöscht werden sollten, überdauern könnte in eine Zukunft, die nicht stattgefunden hat, eine Zukunft, die nicht nur ein Von-vorne-Anfangen sein wird. Lachen Sie, wenn Sie wollen, lachen Sie mich aus wegen dieses Glaubens, den ich bewahre, als hätte ich nichts gelernt aus allem, was ich gesehen und gelitten habe, dieses Glaubens, daß die Werke des Geistes die Samenkörner jener Zukunft sind, die Panzer und Kanonen nicht vernichten können. Ich danke Milan Kundera für dieses Buch und auch für seine nächsten Arbeiten, seinen zweiten Roman und sein eben vollendetes neues Theaterstück. Ohne diese zu kennen, danke ich Milan Kundera dafür, daß er mich bestärkt in der Hoffnung auf das Überleben des Menschen und einer Welt, wo alles, was ich mit ganzem Herzen geglaubt, gesucht, ersehnt habe, sein menschliches Antlitz finden wird. Und daß er mich in diesen tragischen Tagen tiefer als je zuvor fühlen machte, daß gegen das Unvergängliche selbst der Tod nichts vermag.

Quellennachweis für das Nachwort

Die Deutsche Übersetzung des Nachworts von Louis Aragon erschien erstmals in der Zeitschrift *europäische ideen*, Heft 20, 1976. Unser Abdruck erfolgt mit freundlicher Genehmigung des Übersetzers.

Von Milan Kundera
erschienen im Suhrkamp Verlag

Abschiedswalzer. Roman. Aus dem Tschechischen von Franz Peter Künzel. 1977. Ln. (auch *suhrkamp taschenbuch* Band 591, 1980)

Das Leben ist anderswo. Roman. Aus dem Tschechischen von Franz Peter Künzel. 1974. Ln. (auch *suhrkamp taschenbuch* Band 377, 1977)

Der Scherz. Roman. Aus dem Tschechischen von Erich Bertleff. Mit einem Nachwort von Louis Aragon. 1979. *suhrkamp taschenbuch* Band 514

Das Buch vom Lachen und vom Vergessen. Aus dem Tschechischen von Franz Peter Künzel. 1980. Ln.

st 715 Ödön von Horváth
Der jüngste Tag
Schauspiel in sieben Bildern
Notizen von Traugott Krischke
96 Seiten
Der Bahnhofsvorsteher Hudetz hat den Tod von achtzehn Menschen verschuldet. Ein Meineid rettet ihn. Gepeinigt von Gewissenskonflikten sucht er sich der irdischen Gerechtigkeit und Sühne zu entziehen. Er fühlt sich »nämlich eigentlich unschuldig«. Er meint: »Wenn es einen lieben Gott gibt, der wird mich schon verstehen –«.

st 716 Gespräche mit Marx und Engels
Herausgegeben von Hans Magnus Enzensberger
766 Seiten
Wer mit Marx und Engels zusammengestoßen ist, der sah sich meist zu extremen Äußerungen herausgefordert. Bewunderung und Solidarität, aber auch Gift und Galle in ungewöhnlichen Dosen sprechen aus diesen alten Aufzeichnungen. Ein Injurien- und Elogenregister am Ende des Bandes stellt Äußerungen von Marx und Engels über die Gewährsleute zusammen, die in diesem Buch vertreten sind.

st 717 Wladimir Tendrjakow
Mondfinsternis
Roman
Aus dem Russischen von Wolfgang Kasack
314 Seiten
Der Roman *Mondfinsternis* ist die Geschichte einer Liebe und einer Ehe, des Scheiterns von beidem. Es ist die Geschichte von Maja und Pavel, die mit dem Erlebnis einer Mondfinsternis beginnt und mit einer Mondfinsternis endet, wenn alles seinen Lauf und sein Ende gefunden hat.

st 718 Werner Koch
Jenseits des Sees
232 Seiten

Jenseits des Sees führt die Geschichte des Mannes fort, der den Versuch unternommen hatte, ein utopisches Leben so zu führen, als sei es die alltäglichste Realität.
»Im Gegensatz zu vielen vergleichbaren Zeitgenossen hat Koch etwas Wesentliches entdeckt: daß es nicht das Leben gibt, das einzige, wahre Leben, und es folglich müßig ist, danach zu suchen. Es gibt nur eine ureigenste, individuelle Lebenspraxis.« *Frankfurter Allgemeine Zeitung*

st 719 Dolf Sternberger
Über den Tod
272 Seiten
»Die Schriften, die in diesem Band gesammelt erscheinen, sind literarisch von verschiedener Art. Von der akademischen Dissertation, die gerade vor fünfzig Jahren entstanden ist, über die drei Essays bis zu den ›Petites Perceptions‹, die dem höheren Lebensalter zugehören, sind sie jedoch durch die Einheit des Gegenstandes verbunden. Es ist ein Gegenstand, den wir nicht verstehen können.«

st 721 Stephan Stolze
Innenansicht
Eine bürgerliche Kindheit 1938–1945
Mit einem Vorwort von Sebastian Haffner
192 Seiten
Was Stolze aus seiner Jugendzeit während des Dritten Reiches erzählt, ist nichts Großes, nichts Außerordentliches; es sind die Wellen der geschichtlichen Ereignisse in einer mitteldeutschen Kleinstadt, die er notiert: das Verhalten der Eltern, wenn »Sicherungsverwahrte« im Garten arbeiten; das Geplauder des SS-Mannes am Teetisch; was geschieht und nicht geschieht, als er den Jungbannführer zu grüßen versäumt oder als im Lebensmittelladen eine Jüdin mit ansteht.

st 722 Ulrich Plenzdorf
Legende vom Glück ohne Ende
366 Seiten
»Eine unwahrscheinliche, ja sogar unglaubliche Geschichte. Und dabei eine ganz einfache Geschichte, mit stark ausgeprägten realistischen Zügen, die das Unwahrscheinliche als möglich erscheinen lassen und selbst das Unglaubliche glaubhaft machen.« *Deutschlandfunk*

st 724 Oscar Walter Cisek
Der Strom ohne Ende
Roman
388 Seiten
Cisek führt uns an die vielgeteilte Donau vor ihrer Mündung im Schwarzen Meer und macht die Natur einer noch nicht vom Menschen besiegten Landschaft zum Gegenstand einer durch und durch epischen Dichtung. Selbst die düstersten Leidenschaften bleiben eingebettet in das Wirken der Elemente, in den Kreislauf der Jahreszeiten.

st 725 Weniamin Kawerin
Das doppelte Porträt
Roman
Aus dem Russischen übersetzt und
mit einem Nachwort versehen von Wolfgang Kasack
240 Seiten
Das doppelte Porträt ist die Geschichte von zwei Wissenschaftlern im Jahre 1954, dem Nutznießer und dem Leidtragenden der Stalinzeit. »Was hier erzählt wird, mutet den Leser wie Gegenwart an. Wer sich um Verständnis der heutigen Sowjetunion bemüht, wird in diesem Buch einen Schlüssel finden, nicht den einzigen, aber einen wichtigen.« *Hessischer Rundfunk*

st 726 György Konrád/Iván Szelényi
Die Intelligenz auf dem Weg zur Klassenmacht
Übersetzt von Hans-Henning Paetzke
408 Seiten
Die Ungarn Konrád und Szelényi haben die zunehmende Bedeutung der Intelligenzschicht – oder -klasse – im »realen Sozialismus« zum Gegenstand einer detaillierten und empirisch fundierten Untersuchung gewählt. Schon immer war die Intelligenz eine Schicht, die aufgrund des bei ihr monopolisierten gesellschaftlichen Wissens im Bündnis mit anderen Macht ausübte.

st 729 Stanisław Lem
Mondnacht
Hör- und Fernsehspiele
Aus dem Polnischen übersetzt von Klaus Staemmler, Charlotte Eckert, Jutta Janke und I. Zimmermann-Göllheim

Phantastische Bibliothek Band 57
272 Seiten
»Lem hat die Gattung der Science-fiction neu abgesteckt und ihr literarische Hochflächen erobert, die auf dem Niveau des philosophischen Traktats liegen, zugleich aber spannend sind wie ein gelungener Kriminalroman.«
Frankfurter Rundschau

st 730 Herbert W. Franke
Schule für Übermenschen
Phantastische Bibliothek Band 58
160 Seiten
Wo liegen die physischen und psychischen Grenzen des Menschen? Sind seine evolutionären Kapazitäten erschöpft oder ist er einer Anpassung an jene besonderen Aufgaben fähig, die die lebensfremden Räume der Tiefsee und des Weltraums mit sich bringen? Das »Institute of Advanced Education« schult die Elite von morgen. Zu den Mitteln gehört körperlicher Drill ebenso wie ein erbarmungsloses Überlebenstraining.

st 731 Joseph Sheridan Le Fanu
Der besessene Baronet
und andere Geistergeschichten
Deutsch von Friedrich Polakovics
Mit einem Nachwort von Jörg Krichbaum
Phantastische Bibliothek Band 59
304 Seiten
Le Fanus Geistergeschichten zeichnen sich durch die Schärfe der psychologischen Beobachtung und den in ihnen zutage tretenden Konflikt zwischen Traum und Wirklichkeit aus.

st 732 Philip K. Dick
LSD-Astronauten
Deutsch von Anneliese Strauss
Phantastische Bibliothek Band 60
272 Seiten
»Ein wenig ist die Lust zur Lektüre von Science-fiction verwandt mit der Lust zur Lektüre von Horrorgeschichten. Offenbar besteht eine Bereitschaft, das, was an Angstphantasie die säkularisierte Menschheit bedrängt, in der

Form der Lektüre sich vorsagen zu lassen, sich einreden zu lassen. Mit therapeutischem Effekt?«

Helmut Heißenbüttel

st 733 Herbert Ehrenberg
Anke Fuchs
Sozialstaat und Freiheit
Von der Zukunft des Sozialstaats
468 Seiten
»Herbert Ehrenberg und Anke Fuchs gelingt es, manche Frage zu beantworten, manche Unstimmigkeit zu widerlegen, Klischees in Zweifel zu ziehen, die Richtung künftiger Reformen darzustellen und das Erfordernis einer eigenständigen Sozialpolitik zu begründen. ... Noch lange wird man mit Gewinn nach diesem Buch greifen können, um etwas über die einschlägigen Teilbereiche der Sozialpolitik nachzulesen.« *Deutschlandfunk*

st 759 Gerlind Reinshagen
Sonntagskinder. Theaterstück und Drehbuch
(zusammen mit Michael Verhoeven)
Mit zahlreichen Abbildungen
216 Seiten
Die halbwüchsige Elsie erleidet das unfaßbare Ereignis des Zweiten Weltkriegs aus dem begrenzten Blickwinkel ihrer Kindheit. In dem bürgerlichen Mittelstandsmilieu einer Apothekerfamilie lügen sich die Honoratioren der mittelgroßen mitteldeutschen Stadt an der Nazizeit vorbei.

st 782 Die besten Bücher
der »Bestenliste« des SWF-Literaturmagazins
empfohlen von Mitgliedern der Jury
Herausgegeben von Jürgen Lodemann
176 Seiten
Die besten Bücher: erstmalig ernstzunehmender Wegweiser durch den Herbstbücherwald des Jahres 1981. Siebenundzwanzig Literaturkritiker stellen die besten Bücher dieses Herbstes vor, und sie begründen ihre Wahl. Im Anhang: Sämtliche Listen seit 1975, die bisherigen Jury-Mitglieder, eine Dokumentation zur Entstehung und Methode der Bestenliste sowie der ›Preis des SWF-Literaturmagazins‹.

Alphabetisches Gesamtverzeichnis der suhrkamp taschenbücher